Literature
Appreciation

文学欣赏

主 编 董 君 许国英
副主编 贾继海 李秀春

山东人民出版社
国家一级出版社 全国百佳图书出版单位

图书在版编目(CIP)数据

文学欣赏/董君,许国英主编. —济南:山东人民出版社,2016.8(2025.1 重印)
ISBN 978-7-209-09730-7

Ⅰ.①文… Ⅱ.①董…②许… Ⅲ.①文学欣赏-世界 Ⅳ.①I106

中国版本图书馆 CIP 数据核字(2016)第 207920 号

文学欣赏
董君 许国英 主编

山东出版传媒股份有限公司
山东人民出版社出版发行
社 址:济南市市中区舜耕路 517 号 邮 编:250003
网 址:http://www.sd-book.com.cn
发行部:(0531)82098027 82098028
新华书店经销
日照报业印刷有限公司印装
规 格 16 开 (184mm×260mm)
印 张 22.75
字 数 480 千字
版 次 2016 年 8 月第 1 版
印 次 2025 年 1 月第 10 次
ISBN 978-7-209-09730-7
定 价 43.00 元

如有质量问题,请与印刷厂调换。(0633)8221365

前　言

文学是以语言文字为工具形象化地反映客观现实、表现作家心灵世界的艺术，包括诗歌、散文、小说、戏剧等，是文化的重要表现形式，以不同的形式（称作体裁）表现内心情感、再现一定时期和一定地域的社会生活。在庆祝中国共产党成立95周年大会上，习近平总书记指出“文化自信，是更基础、更广泛、更深厚的自信”。正如习总书记所说，中国传统思想文化“体现着中华民族世世代代在生产生活中形成和传承的世界观、人生观、价值观、审美观等，其中最核心的内容已经成为中华民族最基本的文化基因。这些最基本的文化基因，是中华民族和中国人民在修齐治平、尊时守位、知常达变、开物成务、建功立业过程中逐渐形成的有别于其他民族的独特标识”。在这样的大背景下，我们编写了本书。

文学欣赏就是一个审美认识的过程，一个审美再创造的过程，一个融阅读、思考、实践的综合过程，是阅读者为满足自己的审美需要，对文学作品所进行的有创造性的感知、想象、体验、理解和评价活动。文学欣赏是加强文化基础教育、加强中华优秀传统文化教育、实现人文关怀的重要途径，通过对经典文学作品的赏析，将人类优秀的人文素质内化为阅读者的人格、气质、修养，使之成为阅读者生命意识中相对稳定的内在品质，同时引导他们如何做人，即如何处理好人与自我、人与社会、人与自然的关系，如何处理好自身的理性、情感、意志等方面的问题。本书旨在使阅读者通过对文学作品的阅读与欣赏，学习中外文学名著中“典范的语言”，增强驾驭语言的能力，并进一步增强与人交流沟通的能力；掌握各种文体的欣赏技巧，培养形象思维能力，提高阅读欣赏能力和审美思辨能力；了解不同国家、不同民族、不同时代的人类文化遗产，增强文化素养，提高生活感知能力和情感领悟能力；继承和发展中华优秀传统文化，培养正确的审美情趣，形成良好的阅读习惯和健全的人格，培养创新精神和创新能力，提高综合文化素质，造就21世纪合格的复合型人才。

本书根据经济社会发展和时代特征，以“文学欣赏”为主线，精选不同历史时期具有代表性的中外名家名篇，可读性强，能满足广大文学爱好者、教师以及学生对古今中外一些文学作品的欣赏需求。本书内容以文学史的演进过程为主线，按照诗歌、小说、散文、戏剧四大文体渐次展开，在每一章的前面有【欣赏点睛】，主要介绍每一种文体的特点、阅读欣赏技巧。每一章中按照不同时代文体发展的特点，提炼特色，按阶段分节。每一节前面有【文本综要】，简要介绍每一阶段文体的发展概要及特点，后面有【能力提升】【比较阅读】两个栏目。每一篇则包括【欣赏任务】【经典篇目】【走近作者】【阅读门径】四个栏目。

本书由董君、许国英任主编，贾继海、李秀春任副主编。具体分工：第一章由贾继海、董君编写，第二章由李秀春编写，第三章由许国英编写，第四章由董君编写。最后，由董君负责统稿。本书在编写过程中，参考了许多专家、学者的著作，并从中汲取了大量有价值的最新研究成果，未能悉数注明，在此，谨表衷心的感谢。

限于水平和能力，书中难免有疏漏错误之处，恳请广大同仁、专家、学者不吝赐教，给予斧正。

编　者

2016年8月

目　录
CONTENTS

第一章　诗歌欣赏

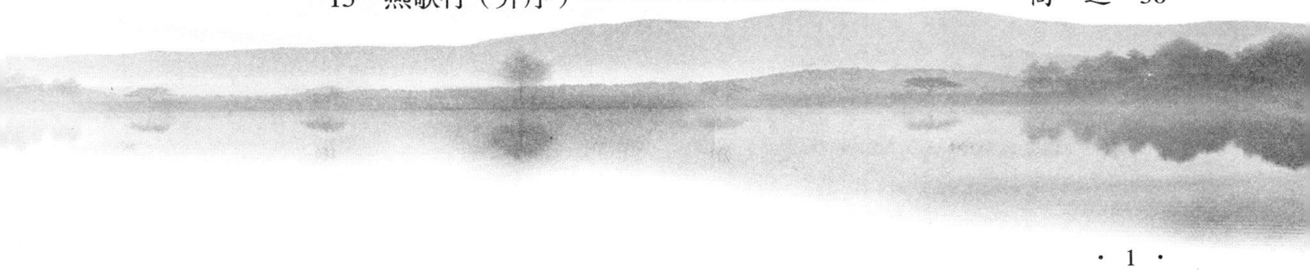

第二章 散文欣赏

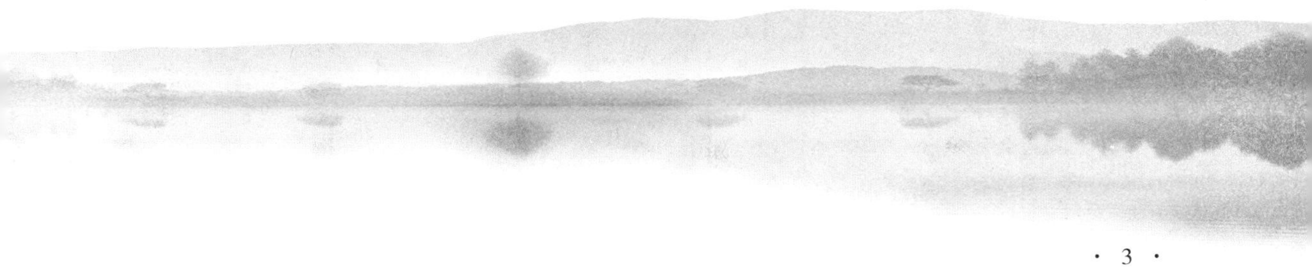

第一章　诗歌欣赏

欣赏点睛

诗，原本是配乐用来唱的，所以又叫“诗歌”，以后演变成了脱离音乐的一种文学体裁。

一、诗歌的起源

诗歌源于上古的社会生活，是因劳动生产、两性相恋、原始宗教等产生的一种有韵律、有感情色彩的语言形式。它是世界上最古老、最基本的文学形式，也是一种阐述心灵的文学体裁。诗人需要掌握成熟的艺术技巧，并按一定的音节、声调和韵律要求，用凝练的语言、充沛的情感和丰富的意象来集中表现社会生活和人类的精神世界。

二、诗歌的发展

我国诗歌的发展经历了古歌谣—《诗经》—楚辞—汉赋—汉乐府诗—建安诗歌—魏晋南北朝民歌—唐诗—宋词—元曲—明清诗歌—现代诗的发展历程。

三、诗歌的特点

诗歌的特点主要是集中反映社会生活，凝聚作者强烈的感情，富于想象，语言凝练而形象，有自身鲜明的节奏感。具体来说：第一，高度集中地反映生活；第二，抒情言志，饱含作者的思想感情；第三，具有丰富的想象、联想；第四，语言具有音乐美。

四、诗歌的鉴赏

诗歌鉴赏应注意以下四点：

（一）鉴赏语言

1. 反复诵读，品味韵律

诵读是品味语言的最好手段。而诗歌具备旋律、节奏、押韵的韵律要素，适宜诵读。古人很讲究在“吟咏之间，吐纳珠玉之声”。诗的语言要做到朗诵时顺口流畅，欣赏时悦耳动听，富有抑扬顿挫、起伏跌宕的韵律美和流畅优美的音乐感。鉴赏者要从诗歌音韵与节奏中，体会诗歌的音乐美。就诵读方法看，一要引导读者整体感知，二要帮助读者入情入境，三要采用多种形式激趣。诵读不仅能让人获得语言表层的东西，而且能使人获得对诗歌深层内容的体验，也便于人们从整体上感受全诗。很多诗歌需要浅咏低吟，例如戴望舒的诗句：“撑着油纸伞/独自彷徨在悠长、悠长/又寂寥的雨巷/我希望逢着/一个丁香一样的/结着愁怨的姑娘……”如果反复吟诵品味，仔细体会诗歌鲜明的节奏、和谐的音调、动听的旋律，就易于领略诗歌内涵，包括音乐美、情感美。优秀的诗歌十分讲究音乐美，席勒认为：“诗里的音乐在我心中鸣响，常常超过其内容的鲜明表象。”中国以闻一多、徐志摩为代表的现代诗人，非常重视诗歌的音乐美，其诗歌行数、字数整整齐齐，停顿、韵脚和谐自然，遣词造句绘声绘色。欣赏诗歌时，我们要注意反复诵读，熟悉其中的节奏韵律，领悟诗歌语言的音乐美。

2. 抓关键词，推敲语言

诗歌是精练的语言，一句话一个字，无不蕴藏着深厚的旨趣。诗家以一字称工，刻意锤炼，以求其精深。动词、形容词、数量词、叠词等都是关键词。古典诗歌的“诗眼”一般出现在上下两句对称的位置上，如果是五言律诗，一般出现在第三或第五个字上。它是诗人用心琢磨的结果，最富表达力，最为“精练传神”。如“泉声咽危石，日色冷青松”“沙明拳宿鹭，天阔退飞鸿”，其诗眼都分别出现在上下两句中的第三个字上。“大漠孤烟直，长河落日圆”的诗眼则分别出现在上下两句中的第五个字上。而七律、绝句和其他体裁的诗歌，诗眼出现的位置不太固定。赏析时，要结合诗眼所在的整个诗句所表达的意境、形象或情理，发掘其丰富的意蕴，把握其优美的艺术效果，用精练的语言表达出来，推敲炼字的技巧，赏析语言的隽永美。

（二）鉴赏形象

1. 捕捉意象，体味诗情

“意”是诗歌表达的中心，寄托的思想、情感；“象”是作品的具象，具体可感的事物。“意象”指作家头脑中形成的客观形象和主观情趣的融合，是表现在作品里的、包含着主观思想情趣的具体形象。例如《我爱这土地》中的“鸟”“土地”“河流”“风”“黎明”等都是寄予作者思想感情的具体可感的事物，也就是意象。诗歌是抒情的，大多数都要为情感抒发而借助可代表、可象征、可寄托的具体的“象”，所以把握意象是真正解读诗歌的第一步。

把握意象，必须把握诗歌的风格、情感基调。诗人描写的图景是与自己的思想感情和谐统一的。诗人心情愉悦时对美景流露喜爱之情，例如，“小荷才露尖尖角，早有蜻蜓立上头”；情哀之时美景含泪，例如，“感时花溅泪，恨别鸟惊心”。

体味诗情，就要充分运用联想和想象。从想象中体味感情和形象，对诗人的想象进行再经历和再体验。例如读《我爱这土地》，把自己想象成一只小鸟，体味喉咙“嘶哑”的原因，爱国者的形象即可清晰地浮现。因为此诗形象的核心是一只不懈地为土地、河流、风和黎明而歌唱，死后连羽毛都献给土地的多情鸟。对于诗歌中的爱国主义激情的把握，就是通过对这只鸟的想象而获得的。

体味诗情，也要善于在诗歌抒情中寄托情思。优美诗歌的抒情多是含蓄的，要深入体味诗情，就要把诗歌提供的含蓄的东西“泡”出来，要把诗人由生活现象精练概括的东西还原到原来的状态中去。例如《金黄的稻束》中的“沉思”的内容。

2. 调动想象，领略意境

意境，是作品描绘的自然或生活的图景与作者的思想感情相融合而形成的一种艺术境界，一种广阔的、能够诱发鉴赏者想象，从而获得美的享受的艺术境界。其特点主要有慷慨悲壮、雄浑苍劲、恬淡自然、高亢壮观、悲壮苍凉、清新优美等等。按照“明意境”的要求，抓住此类关键词反复训练，就能在理解诗句并将诗句散文化的基础上，高度概括出其意境的特点，比如一些边塞诗的慷慨悲壮、田园诗的恬淡自然，比如一些写景诗的雄浑壮观、隐逸诗的孤独冷寂等。

意境与意象既有联系又有区别。意象是作者所写之景、所示之物与作者借景抒情的“情”、咏物言志的“志”的完美结合。意境通过某些语言体现出来，而意象则通过单个的“象”体现出来。古诗中的意象是约定俗成的，例如：“梅花”象征的是高洁品格，“月亮”代表的是思乡之情，“鸿雁”代表的是传书的信使，等等。诗人有时还会创造一群意象，如马致远的《秋思》就创造了 11 个意象，来表达思归怀远的秋思。

（三）鉴赏感情

鉴赏诗歌时，必须深切体会诗歌的感情内涵，可以通过诗歌的形象、意境来体会作者的情感。

1. 知人论世，找准情感

欣赏诗歌，总要对作者和诗歌诞生的时代有一个了解。诗歌是一定时代生活的反映，理解诗歌感情不能忽略时代特征。同一题材的作品，诗人的理想志趣、生活经历、所处时代不同，就会表现出不同的思想感情。要领会情感美，首先要知人论世。同时，从创作规律来看，诗人要受到某种契机的触发，才能把自己的情感倾泻在字里行间。因此，找准情感突破口就是把握诗歌旨趣、领会情感美的有效方法。激发诗人灵感的情感突破口可以是一个人，也可以是一种事物、一次经历或一个念头。艾青正是因一次被捕、因一场大雪，想到了大堰河，引起了对她的怀念、追忆乃至歌颂，写下了优美诗篇《大堰河——我的保姆》。

2. 比喻象征，发掘内涵

许多诗歌的思想情感是通过比喻、象征意义来体现的。理解诗歌的思想感情，首先要准确把握形象的内涵，展开联想和想象，逐步加深对感情的理解。

理解诗歌的感情又要顾及诗歌的体裁、风格、流派等。现实主义诗歌和浪漫主义诗歌在抒情上就有区别，豪放派词和婉约派词抒发的思想感情也有所不同。

（四）鉴赏手法

诗歌鉴赏过程中，要掌握常用的表达手段与艺术技巧。

1. 修辞方法

比喻、比拟、设问、反问、借代、对偶、夸张、用典、互文、反复、排比、双关等。

2. 表现手法

（1）表达方式：记叙、议论、描写、抒情。

抒情手法具体分为直接抒情（直抒胸臆）和间接抒情（分为借景抒情、托物言志、情景交融）。情景交融包括三种形式：景中寓情，以景结情，缘情写景。注意乐景与哀景的关系：乐景写乐情，哀景抒哀情，但也有以乐景衬哀情或哀景写乐情的写法。

描写技巧：渲染与烘托、衬托与对比、虚实结合、动静结合、明暗结合、点面结合、正侧结合、声色结合、细节描写、白描工笔、粗笔勾勒、诗中有画、观察角度（俯视、仰视、远眺、近看）、以小见大、以少总多等。

（2）文艺表现方法：赋、比、兴；铺陈描写、抑扬变化、象征、联想和想象、抑扬关系（欲扬先抑、欲抑先扬、似贬实褒、似褒实贬）、借古抒怀或借古讽今等。

3. 篇章结构

开门见山、首句标目、曲笔入题、卒章显志、总分得当、以景结情、层层深入、伏笔铺垫、过渡照应、浑然天成、画龙点睛等。

第一节 奠基滥觞的先秦两汉诗歌

文本综要

诗歌是最早的文学形式之一，在文字发明以前就有了歌谣——作为口头文学的歌谣。随着人类语言的发展，真正意义上的诗歌出现了。

作为先秦时期出现的我国第一部诗歌总集，《诗经》代表了当时诗歌的艺术成就。从形式来看，《诗经》的句式以四言为主，其间杂有二言至八言不等，这是当时诗歌的主要形式。先秦时期的诗歌无论从形式上还是内容上，都与后代的诗歌有着极大的差异。

五言诗产生于汉代，两汉乐府诗对中国古代诗歌样式的嬗革起到了积极的推动作用，实现了由四言诗向杂言诗和五言诗的过渡。五言诗最早为当时民间流行的五言歌谣，如李延年为武帝演唱的“北方有佳人”六句歌诗，有五句为五言。成帝时长安流传的歌谣《尹赏歌》《邪经败良田》都已经是标准的五言诗。汉代乐府广泛搜集各地歌谣，其中肯定会有相当比例的五言诗，如《陌上桑》《孔雀东南飞》等，虽为长篇，但全篇采用五言句式，可见在民歌中五言句的应用已趋成熟。这种五言歌谣虽已引起文人的注意，但当时文人创作的并不多，乐府诗歌中更多的是三言、五言、七言不等的杂言诗。直到东汉，才开始有较多的文人创作五言诗，如班固、张衡、秦嘉等。现存东汉文人最早的完整五言诗是班固的《咏史》。秦嘉的《赠妇诗》三首，则是东汉文人五言抒情诗成熟的标志。文人创作的《古诗十九首》代表了汉代文人五言诗的最高成就，“直而不野，婉转附物，怊怅切情，实五言之冠冕也”，对后世文人如曹植、陆机、鲍照等的创作都有很大的影响。从西汉五言歌谣到乐府五言诗，再到文人五言诗，这是早期五言诗发展的基本轨迹。

1 关　雎

《诗经·周南》

【欣赏任务】

1. 了解《诗经》的相关知识。
2. 熟悉《关雎》的内容。
3. 掌握《关雎》的艺术特点。

【经典篇目】

关关雎鸠，在河之洲。窈窕淑女，君子好逑。
参差荇菜，左右流之。窈窕淑女，寤寐求之。
求之不得，寤寐思服。悠哉悠哉，辗转反侧。
参差荇菜，左右采之。窈窕淑女，琴瑟友之。
参差荇菜，左右芼之。窈窕淑女，钟鼓乐之。

（选自《诗经》，王秀梅译注，中华书局2006年版）

【走近诗经】

《诗经》是中国古代最早的一部诗歌总集。收集了公元前11世纪至公元前6世纪的古代诗歌305首，除此之外还有6篇有题目无内容，即有目无辞，称为笙诗六篇(《南陔》《白华》《华黍》《由康》《崇伍》《由仪》)，反映了西周初期到春秋中叶约500年间的社会面貌。

《诗经》相传为尹吉甫采集，孔子编订。最初只称为“诗”或“诗三百”，到西汉时，才称为《诗经》。《诗经》按“风”“雅”“颂”三类编辑。

孔子曾概括《诗经》的宗旨为“无邪”，并教育弟子读《诗经》以作为立言、立行的标准。后来，《诗经》被儒家奉为经典，成为“六经”及“五经”之一。

《诗经》内容丰富，反映了劳动与爱情、战争与徭役、压迫与反抗、风俗与婚姻、祭祖与宴会，甚至天象、地貌、动物、植物等方方面面，是周代社会生活的一面镜子。

阅读门径

《关雎》是《诗经》中的佳作。“关关雎鸠，在河之洲。”毛传：“兴也。”“兴”，可以说是引起话题，或是由景引起情。兴之特殊，即在于它于诗人是如此直接，而于他人则往往其意微妙，但我们若解得诗人原是把天地四时的瞬息变化，自然万物的死生消长，都看作生命的见证、人生的比照，那么兴的意义便很明白。

最可含英咀华的则是“琴瑟友之”一句。朱熹曰：“‘友’者，亲爱之意也。”辅广申之曰：“以友为亲爱之意者，盖以兄友弟之友言也。”如此，《邶风·谷风》“宴尔新昏，如兄如弟”的形容正是这“友”字一个现成的注解。若将《郑风·女曰鸡鸣》《陈风·东门之池》等篇合看，便知“琴瑟友之”并不是泛泛说来，君子之“好逑”便不但真的是知“音”，且知情知趣，而且更是知心。那时候，《诗》不是装饰，不是点缀，不是只为修补生活中的残缺，而真正是“人生的日用品”（顾颉刚语），《关雎》便好像是人生与艺术合一的一个宣示，出现在文学史的黎明。

2 采　薇

《诗经·小雅》

【欣赏任务】

1. 复习《诗经》的有关常识。
2. 理清《采薇》的情节结构。
3. 了解作品的叙述方式。

【经典篇目】

采薇采薇，薇亦作止。曰归曰归，岁亦莫止。
靡室靡家，猃狁之故。不遑启居，猃狁之故。

采薇采薇，薇亦柔止。曰归曰归，心亦忧止。
忧心烈烈，载饥载渴。我戍未定，靡使归聘。

采薇采薇，薇亦刚止。曰归曰归，岁亦阳止。
王事靡盬，不遑启处。忧心孔疚，我行不来。

彼尔维何？维常之华。彼路斯何？君子之车。

戎车既驾，四牡业业。岂敢定居？一月三捷。

驾彼四牡，四牡骙骙。君子所依，小人所腓。
四牡翼翼，象弭鱼服。岂不日戒？猃狁孔棘。

昔我往矣，杨柳依依。今我来思，雨雪霏霏。
行道迟迟，载渴载饥。我心伤悲，莫知我哀。

（选自《诗经》，刘冬颖评注，中华书局2013年版）

阅读门径

《采薇》一诗写西周时期一位服役思家的戍边战士在归途中的所思所想，叙述了他转战边陲的艰苦生活，表达了他爱国恋家、忧时伤事的感情。

全诗共六章，前三章以倒叙方式，回忆了征战的苦况。这位战士长期远离家室，戎马倥偬。战士们无暇休息，有时还要采薇充饥，难免怨嗟，产生思念故乡之情，但为了抵御侵扰，早日实现边境安定，战士们坚持下来，妥善地处理了个人痛苦与保卫疆土的矛盾。

四、五两章描写边防将士出征威仪，气势为之一振。先以问答的形式，流露出将士们雄赳赳气昂昂的自豪感。

末章忆昔伤今。"昔我"两句以乐景写哀，"今我"两句以哀景写乐。在九死一生归来之际，庆幸之余，自然痛定思痛；加之归途艰难，又饥又渴，当然又加悲情！

此诗运用了重叠的句式与比兴的手法。前三章的重章叠句，以薇的生长过程衬托长期离家企盼早归之情，生动妥帖。第四章用常棣盛开象征军容之壮和军威之严，语言新警奇特。末章四句，分写当年出征和此日生还时两种特定的景物和特定的情怀，情景交融，被认为是《诗经》中最有名的诗句。

3 渔　父

屈　原

【欣赏任务】

1. 了解屈原的有关常识。
2. 理清《渔父》的结构内容。

3. 掌握《渔父》的艺术特色。

【经典篇目】

屈原既放，游于江潭，行吟泽畔，颜色憔悴，形容枯槁。渔父见而问之曰：“子非三闾大夫与！何故至于斯？”屈原曰：“举世皆浊我独清，众人皆醉我独醒，是以见放。”

渔父曰：“圣人不凝滞于物，而能与世推移。世人皆浊，何不淈其泥而扬其波？众人皆醉，何不哺其糟而歠其釃？何故深思高举，自令放为？”

屈原曰：“吾闻之，新沐者必弹冠，新浴者必振衣；安能以身之察察，受物之汶汶者乎？宁赴湘流，葬于江鱼之腹中。安能以皓皓之白，而蒙世俗之尘埃乎！”

渔父莞尔而笑，鼓枻而去。乃歌曰：“沧浪之水清兮，可以濯吾缨；沧浪之水浊兮，可以濯吾足。”遂去，不复与言。

（选自《楚辞》，李山选注，中华书局 2014 年版）

【走近作者】

屈原（约前 339 ～约前 278），战国时期楚国人。名平，字原。楚怀王时任左徒、三闾大夫。后被谗，遭放逐。楚襄王时再遭谗毁，迁于江南多年。后见楚国政治腐败，无力挽救，怀着深沉的忧愤，自沉于汨罗江。1953 年，屈原还被列为世界“四大文化名人”之一，受到世界和平理事会和全世界人民的隆重纪念。《楚辞》中的《离骚》《九章》《九歌》《天问》是屈原最主要的代表作。

阅读门径

《渔父》出自《楚辞》，开头写屈原，结尾写渔父，都着墨不多却十分传神；中间采用对话体，多用比喻、反问，生动、形象而又富于哲理性。

第一部分交代故事发生的背景、环境以及主人公的特定情况。时间是在“既放”之后；地点是在“江潭”“泽畔”；其时，屈原的情况是心事重重，一边走一边口中念念有词。文中以“颜色憔悴，形容枯槁”八字活画出屈原英雄末路、心力交瘁、形销骨立的外在形象。

第二部分是文章的主体。渔父上场，并开始了与屈原的问答。一问屈原的身份：“子非三闾大夫与？”显然渔父认出了屈原，便用反问以认定身份。第二问是问话的重点所在：“何故至于斯？”落魄到这地步，当是渔父没有料想到的。由此一问，引出屈原的答话。屈原说明自己被流放的原因是“举世皆浊我独清，众人皆醉我独醒”，由此引出渔父进一步的议论。针对屈原的回答，渔父提出，应该学习“圣人不凝滞于物，而能与世推移”的榜样，并以三个反问句启发屈原淈泥扬波、哺糟歠醨，走一条自我保护的道路。

最后一部分，笔墨集中在渔父一人身上。这部分对渔父的描写十分传神。屈原不听他的忠告，他不愠不怒，不强人所难，以隐者的超然姿态心平气和地与屈原分道扬镳。最后这一部分，进一步渲染了渔父的形象；渔父无言而别、唱歌远去的结尾，也使全文获得了悠远的情韵。

4 焦仲卿妻（并序）

《乐府诗集》

【欣赏任务】

1. 了解乐府诗的有关常识。
2. 理清《焦仲卿妻并序》的结构内容。
3. 明确《焦仲卿妻并序》中塑造的刘兰芝与焦仲卿的形象。
4. 掌握诗歌的艺术特色。

【经典篇目】

序曰：汉末建安中，庐江府小吏焦仲卿妻刘氏，为仲卿母所遣，自誓不嫁。其家逼之，乃投水而死。仲卿闻之，亦自缢于庭树。时人伤之，为诗云尔。

孔雀东南飞，五里一徘徊。“十三能织素，十四学裁衣。十五弹箜篌，十六诵诗书。十七为君妇，心中常苦悲。君既为府吏，守节情不移。鸡鸣入机织，夜夜不得息，三日断五匹，大人故嫌迟。非为织作迟，君家妇难为。妾不堪驱使，徒留无所施。便可白公姥，及时相遣归。”

府吏得闻之，堂上启阿母：“儿已薄禄相，幸复得此妇。结发同枕席，黄泉共为友。共事二三年，始尔未为久。女行无偏斜，何意致不厚？”阿母谓府吏：“何乃太区区！此妇无礼节，举动自专由。吾意久怀忿，汝岂得自由！东家有贤女，自名秦罗敷。可怜体无比，阿母为汝求。便可速遣之，遣去慎莫留！”府吏长跪告，伏惟启阿母：“今若遣此妇，终老不复取！”阿母得闻之，槌床便大怒：“小子无所畏，何敢助妇语！吾已失恩义，会不相从许！”

府吏默无声，再拜还入户。举言谓新妇，哽咽不能语：“我自不驱卿，逼迫有阿母。卿但暂还家，吾今且报府。不久当归还，还必相迎取。以此下心意，慎勿违吾语。”新妇谓府吏：“勿复重纷纭。往昔初阳岁，谢家来贵门。奉事循公姥，进止敢自专？昼夜勤作息，伶俜萦苦辛。谓言无罪过，供养卒大恩。仍更被驱遣，何言复来还？妾有绣腰襦，葳蕤自生光；红罗复斗帐，四角垂香囊；箱帘六七十，绿碧青丝绳；物物各自异，种种在其中。人贱物亦鄙，不足迎后人。留待作遣施，于今无会因。时时为安慰，久久莫相忘！”

鸡鸣外欲曙，新妇起严妆。著我绣裌裙，事事四五通。足下蹑丝履，头上玳瑁光。腰若流纨素，耳著明月珰。指如削葱根，口如含朱丹。纤纤作细步，精妙世无双。上堂谢阿母，母听去不止。“昔作女儿时，生小出野里，本自无教训，兼愧贵家子。受母钱帛多，不堪母驱使。今日还家去，念母劳家里。”却与小姑别，泪落连珠子。“新妇初来时，小姑如我长。勤心养公姥，好自相扶将。初七及下九，嬉戏莫相忘！”出门登车去，涕落百余行。

府吏马在前，新妇车在后，隐隐何甸甸，俱会大道口。下马入车中，低头共耳语：“誓不相隔卿！且暂还家去，吾今且赴府。不久当还归，誓天不相负！”新妇谓府吏：“感君区区怀。君既若见录，不久望君来。君当作磐石，妾当作蒲苇。蒲苇纫如丝，磐石无转移。我有亲父兄，性行暴如雷。恐不任我意，逆以煎我怀。”举手常劳劳，二情同依依。

入门上家堂，进退无颜仪。阿母大拊掌：“不图子自归。十三教汝织，十四能裁衣。十五弹箜篌，十六知礼仪。十七遣汝嫁，谓言无誓违。汝今无罪过，不迎而自归？”兰芝惭阿母：“儿实无罪过。”阿母大悲摧。

还家十余日，县令遣媒来。云有第三郎，窈窕世无双。年始十八九，便言多令才。阿母谓阿女：“汝可去应之。”阿女衔泪答：“兰芝初还时，府吏见丁宁，结誓不别离。今日违情义，恐此事非奇。自可断来信，徐徐更谓之。”阿母白媒人：“贫贱有此女，始适还家门。不堪吏人妇，岂合令郎君？幸可广问讯，不得便相许。”

媒人去数日，寻遣丞请还，说有兰家女，承籍有宦官。云有第五郎，娇逸未有婚。遣丞为媒人，主簿通语言。直说太守家，有此令郎君，既欲结大义，故遣来贵门。阿母谢媒人：“女子先有誓，老姥岂敢言！”

阿兄得闻之，怅然心中烦。举言谓阿妹：“作计何不量！先嫁得府吏，后嫁得郎君。否泰如天地，足以荣汝身。不嫁义郎体，其往欲何云？”兰芝仰头答：“理实如兄言。谢家事夫婿，中道还兄门。处分适兄意，那得自任专？虽与府吏要，渠会永无缘。登即相许和，便可作婚姻。”

媒人下床去，诺诺复尔尔。还部白府君：“下官奉使命，言谈大有缘。”府君得闻之，心中大欢喜。视历复开书，便利此月内，六合正相应。良吉三十日，今已二十七，卿可去成婚。交语速装束，络绎如浮云。青雀白鹄舫，四角龙子幡，婀娜随风转。金车玉作轮，踯躅青骢马，流苏金镂鞍。钱三百万，皆用青丝穿。杂彩三百匹，交广市鲑珍。从人四五百，郁郁登郡门。

阿母谓阿女：“适得府君书，明日来迎汝。何不作衣裳？莫令事不举！”阿女默无声，手巾掩口啼，泪落便如泻。移我琉璃榻，出置前窗下。左手持刀尺，右手执绫罗。朝成绣袂裙，晚成单罗衫。晻晻日欲暝，愁思出门啼。

府吏闻此变，因求假暂归。未至二三里，摧藏马悲哀。新妇识马声，蹑履相逢迎。怅然遥相望，知是故人来。举手拍马鞍，嗟叹使心伤：“自君别我后，人事不可量。果不如先愿，又非君所详。我有亲父母，逼迫兼弟兄。以我应他人，君还何所望！”府吏谓新妇：“贺卿得高迁。磐石方且厚，可以卒千年；蒲苇一时纫，便作旦夕间。卿当日胜贵，吾独向黄泉。”新妇谓府吏：“何意出此言！同是被逼迫，君尔妾亦然。黄泉下相见，勿违今日言！”执手分道去，各各还家门。生人作死别，恨恨那可论！念与世间辞，千万不复全。

府吏还家去，上堂拜阿母：“今日大风寒，寒风摧树木，严霜结庭兰。儿今日冥冥，令母在后单。故作不良计，勿复怨鬼神！命如南山石，四体康且直。”

阿母得闻之，零泪应声落：“汝是大家子，仕宦于台阁。慎勿为妇死，贵贱情何薄？东家有贤女，窈窕艳城郭。阿母为汝求，便复在旦夕。”

府吏再拜还，长叹空房中，作计乃尔立。转头向户里，渐见愁煎迫。

其日牛马嘶，新妇入青庐。奄奄黄昏后，寂寂人定初。“我命绝今日，魂去尸长留。”揽裙脱丝履，举身赴清池。府吏闻此事，心知长别离。徘徊庭树下，自挂东南枝。

两家求合葬，合葬华山傍。东西植松柏，左右种梧桐。枝枝相覆盖，叶叶相交通。中有双飞鸟，自名为鸳鸯。仰头相向鸣，夜夜达五更。行人驻足听，寡妇起彷徨。多谢后世人，戒之慎勿忘！

（选自《玉台新咏》，南朝陈徐陵编，中华书局 1985 年版）

【走近乐府诗】

首先说一下乐府。这里所说的“乐府”，其具体的含义是在不断变化的。最早的乐府是指汉代的音乐机关，以后就将收集的民歌也叫“乐府”，再后来，文人模仿汉代民歌的诗歌也称为“乐府”，而这就是我们所说的新乐府或类乐府了，此时它就已与音乐无关了。

其次说一下乐府诗。乐府诗最初是中国古代乐府官署中的配乐演唱的诗。以五言为主，兼有七言和杂言。乐府诗在句式上灵活自由，语言上自然流畅，通俗易懂，朗朗上口，生活气息也比较浓厚。乐府诗的作品主要保存在宋代郭茂倩的《乐府诗集》中，其中的作品按音乐性质的不同，划分为郊庙歌辞、相和歌辞、燕射歌辞、鼓吹曲辞、杂曲歌辞、横吹曲辞、清商曲辞等 12 类。汉乐府民歌又称汉乐府，其中多数收入相和歌辞、鼓吹曲辞和杂曲歌辞当中，而且风格也活泼自然；而南朝的乐府民歌则多收入清商曲辞、杂曲歌辞和杂歌谣辞当中，其风格清新婉转；北朝的乐府民歌则多收入梁鼓角横吹曲中，其风格遒劲刚健。这部分诗歌，和《诗经》中的国风性质相同，而且反映了社会生活和劳动人民的思想感情，因而最具有人民性，所以是乐府诗的精华。宋代、元代以后的乐府诗歌，其外延明显地得到了进一步扩大，词、曲因配乐演唱的缘故，也就被雅称为乐府。

阅读门径

本诗最早载于《玉台新咏》，题作《古诗为焦仲卿妻作》。郭茂倩把它收入《乐府诗集·杂曲歌辞》，题作《焦仲卿妻》，称为“古诗”。因本诗首句是“孔雀东南飞”，它在诗中有起兴的作用，人们又习惯于用它来命名。本诗是一首长至三百五十余句、一千七百余字的鸿篇巨制，代表了乐府诗的最高成就。

诗人按照悲剧发展的时间顺序来做叙说，又在人物对话中插入了回忆过去生活的内容，使故事和人物形象更趋完整，作品结构仍显得脉理清晰。全诗由三部分组成：第一部分从篇首至“二情同依依”。先写刘兰芝诉说不堪婆婆欺虐，便主动提出“遣归”的要求；再写焦仲卿在母亲面前为妻子说情，未被允诺；最后写刘氏辞别焦家，夫妻约下盟誓，等待早日重新团圆。第二部分从“入门上家堂”至“愁思出门啼”。主要写县令和太守前后分别派人为他们的儿子向刘家求婚，刘兰芝难以一再违背她母亲和兄长的逼迫，佯为答应与太守儿子成婚。第三部分从“府吏闻此事”至全诗结束。先写刘兰芝与焦仲卿最后一次见面，知道危局已定，盟誓难谐，两人决心以死相抗争；再写迎婚那天刘氏赴池而亡，焦氏闻讯，也挂树而死。他们用自己的生命对封建礼教进行了强烈的控诉，悲剧达到高潮；最后通过刘、焦死后化为连枝比翼的幻境，表达了人民对他们同情和祝愿，并点出警戒世人的创作意图。

诗中人物众多，个个声情毕肖，神态如见。全诗事绪繁杂，矛盾迭出，然而写得圆顺自然，有条不紊。诗歌中的人物语言基本上以浅显通俗的口语为主，诗人的描述语言则常铺以文采，尽管有此区别，两者都生动自然，而且通篇和谐协调。

5 行行重行行

《古诗十九首》

【欣赏任务】

1. 了解《古诗十九首》的有关常识。
2. 理清《行行重行行》的结构内容。
3. 掌握诗歌的艺术特色。

【经典篇目】

行行重行行，与君生别离。相去万余里，各在天一涯。

道路阻且长，会面安可知。胡马依北风，越鸟巢南枝。

相去日已远，衣带日已缓。浮云蔽白日，游子不顾反。

思君令人老，岁月忽已晚。弃捐勿复道，努力加餐饭。

（选自《古诗十九首释》，朱自清，译林出版社 2015 年版）

【走近《古诗十九首》】

《古诗十九首》，组诗名，五言诗，是乐府古诗文人化的显著标志，最早见于《文选》（《昭明文选》），为南朝萧统从传世无名氏《古诗》中选录十九首编辑而成。编者把这些作者已经无法考证的五言诗汇集起来，冠以此名，列在“杂诗”类之首，后世遂以组诗看待。

《古诗十九首》深刻地再现了文人在汉末社会思想大转变时期，追求的幻灭与沉沦，心灵的觉醒与痛苦。艺术上，语言朴素自然，描写生动真切，具有浑然天成的艺术风格。

阅读门径

本篇是东汉末年动荡岁月中的相思乱离之歌。首句五字，连叠四个“行”字，仅以一“重”字绾结。“行行”言其远，“重行行”极言其远，不仅指空间，也指时间。复沓的声调，迟缓的节奏，疲惫的步伐，给人以压抑感，痛苦伤感笼罩了全诗。“与君生别离”，这是思妇的回忆，更是相思之情再也压抑不住发出的直白的呼喊。“相去万余里”，思妇以君行处为天涯，游子离家万里，以故乡与思妇为天涯，所谓“各在天一涯”。“道路阻且长”承上句而来，“阻”承“天一涯”，指路途坎坷曲折；“长”承“万余里”，指路途遥远，关山迢递。因此，“会面安可知”。“胡马依北风，越鸟巢南枝。”这两句用比兴手法，表面上喻远行君子，说明物尚有情、人岂无思的道理，同时兼暗喻思妇对远行君子深婉的恋情和热烈的相思。“相去日已远，衣带日已缓。”不说人渐瘦而说带渐缓，久别与长期相思之苦都用暗示表达出来。“浮云蔽白日，游子不顾反。”写思妇因相思之深而产生的疑虑。“思君令人老，岁月忽已晚。”又承上“相去日已远，衣带日已缓”，更进一步写久别与相思之苦。“岁月”，指时间。“忽已晚”，言时间过得快，暗喻女主人公青春易逝、坐愁红颜老的迟暮之感。

能力提升

1. 试分析《关雎》的结构特点。
2. 认真分析《采薇》的语言特色。
3. 体会《渔父》中屈原的思想情感。

4. 分析《焦仲卿妻（并序）》中塑造的刘兰芝与焦仲卿的形象。
5. 谈谈你对《行行重行行》的评价。

比较阅读

橘　颂

屈　原

后皇嘉树，橘徕服兮。受命不迁，生南国兮。
深固难徙，更壹志兮。绿叶素荣，纷其可喜兮。
曾枝剡棘，圆果抟兮。青黄杂糅，文章烂兮。
精色内白，类任道兮。纷缊宜修，姱而不丑兮。
嗟尔幼志，有以异兮。独立不迁，岂不可喜兮？
深固难徙，廓其无求兮。苏世独立，横而不流兮。
闭心自慎，终不失过兮。秉德无私，参天地兮。
愿岁并谢，与长友兮。淑离不淫，梗其有理兮。
年岁虽少，可师长兮。行比伯夷，置以为像兮。

（选自《屈原集校注》，金开诚等，中华书局 1996 年版）

第二节　遒劲质朴的魏晋南北朝诗歌

文本综要

文学史上所说的魏晋南北朝时期，始于东汉建安年代，迄于隋统一，历时约四百年。

魏晋南北朝社会的变迁，学术思潮以及文学观念的变化，文学的审美追求，带来了诗歌的变化。题材方面，出现了咏怀诗、咏史诗、游仙诗、玄言诗、宫体诗，以及陶渊明创造的田园诗、谢灵运开创的山水诗等；诗体方面，五古更加丰富多彩，七古也有明显进步，还出现了作为律诗开端的“永明体”，中国古代诗歌的几种基本形式如五律、五绝、七律、七绝等，在这一时期都有了雏形；辞藻方面，追求华美的风气愈来愈甚。藻饰、骈偶、声律、用典，成为普遍使用的手段。

在中国诗歌史上，五言诗的大量创作并最终取代四言诗而基本定型，应该是在魏晋南北朝时期，魏晋南北朝是中国文学的自觉时期。

汉末建安时期文坛巨匠“三曹”（曹操、曹丕、曹植）、“七子”（孔融、陈琳、王粲、徐干、阮瑀、应玚、刘桢）和女诗人蔡琰继承了汉乐府民歌的现实主义传统，普遍采用五言形式，以风骨遒劲而著称，并具有慷慨悲凉的阳刚之气，形成了文学史上“建安风骨”的独特风格，被后人尊为典范。“风骨”是中国文学批评史上的一个重要的概念，自南朝至唐，它一直是文学品评的主要标准。曹植是第一位大力写作五言诗的文人，从数量上看，他现存诗歌九十余首，这其中有六十多首都是五言诗。曹植的诗的特点是“骨气奇高，词采华茂”（钟嵘《诗品》），他以其独特的艺术风格，出色地完成了由乐府民歌向文人诗歌的转变。曹操的诗歌，沉雄悲凉，反映了社会现实，表露了诗人渴望建功立业、统一天下的雄心壮志。

魏晋之交，随着世风的变易，诗歌创作呈现出与建安时代不同的风貌。阮籍、嵇康的作品，或沉郁艰深，或风调峻切，他们继承了建安文学的优秀传统，进一步推动了五言古诗的发展。

陶渊明的时代，“真风告逝，大伪斯兴”，他因贫而出仕，目睹官场黑暗，不愿同流合污，决心辞官归隐，保持自我的人格精神。他的田园诗描绘自然风光的美丽，歌颂田园生活的平和，也表现了亲身参加农业生产劳动的喜悦和辛劳，创造了情、景、理交相融合，平淡和醇美统一的艺术境界。

到了南朝，五言诗就真正地取代了四言诗，成为其后主导中国诗坛两千年的文学样式。经过南朝诗人们的努力，特别是随着齐梁时期“永明体”的逐渐兴起与发展，严格讲究声律与对偶，非常符合近体格律的律、绝形式，在这一时期就已经产生并被普遍运用，而且出现了不少基本符合近体格律的作品，而这期间的绝句，不但已经成熟，并且也已定名。徐陵编的《玉台新咏》，卷十基本选录绝句，其明确称为“古绝句”的就有四首，所选诗皆五言四句，它们的风格、意味已与近体绝句没有明显的差异。中国诗歌发展到这时，虽然在声律方面还不够成熟，但是已可窥见唐诗风貌。

6 短歌行

曹　操

【欣赏任务】

1. 了解曹操的有关常识。
2. 理清《短歌行》的结构内容。
3. 掌握《短歌行》的艺术特色。

【经典篇目】

对酒当歌，人生几何！譬如朝露，去日苦多。
慨当以慷，忧思难忘。何以解忧？唯有杜康。
青青子衿，悠悠我心。但为君故，沉吟至今。
呦呦鹿鸣，食野之苹。我有嘉宾，鼓瑟吹笙。

明明如月，何时可掇？忧从中来，不可断绝。
越陌度阡，枉用相存。契阔谈讌，心念旧恩。
月明星稀，乌鹊南飞。绕树三匝，何枝可依？
山不厌高，海不厌深。周公吐哺，天下归心。

（选自《魏晋南北朝诗观止》，中华传统文化观止丛书编委会，学林出版社 2015 年版）

【走近作者】

曹操（155 ～ 220），字孟德，一名吉利，小字阿瞒，沛国谯（今安徽省亳州市）人。东汉末年著名的军事家、政治家和诗人，三国时代魏国的奠基人和主要缔造者。其子曹丕称帝后，追尊曹操为魏武帝。曹操的文学成就，主要表现在诗歌上，散文也很有特点。

曹操的诗歌，今存不足 20 篇，全部是乐府诗体。内容大体上可分三类。一类是关涉时事的，一类是以表述理想为主的，一类是游仙诗。

艺术风格上，曹操诗歌朴实无华，不尚藻饰。曹操在文学上的功绩，还表现在他对建安文学所起的建设性作用上。建安文学能够在长期战乱、社会残破的背景下得以勃兴，同他的重视和推动是分不开的。

阅读门径

全诗三十二句，每八句一节，共四节。第一节写人生苦短的忧叹。前四句感叹道：人生能有多久呢？人生好比早晨的露水，一会儿就干了，又苦于过去的日子太多了。后四句表达诗人内心的忧愁还是难以消除。用什么消除胸中忧愁呢？只有借酒浇愁。第三节写诗人对贤才难得的忧思和既得贤才的欣喜。前四句把寻求贤才比作“欲上青天揽明月”，表明求贤不得的苦闷和忧思；后四句描写贤才既得，喜不自胜，欢乐无穷的情景。 第四节写对贤才的关切和渴望天下贤才尽归自己的抱负。希望他们不再犹豫，赶紧到自己这边来。以周公自比，表明自己决心礼贤下士，希望贤才全部归己，帮助自己建功立业，统一天下。这几句画龙点睛，点明了全文的主旨。

《短歌行》的艺术手法：一是言志与抒情相结合。诗歌抒发了诗人渴望招纳贤才、建功立业的宏图大愿。二是引用《诗经》中的成句。引《子衿》中表现女子对情人深情思念的名句，表达诗人对贤才的渴望；引《鹿鸣》中描写欢宴宾客的句子，表达诗人对贤才的期待和礼遇。三是比喻。以明月比喻贤才，以明月不可掇比喻贤才难得。以乌鹊择木而栖比喻贤才的徘徊歧路，表达对他们前途的关切。以“山不厌高，海不厌深”比喻自己广纳天下贤才的宽阔胸襟。四是用典。以周公吐哺的典故，表示要虚心待贤，使天下贤士归心。

7 归园田居（其一）

陶渊明

【欣赏任务】

1. 了解陶渊明的有关常识。
2. 能够运用想象和联想描摹诗歌画面。

【经典篇目】

少无适俗韵，性本爱丘山。误落尘网中，一去三十年。
羁鸟恋旧林，池鱼思故渊。开荒南野际，守拙归园田。
方宅十余亩，草屋八九间。榆柳荫后檐，桃李罗堂前。
暧暧远人村，依依墟里烟。狗吠深巷中，鸡鸣桑树颠。
户庭无尘杂，虚室有余闲。久在樊笼里，复得返自然。

（选自《魏晋南北朝诗观止》，中华传统文化观止丛书编委会，学林出版社 2015 年版）

【走近作者】

陶渊明（约 365 ～ 427），名潜，字元亮，又一说名潜，字渊明，号五柳先生，私谥“靖节”，东晋浔阳柴桑（今江西九江）人。东晋末期、南朝宋初期诗人、文学家、辞赋家、散文家，我国第一位杰出的山水田园诗人。陶渊明出身于没落仕宦家庭，曾做过几年小官，后辞官回家，从此隐居。田园生活是陶渊明作品的主要题材，相关作品有《饮酒》《归园田居》《桃花源记》《五柳先生传》《归去来兮辞》等。

阅读门径

陶渊明的《归园田居》是一组诗，共五首，描绘田园风光的美好与农村生活的淳朴可爱，抒发归隐后愉悦的心情。东晋安帝义熙元年（405），陶渊明在江西彭泽做县令，不过八十多天，便声称不愿“为五斗米折腰向乡里小儿”，挂印回家，从此结束了时隐时仕、身不由己的生活，终老田园。组诗就是在此次归隐后所写，写“归园田居”其实就是写自己理想的生活。

本篇是组诗的第一首。主要是以追悔开始，以庆幸结束，追悔自己“误落尘网”“久在樊笼”的压抑与痛苦，庆幸自己终“归园田”、复“返自然”的惬意与欢欣，真切地表达了诗人对污浊官场的厌恶，对山林隐居生活的无限向往与怡然陶醉。

这首诗最突出的是写景，描写田园风光运用白描手法，远近景相交，有声有色。其次，诗中多处运用对偶句，如：“榆柳荫后檐，桃李罗堂前。”再次，对比手法的运用，将“尘网”“樊笼”与“园田居”对比，从而突出诗人对官场的厌恶、对自然的热爱。最后，语言明白清新，几如白话，质朴无华。这首诗呈现出一个完整的意境，诗的语言完全为呈现意境服务，不求表面的好看，于是诗便显得自然。

陶渊明的诗歌表面看呈现了素淡平易的面貌，不见雕琢痕迹，然而苏东坡说：“其诗质而实绮，癯而实腴。”（《与苏辙书》）又说：“渊明诗初看若散缓，熟看有奇句。”（《冷斋诗话》引）苏东坡欣赏陶渊明的为人，推崇其诗的自然质朴，并认为其语言深入浅出之技巧无人能及。在这一首《归园田居》中就鲜明地体现了陶诗质朴中的深味，散缓中的精巧。

能力提升

1. 分析《短歌行》的艺术特色。
2.《归园田居（其一）》中的田园景色有何特点？请抓住诗中几组意象分析。

比较阅读

美女篇

曹　植

美女妖且闲，采桑歧路间。柔条纷冉冉，落叶何翩翩。
攘袖见素手，皓腕约金环。头上金爵钗，腰佩翠琅玕。
明珠交玉体，珊瑚间木难。罗衣何飘摇，轻裾随风还。
顾盼遗光彩，长啸气若兰。行徒用息驾，休者以忘餐。
借问女安居，乃在城南端。青楼临大路，高门结重关。
容华耀朝日，谁不希令颜？媒氏何所营？玉帛不时安。
佳人慕高义，求贤良独难。众人徒嗷嗷，安知彼所观？
盛年处房室，中夜起长叹。

（选自《魏晋南北朝诗观止》，中华传统文化观止丛书编委会，学林出版社 2015 年版）

七哀诗

王　粲

西京乱无象，豺虎方遘患。复弃中国去，委身适荆蛮。
亲戚对我悲，朋友相追攀。出门无所见，白骨蔽平原。
路有饥妇人，抱子弃草间。顾闻号泣声，挥涕独不还。
未知身死处，何能两相完？驱马弃之去，不忍听此言。

南登霸陵岸，回首望长安。悟彼下泉人，喟然伤心肝。

（选自《魏晋南北朝诗观止》，中华传统文化观止丛书编委会，学林出版社 2015 年版）

第三节　气象恢宏的唐诗

文本综要

中国是诗的国度，唐诗又是中国古典诗歌的高峰。

在唐代近三百年的历史中，涌现了无数诗人，其中如王维、李白、杜甫、白居易、李商隐等，更是名垂青史、光照万代的大诗人，他们成就了唐诗星光灿烂的景象。

造成了唐诗这种空前绝后的景象的原因是什么呢?

首先，是唐代以诗取士的政策，在客观上推动诗歌艺术的发展。

其次，诗歌发展到了唐代，也到了应该开花结果的时期了。从《诗经》开始，中国古典诗歌经过了漫长的发展、成长过程，已积累了比较丰富的艺术经验。特别是自魏晋以来，在理论上对声律等问题的深入探讨，为唐代诗人提供了可资借鉴的各种诗歌艺术经验。特别是南朝“永明体”的出现，为诗歌走向格律化作了充分的准备。正是由于唐代诗人们广泛地吸收了前人的诗歌遗产，加以创造，才出现了诗歌空前繁荣的景象。

再次，我们也应看到唐代强盛的国力对诗歌繁荣的作用。唐代的国力之盛，不仅为人们的生活提供了必要的保障，更重要的是增强了人们的自信心与凝聚力。

自宋代以来，人们在审视唐诗的发展时，总不忘对其进行分期，所以就有了“三唐”“四唐”之类的说法。自从明人提出了“四唐说”之后，人们普遍承认了这种说法的权威性。“四唐说”将唐诗的发展分为四个时期，即初唐、盛唐、中唐、晚唐，这有其合理性，因为它确实勾勒了唐诗发展不同时期的特点。

初唐，即唐玄宗以前，这是唐诗发展的初级阶段。一方面，南朝宫体诗在诗坛上占据着统治地位，从唐太宗到上官仪等，无不大写华丽婉媚的作品；另一方面，诗歌改革的序幕正悄然拉开。初唐的诗歌改革是从两方面进行的：以陈子昂、“四杰”为代表的一批出身低微的下层诗人，通过自身的遭遇意识到了诗歌创作必须表现真情实感，于是他们提倡“兴寄”“风骨”，写出了诸如《登幽州台歌》《感遇》《在狱咏蝉》《从军行》《送杜少府之任蜀州》之类情感充沛、动人心魄的作品，从内容上对宫体诗进行了改造或改革。而以沈佺期、宋之问、上官仪为代表的上层诗人则在对诗歌艺术的精雕细刻中，发展并完善了诗歌格律，并最终完成了对诗歌格律的定型，这从形式上发展了宫体诗。所以，初唐没有伟大的诗人，却有杰出的诗歌改革家。

盛唐，即唐玄宗至唐代宗时期，这是唐代诗歌高度繁荣的时期。盛唐诗人将初唐诗人在内容与形式上的改革成果合二为一，完成了内容与形式的结合，于是诗歌创作大放异彩，涌现出王维、孟浩然、高适、岑参、王昌龄、王之涣、李白、杜甫等著名的诗人。他们不论是描写田园山水，还是描写边塞生活，抑或是表现社会人生，无不穷形尽相，极尽能事，因而形成了鲜明的个性特征。他们以不同的声音合唱出令后世神往的“盛唐之容”——一种富有理想、昂扬向上、热情豪迈的精神风范。这些诗人是这个时代的伟大诗人，由于他们站在时代的顶峰上，因而也就成了整个历史的伟大诗人。特别是李白、杜甫，更成了后人不可企及的典范。

中唐，即唐代宗至唐文宗时期，也是唐诗精彩纷呈的时期。“安史之乱”使唐由盛而衰，国力衰微了，但诗歌并没有衰落。这一时期的优秀诗人如白居易、韩愈、柳宗元、刘禹锡、元稹等，与盛唐诗人相比也不逊色。因此，学术界有人认为，中唐诗歌的成就甚至要超过盛唐。这一时期诗歌的最大特点是派别林立，诗人的个人风格极为突出。从“大历十才子”，到后来的韩孟诗派，无不具有鲜明的个人风格。

晚唐是唐诗的夕阳期。这个时期的代表诗人李商隐“夕阳无限好，只是近黄昏”的诗句正是这一时期诗歌的写照。这个时期没有了理想，只有悲哀、感伤与华艳，构成了这个时期诗歌的主要特色。代表诗人李商隐、杜牧、温庭筠也只是“天鹅的绝唱”。

8 春江花月夜

张若虚

【欣赏任务】

1. 了解张若虚的有关常识。
2. 理清《春江花月夜》的内容结构。
3. 掌握作品的多角度写景的手法。

【经典篇目】

春江潮水连海平，海上明月共潮生。滟滟随波千万里，何处春江无月明！
江流宛转绕芳甸，月照花林皆似霰；空里流霜不觉飞，汀上白沙看不见。
江天一色无纤尘，皎皎空中孤月轮。江畔何人初见月？江月何年初照人？
人生代代无穷已，江月年年望相似。不知江月待何人，但见长江送流水。
白云一片去悠悠，青枫浦上不胜愁。谁家今夜扁舟子？何处相思明月楼？
可怜楼上月徘徊，应照离人妆镜台。玉户帘中卷不去，捣衣砧上拂还来。
此时相望不相闻，愿逐月华流照君。鸿雁长飞光不度，鱼龙潜跃水成文。
昨夜闲潭梦落花，可怜春半不还家。江水流春去欲尽，江潭落月复西斜。
斜月沉沉藏海雾，碣石潇湘无限路。不知乘月几人归，落月摇情满江树。

（选自《全唐诗》，彭定求等，上海古籍出版社 1986 年版）

【走近作者】

张若虚（约660～约720），扬州（今江苏省扬州市）人，曾任兖州兵曹。唐中宗李显神龙年间与贺知章等人同以吴越名士，扬名京都。唐玄宗李隆基开元初年，又和贺知章、张旭、包融齐名，号称“吴中四士”。

阅读门径

该诗描写了春江花月夜的奇丽景色，展示了大自然的美，抒写了相思离别之情，表现了对青春的珍惜和对美好生活的向往。起笔用景语勾勒出一幅春江月夜画，再以江月为中心，描绘出一幅幅春江、花林、江月的画卷，即景生情，从江月美景中托出客子离愁的情怀，融情于景。

全诗多角度写景，由月生、月照、月轮、月徘徊、月华、月斜，写到月落，辅以江潮、江流、江天、江畔、江月、江浦、江潭、江树等场景衬托，由九个形象画面构成完美的艺术境界，表现游子离妇的离愁，情景交融，景随情移，具有巨大的艺术感染力。语言的声韵之美，烘托了诗情。四句一转韵，韵脚平仄交错，音节和谐，每韵都构成了一幅形象画面。平仄加上不少偶句、排比句、顶真句，使诗歌错落有致。

9 使至塞上

王　维

【欣赏任务】

1. 了解王维的有关常识。
2. 理清诗歌的文本内容。
3. 掌握作品的突出写法。

【经典篇目】

单车欲问边，属国过居延。征蓬出汉塞，归雁入胡天。
大漠孤烟直，长河落日圆。萧关逢候骑，都护在燕然。

（选自《全唐诗》上，彭定求等，上海古籍出版社1986年版）

【走近作者】

王维（701～761），字摩诘，祖籍太原祁（今山西祁县）。王维的诗歌创作道路大致以开元二十六年（738）张九龄罢相为界分为前后两个时期。前期诗作大都反映现实，具有明显的进步政治倾向，在一定程度上体现了盛唐时代积极进取的精神；后期的诗作多描山摹水、歌咏田园风光，其中也曲折地表达了对现实政治的不满，但情绪的主调却是颓唐消极的。王维不仅工诗善画，且精通音律，擅长书法。诗歌、音乐、绘画三种艺术在审美趣味上相互融会、相互渗透，具有独特的造诣，被苏轼誉之为：“味摩诘之诗，诗中有画；观摩诘之画，画中有诗。”著有《王右丞集》。

阅读门径

这首诗是王维赴河西节度幕途中所作，是其边塞诗的杰作。诗中描绘了塞外的荒凉景象、塞上的战争风云、诗人的悲凉心情以及边将的赫赫战功。全诗感情沉郁，笔触雄浑，画面宏阔，格调苍凉。这首诗，叙事虚中有实，妙处在于善于用事，基本上是借汉喻唐。全诗缀联汉人与匈奴对抗的各种典故，包括物名、官名、地名、人物、事件等，制造出一种诗情画意的境界，给读者留下想象的余地。诗中写景，则是实中带虚，其妙处在于善用比兴。“征蓬”“归雁”，是塞上景物，但蓬草飞转在秋天，鸿雁北归在春天，二物实不可得兼。而诗人妙在实物虚写，不受时空限制，意在融注他奉命出使漂泊在外的悲壮情怀。“大漠孤烟”，也是西北边塞实景，但实中带虚，景中寓事，不仅以此阔大景象烘托悲壮的感情，更借以渲染战争的紧张。“长河落日”，也使人感受到战争结束的平静气氛。

这首诗所以脍炙人口，主要在于“大漠孤烟直，长河落日圆”这一联写景艺术的绝妙。十个字就抓住了塞外最典型的特征，精心锤炼出“直”“圆”两个形容词，准确描绘了沙漠的景象，自然而有力地勾画出塞外特有的苍莽、孤寂、奇丽、壮阔，也表现了作者的深切感受，把孤寂情绪溶化在广阔的自然景象中。

10 过故人庄

孟浩然

【欣赏任务】

1. 了解孟浩然的有关常识。
2. 理清《过故人庄》的诗歌内容。
3. 掌握作品艺术手法方法的运用。

【经典篇目】

故人具鸡黍，邀我至田家。绿树村边合，青山郭外斜。

开轩面场圃，把酒话桑麻。待到重阳日，还来就菊花。

（选自《全唐诗》上，彭定求等，上海古籍出版社 1986 年版）

【走近作者】

孟浩然（689 ～ 740），本名浩，字浩然，襄州襄阳（今湖北襄市）人。早年隐居家乡襄阳附近的鹿门山，闭门读书，以诗自娱。曾游历长江南北各地，巴蜀、吴越、湘赣等地都留下了他的足迹。四十岁时游长安，应进士不第。张九龄镇荆州时，署其为荆州从事，不久，患疽而卒，终年五十二岁。作品集有《孟浩然集》。

阅读门径

首联叙述老朋友杀鸡做饭，邀请诗人到他家去做客。“田家”没有山珍海味，一盘肥鸡就成了老朋友待客的佳肴。朴实自然的诗句，表现了诗人与故人的真诚友谊，又表现了田园生活的清淡，给人以亲切友好的感觉。

颔联描写的是诗人进庄之所见。上句描绘近景，下句勾勒远景，表现出山水的美丽和对田园生活的喜爱。这两句诗也暗示了孟浩然与其故人的友谊是建立在对理想和情趣的共同追求之上的，为后面的开怀畅谈做了铺垫。

颈联“开轩面场圃，把酒话桑麻”，写的是宴饮。诗人在老朋友家中，临窗把盏，看到窗外的打谷场和青葱的菜园，不觉引起了诗人和老朋友对田园农作物收成的关切之情，年景收成也就成了饮宴的主要话题。

“待到重阳日，还来就菊花。”孟浩然深深为农庄生活所吸引，于是临走时，向主人率真地表示将在秋高气爽的重阳节再来观赏菊花。

诗歌感情真挚，语言质朴，连描述的层次也完全顺乎自然，就是在这无雕无饰的“天然”之中，诗人大巧若拙地把艺术美巧妙地融入整个诗篇的血肉中，用平淡而蕴含着深厚韵味的口头语，勾勒了一个浑然天成的诗的境界，读后令人心旷神怡，回味绵长。

11 蜀道难

李　白

【欣赏任务】

1. 掌握李白的相关知识。
2. 把握《蜀道难》的结构内容。

3. 了解诗歌的艺术特色。

【经典篇目】

噫吁嚱，危乎高哉！蜀道之难，难于上青天！
蚕丛及鱼凫，开国何茫然！
尔来四万八千岁，不与秦塞通人烟。
西当太白有鸟道，可以横绝峨眉巅。
地崩山摧壮士死，然后天梯石栈相钩连。
上有六龙回日之高标，下有冲波逆折之回川。
黄鹤之飞尚不得过，猿猱欲度愁攀援。
青泥何盘盘，百步九折萦岩峦。
扪参历井仰胁息，以手抚膺坐长叹。
问君西游何时还？畏途巉岩不可攀。
但见悲鸟号古木，雄飞雌从绕林间。
又闻子规啼夜月，愁空山。
蜀道之难，难于上青天，使人听此凋朱颜！
连峰去天不盈尺，枯松倒挂倚绝壁。
飞湍瀑流争喧豗，砯崖转石万壑雷。
其险也如此，嗟尔远道之人胡为乎来哉！
剑阁峥嵘而崔嵬，一夫当关，万夫莫开。
所守或匪亲，化为狼与豺。
朝避猛虎，夕避长蛇；磨牙吮血，杀人如麻。
锦城虽云乐，不如早还家。
蜀道之难，难于上青天，侧身西望长咨嗟！

（选自《全唐诗》上，彭定求等，上海古籍出版社 1986 年版）

【走近作者】

李白（701 ～ 762），字太白，号青莲居士，祖籍陇西成纪（今甘肃省天水市泰安县）。李白一生的思想是比较复杂的。儒家、道家、纵横家、游侠思想对他都有影响。他企羡神仙，向往隐逸，但又不愿“一朝飞腾为方丈蓬莱之人”，而要“申管晏之谈，谋帝王之术，奋其智能，愿为辅弼，使寰区大定，海县清一”。他有远大的政治抱负，却又不愿走科举的道路。他想通过隐居、求仙获取声望，通过名人荐举受到皇帝重用，实现“济苍生”“安社稷”的理想，然后功成身退。他就是在这一思想指导下度过一生的。

李白存诗九百九十多首。这些诗歌，或以奔放之情表达对理想政治的热烈追求，对建功立业的渴望；或以犀利笔锋揭露政治集团的荒淫腐朽；或以善描的画笔歌颂祖国壮丽的山河。他的诗篇，无论五言七言，无论古体近体，都别具风格，具有强烈的浪漫主义色彩。作品集有《李太白集》。

阅读门径

《蜀道难》是天宝初年李白被玄宗召入长安供奉翰林时送别友人所作。

开头的感叹句为全诗定下了“危难”的感情基调。接着以极度的夸张，称“蜀道之难，难于上青天”，点出了主题。接着转入描绘蜀道的艰难险阻。“蚕丛”以下八句描写入蜀山势的高峻、险要以及蜀道开辟的艰难。通过“壮士”开山的传说，讴歌了远古人类征服自然的斗争。“上有六龙回日之高标”四句紧承“天梯石栈”而来。通过“天梯石栈”，可踏上由秦入蜀之路了。向上望，还有“高标”；向下看，又有波涛汹涌、曲折回旋的河水在奔流。这样的高山险阻，就是黄鹤也飞不过去，猿猴也发愁，更何况游客呢！诗人借“六龙回日”的神话烘托“高标”之高。“青泥何盘盘”四句写青泥岭的曲折和高危。渲染太白山之高已是淋漓尽致了，又刻画出青泥岭的高危。刻画之不足，又加上一个强烈的感叹句：“以手抚膺坐长叹。”从“问君西游何时还”至“嗟尔远道之人胡为乎来哉”，诗人借旅行者的感觉和经历渲染蜀道的奇险难行。“连峰”四句是对蜀道山水的概括描写。这组七言句，气势磅礴，极尽夸张之能事，又加拟人化，写尽了山之高，壁之陡，水之湍急，然后归结到一个“险”字，生动具体地写尽了蜀道的形势。最后以“嗟尔远道之人胡为乎来哉”，结束这层表达。但来到蜀地，前途并不乐观，“峥嵘而崔嵬”的剑阁又屹立在眼前了。诗人以豺、狼、猛虎、长蛇这些自然界中最可怕的事物作寓，渲染剑阁蜀地形势的险要和环境的险恶。诗篇很自然地归结到“锦城虽云乐，不如早还家”。结句“蜀道之难，难于上青天，侧身西望长咨嗟”，再呼应开头，点出主题。

《蜀道难》是李白的代表作品之一，是一篇充分体现李白积极浪漫精神的杰作，李白在此篇中，以清雄奔放的语句，夸张的手法，描绘了蜀地山川的神奇壮伟，表现了诗人丰富的想象和惊人的艺术技巧，历来为人们所钦美赞赏。

12 宣州谢朓楼饯别校书叔云

李　白

【欣赏任务】

1. 了解诗歌的写作背景。
2. 把握作品的感情基调。

3. 掌握诗歌的语言风格。

【经典篇目】

弃我去者，昨日之日不可留；乱我心者，今日之日多烦忧。

长风万里送秋雁，对此可以酣高楼。蓬莱文章建安骨，中间小谢又清发。

俱怀逸兴壮思飞，欲上青天揽明月。抽刀断水水更流，举杯销愁愁更愁。

人生在世不称意，明朝散发弄扁舟。

（选自《李白诗选》，熊礼汇译注，人民文学出版社 2015 年版）

阅读门径

《宣州谢朓楼饯别校书叔云》是天宝末年李白在宣城期间饯别秘书省校书郎李云之作。

开篇写诗人郁结之深、忧愤之烈、心绪之乱，以及一触即发、一发不可收的感情状态。“长风万里送秋雁，对此可以酣高楼。蓬莱文章建安骨，中间小谢又清发。”这四句展现了壮阔的万里秋空画图和诗人豪迈阔大的胸襟。目接“长风万里送秋雁”之境，感到一种心境契合的舒畅，“酣饮高楼”的豪情逸兴油然而生了。下两句承高楼饯别分写主客双方。上句赞李云的文章风格刚健，下句以“小谢”（即谢朓）自指，说自己的诗像谢朓那样具有清新秀发的风格。这里自比小谢，流露出对自己才能的自信。“俱怀逸兴壮思飞，欲上青天揽明月。”这两句就“酣高楼”渲染双方的意兴，说都怀有豪情逸兴、雄心壮志，酒酣兴发，更是飘然欲飞，想登上青天揽取明月。豪放与天真，在这里得到了和谐的统一。这两句笔酣墨饱，淋漓尽致，把面对“长风万里送秋雁”的境界所激起的昂扬情绪推向高潮。但现实中不存在“长风万里送秋雁”这种可自由飞翔的天地，因此，当他从幻想中回到现实里，就感到了理想与现实的不可调和，加重了烦忧苦闷。“抽刀断水水更流，举杯销愁愁更愁”，又一大转折。“抽刀断水水更流”的比喻是奇特而富于独创性的，由于比喻和眼前景的联系密切，从而使它多少具有“兴”的意味，读来便感到自然天成。“人生在世不称意，明朝散发弄扁舟。”进步理想与黑暗现实的矛盾，在当时是无法解决的，因此，他只能找到“散发弄扁舟”这样一条摆脱苦闷的出路。李白的可贵之处在于，尽管他经受着苦闷的重压，但并没放弃对理想的追求，诗中仍贯注豪迈慷慨的情怀。“长风”二句，“俱怀”二句，更像是在悲怆的乐曲中奏出高昂乐观的音调，也在抒写苦闷的同时表现出倔强的性格。因此，全诗给人的感觉不是阴郁绝望，而是充满豪迈雄放的气概。

13 兵车行

杜 甫

【欣赏任务】

1. 把握杜甫的相关知识。
2. 熟悉《兵车行》的内容结构。
3. 了解诗歌的艺术特色。

【经典篇目】

车辚辚，马萧萧，行人弓箭各在腰。
耶娘妻子走相送，尘埃不见咸阳桥。
牵衣顿足拦道哭，哭声直上干云霄。
道傍过者问行人，行人但云点行频。
或从十五北防河，便至四十西营田。
去时里正与裹头，归来头白还戍边。
边庭流血成海水，武皇开边意未已。
君不闻汉家山东二百州，千村万落生荆杞。
纵有健妇把锄犁，禾生陇亩无东西。
况复秦兵耐苦战，被驱不异犬与鸡。
长者虽有问，役夫敢申恨？
且如今年冬，未休关西卒。
县官急索租，租税从何出？
信知生男恶，反是生女好。
生女犹得嫁比邻，生男埋没随百草。
君不见青海头，古来白骨无人收。
新鬼烦冤旧鬼哭，天阴雨湿声啾啾。

（选自《全唐诗》上，彭定求等，上海古籍出版社 1986 年版）

【走近作者】

杜甫（712 ～ 770），字子美，祖籍襄阳，生于河南巩县（今河南省巩义市），自号少陵野老。唐代伟大的现实主义诗人，他的诗被称为“诗史”。杜甫被后人尊称为“诗圣”，与李白合称“李杜”。杜甫因做过左拾遗、检样工部员外郎，后世称其杜拾遗、杜工部，也称他杜少陵、杜草堂。杜甫创作了《春望》《北征》、“三吏”“三别”等名作。杜甫思想的核心是儒家的仁政思想，忧国忧民，人格高尚，有“致君尧舜上，再使风俗淳”的宏伟抱负。杜甫共有约 1500 首诗歌被保存了下来，有《杜工部集》。

阅读门径

这首诗大约作于天宝十年（751）杜甫旅居长安时，表现了唐玄宗好大喜功、穷兵黩武给百姓带来的灾难。

诗一开始，就在读者眼前展现了一幅震人心魄的送别画面。兵车轧地，响声隆隆，战马奔腾，昂首嘶鸣。披挂着弓箭的士卒，夹杂在车马中，一列列地开赴边地战场。漫长的队伍旁，是众多的亲人，男女老少，在纷乱地哭喊、拽拉、捶胸、顿足，为士卒悲恸地送行。车马行人扬起的尘土，遮天蔽日，淹没了横跨渭水的咸阳大桥。“牵衣、顿足、拦道、哭”四个动作，将送行者的留恋、悲怆、绝望的感情与神态完整地展现出来。

第二部分从“道傍过者问行人”直至结尾，叙述行人的答话。这一部分共分三个层次。第一层自“道傍过者问行人”至“被驱不异犬与鸡”，写征夫在边关冒着流血死亡的危险作战，家中只有妇女耕作，以致田园荒芜、民生凋敝。第二层自“长者虽有问”至“生男埋没随百草”，写役夫长年在外征战不息，家中却还遭官府催租之苦。第三层从“君不见青海头”到篇末，通过描写战场的悲惨景象来诅咒拓边战争。这是全诗的高潮，也是“行人”对出征的前景形象化的预测。诗歌结尾这令人心惊胆寒、毛骨悚然的恐怖场面与开头人声鼎沸的画面相对照，则更显示出“耶娘妻子走相送”这生离死别场面的悲惨。

《兵车行》的特点，一是具有“春秋”史家纪事的客观性、真实性；二是寓情于叙事中；三是句式三言、五言、七言，错杂运用，让读者在句式变化中体味出诗人忧、悲、愤、怆等感情的剧变；四是语意上的前后照应。

14 新婚别

杜　甫

【欣赏任务】

1. 了解诗歌的写作背景。
2. 把握作品的内容结构。
3. 理解作者感情的表达。

【经典篇目】

兔丝附蓬麻，引蔓故不长。嫁女与征夫，不如弃路旁。
结发为君妻，席不暖君床。暮婚晨告别，无乃太匆忙。

君行虽不远，守边赴河阳。妾身未分明，何以拜姑嫜?
父母养我时，日夜令我藏。生女有所归，鸡狗亦得将。
君今往死地，沉痛迫中肠。誓欲随君去，形势反苍黄。
勿为新婚念，努力事戎行。妇人在军中，兵气恐不扬。
自嗟贫家女，久致罗襦裳。罗襦不复施，对君洗红妆。
仰视百鸟飞，大小必双翔。人事多错迕，与君永相望。

（选自《全唐诗》上，彭定求等，上海古籍出版社 1986 年版）

阅读门径

首四句以比兴领起，以“兔丝附蓬麻，引蔓故不长”比喻女子出嫁后得不到依靠，女人出嫁本想与丈夫偕老，现在却一别永绝，真不如弃之路旁了。开篇就作新妇口吻，起句哀怨凄绝。“结发”八句写新婚惜别之情。“父母”八句追忆新婚前后之事。“日夜令我藏”，写婚前生活之痛苦，暗示社会现实的混乱动荡。“君今往死地”，写婚后生活之悲惨。情真意切，本拟随君同往，却没想到征调出行如此之急迫。

“勿为”八句勉慰亲人并表白自己的忠贞之情，从凄婉悲痛中转向高亢激愤。“勿为新婚念，努力事戎行。”意为不要挂念新婚，努力杀敌，这是勉励亲人的话；军中有女人，恐碍军威，这是委婉劝诫的话；不施罗襦，永待君归，这是表白坚贞之情。前段，新妇情绪纷繁而语言缓涩；这一段，语言激昂，节奏急促，激昂慷慨，揭示出新妇以国为念而牺牲个人的高尚品格和情操。

“仰视”四句遥应首段，以比作结，表现了新妇深挚的感情和坚贞不渝的情操。

全诗以比兴领起，又以比兴收结，缠绵、委婉而又激昂。诗以“暮婚晨别”的典型事件，实现刻画贫家新妇的光辉形象，表现了她以国为重，勉励亲人奔赴国难的爱国精神，揭示出人民大众热爱祖国、将自身命运服从于祖国命运的高贵品质。

15 燕歌行（并序）

高　适

【欣赏任务】

1. 了解高适的有关常识。

2. 理清《燕歌行》的写作背景与内容结构。

3. 掌握作品的对比手法和排偶句式的运用。

【经典篇目】

开元二十六年，客有从御史大夫张公出塞而还者；作《燕歌行》以示适，感征戍之事，因而和焉。

汉家烟尘在东北，汉将辞家破残贼。男儿本自重横行，天子非常赐颜色。
摐金伐鼓下榆关，旌旗逶迤碣石间。校尉羽书飞瀚海，单于猎火照狼山。
山川萧条极边土，胡骑凭陵杂风雨。战士军前半死生，美人帐下犹歌舞。
大漠穷秋塞草腓，孤城落日斗兵稀。身当恩遇常轻敌，力尽关山未解围。
铁衣远戍辛勤久，玉箸应啼别离后。少妇城南欲断肠，征人蓟北空回首。
边风飘飖那可度，绝域苍茫更何有。杀气三时作阵云，寒声一夜传刁斗。
相看白刃血纷纷，死节从来岂顾勋。君不见沙场征战苦，至今犹忆李将军。

（选自《唐诗三百首》，顾青编注，中华书局 2016 版）

【走近作者】

高适（702 ～ 765），唐代著名诗人。字达夫，一字仲武，渤海（今河北县）人。幼年家贫。二十岁后曾到长安，求仕不遇。于是北上蓟门，漫游燕赵。天宝三年（744）秋，与李白、杜甫相会，共同饮酒赋诗，以抒襟抱。官至散骑常侍，封渤海县侯，世称高常侍。《旧唐书》称："有唐以来，诗人之达者，唯适而已。"与岑参齐名，并称"高岑"，同为盛唐边塞诗代表。

阅读门径

《燕歌行》是高适送兵到蓟北、回到封丘后有感于张守珪之事而作。全诗以非常浓缩的笔墨，写了一个战役的全过程：第一部分八句写出师，第二部分八句写战败，第三部分八句写被围，第四部分四句写死斗的结局。各部分之间，脉理绵密。

"汉家烟尘在东北……天子非常赐颜色。"写战争烽火在唐王朝东北边境燃起，将军奉命征讨伐敌军。张守珪率兵纵横驰骋，屡建战功，皇帝非常满意，大加赏赐。"摐金伐鼓下榆关……单于猎火照狼山。"这四句写张守珪的部将赵堪、白真陀罗假传张的命令，逼令平卢军使乌知义追击叛奚的过程。"山川萧条极边土……美人帐下犹歌舞。"唐军转战来到狼山一带，敌人的骑兵凶猛袭来。激战开始，死伤惨重；而边将们却依旧耽于酒色，沉迷于歌舞饮宴。"大漠穷秋塞草腓……

力尽关山未解围。”深秋的沙漠，枯草在颤抖，夕阳坠落在漠中孤城，边将本当尽忠职守，报效朝廷，却守备松弛，骄逸轻敌，致使敌人突袭时，尽管士卒拼尽力气，却难解重围。“铁衣远戍辛勤久……征人蓟北空回首。”写战火连年不断，戍卒长期不能回家，引起和家人无尽的痛苦和相思。“边庭飘飖那可度……寒声一夜传刁斗。”写边地的荒凉和战争的肃杀紧张。说明家人对戍卒安危的焦虑牵挂。“相看白刃血纷纷……至今犹忆李将军！”从士卒报国心揭示战士戍边苦战的精神之源，衬托了边将的卑劣，阐发了诗的主题。战士甘愿为国捐躯的襟怀与一心为邀功讨赏、博取天子恩遇的边将的卑微灵魂形成了对比。诗以“至今犹忆李将军”作结，是诗人代戍卒发出的呼唤，对士卒悲惨命运深表同情，也借赞叹汉名将李广的爱惜士卒以对比讽刺赵堪等的不恤士卒。《燕歌行》大量运用对比的手法和排偶句式，能起到振聋发聩之效。

16 听颖师弹琴

韩　愈

【欣赏任务】

1. 了解韩愈的有关常识。
2. 理清诗歌的情节结构。
3. 掌握艺术手法的运用。

【经典篇目】

昵昵儿女语，恩怨相尔汝。
划然变轩昂，勇士赴敌场。
浮云柳絮无根蒂，天地阔远随飞扬。
喧啾百鸟群，忽见孤凤皇。
跻攀分寸不可上，失势一落千丈强。
嗟余有两耳，未省听丝篁。
自闻颖师弹，起坐在一旁。
推手遽止之，湿衣泪滂滂。
颖乎尔诚能，无以冰炭置我肠！

（选自《全唐诗》上，彭定求等，上海古籍出版社 1986 年版）

【走近作者】

韩愈（768 ～ 824），字退之，河内河阳（今河南孟州）人。自称昌黎韩愈，所以世称韩昌黎。韩愈和柳宗元同是古文运动的倡导者。韩愈的诗歌也有特点，气势壮阔，笔力雄健，力求新奇，自成一家。他开了“以文为诗”的风气，对后来的宋诗影响很大。著有《昌黎先生集》。

阅读门径

这是一首描写音乐的名作。全诗可分为两部分。前十句为第一部分，写颖师所弹奏的优美琴声。这一部分通过比喻描写了琴声变幻莫测，把琴声的阴阳刚柔、高低起伏、腾挪转折，形象地模拟出来，使人沉醉其中。后八句为第二部分，写听琴的感受。自己虽然不懂音乐，可是听了颖师的弹奏，一直坐立不安，眼泪湿透了衣裳，不禁急忙止住颖师，请他不要再继续弹了。“颖乎尔诚能”两句是说：你的弹奏本领太高强了，直使我的心时而如火热，时而又如冰寒。我的感情剧烈波动得再也禁受不住了。乐曲还没有演奏完，诗歌却告结束。真是飘然而来，又戛然而止。这一大段既说明了诗人感受之深，同时也衬托出了颖师弹奏的高明。

这首诗先用一连串比喻，描写音乐形象，把人带入美妙的琴声中，然后才点出这是颖师所弹奏的琴曲，并以自己感受之深，加以赞叹。这种倒点题法，更能增强感染读者的效果。

17 长恨歌

白居易

【欣赏任务】

1. 了解白居易的相关知识。
2. 理清该诗的情节内容。
3. 理解诗人的情感表达。
4. 掌握作品中人物对比方法的运用。

【经典篇目】

汉皇重色思倾国，御宇多年求不得。杨家有女初长成，养在深闺人未识。
天生丽质难自弃，一朝选在君王侧。回眸一笑百媚生，六宫粉黛无颜色。
春寒赐浴华清池，温泉水滑洗凝脂。侍儿扶起娇无力，始是新承恩泽时。
云鬓花颜金步摇，芙蓉帐暖度春宵。春宵苦短日高起，从此君王不早朝。

承欢侍宴无闲暇，春从春游夜专夜。后宫佳丽三千人，三千宠爱在一身。
金屋妆成娇侍夜，玉楼宴罢醉和春。姊妹弟兄皆列土，可怜光彩生门户。
遂令天下父母心，不重生男重生女。骊宫高处入青云，仙乐风飘处处闻。
缓歌慢舞凝丝竹，尽日君王看不足。渔阳鼙鼓动地来，惊破《霓裳羽衣曲》。

九重城阙烟尘生，千乘万骑西南行。翠华摇摇行复止，西出都门百余里。
六军不发无奈何，宛转蛾眉马前死。花钿委地无人收，翠翘金雀玉搔头。
君王掩面救不得，回看血泪相和流。黄埃散漫风萧索，云栈萦纡登剑阁。
峨眉山下少人行，旌旗无光日色薄。蜀江水碧蜀山青，圣主朝朝暮暮情。

行宫见月伤心色，夜雨闻铃肠断声。天旋地转回龙驭，到此踌躇不能去。
马嵬坡下泥土中，不见玉颜空死处。君臣相顾尽沾衣，东望都门信马归。
归来池苑皆依旧，太液芙蓉未央柳。芙蓉如面柳如眉，对此如何不泪垂？
春风桃李花开日，秋雨梧桐叶落时。西宫南内多秋草，落叶满阶红不扫。

梨园弟子白发新，椒房阿监青娥老。夕殿萤飞思悄然，孤灯挑尽未成眠。
迟迟钟鼓初长夜，耿耿星河欲曙天。鸳鸯瓦冷霜华重，翡翠衾寒谁与共？
悠悠生死别经年，魂魄不曾来入梦。临邛道士鸿都客，能以精诚致魂魄。
为感君王辗转思，遂教方士殷勤觅。排空驭气奔如电，升天入地求之遍。

上穷碧落下黄泉，两处茫茫皆不见。忽闻海上有仙山，山在虚无缥缈间。
楼阁玲珑五云起，其中绰约多仙子。中有一人字太真，雪肤花貌参差是。
金阙西厢叩玉扃，转教小玉报双成。闻道汉家天子使，九华帐里梦魂惊。
揽衣推枕起徘徊，珠箔银屏迤逦开。云鬓半偏新睡觉，花冠不整下堂来。

风吹仙袂飘飘举，犹似霓裳羽衣舞。玉容寂寞泪阑干，梨花一枝春带雨。
含情凝睇谢君王，一别音容两渺茫。昭阳殿里恩爱绝，蓬莱宫中日月长。
回头下望人寰处，不见长安见尘雾。唯将旧物表深情，钿合金钗寄将去。
钗留一股合一扇，钗擘黄金合分钿。但教心似金钿坚，天上人间会相见。

临别殷勤重寄词，词中有誓两心知。七月七日长生殿，夜半无人私语时。
在天愿作比翼鸟，在地愿为连理枝。天长地久有时尽，此恨绵绵无绝期！

（选自《唐诗三百首》，顾青编注，中华书局 2016 年版）

【走近作者】

白居易（772 ～ 846），字乐天，晚年号香山居士。祖籍太原（今属山西），后迁居下邽（今陕西渭南）。早年家境贫困，对社会生活及人民疾苦有较多的接触和了解。著有《白氏长庆集》。在文学上，他与元稹同为新乐府运动的倡导者和中坚力量，主张“文章合为时而著，歌诗合为事而作”，反对“嘲风雪，弄花草”而别无寄托的作品。白诗语言通俗，深入浅出，平易自然，不露雕琢痕迹。其诗刻画人物，形象鲜明，以情动人，具有很高的艺术造诣。

阅读门径

这首长篇叙事诗叙述了唐玄宗和杨贵妃的爱情悲剧，婉转曲折，催人泪下。

“汉皇重色思倾国……不重生男重生女。”讽刺、揭露唐玄宗重色贪欢，朝政荒废，杨贵妃恃宠而骄，兄弟姊妹权重一时。“骊宫高处入青云……夜雨闻铃肠断声。”叙述安禄山起兵反唐，唐朝君臣狼狈出逃、杨贵妃被缢死等事的经过。“临邛道士”句至尾，叙述道士在仙山寻到贵妃及贵妃深沉的表述。

诗歌由对李、杨荒淫误国的憎恨转为对他们的爱情悲剧的同情、哀叹。《长恨歌》千百年来之所以被人民广为传诵，原因在于塑造了两个深情的形象，以及对李、杨爱情极其悲惨结局的淋漓刻画。《长恨歌》是以帝王和贵妇之间的爱情为题材的，但诗人把李、杨二人都看成了普通的人，两个有血有肉、有情有欲的人，两个产生了真挚的爱情的人。

这是一部足以令历代读者刻骨铭心而“长恨”的悲剧。李、杨的行为，酿成了国家和人民的灾难，所以诗人有对他们的讽刺和谴责。而在李、杨两人而言，这又是一部饱含着血和泪的爱情悲剧。

这首诗的艺术手法：第一，在写实基础上采用了幻想手法，情节离奇，引人入胜，富有浪漫主义色彩。第二，以景写情，情中见景。第三，人物的心理刻画达到了出神入化的境界。第四，语言优美和谐，婉转流畅，充分发挥了歌行体的特点，读来缠绵悱恻，令人荡气回肠，显示了诗人过人的驾驭语言的能力。

18　乌衣巷

刘禹锡

【欣赏任务】

1. 了解刘禹锡的有关常识。

2. 把握诗歌的内容。

3. 理解作者的感情表达。

【经典篇目】

朱雀桥边野草花，乌衣巷口夕阳斜。
旧时王谢堂前燕，飞入寻常百姓家。

（选自《唐诗三百首》，顾青编注，中华书局 2016 年版）

【走近作者】

刘禹锡（772 ～ 842），字梦得，河南洛阳人。他出身官僚地主家庭，唐德宗贞元九年（793）进士。刘禹锡的诗歌雄浑爽朗，语言干净明快，节奏比较和谐响亮，尤以律诗和绝句见长。他的好友柳宗元、白居易对他的诗歌成就极为称赞，并常与之酬答唱和。著有《刘宾客集》。

阅读门径

这是一首咏史之作，所咏的是东晋世族王、谢两大家的兴衰。东晋遭五胡之乱，迁都建康（今南京），王、谢等豪族世家，执掌朝政，不思奋发图强，苟且偷安，醉生梦死。他们在乌衣巷建造起富丽堂皇的宅第，日夜笙歌，门庭极盛，显赫一时。但那已成为过去，诗人来游时，已是物是人非。诗人睹物伤怀，发出了深沉的感慨。但诗人写作此诗并非只发思古之幽情，其实寄寓着很深沉的借古鉴今的讽刺意味。中唐之世，朝廷昏暗，宦官专权，藩镇割据，执政者苟且偷安，国势日非。诗人写作《乌衣巷》，暗示了对李唐王朝的命运的担忧，对当时执政者如王、谢大世族一类的人物的讽刺。

此诗寄寓含蓄，借小景点出。开篇两句只就眼前野草、夕阳两种景物进行描写，这两种景物都是富有象征意义的，尽管着墨不多，却把乌衣巷荒凉、没落的情景刻画得栩栩如生，使人不胜兴亡之感。三、四两句，以“旧时王谢”与“寻常百姓”对比，通过燕子改换门庭，写出了沧海桑田的历史变迁。这两句用笔巧妙，形象动人，又饱含哲理，因此，成为千古传诵的佳言名句。

19 无题二首

李商隐

【欣赏任务】

1. 了解李商隐的有关常识。

2. 理清诗歌的文本内容。

3. 掌握作品巧妙的构思。

【经典篇目】

一

昨夜星辰昨夜风，画楼西畔桂堂东。身无彩凤双飞翼，心有灵犀一点通。

隔座送钩春酒暖，分曹射覆蜡灯红。嗟余听鼓应官去，走马兰台类转蓬。

二

相见时难别亦难，东风无力百花残。春蚕到死丝方尽，蜡炬成灰泪始干。

晓镜但愁云鬓改，夜吟应觉月光寒。蓬山此去无多路，青鸟殷勤为探看。

（选自《唐诗三百首》，顾青编注，中华书局 2016 年版）

【走近作者】

李商隐（813 ～ 858），字义山，号玉谿生，怀州河内（今河南沁阳市）人。出身于没落的小官僚家庭，17 岁开始任官，后因陷入牛李党争而遭到攻击，一生不得志，没有任过重要官职，只是在四川、广西、广东和徐州等地做些幕僚的工作。四十五岁时死于郑州。

阅读门径

《无题（一）》中，一、二句以“昨夜”明点追忆旧事，先说明宴会时间，再说明宴会地点。三、四句以他物作比，两心相印，虽身无飞翼，却不能阻挡两人情感的默默交流。“彩凤”“灵犀”成爱情暗喻，形象婉蓄，色彩明丽，富有音乐性。五、六句从两人的默契转到对整个宴会的描绘。这二句描写宴会的热闹欢快气氛，为相恋的欢悦涂上了更加艳丽的色彩，与恋人欢快之情和拍。七、八句从恋情的欢悦转入“听鼓应官”，欢快之情一落千丈。这是一种反衬法，前面极言欢情，结尾时欢情化为乌有，反衬诗人对这段恋情的印象难以磨灭，刻骨铭心。

《无题（二）》中，首句以“见难”“别难”为启，说相见的机会是难得的，但相见了却又忘不了就更难舍难离。二句写景，“东风”即春风，春光易逝，转眼已到暮春时节，百花衰残，凄凉无比，睹物思情。三、四句对思情做进一步的描绘。以“春蚕到死”“蜡炬成灰”作喻。蚕丝象征爱情，烛泪象征相思之泪。相思难尽，泪悲何极。五、六句以对方作设想之词，“云鬓改”指容颜憔悴，“月光寒”指心境悲切。“晓镜”“夜吟”即从早至晚，相思不已，写出对方孤寂清冷的处境。从对方虚拟设想，见其思念之深。七、八句，更进一层，写急切地托情探看。蓬山（神话传说中的海外仙山）虽远，但在情深者看来，却是“此去无多路”。“青鸟”是传说中西王母的传信使者，曾在西王母与汉武帝之间传递消息，诗人借西王母故事，与“蓬山”相应，文情奇丽。结句“无多路”“殷勤探看”，余韵无穷。

能力提升

1. 举例说明王维《使至塞上》的炼字功夫。
2. 品味《过故人庄》真挚质朴的语言风格。
3. 赏析《蜀道难》的奇特构思。
4. 试析《宣州谢朓楼饯别校书叔云》中作者的心情。
5. 掌握《兵车行》的艺术特色。
6. 学习《新婚别》的比兴手法的运用。
7. 欣赏《燕歌行》对比的手法和排偶句式的巧用。
8. 说出《听颖师弹琴》比喻的妙用。
9. 论述《长恨歌》的浪漫主义色彩。
10. 背诵李商隐的两首《无题》。

比较阅读

1. 上吏部侍郎帝京篇

骆宾王

山河千里国，城阙九重门。
不睹皇居壮，安知天子尊。
皇居帝里崤函谷，鹑野龙山侯甸服。
五纬连影集星躔，八水分流横地轴。
秦塞重关一百二，汉家离宫三十六。
桂殿嵚岑对玉楼，椒房窈窕连金屋。
三条九陌丽城隈，万户千门平旦开。
复道斜通鳷鹊观，交衢直指凤凰台。
剑履南宫入，簪缨北阙来。
声明冠寰宇，文物象昭回。
钩陈肃兰扆，璧沼浮槐市。
铜羽应风回，金茎承露起。

校文天禄阁，习战昆明水。
朱邸抗平台，黄扉通戚里。
平台戚里带崇墉，炊金馔玉待鸣钟。
小堂绮帐三千户，大道青楼十二重。
宝盖雕鞍金络马，兰窗绣柱玉盘龙。
绣柱璇题粉壁暎，锵金鸣玉王侯盛。
王侯贵人多近臣，朝游北里暮南邻。
陆贾分金将谯喜，陈遵投辖正留宾。
赵李经过密，萧朱交结亲。
丹凤朱城白日暮，青牛绀幰红尘度。
侠客珠弹垂杨道，倡妇银钩采桑路。
倡家桃李自芳菲，京华游侠盛轻肥。
延年女弟双飞入，罗敷使君千骑归。
同心结缕带，连理织成衣。
春朝桂尊尊百味，秋夜兰灯灯九微。
翠幌珠帘不独映，清歌宝瑟自相依。
且论三万六千是，宁知四十九年非。
古来荣利若浮云，人生倚伏信难分。
始见田窦相移夺，俄闻卫霍有功勋。
未厌金陵气，先开石椁文。
朱门无复张公子，灞亭谁畏李将军。
相顾百龄皆有待，居然万化咸应改。
桂枝芳气已销亡，柏梁高宴今何在？
春去春来苦自驰，争名争利徒尔为。
久留郎署终难遇，空扫相门谁见知。
莫矜一旦擅繁华，自言千载长骄奢。
倏忽抟风生羽翼，须臾失浪委泥沙。
黄雀徒巢桂，青门遂种瓜。
黄金销铄素丝变，一贵一贱交情见。
红颜宿昔白头新，脱粟布衣轻故人。
故人有湮沦，新知无意气。
灰死韩安国，罗伤翟廷尉。
已矣哉，归去来。
马卿辞蜀多文藻，扬雄仕汉乏良媒。

三冬自矜诚足用，十年不调几邅回。
汲黯薪逾积，孙弘阁未开。
谁惜长沙傅，独负洛阳才。

（选自《唐诗鉴赏辞典补编》，周啸天，四川文艺出版社 1990 年版）

2. 鸣皋歌送岑征君

李　白

若有人兮思鸣皋，阻积雪兮心烦劳。
洪河凌兢不可以径度，冰龙鳞兮难容舠。
邈仙山之峻极兮，闻天籁之嘈嘈。
霜崖缟皓以合沓兮，若长风扇海涌沧溟之波涛。
玄猿绿罴，舔舕崟岌；危柯振石，骇胆慄魄，群呼而相号。
峰峥嵘以路绝，挂星辰于崖嶅！
送君之归兮，动鸣皋之新作。
交鼓吹兮弹丝，觞清泠之池阁。
君不行兮何待？若返顾之黄鹤。
扫梁园之群英，振大雅于东洛。
巾征轩兮历阻折，寻幽居兮越巘崿。
盘白石兮坐素月，琴松风兮寂万壑。
望不见兮心氛氲，萝冥冥兮霰纷纷。
水横洞以下渌，波小声而上闻。
虎啸谷而生风，龙藏溪而吐云。
冥鹤清唳，饥鼯嚬呻。
块独处此幽默兮，愀空山而愁人。
鸡聚族以争食，凤孤飞而无邻。
蝘蜓嘲龙，鱼目混珍；嫫母衣锦，西施负薪。
若使巢由桎梏于轩冕兮，亦奚异于夔龙蹩于风尘！
哭何苦而救楚，笑何夸而却秦？
吾诚不能学二子沽名矫节以耀世兮，固将弃天地而遗身！
白鸥兮飞来，长与君兮相亲。

（选自《全唐诗》上，彭定求等，上海古籍出版社 1986 年版）

第四节 豪放婉约的宋代词作

文本综要

词是一种新体诗歌，是宋代盛行的一种文学体裁，代表了宋代文学的最高成就。词有长有短，便于歌唱。因是合乐的歌词，故又称曲子词、乐府、乐章、长短句、诗余、琴趣等。宋词是中国古代文学皇冠上光辉夺目的明珠，历来与唐诗并称双绝，都代表一代文学之盛。宋词的代表人物主要有苏轼、辛弃疾、柳永、李清照等。

词有词牌，即曲调。有的词调又因字数或句式的不同有不同的“体”。比较常用的词牌约 100 个，如“水调歌头”“念奴娇”“如梦令”等。

按长短划分，词大致可分小令（58 字以内）、中调（59 ～ 90 字）和长调（91 字以上，最长的词调《莺啼序》达 240 字）。词的结构分片或阕。一首词，有的只有一段，称为单调；有的分两段，称双调；有的分三段或四段，称三叠或四叠。

按音乐节拍分，词又有令、引、近、慢之别。“令”一般比较短，早期的文人词多填小令。如“十六字令”“如梦令”“捣练子令”等。“引”和“近”一般比较长，如“江梅引”“阳关引”“祝英台近”“诉衷情近”。而“慢”又较“引”和“近”更长，盛行于北宋中叶以后，有柳永“始衍慢词”的说法。词牌如“木兰花慢”“雨霖铃慢”等。

按音乐性质分，词可分为令、引、慢、三台、序子、法曲、大曲、缠令、诸宫调九种。

隋唐之际产生、形成的曲子词，原是配合燕乐歌唱的。燕乐是酒宴间流行的助兴音乐，其曲调主要来源于边地的西域胡乐和民间的土风歌谣，演奏和歌唱者皆为文化素质不高的下层乐工、歌妓。因此，作为配合燕乐演唱的曲子词具有俚俗浅易的特点。《敦煌曲子词集》收录的一百六十多首作品，大多是从盛唐到唐末五代的民间歌曲。

大约到中唐时期，诗人张志和、韦应物、白居易、刘禹锡等人开始写词，把这一文体引入了文坛。到晚唐五代时期，文人词有了很大的发展。晚唐词人温庭筠以及以他为代表的“花间派”词人，以李煜、冯延巳为代表的南唐词人，都为词体的成熟和基本抒情风格的建立做出了重要贡献。词终于在诗之外别树一帜，成为中国古代突出的文学体裁之一。

进入宋代，词的创作逐步蔚为大观，产生了大批成就突出的词人，名篇佳作层出不穷，并出现了各种风格、流派。《全宋词》共收录流传到今天的词作一千三百三十多家将近两万首，可见当时创作的盛况。在题材上，词集中在伤春悲秋、离愁别绪、风花雪月、男欢女爱等方面，与“艳情”有着直接或间接的关系，因此历来有“诗言志词言情”“词为艳科”的说法。随着词的传播范围越来越广泛，参与创作的词作家越来越多，“去俗复雅”成为宋词创作的主要努力方向，从不自觉到自觉，从零星的努力到形成创作流派。

词的雅化进程，在苏轼以前是渐进的，到苏轼却是一种突飞猛进的演变。苏轼是文人抒情词传统的最终奠定者。首先，苏轼词扩大了词境。刘辰翁《辛稼轩词序》说：“词至东坡，倾荡磊落，如诗如文，如天地奇观。”如外出打猎，便豪情满怀地说：“会挽雕弓如满月，西北望，射天狼。”（《江城子》）望月思念弟弟，便因此悟出人生哲理：“人有悲欢离合，月有阴晴圆缺，此事古难全。”（《水调歌头》）其次，苏轼词提高了词品。苏轼的“以诗入词”，把词家的“缘情”与诗人的“言志”很好地结合起来，文章道德与儿女私情并见于词。再次，苏轼改造了词风。出现在苏轼词中的往往是清奇阔大的景色，词人的旷达胸襟也展露其中。传统区分宋词风格，有“婉约”“豪放”之说，苏轼便是“豪放”词风的开创者。东坡的复古，正是词向诗的靠拢，突出“志之所之”，也是向唐诗的高远古雅复归。至此，词之“雅化”也取得了本质性的突破。豪放派的特点，大体是创作视野较为广阔，气象恢宏雄放，喜用诗文的手法、句法和字法写词，语词宏博，用事较多，不拘守音律，北宋黄庭坚、晁补之、贺铸等人都有这类风格的作品。南渡以后，由于时代巨变，悲壮慷慨的高亢之调蔚然成风，辛弃疾更成为创作豪放词的领袖。

以柳永为代表的婉约派，其词作的主要内容侧重儿女风情。词作结构深细缜密，重视音律谐婉，语言圆润，清新绮丽，具有一种柔婉之美。内容比较窄狭。由于长期以来词多趋于宛转柔美，人们便形成了以婉约为正宗的观念。以李后主、柳永、周邦彦等词家为“词之正宗”，正代表了这种看法。婉约词风长期支配词坛，直到南宋姜夔、吴文英、张炎等大批词家，无不从不同的方面受到其影响。

20 雨霖铃·寒蝉凄切

柳　永

【欣赏任务】

1. 掌握柳永的有关常识。
2. 理清作品情景交融的艺术境界。
3. 体会作者的情感表达。

【经典篇目】

寒蝉凄切，对长亭晚，骤雨初歇。都门帐饮无绪，留恋处，兰舟催发。执手相看泪眼，竟无语凝噎。念去去千里烟波，暮霭沉沉楚天阔。

多情自古伤离别，更那堪冷落清秋节！今宵酒醒何处？杨柳岸晓风残月。此去经年，应是良辰好景虚设。便纵有千种风情，更与何人说。

（选自《唐宋词选》，中国社会科学院文学研究所编，人民文学出版社 2015 年版）

【走近作者】

柳永（约 987 ～约 1053），北宋词人。原名三变，字景庄，后改名永，字耆卿，排行第七，崇安（今福建武夷山市）人。景祐进士。官屯田员外郎。世称柳七、柳屯田。为人放荡不羁，终身潦倒。其词多描绘城市风光和歌妓生活，尤长于抒写羁旅行役之情。词风婉约，创作慢词独多，是北宋第一个专力写词的词人。他的词在当时流传很广，有“凡有井水饮处，皆能歌柳词”之说，对宋词的发展有较大的影响。生平亦有诗作，惜仅存数首。有《乐章集》。

阅读门径

《雨霖铃》是柳永著名的代表作，为抒写离情别绪的千古名篇，是词人在仕途失意，不得不离京都（汴京，今河南开封）时写的，是表现江湖流落感受中很有代表性的一篇。

这首词写离情别绪，达到了情景交融的艺术境界。词的主要内容是以冷落凄凉的秋景作为衬托来表达和情人难以割舍的离情。宦途的失意和与恋人的离别，两种痛苦交织在一起，使词人更加感到前途的暗淡和渺茫。

《雨霖铃》上阕主要写饯行时难舍难分的惜别场面，抒发离情别绪。下阕着重写想象中别后的凄楚情景。全词围绕“伤离别”而构思，先写离别之前，重在勾勒环境；次写离别时刻，重在描写情态；再写别后想象，重在刻画心理。不论是勾勒环境、描写情态，还是想象未来，词人都注意了前后照应，虚实相生，做到层层深入，尽情描绘，情景交融，读起来如行云流水，起伏跌宕中不见痕迹。这首词的情调因写真情实感而显得太伤感、太低沉，但却将词人抑郁的心情和失去爱情的痛苦刻画得极为生动。古往今来有离别之苦的人们在读到这首《雨霖铃》时，都会产生强烈的共鸣。

21　水调歌头·明月几时有

苏　轼

【欣赏任务】

1. 了解文学家苏轼的有关常识。
2. 体味《水调歌头》中有表现力的句子。
3. 理解词作的内容。
4. 掌握作品艺术手法的运用。

【经典篇目】

丙辰中秋，欢饮达旦，大醉，作此篇，兼怀子由。

明月几时有？把酒问青天。不知天上宫阙，今夕是何年。我欲乘风归去，又恐琼楼玉宇，高处不胜寒。起舞弄清影，何似在人间。

转朱阁，低绮户，照无眠。不应有恨，何事长向别时圆？人有悲欢离合，月有阴晴圆缺，此事古难全。但愿人长久，千里共婵娟。

（选自《宋词三百首》，吕明涛、谷学彝编注，中华书局 2016 年版）

【走近作者】

苏轼（1037 ～ 1101），眉州眉山（今四川眉山）人。字子瞻，又字和仲，号东坡居士，北宋中期的文坛领袖、文学巨匠。“唐宋八大家”之一。文中子由是作者的弟弟，名为苏辙，他和苏轼及他们的父亲苏洵并称文坛“三苏”。苏轼诗、词、文、书、画皆工。词存三百四十多首，开创了与“婉约派”并立的“豪放派”，扩大了词的题材，丰富了词的意境，冲破了诗庄词媚的界限，对词的革新和发展做出了重大贡献。作品今存《东坡全集》一百十五卷。

阅读门径

此词是 1076 年中秋望月怀人之作，表达了对胞弟苏辙的无限怀念。词人运用形象描绘手法，勾勒出一种皓月当空、亲人千里、孤高旷远的境界氛围，反衬自己遗世独立的意绪，同时和往昔的神话传说融合一处，在月的阴晴圆缺当中，渗进浓厚的哲学意味，可以说是一首将自然和社会高度契合的感喟之作。

词前小序说：“丙辰中秋，欢饮达旦，大醉，作此篇，兼怀子由。”丙辰，是北宋神宗熙宁九年（1076）。苏轼在密州（今山东诸城）做太守，中秋之夜他一边赏月一边饮酒，直到天亮，于是做了这首《水调歌头》。这首中秋词，是自己宦途险恶体验的升华与总结。“大醉”遣怀是主，“兼怀子由”是辅，此点在题序中并有巧妙的提示。

词的上片望月，既怀逸兴壮思，高接混茫，而又脚踏实地，自具雅量高致。一开始就提出一个问题：明月是从什么时候开始有的——“明月几时有？把酒问青天。”把酒问天这一细节与屈原的《天问》和李白的《把酒问月》有相似之处。苏轼把青天当作自己的朋友，把酒相问，显示了他豪放的性格和不凡的气魄。苏轼自己也设想前生是月中人，因而起“乘风归去”之想。这几句明写月宫的高寒，暗示月光的皎洁，把那种既向往天上又留恋人间的矛盾心理十分含蓄地写了出来。上片从幻想上天写起，写到最后又回到热爱人间的感情上来。从“我欲”到“又恐”

至“何似”的心理转折开阖中，展示了苏轼情感的波澜起伏。

词的下片怀人，即兼怀子由，由中秋的圆月联想到人间的离别，同时感念人生的离合无常。前三句从人到月、从古到今做了高度的概括。从语气上，好像是代明月回答前面的提问；从结构上，又是推开一层，从人、月对立过渡到人、月融合。为月亮开脱，实质上还是为了强调对人事的达观，同时寄托对未来的希望。因为，月有圆时，人也有相聚之时，很有哲理意味。词的最后说：“但愿人长久，千里共婵娟。”这两句并非一般的自慰和共勉，而是表现了作者处理时间、空间以及人生这样一些重大问题所持的态度，充分显示出词人精神境界的丰富博大。正如词前小序所说，这首词表达了对弟弟苏辙（字子由）的怀念之情，但并不限于此。可以说这首词是苏轼在中秋之夜，对一切经受着离别之苦的人表示的美好祝愿。

此篇是苏词代表作之一。从艺术成就上看，它构思奇拔，极富浪漫主义色彩，是历来公认的中秋词中的绝唱。从表现方面来说，词的前半纵写，后半横叙。上片高屋建瓴，下片峰回路转。前半是对历代神话的推陈出新，也是对魏晋六朝仙诗的递嬗发展。后半纯用白描，人月双及。它名为演绎物理，实则阐释人事。笔致错综回环，摇曳多姿。此词全篇皆是佳句，典型地体现出苏词清雄旷达的风格。

对于这首《水调歌头》，历来都是推崇备至。吴潜《霜天晓角》：“且唱东坡《水调》，清露下，满襟雪。”《水浒传》第三十回写八月十五“可唱个中秋对月对景的曲儿”，唱的就是这“一支东坡学士中秋《水调歌》”。可见宋元时传唱之盛。全词意境豪放而阔大，情怀乐观而旷达，对明月的向往之情，对人间的眷恋之意，以及那浪漫的色彩、潇洒的风格和行云流水一般的语言，能给人们以健康的美学享受。

22 定风波·莫听穿林打叶声

苏 轼

【欣赏任务】

1. 理解《定风波》的内容与层次。
2. 掌握作品的语言特点。

【经典篇目】

三月七日，沙湖道中遇雨。雨具先去，同行皆狼狈，余独不觉，已而遂晴，故作此词。

莫听穿林打叶声，何妨吟啸且徐行。竹杖芒鞋轻胜马，谁怕？一蓑烟雨任平生。
料峭春风吹酒醒，微冷，山头斜照却相迎。回首向来萧瑟处，归去，也无风雨也无晴。

（选自《唐宋词鉴赏辞典》，唐圭璋等，上海辞书出版社 1988 年版）

阅读门径

此词作于苏轼黄州之贬后的第三个春天。纵观全词，一种醒醉全无、无喜无悲、胜败两忘的人生哲学和处世态度呈现在读者面前。它通过野外途中偶遇风雨这一生活中的小事，于简朴中见深意，于寻常处生奇警，表现出旷达超脱的胸襟，寄寓着超凡脱俗的人生理想。

首两句是全篇枢纽，以下词情都是由此生发。首句“莫听穿林打叶声”，既渲染出雨骤风狂，又以“莫听”二字点明外物不足萦怀之意。“何妨吟啸且徐行”，是前一句的延伸。在雨中照常舒徐行步，呼应小序“同行皆狼狈，余独不觉”，又引出下文“谁怕”即不怕来。“竹杖芒鞋轻胜马”，写词人竹杖芒鞋，顶风冲雨，从容前行，以“轻胜马”的自我感受，传达出一种搏击风雨的轻松、豪迈之情。“一蓑烟雨任平生”，此句更进一步，由眼前风雨推及整个人生，有力地强化了作者面对人生的风风雨雨而我行我素、不畏坎坷的超然情怀。

过片到“山头斜照却相迎”三句，是写雨过天晴的景象。这几句既与上片所写风雨对应，又为下文所发人生感慨作铺垫。“回首向来萧瑟处，归去，也无风雨也无晴。”这饱含人生哲理意味的点睛之笔，道出了词人在大自然微妙的一瞬所获得的顿悟和启示：自然界的雨晴既属寻常，毫无差别，社会人生中的政治风云、荣辱得失又何足挂齿？

23 醉花阴·薄雾浓云愁永昼

李清照

【欣赏任务】

1. 熟悉李清照的有关常识。
2. 理清作品的写作背景以及文本内容。
3. 掌握作品成功的艺术方法。

【经典篇目】

薄雾浓云愁永昼，瑞脑消金兽。佳节又重阳，玉枕纱厨，半夜凉初透。

东篱把酒黄昏后，有暗香盈袖。莫道不消魂，帘卷西风，人比黄花瘦。

（选自《唐宋词选》，中国社会科学院文学研究所编，人民文学出版社 2015 年版）

【走近作者】

李清照（1084 ～约 1151），宋代女词人。号易安居士，齐州章丘（今属山东）人。父李格非为当时著名学者，夫赵明诚为金石考据家。早期生活优裕，与明诚共同致力于书画金石的搜集整理。金兵入据中原，李清照流寓南方，明诚病死，境遇孤苦。所作词，前期多写其悠闲生活，后期多悲叹身世，情调感伤，有的也流露出对中原的怀念。形式上善用白描手法，自辟途径，语言清丽。论词强调协律，崇尚典雅、情致，提出词“别是一家”之说，反对以作诗文之法作词。有《易安居士文集》《易安词》，已散佚。后人有《漱玉词》辑本。今人有《李清照集校注》。

阅读门径

这首词是作者早期和丈夫赵明诚分别之后所写，它通过悲秋伤别来抒写词人的寂寞与相思情怀。上篇写秋凉情景。首二句就白昼来写：“薄雾浓云愁永昼，瑞脑消金兽。”次三句从夜间着笔，点明节令“佳节又重阳”，又从“玉枕纱厨”这样一些具有特征性的事物与词人特殊的感受中写出了透入肌肤的秋寒。而贯穿“永昼”与“一夜”的则是“愁”“凉”二字。深秋的节候、物态、人情，已宛然在目。这是构成下片“人比黄花瘦”的原因。下篇写重九感怀。首二句写重九赏菊饮酒。后三句写的是佳节依旧，赏菊依旧，但人的情状却有所不同了：“莫道不消魂，帘卷西风，人比黄花瘦。”上下对比，大有物是人非、今昔异趣之感。就上下片之间的关系来说，这下片写的是结果。

元伊士珍《琅环记》有如下一段故事：“易安以重阳《醉花明》词函致赵明诚。明诚叹赏，自愧弗逮，务欲胜之。一切谢客，忌食忘寝者三日夜，得五十阕，杂易安作以示友人陆德夫。德夫玩之再三，曰：‘只三句绝佳。’明城诘之。答曰：‘莫道不消魂，帘卷西风，人比黄花瘦。’正易安作也。”不论这一故事的可信程度如何，单从这故事的流传就足以说明李清照这首词的优秀。

24　永遇乐·落日熔金

李清照

【欣赏任务】

1. 熟悉《永遇乐》的内容结构。
2. 了解该词所写之景与所抒之情。
3. 分析掌握作品的主要艺术特色。

【经典篇目】

落日熔金，暮云合璧，人在何处？染柳烟浓，吹梅笛怨，春意知几许。元宵佳节，融和天气，次第岂无风雨。来相召，香车宝马，谢他酒朋诗侣。

中州盛日，闺门多暇，记得偏重三五。铺翠冠儿，捻金雪柳，簇带争济楚。如今憔悴，风鬟霜鬓，怕见夜间出去。不如向帘儿底下，听人笑语。

（选自《唐宋词选》，中国社会科学院文学研究所编，人民文学出版社 2015 年版）

阅读门径

本词是李清照晚年伤今追昔之作。此词以对比手法，写了北宋京城汴京和南宋京城临安元宵节的情景，借以抒发自己的故国之思，并含蓄地表达了对南宋统治者苟且偷安的不满。上片写元宵佳节寓居异乡的悲凉心情，着重对比客观现实的欢快和主观心情的凄凉；下片着重用作者南渡前在汴京过元宵佳节的欢乐心情，来同当前的凄凉景象作对比。全词用语极为平易，化俗为雅，未言哀但哀情溢于言表，委婉含蓄地表达了自己心中的大悲大痛，堪称词坛大手笔。

这首词在艺术上除了运用今昔对照与丽景哀情相映的手法外，还有意识地将浅显平易而富表现力的口语与锤炼工致的书面语交错融合，造成一种雅俗相济、俗中见雅、雅不避俗的特殊语言风格。这首词的艺术感染力如此之强，以至于南宋著名词人刘辰翁每诵此词必“为之涕下”。

25 水龙吟·登建康赏心亭

辛弃疾

【欣赏任务】

1. 了解辛弃疾的有关常识。
2. 理清作品的内容结构。
3. 体会作者的爱国情怀。

【经典篇目】

楚天千里清秋，水随天去秋无际。遥岑远目，献愁供恨，玉簪螺髻。落日楼头，断鸿声里，江南游子。把吴钩看了，栏杆拍遍，无人会，登临意。

休说鲈鱼堪脍，尽西风，季鹰归未？求田问舍，怕应羞见，刘郎才气。可惜流年，忧愁风雨，树犹如此！倩何人唤取，红巾翠袖，揾英雄泪？

（选自《唐宋词选》，中国社会科学院文学研究所编，人民文学出版社 2015 年版）

【走近作者】

辛弃疾（1140～1207），南宋爱国词人。原字坦夫，改字幼安，别号稼轩，历城（今山东济南）人。出生时，中原已为金兵所占。21岁参加金义军，不久归南宋。历任湖北、江西、湖南、福建、浙东安抚使等职。一生力主抗金，曾上书《美芹十论》与《九议》。现存词600多首，有《稼轩长短句》。今人辑有《辛稼轩诗文钞存》。

阅读门径

《水龙吟》出自李白诗句“笛奏水龙吟”。水龙吟又名《龙吟曲》《庄椿岁》《小楼连苑》。

这首词是辛弃疾在建康通判任上所作。上片写景抒情，以无际楚天与滚滚长江作背景，境界阔大，触发了家国之恨和乡关之思。下片直接言志，用三个典故对四位历史人物进行褒贬，从而表白自己以天下为己任的抱负。叹惜流年如水，壮志成灰。最后流下英雄热泪，与上片“无人会，登临意”义近而相呼应。

全词通过写景和联想抒写了作者恢复中原国土、统一祖国的抱负和愿望无法实现的失意与感慨，深刻揭示了英雄志士有志难酬、报国无门、抑郁悲愤的苦闷心情，极大地表现了词人诚挚无私的爱国情怀。

26 青玉案·元夕

辛弃疾

【欣赏任务】

1. 了解该词的写作背景。
2. 理解作品的内容。
3. 掌握作者的感情表达。

【经典篇目】

东风夜放花千树，更吹落，星如雨。宝马雕车香满路，凤箫声动，玉壶光转，一夜鱼龙舞。

蛾儿雪柳黄金缕，笑语盈盈暗香去。众里寻他千百度，蓦然回首，那人却在，灯火阑珊处。

（选自《唐宋词选》，中国社会科学院文学研究所编，人民文学出版社2015年版）

阅读门径

辛弃疾是宋代的一个文能治国，武可杀敌的人才。郭沫若的对联对辛弃疾做了很好的概括：“铁板铜琶继东坡高唱大江东去，美芹悲黍冀南宋莫随鸿雁南飞。”这首词是词人刚从北方投奔到南宋，在南宋的都城临安所写，当时祖国的半壁江山都在侵略者的铁蹄的蹂躏之下，国势日衰，而南宋统治阶级却不思恢复，偏安江左，沉湎于歌舞享乐，以粉饰太平。洞察形势的辛弃疾，欲补天穹，却恨无路请缨。他满腹的激情、哀伤、怨恨，交织成了这幅元夕求索图。

作品从极力渲染元宵节绚丽多彩的热闹场面入手，反衬出一个孤高淡泊、超群拔俗、不同于金翠脂粉的女性形象，寄托着作者政治失意后，不愿与世俗同流合污的孤高品格。全词采用对比手法，上片极写花灯耀眼、乐声盈耳的元夕盛况，下片着意描写主人公在好女如云之中寻觅一位立于灯火零落处的孤高女子，构思精妙，语言精致，含蓄婉转，余味无穷。

能力提升

1.《雨霖铃·寒蝉凄切》中，你认为哪一句写得最好？选出来试作简析，品味其妙处。

2.《水调歌头·明月几时有》历来被认为是中秋词里最好的一首，《苕溪渔隐丛话》说：“中秋词，自东坡《水调歌头》一出，余词尽废。”你认为这首词为什么会获得如此高的评价？

3. 如何理解《定风波·莫听穿林打叶声》中的“回首向来萧瑟处，归去，也无风雨也无晴”？

4. 古人常爱用花比喻人之美貌，如“芙蓉如面柳如眉”“人面桃花相映红”等，而李清照却说“人比黄花瘦”，这样的比喻有什么丰富的内涵？

5.《醉花阴·薄雾浓云愁永昼》中运用哪些景物来烘托心情？表达了词人怎样的心情？

6. 试分析《永遇乐·落日熔金》中对比手法的运用。

7. 试分析《水龙吟·登建康赏心亭》结构特点，简要说明此词所用典故的作用。

比较阅读

1. 浣溪沙·一曲新词酒一杯

晏　殊

一曲新词酒一杯，去年天气旧亭台。夕阳西下几时回？
无可奈何花落去，似曾相识燕归来。小园香径独徘徊。

2. 桂枝香·金陵怀古

王安石

登临送目，正故国晚秋，天气初肃。千里澄江似练，翠峰如簇。归帆去棹残阳里，背西风酒旗斜矗。彩舟云淡，星河鹭起，画图难足。

念往昔繁华竞逐，叹门外楼头，悲恨相续。千古凭高对此，谩嗟荣辱。六朝旧事随流水，但寒烟衰草凝绿。至今商女，时时犹唱，后庭遗曲。

3. 浣溪沙·山下兰芽短浸溪

苏　轼

山下兰芽短浸溪，松间沙路净无泥，萧萧暮雨子规啼。
谁道人生无再少，门前流水尚能西，休将白发唱黄鸡。

4. 鹊桥仙·纤云弄巧

秦　观

纤云弄巧，飞星传恨，银汉迢迢暗度。金风玉露一相逢，便胜却人间无数。
柔情似水，佳期如梦，忍顾鹊桥归路。两情若是久长时，又岂在朝朝暮暮。

5. 卜算子·我住长江头

李之仪

我住长江头，君住长江尾。日日思君不见君，共饮长江水。
此水几时休，此恨何时已？只愿君心似我心，定不负相思意。

6. 渔家傲·天接云涛连晓雾

李清照

天接云涛连晓雾，星河欲转千帆舞。仿佛梦魂归帝所，闻天语，殷勤问我归何处？
我报路长嗟日暮，学诗谩有惊人句。九万里风鹏正举，风休住，蓬舟吹取三山去。

7. 小重山·昨夜寒蛩不住鸣

岳 飞

昨夜寒蛩不住鸣，惊回千里梦，已三更。起来独自绕阶行，人悄悄，帘外月胧明。白首为功名，旧山松竹老，阻归程。欲将心事付瑶琴，知音少，弦断有谁听。

8. 破阵子·醉里挑灯看剑

辛弃疾

醉里挑灯看剑，梦回吹角连营。八百里分麾下炙，五十弦翻塞外声。沙场秋点兵。马作的卢飞快，弓如霹雳弦惊。了却君王天下事，赢得生前身后名。可怜白发生！

（以上词全部选自《唐宋词选》，中国社会科学院文学研究所编，人民文学出版社 2015 年版）

第五节　流派纷呈的元明清诗歌

文本综要

元明清时代，中国封建社会发展到新的阶段，产生了一系列重大的历史性社会变革，不少生活内容和文化思想给诗人提供了丰富的创作源泉；同时，五言、七言，古体、近体作为成熟的诗歌体裁，仍然具有强大的生命力，诗人们运用这些体裁去反映自然、社会以及人生真伪、善恶、美丑，佳作累累，美不胜收。唐诗重意境，宋诗重理趣，到了元朝诗歌重视人性。元朝大多数知识分子地位较低，因此最容易产生要求人的个性解放的愿望。元朝诗词总体成就不高。相对来说，散曲的成就比较高。明朝诗歌流派众多，初期有“越诗派”“吴诗派”“闽诗派”“岭南诗派”“江西诗派”，又有“台阁体”“茶陵派”。中期有“前七子”“后七子”“吴中四才子”，晚期有“公安派”“竟陵派”。众多的诗派都有自己的诗歌理论，在诗论方面取得很大的成就。到了清朝，诗人、诗作的数量都大大超过以前任何朝代，众多的诗词流派、诗论著作，在艺术上各自呈现异彩，是中国诗歌史上继唐宋之后的又一个丰收期。尤其近代“诗界革命”的提出及其创作实践，为中国诗歌的发展打下了良好的基础。

27　普天乐·张生赴选

关汉卿

【欣赏任务】

1. 了解关汉卿以及《西厢记》的有关常识。
2. 掌握作品以景寓情、情景交融的艺术手法的运用。

【经典篇目】

碧云天，黄花地，西风紧，北雁南飞。
恨相见难，又早别离易，
久已后虽然成佳配，奈时间怎不悲啼。
我则厮守得一时半刻，早松了金钏，减了香肌。

（选自《元曲三百首》，解玉峰编注，中华书局 2009 年版）

【走近作者】

关汉卿（约 1220 ～ 1300），元代杂剧作家，中国古代戏曲创作的代表人物，号已斋（一作一斋）、已斋叟。解州（今山西运城）人。与马致远、郑光祖、白朴并称为“元曲四大家”，关汉卿位于“元曲四大家”之首。关汉卿的杂剧成就最大，一生写了 60 多种，今存 18 种，最著名的有《窦娥冤》；散曲今存小令 40 多首，套数 10 多首。

阅读门径

这是一首写离情的散曲，是关汉卿《中吕·普天乐》“崔张十六事”中的一首，着力刻画的是崔莺莺与张生在长亭依依惜别的情景。

作品开始的四句“碧云天，黄花地，西风紧，北雁南飞”这十三个字，与王实甫的《西厢记》第四本第三折【正宫·端正好】一曲开始的十三个字完全相同。“碧云天，黄花地”两句，采自北宋词人范仲淹的《苏幕遮》词：“碧云天，黄叶地。”这四句重点渲染的是离别时的特殊环境——清朗的云天，遍地的黄花，在西风的呼啸声中，成行的大雁从北方飞向南边。这是一幅典型的离别场景，绚丽荒凉的景象更衬托出离别之人的哀怨之情，情景交融。接着写莺莺内心的深刻感受——相见本来就已经很难，分别得又太快太容易了。以后虽然能够成为夫妻，但是现在怎么能不叫人难过。思念之情自然地使“我”一下子消瘦下来。其中暗含着莺莺对老夫人逼迫张生上京赴试的不满。

28 寿阳曲·山市晴岚

马致远

【欣赏任务】

1. 了解马致远的有关常识。
2. 把握作品的内容。
3. 体会作品景物描写的作用。

【经典篇目】

花村外，草店西，晚霞明雨收天霁。

四周山一竿残照里，锦屏风又添铺翠。

（选自《唐诗·宋词·元曲》，《国学四库》编委会编，吉林出版集团有限公司 2010 年版）

【走近作者】

马致远（约 1250 ～约 1323），其名不详，字致远，号东篱。生卒年不详，只知其晚于关汉卿、白朴，而早于散曲家张可久。大都人，曾任江浙行省务官，生平事迹不详。“元曲四大家”之一。马致远从事杂剧创作的时间很长，名气也很大，有“曲状元”之誉。他的作品见于著录的有 15 种，今存《汉宫秋》《荐福碑》《岳阳楼》《青衫泪》《陈抟高卧》《任风子》6 种，另有《黄粱梦》，是他和几位艺人合作的。

阅读门径

这支曲子写傍晚小山村雨过天晴的秀美景色。作品围绕“山市”和“晴岚”展开，层层描景，使山市晴岚景象鲜明突出。“花村外，草店西”首先展现的是“山市”，是鲜花盛放的村庄与商业性的草店。第三句“晚霞明雨收天霁”所写的是视觉中的山市景象。其中虽有雨过天晴的描写，但尚未直接写晴岚，是为晴岚的描写铺垫。第四句写残照中的四围山色，其中虽有晴岚在，但未直接写出。直至第五句“又添铺翠”出现，作者才把晴岚的景致和盘托出。以“又添铺翠”这样的点睛之句结尾，使“山市”与“晴岚”的意象都鲜明地呈现了出来。景物描写中体现作者的心态，也是该曲的一个特点。该曲虽重在写“晴岚”，但并非只写晴岚，还有草店、晚霞、酒旗、山色等，真是一笔一景，曲中有画。从这大自然的化工之美中，显现作者恬淡平和、向往宁静的心态。

29 嵩　山

顾炎武

【欣赏任务】

1. 了解顾炎武的有关常识。
2. 体会《嵩山》的内容结构。
3. 掌握作品的启发意义。

【经典篇目】

位宅中央正，高疑上界邻。石开曾出启，岳降再生申。
老柏摇新翠，幽花茁晚春。岂知巢许窟，多有济时人。

（选自《嵩山诗选》，赵星编注，中州书画社 1983 年版）

【走近作者】

顾炎武（1613 ～ 1682），明末清初思想家、史学家，原名绛，字忠清。明亡，改名炎武，字宁人，亦自署蒋山，学者尊为亭林先生，江苏昆山人。他出身于江东望族，明末，家道中落。著有《日知录》《音学五书》等近五十种著作。顾炎武学识渊博，在经学、史学、音韵小学、金石考古、方志舆地以及诗文诸学上，都有较深造诣，建树了承前启后之功。顾炎武为学以经世致用的思想，朴实归纳的考据方法，创辟路径的探索精神，宣告了晚明空疏学风的终结，开启了一代朴实学风的先路，对清代学者影响很大。

阅读门径

作者之所以描写嵩山，不但因为嵩山山势顶天立地，而更重要的是嵩山是夏五岳之一。这首诗通过对嵩山山势、山景的勾勒描绘和神话传说的恰当引述，很好地写出了中岳嵩山古老身影的风貌，表达了作者匡时济世的伟大抱负。

学习这首诗，重点应该关注其中的名句——“老柏摇新翠，幽花茁晚春。”这两句大意是：苍老的柏树摇动着新长出的青枝，幽香的野花即使在晚春时节也茁壮成长。此二句写晚春景色，含意丰富。老柏已是根深枝壮，但决不摒弃新枝，因为新枝能给老柏带来新的生命力。诗句赋予晚春景色以蓬勃生机，启示人们应该振作奋发，珍惜人生，不要盲目服从命运的安排，要做生活的强者。

能力提升

1. 谈谈《普天乐·张生赴选》中情景交融的写法。
2.《寿阳曲·山市晴岚》中体现了作者什么样的心态?
3. 总结《嵩山》一诗的主旨。

比较阅读

1. 石灰吟

〔明〕于谦

千锤万击出深山，烈火焚烧若等闲。
粉身碎骨全不惜，要留清白在人间。

（选自《明诗观止》，中华传统文化观止丛书专家委员会，高林出版社 2015 年版）

2. 登太白楼

〔明〕王世贞

昔闻李供奉，长啸独登楼。此地一垂顾，高名百代留。
白云海色曙，明月天门秋。欲觅重来者，潺潺济水流。

（选自《明诗观止》，中华传统文化观止丛书专家委员会，高林出版社 2015 年版）

3. 长相思

〔清〕纳兰性德

山一程，水一程，身向榆关那畔行，夜深千帐灯。
风一更，雪一更，聒碎乡心梦不成，故园无此声。

（选自《饮水词笺校》，纳兰性德，中华书局 2011 年版）

4. 过扬州

〔清〕龚自珍

春灯如雪浸兰舟，不载江南半点愁。
谁信寻春此狂客，一茶一偈到扬州。

（选自《龚自珍诗选》，郭延礼选注，人民文学出版社）

第六节 自由奔放的现当代诗歌

文本综要

中国现当代诗歌主要是指从五四文学革命时起到现在为止的这一时期的诗歌创作。中国现当代诗歌的诞生绝非偶然，它顺乎20世纪世界文学的潮流，适应我国新民主主义革命的需要，是中国文学走向现代化的重要开端之一。

一、中国现代诗歌发展简述

1917年，胡适、陈独秀等人在《新青年》上积极倡导文学革命，主张在文学形式上，提倡白话文，反对文言文，反对语言的刻意雕琢、陈腐艰涩。自此，现代诗歌创作从内容到形式都发生了巨大的变化。胡适是用白话创作诗歌的第一人。1920年，胡适出版了我国第一部白话诗集《尝试集》，为中国新诗的大厦奠定了第一块基石。当时用白话写诗的还有刘半农、陈独秀、鲁迅等人。白话诗以新的体式、新的语言表现了新的思想感情，但是它也存在重写实、重说理而缺少想象和感情浓度的弊病。

1919年，五四运动爆发后，以郭沫若为代表的浪漫诗派成就最大，影响最大。此外，以朱自清、叶绍钧为代表的写实诗派也颇有影响力，他们的诗歌大都表现知识分子的现实生活，语言呈现出纯正朴实的新风。1922年，应修人、潘漠华、汪静之、冯雪峰四人组成了“湖畔诗社”。他们创作的爱情诗表现了青年人追求纯真爱情，敢于冲击封建礼教束缚的复杂心理，广受青年人的喜爱。以冰心、宗白华为代表的“小诗派”的诗歌，在内容上往往表达作者在一刹那的感受和思索，往往以三五行甚至一两行诗句，来暗示一种人生哲理，或寄寓一种高尚的情操。抒情诗则是冯至的成就较高，他被鲁迅誉为“中国最为杰出的抒情诗人”，具有一种独特的“幽婉”风格。徐志摩、闻一多是新月诗派的代表诗人，大力提倡章法严谨、句式整饬、语言凝练的新格律诗。除此之外，影响较大的诗派还有无产阶级革命诗歌、中国诗歌会、象征诗派、七月诗派、九叶诗派等。

20世纪30年代前后，以戴望舒、卞之琳、梁宗岱、何其芳等诗人为代表的现代诗派也很有影响力。现代派的诗人们注重抒发自己的内心世界，表现微妙的情绪和抽象的感情，他们的诗歌具有一种朦胧美。抗战时期最受欢迎的诗人是田间，他被誉为“时代的鼓手”，用四言、六言或五言、七言的民歌体写诗。

艾青是抗战爆发后到新中国成立前自由体新诗创作最有成就的诗人之一。他的诗歌充满了战斗的精神，及时强烈地传达了时代的呼唤和人民的心声。他追求深沉的审美意象，善于捕捉瞬间的印象和感觉，喜欢采用反复、排比、铺陈等方法，提倡自由流动的形式，诗中弥漫着浓重的时代色彩。代表作品有《大堰河——我的保姆》等。

二、中国当代诗歌发展简述

当代诗歌可分为两个时期，即新中国成立初期30年诗歌创作期（1949 ～ 1978）与新时期诗歌创作期（1979年至现在）。在前期的30年中，诗歌的主旋律主要是歌颂新中国、歌颂中国共产党、歌颂伟大的领袖、歌颂人民当家做主的新生活。

新中国成立后，艾青的诗歌创作进入了一个崭新的阶段。他的诗歌日益成熟，诗歌的格调焕然一新，风格多样，追求诗歌的朴素美和单纯美，如《我想念我的祖国》《春姑娘》等诗作。

闻捷的诗歌题材广阔，内容丰富，形式多样，笔调清新，语言优美，形象鲜明，从多方面赞美了爱情和新生活。代表作品有《我思念北京》《天山牧歌》《吐鲁番情歌》等。

20世纪60年代前期的代表诗人有郭小川、贺敬之、李瑛、严阵、张志民等。其中一部分诗人在诗歌创作中逐渐强化了对诗歌优美意境的追求；一部分诗人随着当时强调阶级斗争的潮流，走上了写政治抒情诗的道路。

新时期以来的诗歌呈现出百花齐放的局面。现实主义诗歌创作的阵容很庞大，代表诗人有经历了长久磨难与坎坷的一批老诗人，如艾青、公刘、白桦、流沙河等；还有一批是历经“文革”而成长起来的新诗人，如雷抒雁、杨牧、张学梦等。他们的诗歌各有特色。

新时期成长起来的一批青年诗人则表现出鲜明的现代主义倾向，这批诗人有舒婷、顾城、梁小斌等。他们的诗歌有情绪基调深沉，个性张扬，真实表现自己的内心世界，写自己独特的体验等特点。他们的作品被称为朦胧诗，如舒婷的《致橡树》《祖国啊，我亲爱的祖国》，顾城的《永别了，墓地》《远与近》等，都是朦胧诗的代表作品。而在这批朦胧诗人后出现的一代更年轻的诗人则被称为新生代诗人。

在大陆当代诗歌发展的同时，港台也涌现出了一批有成就的诗人。台湾著名的诗人有余光中、舒兰、白荻等。余光中出版了《舟子的悲歌》《白玉苦瓜》等十多部诗集。他的诗歌具有浓重的中国意识和深厚的历史感，多写游子思乡心态，构思精巧，文字朴实，意象新丽，情意浓烈，颇受好评。舒兰的诗集有《抒情诗》等，他的诗歌意象新颖，结构独到，语言浅近，情感深厚。白荻有《天空象征》等诗集。

30 天　狗

郭沫若

【欣赏任务】

1. 熟悉郭沫若的有关常识。
2. 理解《天狗》的文本内容。
3. 掌握作品的艺术形式和表现手法。

【经典篇目】

我是一条天狗呀！
我把月来吞了，
我把日来吞了，
我把一切的星球来吞了，
我把全宇宙来吞了。
我便是我了！

我是月底光，
我是日底光，
我是一切星球底光，
我是 X 光线底光，
我是全宇宙的 Energy（能量）的总量！

我飞奔，
我狂叫，
我燃烧。
我如烈火一样地燃烧！
我如大海一样地狂叫！
我如电气一样地飞跑！
我飞跑，
我飞跑，
我飞跑，
我剥我的皮，
我食我的肉，
我吸我的血，
我啮我的心肝，
我在我神经上飞跑，
我在我脊髓上飞跑，
我在我脑筋上飞跑。

我便是我呀！
我的我要爆了！

（选自《女神》，郭沫若，人民文学出版社 2000 年版）

【走近作者】

郭沫若（1892 ～ 1978），原名郭开贞，又名郭鼎堂。四川乐山人。毕业于日本九州帝国大学，作家、诗人、剧作家、历史学家、考古学家、古文字学家、社会活动家。1921 年，发表第一本新诗集《女神》，成为中国新诗的奠基人。1949 年，郭沫若当选为中华全国文学艺术会主席。主要诗集有《女神》《星空》《瓶》《前茅》《恢复》《蜩螗集》《战声集》等。

阅读门径

《天狗》这首诗写于郭沫若新诗创作的爆发期，正是青年郭沫若情感最炽烈的时刻。这首诗的风格是强悍、狂暴、紧张的。诗作的主体意象“天狗”，既是诗人自我的化身，又是五四时代个性意识觉醒了的一代知识者的象征。诗人借助天狗这一意象，以雄伟激扬之势和暴躁凌厉之气，彰显出解放了的人之情感凌驾一切、控制一切、指点一切的权利和力量。

《天狗》在艺术形式和表现手法方面，也带给读者一种全新的审美感受。为保证激情的畅抒，《天狗》不仅采用第一人称“我”直抒胸臆，而且从头到尾的二十九句诗行都以“我”字开头，自始至终的单调句式反而增强了全诗一气呵成的整体连锁性，信口开河、不加打磨的粗粝语言反而凸现了诗的力度。

《天狗》是想象艺术的杰出范例。诗作的开头以幻觉让“实我”进入“幻我”，以飞落天外的奇特想象创造出一条神奇的天狗，将破坏旧世界创建新世界的理性意蕴寓托其中，使之获得了具象化、形象化、生动化的表现。同时，诗人还巧妙地运用夸张、变形等手法，极力拓展想象的空间。

31 雨　巷

戴望舒

【欣赏任务】

1. 了解戴望舒的有关常识。
2. 把握《雨巷》的诗歌内容。
3. 掌握作品象征主义手法的运用。

【经典篇目】

撑着油纸伞，独自
彷徨在悠长，悠长

又寂寥的雨巷，
我希望逢着
一个丁香一样的
结着愁怨的姑娘。

她是有
丁香一样的颜色，
丁香一样的芬芳，
丁香一样的忧愁，
在雨中哀怨，
哀怨又彷徨；

她彷徨在这寂寥的雨巷，
撑着油纸伞
像我一样，
像我一样地
默默彳亍着，
冷漠，凄清，又惆怅。
她默默地走近，
走近，又投出
太息一般的眼光，
她飘过
像梦一般的，
像梦一般的凄婉迷茫。

像梦中飘过
一枝丁香地，
我身旁飘过这女郎；
她默默地远了，远了，
到了颓圮的篱墙，
走尽这雨巷。

在雨的哀曲里，
消了她的颜色，

散了她的芬芳，
消散了，甚至她的
太息般的眼光，
丁香般的惆怅。

撑着油纸伞，独自
彷徨在悠长，悠长
又寂寥的雨巷，
我希望飘过
一个丁香一样的
结着愁怨的姑娘。

（选自《戴望舒经典作品选》，戴望舒，当代世界出版社 2004 年版）

【走近作者】

戴望舒（1905 ～ 1950），现代诗人。原名戴梦鸥，笔名艾昂甫、江思等。浙江杭县（今浙江杭州）人，祖籍南京。被称为“雨巷诗人”，叶圣陶评价他为“替新诗的音节开了一个新纪元”。他的笔名出自屈原的《离骚》：“前望舒使先驱兮，后飞廉使奔属。”望舒就是神话传说中替月亮驾车的天神，美丽温柔，纯洁幽雅。曾赴法国留学，受法国象征派诗人影响。

阅读门径

《雨巷》是戴望舒的成名作和前期的代表作，约作于政治风云激荡、诗人内心苦闷彷徨的 1927 年夏天。当时全国处于白色恐怖之中，戴望舒因曾参加进步活动而不得不避居于松江的友人家中，在孤寂中咀嚼着大革命失败后的幻灭与痛苦，心中总充满了迷惘的情绪和朦胧的希望。《雨巷》一诗就是他的这种心情的表现，其中交织着失望和希望、幻灭和追求的双重情调。这种情怀在当时是有一定的普遍性的。

富于音乐性是《雨巷》的一个突出的艺术特色。诗中运用了复沓、叠句、重唱等手法，造成了回环往复的旋律和宛转悦耳的乐感。

《雨巷》在艺术上另一个重要的特色是运用了象征主义的方法抒情。象征主义是 19 世纪末法国诗歌中崛起的一个艺术流派，在表现方法上，强调用暗示、隐喻等手段表现内心瞬间的感情。《雨巷》中狭窄阴沉的雨巷，在雨巷中徘徊的独行者，以及那个像丁香一样结着愁怨的姑娘，都是象征性的意象，分别象征了当时黑暗的社会、在革命中失败的人和朦胧的、时有时无的希望。这些意象又共同构成了一种象征性的意境，含蓄地暗示出作者既迷惘感伤又有期待的情怀，并给人一种朦胧而又幽深的美感。

32　教我如何不想她

刘半农

【欣赏任务】

1. 了解刘半农的有关常识。
2. 体味作品中比兴手法的运用。

【经典篇目】

天上飘着些微云，
地上吹着些微风。
啊！
微风吹动了我的头发，
教我如何不想她？

月光恋爱着海洋，
海洋恋爱着月光。
啊！
这般蜜也似的银夜，
教我如何不想她？

水面落花慢慢流，
水底鱼儿慢慢游。
啊！
燕子你说些什么话？
教我如何不想她？

枯树在冷风里摇，
野火在暮色中烧。
啊！

西天还有些儿残霞，
教我如何不想她？

一九二〇年八月六日伦敦

（选自《世界最美的诗歌》，张珍编，立信会计出版社 2012 年版）

【走近作者】

刘半农（1891 ～ 1934），江苏江阴人，原名寿彭，后名复，初字半侬，后改半农，晚号曲庵，中国新文化运动先驱，文学家、语言学家和教育家。1925 年获得法国国家文学博士学位。主要作品有诗集《扬鞭集》《瓦釜集》和《半农杂文》。

阅读门径

《教我如何不想她》写于 1920 年 9 月，初刊于 1928 年版的《新诗歌集》，赵元任为此词作了曲。诗作发表时题为《情歌》，后改为《教我如何不想她》。在我国古代的文言文中，是没“她”这个字的。不管男人女人，一律用“他”表示。刘半农认为不分性别，一律用“他”，是古汉语的一大缺陷，就别开生面地造出一个“她”字。

诗句含有浓厚的情感，极具感染力。诗歌共分四节。每节开头都汲取了歌谣中最常用的“比兴”手法。通过对某种景致的描写，借景传情，渲染烘托“教我如何不想她”的内涵。第一节先写微云在天上飘着，微风在地上吹着，“浮云游子意”，油然而生思念之情，在情景上对应着淡淡的思乡之情的苦涩，作为全诗的开头颇为贴切。第二节写月挂中天，大海在月光的照射下泛着银光，“月是故乡明”，极富联想地表达出诗人内心不舍的思乡之情。第三、四节扩展开来，写自己思念家乡是年复一年。先写暮春时节，用水上浮花、河底游鱼这两组含有飘忽不定、孤苦无依的象征意义的意象，表现了诗人情思的急切和思念不成的无可奈何之状。第四节写残冬将尽，冷风、枯树、暮色、野火、残霞突出了凄凉。“枯树”“野火”对得很有特色，使“冷”与“热”即诗人的苦闷与焦灼相辅相成，互为烘托。整首诗意境氛围由淡而浓，情感节奏由轻而重，使内容主旨由浅入深。春夏秋冬，无论季节如何变化，都无法阻止对“她”的思念。

该诗不但成功地运用了中国传统诗词的比兴手法，而且吸收了西方诗的重视联想与暗示的特色。形象生动鲜明，语言通俗简洁，节奏流畅，格式整齐匀称，兼用复沓和叠句，更显余音萦绕、意味无穷，确实是初期白话诗中的成功之作。

33 我不知道风是在哪一个方向吹

徐志摩

【欣赏任务】

1. 了解徐志摩的相关知识。
2. 学会鉴赏作品的语言特点。

【经典篇目】

我不知道风
是在哪一个方向吹——
我是在梦中，
在梦的轻波里依洄。

我不知道风
是在哪一个方向吹——
我是在梦中，
她的温存，我的迷醉。

我不知道风
是在哪一个方向吹——
我是在梦中，
甜美是梦里的光辉。

我不知道风
是在哪一个方向吹——
我是在梦中，
她的负心，我的伤悲。

我不知道风
是在哪一个方向吹——
我是在梦中，
在梦的悲哀里心碎！

我不知道风

是在哪一个方向吹——
我是在梦中，
黯淡是梦里的光辉。

（选自《徐志摩选集》，徐志摩，人民文学出版社 1983 年版）

【走近作者】

徐志摩（1897 ~ 1931），现代诗人、散文家。名章垿，笔名南湖、云中鹤等。浙江海宁人。1921 年开始创作新诗。1923 年，参与发起成立新月社。著有诗集《志摩的诗》《翡冷翠的一夜》《猛虎集》《云游》，散文集《落叶》《巴黎的鳞爪》《秋》，小说散文集《轮盘》，戏剧《卞昆冈》（与陆小曼合写），日记《爱眉小札》《志摩日记》，译著《曼殊斐尔小说集》等。他的诗字句清新，韵律和谐，比喻新奇，想象丰富，意境优美，神思飘逸，富于变化，并追求艺术形式的整饬、华美，具有鲜明的艺术个性，为新月派的代表诗人。

阅读门径

《我不知道风是在哪一个方向吹》这首诗，可以说是徐志摩的"标签"之作，据胡适先生回忆，徐志摩生前最喜欢的诗就是这首诗，经常吟诵这两句：我不知道风 / 是在哪一个方向吹——

这首诗表现了徐志摩最高的诗歌理想，那就是：回到生命本体中去！在《"新月"的态度》一文里，徐志摩说道："要从恶浊的底里解放圣洁的泉源，要从时代的破烂里规复人生的尊严——这是我们的志愿。成见不是我们的，我们先不问风是在哪一个方向吹。功利也不是我们的，我们不计较稻穗的饱满是在哪一天。……生命从它的核心里供给我们信仰，供给我们忍耐与勇敢。为此我们方能在黑暗中不害怕，在失败中不颓丧，在痛苦中不绝望。生命是一切理想的根源，它那无限而有规律的创造性给我们在心灵的活动上一个强大的灵感。它不仅暗示我们，逼迫我们，永远往创造的、生命的方向上走，它并且启示我们的想象。……我们最高的努力目标是与生命本体相绵延的，是超越死线的，是与天外的群星相感召的。"

全诗共六节，每节的前三句相同，辗转反复，余音袅袅，诗中用这种刻意经营的旋律组合，渲染了"梦"的氛围，也给吟唱者更添上几分"梦"态。全诗表达了作者追求那种"回到生命本体中去"的诗歌理想。

34　一句话

闻一多

【欣赏任务】

1. 熟悉闻一多的有关常识。
2. 理解《一句话》的诗歌内容。
3. 体会作品的写实和比喻相结合的方法。

【经典篇目】

有一句话说出就是祸，
有一句话能点得着火。
别看五千年没有说破，
你猜得透火山的缄默？
说不定是突然着了魔，
突然青天里一个霹雳，
　　爆一声：
“咱们的中国！”

这话叫我今天怎么说？
你不信铁树开花也可，
那么有一句话你听着：
等火山忍不住了缄默，
不要发抖，伸舌头，顿脚，
等到青天里一个霹雳，
　　爆一声：
“咱们的中国！”

（选自《闻一多大全集》，闻一多，新世纪出版社 2012 年版）

【走近作者】

闻一多（1899 ～ 1946），现代诗人，文史学者。名亦多，字友三，亦字友山，家族排行叫家骅。后改名多，又改名一多。生于湖北浠水。早期的诗，形式多为自由体，较为突出地表现了唯美的倾向和秾丽的风格。1923 年印行第一本新诗集《红烛》。1926 年发表论文《诗的格律》，开创了格律体的新诗流派。1928 年，第二本诗集《死水》出版，形成了独特的沉郁奇丽的艺术风格。

阅读门径

1925年闻一多留美回国，看到的是封建军阀统治下的黑暗现实和民不聊生的景象，于是，赤诚爱心转化为对现状的强烈不满和渴望改变旧中国的激情。闻先生曾说："诗人主要的天赋是爱，爱他的祖国，爱他的人民。"这种情绪在这首诗中得到充分体现。全诗以"一句话"——"咱们的中国"为构思中心，运用写实和隐喻相结合的手法，反复咏叹，极力渲染烘托。第一节先用排比，通过"祸"与"火"的写实和比喻，揭露黑暗现实对民意的压制，也预示着民众积蓄着的巨大的力量。接着进一步用火山作对比，它虽然沉默了千百年，一旦突发就会产生翻天覆地的力量。这一喻象表明诗人对人民反抗的力量充满信心。第二节针对一些对中国前途悲观、不相信民众者发出警告，用"铁树开花"比喻建设"咱们的中国"来之不易但终会成事实。通过"我"坚信与"你"不相信的对比，引发出不信者可能会产生的惊慌、反感等种种诧异的表现，从而进一步衬托出民众反抗的必然性和突发性，表明诗人对民众解放自己、改造旧中国的潜在力量坚信不疑，并衷心拥护。此诗语言平易，形式上整齐匀称，又自然天成，富于节奏感和音乐美。

35 光的赞歌

艾　青

【欣赏任务】

1. 了解艾青的有关常识。
2. 把握《光的赞歌》的文本内容。
3. 掌握作品象征、比喻、拟人手法的运用。

【经典篇目】

一

每个人的一生
不论聪明还是愚蠢
不论幸福还是不幸
只要他一离开母体
就睁着眼睛追求光明

世界要是没有光
等于人没有眼睛
航海的没有罗盘
打枪的没有准星
不知道路边有毒蛇
不知道前面有陷阱

世界要是没有光
也就没有扬花飞絮的春天
也就没有百花争艳的夏天
也就没有金果满园的秋天
也就没有大雪纷飞的冬天

世界要是没有光
看不见奔腾不息的江河
看不见连绵千里的森林
看不见容易激动的大海
看不见像老人似的雪山
要是我们什么也看不见
我们对世界还有什么留恋

二

只是因为有了光
我们的大千世界
才显得绚丽多彩
人间也显得可爱

光给我们以智慧
光给我们以想象
光给我们以热情
创造出不朽的形象

那些殿堂多么雄伟
里面更是金碧辉煌

那些感人肺腑的诗篇
谁读了能不热泪盈眶

那些最高明的雕刻家
使冰冷的大理石有了体温
那些最出色的画家
描出了色授神与的眼睛

比风更轻的舞蹈
珍珠般圆润的歌声
火的热情、水晶的坚贞
艺术离开光就没有生命

山野的篝火是美的
港湾的灯塔是美的
夏夜的繁星是美的
庆祝胜利的焰火是美的
一切的美都和光在一起

三

这是多么奇妙的物质
没有重量而色如黄金
它可望而不可即
漫游世界而无体形
具有睿智而谦卑
它与美相依为命
诞生于撞击和摩擦
来源于燃烧和消亡的过程
来源于火、来源于电
来源于永远燃烧的太阳

太阳啊，我们最大的光源
它从亿万万里以外的高空
向我们居住的地方输送热量

使我们这里滋长了万物
万物都对它表示景仰
因为它是永不消失的光

真是不可捉摸的物质——
不是固体、不是液体、不是气体
来无踪、去无影、浩渺无边
从不喧嚣、随遇而安
有力量而不剑拔弩张
它是无声的威严

它是伟大的存在
它因富足而能慷慨
胸怀坦荡、性格开朗
只知放射、不求报偿
大公无私、照耀四方

四

但是有人害怕光
有人对光满怀仇恨
因为光所发出的针芒
刺痛了他们自私的眼睛

历史上的所有暴君
各个朝代的奸臣
一切贪婪无厌的人
为了偷窃财富、垄断财富
千方百计想把光监禁
因为光能使人觉醒

凡是压迫人的人
都希望别人无能
无能到了不敢吭声
而把自己当作神明

凡是剥削人的人
都希望别人愚蠢
愚蠢到了不会计算
一加一等于几也闹不清

他们要的是奴隶
是会说话的工具
他们只要驯服的牲口
他们害怕有意志的人

他们想把火扑灭
在无边的黑暗里
在岩石所砌的城堡里
维持血腥的统治

他们占有权力的宝座
一手是勋章、一手是皮鞭
一边是金钱、一边是锁链
进行着可耻的政治交易
完了就举行妖魔的舞会
和血淋淋的人肉的欢宴

回顾人类的历史
曾经有多少年代
沉浸在苦难的深渊
黑暗凝固得像花岗岩
然而人间也有多少勇士
用头颅去撞开地狱的铁门

光荣属于奋不顾身的人
光荣属于前仆后继的人

暴风雨中的雷声特别响

乌云深处的闪电特别亮
只有通过漫长的黑夜
才能喷涌出火红的太阳

五

愚昧就是黑暗
智慧就是光明
人类是从愚昧中过来
那最先去盗取火的人
是最早出现的英雄
他不怕守火的鹫鹰
要啄掉他的眼睛
他也不怕天帝的愤怒
和轰击他的雷霆
把火盗出了天庭
于是光不再被垄断
从此光流传到人间

我们告别了刀耕火种
蒸汽机带来了工业革命
从核物理诞生了原子弹
如今像放鸽子似的
放出了地球卫星……
光把我们带进了一个
　　光怪陆离的世界：
X光，照见了动物的内脏
激光，刺穿优质钢板
光学望远镜，追踪星际物质
电子计算机
把我们推到了二十一世纪
然而，比一切都更宝贵的
是我们自己的锐利的目光
是我们先哲的智慧之光
这种光洞察一切、预见一切

可以透过肉体的躯壳
看见人的灵魂

看见一切事物的底蕴
一切事物内在的规律
一切运动中的变化
一切变化中的运动
一切的成长和消亡
就连静静的喜马拉雅山
也在缓慢地继续上升

认识没有地平线
地平线只能存在于停止前进的地方
而认识却永无止境
人类在追踪客观世界中
留下了自己的脚印

实践是认识的阶梯
科学沿着实践前进
在前进的道路上
要砸开一层层的封锁
要挣断一条条的铁链
真理只能从实践中得以永生

六

光从不可估量的高空
俯视着人类历史的长河
我们从周口店到天安门
像滚滚的波涛在翻腾
不知穿过了多少的险滩和暗礁
我们乘坐的是永不沉没的船
从天际投下的光始终照引着我们………

我们从千万次的蒙蔽中觉醒

我们从千万种的愚弄中学得了聪明
统一中有矛盾、前进中有逆转
运动中有阻力、革命中有背叛
甚至光中也有暗
甚至暗中也有光
不少丑恶与自私
隐藏在光的下面
毒蛇、老鼠、臭虫、蝎子
和许多种类的粉蝶
她们都是孵化害虫的母亲
我们生活着随时都要警惕
看不见的敌人在窥伺着我们
然而我们的信念
像光一样坚强——
经过了多少浩劫之后
穿过了漫长的黑夜
人类的前途无限光明、永远光明

七

每一个人都是一个生命
人是银河星云中的一粒微尘
每一粒微尘都有自己的能量
无数的微尘汇集成一片光明
每一个人既是独立的
而又互相照耀
在互相照耀中不停地运转
和地球一同在太空中运转
我们在运转中燃烧
我们的生命就是燃烧
我们在自己的时代
应该像节日的焰火
带着欢呼射向高空
然后迸发出璀璨的光

即使我们是一支蜡烛
也应该“蜡炬成灰泪始干”
即使我们只是一根火柴
也要在关键时刻有一次闪耀
即使我们死后尸骨都腐烂了
也要变成磷火在荒野中燃烧

八

作为一个微不足道的人
天文学数字中的一粒微尘
即使生命像露水一样短暂
即使是恒河岸边的细沙
也能反映出比本身更大的光
我也曾经用嘶哑的喉咙歌唱
在不自由的岁月里我歌唱自由
我是被压迫的民族，我歌唱解放
在这个茫茫的世界上
为被凌辱的人们歌唱
为受欺压的人们歌唱
我歌唱抗争，我歌唱革命
在黑夜把希望寄托给黎明
在胜利的欢欣中歌唱太阳

我是大火中的一点火星
趁生命之火没有熄灭
我投入火的队伍、光的队伍
把“一”和“无数”融合在一起
为真理而斗争
和在斗争中前进的人民一同前进
我永远歌颂光明
光明是属于人民的
未来是属于人民的
任何财富都是人民的
和光在一起前进

和光在一起胜利
胜利是属于人民的
和人民在一起所向无敌

九

我们的祖先是光荣的
他们为我们开辟了道路
沿途留下了深深的足迹
每个足迹里都有血迹

现在我们正开始新的长征
这个长征不只是二万五千里的路程
我们要逾越的也不只是十万大山
我们要攀登的也不只是千里岷山
我们要夺取的也不只是金沙江、大渡河
我们要抢渡的是更多更险的渡口
我们在攀登中将要遇到
更大的风雪、更多的冰川……

但是光在召唤我们前进
光在鼓舞我们、激励我们
光给我们送来了新时代的黎明
我们的人民从四面八方高歌猛进
让信心和勇敢伴随着我们
武装我们的是最美好的理想
我们是和最先进的阶级在一起
我们的心胸燃烧着希望
我们前进的道路铺满阳光
让我们的每个日子
都像飞轮似的旋转起来
让我们的生命发出最大的能量
让我们像从地核里释放出来似的
极大地撑开光的翅膀
在无限广阔的宇宙中飞翔

让我们以最高的速度飞翔吧
让我们以大无畏的精神飞翔吧
让我们从今天出发飞向明天
让我们把每个日子都当作新的起点
或许有一天，总有一天
我们这个古老的民族
我们最勇敢的阶级
将接受光的邀请
却叩开千万重紧闭的大门
访问我们所有的芳邻

让我们从地球出发
飞向太阳……

1978 年 8 月 12 日

（选自《艾青作品精选》，艾青，长江文艺出版社 2004 年版）

【走近作者】

艾青（1910 ～ 1996），现当代诗人。本名蒋正涵，字养源，号海澄，笔名莪伽、克阿、林壁等，浙江金华人。出版的诗集有《大堰河》《北方》《归来的歌》等。1933 年第一次用艾青的笔名发表长诗《大堰河——我的保姆》，感情诚挚，诗风清新，轰动诗坛。在中国新诗发展史上，艾青是继郭沫若、闻一多等人之后又一位推动一代诗风，并产生过重要影响的诗人。

阅读门径

艾青是个艺术生命保持了半个多世纪之久的诗人，被誉为“中国诗坛泰斗”。他的诗将个人的悲欢融入祖国和人民的苦难与命运之中，表现出对光明的热切向往与追求，具有强烈的时代感和现实性。他的诗作的突出特色，就是凝聚着深邃、独到的哲理。《光的赞歌》就是这类诗的代表作。《光的赞歌》写于 1978 年 8 月，正是“文革”结束不久。诗人仿佛从漫漫长夜中醒来，重新看到曙光和希望一样，无法抑制内心的激情与创作的冲动，拿起笔来，歌颂驱走阴霾、战胜黑暗的光明，歌颂新的时代、新的生活。

作品从生活中提炼富有哲理性的主题，产生了平中见奇的艺术效果。光，本是人们日常生活中天天所见、所感的平常事物，诗人透过这平凡的事物，发现内在蕴含的诗意，赋予它深邃的哲理意义。通过对光的特征、作用、品格，光的过去、现在和未来的描述，高度概括和深刻反映了人类有文明史以来，光明与黑暗、科学与迷信、智慧与愚昧、唯物与唯心、前进与倒退、革命与反动的生死搏斗，揭示出前者必然战胜后者的历史规律和客观真理，鼓舞人们坚定必胜的信念。诗人在诗中阐发的哲理思想，是他生活体验的结晶，来自于他对习见的日常事物的提炼。同时作品运用象征、比喻、拟人、排比等多种修辞手法，把哲理寓以生动的形象。

36 壮士心

臧克家

【欣赏任务】

1. 了解臧克家的有关常识。
2. 体味《壮士心》的内容和语言。
3. 体会作品对爱国主义的歌颂。

【经典篇目】

江庵的夜和着青灯残了，
壮士的梦正灿烂地开花，
枕着一卷兵书一支剑，
灯光开出了一头白发。

突然睁大眼睛，战鼓在催他，
（深殿里木鱼一声又一声）
跨出门来，星斗恰似当年，
铁衣上响着塞北的朔风。

前面分明是万马奔腾，
他举起剑来嘶喊了一声，
从此不见壮士归来，
门前的江潮夜夜澎湃。

（选自《臧克家诗选》，臧克家著，人民文学出版社 1994 年版）

【走近作者】

臧克家（1905 ～ 2004），山东诸城人，曾用名臧瑗望，笔名少全、何嘉。1937 年臧克家出版了第一本诗集《烙印》，后出版诗集《罪恶的黑手》《自己的写照》等。抗日战争时期，出版《从军行》《泥淖集》《淮上吟》等诗集。1945 年出版诗集《生命的秋天》《民主的海洋》。抗日战争胜利后，出版政治讽刺诗《宝贝儿》《生命的零度》《冬天》。1947 年出版小说集《挂红》《拥抱》，散文集《磨不掉的印象》。中华人民共和国成立后，出版《臧克家诗选》《一颗新星》《春风集》等。2000 年 1 月获“首届中国诗人奖——终生成就奖”，2003 年获由国际诗人笔会颁发的“中国当代诗魂金奖”。

阅读门径

这首诗可用一字来概括：“壮！”诗中的意境与古诗词的意境相吻合。诗开篇便是江庵和青灯，青灯古佛一直是古人渲染的冷漠凄清的意象，壮士却在梦中，梦到的是什么，这时并不知道，但他的梦是热烈的。他听到了战鼓，突然坐起，像李白诗中的“晓战随金鼓，宵眠抱玉鞍”这种时刻准备战斗的紧张状态。他出门后又让人感受到“朔气传金柝，寒光照铁衣”的沙场氛围。前面是铁骑突出刀枪鸣，是铁马秋风大散关，是气吞万里如虎，这一切都在召唤着壮士！他义无反顾地奔向前方，壮士一去兮不复还，只有江潮与冷月相伴。但需要强调的是，本诗并不悲凉，从梦境到冲向战场，他执着地为理想而战，没有彷徨，没有忧伤，只有一种对实现梦的热烈向往。在那个阴霾的时代，作者以此来歌颂那些为革命而献身的勇士，歌颂惊天地泣鬼神的爱国主义精神！

37 就是那一只蟋蟀

流沙河

【欣赏任务】

1. 了解流沙河的有关常识。
2. 理解《就是那一只蟋蟀》的诗歌内容。
3. 掌握作品中意象的巧妙运用。

【经典篇目】

台湾诗人 Y 先生说：“在海外，夜间听到蟋蟀叫，就会以为那是在四川乡下听到的那一只。”

就是那一只蟋蟀
钢翅响拍着金风
一跳跳过了海峡
从台北上空悄悄降落
落在你的院子里
夜夜唱歌

就是那一只蟋蟀
在《豳风·七月》里唱过
在《唐风·蟋蟀》里唱过
在《古诗十九首》里唱过
在花木兰的织机旁唱过
在姜夔的词里唱过
劳人听过
思妇听过

就是那一只蟋蟀
在深山的驿道边唱过
在长城的烽台上唱过
在旅馆的天井中唱过
在战场的野草间唱过
孤客听过
伤兵听过

就是那一只蟋蟀
在你的记忆里唱歌
在我的记忆里唱歌
唱童年的惊喜
唱中年的寂寞
想起雕竹做笼
想起呼灯篱落
想起月饼
想起桂花
想起满腹珍珠的石榴果

想起故园飞黄叶
想起野塘剩残荷
想起雁南飞
想起田间一堆堆的草垛
想起妈妈唤我们回去加衣裳
想起岁月偷偷流去许多许多

就是那一只蟋蟀
在海峡那边唱歌
在台北的一条巷子里唱歌
在四川的一个乡村里唱歌
在每个中国人脚迹所到之处
处处唱歌
比最单调的乐曲更单调
比最谐和的音响更谐和
凝成水
是露珠
燃成光
是萤火
变成鸟
是鹧鸪
啼叫在乡愁者的心窝

就是那一只蟋蟀
在你的窗外唱歌
在我的窗外唱歌
你在倾听
你在想念
我在倾听
我在吟哦
你该猜到我在吟些什么
我会猜到你在想些什么
中国人有中国人的心态
中国人有中国人的耳朵

1982 年 7 月 10 日在成都

（选自《回答》，李双编，中国人民文学出版社 1993 年版）

【走近作者】

流沙河，当代诗人，原名余勋坦，生于四川省金堂县城。诗歌集《农村夜曲》《告别火星》，《故园六咏》荣获 1979 ～ 1980 年全国优秀新诗奖。

阅读门径

《就是那一只蟋蟀》是一篇意象数量众多、内蕴深刻、组合高妙的佳作。全诗中，主要意象可以包括兴象、境象、喻象三个层次。

兴象是艺术作品中没有明显的人为痕迹的意象，其构成似乎是纯粹客观的物象，往往没有明显的象征、比喻的意味，单个兴象的存在与否似乎也无关紧要，但由很多单个兴象组成的兴象群却有很深层的意蕴。作品中这样的兴象特别多，比如第 2 段中的诗经、古诗、木兰辞、姜夔词，从个体角度讲其中任何一个兴象增、删都无所谓，但它们组成了一个非常重要的兴象群，它们构成了该诗最基础层的意象单元。这一兴象群，表明从古到今，我们中国有着悠久的历史文化，共同的历史文化背景使生活在不同时代的中国人有着相同的情感，尽管这种情感是沉重的忧思离别。

境象也就是通常所说的意境，是由基础层次上的意象组合而成的一个整体，它比基础性的意象在时空上更具有突破性，有强烈的宇宙感、历史感、人生感。如 2、3、4、5 诗段中的众多兴象分别组成四大兴象群，也就是四大境象，我们可以深刻地感受到中华民族沧桑的历史、广阔的河山、伟大的母爱以及隔不断的统一情。

喻象即通过比喻、象征的方式构置的意象，它是艺术家借助一定的艺术技巧，将客观物象按照心灵重组或变形，让客观物象成为心灵的载体而创造出来的，比喻和象征性的意象因其具有巨大的暗示性而为艺术家所喜爱。诗中的“蟋蟀”就是这样的喻象。诗歌中的蟋蟀已经不是一般意义上的昆虫。蟋蟀已不再受时间、空间、政治等的限制，它能唤起古今、两岸中国人共有的情感。

38 相信未来

食　指

【欣赏任务】

1. 了解食指的有关常识。
2. 深刻理解《相信未来》的内容与感召力。

3. 掌握作品中意象的运用。

【经典篇目】

当蜘蛛网无情地查封了我的炉台
当灰烬的余烟叹息着贫困的悲哀
我依然固执地铺平失望的灰烬
用美丽的雪花写下：相信未来

当我的紫葡萄化为深秋的露水
当我的鲜花依偎在别人的情怀
我依然固执地用凝霜的枯藤
在凄凉的大地上写下：相信未来

我要用手指那涌向天边的排浪
我要用手撑那托起太阳的大海
摇曳着曙光那枝温暖漂亮的笔杆
用孩子的笔体写下：相信未来

我之所以坚定地相信未来
是我相信未来人们的眼睛
她有拨开历史风尘的睫毛
她有看透岁月篇章的瞳孔

不管人们对于我们腐烂的皮肉
那些迷途的惆怅、失败的苦痛
是寄予感动的热泪、深切的同情
还是给以轻蔑的微笑、辛辣的嘲讽

我坚信人们对于我们的脊骨
那无数次的探索、迷途、失败和成功
一定会给予客观、公正的评定
是的，我焦急地等待着他们的评定

朋友，坚定地相信未来吧
相信不屈不挠的努力

相信战胜死亡的年轻
相信未来，热爱生命

1968 年北京

（选自《20 世纪中国文学作品选·诗歌卷》，高永年主编，江苏教育出版社 2003 年版）

【走近作者】

食指，原名郭路生，1948 年出生于山东朝城，母亲在行军途中分娩，所以起名路生。代表作《相信未来》《这是四点零八分的北京》《热爱生命》《海洋三部曲》。

阅读门径

《相信未来》写于1968年，第二年，江青读过这首诗后说："这是一首灰色的诗，相信未来就是否定现在。"在阴云密布的时代，《相信未来》给人们心灵上投下了一道希望之光。关于这首诗，食指曾经说："'文革'前我就挨整，我已经看到这代人的命运了。鱼儿跳出水面，落在冰块上，它的前途是死，和这个冰块一起消亡。我们会战胜死亡，这已经进了一步了。我年轻，我能看到冰块消亡的那一天。"正是有了这种信念，诗人才能在20岁的时候就写下了至今脍炙人口的作品，他用朴实平易的文字，将冷静的思考与炽热的感情融入字里行间。

这首诗构思十分巧妙。前三节写我是怎样"相信未来"，之后三节写为什么要"相信未来"，最后一节呼唤人们带着对未来的信念去努力、去热爱、去生活。全诗基本上遵从了四行一节，在轻重音不断变化中求得感人效果。同时，诗中有大量的意象，如一开头就用"蜘蛛网""炉台""余烟""灰烬"等几个意象给人们描绘出了那个荒芜、穷困、艰难的时代。第四节中用"睫毛""瞳孔"两个意象承"眼睛"而来，形象地描绘出未来人思考的神情。

39　一棵开花的树

席慕蓉

【欣赏任务】

1. 了解席慕蓉的有关常识。
2. 掌握《一棵开花的树》的语言内容。
3. 体会作品令人玩味的地方。

【经典篇目】

如何让你遇见我
在我最美丽的时刻　为这
我已在佛前　求了五百年
求它让我们结一段尘缘

佛于是把我化作一棵树
长在你必经的路旁
阳光下慎重地开满了花
朵朵都是我前世的盼望
当你走近　请你细听
那颤抖的叶是我等待的热情
而你终于无视地走过
在你身后落了一地的
朋友啊　那不是花瓣
是我凋零的心

——1980 年 10 月 4 日

（选自《中外女诗人佳作选》，周庆荣，浙江文艺出版社 1989 年版）

【走近作者】

席慕蓉，1943 年出生于四川，成长于台湾，父母皆为来自内蒙古的蒙古族。举办过数十次个人画展，出过画集，获多种绘画奖。1981 年，台湾大地出版社出版席慕蓉的第一本诗集《七里香》，一年之内再版七次，在台湾刮起一阵旋风。1982 年，她出版了第一本散文集《成长的痕迹》，表现了她的另一种创作形式，延续新诗温柔淡泊的风格。席慕蓉多写爱情、人生、乡愁，写得极美，淡雅剔透，抒情灵动，饱含着对生命的挚爱真情，影响了整整一代人的成长历程。

阅读门径

《一棵开花的树》是台湾诗人席慕蓉于 1980 年 10 月 4 日创作的一首抒情诗。作者通过对一棵开花的树的描写来表达对于自然的感悟。

席慕蓉的《一棵开花的树》深受海内外读者喜爱。2007年12月22日，在福建参加“海峡诗会”时，席慕蓉讲述了作品的创作经过。她说，这是“写给自然界的一首情诗”。在她看来，生命是不断地经过、经过、经过，她写的东西都是在生命现场里所得到的触动。她说，当时自己在台湾新竹师范学院教书。5月份有一次坐火车经过苗栗，火车不断从山洞间进出。当火车从一个很长的山洞出来以后，她无意间回头朝山洞后面的山地上张望，看到山坡上有一棵油桐开满了白色的花。“那时候我差点叫起来，我想怎么有这样一棵树，这么慎重地把自己全部开满了花，看不到绿色的叶子，像华盖一样地站在山坡上。可是，我刚要仔细看的时候，火车一转弯，树就看不见了。”就是这棵真实地存在于席慕蓉生命现场里的油桐，让她念念不忘。她心想，正如海是蓝给自己看一样，花当然也是慎重地开给它自己的，但是，如果没有自己那一回头的机缘，树上的花儿是不是就会纷纷凋零？这促使她写下了《一棵开花的树》。有些人把作品解读成“女孩子站在那里等男孩子看她”的情诗，她表示“有点犹疑”。但她同时声明，诗人的解读只是其中的一种，因为读者的解释也有权威性。

40　祖国啊，我亲爱的祖国

舒　婷

【欣赏任务】

1. 了解舒婷的有关常识。
2. 理解该诗的文本内容和爱国情怀。
3. 掌握作品艺术手法的运用。

【经典篇目】

我是你河边上破旧的老水车，
数百年来纺着疲惫的歌；
我是你额上熏黑的矿灯，
照你在历史的隧洞里蜗行摸索；
我是干瘪的稻穗；是失修的路基；
是淤滩上的驳船
把纤绳深深
勒进你的肩膊，
——祖国啊！

我是贫困，
我是悲哀。
我是你祖祖辈辈
痛苦的希望啊，
是“飞天”袖间
千百年来未落到地面的花朵，
——祖国啊！

我是你簇新的理想，
刚从神话的蛛网里挣脱；
我是你雪被下古莲的胚芽；
我是你挂着眼泪的笑窝；
我是新刷出的雪白的起跑线；
是绯红的黎明
正在喷薄；
——祖国啊！

我是你十亿分之一，
是你九百六十万平方的总和；
你以伤痕累累的乳房
喂养了
迷惘的我、深思的我、沸腾的我；
那就从我的血肉之躯上
去取得
你的富饶、你的荣光、你的自由；
——祖国啊，
我亲爱的祖国！

（选自《回答》，李双编，中国文学出版社 1993 年版）

【走近作者】

舒婷，1952 年生于福建厦门。20 世纪 70 年代末，她的诗作便受到人们的关注，不久即作为朦胧诗潮的代表人物而闻名文坛。结集出版的诗集有《双桅船》《舒婷顾城抒情诗选》《会唱歌的鸢尾花》等，代表作《祖国啊，我亲爱的祖国》《致橡树》《这也是一切》《暴风雨过去之后》。舒婷的诗既有鲜明的时代叛逆精神，又有执着而深切的热爱之情，发自内心而优美，被人誉为“心灵世界的歌”。

阅读门径

《祖国啊，我亲爱的祖国》是一首深情的爱国之歌，是舒婷的代表作之一，旨在表达诗人对祖国的一片深情。该文章获1980年全国中青年优秀诗歌作品奖。舒婷的诗，多借鉴浪漫主义的艺术方法。在这首《祖国啊，我亲爱的祖国》中，作者将个体的“我”熔铸在祖国的大形象里，并承担起为祖国取得“富饶”“荣光”“自由”的重任，表达了强烈的爱国之情和历史责任感。

为表达诗人对祖国的交融感与献身感，全诗运用了主体与客体交错换用、相互交融的手法。主体是诗人的“我”，客体是“祖国”，而在全诗的进展中，让其合二而一——我即是祖国，祖国也就是我。祖国是我的痛苦，我是祖国的悲哀；祖国是我的迷惘，我是祖国的希望；我是祖国的眼泪和笑窝，而祖国正在我的血肉之躯与心灵上起飞和奔跑。全诗无一字议论，皆以意象描绘，以情贯穿。所选意象既质朴又鲜明，既独特又贴切，每一个词也都与被描绘的景象紧密契合。抒情又非一览无余的倾泻，而很注意波动的节奏，由悲哀、低沉到欣喜、高昂，又由亢奋到深沉，其中纠结着悲怆、忧患、炽烈，失望与希望，叹息与追求等多种复杂而凝重的感情，体现出诗人独有的委婉幽深、柔美隽永的抒情个性。

能力提升

1.《天狗》中每一句诗的开头都以“我”开头，全诗总共用了38个“我”字，对此谈谈你的认识。

2. 结合戴望舒的作品，思考为什么叶圣陶评价其“替新诗的音节开了一个新纪元”。

3. 试分析《教我如何不想她》中比兴手法的运用。

4.《我不知道风是在哪一个方向吹》这首诗的主旨，人们说法不同，有人说是写爱情的，有人说是写理想的，也有人认为二者都对，你是怎样理解的？

5. 艾青曾说过“愈丰富地体味了人生的，愈能产生不朽的诗篇”，请结合他的作品，谈谈你对这句话的理解。

6.《祖国啊，我亲爱的祖国》这首诗是以第一人称写的，如何理解诗中的“我”？

比较阅读

我们去寻找一盏灯

顾　城

走了那么远
我们去寻找一盏灯

你说
它在窗帘后面
被纯白的墙壁围绕
从黄昏迁来的野花
将变成另一种颜色

走了那么远
我们去寻找一盏灯

你说
它在一个小站上
注视着周围的荒草
让列车静静驰过
带走温和的记忆

走了那么远
我们去寻找一盏灯

你说
它就在大海旁边
像金橘那么美丽
所有喜欢它的孩子
都将在早晨长大

走了那么远
我们去寻找一盏灯

（选自《朦胧诗选》，阎月君等编著，春风文艺出版社 1985 年版）

第七节　风格迥异的外国诗歌

文本综要

一、外国诗歌综述

（一）上古时期

西方诗歌的源头是英雄史诗，至今的英雄史诗主要有 4 部：

巴比伦实施《吉尔伽美什》是世界上出现最早的“第一部史诗”，共 3000 多行，是公元前 19 世纪用楔形文字刻写在泥板上的。

《伊利亚特》和《奥德赛》，约公元前 9 世纪，相传为古希腊盲诗人荷马所作。

《摩诃婆罗多》，约公元前 4 世纪，相传为印度广博仙人所作，共 18 卷，20 多万行，为“世界第一长诗”，比两部希腊英雄史诗的总和还长 8 倍。

东西方的英雄史诗都是描写有关战争的题材，颂扬英雄、智慧、爱情等。

（二）中古时期

中古时期的欧洲，教会垄断着文化，但诗歌仍有所发展，英雄史诗数量空前，大多以迁徙、征战、爱情为主题。如《罗兰之歌》《尼伯龙根之歌》。

中世纪，欧洲最著名的诗人是意大利诗人但丁，恩格斯说他是“中世纪的最后一位诗人，同时又是新时代的最初一位诗人”。他的代表作《神曲》分“地狱”“炼狱”“天堂”三部，充满着隐喻性和象征性，它艺术地总结了中古文化，有开创性地显出了文艺复兴时代人文主义的思想曙光。

（三）文艺复兴时期（14 ～ 16 世纪）

文艺复兴以复兴古希腊、古罗马的文化为旗帜，张扬人文主义，标志着资产阶级文化的萌芽。此时产生了大批的名家名作。如英国的莎士比亚、意大利的彼特拉克。

（四）18 世纪

欧洲文学中的德国诗人歌德被称为“天才的诗人”，他的创作涉及抒情诗、叙事诗、歌谣、诗剧等。代表作《浮士德》用象征方式，表现了他所理解的人类社会特别是精神世界的矛盾形式及其发展演进过程。

（五）18 世纪末～ 19 世纪上半叶

欧洲产生了浪漫主义文学，其本质特征是它的主观性，即要求强烈抒发个人情感。代表诗人有英国的“湖畔派诗人”华兹华斯、拜伦（长篇叙事诗《唐璜》）、雪莱（抒情诗《西风颂》《致云雀》）、济慈，德国诗人海涅，俄罗斯的普希金（诗体长篇小说

《叶甫盖尼·奥涅金》）、莱蒙托夫，美国的惠特曼（《草叶集》）等。

（六）19世纪下半叶

法国兴起象征主义诗歌运动。象征派诗歌的主要特征是由冷静和客观描述转向纯粹的个人抒情，其目的是再现主观的心灵世界。它不同于浪漫主义对个人情感所做的毫无节制的抒发，而是通过发掘诗人内心的情感同外部世界之间内在的神秘的对应关系，使读者感悟诗人的思想和情感，并且更进一步，象征主义诗歌力图超越不完美的现实世界，领略超验的理想世界。代表诗人有法国的波德莱尔，他的诗集《恶之花》展示了个人的苦闷心理，写出了小资产阶级青年的悲惨命运。另有魏尔伦、兰波、马拉美等诗人。

（七）20世纪

欧美诗歌出现了后期象征主义、未来主义、超现实主义等诗歌流派。其中后期象征主义诗歌的代表有美国的艾略特，其代表作《荒原》被认为是现代诗歌的经典之作，是西方文学中一部具有划时代意义的杰作。诗歌展示了第一次世界大战后西方文明的危机和传统价值观念的失落，表现了一代人迷惘幻灭的情绪和内在心理的错乱。另外，金斯堡是美国“垮掉的一代”的代表作家，他的诗歌以大众化的散文诗体，给二战后的美国诗坛带来一股清新空气，《嚎叫》是其代表作。

在外国诗歌中，印度近代杰出诗人——泰戈尔也占有一席之地。他的《吉檀迦利》是其最著名的一部诗集，共103首，表达了对祖国前途的关心，对人生理想的探索和追求，充满哲理，抒情意味浓厚，韵律优美。

二、中西诗歌比较

（一）表现手法不同

中国诗歌重在抒情，西方诗歌长于叙事。纵观中西诗歌发展的历史，这一差别非常明显。

中国最早的诗歌总集《诗经》就体现了一种短小而深沉的抒情艺术（如《蒹葭》真挚的情感，委婉悠长的韵味），奠定了中国诗歌以抒情为主的审美特征。其后屈原的楚辞，更是具有强烈的抒情性。以后的唐诗、宋词、元曲，一直沿着抒情言志的主线发展。中国当然也有叙事诗，其中长篇叙事诗佳作有汉乐府民歌《孔雀东南飞》，北朝乐府民歌《木兰诗》，白居易的《长恨歌》《琵琶行》等，但长篇叙事诗不发达，没成为诗歌的主流。

西方文学在18世纪以前的漫长时期中，占据重要地位的一直是长篇叙事诗。如古希腊的《荷马史诗》，古罗马的史诗《埃涅阿斯纪》，意大利但丁的《神曲》，17世纪弥尔顿《失乐园》，19世纪拜伦的《唐璜》，雪莱的《麦布女王》等。这些长篇叙事诗以生动的情节、鲜明的形象和宏伟的篇幅充分展现了一个民族、一个国家或一个时代的社会面貌和精神特征。这种广泛表现社会生活和社会理想的叙事诗有别于中国诗歌重在表现主体情感的抒情性特征。

（二）题材不同

由于中国是以儒家为主干的伦理性文化，西方是以基督教为核心的宗教文化，所以中国的诗歌传统主题始终围绕忠君爱国，西方诗歌中没有与中国类似的忠君思想；中国诗歌的重要内容是忧国忧民，西方式则对民生疾苦普遍有所忽视；中国诗歌常描绘对时间已经流逝而尚未建功立业的恐惧，西方诗歌却常把时间的流逝和爱情、死亡联系在一起；诗歌在中国一直享有崇高的地位，在西方则长期遭到拒斥。

（三）诗歌中体现出的自然观不同

中国传统诗歌中常不以主观的情绪或知性的逻辑介入自然，力求以自然自身呈现的方式呈现，使之与人的情感平等交融。而西方传统诗歌则将人的感受放在主体，以人的情感而不以自然的存在为依归，使自然处于从属依附的地位。

（四）文体差别

由于汉语和西方语言属于不同语言体系（表意文字与表音文字），导致文体的不同，比如中国的律诗、西方的十四行诗，都是因为文字差别而产生的特有的诗歌体式。

41　野蔷薇

［德］歌　德

【欣赏任务】

1. 了解歌德的有关常识。
2. 理解作品的语言内容。
3. 掌握作品象征手法的运用。

【经典篇目】

少年看到一朵蔷薇，
荒野上的小蔷薇，
那样的娇嫩而鲜艳，
急急忙忙走向前，
看得非常欣慰。
蔷薇，蔷薇，红蔷薇，
荒野上的小蔷薇。

少年说：“我要采你，
荒野的小蔷薇！”
蔷薇说：“我要刺你，

让你永不会忘记。
我不愿被你采折。”
蔷薇，蔷薇，红蔷薇，
荒野的小蔷薇。

野蛮少年去采她，
荒野的小蔷薇；
蔷薇自卫去刺他，
她徒然含悲忍泪，
还是遭到采折。
蔷薇，蔷薇，红蔷薇，
荒野的小蔷薇。

（选自《中外文学精品阅读与欣赏》第 2 版，焦秦平，西北大学出版社 2005 年版）

【走近作者】

约翰·沃尔夫冈·冯·歌德（1749 ～ 1832），出生于莱茵河畔法兰克福，德国著名思想家、作家、科学家，古典主义的代表。歌德是德国狂飙突进运动的主将。他的作品充满了狂飙突进运动的反叛精神，在诗歌、戏剧、散文等方面都有较高的成就，主要作品有剧本《葛兹·冯·伯里欣根》，中篇小说《少年维特之烦恼》，诗剧《浮士德》和未完成的诗剧《普罗米修斯》，此外还写了许多抒情诗和评论文章。

阅读门径

钱春绮先生翻译的《德国诗选》中注释为“本诗作于 1773 年，根据赫尔德辑录的民歌改作。曾由舒伯特等作曲家谱成乐曲，达百次以上，为世界各国人民爱唱的名歌。诗中的小蔷薇影射诗人的爱人芙丽德利凯。”

诗中的蔷薇极具象征意义，蔷薇的命运很悲惨，尽管它顽强不屈地与命运抗争，但还是惨遭采折，一个“小”字写出了蔷薇的小无法与少年抗衡，蔷薇象征弱小但也与命运抗衡的人。三节诗结尾都有同样的一句话——“蔷薇，蔷薇，红蔷薇，荒野的小蔷薇”，第一个表示对蔷薇的怜爱，第二个表示少年采摘时情况的危急，第三个表示作者对蔷薇的惋惜。这样一唱三叹的表达，既能使诗歌的节奏和谐，又能进一步抒发作者的情感。蔷薇象征着那些弱小但与命运抗衡的人，自然是受害者了。因为即使蔷薇刺了少年，最后也不幸被采。这首诗语言生动简练，告诉我们，即使我们是弱者，也要与命运抗争。

42 西风颂

［英］雪 莱

【欣赏任务】

1. 了解雪莱的有关常识。
2. 理解《西风颂》的内容。
3. 掌握作品象征手法的运用。

【经典篇目】

1

哦，犷野的西风，秋之实体的气息！
由于你无形无影的出现，万木萧疏，
似鬼魅逃避驱魔巫师，蔫黄，魆黑，
苍白，潮红，疫疠摧残的落叶无数，
四散飘舞；哦，你又把有翅的种籽
凌空运送到他们黑暗的越冬床圃；
仿佛是一具具殭卧在坟墓里的尸体，
他们将分别蛰伏，冷落而又凄凉，
直到阳春你蔚蓝的姐妹向梦中的大地
吹响她嘹亮的号角（如同牧放群羊，
驱送香甜的花蕾到空气中觅食就饮）
给高山平原注满生命的色彩和芬芳。
不羁的精灵，你啊，你到处运行；
你破坏，你也保存，听，哦，听！

2

在你的川流上，在骚动的高空，
纷乱的乌云，那雨和电的天使，
正像大地凋零枯败的落叶无穷，
挣脱天空和海洋交错缠接的柯枝，
漂流奔泻；在你清虚的波涛表面，
似酒神女祭司头上扬起的蓬勃青丝，
从那茫茫地平线阴暗的边缘
直到苍穹的绝顶，到处散布着
迫近的暴风雨飘摇翻腾的发卷。

你啊，垂死残年的挽歌，四合的夜幕
在你聚集的全部水汽威力的支撑下，
将构成他那庞大墓穴的拱形顶部。
从你那雄浑磅礴的氛围，将迸发
黑色的雨、火、冰雹；哦，听啊！

3

你，哦，是你把蓝色的地中海
从梦中唤醒，他在一整个夏天
都酣睡在贝伊湾一座浮石岛外，
被澄澈的流水喧哗声催送入眠，
梦见了古代的楼台、塔堡和宫闱，
在强烈汹涌的波光里不住地抖颤，
全都长满了蔚蓝色苔藓和花卉，
馨香馥郁，如醉的知觉难以描摹。
哦，为了给你让路，大西洋水
豁然开裂，而在浩渺波澜深处，
海底的花藻和枝叶无汁的丛林，
哦，由于把你的呼啸声辨认出，
一时都惨然变色，胆怵心惊，
战栗着自行凋落；听，哦，听！

4

我若是一朵轻捷的浮云能和你同飞，
我若是一片落叶，你所能提携，
我若是一头波浪能喘息于你的神威，
分享你雄强的脉搏，自由不羁，
仅次于，哦，仅次于不可控制的你；
我若能像在少年时，作为伴侣，
随你同游天际，因为在那时节，
似乎超越你天界的神速也不为奇迹；
我也就不至于像现在这样急切，
向你苦苦祈求。哦，快把我扬起，
就像你扬起波浪、浮云、落叶！
我倾覆于人生的荆棘！我在流血！
岁月的重负压制着的这一个太像你，

像你一样，骄傲，不驯，而且敏捷。

5

像你以森林演奏，请也以我为琴，
哪怕我的叶片也像森林一样凋谢！
你那非凡和谐的慷慨激越之情，
定能从森林和我同奏出深沉的秋乐，
悲怆却又甘洌。但愿你勇猛的精灵
竟是我的魂魄，我能成为剽悍的你！
请把我枯萎的思绪播送宇宙，
就像你驱遣落叶催促新的生命，
请凭借我这韵文写就的符咒，
就像从未灭的余烬扬出炉灰和火星，
把我的话语传遍天地间万户千家，
通过我的嘴唇，向沉睡未醒的人境，
让预言的号角奏鸣！哦，西风啊，
如果冬天来了，春天还会远吗？

江枫译本

（选自《雪莱抒情诗选》，江枫译，北京十月文艺出版社 2010 年版）

【走近作者】

雪莱，英国浪漫主义诗人，1792 年生于苏萨科斯郡一个贵族家庭。1813 年发表第一部长诗《麦布女王》，抨击封建制度的专横无道和英国资本主义制度的剥削。雪莱的政治抒情诗有《致英国人民》《1819 年的英国》《暴政的假面游行》等，谴责封建统治集团的罪行，号召人民为自由而斗争。他的《云》《致云雀》《西风颂》等抒情诗，通过描写自然景象寄托自己的思想感情。作品想象丰富，音韵和谐，节奏明快，在英国诗歌史上占有重要地位。

阅读门径

《西风颂》全诗气势豪放，想象奇丽，意境雄浑，思想深沉，感情强烈，在艺术上达到辉煌的境界。本诗是一首政治抒情诗，虽然全诗没有一句话是在写革命，但整首诗就是围绕革命来想象的。《西风颂》采用的是象征性手法，整首诗从头到尾都在写秋天的西风，无论是写景也好，抒情也好，都没有脱离西风这个形象。诗人不仅是在歌唱西风，也是在歌唱革命。诗中诗人把西风当作革命力量的象征，它横扫败叶，席卷残云，震荡大海，是无所不及、无处不在的“不羁的精灵”。同时西风对新生事物起了保护和促进作用，是“破坏者兼保护者”。诗人愿意做一把预言的号角，告知人们：如果冬天来了，春天还会远吗?

全诗共有五段，前三段是在描写西风，赞颂西风，而后两段则是进一步的提升，诗人和西风相互应和。但两者又融为一体，成为诗的中心思想。第一段，诗人描写西风扫除林中残叶，送走生命的种子；第二段描写了西风搅乱天上的云雾，呼唤雷电的到来；而第三段则说西风掀起大海的凶猛海浪，摧毁树木。三段三个意境，从树林到天空，再到大海，飞翔在现实和想象中。诗人的想象夸张而丰富，表达出了西风能够抵抗腐朽、鼓舞新生的巨大潜能。第四段，便是创作形式的转变，从写景到抒情。最后一节是整首诗的高潮，进一步阐述了西风作为“保存者”的力量，表达了作者愿意为革命牺牲的坚强决心。

43 致凯恩

［俄］普希金

【欣赏任务】

1. 了解普希金的有关常识。
2. 理解《致凯恩》的诗歌内容。

【经典篇目】

我记得那美妙的一瞬：
在我的面前出现了你，
有如昙花一现的幻影，
有如纯洁之美的精灵。

在那绝望的忧愁的折磨中，
在那喧闹的虚幻的困扰中，
我的耳边长久地响着你温柔的声音，
我还在睡梦中见到你可爱的面影。

许多年过去了。狂暴的激情
驱散了往日的梦想，
于是我忘却了你温柔的声音，

还有你那天仙似的面影。

在穷乡僻壤，在囚禁的阴暗生活中，
我的岁月就那样静静地消逝，
没有神性，没有灵感，
没有眼泪，没有生命，也没有爱情。

如今灵魂已开始觉醒：
于是在我的面前又出现了你，
有如昙花一现的胜影，
有如纯洁之美的精灵。

我的心狂喜地跳跃，
为了它，一切又重新苏醒，
有了神性，有了灵感，
有了生命，有了眼泪，也有了爱情。

戈宝权译

（选自《中外爱情名诗精品》，许自强，北京燕山出版社 1992 年版）

【走近作者】

亚历山大·谢尔盖耶维奇·普希金（1799 ～ 1837），俄罗斯著名的文学家，被许多人认为是俄罗斯最伟大的诗人，俄罗斯现代文学的奠基人。19 世纪俄国浪漫主义文学代表人物，被誉为“俄国小说之父”。代表作有诗歌《自由颂》《致大海》《致恰达耶夫》《假如生活欺骗了你》等，诗体小说《叶甫盖尼·奥涅金》，小说《上尉的女儿》《黑桃皇后》等。

阅读门径

《致凯恩》是情诗的典范之作，被认为是普希金写得最美的一首。凯恩是普希金的一位女友，1819 年春天，他们在彼得堡奥兰宁德家里第一次会面，她出众惊人的美丽给诗人普希金留下了刻骨铭心的印象。别林斯基说：“凯恩对他来说，是一个超凡脱俗的形象，是纯洁之美的精灵。”她在爱的世界里，像水晶透明，像白雪洁白，是来自天国圣洁的公主。

诗歌的前三节回忆他们的相见。先写第一次见面时的美妙感觉，再写相识后的爱情萦绕，耳边听到，梦中浮现。这些都是因为诗人的狂慕的激情，也间接暗示了现实生活的严酷，诗人曾经参与了十二月革命党人反对专制政体的斗争，所以写到了“我忘却了你温柔的声音/还有你那天仙似的面影”。诗歌的最后三节写的是现实。刚刚被解除了流放生活的诗人，又被软禁在穷乡僻壤，怎不感到孤苦不堪。这个时候，凯恩出现在他的面前，一下子唤起了旧情，爱情苏醒了，他的心在狂喜地跳动。一切失而复得，再次有了爱的力量源泉，心灵感到充实了，写诗也有了灵感。

这首诗最突出的写作特色，就是运用了复沓的手法。第一节的后三句和第五节的后三句，第二节的后两句和第三节的后两句，第四节的后两句和第六节的后两句，都是近乎逐字逐句的“重叠堆积”。也就是说，全诗每一节的后两句都是由反复构成的。这样的反复咏叹，给人以荡气回肠的感觉。这首诗后来由著名作曲家格林卡谱成歌曲，成为俄国著名的一首歌。

44 我自己的歌（节选）

［美］惠特曼

【欣赏任务】

1. 了解惠特曼的有关常识。
2. 理解《我自己的歌》的语言内涵。
3. 掌握作品的艺术方法。

【经典篇目】

一

我赞美我自己，歌唱我自己，
我承担的你也将承担，
因为属于我的每一个原子也同样属于你。
我闲步，还邀请了我的灵魂，
我俯身悠然观察着一片夏日的草叶。
我的舌，我血液的每个原子，是在这片土壤、这个空气里形成的，
是这里的父母生下的，父母的父母也是在这里被生下，他们的父母也一样，
我，现在三十七岁，一生下身体就十分健康，
希望永远如此，直到死去。

信条和学派暂时不论，
且后退一步，明了它们当前的情况已足，但也决不是忘记，
不论我从善从恶，我允许随意发表意见，
顺乎自然，保持原始的活力。

二

屋里充满了清香，书架上也挤满了芬芳，
我自己呼吸了香味，认识了它也喜欢它，
其精华也会使我陶醉，但我不容许这样。
大气层不是一种芳香，没有香料的味道，它是无气味的，
它永远供我口用，我热爱它，
我要去林畔的河岸那里，脱去伪装，赤条条地，
我狂热地要它和我接触。
我自己呼吸的云雾，
回声，细浪，窃窃私语，爱根，丝线，枝橙和藤蔓，
我的呼和吸，我心脏的跳动，通过我肺部畅流的血液和空气，
嗅到绿叶和枯叶、海岸和黑色的海边岩石和谷仓里的干草，
我喉咙里迸出辞句的声音飘散在风的旋涡里，
几次轻吻，几次拥抱，伸出两臂想搂住什么，
树枝的柔条摆动时光和影在树上的游戏，
独居，在闹市或沿着田地和山坡一带的乐趣，
健康之感，正午时的颤音，我从床上起来迎接太阳时唱的歌。
你认为一千亩就很多了吗？你认为地球就很大了吗？
为了学会读书你练习了很久吗？
因为你想努力懂得诗歌的含意就感到十分自豪吗？
今天和今晚请和我在一起，你将明了所有诗歌的来源，
你将占有大地和太阳的好处（另外还有千百万个太阳），
你将不会再第二手、第三手起接受事物，也不会借死人的，
眼睛观察，或从书本中的幽灵那里汲取营养，
你也不会借我的眼睛观察，不会通过我而接受事物，
你将听取各个方面，由你自己过滤一切。

（《英诗经典名家名译：惠特曼诗选》，惠特曼著，赵梦蕤译，外国教学与研究出版社2013年版）

【走近作者】

华尔特·惠特曼（1819～1892），是美国19世纪杰出的民主诗人。他出身于农民家庭，当过木工、排字工、教师、报纸编辑、职员等。他一生创作了大量诗歌。他的诗体现了美国的民主理想，反映了美国独立战争和内战的重大史实，热切向往光明和未来，憧憬着一个“世界乐园”的出现。他的创作对欧美诗歌的发展影响极大，有“美国诗歌之父”之称。惠特曼创造了一种空前自由的诗体，以此充分地表达自己的思想感情。他的诗集《草叶集》，以“草叶”命名，其用意就在“民主”二字。

阅读门径

《我自己的歌》是《草叶集》初版的开卷之作，也是诗集中最长的一首诗，共1336行。在此诗中揭示了“草叶”的意义：自然界最平凡、最普通的草，有广大的生活天地和强劲的生命力量，它“在宽广的地方和狭窄的地方都一样发芽，在黑人和白人中都一样地生长”。惠特曼认为草是他的形象，他的“意向的旗帜，由代表希望的碧绿物质所织成”，他要用“如同草一样朴实”的语言讴歌祖国和人民。

这首诗内涵深广，气象恢宏，深刻体现了惠特曼对“我是什么”的哲思。表面上好似诗人仅在凸显自己，实际上诗人在借用“自己”二字，表现一个大“我”，即改造大自然、开放新大陆、建设新大陆的美国广大劳动群众，歌颂的是19世纪美国的民主代表，张扬的是自由、开放的个性。诗中的“自己”被赋予了两重性，一是具体的“我”，二是象征性的群体的“我”。

在艺术上，该诗以浓烈的抒情气氛冲淡哲理玄谈的艰涩枯燥，不愧是惠特曼的代表之作。他的诗不跨行，而以行中短句构成一种隐约的内部节奏，随着奔放的激情、恣肆的想象和纵横的议论而形成一种舒卷自如的旋律。惠特曼强调要以含蓄、迂回的暗示手法将读者带入主题或思想的氛围，此诗也正体现了这一特点。

能力提升

1. 试分析《野蔷薇》中反复出现“蔷薇，蔷薇，红蔷薇，荒野的小蔷薇”有什么作用。

2. 试分析《西风颂》中大量新奇的比喻和鲜明的意象。

3.《西风颂》中“西风”具有怎么样的性格？请用诗中的语句来说明。

比较阅读

当你老了

［爱尔兰］叶　芝

当你老了，白发苍苍，睡意蒙眬，
在炉前打盹，请取下这本诗篇，
慢慢吟诵，梦见你当年的双眼
那柔美的光芒与青幽的晕影；

多少人真情假意，爱过你的美丽，
爱过你欢乐而迷人的青春，
唯独一人爱你朝圣者的心，
爱你日益凋谢的脸上的哀戚；

当你佝偻着，在灼热的炉栅边，
你将轻轻诉说，带着一丝伤感：
逝去的爱，如今已步上高山，
在密密星群里埋藏它的赧颜。

（选自《外国诗歌名作欣赏》，飞白，北京大学 2012 年版）

第二章　散文欣赏

欣赏点睛

一、散文的概念

在我国古代，散文是指与韵文、骈体文相对的文体，即诗词歌赋和骈文以外的文章，都叫散文。随着文学的发展，它的含义和范围也在不断演变，“五四”新文学运动期间，长期以来被排斥于正宗之外的小说与戏剧创作得到了充分的重视，随着西方近代文艺理论的介绍，散文的概念也得到了新的确定，成为与诗歌、小说、话剧并列的一种文学形式。散文包括杂文、散文小品文、随笔、游记等，是一种篇幅较小、笔调灵活、形式多样的文学形式。

二、散文的分类

散文具有记叙、议论、抒情三种功能，可分为记叙性散文、抒情性散文和议论性散文三种。

（一）记叙性散文

以记叙人物、事件、景物为主的散文，称为记叙性散文。

偏重于记事的散文，以事件发展为线索，偏重对事件的叙述。它可以是一个有头有尾的故事，也可以是几个片断的剪辑。在叙事中倾注作者真挚的感情，这是与小说叙事最显著的区别。

偏重于记人的散文，全篇以人物为中心。它往往抓住人物的性格特征作粗线条勾勒，偏重表现人物的基本气质、性格和精神面貌。人物形象是否真实是它与小说的区别。

偏重于描写景物的散文，描写一地的景物，除一些风土志以外，主要是游记性散文。它的内容十分广泛，山川景色、风俗民情、名胜古迹都属游记范围。游记散文最主要的特点是作者融情于物，达到情景交融。

（二）抒情性散文

主要用以抒发作者主观情感的散文叫抒情性散文。

抒情性散文主要用象征、比兴、拟人等方法，通过对外在形象的描绘来传达作者的情思，因此借景抒情和托物言志是这类散文最常用的手法。

托物言志的散文，即象征性散文，作者将情感融于某个具有象征意义的具体事物，借助象形联想或意蕴联想把主观情感表现出来。

借景抒情的散文，将感情寓于景物之中，赋景物以生命，明写景，暗写情，做到情景交融，情景相生。

（三）议论性散文

以发表议论为主的散文称为议论性散文。

它与抒情散文一样注重情感的抒发，不同的是议论散文重于理智，抒情散文重于感情。

它既有生动的形象，又有严密的逻辑；既要以情动人，又要以理服人；熔形、情、理于一炉，合政论与文艺于一体。

三、散文的特点

（一）内容的真实性和广泛性

作为文学作品，散文虽然也要借助于作家的想象，运用形象化的表现技巧与手法，融入作家个性化的体验与创造。但是，在表现内容上，散文不像诗歌那样可极度夸张地抒发感情，也不像小说、戏剧那样虚构离奇的故事情节，而是更多地强调真实性。古代散文是这样，现代散文也是这样。真实是散文的生命，能够使散文产生其他文体所不具有的独特魅力。除了真实性之外，散文在表现内容上也很广泛，较少受到限制，古往今来、人间世事、社会风情、自然万象、宇宙变化等无不可以用散文来表现。

（二）形式的灵活性和自由性

散文是各种文学形式中最为灵活、最为自由的一种文体。“形散”主要是说散文取材十分广泛自由，不受时间和空间的限制；表现手法不拘一格，可以叙述事件的发展，可以描写人物形象，可以托物抒情，可以发表议论，而且作者可以根据内容需要自由调整、随意变化。当然，散文不是越散越好、随便乱写，也要讲究立意构思、章法布局等，但它不像诗歌那样要讲究对仗押韵，不像小说那样要考虑情节吸引人，也不像戏剧那样要强调人物语言的动作性，它较少形式上的严格要求。或描写，或叙述，或抒情，或议论，或说明，其手法之灵活，形式之多样，是任何文体都不能与之相比的。散文的结构也无固定模式，篇幅字数没有多与少的限制，句子可长可短，行文散放随意、不拘一格。正因为其灵活自由的特点，散文的形式是最为多样化的。

（三）语言的生动性和丰富性

散文语言本色自然，贴近现实生活，与生活中日常语言非常接近，读来给人以亲切之感。但散文语言又不完全等同于生活语言，更加突出文学性，讲究文字的凝练蕴藉，注重语言的表现力和感染力，写景要形象，叙事应生动，抒情须感人，议论则更富有哲理或充满理趣。一篇优美的散文甚至在音韵节奏、声调变化方面都极为讲究。有了生动形象的语言，表现内容即使是抽象的哲理，往往也可以成为妙趣横生的美文。

四、散文的欣赏技巧

（一）把握主题，理解作品的思想内涵

任何散文，不论是记人、叙事，还是写景、抒情等，最终都是为了表达作者的思想和感受，这个指的就是文章的中心内容，或者说文章主题。把握了主题就等于抓住了散文的灵魂和精髓，它是欣赏散文的关键。为了能具体感受到文章的丰富内涵，需要对所写的事物作细致的描绘和精心的刻画，表现手法丰富多彩，包括借景抒情、托物言志、抑扬结合、象征等手法。

（二）理清线索，领会作者的巧妙构思

结构是文章的骨架，线索是文章的脉络，二者是紧密联系的。抓住散文中的线索，便可对作品的思路了然于胸，分析文章的立意。散乱随意的表面现象之下往往潜藏着作者巧妙构思、精心布局的苦心。因此，欣赏散文首先要找出文章的线索，这样才能理清文章思路，领会具体内容和作者构思的特点。文章的线索有多种，有的以感情变化为线索，有的以事件发展为线索，有的以人物为线索，有的以客观事物为线索，还有的是以认识过程或逻辑层次为线索，欣赏散文时应根据情况来做具体分析。

（三）区分类型，感受散文的不同特色

散文的类型不同，欣赏的方法也有所区别。抒情性散文较多采用借景抒情、咏物抒怀等手法来表现作者的思想感情。欣赏这类散文，读者要善于发挥想象和联想，透过语言文字表面去领略其中的意境美。记叙性散文多是通过对人物与事件的描绘表现作者对社会的认识和对人生的态度、看法。欣赏这类散文，读者应注意作品的叙事特点、人物个性以及人物刻画的技巧等。议论性散文主要是论事说理，通过有条有理的分析论述来说明事物的特点和规律，揭示社会现象的本质，表现作者独到的思想和见解。欣赏这类散文，应着重体会作品的思辨力和启示性，以及作者提出问题的独到眼光、论述问题的思路和方式等。

（四）品味语言，欣赏散文的不同风格

散文写法上的自由灵活，使它充分显示出不同作家的艺术特色，因而有许多优秀的散文作品因作家的不同而呈现出各自独特的语言风格。好的散文语言凝练、优美，又自由灵活。优美的散文，更是富于哲理、诗情、画意。体味散文的语言风格，就可以对散文的内容体味得更加深刻。

第一节　争鸣大义的先秦散文

文本综要

先秦散文是中国散文的发轫，它对后世散文的发展影响极为深远。先秦散文包括诸子散文和历史散文。诸子散文指的就是这一时期诸子百家阐述各自对自然、对社会不同观点和主张的哲理性著作。当时主要有儒、道、阴阳、法、名、墨、纵横、农、杂、小说十家。先秦诸子散文，在思想和创作上，对我国几千年来的政治制度、文化艺术等各方面等都产生了极为深远的影响。诸子散文以论说为主，如《论语》《老子》《孟子》《庄子》等。历史散文是以历史题材为主的散文，这类散文无论叙事还是写人都非常生动、形象，语言也富于文采，对后世文学创作产生了深远的影响，包括《左传》《国语》《战国策》等。

1 先秦诸子语录

【欣赏任务】

1. 认识先秦思想文化的丰富内涵、精深品质和社会意义。
2. 从思想情感、审美体验、人生价值等多方面进行感悟和体会。
3. 培养高尚的人文精神，在传统文化的熏陶中树立正确的人生观，塑造健全的人格。

【经典篇目】

1. 子曰：“巧言令色，鲜矣仁。”——《论语·学而》

2. 子曰：“我未见好仁者，恶不仁者。好仁者，无以尚之；恶不仁者，其为仁矣，不使不仁者加乎其身。有能一日用其力于仁矣乎？我未见力不足者。盖有之矣，我未之见也。”——《论语·里仁》

3. 仲弓问仁。子曰：“出门如见大宾，使民如承大祭。己所不欲，勿施于人。在邦无怨，在家无怨。”仲弓曰：“雍虽不敏，请事斯语矣。”——《论语·颜渊》

4. 司马牛问仁。子曰：“仁者，其言也讱。”曰：“其言也讱，斯谓之仁已乎？”子曰：“为之难，言之得无讱乎？”——《论语·颜渊》

5. 子曰：“君子成人之美，不成人之恶。小人反是。”——《论语·颜渊》

6. 樊迟问仁。子曰：“爱人。”问知。子曰：“知人。”——《论语·颜渊》

7. 子曰：“君子道者三，我无能焉：仁者不忧，知者不惑，勇者不惧。”子贡曰：“夫子自道也。”——《论语·宪问》

8. 子张问仁于孔子。孔子曰：“能行五者于天下，为仁矣。”“请问之。”曰：“恭宽信敏惠。恭则不侮，宽则得众，信则人任焉，敏则有功，惠则足以使人。”——《论语·阳货》

9. 老吾老，以及人之老；幼吾幼，以及人之幼。天下可运于掌。——《孟子·梁惠王上》

10. 天时不如地利，地利不如人和。三里之城，七里之郭，环而攻之而不胜。夫环而攻之，必有得天时者矣；然而不胜者，是天时不如地利也。城非不高也，池非不深也，兵革非不坚利也，米粟非不多也；委而去之，是地利不如人和也。故曰：域民不以封疆之界，固国不以山溪之险，威天下不以兵革之利。得道者多助，失道者寡助。寡助之至，亲戚畔之；多助之至，天下顺之。以天下之所顺，攻亲戚之所畔，故君子有不战，战必胜矣。——《孟子·公孙丑下》

11. 民为贵，社稷次之，君为轻。是故得乎丘民而为天子，得乎天子为诸侯，得乎诸侯为大夫。诸侯危社稷，则变置。——《孟子·尽心下》

12. 道可道，非常道。名可名，非常名。无名天地之始。有名万物之母。故常无欲以观其妙。常有欲以观其徼。此两者同出而异名，同谓之玄。玄之又玄，众妙之门。——《道德经·第一章》

13. 上善若水。水善利万物而不争，处众人之所恶，故几于道。居善地，心善渊，与善仁，言善信，正善治，事善能，动善时。夫唯不争，故无尤。——《道德经·第八章》

14. 道生一，一生二，二生三，三生万物。万物负阴而抱阳，冲气以为和。人之所恶，唯孤、寡不谷，而王公以为称，故物或损之而益，或益之而损。人之所教，我亦教之，强梁者，不得其死。吾将以为教父。——《道德经·第四十二章》

【走近作者】

孔子（前 551 ～前 479），名丘，字仲尼，鲁国人。春秋末期伟大的思想家、政治家和教育家。思想核心是“仁”，即“爱人”。他把“仁”作为行为的规范和目的，使“仁”和“礼”相互为用。孔子开创了私人讲学的风气，弟子多达三千人，其中贤人 72。在教学实践中，总结出一整套教育理论，如因材施教、学思并重、举一反三、启发诱导等教学原则。作为儒家学派的创始人，其思想对中国和世界都有深远的影响，被列为“世界十大文化名人”之首。晚年修订六经，即《诗》《书》《礼》《乐》《易》《春秋》。孔子去世后，其弟子及其再传弟子把孔子及其弟子的言行语录和思想记录下来，整理编成儒家经典《论语》。

孟子（前 372 ～前 289），名轲，邹国人，战国时期著名的思想家，也是儒家的代表人物，与孔子齐名，世称“孔孟”。政治上，孟子主张仁政，提出“民贵君轻”的民本思想。后世尊称孟子为“亚圣”，其弟子及再传弟子将孟子的言行记录成《孟子》一书，属语录体散文集，是孟子的言论汇编。

老子（约前 571 ～前 471），姓李名耳，字聃，楚国苦县（今河南省鹿邑县）人。春秋时期伟大的哲学家和思想家，道家学派创始人，世界文化名人。老子因其深邃的哲学思想而被尊为“中国哲学之父”。在道教中，老子被尊为道教始祖。老子与后世的庄子并称“老庄”。老子的思想主张是“无为”。他博学多才，孔子周游列国时曾到洛邑向老子问礼。老子晚年乘青牛西去，在函谷关（位于今河南灵宝）写成了五千言的《道德经》（又名《老子》），最后不知所终。

阅读门径

《论语》是儒家学派的经典著作之一，共二十篇，由孔子的弟子及其再传弟子编撰而成。它以语录体和对话文体为主，记录了孔子及其弟子言行，集中体现了孔子的政治主张、道德观念及教育原则等，是一部中国古典哲学巅峰之作。其内容涉及哲学、政治、经济、教育、文艺诸多方面，是儒学最主要的经典，在我国思想史、文化史和教育史上有很深广的影响，在文学史上也占有重要地位。文中选的这8则是关于“仁”的，“仁”是孔子所倡导的道德理想的最高境界，有这样几层内涵：孝敬父母、友爱兄弟是“仁”的根基，由此而往，对别人也怀有爱心；去除私心、克制私欲，用“礼”来规范一举一动，使言行举止符合“礼”；“仁”表现在政事活动上，则要求仪容、态度庄重、恭敬，做事认真、谨慎，对人讲究信用，并能将心比心，推己及人，而不做损害别人利益的事。所以，“仁”并不止步于自我道德完善，还要能发之于外，在社会生活中乃至政治层面上都要发挥有益的效用。这样的论述，这样的对人的精神品格的追求，在我们今天仍然具有极强的现实意义。“仁”这样一种伟大的精神、一种崇高而理想的人生境界，对后人来说，可以作为不懈追求的目标，指引人生的航向。

《孟子》一书是孟子的言论汇编，由孟子及其弟子共同编写而成，记录了孟子的语言、政治观点，比如仁政、民本、民贵君轻等，属儒家经典著作。其学说出发点为性善论，提出“仁政”“王道”，主张德治。在孟子看来，“仁”是善政的主要标准。文中所选的这3则体现出孟子的政治思想“仁政”“王道”，实际上是主张用仁爱之心来治国平天下，将“爱人”演化为“爱民”，从而集中体现了他的“民本”思想。孟子强调“为民父母”“与民同忧乐”“得道多助，失道寡助”“民贵君轻”，显然是把“爱民”崇尚为政治的最高准则。

《道德经》（《老子》）是解释道家哲学的主要经典，是我国哲学史上第一部比较完整的哲学宇宙论体系的著作。他的天道自然观和自然辩证观包含着直觉的朴素唯物主义思想和变化不息的辩证法思想。老子哲学与古希腊哲学一起构成了人类哲学的两个源头。这3则中的“道”有两层意思：一层是终极意义上的，指的是天地万物的本源。一层则是道德人事层面的，指的是事物的规律性。这是一个极玄远又极微妙的道，它不可言说和命名（“道可道，非常道；名可名，非常名”）。就是这个既“有”且“无”的“道”，最终化生出天地万物（“道生一，一生二，二生三，三生万物”）。“水善利万物而不争，处众人之所恶，故几于道”，指的是后者。这是从天地化生之“道”中引申出来的，是无为而无不为的。它虽然隐而不显，却充斥天地间。如果遵守这样“道”，或者效仿“道”的话，根本不需要行繁多的政令和教化，就会让万物自化。

2 郑伯克段于鄢

《左传》

【欣赏任务】

1. 了解《左传》的相关文学常识，体会“春秋笔法”的特征。

2. 鉴赏本文在戏剧性矛盾冲突中表现人物的写作方法。

3. 学会用现代意识评价历史人物、评论作者的写作意图，培养正确的道德情操和伦理观。

【经典篇目】

初，郑武公娶于申，曰武姜，生庄公及共叔段。庄公寤生，惊姜氏，故名曰寤生，遂恶之。爱共叔段，欲立之。亟请于武公，公弗许。及庄公即位，为之请制。公曰：“制，岩邑也，虢叔死焉。佗邑唯命。”请京，使居之，谓之京城大叔。祭仲曰：“都城过百雉，国之害也。先王之制：大都不过参国之一，中五之一，小九之一。今京不度，非制也，君将不堪。”公曰：“姜氏欲之，焉辟害？”对曰：“姜氏何厌之有！不如早为之所，无使滋蔓，蔓难图也。蔓草犹不可除，况君之宠弟乎！”公曰：“多行不义必自毙，子姑待之。”既而大叔命西鄙北鄙贰于己。公子吕曰：“国不堪贰，君将若之何？欲与大叔，臣请事之；若弗与，则请除之。无生民心。”公曰：“无庸，将自及。”大叔又收贰以为己邑，至于廪延。子封曰：“可矣，厚将得众。”公曰：“不义不暱，厚将崩。”大叔完聚，缮甲兵，具卒乘，将袭郑。夫人将启之。公闻其期，曰：“可矣！”命子封帅车二百乘以伐京。京叛大叔段，段入于鄢，公伐诸鄢。五月辛丑，大叔出奔共。

书曰：“郑伯克段于鄢。”段不弟，故不言弟；如二君，故曰克；称郑伯，讥失教也；谓之郑志。不言出奔，难之也。

遂寘姜氏于城颍，而誓之曰：“不及黄泉，无相见也。”既而悔之。颍考叔为颍谷封人，闻之，有献于公，公赐之食，食舍肉。公问之，对曰：“小人有母，皆尝小人之食矣，未尝君之羹，请以遗之。”公曰：“尔有母遗，繄我独无！”颍考叔曰：“敢问何谓也？”公语之故，且告之悔。对曰：“君何患焉？若阙地及泉，隧而相见，其谁曰不然？”公从之。公入而赋：“大隧之中，其乐也融融！”姜出而赋：“大隧之外，其乐也泄泄。”遂为母子如初。

君子曰：“颍考叔，纯孝也，爱其母，施及庄公。《诗》曰：‘孝子不匮，永锡尔类。’其是之谓乎？”

（选自《中华经典藏书·左传》，郭丹译注，中华书局 2016 年版）

【走近作者】

左丘明生卒年不详，姓丘，名明，春秋末期鲁国人。著有史书巨著《左氏春秋》（又称《左传》）和《国语》，两书记录了不少西周、春秋的重要史事，保存了具有很高价值的原始资料，被誉为“文宗史圣”“经臣史祖”。孔子、司马迁均尊左丘明为“君子”。

《左传》是我国第一部叙事详细、记述完整的编年体史书，相传是春秋末年左丘明为解释孔子的《春秋》而作。它起自鲁隐公元年（前722），迄于鲁哀公二十七年（前464），以《春秋》为本，通过记述春秋时期的具体史实来说明《春秋》的纲目，是儒家重要经典之一。西汉时称之为《左氏春秋》，东汉以后改称《春秋左氏传》，简称《左传》。它与《公羊传》《穀梁传》合称“春秋三传”。

《左传》叙事详细完整，故事性强，善于用极少的笔墨来刻画人物的细微动作和内心活动，使人物个性鲜明。《左传》着重记叙了春秋时期列国之间的矛盾和争夺，善于叙事，其中描写战争尤为精彩。

阅读门径

《郑伯克段于鄢》记述了郑庄公兄弟之间争夺权力以致骨肉相残的故事。隐公元年，郑国国君郑庄公之弟共叔段，谋划夺取哥哥郑庄公的君位，庄公发现后，巧施心计，采取欲擒故纵的手段，诱使共叔段得寸进尺，愈加骄横，然后在鄢地打败了公叔段，使他“出奔”。庄公怨其母，并将母亲迁于颍地。后来自己也后悔了，又有颍考叔规劝，母子又重归于好。

选文围绕庄公和共叔段争权这条线索，在尖锐的矛盾冲突中表现出鲜明的人物个性。姜氏作为两人的母亲，却和自己喜欢的二儿子一起巧设奸计，阴谋内外夹击，推翻大儿子的政权，由此可见姜氏的狡诈阴毒；共叔段以弟攻兄，以臣犯君，通过其犯上兵败的经历，可见其不自量力，妄自尊大，有勇无谋；庄公面对母亲与弟弟正在犯的错误，没有从母子之情与手足情谊出发，给予及时的劝阻，而是采取放纵的态度，并巧设缓兵之计，一步步将两个人引入设计好的圈套，借用国君的身份打击二人，可见庄公的老谋深算，薄情寡义。

在写作手法上，选文注重运用细节描写突出人物性格。“庄公寤生”使姜氏受惊，由此厌之，表现了姜氏乖戾偏狭。颍考叔“食舍肉”既写出了其纯孝，更突出了其聪慧机敏，“隧而相见”则表现了庄公与统治阶级宣扬的孝道的虚伪可笑。

另外，选文还运用衬托手法，使得叙述更加生动形象，人物形象愈加鲜明。以共叔段的贪婪狂妄和愚昧无知，衬托庄公的老谋深算；以姜氏的昏愦和随心所欲，映衬庄公的精明和藏而不露；以祭仲和公子吕为国除害的迫切心情，衬托出庄公的城府之深。

文章笔触精练，意寓褒贬，耐人寻味，成为千古名篇，其特色耐人寻味。

3 燕昭王求士

《战国策》

【欣赏任务】

1. 了解时代背景，把握文章的思想内容。
2. 学习燕昭王尊重人才、发愤图强的精神。
3. 体会《战国策》人物塑造生动形象、说理深刻透彻、语言辩丽恣肆的艺术特色。

【经典篇目】

燕昭王收破燕后即位，卑身厚币，以招贤者，欲将以报仇。故往见郭隗先生曰："齐因孤国之乱，而袭破燕。孤极知燕小力少，不足以报。然得贤士与共国，以雪先王之耻，孤之愿也。敢问以国报仇者奈何？"

郭隗先生对曰："帝者与师处，王者与友处，霸者与臣处，亡国与役处。诎指而事之，北面而受学，则百己者至。先趋而后息，先问而后嘿，则什己者至。人趋己趋，则若己者至。冯几据杖，眄视指使，则厮役之人至。若恣睢奋击，呴籍叱咄，则徒隶之人至矣。此古服道致士之法也。王诚博选国中之贤者，而朝其门下，天下闻王朝其贤臣，天下之士必趋于燕矣。"

昭王曰："寡人将谁朝而可？"郭隗先生曰："臣闻古之君人，有以千金求千里马者，三年不能得。涓人言于君曰：'请求之。'君遣之。三月得千里马，马已死，买其首五百金，反以报君。君大怒曰：'所求者生马，安事死马而捐五百金？'涓人对曰：'死马且买之五百金，况生马乎？天下必以王为能市马，马今至矣。'于是不能期年，千里之马至者三。今王诚欲致士，先从隗始；隗且见事，况贤于隗者乎？岂远千里哉？"

于是昭王为隗筑宫而师之。乐毅自魏往，邹衍自齐往，剧辛自赵往，士争凑燕。燕王吊死问生，与百姓同甘共苦。二十八年，燕国殷富，士卒乐佚轻战。于是遂以乐毅为上将军，与秦、楚、三晋合谋以伐齐，齐兵败，闵王出走于外。燕兵独追北，入至临淄，尽取齐宝，烧其宫室宗庙。齐城之不下者，唯独莒、即墨。

（选自《中华经典藏书·战国策》，缪文远等译注，中华书局 2016 年版）

【走近作者】

《燕昭王求士》选自《战国策》。《战国策》是一部国别体史书，初有《国策》《国事》《事语》《短长》《长书》《修书》等名称，西汉末年，刘向校录群书时在皇家藏书中发现了六种记录纵横家的写本，但是内容混乱，文字残缺。于是刘向按照国别编订了《战国策》。北宋时，《战国策》散佚颇多，经曾巩校补，是为今本《战国策》。全书按东周、西周、秦国、齐国、楚国、赵国、魏国、韩国、燕国、宋国、卫国、中山国依次分国编写，分为 12 策，共 33 卷，共 497 篇，约 12 万字，记事约 240 年（公元前 460 ～公元前 220）。是先秦历史散文成就较高、影响较大的著作之一。

《战国策》主要记述了战国时期的纵横家的政治主张和策略，展示了战国时代的历史特点和社会风貌，是研究战国历史的重要典籍。

阅读门径

《燕昭王求士》故事的背景：燕昭王的父亲燕王哙是一个无道的昏君，先是听从苏代的话重用子之为相；继而又听信鹿毛寿的话，效法尧禅让的故事将王位让给子之。最终导致燕国大乱，齐宣王乘机派兵伐燕，杀哙及子之。两年后燕人立太子平为燕王，是为燕昭王。

《燕昭王求士》所记述的是燕昭王继位以后，为替父王雪耻而卑身厚币、礼贤下士的故事，经过二十八年的努力，终于大破齐国，烧其宗庙，齐只有莒和即墨两城尚未被攻破。燕昭王的成功，说明了一个贤明的国王如果想成就大业就必须重用贤才的道理。

从三个方面刻画了燕昭王的性格特征：其一是礼贤下士，善于听从别人的意见。在继位之初，为了收拾残破的山河，求贤若渴，听从郭隗的建议，“筑宫而师之”，这表现了燕昭王求贤若渴的急切心情。其二是在“士争凑燕”的局面形成以后，并没有心满意足急于求成，而是与百姓同甘共苦二十八年，终于使燕国强大起来。其三是知人善任，在伐齐的条件具备以后，以乐毅为上将军，终于大破齐军。虽用笔不多，一个血肉丰满的贤明王者形象已跃然纸上。

能力提升

1. 1988 年初，75 位诺贝尔奖得主在巴黎集会，发表了宣言，其中说：“人类要在 21 世纪生存下去，就要从中国的孔子那里去寻找智慧。”从中国的孔子那里找智慧，就要从《论语》里面去找智慧。请和大家分享你从《论语》中找到的智慧。

2. 北师大的于丹教授写了一本书，名字叫《〈论语〉心得》，谈了《论语》和人生、交友、人的内心等方面的关系，通俗易懂而且见解独到，请结合自己的阅读，谈谈体会。

3. 你怎样理解孟子提出的“天时不如地利，地利不如人和”这一观点？

4.《论语》和《老子》都提到“道”，试论孔子的“道”与老子的“道”之间的异同。

5.《郑伯克段于鄢》将人物置于尖锐的矛盾冲突中加以刻画，通过人物的语言和行为刻画其性格，试分析郑庄公这一人物形象。

6.《战国策》中有许多脍炙人口的寓言小故事，请选取几个讲给同学听。

7. 分析《燕昭王求士》中燕昭王这一人物形象。

比较阅读

《论语》心得

于　丹

心得之一：天地人之道

人人都希望过上幸福快乐的生活，而幸福快乐只是一种感觉，与贫富无关，同内心相连。

越是竞争激烈，越是需要调整心态，并且调整与他人的关系；简单地说，就是要做好自己，同时要想到别人；该放下时且放下，宽容别人，其实是给自己留下一片海阔天空。

心得之二：心灵之道

生活中会有许多不如意甚至不合理，也许凭我们个人的力量无法改变，但我们却可以改变自己的心情和态度。从某种意义上说，一个人心中有什么，他看到的就是什么。

心得之三：处世之道

以直报怨，以德报德——要把有限的情感、有限的才华，留在最应该使用的地方。

心理学上有种界定，说现代人的交往中，有一种行为叫作“非爱行为”，就是以爱的名义对最亲近的人进行的非爱性掠夺。夫妻和恋人之间经常会出现这样的场面：一个对另一个说，你看看，我就是为了爱你，放弃了什么什么；我就是为了这个家，才怎么样怎么样，所以你必须要对我如何如何。这种所谓的非爱行为是以一种爱的名义进行一种强制性的控制，让他人按照自己的意愿去做。

这个世界上所有的爱都是以聚合为最终目的。只有一种爱以分离为目的，那就是父母对孩子的爱。父母真正成功的爱，就是让孩子尽早作为一个独立的个体从你的生命中分离出去，这种分离越早，你就越成功。

从这个意义上讲，距离和独立是一种对人格的尊重，这种尊重即使在最亲近的人中间，也应该保有。

要本着平等和理性的态度去尊重每一个人，彼此之间留一点儿分寸，有一点儿余地。

这种非常像禅宗所推崇的一个境界，叫作“花未全开月未圆”。

花一旦全开，马上就要凋谢了；月一旦全圆，马上就要缺损了。而未全开，未全圆，仍使你的内心有所期待，有所憧憬。

朋友之道，亲人之道，皆是如此。稍微留一点分寸，得到的往往是海阔天空。

无论对朋友还是对亲人，都应该把握一个分寸，适度为最好。

心得之四：交友之道

我们的周围有很多人，他们的生活方式和他们的处世态度，都可以成为我们的镜子，关键是我们自己要做个有心人。孔子曰：“君子有三戒。少之时，血气未定，戒之在色；及其壮也，血气方刚，戒之在斗；及其老也，血气既衰，戒之在得。”

人要正确对待你得到的东西。这里面其实是大有深意的。

人年轻的时候，都是在用加法生活，但是到一定层次后，要学着用减法生活。

选择一个朋友，就是选择一种生活方式。而能够交上什么样的朋友，先要看自己有什么样的心智，有什么样的修养；看自己的朋友圈子里面，是一个良性元素还是一个惰性元素，是有害的还是有益的。

也就是说，自己修身养性，是交到好朋友的前提；而交到好朋友，等于给自己打开了一个最友善的世界，能够让自己的人生具有光彩。

心得之五：理想之道

一个人的发展，最重要的往往不在于终极的理想有多么高远，而在于跟前拥有一个什么样的起点。我们往往不缺乏宏图伟志，而缺少通向那个志愿的一步一步积累起来的切实的道路。

理想和行为的关系，就如同引线和风筝的关系。这个风筝能飞多远，关键在于你手中的线。而这条线，就是你的内心愿望。你的内心越淡定，越从容，你就越会舍弃那些激烈的、宏阔的、张扬的、外在的形式，而尊重安静的、内心的声音。这会使你走到社会角色中的时候，能够不失去自我，能够有担当，能够做得最好。

心得之六：人生之道

黑格尔提出了“正反和”三段论。

人最早接受的教育一般都是正的，比如在刚读小学的时候，他相信太阳是明亮的，花朵是鲜艳的，人心是善意的，世界是充满温情的，王子和公主最终是可以在一起的，生活中是没有忧伤的。其实这就是正的结果。

但是长到十几岁的时候，就会出现比较强烈的逆反心理，二十多岁的时候刚刚步入社会时，就会觉得这个世界上一切都不尽如人意，觉得成人世界欺骗了自己，觉得生活中满是丑陋、猥琐、卑鄙和欺诈。这就是我们经常说的“小愤青”。这个时候，青春的成长有它特有的苍凉，人必然表现出一种反弹。

那么走到三十岁，应该是人生“和”的阶段，就是既不像十来岁时觉得眼前一片光明，也不像二十多岁时觉得一片惨淡。

三十而立的这个“立”字，首先是内在的立，然后才是在社会坐标上找到自己的位置。三十岁这个年纪，是一个建立心灵自信的年纪。“海到尽头天做岸，山登绝顶我为峰。”这是中国人对于山川的一种感受，它讲的不是一种征服，而是山川对自我的提升。

从而立到不惑，这是人生最好的光阴。一个人在三十岁以前是用加法生活的，就是不断地从这个世界上收集他所需要的东西，比如经验、财富、情感、名誉等。但是，物质的东西越多，人就越容易迷惑。

三十岁以后，就是开始学着用减法生活了，也就是要学会舍弃那些不是你心灵真正需要的东西。

不惑就是人能够自觉按照中庸的理念去思考、行事。即使外部世界给你许多不公正、打击、缺憾，你也能在一个坐标上迅速建立自己应有的位置。中庸的理想状态，是一切处于和谐之中，这种和谐就是天地万物各安其位。

然后是五十“知天命”，“知天命”关键是一个“知”字，要能够了解什么是自己的天命。也就是说，到了这个时候已经有了一种内心的定力，基本上可以做到不怨天，不尤人，不为外物所动了。孔子所谓的“知天命”，其实就是把学习的各种道理，最后达到一种融会和提升。到了这个境界以后，就该进入孔子所说的“耳顺”的境界了。此时，你能做到最大限度的尊重他人，能理解任何一个事情存在的道理，你能虚心倾听各种声音，并站在别人的出发点上去了解他为什么这样说。

你的年龄有生理年龄，有心理年龄，还有社会年龄。如果我们在二十岁、三十岁能够提前感悟到四十岁、五十岁的境界，已经建立了明晰的内心价值系统，已经能够把社会给予的压力变为一种生命反张力，已经可以做到从心所欲那样的一种淡定从容……那么我们说，这样的生命，才是有效率的生命。

（选自《〈论语〉心得》，于丹，中华书局出版社 2006 年版）

第二节　质朴磅礴的秦汉散文

文本综要

秦朝除皇帝的诏令和臣下的奏疏等实用文字外，没有散文名篇传于后世，在文学发展中起过一定影响的是《吕氏春秋》和李斯的《谏逐客书》等。

两汉散文中最先发展起来的是政论文。西汉初年，战国时期诸子百家争鸣的余风犹存，知识分子关心国家和社会的发展，面对现实，剖析形势，勇于表现自己的政治看法和主意。贾谊和晁错是这一时代政论文的代表。他们的政论作品，或针砭时弊，剖析社会问题，或总结秦王朝短期覆亡的原因，借古喻今，都写得深切著明，有很强的说服力和感染力。汉代散文中的史传文学造诣突出，在中国古代文学发展史上占有主要地位。西汉时期的司马迁的《史记》把传记散文推到了前所未有的高峰。汉赋是在汉代出现的一种有韵的散文，它的特点是散韵结合，专事铺叙。从赋的形式上看，在于“铺采摛文”；从赋的内容上说，侧重“体物写志”。司马相如、扬雄、班固、张衡四人被后世誉为“汉赋四大家”。东汉以后，开始出现了书、记、碑、铭、论、序等散文形式。东汉散文在西汉的基础上又有新的发展。史传散文中，班固的《汉书》和赵晔的《吴越春秋》都有很高的文学价值；政论散文相继出现了以王充《论衡》、王符《潜夫论》为代表的一批积极参与现实的作品。从总的趋势看，东汉散文向着骈俪化的方向发展；同时，不少语体散文家也着意追求通俗易懂、浅显明快的文章风格，在一定程度上对浮华文风有所矫正。

4 谏逐客书

李　斯

【欣赏任务】

1. 了解秦国历史，理清嬴政逐客的缘由。
2. 学习本文开门见山的论说方法，掌握史实论证、类比认证、正反论证的论证方法。
3. 学习本文运用铺陈、排比、比喻等手法增强文章感染力的方法。

【经典篇目】

臣闻吏议逐客，窃以为过矣。昔穆公求士，西取由余于戎，东得百里奚于宛，迎蹇叔于宋，来邳豹、公孙支于晋。此五子者，不产于秦，而穆公用之，并国二十，遂霸西戎。孝公用商鞅之法，移风易俗，民以殷盛，国以富强，百姓乐用，诸侯亲服，获楚、魏之师，举地千里，至今治强。惠王用张仪之计，拔三川之地，西并巴、蜀，北收上郡，南取汉中，包九夷，制鄢、郢，东据成皋之险，割膏腴之壤，遂散六国之众，使之西面事秦，功施到今。昭王得范雎，废穰侯，逐华阳，强公室，杜私门，蚕食诸侯，使秦成帝业。此四君者，皆以客之功。由此观之，客何负于秦哉！向使四君却客而不内，疏士而不用，是使国无富利之实，而秦无强大之名也。

今陛下致昆山之玉，有随和之宝，垂明月之珠，服太阿之剑，乘纤离之马，建翠凤之旗，树灵鼍之鼓。此数宝者，秦不生一焉，而陛下说之，何也？必秦国之所生然后可，则是夜光之璧不饰朝廷，犀象之器不为玩好；郑、卫之女不充后宫，而骏良駃騠不实外厩，江南金锡不为用，西蜀丹青不为采。所以饰后宫，充下陈，娱心意，说耳目者，必出于秦然后可，则是宛珠之簪、傅玑之珥、阿缟之衣、锦绣之饰不进于前，而随俗雅化，佳冶窈窕，赵女不立于侧也。夫击瓮叩缶弹筝搏髀，而歌呼呜呜快耳者，真秦之声也；《郑》《卫》《桑间》，《韶》《虞》《武》《象》

者，异国之乐也。今弃击瓮叩缶而就《郑》《卫》，退弹筝而取《韶》《虞》，若是者何也？快意当前，适观而已矣。今取人则不然。不问可否，不论曲直，非秦者去，为客者逐。然则是所重者在乎色乐珠玉，而所轻者在乎人民也。此非所以跨海内、制诸侯之术也。

臣闻地广者粟多，国大者人众，兵强则士勇。是以泰山不让土壤，故能成其大；河海不择细流，故能就其深；王者不却众庶，故能明其德。是以地无四方，民无异国，四时充美，鬼神降福，此五帝三王之所以无敌也。今乃弃黔首以资敌国，却宾客以业诸侯，使天下之士退而不敢西向，裹足不入秦，此所谓“借寇兵而赍盗粮”者也。夫物不产于秦，可宝者多；士不产于秦，而愿忠者众。今逐客以资敌国，损民以益雠，内自虚而外树怨于诸侯，求国无危，不可得也。

（《历代法家著作选注》上，编辑小组，人民出版社 1974 年版）

【走近作者】

李斯（前 284 ～前 208），名斯，字通古，战国末期楚国上蔡（今河南上蔡）人，秦代著名的政治家、文学家和书法家。作为千古一相，李斯协助秦始皇统一天下。秦统一之后，李斯参与制定了秦朝的法律和完善了秦朝的制度，力排众议主张实行郡县制、废除分封制，提出并且主持了文字、车轨、货币、度量衡的统一。李斯政治主张的实施对中国和世界产生了深远的影响，奠定了中国两千多年政治制度的基本格局。秦二世二年，宦者赵高诬其谋反，李斯被腰斩于咸阳，灭三族。秦代因其所历时间很短，没有留下更多文章，而李斯却有《谏逐客书》《泰山刻石文》及《琅琊台石刻》传世，所以鲁迅说“秦之文章，李斯一人而已”。

阅读门径

《谏逐客书》是李斯上给秦始皇的一篇奏议，也是一篇脍炙人口的名文，千百年来一直被人们所传诵。李斯原是楚国上蔡人，后到秦国游说，劝秦王统一天下，受到秦王的重用，被拜为客卿。所谓“客卿”，是当时对其他国家的人在秦国做官者的称呼。后来那些因为客卿入秦而影响自己权势的秦国贵族，就利用“郑国渠”事件对秦王进行挑拨，说外来客卿入秦都是别有用心的，应该把他们都赶跑。到秦王嬴政十年，秦王接受了他们的意见，下令驱逐所有客卿。李斯也在被逐之列，于是他就写了这篇《谏逐客书》，劝谏秦王不要驱逐客卿。

这篇文章在论证秦国驱逐客卿的错误和危害时，没有在逐客这个具体问题上就事论事，也没有涉及自己个人的进退出处，而是站在统一天下的高度，来分析阐明逐客的利害得失。秦国之所以强大，是因为历代国君能够接纳天下贤士；秦国之所以富足，是因为搜罗了四方的珍宝。而逐客的做法结果只能使自己削弱，使敌国得益。从正反两方面进行论证，推理严密，逻辑性强，论据充分有力。理足词胜，雄辩滔滔，打动了秦王嬴政，使他收回逐客的成命，恢复了李斯的官职。

在艺术上有两个显著特色：一是善于用比喻，从而增强了议论的形象性和说服力。最突出的例子是用秦王取物的态度为喻，来说明秦王对取人应该抱有的态度。二是气势奔放，文采斐然。这与作者多用铺陈、夸饰手法和排比、对偶句子，以及多选用华美辞藻有密切关系。

清代李兆洛《骈体文钞》选录此篇为“骈体初祖”，指出了本篇对后世骈文写作的深远影响。

5 过秦论（节选）

贾　谊

【欣赏任务】

1. 了解贾谊怀才不遇的悲剧人生。
2. 感受本文铺张扬厉的气势与文风。
3. 了解贾谊对秦王朝迅速灭亡原因的分析，借古讽今劝谏汉文帝施仁政的进步意义。

【经典篇目】

秦孝公据崤函之固，拥雍州之地，君臣固守以窥周室，有席卷天下，包举宇内，囊括四海之意，并吞八荒之心。当是时也，商君佐之，内立法度，务耕织，修守战之具，外连衡而斗诸侯。于是秦人拱手而取西河之外。

孝公既没，惠文、武、昭襄蒙故业，因遗策，南取汉中，西举巴、蜀，东割膏腴之地，北收要害之郡。诸侯恐惧，会盟而谋弱秦，不爱珍器重宝肥饶之地，以致天下之士，合从缔交，相与为一。当此之时，齐有孟尝，赵有平原，楚有春申，魏有信陵。此四君者，皆明智而忠信，宽厚而爱人，尊贤而重士，约从离衡，兼韩、魏、燕、楚、齐、赵、宋、卫、中山之众。于是六国之士，有宁越、徐尚、苏秦、杜赫之属为之谋，齐明、周最、陈轸、召滑、楼缓、翟景、苏厉、乐毅之徒通其意，吴起、孙膑、带佗、倪良、王廖、田忌、廉颇、赵奢之伦制其兵。尝以十倍之地，百万之众，叩关而攻秦。秦人开关延敌，九国之师，逡巡而不敢进。秦无亡矢遗镞之费，而天下诸侯已困矣。于是从散约败，争割地而赂秦。秦有余力而制其弊，追亡逐北，伏尸百万，流血漂橹。因利乘便，宰割天下，分裂山河。强国请服，弱国入朝。延及孝文王、庄襄王，享国之日浅，国家无事。

及至始皇，奋六世之余烈，振长策而御宇内，吞二周而亡诸侯，履至尊而制六合，执敲扑而鞭笞天下，威振四海。南取百越之地，以为桂林、象郡；百越之君，俛首系颈，委命下吏。乃使蒙恬北筑长城而守藩篱，却匈奴七百余里。胡人不敢南下而牧马，士不敢弯弓而报怨。于是废先王之道，焚百家之言，以愚黔首；隳名城，杀豪杰，收天下之兵，聚之咸阳，销锋镝，铸以为金人十二，以弱天下之民。然后践华为城，因河为池，据亿丈之城，临不测之渊，以为固。良将劲弩守要害之处，信臣精卒陈利兵而谁何。天下已定，始皇之心，自以为关中之固，金城千里，子孙帝王万世之业也。

始皇既没，余威震于殊俗。然陈涉瓮牖绳枢之子，氓隶之人，而迁徙之徒也；才能不及中人，非有仲尼、墨翟之贤，陶朱、猗顿之富；蹑足行伍之间，而倔起阡陌之中，率疲弊之卒，将数百之众，转而攻秦，斩木为兵，揭竿为旗，天下云集响应，赢粮而景从。山东豪俊遂并起而亡秦族矣。

且夫天下非小弱也，雍州之地，崤函之固，自若也。陈涉之位，非尊于齐、楚、燕、赵、韩、魏、宋、卫、中山之君也；锄耰棘矜，非铦于钩戟长铩也；谪戍之众，非抗于九国之师也；深谋远虑，行军用兵之道，非及向时之士也。然而成败异变，功业相反，何也？试使山东之国与陈涉度长絜大，比权量力，则不可同年而语矣。然秦以区区之地，致万乘之势，序八州而朝同列，百有余年矣；然后以六合为家，崤函为宫；一夫作难而七庙隳，身死人手，为天下笑者，何也？仁义不施而攻守之势异也。

（选自《贾谊文赋全译》，夏汉宁译注，百花洲文艺出版社 1996 年版）

【走近作者】

贾谊（前 200 ～前 168），洛阳（今河南洛阳东）人，西汉初年著名政论家、文学家，世称贾生。贾谊著作主要有散文和辞赋两类。散文的主要文学成就是政论文，评论时政，风格朴实峻拔，议论酣畅，鲁迅称之为“西汉鸿文”，代表作有《过秦论》《论积贮疏》《陈政事疏》等。其辞赋皆为骚体，形式趋于散体化，是汉赋发展的先声，以《吊屈原赋》《服鸟赋》最为著名。

阅读门径

《过秦论》是贾谊政论散文的代表作，分上、中、下三篇，从各个方面分析秦王朝的过失，旨在总结秦速亡的历史教训，以作为汉王朝建立制度、巩固统治的借鉴，是一组见解深刻而又极富艺术感染力的文章。这篇课文是上篇，着重叙述秦王朝的兴亡过程，揭露秦始皇的暴虐无道，最后指出，“仁义不施而攻守之势异也”是秦王朝迅速灭亡的原因。这是从史实中提炼观点。这个观点也贯穿在其余两篇之中。作者总结秦王朝覆灭的历史教训，意在借古讽今，目的是劝汉文帝对人民实行宽松的政策。

这篇文章通篇采用对比论证手法，如秦国的过去和现在比，陈涉与九国之师比，秦强盛之久与秦灭亡之速比，通过对比论证突出文章的中心论点。

语言有辞赋特色，讲究铺排渲染。例如开头写秦孝公的雄心，连用“席卷天下”“包举宇内”等四语；中间写九国之师攻秦，四君、九国、谋臣、策士、武将，一一列名，显得很有声势；写秦始皇，则极力塑造出他那“威加海内”的形象。行文多用骈偶，读起来铿锵有力，且句式变化多端，不显得单调。

6 管晏列传

司马迁

【欣赏任务】

1. 体会把握司马迁人物传记虚实结合的性质和特点。
2. 学习《史记》通俗、简洁精练、富于感情的语言艺术。
3. 通过管鲍之交的故事，体会友谊的真诚可贵。
4. 体会晏婴正直果敢、知贤善荐的品质。

【经典篇目】

管仲夷吾者，颍上人也。少时常与鲍叔牙游，鲍叔知其贤。管仲贫困，常欺鲍叔，鲍叔终善遇之，不以为言。已而鲍叔事齐公子小白，管仲事公子纠。及小白立为桓公，公子纠死，管仲囚焉。鲍叔遂进管仲。管仲既用，任政于齐，齐桓公以霸，九合诸侯，一匡天下，管仲之谋也。

管仲曰：“吾始困时，尝与鲍叔贾，分财利多自与，鲍叔不以我为贪，知我贫也。吾尝为鲍叔谋事而更穷困，鲍叔不以我为愚，知时有利不利也。吾尝三仕三见逐于君，鲍叔不以我为不肖，知我不遇时。吾尝三战三走，鲍叔不以我怯，知我有老母也。公子纠败，召忽死之，吾幽囚受辱，鲍叔不以我为无耻，知我不羞小节而耻功名不显于天下也。生我者父母，知我者鲍子也。”

鲍叔既进管仲，以身下之。子孙世禄于齐，有封邑者十余世，常为名大夫。天下不多管仲之贤而多鲍叔能知人也。

既任政相齐，以区区之齐在海滨，通货积财，富国强兵，与俗同好恶。故其称曰：“仓廪实而知礼节，衣食足而知荣辱，上服度则六亲固。四维不张，国乃灭亡。

下令如流水之原，令顺民心。”故论卑而易行。俗之所欲，因而予之；俗之所否，因而去之。

其为政也，善因祸而为福，转败而为功。贵轻重，慎权衡。桓公实怒少姬，南袭蔡，管仲因而伐楚，责包茅不入贡于周室。桓公实北征山戎，而管仲因而令燕修召公之政。于柯之会，桓公欲背曹沫之约，管仲因而信之，诸侯由是归齐。故曰：“知与之为取，政之宝也。”

管仲富拟于公室，有三归、反坫，齐人不以为侈。管仲卒，齐国遵其政，常强于诸侯。后百余年而有晏子焉。

晏平仲婴者，莱之夷维人也。事齐灵公、庄公、景公，以节俭力行重于齐。既相齐，食不重肉，妾不衣帛。其在朝，君语及之，即危言；语不及之，即危行。国有道，即顺命；无道，即衡命。以此三世显名于诸侯。

越石父贤，在缧绁中。晏子出，遭之涂，解左骖赎之，载归。弗谢，入闺。久之，越石父请绝。晏子惧然，摄衣冠谢曰：“婴虽不仁，免子于厄，何子求绝之速也？”石父曰：“不然。吾闻君子诎于不知己而信于知己者。方吾在缧绁中，彼不知我也。夫子既已感寤而赎我，是知己；知己而无礼，固不如在缧绁之中。”晏子于是延入为上客。

为齐相，出，其御之妻从门闲而窥其夫。其夫为相御，拥大盖，策驷马，意气扬扬甚自得也。既而归，其妻请去。夫问其故。妻曰：“晏子长不满六尺，身相齐国，名显诸侯。今者妾观其出，志念深矣，常有以自下者。今子长八尺，乃为人仆御，然子之意自以为足，妾是以求去也。”其后夫自抑损。晏子怪而问之，御以实对。晏子荐以为大夫。

太史公曰：吾读管氏牧民、山高、乘马、轻重、九府，及晏子春秋，详哉其言之也。既见其著书，欲观其行事，故次其传。至其书，世多有之，是以不论，论其轶事。

管仲世所谓贤臣，然孔子小之。岂以为周道衰微，桓公既贤，而不勉之至王，乃称霸哉？语曰“将顺其美，匡救其恶，故上下能相亲也”。岂管仲之谓乎？

方晏子伏庄公尸哭之，成礼然后去，岂所谓“见义不为无勇”者邪？至其谏说，犯君之颜，此所谓“进思尽忠，退思补过”者哉！假令晏子而在，余虽为之执鞭，所忻慕焉。

（选自《史记》，司马迁，上海古籍出版社 2011 年版）

【走近作者】

司马迁（前 145 ～前 90），字子长，夏阳（今陕西韩城南）人，西汉伟大的史学家、文学家、思想家。司马谈之子，任太史令，因替李陵败降之事辩解而受宫刑，后任中书令。发愤继续完成所著史籍《史记》，被后世尊称为史迁、太史公。

《史记》是中国第一部纪传体通史，记载了自上古传说中的黄帝时代至汉武帝共三千多年的历史，全书共有本纪十二篇、表十篇、书八篇、世家三十篇、列传七十篇，共一百三十篇，五十多万字，被鲁迅誉为“史家之绝唱，无韵之离骚”。

阅读门径

《管晏列传》是管仲与晏婴两人的合传。在这篇列传中，作者对他们采取了赞美和褒扬的态度。管仲相齐，凭借海滨的有利条件，发展经济，聚集财物，使国富兵强，与百姓同好恶。他内政、外交功名垂著，辅佐桓公，一匡天下，使桓公成为春秋时期第一个霸主。晏婴事齐三世，节俭力行，严于律己，三世显名于诸侯。二人虽隔百余年，但他们都是齐人，都是名相，又都为齐国做出了卓越的贡献，故合传为一。

这篇传记以称颂管仲、晏婴的治国才干为线索，突出歌颂了管鲍之间感人的友谊和晏婴不拘一格赏拔人才的做法，表现了司马迁对鲍叔、管仲，以及齐桓公、越石夫等人的无比崇敬。文中，作者有意突出了朋友之间、君臣之间、上下之间的一些关系准则，正面表达了自己的政治理想和道德理想，同时也是对汉代现实的一种鞭挞与批判，字里行间凝聚着对个人身世的感慨。

文章详略得当，重点突出，能抓住其特点，并选取典型细节加以生动地表现。如写管仲，着重写其同鲍叔牙的交往，以及任政相齐、助齐桓公九合诸侯一匡天下的谋略；写晏婴则通过对重用越石父和御者的典型事例的详细叙述来突出其“贤”。传记之末“太史公曰”以后的简短议论与评价更是深化了对管、晏二人的认识，起到了画龙点睛的作用。司马迁惨遭李陵之祸身受腐刑，平生所交不为一言，故写管鲍之交，写晏婴赎越石父，无不是借题发挥，来抒发自己的胸怀。

7　苏武传

班　固

【欣赏任务】

1. 了解班固和《汉书》的相关知识。

2. 分析课文通过对比烘托以及运用典型环境和细节描写来表现人物特点的写作特色。

3. 剖析苏武的性格特征，体会苏武的人格魅力。

【经典篇目】

武，字子卿。少以父任，兄弟并为郎。稍迁至栘中厩监。时汉连伐胡，数通使相窥观。匈奴留汉使郭吉、路充国等，前后十余辈。匈奴使来，汉亦留之以相当。天汉元年，且鞮侯单于初立，恐汉袭之，乃曰："汉天子我丈人行也。"尽归汉使路充国等。武帝嘉其义，乃遣武以中郎将使持节送匈奴使留在汉者，因厚赂单于，答其善意。武与副中郎将张胜及假吏常惠等募士斥候百余人俱。既至匈奴，置币遗单于。单于益骄，非汉所望也。

方欲发使送武等，会缑王与长水虞常等谋反匈奴中。缑王者，昆邪王姊子也，与昆邪王俱降汉，后随浞野侯没胡中。及卫律所将降者，阴相与谋劫单于母阏氏归汉。会武等至匈奴，虞常在汉时素与副张胜相知，私候胜曰："闻汉天子甚怨卫律，常能为汉伏弩射杀之。吾母与弟在汉，幸蒙其赏赐。"张胜许之，以货物与常。后月余，单于出猎，独阏氏子弟在。虞常等七十余人欲发，其一人夜亡，告之。单于子弟发兵与战。缑王等皆死，虞常生得。

单于使卫律治其事。张胜闻之，恐前语发，以状语武。武曰："事如此，此必及我。见犯乃死，重负国。"欲自杀，胜、惠共止之。虞常果引张胜。单于怒，召诸贵人议，欲杀汉使者。左伊秩訾曰："即谋单于，何以复加？宜皆降之。"单于使卫律召武受辞，武谓惠等："屈节辱命，虽生，何面目以归汉！"引佩刀自刺。卫律惊，自抱持武，驰召毉。凿地为坎，置煴火，覆武其上，蹈其背以出血。武气绝半日，复息。惠等哭，舆归营。单于壮其节，朝夕遣人候问武，而收系张胜。

武益愈，单于使使晓武。会论虞常，欲因此时降武。剑斩虞常已，律曰："汉使张胜谋杀单于近臣，当死，单于募降者赦罪。"举剑欲击之，胜请降。律谓武曰："副有罪，当相坐。"武曰："本无谋，又非亲属，何谓相坐？"复举剑拟之，武不动。律曰："苏君，律前负汉归匈奴，幸蒙大恩，赐号称王，拥众数万，马畜弥山，富贵如此。苏君今日降，明日复然。空以身膏草野，谁复知之！"武不应。律曰："君因我降，与君为兄弟，今不听吾计，后虽欲复见我，尚可得乎？"武骂律曰："汝为人臣子，不顾恩义，畔主背亲，为降虏于蛮夷，何以汝为见？且单于信汝，使决人死生，不平心持正，反欲斗两主，观祸败。南越杀汉使者，屠为九郡；宛王杀汉使者，头县北阙；朝鲜杀汉使者，即时诛灭。独匈奴未耳。若知我不降明，欲令两国相攻，匈奴之祸从我始矣。"

律知武终不可胁，白单于。单于愈益欲降之，乃幽武置大窖中，绝不饮食。天雨雪，武卧啮雪与旃毛并咽之，数日不死。匈奴以为神，乃徙武北海上无人处，使牧羝，羝乳乃得归。别其官属常惠等，各置他所。

武既至海上，廪食不至，掘野鼠去草实而食之。杖汉节牧羊，卧起操持，节旄尽落。积五六年，单于弟於靬王弋射海上。武能网纺缴，檠弓弩，於靬王爱之，给其衣食。三岁余，王病，赐武马畜、服匿、穹庐。王死后，人众徙去。其冬，丁令盗武牛羊，武复穷厄。

初，武与李陵俱为侍中，武使匈奴明年，陵降，不敢求武。久之，单于使陵至海上，为武置酒设乐，因谓武曰："单于闻陵与子卿素厚，故使陵来说足下，虚心欲相待。终不得归汉，空自苦亡人之地，信义安所见乎？前长君为奉车，从至雍棫阳宫，扶辇下除，触柱折辕，劾大不敬，伏剑自刎，赐钱二百万以葬。孺卿从祠河东后土，宦骑与黄门驸马争船，推堕驸马河中溺死，宦骑亡，诏使孺卿逐捕不得，惶恐饮药而死。来时，大夫人已不幸，陵送葬至阳陵。子卿妇年少，闻已更嫁矣。独有女弟二人，两女一男，今复十余年，存亡不可知。人生如朝露，何久自苦如此！陵始降时，忽忽如狂，自痛负汉，加以老母系保宫，子卿不欲降，何以过陵？且陛下春秋高，法令亡常，大臣亡罪夷灭者数十家，安危不可知，子卿尚复谁为乎？愿听陵计，勿复有云。"武曰："武父子亡功德，皆为陛下所成就，位列将，爵通侯，兄弟亲近，常愿肝脑涂地。今得杀身自效，虽蒙斧钺汤镬，诚甘乐之。臣事君，犹子事父也。子为父死亡所恨。愿勿复再言。"陵与武饮数日，复曰："子卿壹听陵言。"武曰："自分已死久矣！王必欲降武，请毕今日之欢，效死于前！"陵见其至诚，喟然叹曰："嗟乎，义士！陵与卫律之罪上通于天。"因泣下沾衿，与武决去。

陵恶自赐武，使其妻赐武牛羊数十头。后陵复至北海上，语武："区脱捕得云中生口，言太守以下吏民皆白服，曰上崩。"武闻之，南乡号哭，欧血，旦夕临数月。

昭帝即位数年，匈奴与汉和亲。汉求武等，匈奴诡言武死。后汉使复至匈奴，常惠请其守者与俱，得夜见汉使。具自陈过。教使者谓单于，言天子射上林中，得雁，足有系帛书，言武等在荒泽中。使者大喜，如惠语以让单于。单于视左右而惊，谢汉使曰："武等实在。"于是李陵置酒贺武曰："今足下还归，扬名于匈奴，功显于汉室，虽古竹帛所载，丹青所画，何以过子卿！陵虽驽怯，令汉且贳陵罪，全其老母，使得奋大辱之积志，庶几乎曹柯之盟，此陵宿昔之所不忘也。收族陵家，为世大戮，陵尚复何顾乎？已矣！令子卿知吾心耳。异域之人，壹别长绝！"陵起舞，歌曰："径万里兮度沙幕，为君将兮奋匈奴。路穷绝兮矢刃摧，士众灭兮名已聩。老母已死，虽欲报恩将安归！"陵泣下数行，因与武决。单于召会武官属，前以降及物故，凡随武还者九人。

武以始元六年春至京师。诏武奉一太守谒武帝园庙，拜为典属国，秩中二千石，赐钱二百万，公田二顷，宅一区。常惠、徐圣、赵终根皆拜为中郎，赐帛各二百匹。其余六人老归家，赐钱人十万，复终身。常惠后至右将军，封列侯，自有传。武留匈奴凡十九岁，始以强壮出，及还，须发尽白。

（选自《中华经典普及文库·汉书》，班固，中华书局2007年版）

【走近作者】

班固（32 ～ 92），字孟坚，扶风安陵（今陕西咸阳）人，东汉著名史学家、文学家。其父班彪曾续司马迁《史记》作《史记后传》，未成而故。班固立志继承父业，在《后传》基础上，进一步广搜材料，编写《汉书》。作为辞赋家，班固是“汉赋四大家”之一，《两都赋》开创了京都赋的范例，列入《文选》第一篇。

《汉书》是继《史记》之后中国古代又一部重要史书，与《史记》《后汉书》《三国志》并称为“前四史”，是我国第一部纪传体断代史，记叙了自汉高祖元年（前 206）至王莽地皇四年（23）共 230 年的史事。全书有十二本纪、八表、十志、七十列传，共一百篇，八十余万字。《汉书》史料丰富、精确，叙述中博采诸说之长，文风也朴实严谨，在史学和文学上都占有重要地位。

阅读门径

《苏武传》是《汉书》中一篇比较优秀的传记文学作品。苏武一生经历曲折丰富，作者在传记中，比较集中地选取了他一生里最重要的活动——出使匈奴，来刻画苏武的性格、品质，以简练的文笔，清楚的脉络，塑造了一个坚贞顽强，忠于国家、民族的英雄形象。

作者采用写人物传记经常运用的纵式结构来组织文章，以顺叙为主，适当运用插叙的方法，依时间的先后进行叙述，脉络清晰，故事完整。作者循着时间的顺序，逐层记述了苏武出使的过程。首先，是苏武出使遇变，他临危不乱，为了使命和国家的尊严，决心以身殉国，突出了苏武把国家尊严放在自己生命之上的爱国精神。第二层，苏武伤愈，面对权力、财富的诱惑，苏武不为威胁所屈，不为利诱所动，表现了他坚贞不屈的品质。第三层，放逐北海，突出描写了北海环境的艰苦，但就是在这衣食无继，与羊为伴，以野鼠、草子为食的情况下，苏武表现出顽强刚毅的性格，通过这段记述，给人留下了深刻印象。最后是李陵劝降，但苏武仍然不移其志，以死相拒，绝不投降，苏武的高风亮节在这一层中更深刻地揭示了出来。

在表现手法上，作者比较充分地使用了对比和陪衬。文中作者以较多的笔墨记述了卫律和李陵两个投敌者。卫津劝降，向苏武炫耀权力和财富，苏武则报之以不应和斥责；李陵兵败投降，因母亲被处死而绝了归汉之望，苏武则亲属散亡殆尽而不改其誓死归汉的决心。这些的对比，突出了苏武的形象，虽历尽磨难，终于完成了使者的任务，维护了国家尊严，保持了民族气节，且荣归故里，作者欣慰之感也显而易见。

文章语言千锤百炼，俭省精净，刻画人物入木三分，将史家笔法与文学语言较好地结合起来。

能力提升

1. 课后按照《过秦论》的模式仿写一篇史论作文，以“从历史看天下兴亡”为主题，要有“史”有“论”有“断”，尽量表现出文章的气势来。

2. 试结合《过秦论》的学习，说说同是秦亡这段历史，晚唐杜牧《阿房宫赋》是如何借阿房宫的兴建和毁灭来揭露秦统治者的穷奢极欲的。

3. 结合《管晏列传》的学习，围绕主题“从管鲍之交谈交友”，谈谈自己的交友之道。

4.《苏武传》中的苏武历来为人称道的是他的不辱气节、忠于国家的坚强品质，但也有人认为他的忠心是一种愚忠。对此，你是怎么看的？

5. 古人常说“饿死事小，失节事大”，还说“贫贱不能移，富贵不能淫，威武不能屈”，可见古人对气节非常重视，请以“气节”为话题，写一篇不少于800字的文章。

6. 朋友的别称：普通老百姓交的朋友谓“布衣之交”；有钱人与没钱人交朋友谓“车笠之交”；在逆境中结交的朋友称“患难之交”；吃喝玩乐结交的朋友称“酒肉之交”；年岁差别大，行辈不同而交情深厚的朋友称“忘年之交”；幼年相交的朋友称“竹马之交”；交情深厚的朋友谓“肺腑之交”；亲密无间的朋友谓“胶漆之交”；生死与共的朋友谓“生死之交”；情投意合的朋友称“莫逆之交”；哪怕砍头也不改变友谊的朋友称“刎颈之交”；无意中相遇而结成的朋友称“邂逅之交”；在道义上互相支持的朋友称“君子之交”；只见过一次面，交情不深的朋友称“一面之交”；仅点头打招呼，感情不深的朋友称“点头之交”；平淡而浮泛交往的朋友称“泛泛之交”；见过面但不熟悉的人称“半面之交”。

比较阅读

王立群读《史记》：汉儒评秦（节选）

贾谊的《过秦论》完全代表了汉朝人评秦的主要观点，所以我们不能回避贾谊的评论。

但凡读过中学的人都知道，贾谊是西汉初年汉文帝时期的一个著名的文人、政论家、辞赋家。他是洛阳人，被称为洛阳才子，年轻的时候受到洛阳当地的一个高官的赏识。洛阳在秦代的时候称之为河南郡，汉代建国以后它仍叫河南郡，这个河南郡的郡守姓吴，历史记载他叫吴公，这个吴公不是一般的人，他是一个赫赫有名的人的弟子。他的老师是谁呢？就是秦国的宰相李斯。郡守吴公非常欣赏贾谊。汉文帝时期吴公因为政绩好，被调到中央政府去做廷尉，就是当时最高的司法官。吴公调到中央政府后，就向汉文帝推荐了少年才子贾谊，然后贾谊也被调到中央去任职了。这个时候贾谊多大呢？十八岁，十八岁就当了博士。汉代的博士是个官，我们讲过秦代的博士也是个官，不是学位。一年以后汉文帝把贾谊从博士提升为中大夫，提拔得很快。贾谊从小就刻苦学习，博览群书，先秦诸子百家的书籍无所不读，青少年时期他就写过《道德论》《道术》等论著。他酷爱文学，尤其喜爱战国时期的伟大诗人屈原的著作。贾谊十八岁的时候就因为能背诵《诗经》《尚书》和撰著文章而闻名于河南郡。他在被任命为博士和中大夫的两年内，就向朝廷提出了很多极有远见的建设性奏疏。贾谊以他的真才实学，震动了当时的政坛。

贾谊的迅速提拔引来了一批老干部的反对，这一批老干部都是跟着刘邦打天下的人，是刘邦建立汉朝之前就跟着他打天下的，所以我们称之为建国干部。这一批人反对贾谊，认为他这个年轻干部提拔得太快了。在老干部与青年干部的冲突之中，汉文帝毫无悬念地站在老干部一边，就把贾谊放逐了，放到哪儿？放到今天的长沙，做长沙王的太傅。所以后来贾谊被称为贾太傅。后来又被改任做梁怀王的太傅，梁怀王骑马的时候摔死了，贾谊觉得自己没有尽到太傅的责任，非常自责。按我们的今天的话说就是极度郁闷，心情很不好，三十三岁病死。贾谊英年早逝这是很值得惋惜的。虽然贾谊只活了三十三年，但是他几乎已经成为中国历史上的传奇人物。贾谊的卓越才能和坎坷经历反差强烈，使他成为中国古代文人怀才不遇的典型。后世的文人一旦怀才不遇，志向得不到施展的时候，就常常在诗文中借用贾谊的典故。同时贾谊的短暂一生还为后世留下了很多不朽的文学作品，比如《吊屈原赋》《服鸟赋》《论积贮疏》《治安策》等，尤其是他的政论代表作《过秦论》，代表了汉儒评秦的主流观点。那么，对于秦朝的速亡，贾谊究竟提出了怎么样的观点呢？

贾谊在《过秦论》中着重是讲秦朝的过失，什么是《过秦论》呢？应该倒过来理解叫《论秦过》你就明白了。他主要论述的是秦朝的过失，也就是探讨秦朝灭亡的原因。贾谊归纳的秦朝灭亡有四大原因：第一，三主失误；第二，不施仁义；第三，民心尽失；第四，大臣失语。这四点就是贾谊对秦朝速亡下的一个结论，我们可以大体简单介绍一下。先说三主失误。第一，贾谊明确提出来说秦朝的灭亡，秦始皇、秦二世、秦王子婴三个人都有责任，其中秦始皇、秦二世要负主要责任。秦始皇的主要责任是自以为是、坚持错误；秦二世是沿袭秦始皇的错误，不知道悔改；秦王子婴是没有力量来挽狂澜于既倒。所以三主都有失误。第二，不施仁义。在《过秦论》中，贾谊明确提出来秦朝的三个阶段，第一阶段取天下，第二阶段守天下，第三个阶段是失天下；取天下表现了秦国之强，守天下是不施仁义，失天下是表现秦国之弱，这是秦国灭亡的重要原因。第三，民心尽失。秦国最后把所有的民心都失完了。按照贾谊说的，到秦朝灭亡的时候，从它的公卿大臣到民间的百姓，所有的人都怀着自危之心，就是感觉到自己很不安全，人人都想叛变，导致了秦朝灭亡。最后，他认为秦朝灭亡的非常重要原因是大臣失语，就是秦王朝的大臣患了集体失语症，大臣们都不会说话了。贾谊认为秦朝绝对不缺乏看出秦朝弊端的大臣，为什么这些大臣不说话？大臣们如果说话可以挽回来秦始皇很多过失，但是大臣们集体失语。根据这个情况，贾谊就总结出了秦朝灭亡的四大原因。这就叫作“秦速亡震惊汉人，贾太傅纵论秦朝。”汉朝人讨论的第一个问题就是秦朝灭亡的责任，究竟要谁来负？贾谊认为三代国君都有责任，主要是秦始皇和秦二世要负主要责任。这话有没有道理？我想举一个例子就可以明白。我们算一算这三个人掌权的时间，秦始皇十三岁登基继位，二十二岁亲政，到他五十岁去世，可以说在位三十七年，实际上执掌政权长达二十八年。秦二世执掌政权多长时间呢？三年。子婴执掌政权多少天呢？四十六天！你们想想谁该负主要责任？所以我认为贾谊讲得很有道理。这里面最不应当负责任的是那个四十六天的子婴，你说四十六天能干出什么事情呢？这是第一点，三主失误，我觉得这一点说得很有道理，秦始皇对于秦朝的灭亡负有不可推卸的责任。第二点，贾谊说的秦朝不施仁义，这个话有没有道理呢？很有道理。我们看秦始皇在位的时间，特别是统一六国之后的这十几年，他搞了一连串的工程，什么修长城、修驰道、修直道、修阿房宫、修宫殿、修陵墓，然后是北伐匈奴、南征南越，把老百姓折腾得死去活来，使老百姓都陷入水深火热之中，大臣们也不敢提意见。而且秦始皇用严刑峻法，很多人都指出来他这套做法是崇尚法家，这个话没有错，因为法家提出了一个专制独裁的理论，最适合秦始皇的口味。秦始皇虽然没有把儒家灭掉，但是儒家有两点他不满意：第一，儒家的仁政他觉得不适合他；第二，儒家的君君臣臣、父父子子这一套东西，秦始皇没有意识到它对巩固中央集权制的巨大作用，所以他摒弃了儒家，重用了法家。这是他不施仁义的原因。还有一点，我们过去讲那个德运王朝的时候，讲过五德终始，秦始皇认为金、木、水、火、土的五德中间，秦朝属于水德王朝。水德王朝主东，他的方向是北，在阴阳中它主阴，在仁义和刑杀之间，它主刑杀，秦始皇就信了！就是五德终始说误导了秦始皇，他就觉得只有刑罚才能够统治天下。秦始皇滥用刑罚很大的一个原因，一方面是法家思想对他的误导，另一方面是五德终始说理论对他的误导。

所以秦始皇非常重视刑罚，结果导致了他的不施仁义。

（来源：百家讲坛资源网）

第三节　名家迭出的唐宋散文

文本综要

唐代散文是继先秦、两汉之后，我国散文创作的又一高峰。唐代散文具有承前启后的历史作用，开启了一代新风，特别是中唐时期，韩愈、柳宗元倡导的“古文运动”，在中国散文史上写下了光辉的一页。古文运动就形式而言，主张恢复秦汉散文传统，革新文体和文学语言，从讲究对仗用典、崇尚声律藻饰的骈文，变为单行散句、接近口语的“古文”，这是唐代散文文体通俗化的革新；就内容而言，鼓励在内容上反映现实生活，发扬儒家“文以载道”的精神；就参与者而言，人才辈出，既有韩愈、柳宗元作为领袖，又有刘禹锡、白居易等一批人，形成了各自的鲜明风格，如韩文雄浑奇崛，柳文精深峻洁，被奉为后世古文的楷模。

宋代散文承中唐韩愈、柳宗元所倡导的古文运动而来。但是因为韩、柳的古文无论是理论还是创作，自身都还存在着不少问题，因此韩、柳之后，骈文又死灰复燃，统治了晚唐五代以至北宋初的文坛近二百年。这样，解决古文自身存在的问题，再次将骈文从文坛统治者的地位拉下马的任务就落在了宋代散文家的肩上。事实上，宋代散文家在这两方面做得极为出色，后人公认的“唐宋八大家”，宋代就占了六家，这一数字足以说明宋人在散文创作上的成功。宋人将散文的功能从“载道”引向了表现更为广阔的社会生活，使之具有了空前的生命活力。同时，又发展了韩愈“文从字顺”的一面，摒弃了他佶屈聱牙的一面。因此，宋代的散文取得了空前的成就，涌现了欧阳修、王安石、曾巩、苏洵、苏轼、苏辙等大家。明清散文实际上是在宋代散文的基础上发展起来的。

8 驳《复仇议》

柳宗元

【欣赏任务】

1. 明确作者所持的观点及反驳的论点。
2. 掌握本文反驳的逻辑思路。
3. 掌握本文论说的艺术特色。

【经典篇目】

臣伏见天后时，有同州下邽人徐元庆者，父爽为县吏赵师韫所杀，卒能手刃父仇，束身归罪。当时谏臣陈子昂建议诛之而旌其闾，且请“编之于令，永为国典”。臣窃独过之。

臣闻礼之大本，以防乱也。若曰无为贼虐，凡为子者杀无赦。刑之大本，亦以防乱也。若曰无为贼虐，凡为理者杀无赦。其本则合，其用则异，旌与诛莫得而并焉。诛其可旌，兹谓滥；黩刑甚矣。旌其可诛，兹谓僭；坏礼甚矣。果以是示于天下，传于后代，趋义者不知所向，违害者不知所立，以是为典可乎？盖圣人之制，穷理以定赏罚，本情以正褒贬，统于一而已矣。

向使刺谳其诚伪，考正其曲直，原始而求其端，则刑礼之用，判然离矣。何者？若元庆之父，不陷于公罪，师韫之诛，独以其私怨，奋其吏气，虐于非辜，州牧不知罪，刑官不知问，上下蒙冒，吁号不闻；而元庆能以戴天为大耻，枕戈为得礼，处心积虑，以冲仇人之胸，介然自克，即死无憾，是守礼而行义也。执事者宜有惭色，将谢之不暇，而又何诛焉？其或元庆之父，不免于罪，师韫之诛，不愆于法，是非死于吏也，是死于法也。法其可仇乎？仇天子之法，而戕奉法之吏，是悖骜而凌上也。执而诛之，所以正邦典，而又何旌焉？

且其议曰："人必有子，子必有亲，亲亲相仇，其乱谁救？"是惑于礼也甚矣。礼之所谓仇者，盖其冤抑沉痛，而号无告也；非谓抵罪触法，陷于大戮。而曰"彼杀之，我乃杀之"，不议曲直，暴寡胁弱而已。其非经背圣，不亦甚哉！《周礼》："调人，掌司万人之仇。凡杀人而义者，令勿仇；仇之则死。有反杀者，邦国交仇之。"又安得亲亲相仇也？《春秋公羊传》曰："父不受诛，子复仇可也。父受诛，子复仇，此推刃之道，复仇不除害。"今若取此以断两下相杀，则合于礼矣。

且夫不忘仇，孝也；不爱死，义也。元庆能不越于礼，服孝死义，是必达理而闻道者也。夫达理闻道之人，岂其以王法为敌仇者哉？议者反以为戮，黩刑坏礼，其不可以为典，明矣。

请下臣议附于令，有断斯狱者，不宜以前议从事。谨议。

（选自《唐宋八大家文鉴》，白春平主编，华夏出版社2012年版）

【走近作者】

柳宗元（773～819），字子厚。唐代文学家、哲学家，"唐宋八大家"之一。祖籍河东（今山西省永济市西文学村柳家巷），世称"柳河东""河东先生"；因官终柳州刺史，又称"柳柳州"。与韩愈共同倡导唐代古文运动，并称"韩柳"。与刘禹锡并称"刘柳"，与王维、孟浩然、韦应物并称"王孟韦柳"。

柳宗元一生留诗文作品达600余篇，其文的成就大于诗。骈文有近百篇。散文论说性强，笔锋犀利，讽刺辛辣。游记写景状物，多所寄托。有《河东先生集》。代表作有诗《溪居》《江雪》《渔翁》等，哲学著作《天说》《天时》《封建论》等。

阅读门径

本文是柳宗元在礼部员外郎任上写的一篇驳论性的奏议，是针对陈子昂的《复仇议状》而发的，作者认为，陈子昂的《复仇议状》中的观点是矛盾的，是不足取的，进而提出了个人的见解。徐元庆为父报仇，杀了父亲的仇人，然后到官府自首。对于这样一个案例，陈子昂提出了杀人犯法、应处死罪，而报父仇却合于礼义、应予表彰的处理意见。柳宗元在文章中批驳了这种观点，认为这不但赏罚不明，而且自相矛盾，指出徐元庆报杀父之仇的行为既合于礼义，又合于法律，应予充分肯定。虽然文章的主旨是要说明封建主义的礼义和封建主义的法律的一致性，但在吏治腐败、冤狱难申的封建社会，仍然具有一定的进步意义。全文观点鲜明，逻辑严密，驳论有力。

本文观点鲜明，说理透彻。文章开门见山，一开始就直接引出对方的观点，紧接着表明自己的态度。立论鲜明，简洁有力。然后层层推进，推究事实，引经据典，从不同的角度反复进行反驳，说理透彻。论据翔实，逻辑谨严，驳论有力。在柳文中堪称上乘之作。

9 答司马谏议书

王安石

【欣赏任务】

1. 了解“书”的文体特点。
2. 掌握本文的驳论方法。
3. 把握文章的主要观点，体会作者坚持改革，决不为流言俗议所动的决心。

【经典篇目】

某启：昨日蒙教，窃以为与君实游处相好之日久，而议事每不合，所操之术多异故也。虽欲强聒，终必不蒙见察，故略上报，不复一一自辨。重念蒙君实视遇厚，于反复不宜卤莽，故今具道所以，冀君实或见恕也。

盖儒者所争，尤在名实。名实已明，而天下之理得矣。今君实所以见教者，以为侵官、生事、征利、拒谏，以致天下怨谤也。某则以为受命于人主，议法度而修之于朝廷，以授之于有司，不为侵官；举先王之政，以兴利除弊，不为生事；为天下理财，不为征利；辟邪说，难壬人，不为拒谏。至于怨诽之多，则固前知其如此也。人习于苟且非一日，士大夫多以不恤国事、同俗自媚于众为善，上乃欲变此，而某不量敌之众寡，欲出力助上以抗之，则众何为而不汹汹然？盘庚之迁，胥怨者民也，非特朝廷士大夫而已。盘庚不为怨者故改其度，度义而后动，是而不见可悔故也。如君实责我以在位久，未能助上大有为，以膏泽斯民，则某知罪矣；如曰今日当一切不事事，守前所为而已，则非某之所敢知。

无由会晤，不任区区向往之至。

（选自《唐宋八大家文鉴》，白春平主编，华夏出版社 2012 年版）

【走近作者】

王安石（1021 ～ 1086），字介甫，晚号半山，抚州临川（今江西抚州）人，北宋政治家、思想家、文学家。

王安石作为文学家，是“唐宋八大家”之一，在诗、词、散文等方面都有独特的成就。

王安石散文论点鲜明、逻辑严密，有很强的说服力，充分发挥了古文的实际功用；简洁峻切、短小精悍。诗歌擅长于说理与修辞，晚年诗风含蓄深沉、深婉不迫，以丰神远韵的风格在北宋诗坛自成一家，世称“王荆公体”。有《王临川集》《临川集拾遗》等存世。

阅读门径

王安石任宰相时，为了抑制豪强势力的膨胀，增强国力，在宋神宗的支持下，推行一系列变法的措施，遭到保守势力的强烈反对。司马光作为保守势力的代表，三次写信给王安石，攻击变法，要求恢复旧制。本文就是王安石给司马光及其同党的答复。

“书”是古代的一种文体，就是书信的意思。古人写信，题多为“报……书”“与……书”“上……书”“答……书”等等。《答司马谏议书》，“答”即“答复、回复”之意。“谏议”则指的是“谏议大夫”这个官职，所以，“答司马谏议书”即“回复谏议大夫司马光的信”。

本文是书信体驳论文。立论的论点是针对司马光认为新法“侵官”“生事”“征利”“拒谏”“致怨”的指责，从而说明变法是正确的，司马光的攻击名实不符，全是谬论。文章逐条驳斥马司光的谬论，揭露出他们保守、腐朽的本质，表示出作者坚持改革，绝不为流言蜚语所动的决心。本文的论证方式是驳论，其反驳的方法是多种多样的，有直接反驳，有举出根据进行反驳，还有举出历史的事实来进行反驳。

行文简洁，结构严谨。全文除开头和结尾段用几句酬答的礼貌语言以外，紧紧扣住保守派几个主要论点进行驳斥，只驳论点不涉及其他事情，结构非常严谨，驳斥时针对其要害，言简意明，使文章短小精悍。

10　前赤壁赋

苏　轼

【欣赏任务】

1. 了解作品以文为赋、骈散结合的形式特点，鉴赏品味课文精美的语言。
2. 学习作者运用的主客问答这一赋体的传统手法，体会课文景、情、理交融的特点。
3. 体会作者乐观旷达的情怀，了解其宇宙观、人生观中辩证、达观成分的积极意义。

【经典篇目】

壬戌之秋，七月既望，苏子与客泛舟，游于赤壁之下。清风徐来，水波不兴。

举酒属客，诵明月之诗，歌窈窕之章。少焉，月出于东山之上，徘徊于斗牛之间。白露横江，水光接天。纵一苇之所如，凌万顷之茫然。浩浩乎如冯虚御风，而不知其所止；飘飘乎如遗世独立，羽化而登仙。

于是饮酒乐甚，扣舷而歌之。歌曰：“桂棹兮兰桨，击空明兮溯流光。渺渺兮予怀，望美人兮天一方。”客有吹洞箫者，依歌而和之。其声呜呜然，如怨如慕，如泣如诉，余音袅袅，不绝如缕。舞幽壑之潜蛟，泣孤舟之嫠妇。

苏子愀然，正襟危坐，而问客曰：“何为其然也？”客曰：“‘月明星稀，乌鹊南飞。’此非曹孟德之诗乎？西望夏口，东望武昌。山川相缪，郁乎苍苍，此非孟德之困于周郎者乎？方其破荆州，下江陵，顺流而东也，舳舻千里，旌旗蔽空，酾酒临江，横槊赋诗，固一世之雄也，而今安在哉？况吾与子渔樵于江渚之上，侣鱼虾而友麋鹿。驾一叶之扁舟，举匏樽以相属。寄蜉蝣于天地，渺沧海之一粟。哀吾生之须臾，羡长江之无穷。挟飞仙以遨游，抱明月而长终。知不可乎骤得，托遗响于悲风。”

苏子曰：“客亦知夫水与月乎？逝者如斯，而未尝往也；盈虚者如彼，而卒莫消长也。盖将自其变者而观之，则天地曾不能以一瞬；自其不变而观之，则物与我皆无尽也。而又何羡乎？且夫天地之间，物各有主，苟非吾之所有，虽一毫而莫取。惟江上之清风，与山间之明月，耳得之而为声，目遇之而成色，取之无禁，用之不竭，是造物者之无尽藏也，而吾与子之所共适。”

客喜而笑，洗盏更酌。肴核既尽，杯盘狼藉。相与枕藉乎舟中，不知东方之既白。

（选自《苏轼文集》，中华书局 1986 年版）

【走近作者】

苏轼（1037 ~ 1101），字子瞻，又字和仲，号东坡居士，世称苏东坡。眉州眉山（今四川省眉山市）人，祖籍河北栾城。北宋著名文学家、书法家、画家。苏轼是宋代文学最高成就的代表，并在诗、词、散文、书、画等方面取得了很高的成就。其诗题材广阔，清新豪健，善用夸张比喻，独具风格，与黄庭坚并称“苏黄”；词开豪放一派，与辛弃疾同是豪放派代表，并称“苏辛”；其散文著述宏富，豪放自如，与欧阳修并称“欧苏”，为“唐宋八大家”之一；苏轼亦善书，为“宋四家”之一；工于画，尤擅墨竹、怪石、枯木等。有《东坡七集》《东坡易传》《东坡乐府》等传世。

阅读门径

《赤壁赋》写于苏轼被贬谪黄州期间。宋神宗元丰二年（1079），苏轼因被诬作诗“谤讪朝廷”，遭御史弹劾，被捕入狱，史称“乌台诗案”。后经多方营救，于当年十二月释放，贬为黄州团练副使。元丰五年（1082），苏轼曾于七月十六和十月十五两次泛游赤壁，写下了两篇以赤壁为题的赋，后人因称第一篇为《前赤壁赋》，第二篇为《后赤壁赋》。

本文描写了月夜的美好景色和泛舟大江饮酒赋诗的舒畅心情，然后通过客人洞箫吹奏极其幽怨的声调，引起主客之间的一场回答，文章的重点便转移到人生态度问题的论辩上。文中流露出一些消极情绪，同时也反映了一种豁达乐观的精神。含而不露，意在言外，深沉的感情融于景物描写之中，满腔的悲愤寄寓在旷达的风貌之下。

作者根据所见所闻和思想感情表达的需要，不断变换表现手法，把写景、叙事、抒情、议论有机地结合在一起，运用得十分巧妙、自然，创造出具有强烈浪漫主义色彩的意境，产生出巨大的艺术感染力。

材料安排上，结构严谨，过渡自然。整篇文章的感情线索是“乐—悲—喜”，不管是事件的叙述、景物的描写，还是感情的抒发，或对人生的议论，都是以作者思想感情的起伏变化为基点来构思全篇的，其间过渡自然，联系紧密，天衣无缝。

语言形象生动，准确优美。作者用词造句准确优美，对文字的锤炼达到了炉火纯青的地步。

能力提升

1.《驳〈复仇议〉》主要采用了哪种驳论方法？文中反驳的对方论点是什么？主要从哪些方面进行反驳的？

2.《答司马谏议书》中，王安石是如何驳斥司马光对新法的责难的？

3.《答司马谏议书》一文批驳的反面论点是什么？采用的是何种驳论方法？

4.《前赤壁赋》一文中情、景、理是怎样结合在一起的？

5.《前赤壁赋》表达了苏轼什么样的人生观？

比较阅读

苏东坡突围（节选）

余秋雨

我非常喜欢读林语堂先生的《苏东坡传》，前后读过多少遍都记不清了，但每次总觉得语堂先生把苏东坡在黄州的境遇和心态写得太理想了。语堂先生酷爱苏东坡的黄州诗文，因此由诗文渲染开去，由酷爱渲染开去，渲染得通体风雅、圣洁。其实，就我所知，苏东坡在黄州还是很凄苦的，优美的诗文，是对凄苦的挣扎和超越。

苏东坡在黄州的生活状态，已被他自己写给李端叔的一封信描述得非常清楚。信中说：得罪以来，深自闭塞，扁舟草履，放浪山水间，与樵渔杂处，往往为醉人所推骂，辄自喜渐不为人识。平生亲友，无一字见及，有书与之亦不答，自幸庶几免矣。

我初读这段话时十分震动，因为谁都知道苏东坡这个乐呵呵的大名人是有很多很多朋友的。日复一日的应酬，连篇累牍的唱和，几乎成了他生活的基本内容，他一半是为朋友们活着。但是，一旦出事，朋友们不仅不来信，而且也不回信了。他们都知道苏东坡是被冤屈的，现在事情大体已经过去，却仍然不愿意写一两句哪怕是问候起居的安慰话。苏东坡那一封封用美妙绝伦、光照中国书法史的笔墨写成的信，千辛万苦地从黄州带出去，却换不回一丁点儿友谊的信息。我相信这些朋友都不是坏人，但正因为不是坏人，更让我深长地叹息。总而言之，原来的世界已在身边轰然消失，于是一代名人也就混迹于樵夫渔民间不被人认识。本来这很可能换来轻松，但他又觉得远处仍有无数双眼睛注视着自己，他暂时还感觉不到这个世界对自己的诗文仍有极温暖的回应，只能在寂寞中惶恐。即便这封无关宏旨的信，他也特别注明不要给别人看。日常生活，在家人接来之前，大多是白天睡觉，晚上一个人出去溜达，见到淡淡的土酒也喝一杯，但绝不喝多，怕醉后失言。

他真的害怕了吗？也是也不是。他怕的是麻烦，而绝不怕大义凛然地为道义、为百姓，甚至为朝廷、为皇帝捐躯。他经过“乌台诗案”已经明白，一个人蒙受了诬陷即便是死也死不出一个道理来，你找不到慷慨陈词的目标，你抓不住从容赴死的理由。你想做个义无反顾的英雄，不知怎么一来把你打扮成了小丑；你想做个坚贞不屈的烈士，闹来闹去却成了一个深深忏悔的俘虏。无法洗刷，无处辩解，更不知如何来提出自己的抗议，发表自己的宣言。这确实很接近有的学者提出的“酱缸文化”，一旦跳在里边，怎么也抹不干净。苏东坡怕的是这个，没有哪个高品位的文化人会不怕。但他的内心实在仍有无畏的一面，或者说灾难使他更无畏了。他给李常的信中说：

> 吾侪虽老且穷，而道理贯心肝，忠义填骨髓，直须谈笑于死生之际。……虽怀坎壈于时，遇事有可遵主泽民者，便忘躯为之，祸福得丧，付与造物。

这么真诚的勇敢，这么洒脱的情怀，出自天真了大半辈子的苏东坡笔下，是完全可以相信的，但是，让他在何处做这篇人生道义的大文章呢？没有地方，没有机会，没有观看者也没有裁决者，只有一个把是非曲直忠奸善恶染成一色的大酱缸。于是，苏东坡刚刚写了上面这几句，支颐一想，又立即加一句：此信看后烧毁。

这是一种真正精神上的孤独无告，对于一个文化人，没有比这更痛苦的了。那阕著名的“卜算子”，用极美的意境道尽了这种精神遭遇：

缺月挂疏桐，漏断人初静。谁见幽人独往来？缥渺孤鸿影。惊起却回头，有恨无人省。拣尽寒枝不肯栖，寂寞沙洲冷。

正是这种难言的孤独，使他彻底洗去了人生的喧闹，去寻找无言的山水，去寻找远逝的古人。在无法对话的地方寻找对话，于是对话也一定会变得异乎寻常。像苏东坡这样的灵魂竟然寂然无声，那么，迟早总会突然冒出一种宏大的奇迹，让这个世界大吃一惊。

然而，现在他即便写诗作文，也不会追求社会轰动了。他在寂寞中反省过去，觉得自己以前最大的毛病是才华外露，缺少自知之明。一段树木靠着瘦瘤取悦于人，一块石头靠着晕纹取悦于人，其实能拿来取悦于人的地方恰恰正是它们的毛病所在，它们的正当用途绝不在这里。我苏东坡三十余年来想博得别人叫好的地方也大多是我的弱项所在，例如从小为考科举学写政论、策论，后来更是津津乐道于考论历史是非、直言陈谏曲直，做了官以为自己真的很懂得这一套了，洋洋自得地炫耀，其实我又何尝懂呢？直到一下子面临死亡才知道，我是在炫耀无知。三十多年来最大的弊病就在这里。现在终于明白了，到黄州的我是觉悟了的我，与以前的苏东坡是两个人。（参见李端叔书）

苏东坡的这种自省，不是一种走向乖巧的心理调整，而是一种极其诚恳的自我剖析，目的是想找回一个真正的自己。他在无情地剥除自己身上每一点异己的成分，哪怕这些成分曾为他带来过官职、荣誉和名声。他渐渐回归于清纯和空灵，在这一过程中，佛教帮了他大忙，使他习惯于淡泊和静定。艰苦的物质生活，又使他不得不亲自垦荒种地，体味着自然和生命的原始意味。

这一切，使苏东坡经历了一次整体意义上的脱胎换骨，也使他的艺术才情获得了一次蒸馏和升华，他，真正地成熟了——与古往今来许多大家一样，成熟于一场灾难之后，成熟于灭寂后的再生，成熟于穷乡僻壤，成熟于几乎没有人在他身边的时刻。幸好，他还不年老，他在黄州期间，是四十四岁至四十八岁，对一个男人来说，正是最重要的年月，今后还大有可为。中国历史上，许多人觉悟在过于苍老的暮年，换言之，成熟在过了季节的年岁，刚要用成熟所带来的恩惠，脚步却已踉跄蹒跚；与他们相比，苏东坡真是好命。

成熟是一种明亮而不刺眼的光辉，一种圆润而不腻耳的音响，一种不再需要对别人察言观色的从容，一种终于停止向周围申诉求告的大气，一种不理会哄闹的微笑，一种洗刷了偏激的淡漠，一种无须声张的厚实，一种并不陡峭的高度。勃郁的豪情发过了酵，尖利的山风收住了劲，湍急的细流汇成了湖，结果——

引导千古杰作的前奏已经鸣响，一道神秘的天光射向黄州，《念奴娇·赤壁怀古》和前后《赤壁赋》马上就要产生。

（选自《山居笔记》，余秋雨，文汇出版社 2002 年版）

第四节　细腻隽永的元明清散文

文本综要

明代散文成就大大超过元代，而逊于唐、宋。但其作家多，作品多，风格流派亦多，表现手法也有新的突破，仍是中国古代散文发展、变化的一个重要时期。明代散文大致有如下三方面的特点：一是对“文以载道”“温柔敦厚”传统文学观点的突破，把表现作者的真情实感作为文章的第一要义，而不是代圣贤立言。李贽的“童心说”、公安派的“性灵说”都传达此种文学精神，这是我国散文史上的重要发展之一。二是扭转了宋元以来唯“道”是尊，恢复并振兴了古文传统，拓宽了古文创作的途径，增强了散文的艺术表现力。三是晚明小品文的产生，它突破了正宗古文的传统，使古老的文体出现了新的生机，在中国散文史上占有重要的地位，以张岱成就最高。

清朝是中国古代散文发展的最后一个时期，总的说来，清代的散文是有成就而无特色。清代散文时域上分为清初散文及清中叶散文。“清初三老”包括顾炎武、黄宗羲和王夫之，被称为“学人之文”，文章以关系国家大事的论说文最为著名，表现了强烈的民族感情，有的还表现出进步的民主思想，对文采则不够重视。“清初古文三大家”包括侯方域、魏禧和汪琬，被称为“文人之文”，三人的散文都富有时代特色和现实针对性，各人的风格则有不同。“桐城派”包括方苞、刘大櫆和姚鼐等，是清代散文影响最大的一个流派，该派文学主张近宗明代的唐宋派，远接“唐宋八大家”，以“义法”为中心，逐渐形成一个完整的体系，在前人的基础上作了一次全面系统的总结。与“桐城派”散文从内容到形式都形成对比的是袁枚和郑燮的散文。二人散文的共同点是不为圣道伦常说教，直抒胸臆，写真性情，语言接近口语。

11　西湖七月半

张　岱

【欣赏任务】

1. 比较五类人的游湖心态，体会作者的情感倾向。
2. 学习文章生动简洁的叙事风格。
3. 学习白描手法的运用。

【经典篇目】

西湖七月半，一无可看，止可看看七月半之人。看七月半之人，以五类看之。

其一，楼船箫鼓，峨冠盛筵，灯火优傒，声光相乱，名为看月而实不见月者，看之。其二，亦船亦楼，名娃闺秀，携及童娈，笑啼杂之，环坐露台，左右盼望，身在月下而实不看月者，看之。其三，亦船亦声歌，名妓闲僧，浅斟低唱，弱管轻丝，竹肉相发，亦在月下，亦看月，而欲人看其看月者，看之。其四，不舟不车，不衫不帻，酒醉饭饱，呼群三五，跻入人丛，昭庆、断桥，嚣呼嘈杂，装假醉，唱无腔曲，月亦看，看月者亦看，不看月者亦看，而实无一看者，看之。其五，小船轻幌，净几暖炉，茶铛旋煮，素瓷静递，好友佳人，邀月同坐，或匿影树下，或逃嚣里湖，看月而人不见其看月之态，亦不作意看月者，看之。

杭人游湖，巳出酉归，避月如仇，是夕好名，逐队争出，多犒门军酒钱，轿夫擎燎，列俟岸上。一入舟，速舟子急放断桥，赶入胜会。以故二鼓以前，人声鼓吹，如沸如撼，如魇如呓，如聋如哑，大船小船一齐凑岸，一无所见，止见篙击篙，舟触舟，肩摩肩，面看面而已。少刻兴尽，官府席散，皂隶喝道去，轿夫叫船上人，怖以关门，灯笼火把如列星，一一簇拥而去。岸上人亦逐队赶门，渐稀渐薄，顷刻散尽矣。

吾辈始舣舟近岸，断桥石磴始凉，席其上，呼客纵饮。此时，月如镜新磨，山复整妆，湖复颒面。向之浅斟低唱者出，匿影树下者亦出，吾辈往通声气，拉与同坐。韵友来，名妓至，杯箸安，竹肉发。月色苍凉，东方将白，客方散去。吾辈纵舟，酣睡于十里荷花之中，香气拍人，清梦甚惬。

（选自《陶庵梦忆》，张岱，西湖书社 1982 年版）

【走近作者】

张岱（1597 ～ 1689），字宗子，又字石公，号陶庵、天孙，别号蝶庵居士，晚号六休居士，浙江山阴（今浙江绍兴）人，明末清初散文家。以小品文见长，多描写江南山水风光、民风和对过去生活的回忆，文笔丰神绰约，富有诗意，有“晚明小品集大成”之誉。著有《陶庵梦忆》《西湖梦寻》等。

阅读门径

《西湖七月半》是明代文学家张岱创作的一篇散文。作者写五类人，观察细致，描绘生动，各色人等，无不现身纸上，而作者似乎不动声色，大有冷眼旁观之概。然而他的主观褒贬之情还是从笔下的形象中表现出来了，第一类是假冒风雅的官僚，第二类是无意风雅的豪门，第三类则欲显风雅而不免做作，第四类是不知风雅为何物的市井好事之徒，第五类是不欲显其风雅而真正风雅的文人雅客。作者对前两类人显然嗤之以鼻；对第三类有所肯定，也有所讥刺；对第四类虽然不作肯定，却似乎欣赏其放荡中亦有几分天真；对第五类则显然引为同类。五类人，依次写来，如镜头推移，声态各异，境界不同。纷杂的情景再现于笔下，作者并不现身评点，却于客观的画面中分雅俗、寓褒贬，兼有史笔与传神之妙。

艺术特色有三点：一是写人生动传神。作者描写人物，往往以极简省的三言两语作粗笔勾勒，但生动传神，惟妙惟肖。如对市井闲徒的描绘。二是善于营造氛围。作者善于营造氛围以突出文章的主旨。如第二段作者意在讥讽杭人赶集凑热闹的俗气，渲染喧哗的气氛，与后一段渲染的幽雅气氛形成对比，作者褒贬之义也蕴含其中。三是笔调幽默诙谐。作品语言能雅能俗，幽默诙谐，有调侃意味。

12 登泰山记

姚　鼐

【欣赏任务】

1. 了解姚鼐及桐城派散文的创作风格，了解清代散文特色。

2. 理清本文思路，体会描景特点。

3. 了解泰山的人文景观和自然景观，陶冶高雅的审美情操，培养热爱祖国大好河山的感情。

【经典篇目】

泰山之阳，汶水西流；其阴，济水东流。阳谷皆入汶，阴谷皆入济。当其南北分者，古长城也。最高日观峰，在长城南十五里。

余以乾隆三十九年十二月，自京师乘风雪，历齐河、长清，穿泰山西北谷，越长城之限，至于泰安。是月丁未，与知府朱孝纯子颍由南麓登。四十五里，道皆砌石为磴，其级七千有余。泰山正南面有三谷，中谷绕泰安城下，郦道元所谓环水也。余始循以入，道少半，越中岭，复循西谷，遂至其巅。古时登山，循东谷入，道有天门。东谷者，古谓之天门溪水，余所不至也。今所经中岭及山巅崖限当道者，世皆谓之天门云。道中迷雾冰滑，磴几不可登。及既上，苍山负雪，明烛天南，望晚日照城郭，汶水、徂徕如画，而半山居雾若带然。

戊申晦，五鼓，与子颍坐日观亭待日出。大风扬积雪击面，亭东自足下皆云漫。稍见云中白若樗蒱数十立者，山也。极天，云一线异色，须臾成五彩。日上，正赤如丹，下有红光，动摇承之。或曰：此东海也。回视日观以西峰，或得日，或否，绛皜驳色，而皆若偻。

亭西有岱祠，又有碧霞元君祠，皇帝行宫在碧霞元君祠东。是日，观道中石刻，自唐显庆以来，其远古刻尽漫失。僻不当道者，皆不及往。

山多石，少土，石苍黑色，多平方，少圜。少杂树，多松，生石罅，皆平顶。冰雪，无瀑水，无鸟兽音迹。至日观，数里内无树，而雪与人膝齐。

桐城姚鼐记。

（选自《姚鼐文选》，钱仲联主编，苏州大学出版社 2001 年版）

【走近作者】

姚鼐（1732 ～ 1815），字姬传，室名惜抱轩，人称惜抱先生，安徽桐城人，清代散文家，所编《今体诗选》《古文辞类纂》历来负有盛誉。他继承了同乡方苞、刘大櫆、姚范的古文之学，成为桐城派散文的集大成者，在桐城派中地位最高，对桐城派的文学理论也有所补充发展，与方苞、刘大櫆并称为“桐城三祖”。散文简洁精练，温润清新，有文采，形象性强。治学以经为主，兼及子、史、诗文。作品多为书序、碑传之类。著有《惜抱轩全集》。

阅读门径

《登泰山记》是作者在寒冬岁末，顶风冒雪登泰山后写成的一篇游记。文章描述了作者冒雪登泰山观赏日出的经过，描写了泰山的雄奇形势，并考察纠正了泰山记载的错误，文字简洁生动，写景尤为出色，是桐城派古文的名篇。文章的顺序是：总写泰山的位置，记述登山的过程，山顶看日出，返回记建筑和观石刻，补记自然景观，循序渐进，有如一线贯穿，引人入胜。

本文能抓住景物特征巧妙烘托。描写景物很少直接写出，而是采用侧面烘托的办法。例如写泰山的高峻，先用“其级七千有余”暗暗点出，然后借山顶俯视所见“半山居雾”和在日观亭时“足下皆云漫”的图景从侧面加以烘托。

语言简洁、生动。比如写登山的情形，用“道中迷雾冰滑，磴几不可登”，不仅简洁，而且生动形象。最后一段介绍泰山的自然景观最能体现这个特点，寥寥几句，就把它的多石、多松、冰雪覆盖的景色描写出来了。

能力提升

1.《西湖七月半》一文营造哪五类看月人的形象？

2. 结合《登泰山记》的写作手法，写一段冬季雪景片段，具体生动地写出景物特征。

3. 现今，崇尚文明旅游，“除了你的脚印，什么也不要留下；除了你的回忆，什么也不要带走”，请介绍泰山的人文景观。

4. 有人说我们的生活太平淡，缺少让人感动的东西。其实，生活中不是缺少感动，而是缺少一颗颗善于发现感动的敏锐的心。从日常生活琐事中选取富有特征的生活细节来说说身边的感动。

比较阅读

影响中国历史的十篇政治美文

梁 衡

从古至今，以一篇文章而影响了中华民族政治文明、人格行为和文化思想的美文为数不多。我排了一下有十篇。

这里说的是“政治美文”，就是说既要有思想，还要文字美，要符合3个条件：一是文章提出了一种影响了中华民族政治文明、人格行为的思想；二是文章中的一些名句熟词广为流传，成为格言、成语、座右铭，有的已载入辞典，丰富了民族语言；三是文章符合艺术规律，词、句、章，形、情、理，都达到了美的要求。如果我们只是就文字“选美”，当然还会选出更多，如王勃的《滕王阁序》等，但那是另一个范畴。

下面按这个标准一一分析。

贾谊的《过秦论》探讨一个政权为什么会灭亡。为政者必须施仁政，不能反人民。后来提到农民起义时常用的“斩木为兵，揭竿为旗”一词，即出自本篇。

司马迁的《报任安书》探讨生命的价值，提出一个做人的标准：“人固有一死，死或重于泰山，或轻于鸿毛，用之所趣异也。”成语“士为知己者死，女为悦己者容”即出自本篇。

诸葛亮的《出师表》提出忠心耿耿的为臣之道和勤恳不怠的敬业精神。名句“鞠躬尽瘁，死而后已”“亲贤臣，远小人”“受任于败军之际，奉命于危难之间”等广为流传。

陶渊明的《桃花源记》以文学的手法描绘出一个理想社会的蓝图，从中可以看出老庄哲学与空想社会主义的影子。西方的政治名著《乌托邦》《太阳城》与其相类。“桃花源中人”“只知秦汉，不识晋魏”，已成后人常用的成语。而“桃花源”已经是理想社会和优美风景的代名词。

魏徵的《谏太宗十思疏》探讨一个政权怎样才能巩固，并且塑造了一个较理想的君臣关系样板。提出“居安思危，戒奢以俭”“载舟覆舟，所宜深慎”，提出“凡昔元首，承天景命，善始者实繁，克终者盖寡”。这就是1945年黄炎培与毛泽东在延安谈的政权周期律。后人常说的“居安思危”“善始善终”“水可载舟覆舟”，主要出于此。

范仲淹的《岳阳楼记》提出“先天下之忧而忧，后天下之乐而乐”的为人、为政理念。这句名言几乎成了范之后所有进步政治家的信条。范的这篇文章和陶渊明的《桃花源记》都做到了形美、情美、理美，是用文学来诠译政治的典范。

文天祥的《正气歌序》提出的为人要有正气的气节观鼓舞了历代的民族英雄，成了中国人的做人标准。“正气”成了战胜一切邪恶、腐败势力的旗帜。

梁启超的《少年中国说》反对保守，提倡革新。提出抛弃老朽的中国，创造一个少年中国，振兴中华。几乎通篇都是美言美句。

林觉民的《与妻书》呼唤共和，敲响了数千年封建王朝的丧钟。再次响亮地喊出“老吾老以及人之老，幼吾幼以及人之幼”，牺牲个人，报效祖国。

毛泽东的《为人民服务》提出的为人民服务思想成了共产党人立党立国的宗旨，并已是检验一个政权成败、好坏的标准。

这些文章已成为中华文明的经典。

一篇好文章不是随便就有的，就如一个天才人物，一个历史事件，甚或如一个太平盛世的出现，可遇而不可求。好文章是替时代立言，是一个人在特定的时代背景下全部知识和阅历的结晶，是生命的写照。这十篇文章是中国两千多年来政治史上的坐标、文学史上的脊梁。

兹将十篇文章汇编并加以导读说明，是为上篇；又有五篇对其解读的文章，是为下篇，合为一书以就教于读者。

（选自《影响中国历史的十篇政治美文》，梁衡，中国人民大学出版社 2012 年版）

第五节　深邃闪光的现当代散文

文本综要

现代散文创作，是“五四”新文化运动与文学革命的直接成果。新一代散文家通过不懈努力，渐渐确定了现代散文的文体观：第一，与范围广泛的古代散文不同，现代散文发展成为“与诗歌、小说、戏剧并举而为新文学的一个独立部门”；第二，长期以来重在“载道”即代圣贤“立言”的“古文”，终于为个人抒情言志的现代散文所代替。新文学第一代散文作家中有鲁迅、周作人、朱自清、冰心、郭沫若、郁达夫、叶圣陶、许地山、茅盾、俞平伯等人，他们各以富有艺术个性的作品，为现代散文的发展繁荣做出了贡献。总体来看，不管散文家的创作道路怎样不同、风格如何殊异，凡是成功之作，都渗透了五四新文化运动的理性精神，都符合启蒙思想家向新文学提出的一个共同原则：“立诚”“写实”。“立诚”，要求展示自己内心时不掩饰；“写实”，要求表现现实时不虚假。正是这两个特点为以后散文的发展繁荣带了一个好头。

从 20 世纪 20 年代中期开始，现代散文创作进入了成长期、收获期。除狭义的“美文”即抒情散文以外，杂文随笔、游记小品、通讯特写、书简日记、散文诗、回忆录等，应有尽有。第一批散文作家多数笔耕不辍；此外，又有不少受到新文化运动熏陶的作家源源不断地补充进来，著名的有巴金、老舍、沈从文、梁实秋、梁遇春、李广田、吴伯箫、何其芳、柯灵、陆蠡等。他们的语言风格，或缜密，或委婉，或遒劲，或质朴，虽然不尽相同，但总是深得汉语语言艺术之精髓，比起白话文运动初期的“白话散文”来，要成熟多了。

新中国成立后，历史进程并未如人们想象的那样笔直平坦。散文创作也只得载沉载浮，曲折前行。综观新中国成立后17年的散文创作，无不受着“颂歌”和“战歌”这一主旋律的深刻影响。这一时期的作品由于不敢触及社会生活中的主要矛盾，缺乏对内心世界和人生真谛的深入探求，加上艺术手法不够多样化，因此总体上显得深度不足。

随着1978年以后政治环境的改变，散文创作也日趋繁荣。最先涌现的是一大批悼念散文。许多作家和非作家纷纷执笔撰文，缅怀悼念老一辈革命家，控诉“四人帮”迫害革命者的血腥行径。作家们没有长期停留于对民族伤痕的哀悼，而是很快转入了反思和追索，其中影响最大的是巴金的散文创作。从某种意义上说，正是以巴金为代表的《随想录》开启了新时期散文创作的新局面。

新时期的散文创作具体说来，包含了如下不同类型的作家：第一类是被平反以后复出归来的老作家，如萧乾、黄裳、吴祖光、邵燕祥等；第二类是各方面的学者、艺术家，如季羡林、金克木、张中行、周汝昌、吴冠中等；第三类是散文新人，如贾平凹、梁衡、余秋雨、史铁生、赵丽宏等。新时期散文的最大特点是个性的充分张扬和文体的多元化发展。以散文的具体样式而论，由于改革开放的迅速进展，社会转型时期出现了众多矛盾，报告文学空前繁荣。传统上的抒情散文、游记、随笔等散文形式更是如同雨后春笋，生机勃勃。总之，散文篇幅短小、形式自由、取材广泛、写法灵活、语言优美，能比较迅速地反映生活，深受人们喜爱。

13 赠与今年的大学毕业生

胡　适

【欣赏任务】

1. 把握文章的主要内容，理解文章的中心思想。
2. 把握作者“三个方子”的精神实质。
3. 正确认识大学学习的意义。

【经典篇目】

这一两个星期里，各地的大学都有毕业的班次，都有很多的毕业生离开学校去开始他们的成人事业。学生的生活是一种享有特殊优待的生活，不妨幼稚一点，不妨吵吵闹闹，社会都能纵容他们，不肯严格地要他们负行为的责任。现在他们要撑起自己的肩膀来挑他们自己的担子了。在这个国难最紧急的年头，他们的担子真不轻！我们祝他们的成功，同时也不忍不依据我们自己的经验，赠与他们几句送行的赠言——虽未必是救命毫毛，也许作个防身的锦囊罢！

你们毕业之后，可走的路不出这几条：绝少数的人还可以在国内或国外的研究院继续作学术研究；少数的人可以寻着相当的职业；此外还有做官，办党，革命三条路；此外就是在家享福或者失业闲居了。第一条继续求学之路，我们可以不讨论。走其余几条路的人，都不能没有堕落的危险。堕落的方式很多，总括起来，约有这两大类：

第一是容易抛弃学生时代的求知识的欲望。你们到了实际社会里，往往所用非所学，往往所学全无用处，往往可以完全用不着学问，而一样可以胡乱混饭吃，混官做。在这种环境里，即使向来抱有求知识学问的决心的人，也不免心灰意懒，把求知的欲望渐渐冷淡下去。况且学问是要有相当的设备的；书籍，试验室，师友的切磋指导，闲暇的工夫，都不是一个平常要糊口养家的人所能容易办到的。没有做学问的环境，又谁能怪我们抛弃学问呢？

第二是容易抛弃学生时代的理想的人生的追求。少年人初次与冷酷的社会接触，容易感觉理想与事实相去太远，容易发生悲观和失望。多年怀抱的人生理想，改造的热诚，奋斗的勇气，到此时候，好像全不是那么一回事。渺小的个人在那强烈的社会炉火里，往往经不起长时期的烤炼就熔化了，一点高尚的理想不久就幻灭了。抱着改造社会的梦想而来，往往是弃甲曳兵而走，或者做了恶势力的俘虏。你在那俘虏牢狱里，回想那少年气壮时代的种种理想主义，好像都成了自误、误人的迷梦！从此以后，你就甘心放弃理想人生的追求，甘心做现成社会的顺民了。

要防御这两方面的堕落，一面要保持我们求知识的欲望，一面要保持我们对于理想人生的追求。有什么好法子呢？依我个人的观察和经验，有三种防身的药方是值得一试的。

第一个方子只有一句话："总得时时寻一两个值得研究的问题！"问题是知识学问的老祖宗；古今来一切知识的产生与积聚，都是因为要解答问题——要解答实用上的困难或理论上的疑难。所谓"为知识而求知识"，其实也只是一种好奇心追求某种问题的解答，不过因为那种问题的性质不必是直接应用的，人们就觉得这是"无所为"的求知识了。我们出学校之后，离开了做学问的环境，如果没有一个两个值得解答的疑难问题在脑子里盘旋，就很难继续保持追求学问的热心。可是，如果你有了一个真有趣的问题天天逗你去想他，天天引诱你去解决他，天天对你挑衅笑你无可奈他，——这时候，你就会同恋爱一个女子发了疯一样，坐也坐不下，睡也睡不安，没工夫也得偷出工夫去陪她，没钱也得撙衣节食去巴结她。没有书，你自会变卖家私去买书；没有仪器，你自会典押衣服去置办仪器；没有师友，你自会不远千里去寻师访友。你只要能时时有疑难问题来逼你用脑子，你自然会保持发展你对学问的兴趣，即使在最贫乏的智识环境中，你也会慢慢地聚起一个小图书馆来，或者设置起一所小试验室来。所以我说：第一要寻问题，脑子里没有问题之日，就是你的智识生活寿终正寝之时！古人说，“待文王而兴者，凡民也。若夫豪杰之士，虽无文王犹兴。”试想葛理略（Galieo）和牛敦（Newton）有多少藏书？有多少仪器？他们不过是有问题而已。有了问题而后，他们自会造出仪器来解答他们的问题。没有问题的人们，关在图书馆里也不会用书，锁在试验室里也不会有什么发现。

第二个方子也只有一句话：“总得多发展一点非职业的兴趣。”离开学校之后，大家总得寻个吃饭的职业。可是你寻得的职业未必就是你所学的，或者未必是你所心喜的，或者是你所学而实在和你的性情不想近的。在这种状况之下，工作就往往成了苦工，就不感觉兴趣了。为糊口而作那种非“性之所近而力之所能勉”的工作，就很难保持求知的兴趣和生活的理想主义。最好的救济方法只有多多发展职业以外的正当兴趣与活动。一个人应该有他的职业，又应该有他的非职业的顽艺儿，可以叫作业余活动。凡一个人用他的闲暇来做的事业，都是他的业余活动。往往他的业余活动比他的职业还更重要，因为一个人的前程往往会靠他怎样用他的闲暇时间。他用他的闲暇来打麻将，他就成个赌徒；你用你的闲暇来做社会服务，你也许成个社会改革者；或者你用你的闲暇去研究历史，你也许成个史学家。你的闲暇往往定你的终身。英国十九世纪的两个哲人，弥儿（J.S.Mill）终身做东印度公司的秘书，然而他的业余工作使他在哲学上，经济学上，政治思想史上都占一个很高的位置；斯宾塞（Spencer）是一个测量工程师，然而他的业余工作使他成为前世纪晚期世界思想界的一个重镇。古来成大学问的人，几乎没有一个不是善用他的闲暇时间的。特别在这个组织不健全的中国社会，职业不容易适合我们性情，我们要想生活不苦痛或不堕落，只有多方发展业余的兴趣，使我们的精神有所寄托，使我们的剩余精力有所施展。有了这种心爱的顽艺儿，你就做六个钟头的抹桌子工夫也不会感觉烦闷了，因为你知道，抹了六点钟的桌子之后，你可以回家去做你的化学研究，或画完你的大幅山水，或写你的小说戏曲，或继续你的历史考据，或做你的社会改革事业。你有了这种称心如意的活动，生活就不枯寂了，精神也就不会烦闷了。

第三个方子也只有一句话：“你总得有一点信心。”我们生当这个不幸的时代，眼中所见，耳中所闻，无非是叫我们悲观失望的。特别是在这个年头毕业的你们，眼见自己的国家民族沉沦到这步田地，眼看世界只是强权的世界，望极天边好像看不见一线的光明，——在这个年头不发狂自杀，已算是万幸了，怎么还能够希望保持一点内心的镇定和理想的信心呢？我要对你们说：这时候正是我们培养我们的信心的时候！只要我们有信心，我们还有救。古人说：“信心（Faith）可以移山。”又说：“只要功夫深，生铁磨成绣花针。”你不信吗？当拿破仑的军队征服普鲁士占据柏林的时候，有一位穷教授叫作菲希特（Fichte）的，天天在讲堂上劝他的国人要有信心，要信仰他们的民族是有世界的特殊使命的，是必定要复兴的。菲希特死的时候（1814），谁也不能预料德意志统一帝国何时可以实现。然而不满五十年，新的统一的德意志帝国居然实现了。

一个国家的强弱盛衰，都不是偶然的，都不能逃出因果的铁律的。我们今日所受的苦痛和耻辱，都只是过去种种恶因种下的恶果。我们要收将来的善果，必须努力种现在的新因。一粒一粒的种，必有满仓满屋的收，这是我们今日应该有的信心。

我们要深信：今日的失败，都由于过去的不努力。

我们要深信：今日的努力，必定有将来的大收成。

佛典里有一句话："福不唐捐。"唐捐就是白白的丢了，我们也应该说："功不唐捐！"没有一点努力是会白白的丢了的。在我们看不见想不到的时候，在我们看不见想不到的方向，你瞧！你下的种子早已生根发叶开花结果了！

你不信吗？法国被普鲁士打败之后，割了两省地，赔了五十万万佛郎的赔款。这时候有一位刻苦的科学家巴斯德（Pasteur）终日埋头在他的试验室里做他的化学试验和微菌学研究。他是一个最爱国的人，然而他深信只有科学可以救国。他用一生的精力证明了三个科学问题：（1）每一种发酵作用都是由于一种微菌的发展；（2）每一种传染病都是由于一种微菌在生物体中的发展；（3）传染病的微菌，在特殊的培养之下，可以减轻毒力，使它从病菌变成防病的药苗。——这三个问题，在表面上似乎都和救国大事业没有多大的关系。然而从第一个问题的证明，巴斯德定出做醋酿酒的新法，使全国的酒醋业每年减除极大的损失。从第二个问题的证明，巴斯德教全国的蚕丝业怎样选种防病，教全国的畜牧农家怎样防止牛羊瘟疫，又教全世界的医学界怎样注重消毒以减除外科手术的死亡率。从第三个问题的证明，巴斯德发明了牲畜的脾热瘟的疗治药苗，每年替法国农家灭除了二千万佛郎的大损失；又发明了疯狗咬毒的治疗法，救济了无数的生命。所以英国的科学家赫胥黎（Huxley）在皇家学会里称颂巴斯德的功绩道："法国给了德国五十万万佛郎的赔款，巴斯德先生一个人研究科学的成绩足够还清这一笔赔款了。"

巴斯德对于科学有绝大的信心，所以他在国家蒙奇辱大难的时候，终不肯抛弃他的显微镜与试验室。他绝不想他的显微镜底下能偿还五十万万佛郎的赔款，然而在他看不见想不到的时候，他已收获了科学救国的奇迹了。

朋友们，在你最悲观最失望的时候，那正是你必须鼓起坚强的信心的时候。你要深信：天下没有白费的努力。成功不必在我，而功力必不唐捐。

（选自《为人与为学·胡适言论集评注本》，胡适，中国纺织出版社 2015 年版）

【走近作者】

胡适（1891 ～ 1962），原名嗣穈，后改名胡适，字适之，安徽绩溪人。现代学者，历史学家，文学家，哲学家。因提倡文学革命而成为新文化运动的领袖之一，曾担任北京大学校长。主要著作有《中国哲学史大纲》（上）、《尝试集》、《白话文学史》（上）和《胡适文存》（四集）等。他在学术上影响最大的是提倡“大胆的假设、小心的求证”的治学方法。晚年潜心于《水经注》的考证，但未及写出定稿。

阅读门径

在《赠与今年的大学毕业生》的演讲中，胡适给即将走向社会的大学生以谆谆的教诲。先总结了大学生毕业后的两种“堕落”的方式——“抛弃学生时代的求知识的欲望”以及“抛弃学生时代的理想的人生的追求”，在作者看来，学生离开学校，设若抛弃学生时代的求知识的欲望，或者抛弃学生时代的理想的人生的追求，就是堕落！因为在作者眼中，大学生是社会的栋梁，国家的中坚，民族的希望，文化的承传者，对己身的要求必须有所不同。接下来依据个人的观察和经验提出了三种防身的方子——“总得时时寻一两个值得研究的问题”“总得多发展一点职业的兴趣”“你总得有一点信心”。面对社会的现实，保持求知的欲望和对于理想人生的追求，是非常必要的。而胡先生的这三个方子对我们来说实在太重要了。

作者以师长、名家身份，面对自己教过的学子，却毫无盛气凌人之气，而是口气平和，字里行间蕴藏着诚恳与真情，谆谆嘱咐，娓娓而谈，苦口婆心，语重心长，使人感动奋发。这不但是为人的根本，也正是为文的根本。

14 文学的趣味

朱光潜

【欣赏任务】

1. 辨析品味文章深入浅出、疏密有致的表达特点。
2. 体会引用论证、比喻论证、举例论证的表达作用。
3. 培养高雅、广泛的文学趣味。

【经典篇目】

文学作品在艺术价值上有高低的分别，鉴别出这高低而特有所好，特有所恶，这就是普通所谓趣味。辨别一种作品的趣味就是评判，玩索一种作品的趣味就是欣赏，把自己在人生自然或艺术中所领略的趣味表现出就是创造。趣味对于文学的重要于此可知。文学的修养可以说就是趣味的修养。趣味是一个比喻，由口舌感觉引申出来的。它是一件极寻常的事，却也是一件极难的事。虽说“天下之口有同嗜”，而实际上“人莫不饮食也，鲜能知味”。它的难处在于没有固定的客观的标准，而同时又不能全凭主观的抉择。说完全没有客观标准吧，文章的美丑犹如食品的甜酸，究竟容许公是公非的存在；说完全可以凭客观的标准吧，一般人对于文学作品的欣赏有许多个别的差异，正如有人嗜甜，有人嗜辣。在文学方面下过一番工夫的人都明白文学上趣味的分别是极微妙的，差之毫厘往往谬以千里。极深厚的修养常在毫厘之差上见出，极艰苦的磨炼也常是在毫厘之差上做功夫。

举一两个实例来说。南唐中主的《浣溪沙》是许多读者所熟读的：

菡萏香销翠叶残，西风愁起绿波间。还与韶光共憔悴，不堪看。

细雨梦回鸡塞远，小楼吹彻玉笙寒。多少泪珠何限恨，倚阑干。

冯正中、王荆公诸人都极赏“细雨梦回”二句，王静安在《人间词话》里却说“菡萏香销二句大有众芳芜秽美人迟暮之感，乃古今独赏其细雨梦回二句，故知解人之不易得。”《人间词话》又提到秦少游的《踏莎行》，这首词最后两句是“郴江幸自绕郴山，为谁流下潇湘去”，最为苏东坡所叹赏；王静安也不以为然：“少游词境最为凄婉，至‘可堪孤馆闭春寒，杜鹃声里斜阳暮’，则变而为凄厉矣。东坡赏其后二语，犹为皮相。”

这种优秀的评判正足见趣味的高低。我们玩味文学作品时，随时要评判优劣，表示好恶，就随时要显趣味的高低。冯正中、王荆公、苏东坡诸人对于文学不能说算不得“解人”，他们所指出的好句也确实是好，可是细玩王静安所指出的另外几句，他们的见解确不无可议之处，至少是“郴江绕郴山”二句实在不如“孤馆闭春寒”二句。几句中间的差别微妙到不易分辨的程度，所以容易被人忽略过去。可是它所关却极深广，赏识“郴江绕郴山”的是一种胸襟，赏识“孤馆闭春寒”的是另一种胸襟；同时，在这一两首词中所用的鉴别的眼光可以用来鉴别一切文艺作品，显出同样的抉择，同样的好恶，所以对于一章一句的欣赏大可见出一个人的一般文学趣味。好比善饮者有敏感鉴别一杯酒，就有敏感鉴别一切的酒。趣味其实就是这样的敏感。离开这一点敏感，文艺就无由欣赏，好丑妍媸就变成平等无别。

不仅欣赏，在创作方面我们也需要纯正的趣味。每个作者必须是自己的严正的批评者，他在命意布局遣词造句上都须辨析锱铢，审慎抉择，不肯有一丝一毫含糊敷衍。他的风格就是他的人格，而造成他的特殊风格的就是他的特殊趣味。一个作家的趣味，在他的修改锻炼的功夫上最容易见出。西方名家的稿本多存在博物馆，其中修改的痕迹最足发人深省。中国名家修改的痕迹多随稿本淹没，但在笔记杂著中也偶可见一斑。姑举一例。黄山谷的《冲雪宿新寨》一首七律五、六两句原为“俗学原知回首晚，病身全觉折腰难”。这两句本甚好，所以王荆公在都中听到，就击节赞叹，说“黄某非风尘俗吏”。但是黄山谷自己仍不满意，最后改为“小吏有时须束带，故人颇问不休官”。这两句仍是用陶渊明见督邮的典故，却比原文来得委婉有含蓄。弃彼取此，亦全凭趣味。如果在趣味上不深究，黄山谷既写成原来两句，就大可苟且偷安。

以上谈欣赏和创作，摘句说明，只是为其轻而易举，其实一切文艺上的好恶都可作如是观。你可以特别爱好某一家，某一体，某一时代，某一派别，把其余都看成左道狐禅。文艺上的好恶往往和道德上的好恶同样地强烈深固，一个人可以在趣味异同上区别敌友，党其所同，伐其所异。文学史上许多派别，许多笔墨官司，都是这样起来的。

在这里我们会起疑问：文艺的好坏，爱憎起于好坏，好的就应得一致爱好，坏的就应得一致憎恶，何以文艺的趣味有那么大的分歧呢？你拥护六朝，他崇拜唐宋；你赞赏苏辛，他推尊温李，纷纭扰攘，莫衷一是。作品的优越不尽可为凭，莎士比亚、布莱克、华兹华斯一般开风气的诗人在当时都不很为人重视。读者的深厚造诣也不尽可为凭，托尔斯泰攻击莎士比亚和歌德，约翰逊看不起弥尔顿，法朗士讥诮荷马和维吉尔。这种趣味的分歧是极有趣的事实。精略地分析，造成这事实的有下列的因素：

第一，是资禀性情。文艺趣味的偏向在大体上先天已被决定。最显著的是民族根性。拉丁民族最喜欢明晰，条顿民族最喜欢力量，希伯来民族最喜欢严肃，他们所产生的文艺就各具一种风格，恰好表现他们的国民性。就个人论，据近代心理学的研究，许多类型的差异都可以影响文艺的趣味。比如在想象方面，“造形类”人物要求一切像图画那样一目了然，“涣散类”人物喜欢一切像音乐那样迷离隐约；在性情方面，“硬心形”人物偏袒阳刚，“软心形”人物特好阴柔；在天然倾向方面，“外倾”者喜欢戏剧式的动作，“内倾”者喜欢独语体诗式的默想。这只是就几个荦荦大端来说，每个人在资禀性情方面还有其他特殊个性，这和他的文艺的趣味也密切相关。

其次是身世经历。谢安有一次问子弟：“《毛诗》何句最佳？”谢玄回答：“昔我往矣，杨柳依依；今我来思，雨雪霏霏。”谢安表示异议，说：“‘讦谟定命，远猷辰告’句有雅人深致。”这两人的趣味不同，却恰合两人不同的身分。谢安自己是当朝一品，所以特别能欣赏那形容老成谋国的两句；谢玄是翩翩佳公子，所以那流连风景、感物兴怀的句子很合他的口胃。本来文学欣赏，贵能设身处地去体会。如果作品所写的与自己所经历的相近，我们自然更容易了解，更容易起同情。杜工部的诗在这抗战期中读起来，特别亲切有味，也就是这个道理。

第三是传统习尚。法国学者泰纳著《英国文学史》，指出“民族”“时代”“周围”为文学的三大决定因素，文艺的趣味也可以说大半受这三种势力形成。各民族、各时代都有它的传统，每个人的“周围”（法文Milieu略似英文Circle，意谓“圈子”，即常接近的人物，比如说，属于一个派别就是站在那个圈子里）都有它的习尚。在西方，古典派与浪漫派、理想派与写实派；在中国，六朝文与唐宋古文，选体诗、唐诗和宋诗，五代词、北宋词和南宋词，桐城派古文和阳湖派古文，彼此中间都树有很森严的壁垒。投身到某一派旗帜之下的人就觉得只有那一派是正统，阿其所好，以至目空其余一切。我个人与文艺界朋友的接触，深深地感觉到传统习尚所产生的一些不愉快的经验。我对新文学属望很殷，费尽千言万语也不能说服国学耆宿们，让他们相信新文学也自有一番道理。我也很爱读旧诗文，向新文学作家称道旧诗文的好处，也被他们嗤为顽腐。此外新旧文学家中又各派别之下有派别，京派海派，左派右派，彼此相持不下。我冷眼看得很清楚，每派人都站在一个“圈子”里，那圈子就是他们的“天下”。

一个人在创作和欣赏时所表现的趣味，大半由上述三个因素决定。资禀性情、身世经历和传统习尚，都是很自然地套在一个人身上的，不轻易能摆脱，而且它们的影响有好有坏，也不必完全摆脱。我们应该做的工夫是根据固有的资禀性情而加以磨砺陶冶，扩充身世经历而加以细心的体验，接收多方的传统习尚而求截长取短，融会贯通。这三层工夫就是普通所谓学问修养。纯恃天赋的趣味不足为凭，纯恃环境影响造成的趣味也不足为凭，纯正的可凭的趣味必定是学问修养的结果。

孔子有言：“知之者不如好之者，好之者不如乐之者。”仿佛以为知、好、乐是三层事，一层深一层；其实在文艺方面第一难关是知，能知就能好，能好就能乐。知、好、乐三种心理活动融为一体就是欣赏，而欣赏所凭的就是趣味。许多人在文艺趣味上有欠缺，大半由于在知上有欠缺。

有些人根本不知，当然不会盛感到趣味，看到任何好的作品都如蠢牛听琴，不起作用。这是精神上的残废。犯这种毛病的人失去大部分生命的意味。

有些人知得不正确，于是趣味低劣，缺乏鉴别力，只以需要刺激或麻醉，取恶劣作品疗饥过瘾，以为这就是欣赏文学。这是精神上的中毒，可以使整个的精神受腐化。

有些人知得不周全，趣味就难免窄狭，像上文所说的，被囿于某一派别的传统习尚，不能自拔。这是精神上的短视，“坐井观天，诬天藐小”。

要诊治这三种流行的毛病，唯一的方剂是扩大眼界，加深知解。一切价值都由比较得来，生长在平原，你说一个小山坡最高，你可以受原谅，但是你错误。“登东山而小鲁，登泰山而小天下”，那“天下”也只是孔子所能见到的天下。要把山估计得准确，你必须把世界名山都游历过，测量过。研究文学也是如此，你玩索的作品愈多，种类愈复杂，风格愈分歧，你的比较资料愈丰富，远视愈正确，你的鉴别力（这就是趣味）也就愈可靠。

人类心理都有几分惰性，常以先入为主，想获得一种新趣味，往往须战胜一种很顽强的抵抗力。许多旧文学家不能欣赏新文学作品，就因为这个道理。就我个人的经验来说，起初习文言文，后来改习语体文，颇费过一番冲突与挣扎。在才置信语体文时，对文言文颇有些反感，后来多经摸索，觉得文言文仍有它的不可磨灭的价值。专就学文言文说，我起初学桐城派古文，跟着古文家们骂六朝文的绮靡，后来稍致力于六朝人的著作，才觉得六朝文也有为唐宋文所不可及处。在诗方面我从唐诗入手，觉宋诗索然无味，后来读宋人作品较多，才发现宋诗也特有一种风味。我学外国文学的经验也大致相同，往往从笃嗜甲派不了解乙派，到了解乙派而对甲派重新估定价值。我因而想到培养文学趣味好比开疆辟土，须逐渐把本来非我所有的征服为我所有。英国诗人华兹华斯说道："一个诗人不仅要创造作品，还要创造能欣赏那种作品的趣味。"我想不仅作者如此，读者也须时常创造他的趣味。生生不息的趣味才是活的趣味，像死水一般静止的趣味必定陈腐。活的趣味时时刻刻在发现新境界，死的趣味老是囿在一个窄狭的圈子里。这道理可以适用于个人的文学修养，也可以适用于全民族的文学演进史。

（选自《我与文学及其他　谈文学》，朱光潜，中华书局2013年版）

【走近作者】

朱光潜（1897～1986），笔名孟实，安徽桐城人，著名美学家、文艺理论家、翻译家。1922年毕业于香港大学文科教育系，1930年获英国爱丁堡大学文科硕士学位，1933年获法国斯特拉斯堡大学文科博士学位。他学贯中西，博古通今，是我国现代美学的开拓者和奠基者之一，毕生从事美学教学和研究，在西方美学思想和中西方文化研究方面造诣较深。著有《悲剧心理学》《文艺心理学》《西方美学史》，译有《美学》（德黑格尔）等。

阅读门径

本文是一篇文艺论文。"文学的趣味"，这里是指培养高雅广泛的文学欣赏趣味，喜好什么样的文学作品，可以看出一个人的趣味高低、雅俗。作者在文章中分析了一些人在文学欣赏方面的"没有趣味""趣味低劣""趣味窄狭"，论述了如何获得活的可靠的文学趣味，提出了趣味是欣赏的基础，广泛地阅读、比较作品才能获得可靠的鉴别力，要不断地创造新的趣味等有关文学欣赏问题的精辟见解。这些都有助于我们培养高雅、广泛的文学趣味。

本文论述的文学趣味的问题理论性较强，比较抽象。作者运用"以喻明理""现身说法"等技巧，使论述深入浅出，清楚明了。

15 失败了以后

林语堂

【欣赏任务】

1. 归纳本文的中心论点。
2. 通过学习本文，树立对待失败的正确态度。
3. 具体掌握本文善用比喻、排比等手法增强文章说服力和说理气势的方法。

【经典篇目】

过去生命之对于你，恐怕是一部创巨痛深的伤心史吧！在检阅着过去的一切时，你会觉得你自己处处失败，碌碌无成吧！你热烈地期待着成就的事业，竟不会成就；你所亲爱的亲戚朋友，甚至会离弃你吧！你曾失掉职位，甚至会因不能维持家庭之故，而失掉你的家庭吧！你的前途，似乎是十分惨暗吧！然而虽有上面的种种不幸，只要你是不甘永远屈服的，则胜利还是等在远处，向你招手呢！

这里是可测验你人格之大小的地方；在除了你自己的生命以外，一切都已丧失了以后，在你的生命中，还剩余些什么？换一句话，在你迭遭失败了以后，你还有多少勇气的剩余？假使你在失败之后，从此偃卧不起，放手不干，而自甘于永久的屈服，则别人可以断定，你只是个凡夫俗子，但假使你能雄心不灭，迈步向前，不失望，不放弃，则人家可以知道，你的人格之大，勇气之大，是可以超过你的损失灾祸与失败的。

你或者要说，你已经失败得次数过多，所以再试也属徒然吧；你已经倾跌得次数过多，再站立起来也是无用吧？胡说！对于意志永不屈服的人，没有所谓失败！不管失败的次数怎样多，时间怎样晚，胜利仍然是可期的。狄更斯（Dickens）小说中所描写的守财奴司克拉（Serooge）在他的暮年，忽然能从一个残忍，冷酷，爱财如命，而整个的灵魂，幽囚在黄金堆中的人，一变而为一个宽宏大量，诚恳爱人的人，这并不是狄更斯脑海中凭空所虚构，世界上真的有这种事实。人的根性，可以由恶劣转变而为善良；人的事业，又何曾不可由失败转变而为成功？常常，据报章所记载，或为我们所亲身见闻，有许多男女，努力把自己从过去的失败中救赎出来，不顾以前的失败，奋身作再度之奋斗，而终以达到胜利。

有千万的人，已丧失了他们所有的一切东西，然而他们还不算是失败，因为他们是有着一个不可屈服的意志，不知颓丧的精神。

人格伟大的人，对于世间所谓成败，不甚介意，灾祸，失望，虽频频降临，然而总能超过。克胜它们，他从来不会失却镇静。在暴风雨猛烈的袭击中，在心灵脆弱的人唯有束手待毙的时候，他的自信的精神，镇定的气概，仍然存在；而可以克胜外界一切的境遇，使之不为害于己。

“什么是失败？”菲力（W.Phillips）说：“不是别的，失败只是走上较高地位的第一阶段。”许多人之所以成功，就是受赐于先前的层层失败。假使他没有遭遇过失败，他恐怕反而不能得到大胜利。对于有骨气，有作为的人，失败是反足以增加他的决心与勇气的。

是的！对于那自信其能力，而不自介意于暂时的成败的人，没有所谓失败！对于别人放手，而他仍然坚持，别人后退而他仍然前冲的人，没有所谓失败！对于每次倾跌，立刻站起来，每次坠地，反会像皮球一样的跳得更高的人，没有所谓失败。

（选自《林语堂励志经典译丛·成功之路》，［美］罗杰·马尔腾著，林语堂译，陕西师范大学出版社 2003 年版）

【走近作者】

林语堂（1895 ～ 1976），原名和乐，后改语堂，福建龙溪人，中国现代著名作家、学者、翻译家、语言学家，新道家代表人物。早年留学美国、德国，获哈佛大学文学硕士，莱比锡大学语言学博士。回国后在清华大学、北京大学、厦门大学任教。他的一生著述颇丰，在文学、语言学、历史和中外文化交流等众多领域都取得了巨大成就，作品包括小说《京华烟云》《啼笑皆非》，散文和杂文集《人生的盛宴》《生活的艺术》等。并因《京华烟云》一书被提名诺贝尔文学奖候选人。

阅读门径

《失败了以后》表现了作者生活中的积极进取的人生态度。林语堂欣赏一种“闲适的生活”，提倡悠闲的情绪、快乐的哲学，现实生活中却不倦地钻研学术，勤奋地著书笔耕。本文主要阐明了作者对失败的看法和失败以后对待失败的正确态度。作者认为失败的时候最能测验一个人的品格，伟大人物的成功秘诀就是倾跌了以后，立刻站立起来，而去向失败战取胜利；倾跌算不得失败，倾跌后而站立不起来，才是失败；许多人之所以成功，就是受赐于先前的层层失败；对于那自信其能力，而不介意于暂时的成败的人，没有所谓失败。从这些看法中，可以归结出文章的中心论点：一个人在失败了以后，应当“加倍的坚强”，要“立刻站立起来”，“永不屈服”。

本文构思精巧，立意新颖。从失败以后人们应该如何面对失败这样的角度展开论述，通过分析伟大人物成功的秘诀、小孩子学会溜冰的经验、普通人失败后容易出现的丧气与失望心理等，帮助失败者树立信心、鼓起勇气。这样来写，既角度新颖，又抓住了一般读者的接受心理，从打消失败者可能出现的种种顾虑入手说明失败后并不可怕，也使文章的论述具有更强的针对性和说服力。

文章的语言简练，而又极富有概括力和表现力，其中不少地方寓意丰富，堪称警句，如“倾跌算不得失败，倾跌后而站立不起来，才是失败”“许多人之所以成功，就是受赐于先前的层层失败”等。

16 又是一年芳草绿

老　舍

【欣赏任务】

1. 了解老舍先生及其文学创作。
2. 学习老舍先生对生活达观乐观的人生态度。
3. 领会老舍先生幽默风趣的语言艺术风格。

【经典篇目】

悲观有一样好处，它能叫人把事情都看轻了一些。这个可也就是我的坏处，它不起劲，不积极。您看我挺爱笑不是？因为我悲观。悲观，所以我不能板起面孔，大喊："孤——刘备！"我不能这样。一想到这样，我就要把自己笑毛咕了。看着别人吹胡子瞪眼睛，我从脊梁沟上发麻，非笑不可。我笑别人，因为我看不起自己。别人笑我，我觉得应该；说得天好，我不过是脸上平润一点的猴子。我笑别人，往往招人不愿意；不是别人的量小，而是不像我这样稀松，这样悲观。我打不起精神去积极地干，这是我的大毛病。可是我不懒，凡是我该做的我总想把它做了，总算得点报酬养活自己与家里的人——往好了说，尽我的本分。我的悲观还没到想自杀的程度，不能不找点事做。有朝一日非死不可呢，那只好死喽，我有什么法儿呢？

这样，你瞧，我是无大志的人。我不想当皇上。最乐观的人才敢做皇上，我没这份胆气。

有人说我很幽默，不敢当。我不懂什么是幽默。假如一定问我，我只能说我觉得自己可笑，别人也可笑；我不比别人高，别人也不比我高。谁都有缺欠，谁都有可笑的地方。我跟谁都说得来，可是他得愿意跟我说；他一定说他是圣人，叫我三跪九叩报门而进，我没这个瘾。我不教训别人，也不听别人的教训。幽默，据我这么想，不是嬉皮笑脸，死不要鼻子。

也不是怎股子劲儿，我成了个写家。我的朋友德成粮店的写账先生也是写家，我跟他同等，并且管他叫二哥。既是个写家，当然得写了。"风格即人"——还是"风格即驴"？——我是怎个人自然写怎样的文章了。于是有人管我叫幽默的写家。我不以这为荣，也不以这为辱。我写我的。卖得出去呢，多得个三块五块的，买什么吃不香呢。卖不出去呢，拉倒，我早知道指着写文章吃饭是不易的事。

稿子寄出去，有时候是肉包子打狗，一去不回头；连个回信也没有。这，咱只好幽默；多咱见着那个骗子再说，见着他，大概我们俩总有一个笑着去见阎王的，不过，这是不很多见的，要不怎么我还没想自杀呢。常见的事是这个，稿子登出去，酬金就睡着了，睡得还是挺香甜。直到我也睡着了，它忽然来了，仿佛故意吓人玩。

数目也惊人，它能使我觉得自己不过值一毛五一斤，比猪肉还便宜呢。这个咱也不说什么，国难期间，大家都得受点苦，人家开铺子的也不容易，掌柜的吃肉，给咱点汤喝，就得念佛。是的，我是不能当皇上，焚书坑掌柜的，咱没那个狠心，你看这个劲儿！不过，有人想坑他们呢，我也不便拦着。

这么一来，可就有许多人看不起我。连好朋友都说："伙计，你也硬着点，说你是为人类而写作，说你是中国的高尔基；你太泄气了！"真的，我是泄气，我看高尔基的胡子可笑。他老人家那股子自卖自夸的劲儿，打死我也学不来。人类要等着我写文章才变体面了，那恐怕太晚了吧？我老觉得文学是有用的；拉长了说，它比任何东西都有用，都高明。可是往眼前说，它不如一尊高射炮，或一锅饭有用。我不能吆喝我的作品是"人类改造丸"，我也不相信把文学杀死便天下太平。我写就是了。

别人的批评呢？批评是有益处的。我爱批评，它多少给我点益处；即使完全不对，不是还让我笑一笑吗？自己写的时候仿佛是蒸馒头呢，热气腾腾，莫名其妙。及至冷眼人一看，一定看出许多错儿来。我感谢这种指摘。说的不对呢，那是他的错儿，不干我的事。我永不驳辩，这似乎是胆儿小；可是也许是我的宽宏大量。我不便往自己脸上贴金。一件事总得由两面瞧，是不是？

对于我自己的作品，我不拿她们当作宝贝。是呀，当写作的时候，我是卖了力气，我想往好了写。可是一个人的天才与经验是有限的，谁也不敢保了老写得好，连荷马也有打盹的时候。有的人呢，每一拿笔便想到自己是但丁，是莎士比亚。这没有什么不可以的，天才须有自信的心。我可不敢这样，我的悲观使我看轻自己。我常想客观地估量估量自己的才力；这不易做到，我究竟不能像别人看我看得那样清楚；好吧，既不能十分看清楚了自己，也就不用装蒜，谦虚是必要的，可是装蒜也大可以不必。

对做人，我也是这样。我不希望自己是个完人，也不故意招人家的骂。该求朋友的呢，就求；该给朋友做的呢，就做。做得好不好，咱们大家凭良心。所以我很和气，见着谁都能扯一套。可是，初次见面的人，我可是不大爱说话；特别是见着女人，我简直张不开口，我怕说错了话。在家里，我倒不十分怕太太，可是对别的女人老觉着恐慌，我不大明白妇女的心理；要是信口开河地说，我不定说出什么来呢，而妇女又爱挑眼。男人也有许多爱挑眼的，所以初次见面，我不大愿开口。我最喜辩论，因为红着脖子粗着筋的太不幽默。我最不喜欢好吹腾的人，可并不拒绝与这样的人谈话；我不爱这样的人，但喜欢听他的吹。最好是听着他吹，吹着吹着连他自己也忘了吹到什么地方去，那才有趣。

可喜的是有好几位生朋友都这么说："没见着阁下的时候，总以为阁下有八十多岁了。敢情阁下并不老。"是的，虽然将奔四十的人，我倒还不老。因为对事轻淡，我心中不大藏着计划，做事也无须要手段，所以我能笑，爱笑；天真的笑多少显着年青一些。我悲观，但是不愿老声老气地悲观，那近乎“虎事”。我愿意老年轻轻的，死的时候像朵春花将残似的那样哀而不伤。我就怕什么“权威”咧，“大家”咧，“大师”咧，等等老气横秋的字眼们。我爱小孩，花草，小猫，小狗，小鱼；这些都不“虎事”。偶尔看见个穿小马褂的“小大人”，我能难受半天，特别是那种所谓聪明的孩子，让我难过。比如说，一群小孩都在那儿看变戏法儿，我也在那儿，单会有那么一两个七八岁的小老头说：“这都是假的！”这叫我立刻走开，心里堵上一大块。世界确是更“文明”了，小孩也懂事懂得早了，可是我还愿意大家傻一点，特别是小孩。假若小猫刚生下来就会捕鼠，我就不再养猫，虽然它也许是个神猫。

我不大爱说自己，这多少近乎“吹”。人是不容易看清楚自己的。不过，刚过完了年，心中还慌着，叫我写“人生于世”，实在写不出，所以就近的拿自己当材料。万一将来我不得已而做了皇上呢，这篇东西也许成为史料，等着瞧吧。

（选自《中国最美的散文》，程帆主编，北京教育出版社 2013 年版）

【走近作者】

老舍（1899 ～ 1966），原名舒庆春，字舍予，满族，北京人。现代著名作家，杰出的语言大师，被誉为“人民艺术家”。老舍以长篇小说和剧作著称于世。他的作品大都取材于市民生活，为中国现代文学开拓了重要的题材领域。他所描写的自然风光、世态人情、习俗时尚，运用的群众口语，都呈现出浓郁的“京味”。主要著作有长篇小说《骆驼祥子》《四世同堂》（未完），中篇小说《月牙儿》《我这一辈子》，剧本《龙须沟》《茶馆》等。

阅读门径

《又是一年芳草绿》是 1935 年新年过后，老舍先生应报社有关“人生于世”话题的约稿而写成的，作者运用自嘲调谑的幽默笔法，生动形象地为自己描绘了一幅自画像。谦虚而自信，踏实而勤奋，不自以为是，不趋炎附势，不哗众取宠，不拒绝批评，客观看待自己，和气友善待人，率真自然，达观乐观的个性形象，跃然纸上。作者于自我个性描述之中，表现出自己的人生观、处世观以及文学观等，给读者以多方面的启示。

本文寓庄于谐，构思巧妙。本文是作者向读者展现自我个性、阐明自己的为人处世态度之作，在表露个人见解时，作者并未板着面孔说教，而是将严肃的话题寓于谈笑之中，在谈笑中让读者自然而然地感受其特有的人格魅力。

语言生动，风趣幽默。文章集中体现出老舍创作的幽默艺术风格，而这种幽默风格又是通过多种语言手段来实现的。有时使用比喻手法，如称自己不过是“脸上平润一点的猴子”，自己写作的时候“仿佛是蒸馒头”等；有时使用对比手法，如将自己与高尔基对比，说文学“不如一尊高射炮，或一锅饭有用”等；有时使用反语，如写自己“悲观”“无大志”等；有时使用歇后语，如“肉包子打狗，一去不回头”等；有时使用生动形象的方言俗语，如“笑毛咕了”“稀松”“死不要鼻子”“虎事”等。多种手法的运用大大增强了语言的艺术表现力，使老舍作品风趣幽默的语言特色体现得尤为突出。

17 怀念萧珊

巴　金

【欣赏任务】

1. 了解本文写作的时代背景，理解文章所表达的思想感情。
2. 理清文章的组织结构。
3. 具体分析文章的艺术特色。

【经典篇目】

一

今天是萧珊逝世的六周年纪念日。六年前的光景还非常鲜明地出现在我的眼前。那天我从火葬场回到家中，一切都是乱糟糟的，过了两三天我渐渐地安静下来了，一个人坐在书桌前，想写一篇纪念她的文章。在五十年前我就有了这样一种习惯：有感情无处倾吐时，我经常求助于纸笔。可是1972年8月里那几天，我每天坐三四个小时望着面前摊开的稿纸，却写不出一句话。我痛苦地想，难道给关了几年的“牛棚”，真的就变成“牛”了？头上仿佛压了一块大石头，思想好像冻结了一样。我索性放下笔，什么也不写了。

六年过去了，林彪、“四人帮”及其爪牙们的确把我搞得很“狼狈”，但我还是活下来了，而且偏偏活得比较健康，脑子也并不糊涂，有时还可以写一两篇文章。最近我经常去龙华火葬场，参加老朋友们的骨灰安放仪式。在大厅里我想起许多事情。同样地奏着哀乐，我的思想却从挤满了人的大厅转到只有二三十个人的中厅里去了，我们正在用哭声向萧珊的遗体告别。我记起了《家》里面觉新说过的一句话：

“好像珏死了，也是一个不祥的鬼。”四十七年前我写这句话的时候，怎么想得到我是在写自己！我没有流眼泪，可是我觉得有无数锋利的指甲在搔我的心。我站在死者遗体旁边，望着那张惨白色的脸、那两片咽下了千言万语的嘴唇，我咬紧牙齿，在心里唤着死者的名字。我想，我比她大十三岁，为什么不让我先死？我想，这是多么不公平！她究竟犯了什么罪？她也给关进“牛棚”，挂上“牛鬼”的小牌子，还扫过马路。究竟为什么？理由很简单，她是我的妻子。她患了病，得不到治疗，也因为她是我的妻子，想尽办法一直到逝世前三个星期，靠开后门她才住进了医院。但是癌细胞已经扩散，肠癌变成了肝癌。

她不想死，她要活，她愿意改造思想，她愿意看到社会主义建成。这个愿望总不能说是痴心妄想吧。她本来可以活下去，倘使她不是“黑老K”的“臭婆娘”。一句话，是我连累了她，是我害了她。

在我靠边的几年中间，我所受到的精神折磨，她也同样受到。但是我并未挨过打，她却挨了“北京来的红卫兵”的铜头皮带，留在她左眼上的黑圈好几天以后才退尽。她挨打只是为了保护我，她看见那些年轻人深夜闯了进来，害怕他们把我揪走，便溜出大门，到对面派出所去，请民警同志出来干预，那里只有一人值班，不敢管。当着民警的面她被他们用铜头皮带狠狠地抽了一下，给押了回来，同我一起关在马桶间里。

她不仅分担了我的痛苦，还给了我不少的安慰和鼓励。在“四害”横行的时候，我在原单位给人当作“罪人”和“贱民”看待，日子十分难过，有时到晚上九、十点钟才能回家。我进了门看到她的面容，满脑子的乌云都消散了。我有什么委屈、牢骚都可以向她尽情倾吐。有一个时期我和她每晚临睡前服两粒眠尔通才能够闭眼，可是天刚刚发白就都醒了。我唤她，她也唤我。我诉苦般地说：“日子难过啊！”她也用同样声音回答：“日子难过啊！”但是她马上加一句：“要坚持下去。”或者再加一句：“坚持就是胜利。”我说“日子难过”，因为在那一段时间里我每天在“牛棚”里面劳动、学习、写交代、写检查、写思想汇报。任何人都可以责骂我、教训我、指挥我，从外地到作协来串联的人可以随意点名叫我出去“示众”，还要自报罪行。上下班不限时间，由管“牛棚”的“监督组”随意决定。任何人都可以闯进我家里来，高兴拿什么就拿走什么。这个时候大规模的群众性批斗和电视批斗大会还没有开始，但已经越来越逼近了。

她说“日子难过”，因为她给两次揪到机关，靠边劳动，后来也常常参加陪斗。在淮海中路大批判专栏上张贴着批判我的罪行的大字报，我一家人的名字都给写出来“示众”，不用说“臭婆娘”的大名占着显著的地位。这些文字像虫子一样咬痛她的心。她让上海戏剧学院“狂妄派”学生突然袭击、揪到作协去的时候，在我家大门上还贴了一张揭露她的所谓罪行的大字报。幸好当天夜里我儿子把它撕毁，否则这一张大字报就会要了她的命！

人们的白眼、人们的冷嘲热骂蚕食着她的身心，我看出来她的健康逐渐遭到损害，表面上的平静是虚假的。内心的痛苦像一锅煮沸的水，她怎么能遮盖住！怎么能使它平静！她不断地给我安慰，对我表示信任，替我感到不平。然而她看到我的问题一天天地变得严重，上面对我的压力一天天地增加，她又非常担心，有时同我一起上班或者下班，走近巨鹿路口，快到作家协会，或者走到湖南路口、快到我们家，她总是抬不起头。我理解她，同情她，也非常担心她经受不起沉重的打击。我还记得有一天到了平常下班的时间，我们没有受到留难，回到家里，她比较高兴，到厨房去烧菜。我翻看当天的报纸，在第三版上看到当时做了作协的"头头"的两个工人作家写的文章《彻底揭露巴金的反革命真面目》。真是当头一棒！我看了两三行，连忙把报纸藏起来，我害怕让她看见。她端着烧好的菜出来，脸上还带笑容，吃饭时她有说有笑。饭后她要看报，我企图把她的注意力引到别处。但是没有用，她找到报纸。她的笑容一下子完全消失。这一夜她再没有讲话，早早地进了房间。我后来发现她躺在床上小声哭着。一个安静的夜晚给破坏了。今天回想当时的情景，她那张满是泪痕的脸还历历在我眼前。我多么愿意让她的泪痕消失，笑容在她那憔悴的脸上重现，即使减少我几年的生命来换取我们家庭生活中一个宁静的夜晚，我也心甘情愿！

二

我听周信芳同志的媳妇说，周的夫人在逝世前经常被打手们拉出去当作皮球推来推去，打得遍体鳞伤，有人劝她躲开，她说："我躲开，他们就要这样对付周先生了。"萧珊并未受到这种新式体罚。可是她在精神上给别人当皮球打来打去。她也有这样的想法：她多受一点精神折磨，可以减轻对我的压力。其实这是她的一片痴心，结果只苦了她自己。我看见她一天天地憔悴下去，我看见她的生命之火逐渐熄灭，我多么痛心。我劝她，安慰她，我想把她拉住，一点也没有用。

她常常问我："你的问题什么时候才解决呢？"我苦笑地说："总有一天会解决的。"她叹口气说："我恐怕等不到那个时候了。"后来她病倒了，有人劝她打电话找我回家，她不知从哪里得来的消息，她说："他在写检查，不要打岔他，他的问题大概可以解决了。"等到我从五七干校回家休假，她已经不能起床。她还问我检查写得怎样，问题是否可以解决。我当时的确在写检查，而且已经写了好多次了。他们要我写，只是为了消耗我的生命。但她怎么能理解呢？

这时离她逝世不过两个多月，癌细胞已经扩散。可是我们不知道，想找医生给她认真检查一次，也毫无办法。平日去医院挂号看门诊，等了许久才见到医生或者实习医生，随便给开个药方就算解决问题。只有在发烧到摄氏三十九度才有资格挂急诊号，或者还可以在病人拥挤的观察室里待上一天半天。

当时去医院看病找交通工具也很困难，常常是我女婿借了自行车来，让她坐在车上，他慢慢地推着走。有一次她雇到小三轮卡去，看好门诊回家，雇不到车，只好同陪她看病的朋友一起慢慢地走回来，走走停停，走到街口，她快要倒下了，只得请求行人到我们家通知。她一个表侄正好来探病，就由他去背了她回家。她希望拍一张X光片子查一查肠子有什么病，但是办不到。后来靠了她一位亲戚帮忙，开后门两次拍片，才查出她患肠癌。以后又靠朋友设法开后门住进了医院。她自己还高兴，以为得救了。只有她一个人不知真实的病情。她在医院里只活了三个星期。

我休假回家，假期满，我又请过两次假留在家里照料病人，最多也不到一个月。我看见她病情日趋严重，实在不愿意把她丢开不管，我要求延长假期的时候，我们那个单位一个“工宣队”头头逼着我第二天就回干校去。我回到家里，她问起来，我无法隐瞒，她叹了一口气，说：“你放心去吧。”她把脸掉过去，不让我看她。我女儿、女婿看到这种情景自告奋勇跑到巨鹿路去向那位“工宣队”头头解释，希望他同意我在市区多留些日子照料病人。可是那个头头“执法如山”，还说：“他不是医生，留在家里有什么用处！留在家里对他改造不利。”他们气愤地回到家中，只说机关不同意，后来才对我传达这句“名言”，我还能讲什么呢？明天回干校去！

整个晚上她睡不好，我更睡不好。出乎意外，第二天一早我那个插队落户的儿子在我们房间里出现了，他是昨天半夜里到的。他得到了家信，请假回家看母亲，却没有想到母亲病成这样。我见了他一面，把他母亲交给他，就回干校去了。

在车上我的情绪很不好。我实在想不通为什么会有这样的事情。我在干校待了五天，无法同家里通消息。我已经猜到她的病不轻了。可是人们不让我过问她的事。这五天是多么难熬的日子！到第五天晚上在干校的造反派头头通知我们全体第二天一早回市区开会。这样我才又回到了家，见到了我的爱人。靠了朋友帮忙她可以住进中山医院肝癌病房，一切都准备好，她第二天就要住院了。她多么希望住院前见我一面，我终于回来了，连我也没有想到她的病情发展得这么快。我们见了面，我一句话也讲不出来，她说了一句：“我到底住院了。”我答说：“你安心治疗吧。”她父亲也来看她，老人家双目失明，去医院探病有困难，可能是来同他的女儿告别了。

我吃过中饭就去参加给别人戴上反革命帽子的大会，受批判、戴帽子的人不止一个，其中有一个我的熟人王若望同志，他过去也是作家，不过比我年轻。我们一起在“牛棚”里关过一个时期，他的罪名是“摘帽右派”。他不服，不肯听话，他贴出大字报，声明“自己解放自己”，因此罪名越搞越大，给捉去关了一个时期不算，还戴上了反革命的帽子监督劳动。在会场里我一直在做怪梦。开完会回家，见到萧珊我感到格外亲切，仿佛重回人间。可是她不舒服，不想讲话，偶尔讲一句半句，我还记得她讲了两次：“我看不到了。”我连声问她看不到什么？她后来才说：

"看不到你解放了。"我还能回答什么呢?

我儿子在旁边，垂头丧气，精神不好，晚饭只吃了半碗，像是患感冒。她忽然指着他小声说:"他怎么办呢?"他当时在安徽山区农村插队落户已经待了三年半，政治上没有人管，生活上不能养活自己，而且因为是我的儿子给剥夺了好些公民权利。他先学会沉默，后来又学会抽烟。我怀着内疚的心情看看他，我后悔当初不该写小说，更不该生儿育女。我还记得前两年在痛苦难熬的时候她对我说:"孩子们说爸爸做了坏事，害了我们大家。"这好像用刀子在割我身上的肉，我没有出声，我把泪水全吞在肚里。她睡了一觉醒过来，忽然问我:"你明天不去了?"我说:"不去了。"就是那个"工宣队"头头在今天通知我不用再去干校，就留在市区。他还问我:"你知道萧珊是什么病吗?"我答说:"知道。"其实家里瞒住我，不给我知道真相，我还是从他这句问话里猜到的。

三

第二天早晨她动身去医院，一个朋友和我女儿女婿陪她去。她穿好衣服等候车来。她显得急躁又有些留恋，东张张、西望望，她也许在想是不是能再看到这里的一切。我送走她，心上反而加了一块大石头。

将近二十天里，我每天去医院陪她大半天，我照料她，我坐在病床前守着她，同她短短地谈几句话，她的病情变化，一天天衰弱下去，肚子却一天天大起来，行动越来越不方便。当时病房里没有人照料，生活方面除饮食外一切都必须自理。后来听同病房的人称赞她"坚强"，说她每天早晚都默默地挣扎着下了床走到厕所。医生对我们谈起，病人的身体受不住手术，最怕她的肠子堵塞，要是不堵塞，还可以拖延一个时期。她住院后的半个月是1966年8月以来我既感痛苦又感到幸福的一段时间，是我和她在一起度过的最后的平静的时刻，我今天还不能将它忘记。但是半个月以后，她的病情又有了发展，一天吃中饭的时候，医生通知我儿子找我去谈话。他告诉我:病人的肠子给堵住了，必须开刀。开刀不一定有把握，也许中途出毛病，但是不开刀，后果更不堪设想，他要我决定，并且要我劝她同意。我做了决定，就去病房对她解释，我讲完话，她只说了一句:"看来，我们要分别了。"她望着我，眼睛里全是泪水。我说:"不会的……"我的声音哑了。接着护士长来安慰她，对她说:"我陪你，不要紧的。"她回答:"你陪我就好。"时间很紧迫。医生护士们很快做好了准备，她给送进手术室去了，是她的表侄把她推到手术室门口的。我们就在外面廊上等候了好几个小时，等到她平安地给送出来，由儿子把她推回到病房去，儿子还在她的身边守过一个夜晚。过两天他也病倒了，查出来他患肝炎，是从安徽农村带回来的。本来我们想瞒住他的母亲，可是无意间让他母亲知道了。她不断地问:"儿子怎么样?"我自己也不知道儿子怎么样，我怎么能使她放心呢？晚上回到家，走进空空的、静静的房间，我几乎要叫出声来：“一切都朝我的头打下来吧，让所有的灾祸都来呢。我受得住！”

我应当感谢那位热心而又善良的护士长，她同情我的处境，要我把儿子的事情完全交给她办。她做好安排，陪他看病，检查，让他很快住进别处的隔离病房，得到及时的治疗和护理。他在隔离病房里苦苦地等候母亲病情的好转。母亲躺在病床上，只能有气无力地说几句短短的话，她经常问：“棠棠怎么样？”从她那双含泪的眼睛里我明白她多么想看见她最爱的儿子。但是她已经没有精力多想了。

她每天给输血、打盐水针，她看见我去，就断断续续地问我：“输多少 CC 的血？该怎么办？”我安慰她：“你只管放心，没有问题，治病要紧。”她不止一次地说：“你辛苦了。”我有什么苦呢？我能够为我最亲爱的人做事情，哪怕做一件小事，我也高兴！后来她的身体更不行了。医生给她输氧气，鼻子里整天插着管子。她几次要求拿开，这说明她感到难受。但是听了我们的劝告她终于忍受下去了。开刀以后她只活了五天，谁也想不到她会去得这么快！五天中间我整天守在病床前，默默地望着她在受苦（我是设身处地感觉到这样的），可是她除了两三次要求搬开床前巨大的氧气筒，三四次表示担心输血较多付不出医药费之外，并没有抱怨过什么，见到熟人她常有这样一种表情：请原谅我麻烦了你们。她非常安静，但并未昏睡，始终睁大两只眼睛。眼睛很大，很美，很亮，我望着，望着，好像在望快要燃尽的烛火。我多么想让这对眼睛永远亮下去！我多么害怕她离开我！我甚至愿意为我那十四卷“邪书”受到千刀万剐，只求她能安静地活下去。

不久前我重读梅林写的《马克思传》，书中引用了马克思给女儿的信里的一段话，讲到马克思夫人的死。信上说：“她很快就咽了气。……这个病具有一种逐渐虚脱的性质，就像由于衰老所致一样，甚至在最后几小时也没有临终的挣扎，而是慢慢地沉入睡乡，她的眼睛比任何时候都更大、更美、更亮！”这段话我记得很清楚，马克思夫人也死于癌症。我默默地望着萧珊那对很大、很美、很亮的眼睛，我想起这段话，稍微得到一点安慰。听说她有确也“没有临终的挣扎”，她也是“慢慢地沉入睡乡”。我这样说，因为她离开这个世界的时候，我不在她的身边，那天是星期天，卫生防疫站因为我们家发现了肝炎病人，派人上午来做消毒工作。她的表妹有空愿意到医院去照料她，讲好我们吃过中饭就去接替。没有想到我们刚刚端起饭碗，就得到传呼电话，通知我女儿去医院，说是她妈妈“不行”了。真是晴天霹雳！我和我女儿女婿赶到医院。她那张病床上连床垫也给拿走了。别人告诉我她在太平间。我们又下了楼赶到那里，在门口遇见表妹，还是她找人帮忙把“咽了气”的病人抬进来的。死者还不曾给放进铁匣子里送进冷库，她躺在担架上，但已经给白布床单包得紧紧的，看不到面容了。我只看到她的名字。我弯下身子，把地上那个还有点人形的白布拍了好几下，一面哭着唤她的名字。不过几分钟的时间。这算是什么告别呢？

据表妹说，她逝世的时刻，表妹也不知道。她曾经对表妹说：“找医生来。”医生来过，并没有什么。后来她就渐渐“沉入睡乡”。表妹还以为她在睡眠。一个护士来打针才发觉她的心脏已经停止跳动了。我没有能同她诀别，我有许多话没有能向她倾吐，她不能没有留下一句遗言就离开我！我后来常常想，她对表妹说“找医生来”，很可能不是“找医生”，是“找李先生”（她平日这样称呼我）。为什么那天上午偏偏我不在病房呢？家里人都不在她身边，她死得这样凄凉！

我女婿马上打电话给我们仅有的几个亲戚，她的弟媳赶到医院，马上晕了过去。三天以后在龙华火葬场举行告别仪式。她的朋友一个也没有来，因为一则我们没有通知，二则我是一个审查了将近七年的对象。没有悼词，没有吊客，只有一片伤心的哭声。我衷心感谢前来参加仪式的少数亲友和特地来帮忙的我女儿的两三个同学。最后我跟她的遗体告别，女儿望着遗容哀哭，儿子在隔离病房，还不知道把他当作命根子的妈妈已经死亡。值得提说的是她当作自己儿子照顾了好些年的一位亡友的男孩从北京赶来只为了看见她的最后一面。这个整天同钢铁打交道的技术员和干部，他的心倒不像钢铁那样。他得到电报以后，他爱人对他说：“你去吧，你不去一趟，你的心永远安定不了。”我在变了形的她的遗体旁边站了一会儿。别人给我和她照了相。我痛苦地想：这是最后一次了，即使给我们留下来很难看的形象，我也要珍视这个镜头。

一切都结束了。过了几天我和女儿女婿再去火葬场，领到了她的骨灰盒，在存放室里寄存了三年之后，我按期把骨灰盒接回家里，有人劝我把她的骨灰安葬，我宁愿让骨灰盒放在我的寝室里，我感到她仍然和我在一起。

四

梦魇一般的日子终于过去了。六年仿佛一瞬间似的远远地落在后面了。其实哪里是一瞬间！这段时间里有多少流着血和泪的日子啊，不仅是六年，从我开始写这篇短文到现在又过去了半年，这半年中间我经常在火葬场的大厅里默哀，行礼，为了纪念给“四人帮”迫害致死的朋友。想到他们不能把个人的智慧和才华献给社会主义祖国，我万分惋惜。每次戴上黑纱、插上纸花的同时，我也想我自己最亲爱的朋友，一个普通的文艺爱好者，一个成绩不大的翻译工作者，一个心地善良的好人。她是我的生命的一部分，她的骨灰里有我的泪和血。

她是我的一个读者。1936 年我在上海第一次同她见面，1938 年和 1941 年我们两次在桂林像朋友似的住在一起。1944 年我们在贵阳结婚。我认识她的时候，她还不到二十，对她的成长我应当负很大的责任。她读了我的小说，后来见到了我，对我发生了感情。她在中学念书。看见我之前，因为参加学生运动被学校开除，回到家乡住了一个短时期，又出来进另一所学校。倘使不是为了我，她三七、三八年可能去了延安。她同我谈了八年的恋爱，后来到贵阳旅行结婚，只印发了一个通知，没有摆过一桌酒席。从贵阳我们先后到重庆，住在民国路文化生活出版社门市部楼梯下七八个平方米的小屋里。她托人买了四只玻璃杯开始组织我们的小家庭。她陪着我经历了各种艰苦生活。在抗日战争紧张的时期，我们一起在日军进城以前十多个小时逃离广州，我们从广东到广西，从昆明到桂林，从金华到温州，我们分散了，又重见，相见后又别离。在我那两册《旅途通讯》中就有一部分这种生活的记录。四十年前有一位朋友批评我："这算什么文章！"我的《文集》出版后，另一位朋友认为我不应当把它们也收进去。他们都有道理，两年来我对朋友、对读者讲过不止一次，我决定不让《文集》重版。但是为我自己，我要经常翻看那两小册《通讯》。在那些年代每当我落在困苦的境地里、朋友们各奔前程的时候，她总是亲切地在我的耳边说："不要难过，我不会离开你，我在你的身边。"的确，只有在她最后一次进手术室之前她才说过这样一句："我们要分别了。"

我同她一起生活了三十多年。但是我并没有好好地帮助过她。她比我有才华，却缺乏刻苦钻研的精神。我很喜欢她翻译的普希金和屠格涅夫的小说。虽然译文并不恰当，也不是普希金和屠格涅夫的风格，它们却是有创造性的文学作品，阅读它们对我是一种享受。她想改变自己的生活，不愿做家庭妇女，却又缺少吃苦耐劳的勇气。她听从一个朋友的劝告，得到后来也是给"四人帮"迫害致死的叶以群同志的同意到《上海文学》"义务劳动"，也做了一点点工作，然而在运动中却受到批判，说她专门向老作家、反动权威组稿，又说她是我派去的"坐探"。她为了改造思想，想走捷径，要求参加"四清"运动，找人推荐到某铜厂的工作组工作，工作相当繁重、紧张，她却精神愉快。但是这快要靠边的时候，她也被叫回作家协会参加运动。她第一次参加这种急风暴雨般的斗争，而且是以反动权威家属的身份参加，她不知道该怎么办才好。她张皇失措，坐立不安，替我担心，又为儿女的前途忧虑。她盼望什么人向她伸出援助的手，可是朋友们离开了她，"同事们"拿她当作箭靶，还有人想通过整她来整我。她不是作家协会或者刊物的正式工作人员，可是仍然被"勒令"靠边劳动站队挂牌，放回家以后又给揪到机关。过一个时期她写了认罪的检查，第二次给放回家的时候，我们机关的造反派头头却通知里弄委员会罚她扫街。她怕人看见，每天大清早起来，拿着扫帚出门，扫得筋疲力尽，才回到家里，关上大门，吐了一口气。但有时她还碰到上学去的小孩，叫骂："巴金的臭婆娘。"我偶尔看见她看着扫帚回来，不敢正眼看她，我感到负罪的心情。这是对她的一个致命的打击，不到两个月，她病倒了，以后就没有再出去扫街（我妹妹继续扫了一个时期），但是也没有完全恢复健康。尽管她还继续拖了四年，但一直到死，她并不曾看到我恢复自由。这就是她的最后，然而绝不是她的结局。她的结局将和我的结局连在一起。

我绝不悲观。我要争取多活。我要为我们社会主义祖国工作到生命的最后一息。在我丧失工作能力的时候，我希望病榻上有萧珊翻译的那几本小说。等到我永远闭上眼睛，就让我的骨灰和她的骨灰掺和在一起。

（选自《巴金散文》，李晓明主编，吉林文史出版社 2006 年版）

【走近作者】

巴金（1904 ～ 2005），原名李尧棠，字芾甘，四川成都人，祖籍浙江嘉兴。现代文学家、出版家、翻译家。被誉为是“五四”新文化运动以来最有影响的作家之一，是 20 世纪中国杰出的文学大师、中国当代文坛的巨匠。处女作长篇小说《灭亡》发表时始用巴金的笔名。他的主要作品包括长篇小说“爱情三部曲”（《雾》《雨》《电》），“激流三部曲”（《家》《春》《秋》），以及小说《寒夜》《憩园》，散文《随想录》等。

阅读门径

《怀念萧珊》是巴金悼念亡妻的散文，也是他晚年创作中的佳作。它倾注着巴金对亡妻所有的思念，饱含着作者对给萧珊带来不幸的自责与愧疚。“文化大革命”中，巴金一次又一次地挨批斗，受侮辱，萧珊在大大小小批斗巴金的会上陪斗。尽管日子难熬，她却始终陪伴着巴金，给巴金以安慰和鼓励。内心默默忍受着极度痛苦的萧珊，越来越憔悴，最终病倒了。虽然进行了救治，她还是很快地去世。文章通过追述作者与萧珊在“文革”时期遭遇迫害的生活经历，真实再现了萧珊无辜受到牵连、身心备受折磨的不幸和痛苦，生动刻画了她平凡而普通、善良而美好的个性，抒发了作者对亡妻的深切眷恋和无限怀念之情。萧珊的不幸是当时“文革”造成的许多个人和家庭悲剧的缩影，因此，作者对萧珊的怀念，同时也是对“文革”浩劫罪行的控诉和揭露。

这篇作品在写作上突出体现了巴金散文的特色：一是丰富强烈的感情色彩。文中充满着作者对亡妻萧珊的挚爱深情，这种感情历经共同患难的考验，至死不渝，因而特别具有打动人心的力量。同时，作者的感情世界又是复杂的，既有对萧珊的怀念，又有对比自己小十三岁的萧珊过早离世的痛惜，也有对萧珊因被自己牵连而受苦的负罪与歉疚，还有对“文革”悲剧的愤怒与控诉，不能再让悲剧重演的希望与警示。二是朴实自然的语言风格。文章不加雕琢，朴实无华，感情自然流露，议论也是有感而发，同时记叙、抒情、议论又非常自然而紧密地结合在一起。

18 洞庭一角

余秋雨

【欣赏任务】

1. 了解“文化散文”的概念，并掌握本文的写作特点。

2. 理解“贬官文化”的内涵。

3. 掌握文章凭借洞庭山水寻求文化灵魂和人生真谛，启迪人们去思考人生的意义和使命，积极探索世界、展现人生的丰富多元。

【经典篇目】

中国文化中极其夺目的一个部位可称之为“贬官文化”。随之而来，许多文化遗迹也就是贬官行迹。贬官失了宠，摔了跤，孤零零的，悲剧意识也就爬上了心头；贬到了外头，这里走走，那里看看，只好与山水亲热。这一来，文章有了，诗词也有了，而且往往写得不坏。过了一个时候，或过了一个朝代，事过境迁，连朝廷也觉得此人不错，恢复名誉。于是，人品和文品双全，传之史册，诵之后人。他们亲热过的山水亭阁，也便成了遗迹。地因人传，人因地传，两相帮衬，俱著声名。

例子太多了。这次去洞庭湖，一见岳阳楼，心头便想：又是它了。1046 年，范仲淹倡导变革被贬，恰逢另一位贬在岳阳的朋友滕子京重修岳阳楼罢，要他写一篇楼记，他便借楼写湖，凭湖抒怀，写出了那篇著名的《岳阳楼记》。直到今天，大多数游客都是先从这篇文章中知道有这么一个楼的。文章中“先天下之忧而忧，后天下之乐而乐”这句话，已成为一般中国人都能随口吐出的熟语。

不知哪年哪月，此景此楼，已被这篇文章重新构建。文章开头曾称颂此楼“北通巫峡，南极潇湘”，于是，人们在楼的南北两方各立一个门坊，上刻这两句话。进得楼内，巨幅木刻中堂，即是这篇文章，书法厚重畅丽，洒以绿粉，古色古香。其他后人题咏，心思全围着这篇文章。

这也算是个有趣的奇事：先是景观被写入文章，再是文章化作了景观。借之现代用语，或许可说，是文化和自然的互相生成吧。在这里，中国文学的力量倒显得特别强大。

范仲淹确实是文章好手，他用与洞庭湖波涛差不多的节奏，把写景的文势张扬得滚滚滔滔。游人仰头读完《岳阳楼记》的中堂，转过身来，眼前就会翻卷出两层浪涛，耳边的轰鸣也更加响亮。范仲淹趁势突进，猛地递出一句先忧后乐的哲言，让人们在气势的卷带中完全吞纳。

于是，浩渺的洞庭湖，一下子成了文人骚客胸襟的替身。人们对着它，想人生，思荣辱，知使命，游历一次，便是一次修身养性。

胸襟大了，洞庭湖小了。

但是，洞庭湖没有这般小。

范仲淹从洞庭湖讲到了天下，还小吗？比之心胸狭隘的文人学子，他的气概确也令人惊叹，但他所说的天下，毕竟只是他胸中的天下。

大一统的天下，再大也是小的。普天之下，莫非王土。于是，忧耶乐耶，也是丹墀金銮的有限度延伸，大不到哪里去。在这里，儒家的天下意识，比之于中国文化本来具有的宇宙意识，逼仄得多了。

而洞庭湖，则是一个小小的宇宙。

你看，正这么想着呢，范仲淹身后就闪出了吕洞宾。岳阳楼旁侧，躲着一座三醉亭，说是这位吕仙人老来这儿，弄弄鹤，喝喝酒，可惜人们都不认识他，他便写下一首诗在岳阳楼上：

朝游北海暮苍梧，
袖里青蛇胆气粗。
三醉岳阳人不识，
朗吟飞过洞庭湖。

他是唐人，题诗当然比范仲淹早。但是范文一出，把他的行迹掩盖了，后人不平，另建三醉亭，祭祀这位道家始祖。若把范文、吕诗放在一起读，真是有点“秀才遇到兵”的味道，端庄与顽泼，执着与旷达，悲壮与滑稽，格格不入。但是，对着这么大个洞庭湖，难道就许范仲淹的朗声悲抒，就不许吕洞宾的仙风道骨？中国文化，本不是一种音符。

吕洞宾的青蛇、酒气、纵笑，把一个洞庭湖搅得神神乎乎。至少，想着他，后人就会跳出范仲淹，去捉摸这个奇怪的湖。一个游人写下一副著名的长联，现也镌于楼中：

一楼何奇，杜少陵五言绝唱，范希文两字关情，滕子京百废俱兴，吕纯阳三过必醉。诗耶？儒耶？史耶？仙耶？前不见古人，使我怆然泪下。

诸君试看，洞庭湖南极潇湘，扬子江北通巫峡，巴陵山西来爽气，岳州城东道岩疆。潴者，流者，峙者，镇者，此中有真意，问谁领会得来？

他就把一个洞庭湖的复杂性、神秘性、难解性，写出来了。眼界宏阔，意象纷杂，简直有现代派的意韵。

那么，就下洞庭湖看看吧。我登船前去君山岛。

这天奇热。也许洞庭湖的夏天就是这样热。没有风，连波光都是灼人烫眼的。记起了古人名句：“气蒸云梦泽，波撼岳阳楼。”这个“蒸”字，我只当俗字解。

丹纳认为气候对文化有决定性的影响，我以前很是不信。但一到盛暑和严冬，又倾向于信。范仲淹写《岳阳楼记》是九月十五日，正是秋高气爽的好天气。秋空明净，可让他想想天下；秋风萧瑟，又吹起了他心底的几丝悲壮。即使不看文后日期，我也能约略推知，这是秋天的辞章。要是他也像今天的日子来呢？衣冠尽卸，赤膊裸裎，挥汗不迭，气喘吁吁，那篇文章会连影子也没有。范仲淹设想过阴雨霏霏的洞庭湖和春和景明的洞庭湖，但那也只是秋天的设想。洞庭湖气候变化的幅度大着呢，它是一个脾性强悍的活体，仅仅一种裁断哪能框范住它？

推而广之，中国也是这样。一个深不见底的海，顶着变幻莫测的天象。我最不耐烦的，是对中国文化的几句简单概括。哪怕是它最堂皇的一脉，拿来统摄全盘总是霸道，总会把它丰富的生命节律抹杀。那些委屈了的部位也常常以牙还牙，举着自己的旗幡向大一统的霸座进发。其实，谁都是渺小的。无数渺小的组合，才成伟大的气象。

终于到了君山。这个小岛，树木葱茏，景致不差。尤其是文化遗迹之多，令人咋舌。它显然没有经过后人的精心设计，突出哪一个主体遗迹。只觉得它们南辕北辙而平安共居，三教九流而和睦相邻。是历史，是空间，是日夜的洪波，是洞庭的晚风，把它们堆涌到了一起。

挡门是一个封山石刻，那是秦始皇的遗留。说是秦始皇统一中国，巡游到洞庭，恰遇湖上狂波，甚是恼火，于是摆出第一代封建帝王的雄威，下令封山。他是封建大一统的最早肇始者，气魄宏伟，决心要让洞庭湖也成为一个驯服的臣民。

但是，你管你封，君山还是一派开放襟怀。它的腹地，有尧的女儿娥皇、女英坟墓，飘忽瑰艳的神话，端出远比秦始皇老得多的资格，安坐在这里。两位如此美貌的公主，飞动的裙裾和芬芳的清泪，本该让后代儒生非礼勿视，但她们依凭着乃父的圣名，又不禁使儒生们心旌缭乱，不知定夺。

岛上有古庙废基。据记载，佛教兴盛时，这里曾鳞次栉比，拥挤着寺庙无数。缭绕的香烟和阵阵钟磬声，占领过这个小岛的晨晨暮暮。吕洞宾既然几次来过，道教的事业也曾非常蓬勃。面对着秦始皇的封山石，这些都显得有点邪乎。但邪乎得那么长久，那么隆重，封山石也只能静默。

岛的一侧有一棵大树，上嵌古钟一口。信史凿凿，这是宋代义军杨么的遗物。杨么为了对抗宋廷，踞守此岛，宋廷即派岳飞征剿。每当岳军的船只隐隐出现，杨么的部队就在这里鸣钟为号，准备战斗。岳飞是一位名垂史册的英雄，他的抗金业绩，发出过民族精神的最强音。但在这里，岳飞扮演的是另一种角色，这口钟，时时鸣响着民族精神的另一方面。我曾在杭州的岳坟前徘徊，现在又对着这口钟久久凝望。我想，两者加在一起，也只是民族精神的一小角。

可不，眼前又出现了柳毅井。洞庭湖的底下，应该有一个龙宫了。井有台阶可下，直至水面，似是龙宫入口。一步步走下去，真会相信我们脚底下有一个热闹世界。那个世界里也有霸道，也有指令，但也有恋情，也有欢爱。一口井，只想把两个世界连结起来。人们想了那么多年，信了那么多年，今天，宇航飞船正从另外一些出口去寻找另外一些世界。

杂乱无章的君山，静静地展现着中国文化的无限。

君山岛上只住着一些茶农，很少闲杂人等。夜晚，游人们都坐船回去了，整座岛阒寂无声。洞庭湖的夜潮轻轻拍打着它，它侧身入睡，怀抱着一大堆秘密。

回到上海之后，这篇洞庭湖的游记，迟迟不能写出。

突然从报纸上看到一则有关洞庭湖的新闻，如遇故人。新闻记述了一桩真实的奇事；一位湖北的农民捉住一只乌龟，或许是出于一种慈悲心怀，在乌龟背上刻名装环，然后带到岳阳，放入洞庭湖中。没有想到，此后连续 8 年，乌龟竟年年定时爬回家来。每一次，都“将头高高竖起来，长时间地望着主人，似乎在静静聆听主人的教诲，又似乎在向主人诉说自己一年来风风雨雨的经历”。

这不是古代的传说。新闻注明，乌龟最后一次爬回，是 1987 年农历五月初一。

至少现代科学还不能说明，这个动物何以能爬这么长的水路和旱路，准确找到一间普通的农舍，而且把年份和日期搞得那样清楚。难道它真是龙宫的族员?

洞庭湖，再一次在我眼前罩上了神秘的浓雾。

我们对这个世界，知道得还实在太少。无数的未知包围着我们，才使人生保留迸发的乐趣。当哪一天，世界上的一切都能明确解释了，这个世界也就变得十分无聊。人生，就会成为一种简单的轨迹，一种沉闷的重复。因此，我每每以另一番眼光看娥皇、女英的神话，想柳毅到过的龙宫。应该理会古人对神奇事端做出的想象，说不定，这种想象蕴含着更深层的真实。洞庭湖的种种测量数据，在我的书架中随手可以寻得。我是不愿去查的，只愿在心中保留着一个奇奇怪怪的洞庭湖。

我到过的湖可谓多矣。每一个，都会有洞庭湖一般的奥秘，都隐匿着无数似真似幻的传说。

我还只是在说湖。还有海，还有森林，还有高山和峡谷……那里会有多少蕴藏呢？简直连想也不敢想了。然而，正是这样的世界，这样的国度，这样的多元，这样的无限，才值得来活一活。

（选自《中国名家游记》，蒋静等编，国际文化出版公司 1995 年版）

【走近作者】

余秋雨，生于 1946 年，浙江余姚人，当代著名散文家、文化学者，艺术理论家、文化史学家。1968 年毕业于上海戏剧学院戏剧文学系。2016 年 1 月 22 日，余秋雨获 2015“当当年度影响力作家”文化贡献奖。著有系列散文集《文化苦旅》《山居笔记》《霜冷长河》《何谓文化》等，文化通史《问学余秋雨》，长篇记忆文学《借我一生》《我等不到了》等，学术专著《戏剧理论史稿》《戏剧审美心理学》《中国戏剧文化史述》等。

阅读门径

《洞庭一角》为余秋雨先生《文化苦旅》中的一篇文章，主要阐述了中国独有的“贬官文化”。这是一篇历史文化底蕴特别丰富的借景抒情散文。作者通过对岳阳楼、三醉亭和君山岛的种种历史文化遗迹的叙述，展现了中国文化的悠久、博大以及它的多元性、神秘性，启迪人们去“想人生，思荣辱，知使命”。

本文构思独特。由“一角”切入，引出一个大问题，由洞庭一角到文化的大讨论。作者写岳阳楼，没有一般地写景抒情，而是围绕范仲淹先忧后乐的名句，引出“天下”这个话题，启迪人们去思考人生的意义。写三醉亭，胸襟更开阔，它使读者感受到中国文化不但是多种并存的，而且有它独具的奥秘和魅力，它等待着人们去揭秘。然后作者站在宇宙、大文化这一高度，写到了君山岛。岛上的历史文化遗迹也呈现出博大精深、多元纷呈的内容，使人进一步感受到中国文化的耀眼夺目。最后，作者巧妙地借用了“一则有关洞庭湖的新闻”，把文章的内涵推向一个新的广度和深度。然而，正是这样的世界，这样的国度，这样的多元，这样的无限，才值得活一活。这些出自肺腑的感叹，是作者对生命意义的呼唤，它鼓舞人们去开拓、进取，去展现丰富的人生。

本文语言典雅、灵动、如诗一般，散文化与诗化语言相谐，句子长短相间、参差错落。

19　读书示小妹十八生日书

贾平凹

【欣赏任务】

1. 了解贾平凹的经历、性格、人品，体会贾平凹散文的特色。
2. 品读文章善于捕捉和再现细节的艺术特点。
3. 体验作者贾平凹苦难中的读书经历，感受兄妹之间真挚的感情。
4. 陶冶情操，培养高尚的审美追求，热爱读书。

【经典篇目】

七月十七日，是你十八岁生日，辞旧迎新，咱们家又有一个大人了。贾家在乡里是大户，父辈那代兄弟四人，传到咱们这代，兄弟十个，姊妹七个；我是男儿老八，你是女儿最小。分家后，众兄众姐都英英武武有用于社会，只是可怜了咱俩。我那时体单力孱，面又丑陋，十三岁看去老气犹如二十，村人笑为痴傻。你又三岁不能言语，哇哇只会啼哭。父母年纪已老，恨无人接力，常怨咱这一门人丁不达。从那时起，我就羞于在人前走动，背着你在角落玩耍；有话无人可说，言于你你又不能回答，就喜欢起书来。书中的人对我最好，每每读到欢心处，我就在地上翻着跟斗，你就乐得直叫；读到伤心处，我便哭了，你见我哭了，也便趴在我身上哭。但是，更多的是在沙地上，我筑好一个沙城让你玩，自个躺在一边读书，结果总是让你尿湿在裤子上，你又是哭，我不知如何哄你，就给你念书听，你竟不哭了，我感激得抱住你，说："我小妹也是爱书人啊！"东村的二旦家，其父是老先生，家有好多藏书，我背着你去借，人家不肯，说要帮着推磨子。我便将你放在磨盘顶上，教你拨着磨眼，我就抱着磨棍推起磨盘转，一个上午，给人家磨了三升苞谷，借了三本书，我乐得去亲你，把你的脸蛋都咬出了一个红牙印儿。你还记得那本《红楼梦》吗？那是你到了四岁，刚刚学会说话，咱们到县城姨家去，我发现柜里有一本书，就蹲在那里看起来，虽然并不全懂，但觉得很有味道。天快黑了，书只看了五分之一，要回去，我就偷偷将书藏在怀里。三天后，姨家人来找，说我是贼，我不服，两厢骂起来，被娘打一个耳光，我哭了，你也哭了，娘也抱住咱们哭，你那时说："哥哥，我长大了，一定给你买书！"小妹，你那一句话，给了兄多大安慰，如今我一坐在书房，看着满架书籍，我就记想起那时的可怜了。

咱们不是书香门第，家里一直不曾富绰，即使现在，父母和你还在乡下，地分了，粮是不短缺了，钱却有出没入，兄虽每月寄点，也只能顾住油盐酱醋，比不得会做生意的人家。但是，穷不是咱们的错，书却会使咱们位低而人品不微，贫困而志向不贱。这个社会，天下在振兴，民族在发奋，咱们不企图做官，以仕图之路做功于国家，但作为凡人百姓，咱们却只有读书习文才能有益于社会啊。你也立志写作，兄很高兴，你就要把书看重，什么都不要眼红，眼红读书，什么朋友都可抛弃，但书之友不能一日不交。贫困倒是当作家的准备条件，书是忌富，人富则思惰，你目下处境正好逼你静心地读书，深知书中的精义。这道理人往往以为不信，走过来方才醒悟，小妹可将我的话记住，免得以后"悔之不及"。

兄在外已经十年，自不敢忘了读书，所作一二篇文章，尽肤浅习作，愈使读书不已。过了二月二十一日，已到了而立之年，才更知立身难，立德难，立文难。夜读《西游记》，悟出"取经唯诚，伏怪以力"，不觉多怀感激，临风而叹息。兄在你这般年纪，读书目过能记，每每是借来之书，读得也十分注重，而今桌上，几上，案上，床上，满是书籍，却常常读过十不能记下四五，这全是年龄所致也，我至今只有以抄写辅助强记，但你一定要珍惜现在年纪，多多读书啊。

既有条件，读书万万不能狭窄。文学书要读，政治书要读，哲学，历史，美学，天文，地理，医药，建筑，美术，乐理……凡能找到的书，都要读读。若读书面窄，借鉴就不多，思路就不广，触一而不能通三。但是，切切又不要忘了精读，真正的本事掌握，全在于精读。世上好书，浩如烟海，一生不可能读完，且又有的书虽好，但不能全为之喜爱，如我一生不喜食肉，但肉却确实是世上好东西。你若喜欢上一本书了，不妨多读：第一遍可囫囵吞枣读，这叫享受；第二遍就静心坐下来读，这叫吟味；第三遍便要一句一句想着读，这叫深究。三遍读过，放上几天，再去读读，常又会有再新再悟的地方。你真真正正爱上这本书了，就在一个时期多找些这位作家的书来读，读他的长篇，读他的中篇，读他的短篇，或者散文，或者诗歌，或者理论，再读外人对他的评论，所写的传记，也可再读读和他同期作家的一些作品。这样，你知道他的文了，更知道他的人了，明白当时是什么社会，如何的文坛，他的经历、性格、人品、爱好等等是怎样促使他的风格的形成。大凡世上，一个作家都有自己一套写法，都是有迹而可觅导，当然有的天分太高了，便不是一时一阵便可理得清。兄读中国的庄子、太白、东坡诗文，读外国的泰戈尔、川端康成、海明威之文，便至今于起灭转接之间不可测识。说来，还是兄读书太少，悟觉浅薄啊！如此这番读过，你就不要理他了，将他丢开，重新进攻另一个大家。文学是在突破中前进，你要时时注意，前人走到了什么地方，同辈人走到了什么地方。任何一个大家，你只能继承，不能重复，你要读他的作品时，就将他拉到你的脚下来读。这不是狂妄，这正是知其长，知其短，师精神而弃皮毛啊。虚无主义可笑，但全然跪倒来读，他可以使你得益，也可能使你受损，永远在他的屁股后了。这你要好好记住。

在家时，逢小妹生日，兄总为你梳那一双细辫，亲手要为你剥娘煮熟的鸡蛋。一走十年，竟总是忘了你生日的具体时间，这你是该骂我了。今年一入夏，我便时时提醒自己，要到时一定祝贺你成人。邻居妇人要我送你一笔大钱，说我写书，稿费易如就地俯拾，我反驳，又说我“肥猪也哼哼”，咳，邻人只知是钱！人活着不能没钱，但只要有一碗饭吃，钱又算个什么呢？如今稿费低贱，家岂是以稿费发得？！读书要读精品，写书要立之于身，功于天下，哪里是邻居妇人之见啊！这么多年，兄并不敢侈奢，只是简朴，唯恐忘了往者困顿，也是不忘了往昔，方将所得数钱尽买了书籍。所以，小妹生日，兄什么也不送，仅买一套名著十册给你寄来，乞妹快活。

（选自《中国文学》，张梦新主编，浙江大学出版社 2004 年版）

【走近作者】

贾平凹，生于1952年，当代作家，原名贾平娃，陕西丹凤人。1974年开始发表作品。1997年凭借《满月儿》，获得首届全国优秀短篇小说奖。2008年凭借《秦腔》，获得第七届茅盾文学奖。贾平凹是我国当代文坛屈指可数的文学奇才，被誉为“鬼才”。

著有小说集《兵娃》《姐妹本纪》《山地笔》《野火集》《贾平凹获奖中篇小说集》《贾平凹自选集》，长篇小说《商州》《废都》等，自传体长篇《我是农民》等。散文集《月迹》《心迹》《爱的踪迹》等，诗集《空白》等。贾平凹小说描写新时期西北农村，特别是改革开放后的变革，视野开阔，具有丰富的当代中国社会文化心理内蕴，富于地域风土特色，格调清新隽永，自然。

阅读门径

书信写作往往流于浮泛的抒情、枯燥的说教或平直无文，而贾平凹的这封家书作为一篇优美的散文不仅回避了一般书信写作中的上述局限，而且有意识地动用了诸多艺术手段。诸如，全文紧扣“读书”，先写少年时读书的不易，再写中年时读书的甘苦，继而写读书的方法，最后才写“小妹生日，兄什么也不送，仅买一套名著十册给你寄来”，这样，既首尾呼应，又中心突出；再如，作者对小妹的感情浓郁而炽热，但并未直白浅显地宣泄出来，而是将一腔热情含蓄蕴藉地表达出来。此外，作品中既有形象生动的生活细节的勾勒，亦有理性层面的深入浅出，较好地将记叙、议论与抒情融为一体，从而使读者不仅有感性的把握，而且有理性的领悟。

本文语言洗练，无赘语，多短语，表述畅达有力，直导肺腑。语言风格和布局谋篇在一定程度上继承了古典书信散文的美学风格。

能力提升

1. 模仿《又是一年芳草绿》的写作风格，写一篇介绍自己的短文。

2. 你认为《怀念萧珊》一文最打动我们的是什么？

3. 结合《赠与今年的大学毕业生》的学习，谈谈在大学求学时代，你的“求知识的欲望”和“理想的人生的追求”是否足够强烈？

4. 我们在人生之路上不可能一帆风顺，学完《失败了以后》，本文对你的学习和生活有何启示？

5. 谈谈对《洞庭一角》一文中“贬官文化”的认识和体会。

6. 利用课余时间阅读余秋雨的《文化苦旅》。

7.《读书示小妹十八生日书》一文中，贾平凹作为兄长对妹妹的读书提出了许多看法和建议，你感受最深刻的是什么？

8. 以学习《读书示小妹十八生日书》为契机，开展“我向大家推荐一本好书”的活动。

比较阅读

我对当今散文的一些看法

贾平凹

我以前读《古文观止》，对上边的抒情散文如痴如醉，然后我专门将其中的一些作者的文集寻来阅读，结果我发现那些作者一生并没有写过多少抒情散文，也就是那三五篇，而他几十万的文集中大量的是诗词、论文、序跋，或者关于天文地理方面的文章。我才明白，他们并不是纯写抒情散文的，也不是纯写我们现在认为的那种散文的，他们在做别的学问的过程中偶尔为之，倒写成了传世的散文之作。

在中国，散文是最有群众基础的文学形式，读者多，作者多，似乎任何人都可以来谈谈自己的感想。我不知道前边的几位我所敬重的散文作家和散文研究家都谈了些什么，我惶恐关于散文的那些道理，差不多的人都知道。轮到我还有什么新鲜的东西提出来呢？世上的事往往是看似简单的却是最复杂的，一个人的能力如何，就是看是否能将最复杂的事处理成了简单的事。越是难以治愈的病，越是在这号病域里产生名医，比如有著名的治癌专家，治乙肝专家，但绝对没有一个是治感冒的杏林圣手。所以，大家不要指望我能谈出些什么可以让你们记录的东西，在这个晚上，我只以一个普通写作者的身份，说说我的一些体会来浪费你们的时间。

关于“有意思的散文”

“大散文”讲究的是散文的境界和题材的拓宽，它并不是提倡散文要写大题材，要大篇幅。我们强调题材的拓宽，就是什么都可以进入散文写作，当然少不了那些闲适的小品。闲适性的文章在某种程度上来讲，似乎是散文这种文学形式所独有的，历史上就产生过相当多的优秀作品，尤其在明清和30年代。但这类文章一定得有真情，又一定得有趣味。我们经常说某篇文章“有意思”，这“意思”无法说出，它是一种感觉，混杂了多种感觉，比如嗅觉、触觉、听觉、视觉。由觉而悟，使我们或者得到一种启示或者得到愉悦。这一类散文，它多是多义性的，主题的模糊，读者可以从多个角度能进入的。这类散文，最讲究的是真情和趣味。没有真情，它就彻底失败了，而真情才能产生真正的诗意。这是我谈一个文学艺术作品秘结的问题。

这是我在阅读别人作品和自己写作中的一个体会。任何作品都有他产生作品的秘结。有的是在回忆，有的是在追思，有的是在怀念。比如，我们读李商隐的诗，“春蚕到死丝方尽，蜡炬成灰泪始干”，我们都觉得好，我们之所以觉得好是它勾起了我们曾经也有过的感情，但这些诗李商隐绝对是有所指的，他有他的秘密，只是这秘密谁也不知道。历史上许多伟大文学艺术作品被人揭开了秘结，而更多的则永远没人知道。这就说明，文学艺术作品绝对要有真情，有真情才产生诗意。现在有些散文似乎蛮有诗意，但那不是真正的诗意。如有些诗一样，有些诗每一句似乎都有诗意，但通篇读完后，味似嚼蜡，它是先有一两个好句子然后衍变成诗的，而有些诗每一句都平白如话，但整体却留给了我们东西，这才真正称作诗。我是害怕那些表面诗意的浮华的散文。现在人写东西，多是为写东西而写东西，为发表而发表，这是我们现在作品多而好作品少的一个原因。试想想，你有多少诗意，有多少情要发？我以前读《古文观止》，对上边的抒情散文如痴如醉，然后我专门将其中的一些作者的文集寻来阅读，结果我发现那些作者一生并没有写过多少抒情散文，也就是那三五篇，而他几十万的文集中大量的是诗词、论文、序跋或者关于天文地理方面的文章。我才明白，他们并不是纯写抒情散文的，也不是纯写我们现在认为的那种散文的，他们在做别的学问的过程中偶尔为之，倒写成了传世的散文之作。

现在的情况也是这样，一些并不专门以写散文为职业的人写出的散文特别好，我读到杨振宁的散文，他写得好。季羡林先生散文写得好，就说余秋雨先生，他也不是写散文为职业的。说到趣味，散文要写得有趣味，当然有形式方面的、语言方面的、节奏方面的许多原因，但还有一点，这些人会说闲话。我称之为闲话，是他们在写作时常常把一件事说得清楚之后又说些对主题可有可无的话，但是，这些话恰恰增加了文章的趣味。天才的作家都是这样，有灵性才情的作家都是这样。如果用心去读沈从文、张爱玲、林语堂他们的散文，你就能发现到处都是。

关于事实和看法

我们已经厌烦那种政治概念性的散文，现在这类作品很少了。但现在哲理概念性的散文又很多。政治概念性和哲理概念性在思维上是一致的。有许多散文单薄和类型化，都牵涉到一个问题，即对事实的看法，也就是说事实和看法的关系。到底是事实重要，还是看法重要？应该说，两方都重要。事实是要求我们写出生活实感，写出生活的原生态，这一点不管对小说还是散文来说，都是最重要也是最基本的，那些政治概念性和哲理概念性的作品就是缺少这些具体的事实，所以才不感人。但有了事实，你没有看法，或不透露看法，那事实则没有意义，是有肉无骨，撑不起来。但是，有一种说法，事实是永远不过时的，看法则随着时间发生问题。这种现象确实存在，比如“文革”前一些农村题材的作品，人物写得丰满，故事也很好，但作品的看法都是以阶级分析法来处理的，现在读起来觉得好笑。这就要求，你的看法是什么样的看法，你得站在关注人、关注生命的角度上提出你的看法，看法就不会过时。好的散文，必须是事实和看法都有，又融合得好。

（选自《中华读书报》，2003 年 7 月 23 日）

第六节 理性多姿的外国散文

文本综要

外国散文，有着浓厚的审美内涵。理性色彩在外国散文里十分浓郁，字里行间流淌着汩汩的“理”。当然，理性色彩并不排斥情感的因素，事实上，寓理之中已饱含着作者浓郁的情愫，始终贯穿着作者的自我感觉，它是创作主体强烈的参与意识的表现，而不是脱离内容的说教。在外国散文里，个性和自我表现的意识是十分强烈的。当一个散文家的心灵与现实进行碰撞，强烈的自我表现的意识统统倾泻出来。

在外国的散文名篇中，随笔占据着主要地位。欧美随笔诞生于文艺复兴时期，蒙田、培根的创作高扬理性精神，如蒙田随笔包罗万象，是小百科全书式的，宗教哲学，政治文化，社会历史，花鸟鱼虫，山川形胜，民俗典故，无所不谈。它们反映了时代的精神气候，体现了早期随笔的主体风貌，形成了这一文体的基本范式。19 世纪初，兰姆、欧文的创作是浪漫主义精神与古典主义笔法的结晶体，他们对随笔的新贡献是情致韵味的抒发。历经数百年，随笔已发展成知性、感性均无不可的现代散文。其审美特性是自我意识、自由、平等精神、个性化及美育功能多样化等。很多作家运用这种灵活的体裁抒发自己的个人情感，宣传自己的思想见解，随笔的题材也更广泛了，不仅写人物，也写社会事件，写人们生活的各个方面，作者的个性因素浸染在文章中，文笔更加潇洒活泼。例如日本作家川端康成、东山魁夷的风景随笔，加缪的哲学随笔，帕斯的社会学随笔等。

外国的散文名篇中还有游记、评论、演讲辞、书信、序跋、传记、日记、回忆录等体裁的作品，如巴尔加斯·略萨的文学评论，萧伯纳的序跋、书信、音乐和戏剧评论，罗素涉及哲学、政治、科学、历史、宗教、道德、伦理、文艺的大量文章，丘吉尔、马丁·路德·金等的演讲辞，丘吉尔对一战、二战的历史回忆录和大量传记，里尔克、何塞·马蒂的书信，罗曼·罗兰的人物传记，纪德的日记，等等，都是 20 世纪颇有影响的优秀散文作品。此外，诗歌与散文相结合的散文诗出现了，诸如高尔基的《海燕之歌》《鹰之歌》那样的佳作名篇。博尔赫斯则把小说和散文融合一体，他的散文作品包含有小说的悬念和意味。

常品味外国散文名篇，自然能在潜移默化中受到启迪和熏陶、洗礼和升华。

20 论读书

［英］弗朗西斯·培根

【欣赏任务】

1. 把握文章内容，领会读书的要义。
2. 理清作者论证的层次，学习作者的论证方法。
3. 感受读书的乐趣，培养热爱读书的品质，陶冶高尚情趣。

【经典篇目】

读书足以怡情，足以傅彩，足以长才。其怡情也，最见于独处幽居之时；其傅彩也，最见于高谈阔论之中；其长才也，最见于处世判事之际。练达之士虽能分别处理细事或一一判别枝节，然纵观统筹、全局策划，则舍好学深思者莫属。读书费时过多易惰，文采藻饰太盛则矫，全凭条文断事乃学究故态。读书补天然之不足，经验又补读书之不足，盖天生才干犹如自然花草，读书然后知如何修剪移接；而书中所示，如不以经验范之，则又大而无当。有一技之长者鄙读书，无知者羡读书，唯明智之士用读书，然书并不以用处告人，用书之智不在书中，而在书外，全凭观察得之。读书时不可存心诘难作者，不可尽信书上所言，亦不可只为寻章摘句，而应推敲细思。书有可浅尝者，有可吞食者，少数则须咀嚼消化。换言之，有只须读其部分者，有只须大体涉猎者，少数则须全读，读时须全神贯注，孜孜不倦。书亦可请人代读，取其所作摘要，但只限题材较次或价值不高者，否则书经提炼犹如水经蒸馏，淡而无味矣。

读书使人充实，讨论使人机智，笔记使人准确。因此不常作笔记者须记忆特强，不常讨论者须天生聪颖，不常读书者须欺世有术，始能无知而显有知。读史使人明智，读诗使人灵秀，数学使人周密，科学使人深刻，伦理学使人庄重，逻辑修辞之学使人善辩：凡有所学，皆成性格。人之才智但有滞碍，无不可读适当之书使之顺畅，一如身体百病，皆可借相宜之运动除之。滚球利睾肾，射箭利胸肺，慢步利肠胃，骑术利头脑，诸如此类。如智力不集中，可令读数学，盖演题须全神贯注，稍有分散即须重演；如不能辨异，可令读经院哲学，盖是辈皆吹毛求疵之人；如不善求同，不善以一物阐证另一物，可令读律师之案卷。如此头脑中凡有缺陷，皆有特药可医。

（选自《灵魂的边界：外国思想随笔经典》，王家新，云南人民出版社 1996 年版）

【走近作者】

弗朗西斯·培根（1561 ～ 1626），英国文艺复兴时期最重要的散文家、哲学家、和科学家。他在文艺复兴时期的巨人中被尊称为哲学史和科学史上划时代的人物，马克思称他是英国唯物主义和整个现代实验科学的真正始祖。他是第一个提出“知识就是力量”的人。其主要著述有《人生随笔》《神圣的沉思》《关于善与恶》《学术的进步》《新工具》等。《人生随笔》是其文学方面主要著作，开创英国随笔这一特有体裁，以其简洁的语言、优美的文笔、透彻的说理、迭出的警句，在世界文学史上占据了非常重要的地位。

阅读门径

培根的《论读书》主要谈论了读书的益处。围绕这一中心话题，又谈了读书要与经验相补，要讲究读书的方法，要根据不同的性格和需要做不同的选择等相关的问题。

首先说的是读书的三种功用，即怡情、傅彩和长才，重点阐述读书的好处。而后从反面指出读书中的三种偏向，并论述读书和经验的关系：相互补充，相辅相成。然后指出只有明察事理的人才能够读书用书，而用书的智慧是在观察生活中得来的。接下来阐述读书的方法。指出读书要仔细思考，反对故意挑剔、迷信书本和仅限于文字推求。主张对不同的书采用不同的读法，或选读，或浏览，或通读，或精读，有的书可只读摘要。在分析读书、讨论和作文的不同作用后，提倡读书和讨论、作文、做笔记结合起来。最后阐述读书能塑造人的性格和弥补精神上的各种缺陷。先说明各种学科的书籍，阅读后都有塑造性格的作用；再说明人的精神上的缺陷，可以用读书来弥补，就像身体百病，可以用运动驱除一样。

作者运用比喻论证、对比论证、类比论证等方法进行论证，有理有据，观点分明、层次清晰、论证有力。宛如一个睿智的世故老人对自己晚辈的谆谆教诲，平易近人而不故弄玄虚。

培根的文字有一种优美而庄严的韵律，散发出动人的美感。他的论述中有超人的智慧和哲学，给人以深刻的启迪。

21　西西弗的神话

［法］阿贝尔·加缪

【欣赏任务】

1. 了解加缪相关常识。

2. 领会和学习加缪在西西弗身上所寄托的热爱人生、热爱生活、直面人生不幸、蔑视困难、勇敢抗争的人生态度。

3. 锻炼阅读哲学随笔的能力，树立正确的人生观与价值观。

【经典篇目】

诸神处罚西西弗不停地把一块巨石推上山顶，而石头由于自身的重量又滚下山去，诸神认为再也没有比进行这种无效无望的劳动更为严厉的惩罚了。

荷马说，西西弗是最终要死的人中最聪明最谨慎的人。但另有传说说他屈从于强盗生涯。我看不出其中有什么矛盾。各种说法的分歧在于是否要赋予这地狱中的无效劳动者的行为动机以价值。人们首先是以某种轻率的态度把他与诸神放在一起进行谴责，并历数他们的隐私。阿索玻斯的女儿埃癸娜被朱庇特劫走。父亲对女儿的失踪大为震惊并且怪罪于西西弗，深知内情的西西弗对阿索玻斯说，他可以告诉他女儿的消息，但必须以给柯兰特城堡供水为条件，他宁愿得到水的圣浴，而不是天火雷电。他因此被罚下地狱，荷马告诉我们西西弗曾经扼往过死神的喉咙。普洛托忍受不了地狱王国的荒凉寂寞，他催促战神把死神从其战胜者手中解放出来。

还有人说，西西弗在临死前冒失地要检验他妻子对他的爱情。他命令她把他的尸体扔在广场中央。不举行任何仪式。于是西西弗重堕地狱。他在地狱里对那恣意践踏人类之爱的行径十分愤慨。她获得普洛托的允诺重返人间以惩罚他的妻子。但当他又一次看到这大地的面貌，重新领略流水、阳光的抚爱，重新触摸那火热的石头、宽阔的大海的时候，他就再也不愿回到阴森的地狱中去了。冥王的诏令、气愤和警告都无济于事。他又在地球上生活了多年，面对起伏的山峦、奔腾的大海和大地的微笑他又生活了多年。诸神于是进行干涉。墨丘利跑来揪住这冒犯者的领子，把他从欢乐的生活中拉了出来，强行把他重新投入地狱，在那里，为惩罚他而设的巨石已准备就绪。

我们已经明白：西西弗是个荒谬的英雄。他之所以是荒谬的英雄，还因为他的激情和他所经受的磨难。他藐视神明，仇恨死亡，对生活充满激情，这必然使他受到难以用言语尽述的非人折磨：他以自己的整个身心致力于一种没有效果的事业。而这是为了对大地的无限热爱必须付出的代价。人们并没有谈到西西弗在地狱里的情况。创造这些神话是为了让人的想象使西西弗的形象栩栩如生。在西西弗身上，我们只能看到这样一幅图画：一个紧张的身体千百次地重复一个动作：搬动巨石，滚动它并把它推至山顶；我们看到的是一张痛苦扭曲的脸，看到的是紧贴在巨石上的面颊，那落满泥土、抖动的肩膀，沾满泥土的双脚，完全僵直的胳膊，以及那坚实的满是泥土的人的双手。经过被渺渺空间和永恒的时间限制着的努力之后，目的就达到了。西西弗于是看到巨石在几秒钟内又向着下面的世界滚下，而他则必须把这巨石重新推向山顶。他于是又向山下走去。

正是因为这种回复、停歇，我对西西弗产生了兴趣。这一张饱经磨难近似石头般坚硬的面孔已经自己化成了石头！我看到这个人以沉重而均匀的脚步走向那无尽的苦难。这个时刻就像一次呼吸那样短促，它的到来与西西弗的不幸一样是确定无疑的，这个时刻就是意识的时刻。在每一个这样的时刻中，他离开山顶并且逐渐地深入到诸神的巢穴中去，他超出了他自己的命运。他比他搬动的巨石还要坚硬。

如果说，这个神话是悲剧的，那是因为它的主人公是有意识的。若他行的每一步都依靠成功的希望所支持，那他的痛苦实际上又在哪里呢？今天的工人终生都在劳动，终日完成的是同样的工作，这样的命运并非不比西西弗的命运荒谬。但是，这种命运只有在工人变得有意识的偶然时刻才是悲剧性的。西西弗，这诸神中的无产者，这进行无效劳役而又进行反叛的无产者，他完全清楚自己所处的悲惨境地：在他下山时，他想到的正是这悲惨的境地。造成西西弗痛苦的清醒意识同时也就造就了他的胜利。不存在不通过蔑视而自我超越的命运。

如果西西弗下山推石在某些天里是痛苦地进行着的，那么这个工作也可以在欢乐中进行。这并不是言过其实。我还想象西西弗又回头走向他的巨石，痛苦又重新开始。当对大地的想象过于着重于回忆，当对幸福的憧憬过于急切，那痛苦就在人的心灵深处升起：这就是巨石的胜利，这就是巨石本身。巨大的悲痛是难以承担的重负。这就是我们的客西马尼之夜。但是，雄辩的真理一旦被认识就会衰竭。因此，俄狄浦斯不知不觉首先屈从命运。而一旦他明白了一切，他的悲剧就开始了。与此同时，两眼失明而又丧失希望的俄狄浦斯认识到，他与世界之间的唯一联系就是一个年轻姑娘鲜润的手。他于是毫无顾忌地发出这样震撼人心的声音：“尽管我历尽艰难困苦，但我年逾不惑，我的灵魂深邃伟大，因而我认为我是幸福的。”索福克勒斯的俄狄浦斯与陀思妥耶夫斯基的基里洛夫都提出了荒谬胜利的法则。先贤的智慧与现代英雄主义汇合了。

人们要发现荒谬，就不能不想到要写某种有关幸福的教材。“哎，什么！就凭这些如此狭窄的道路……”但是，世界只有一个。幸福与荒谬是同一大地的两个产儿。若说幸福一定是从荒谬的发现中产生的，那可能是错误的。因为荒谬的感情还很可能产生于幸福。“我认为我是幸福的。”俄狄浦斯说，而这种说法是神圣的。它回响在人的疯狂而又有限的世界之中。它告诫人们一切都还没有也从没有被穷尽过。它把一个上帝从世界中驱逐出去，这个上帝是怀着不满足的心理以及对无效痛苦的偏好而进入人间的。它还把命运改造成为一件应该在人们之中得到安排的人的事情。

西西弗无声的全部快乐就在于此。他的命运是属于他的。他的岩石是他的事情。同样，当荒谬的人深思他的痛苦时，他就使一切偶像哑然失声。在这突然重又沉默的世界中，大地升起千万个美妙细小的声音。无意识的、秘密的召唤，一切面貌提出的要求，这些都是胜利必不可少的对立面和应付的代价。不存在无阴影的太阳，而且必须认识黑夜。荒谬的人说“是”，但他的努力永不停息。如果有一种个人的命运，就不会有更高的命运，或至少可以说，只有一种被人看作是宿命的和应受到蔑视的命运。此外，荒谬的人知道，他是自己生活的主人。在这微妙的时刻，人回归到自己的生活之中，西西弗回身走向巨石，他静观这一系列没有关联而又变成他自己命运的行动，他的命运是他自己创造的，是在他的记忆的注视下聚合而又马上会被他的死亡固定的命运。因此，盲人从一开始就坚信一切人的东西都源于人道主义，就像盲人渴望看见而又知道黑夜是无穷尽的一样，西西弗永远行进。而巨石仍在滚动着。

我把西西弗留在山脚下！我们总是看到他身上的重负。而西西弗告诉我们，最高的虔诚是否认诸神并且搬掉石头。他也认为自己是幸福的。这个从此没有主宰的世界对他来讲既不是荒漠，也不是沃土。这块巨石上的每一颗粒，这黑黝黝的高山上的每一颗矿砂，唯有对西西弗才形成一个世界。他爬上山顶所要进行的斗争本身就足以使一个人心里感到充实。应该认为，西西弗是幸福的。

（选自《灵魂之翼·哲思篇》，崔宝衡，花山文艺出版社 1995 年版）

【走近作者】

阿尔贝·加缪（1913 ～ 1960），法国著名的小说家、戏剧家和理论家，存在主义主要代表人物之一。加缪一生写了 4 部小说、11 部哲理性论著、3 个剧本以及大量的文章，他的成名作是 1942 年发表的小说《局外人》，其主要作品还有长篇小说《鼠疫》、中篇小说《堕落》、五幕剧《正义者》、随笔《西西弗的神话》等。1957 年，由于“他的重要文学创作以明澈的认真态度阐明我们同时代人的意识问题”获诺贝尔文学奖。

阅读门径

《西西弗的神话》是一部短小的哲学随笔集，副题是“论荒谬”，本文就是其中的一篇随笔。如果说加缪一生创作和思考的两大主题就是“荒诞”和“反抗”的话，那么哲理随笔《西西弗的神话》就是加缪对于荒诞哲理最深入和集中的考察以及最透彻和清晰的阐释。西西弗推石上山、永无止境的苦役无疑正是人类生存的荒诞性最形象的象征；但同时，他又是人类不绝望，不颓丧，在荒诞中奋起反抗，不惜与荒诞命运抗争到底的象征。加缪通过这个神话告诉我们，也许一些客观的存在是无法改变的，但这并不代表人类就毫无办法，听从命运的安排，人类可以通过自己主观的努力，去发现意义，发现幸福，这就是生存的真理。特别是在绝望条件下的乐观精神与幸福感、满足感。

本文文笔简洁、明快、朴实，始终保持着传统的优雅笔调和纯正风格。

能力提升

1. 结合《论读书》的学习，分小组讨论有关读书的经验与体会。
2. 把《论读书》中的有关“读书”方面的名言警句摘抄下来，积累写作素材。
3. 将西西弗跟中国古代神话故事中的愚公进行比较，体会他们所表现的文化内涵。
4. 请以“梦想”为话题，联系实际，即兴演讲，注意体现演讲词的特点，时间一分钟。

比较阅读

含着微笑的悲歌

杜小真

古今中外，曾有多少文人迁客面对动荡不安的世界、变幻无常的人生，苦苦地思索着……这本《西西弗的神话》就是千百首咏唱人生的悲歌中的一首。

加缪在完成这本哲学随笔的时候，只有 29 岁（1943）。和他的小说《局外人》《鼠疫》等名著一样，《西西弗的神话》也属于他的成名之作，影响历久不衰。这本书语言简朴，风格淡雅，没有华丽的辞藻和鲜艳的色彩，但在平淡之中，我们感受到作者清晰的哲理，在其近乎白描的叙述中，我们体会到作者火热的激情。

谈到《西西弗的神话》，我们不能不简单地介绍一下作者本人。加缪 1913 年生于阿尔及利亚。父亲是管酒窖的工人，在第一次世界大战中应征入伍，负伤身亡，那时加缪只有一岁。加缪随母居住在贫民区里，后来经人帮助获得奖学金，上了中学，又进阿尔及尔大学。为了上学，他勤工俭学，当过机关职员、汽车推销员、气象员。17 岁时又染上肺结核，真是尝尽了人生的艰辛、世态的炎凉。但他却从不怨天尤人，而是尽情地享受着大自然的馈赠：地中海的阳光和海水。他在大学攻读的是哲学，深受他的老师（后来成为他的挚友）让·格勒尼埃怀疑论的影响。1934 年，他曾加入法国共产党，但第二年由于法共对阿尔及利亚民族主义运动的立场改变而退出。1936 年完成毕业论文《基督教形而上学和新柏拉图主义》，主要是通过对普洛提诺和圣·奥古斯丁思想的论述说明希腊精神与基督教精神的关系。由于身体原因，加缪没有参加哲学教师学衔的考试。1937 年在他的好友帕斯卡·皮亚（Pascal Pia）主办的具有社会主义思想倾向的报纸《阿尔及尔共和报》担任记者。

在第二次世界大战中，加缪始终站在反法西斯战争的立场上，他反对绥靖政策，反对反动暴力。他不肯屈从新闻检查，因而触犯当局，他任主编的《共和晚报》被查封。于是他回到法国，任《巴黎晚报》秘书，后来因为政治观点不同而离开，再度失去工作。这之后的一段时间里，加缪回到奥兰，完成了《局外人》《西西弗的神话》以及剧本《卡里古拉》，并开始酝酿《鼠疫》。他积极参加抵抗运动，并在北方解放运动“战斗”组织中担负工作。1942、1943年，《局外人》和《西西弗的神话》先后出版，加缪一举成名。

加缪认为："伟大的作家必是哲学家。"如果说，《局外人》是以文学形式对荒谬进行形象的描绘，那么，《西西弗的神话》则是用哲学语言对荒谬进行系统的论证。

《西西弗的神话》是一部哲学随笔，副题就是"论荒谬"。在加缪的哲学思想中，荒谬是作为起点而提出的。加缪从荒谬这个前提出发对心灵进行探索。

加缪的荒谬实际上就是一种感受，它类似于萨特所说的"厌恶"（LaNausee）。这是一种人的主观意识对于外部世界的非正题的领悟，即对自在的非正题的领悟。一个我们习以为常的世界，一个我们平常非常熟悉的女人，突然间会变得那么陌生，从此变得比"失去的天堂还要遥远，我们不再能理解它们……"这种加缪称之为在非人性因素面前产生的不适感，在我们所见的东西面前引起的堕落就是荒谬。荒谬取决于人和世界，二者缺一就不成其为荒谬。荒谬是"人与世界之间的唯一联系"。人一旦在平庸无奇、习以为常的生活中提出"为什么"的问题，那就是意识到了荒谬，荒谬就开始了，而人也就清醒了。一方面，人看到了这毫无意义、杂乱无章的非人的世界，它是希望的对立面；另一方面，人自身中又深含着对幸福与理性的希望，荒谬就产生于"这种对人性的呼唤和世界不合理的沉默之间"的对抗，荒谬清楚地说明了欲求统一的精神与令这要求统一的意念失望的世界之间的分离。非理性因素、人的怀念以及与二者同时出现的荒谬就是造成人生悲剧的三位主角。

既然我们面对的注定是悲剧的人生，是无情无义的荒谬世界，那么，荒谬是否就必然要引出自杀的结果以结束这种在世的生活呢？加缪这位崇仰古希腊哲学的哲学家，具有先哲们的清醒和冷峻；但他又是受地中海阳光海水哺育的文学家，具有诗人的激情和感受。他对严肃的人生问题做出了这样的回答：要对生活回答"是"，要对未来回答"不"！就是这貌似平淡的答案不知震撼了多少麻木的心灵，又不知激励过多少破碎的灵魂！

加缪责备他的启迪者克尔凯郭尔，甚至现象学的先驱胡塞尔都没有正确地回答人生这最重要的哲学问题。至于萨特，加缪声称他的这本《西西弗的神话》就说明了他与萨特的存在主义毫不相干。加缪决不同意把希望寄托于将来，不希求什么永恒与舒适，不惧怕飞跃产生的危险。穷尽现在——不欲其所无，穷尽其所有，重要的不是生活得最好，而是生活得最多，这就是荒谬的人的生活准则。完全没有必要消除荒谬，关键是要活着，是要带着这种破裂去生活。人有精神，但还有至关重要的身体，精神依靠身体去穷尽现在的一切。正如法国人格主义代表人物莫尼埃所说，还没有人曾像加缪那样歌颂身体的伟大：身体、爱抚、创造、行动，人类的高贵于是在这毫无意义的世界里重新获得其地位。

在加缪看来，没有任何一种命运是对人的惩罚，只要竭尽全力去穷尽它就应该是幸福的。对生活说"是"，这实际上就是一种反抗，就是在赋予这荒谬世界以意义。因而，自杀是错误的，它决不应是荒谬的必然结果。自杀实质上是一种逃避，它是反抗的对立面，它想消除荒谬，但荒谬却永远不会被消除。加缪反对自杀，他对生活充满爱恋，和西西弗一样，他迷恋蔚蓝的天空，辽阔的大海……他要穷尽这一切，他要对生活回答“是”！正是在这一点上，他认为陀思妥耶夫斯基是存在小说家而不是一个荒谬小说家。

加缪不相信来世，他认为，人若为了寻找生活的意义，为了某种目的或为适应某种偏见而生活，那就会给自己树起生活的栅栏。荒谬则告诉他：没有什么明天，没有什么来世，要义无反顾地生活。这就是人的深刻自由的理由，这点是和萨特的自由观不同的。因为萨特的存在主义自由是要脱离日常混沌，超越现在。而加缪所说的荒谬的人则是下决心要在这冰冷而又燃烧着的有限世界中生活。在这世界里并不像存在主义者所说，一切都是可能的。在这样的世界里生活，就意味着对将来无动于衷并且穷尽既定的一切。加缪认为，存在主义对生命意义的笃信永远设定着价值的等级，而荒谬的人则是在清醒地认识到荒谬之后，最后投入到人类反抗的熊熊火焰之中。加缪就这样从荒谬推论出我的反抗、我的自由和我的激情。总之，加缪所推崇的荒谬的人是“不肯拔一毛以利永恒的人”，就是追求自我穷尽、追求穷尽既定一切的人。这就像戏剧演员不间断地穷尽他的各式各样的角色一样，就像他们在两小时的短暂时间内享尽他们扮演的角色的全部荣光一样。

加缪通过他的人生哲理给我们描绘了一幅人生的图画：风尘仆仆的西西弗受诸神的惩罚把巨石推上山顶，而石头由于自身的重量又重新从山上滚下山去，西西弗又走下山去，重新把石头推上山顶。诸神认为再也没有比进行这种无效无望的劳动更加严厉的惩罚了。但是西西弗坚定地走向不知尽头的磨难，他意识到自己荒谬的命运，他的努力不复停歇，他知道他是自己命运的主人，他永远前进。他的行动就是对荒谬的反抗，就是对诸神的蔑视。他朝着山顶所进行的斗争本身就足以充实一颗人心。西西弗对荒谬的清醒意识“给他带来了痛苦，同时也造成了他的胜利”。应该认为，西西弗是幸福的。

但西西弗的命运毕竟应该说是悲剧，只不过悲剧从本质上讲是对苦难的反抗。从这点上讲，加缪不愧是法国当代的伟大思想家。他观察世界及命运的眼光是那样犀利、冷静，近于残酷；但对人生，对大自然却充满无比的激情和热爱，他认为，为了这个热爱，就必须历尽苦难。因为痛苦和幸福本来就是同一大地的两个产儿，荒谬是能够产生幸福的。这里，我不禁想起加缪的老师和挚友让·格勒尼埃在《加缪全集》第一集的前言中的一段话：“很难把加缪列到伊壁鸠鲁和芝诺之中，虽然这两个流派是那样地吸引过他——前者是由于身体学说，后者则是由于精神学说。然而，加缪的伊壁鸠鲁主义是社会的，他的斯多噶主义则是微笑着的。”加缪在《西西弗的神话》中咏唱的的确是一首“含着微笑的悲歌”。

《西西弗的神话》这本书出版到现在，四十多年过去了。但加缪在其中提出的问题仍然是引人注目的。一位法国朋友曾对我说，加缪的《局外人》和《西西弗的神话》是她十八岁时的床头书。这说明，加缪曾是战后一代青年的精神导师。这不仅仅因为他是法国最年轻的诺贝尔奖获得者，也不仅仅因为他在文学、戏剧、哲学上的成就，更重要的是他独特而清晰的思维提出了一代人关心的问题，而他明知不能根除世上的邪恶而仍以西西弗下山的坚定步伐走向荒谬的精神，则更加强烈地激动着受到严重心灵创伤的战后一代。四十年后的今天，这本小书若仍能启发人们的思考，帮助人们加深理解西方当代人思想的发展和变化，那么翻译这本小书的目的也就达到了。

（《西西弗的神话》，［法］加缪译后记，杜小真译，经济日报出版社 2003 年版）

第三章　小说欣赏

欣赏点睛

一、小说解析

（一）小说的概念

小说是以刻画人物为中心，通过完整的故事情节和具体的环境描写来反映社会生活、表达思想的一种文学体裁。小说有三个要素：人物、故事情节、环境（自然环境和社会环境）。小说反映社会生活的主要手段是塑造人物形象。

“小说”一词最早见于《庄子·外物》：“饰小说以干县令，其于大达亦远矣。”鲁迅在《中国小说史略》中讲，这里的“小说”即“琐屑之言，非道术所在”，“小说”就是讲些无关紧要的话。在班固的《汉书·艺文志》中，“小说”是指“街谈巷语、道听途说者之所造”，虽然认为小说仍然是小知、小道，但从另一角度触及小说讲求虚构、植根于生活的特点。

清末民初，维新派梁启超等大力倡导“小说界革命”，小说理论面目一新。小说地位空前提高，乃至被奉为“国民之魂、正史之根、文学之最上乘”。

“五四”新文化运动后，作家开始用白话写作，并将小说创作与时代紧密结合，出现了一大批有影响的小说和作家。

（二）小说的分类

小说分类的标准和方法是多种多样的。按篇幅及容量分为长篇小说、中篇小说、短篇小说和微型小说；按题材的性质可分为历史小说、言情小说、武侠小说、科幻小说等；按语言形式可分为文言小说和白话小说；按体制结构又可分为章回体小说、日记体小说、书信体小说和自传体小说等。各类小说的特点都有交错现象，并无截然的界限，因此，小说的分类也具有相对性。

1. 长篇小说

长篇小说的篇幅字数一般在十万字以上。它篇幅长，容量大，情节复杂，人物众多，结构宏伟，适于表现广阔的社会生活和人物的成长历程，并能反映某一时代的重大事件和历史面貌。

2. 中篇小说

中篇小说的篇幅字数一般在三万到十万字左右。其容量大小、篇幅长短、人物多寡、情节繁简等均介于长篇小说和短篇小说之间。它通常只是截取主人公一个时期或某一段生活的典型事件塑造形象，反映社会生活的某个方面，故事情节完整，线索比较单一，矛盾斗争不如长篇小说复杂，人物较少。

3. 短篇小说

短篇小说的篇幅字数在两千字到三万字之间。它篇幅短小，情节简洁，人物集中，结构精巧。往往选取和描绘富有典型意义的生活片断，着力刻画主要人物的性格特征，反映生活的某一侧面，使读者“窥一斑而知全豹”。正如茅盾所说：“短篇小说主要是抓住一个富有典型意义的生活片断，来说明一个问题或表现比它本身广阔得多也复杂得多的社会现象的。”

4. 微型小说

微型小说的篇幅字数一般在一千字左右、两千字以内。它以微知著，以近知远。人物少，情节简单。但小而精，微而妙，以少胜多，以微观反映宏观。现实感强，迅速轻便，充满生活气息。但能写出艺术境界的“远”，使人联想无穷。

（三）小说的历史

我国古代小说发展，大致经历了如下几个阶段：

（1）上古到先秦两汉，这是我国古代小说的酝酿和萌生时期。主要是先秦的“寓言”。如《精卫填海》《夸父逐日》《后羿射日》《女娲补天》等。

（2）魏晋南北朝时期，出现了“志怪”（谈神说鬼）、“志人”（记录名人轶事）小说，合称为“笔记小说”。这一时期，我国的小说初具规模。主要作品有干宝的《搜神记》和刘义庆的《世说新语》。

（3）唐代出现了唐传奇。唐传奇的出现标志着我国古典小说的成熟。著名传奇有李朝威的《柳毅传》，白行简的《李娃传》。

《柳毅传》讲的是落第书生柳毅替遭受婚姻折磨的洞庭龙女传书，使她获得解放，后历经坎坷，俩人终成眷属的浪漫故事。人物描写是这部小说最成功的地方。柳毅的正义、龙女的深情、钱塘君烈火般的个性，都刻画得十分鲜明。它用幻想反映现实的手法，对后代文学影响很大。

《李娃传》通过妓女李娃与荥阳公之子这对地位悬殊的恋人历经风雨，终于获得幸福的故事，批判了封建门阀观念，歌颂了郎才女貌的爱情标准。小说人物形象丰满，情节曲折，笔法清丽。

（4）宋代出现了白话小说——“话本”（话本是讲故事的人用的故事底本）。至此，小说才成为故事性文体的专称。话本的出现是“小说史上一大变迁”，它对中国古代小说的发展产生了极为深远的影响。代表作有《碾玉观音》《错斩崔宁》。

（5）明代出现了“拟话本”，即明代文人模仿话本的体制、形式进行创作的小说。话本的大量刊行，逐渐引起文人注意，他们由对话本的编辑、加工，进而模拟话本写作，这就出现了主要供案头阅读的文人模拟的话本，通常称之为拟话本。冯梦龙在宋元话本和明代拟话本的基础上，加工编成了《喻世明言》《警世通言》《醒世恒言》三部短篇小说集，简称“三言”。凌濛初的《初刻拍案惊奇》《二刻拍案惊奇》两个拟话本集子，简称“二拍”。“三言”和“二拍”代表了明代短篇小说的成就。

（6）明、清出现了章回小说。这一时期，我国古代小说发展到顶峰，产生了一批伟大不朽的名著。如《三国演义》《水浒传》《西游记》《聊斋志异》《儒林外史》《红楼梦》等。

二、小说的基本特点

小说是一种散文体的叙事文学形式。人物、情节、环境三要素构成完整的小说世界，是小说的基本特点。

与其他文学样式相比，抒情诗、抒情散文无须人物、情节和环境；叙事诗、叙事散文和戏剧文学，尽管具备这三要素，但不易构成完整的世界，也许小说才称得上一个“世界”。因它容量大，能够比上述文样式更多方面、更为细致地刻画人物思想性格，展现人物关系和命运变化，能够更为完整地表现错综复杂的生活事件和矛盾冲突，能够更加广阔地反映社会生活。正如黑格尔所说，小说能够充分表现出丰富多彩的旨趣、情况、人物性格、生活状况及至整个世界的广大背景。以下分而论之。

（一）丰富而细致的人物刻画

小说偏重于客观生活的描述。生活是丰富多彩的。现实的人是丰富的统一体，七情六欲并具，感情复杂微妙，不仅有神态、语言和行为的外在表现，而且有思维、意识和心理的内在活动。另一方面，人是一切社会关系的总和，在实际生活中，人必定会与不同性格、不同命运和不同思想、不同地位的人形成各种关系。小说的特点之一，就是作家能对丰富而统一的人物作多方面的细致的描写。

小说不受时间和空间的限制。为了表现人物的性格和命运的变化，作家既可以写人物过去的经历，也可以写人物现在的处境；既可以写特定场所中的人物行为，也可以写无环境的人物活动。短则几小时，长达几十年；静则居室冥想，动则驰骋千里。无须受时空的限制，只要符合一般生活的逻辑。如莫泊桑《米龙老爹》，从时间上看，始于和平时期，倒叙战争年代的故事；由米龙老爹受伤被捕，而追叙他一个月来杀敌的经过；且在叙述第一次暗杀成功后，又回笔描写审判现场，然后再叙暗杀其余十五人的经历。几十年、一个月，白天、黑夜，时间跨度或长或短，时间顺序颠倒往还。从空间上看，开端由远景诺曼第省的田庄，转至近景米龙家门前的葡萄树；然后从米龙家的马房，写到庄前临时的审判场。而在米龙老爹杀敌的经历中，仓后濠沟、石灰窟地道、庄前大道、路边矮树丛，场所迅速变动，频繁转换。如此时空迭次变换，描写人物的活动和关系，对剧本来说，通常是难以表现的。即便是荒诞剧，时空变换的频率，也远远不及小说。

在文学作品中，唯独小说能够多角度、全方位地刻画人物。它可以凭借各种艺术手段，从各个角度对人物进行肖像描写、心理描写、对话描写、行为描写和环境描写，既能展现人物音容笑貌、言谈举止和衣着装饰等外在形态，也能呈现人物心理和思想感情等内在活动，还能完整展现人物与环境互为作用的关系。从物质生活到精神领域，从个人性情到社会关系。作家都可以按照需要而加以具体细致的刻画。如莫泊桑刻画米龙老爹，先用特定镜头凸现其肖像，接着通过与普军团长的对话，呈现米龙老爹志气高尚的气度和杀敌前后的心理，然后在环境的变换中描写他杀敌的机智行为，最后仍以肖像描写表现他敢作敢为、视死如归的气概，而这一切描写始终围绕着一个普通百姓和一群武装到牙齿的侵略军的关系进行着。各个角度的细致描写，各种方法的交叉使用，使米龙老爹这一爱国英雄的形象，跃然纸上。

（二）完整而多变的情节铺叙

与其他叙事文学样式相较，小说的情节可以做到更为完整，更具复杂性，更有连贯性，尤其是长篇小说，往往头绪纷繁，线索众多，错综复杂，跌宕回旋。

不仅如此，小说自身的发展，使其情节特点更为鲜明。古代小说比较注重故事的完整。情节一般按照开端、发展、高潮和结局来编排。作品依据人物的经历，顺序展开情节，铺叙一个一个事件，构成完整的故事，为了使故事生动，作者还可穿插一些有趣的奇闻。其间，故事便等于小说的情节。19 世纪以来的小说，已不同于古代小说的故事体而更注重情节的完整。故事与情节不同，故事既可以是全部情节，也可以是情节的基础。故事是按时间顺序排列的事件的叙述。情节虽然也是事件的叙述，且保持了时间顺序，但重点在因果关系上并常常为事件因果关系的描写而打破表面的时间顺序。近现代小说不同于其他叙事文学样式和情节特点，恰恰表现在此。如鲁迅的《风波》，以七斤剪了辫子而引起的风波为基本情节，但作品并不注重剪辫子故事的叙述，而且九斤老太反复唠叨一代不如一代的事件，很难纳入剪辫子的故事，读者显然觉得作品的故事性不强。然而，这却是一篇情节相当完整的小说。作品围绕剪辫子产生的风波安排情节，始述七斤的烦恼，继写七斤夫妇如何恐慌，尔后描写一切复归原状；同时则又始终隐约贯串九斤老太感叹的情节，说明她对风波未闻未见，无动于衷，毫不关心。作品情节的两个方面，天衣无缝地交融一体，展示了风波乍起复平与九斤老太感叹的因果关系，从而一方面反映张勋复辟只是一场闹剧，昙花一现；另一方面则揭示了辛亥革命后中国的腐败现状和农民的愚昧落后，依然如故。

近现代小说，情节不但完整，而且多变，突出表现在打破故事情节的顺序结构，摒弃作品叙述人完整描述故事的单一方法，而通过不同角度，运用各种技巧描写，体现情节的完整。如《米龙老爹》，整体结构时空颠倒，米龙老爹的杀敌经过，则又在他被捕后追叙。情节并非是叙述人从头至尾的描述，而是由人物对话、口供和叙述人的补叙所组成。尽管情节没有按照时间顺序编排，但各种技巧的运用，却使作品体现了时序的连贯和情节的完整。甚或当代一些借鉴意识流手法创作的小说，表面上时空颠颠倒倒，过去、现在、未来，交杂无序，时代氛围、人物场所、具体环境，穿插重叠，但根据小说人物的意识流向和事件的因果关系，可以发现，情节在变化中仍然是完整一体的。

（三）具体而独特的环境描写

人在一定的环境中生存、活动，事件也总是在一定的环境里发生、发展。所以，小说通常通过典型环境的具体描写，展开情节，刻画人物。一般来说，典型环境包括了人物所处的时代氛围、人与人之间复杂关系形成的社会环境和活动场所、自然景物等生活环境。

任何一部小说都脱离不了时代氛围的描写，因为现实主义小说描写的人物事件，必须在某一时代的具体背景下展开。一定的时代，规定了活跃其间的人物和发生其间的事件的特定性质，决不可远离或超越。如《水浒传》在北宋末年的背景中，绝不可能塑造出曹操、刘备、孙权之类的形象；而《儒林外史》里范进、周进之类的人物，则绝不可能在三国纷争的时代背景中产生。小说艺术世界的时代氛围，首先是由背景描写所体现的。当然，光有时代背景描写是不够的，小说必然还会展现人物所处的社会环境，这是刻画人物不可或缺的要素。如曹雪芹笔下的贾宝玉、林黛玉、薛宝钗等人物的塑造，与大观园的具体环境和贾府上上下下人物的描写有着不可分割的联系，没有后者，前者则无从凸现。环境描写的另一方面，是人物生存、活动的特定背景的展现。生活中，一个人的气质、品质，不仅仅是在语言和行为中体现，人物生活的具体环境也可以显示人物的身份、情致和品格，小说便常常通过展示人物的独特环境，表现人物的个性和精神面貌；然而一个人并非只在固定的环境中活动，社会交往和在一定的矛盾运动中，人总会走出固定的环境，因之，小说又很注重描写人物行动的特定环境，及时衬托、显现人物的思想感情，加深人物的性格特征。

时代氛围、社会环境和人物活动的特定环境，三者往往水乳交融，密不可分，构成小说的又一特点：具体而独特的环境描绘，再现真实的生活氛围。如孙犁的《嘱咐》，描写八年不见的平原景色：铁路边折毁的炮楼，破墙上的鸟粪，烧毁后的村庄，被砍伐的堤柳，点示出作品故事发生的时代背景——八年抗战刚刚结束，内战又已拉开序幕。作品又借水生的眼睛，展现家乡的风景，辽阔的平原，熟悉的村庄，醉人的袅袅炊烟，以及街道的废墟，荒凉的坟地，既表现了水生对家乡的热爱，又透露出他对敌人的仇恨。而水生家屋内外的场景，八年分离、一朝相逢的家庭温馨气氛，送别时对白洋淀景色的描写、渲染，则衬托显现了水生夫妇爱家、爱家乡、爱祖国的思想品质和心心相印、呼吸相通的恩爱感情。人物刻画与环境描写达到了高度的统一。

小说这三个方面的基本特点，不是各自孤立，而是密切联系的。丰富而细致的刻画人物，必须借助于情节的充分展开；具体而独特的环境描写，则给人物活动、情节铺叙创造了特定的氛围，三者互为作用，构成了小说世界。正因为如此，欣赏小说也就应该根据小说的基本特点，去把握作品的思想内容和艺术特色。

三、小说的欣赏技巧

（一）把握环境与人物的关系

阅读一部小说，无论长篇还是中短篇，必须首先把握作品故事发生的时代背景、具体环境和人物生存的社会环境，使自己进入小说世界的规定情景。这样，在欣赏过程中，才能理解作品描写的生活、风俗和习惯，理解人物的行为、思想和事件的性质，并在读完作品后，能够判断作品描写的生活、人物是否真实可信，作品的思想内容在当时是否具有进步意义。假如欣赏者不能进入小说世界的规定情景，那就容易误解作品，做出不正确的判断。譬如《麦琪的礼物》，故事的背景是在20世纪初美国垄断资本势力急速发展的时期，资本家对工人残酷压榨，造成了贫富差别日益悬殊。故事发生于这一背景下的圣诞节前夕，在一对贫穷的恩爱夫妻之间展开。欣赏者把握了这一点，才能理解人物拮据窘迫的境况，才能理解人物心地善良、感情纯洁、能够自我牺牲的品质，从而认识作品的思想意义，否则，就会感到小说人物的可笑，而不能体会到作品内在的悲和愤。

（二）把握情节与人物的关系

欣赏小说，读者很容易被故事情节所牵引，以致忘了人物。其实，除了部分推理小说、科幻小说着重于表现情节和事件外，近现代绝大多数小说都以塑造人物为主。所以，欣赏小说不能满足于对故事情节的一般了解。情节是展示人物性格的重要方面，因此，欣赏小说时，也就不得不时常提醒自己注意人物在故事情节发展中的各种表现，各种人物在情节发展各个环节的主次地位，以及情节跌宕起伏与人物的关系。这样才能理解情节始自于人物而发生发展的必然性，以及对表现人物性格和人物关系的重要性。欣赏小说若不认识这一点，那读情节性强的作品，或许尚有故事可得，而读情节淡化的作品，则会一无所获。

譬如老舍的《断魂枪》中王三胜与孙老者比武的情节，光读故事，容易停留在比武经过的欣赏上，至多对两人的不同性格有所了解。如果能思考作品全部情节的发生和归结人物的关系，那便能深一层地认识到，这段情节还为刻画沙子龙的形象起了不可或缺的铺垫作用。又如契诃夫的《苦恼》，全部情节发生、展开过程，几乎没有故事性，但若欣赏者注意情节与人物的关系，便能理解，前三段马夫对人倾诉的情节与后段对马倾诉的情节对照，对于刻画马夫的心态和反映社会的冷漠是何等的重要。

（三）把握人物与人物的关系

小说是个世界，喻之于精湛的长篇小说尤为贴切。优秀的长篇小说总会展现出具有典型意义的社会关系的缩图，三教九流，芸芸众生，活跃在其间，主要人物、次要人物，互为联系，互为牵制，互为作用，形成复杂的人物关系。因此，欣赏小说应该注意从重大事件里人物各种表现的描写中，发现人物与人物之间的微妙关系，进而认识各色人物的不同性格和思想特征，理解故事情节的深层含义。如在宝玉挨打的事件中，贾府上至贾母、贾政，下及焙茗、聋婆，主次人物先后登场：打的、挨打的、凶的、恶的、哭的、闹的、气的、急的、慌的、骂的、喊的、怕的、恨的、叹的、怜的、先硬后软的、先劝后怨的、先诬后悔的、先骂后哭的，等等，各人各姿，形神毕肖。欣赏者能在对各人迥异的话语、态度、举止表现的描写中，窥得不同人物的身份、地位和个性特点，发现不同人物对贾宝玉挨打一事的反应，认识各人不同的思想感情和立场，从而理解这一事件具有的思想意义和对刻画人物、推动情节发展、表现作品主题所起的重要作用。

此外，欣赏小说还可从各种角度品味小说刻画人物、铺叙情节和布局结构的各种艺术技巧，诸如肖像勾勒、心理摹绘、细节点睛、对话妙语、伏笔技巧和构思匠心等，都可以程度不同地收到审美的效果。

第一节　奇妙无穷的神话与传说

文本综要

中国古典小说源远流长，一般认为上古的神话与传说是小说的摇篮。神话传说的故事是由人们幻想中的古今生物如神、鬼、人、仙、佛、妖等衍生出来的故事。神话传说反映了当时的人对自然的认识和征服自然的愿望。它丰富奔放、瑰奇多彩的想象和对自然事物形象化的幻想，富有浪漫主义色彩，如女娲补天、后羿射日。

神话传说所开创的为人生的主题，事实上成为我国文学发展的主流。神话传说富于情感、富于形象、富于想象的特征，也极大地影响着后世文学的发展。

神话故事通过传说化、寓言化等形态进入小说，经过后人不断加工改造，最终成为世俗性小说。先秦时期散见于诸子散文中的大量寓言故事及史传文学是我国最早的叙事文学，它们从思想上、题材上、语言上对后世小说的演进起着重要作用，是小说形成的重要环节。

1　共工怒触不周山

《淮南子·天文训》

【欣赏任务】

1. 了解《淮南子》相关的知识。
2. 体会先民探索、征服大自然的愿望和意志。

【经典篇目】

昔者共工与颛顼争为帝，怒而触不周之山。天柱折，地维绝，天倾西北，故日月星辰移焉；地不满东南，故水潦尘埃归焉。

（选自《淮南子》，陈忠译注，中华书局 2012 年版）

【走近作者】

《淮南子》（又名《淮南鸿烈》《刘安子》），西汉皇族淮南王刘安及其门客集体编写的一部哲学著作。该书在继承先秦道家思想的基础上，糅合了阴阳、墨、法和一部分儒家思想。故《汉书·艺文志》将之列为杂家类。《淮南子》原书内篇二十一卷，中篇八卷，外篇三十三卷，至今存世的只有内篇。梁启超说："《淮南鸿烈》为西汉道家言之渊府，其书博大而和有条贯，汉人著述中第一流也。"胡适说："道家集古代思想的大成，而淮南书又集道家的大成。"

阅读门径

共工，又称共工氏，是中国古代神话中的水神，掌控洪水。在中国先秦古书《列子·汤问》中记载，传说共工素来与颛顼不合，二者发生惊天动地的大战，最后以共工失败而愤怒地撞上不周山而告终。

这则神话反映了远古部族间的斗争，同时涉及古代天文学上的"盖天说"，来解释"日月星辰都朝西北方移动""江河泥沙都朝东南方向流去"的现象。

2 精卫填海

《山海经·北山经》

【欣赏任务】

1. 了解《山海经》的相关知识。
2. 感受精卫不屈不挠的精神。
3. 领会先民征服自然、改造自然的坚毅。

【经典篇目】

又北二百里，曰发鸠之山，其上多柘木，有鸟焉，其状如乌，文首，白喙，赤足，名曰"精卫"，其鸣自詨。是炎帝之少女，名曰女娃。女娃游于东海，溺而不返，故为精卫。常衔西山之木石，以堙于东海。漳水出焉，东流注于河。

（选自《山海经》，陈焕良释译，岳麓书社 2012 年版）

【走近作者】

《山海经》是中国志怪古籍，全书十八卷，其中“山经”五卷，“海经”八卷，“大荒经”四卷，“海内经”一卷，共约31000字。记载了约40个邦国，550座山，300条水道以及邦国山水的地理、风土物产等信息。《山海经》一书的作者和成书时间都还未确定。过去认为为禹、伯益所作，大约出于周、秦人的记载，不可信。现代中国学者一般认为《山海经》成书非一时，作者亦非一人，时间大约是从战国初年到汉代初年，楚、巴蜀，东及齐地方的人所作，到西汉校书时才合编在一起。

阅读门径

有学者认为，中国上古神话中记录了很多典型的非自然死亡，其中的意外让今人看到了先人在自然面前的弱小和无能为力，同时也透出了生命的脆弱。女娃的死就是其中一例。著名作家茅盾则认为，精卫与刑天是属于同型的神话，都是描写百折不回的毅力和意志的，这是属于道德意识的鸟兽神话。

精卫填海神话中表现出了人类最本质、最永恒的东西：对生存的恐慌，以及在这之上表现出来的人类的永恒的独有的精神气质。这些原型主题表现的都是先民缘于最基本的生存而产生的文化意识。这里的生存仅仅是一种对于生命的珍惜。缘于这种保存生命的初始本能，后世这种危机意识逐渐推延到更深、更广的程度。

能力提升

1.“怒而触不周之山”中的“怒”字表现了共工怎样的性格特点。

2.《精卫填海》与《夸父逐日》一样，具有浓重的悲剧色彩，试对比两个故事中人物的异同。

比较阅读

请参考阅读以下书目：

1.《美术、神话与祭祀》，三联书店2013年版。

2.《闻一多神话与诗》，吉林人民出版社2013年版。

3.《神话与神话学》，北京师范大学出版社2009年版。

4.《中国古代神话》，华夏出版社2006年版。

第二节 精悍隽永的六朝小说

文本综要

汉魏六朝小说，处于中国小说的萌芽阶段。主要分为志怪小说与志人小说两大类，志怪小说从神话传说发展而来，以描写神灵鬼怪和妖异怪诞之事为主；志人小说以记载人物的琐闻轶事为主，创作手法则与寓言和史传中记载人物言行片段的手法相似。

志怪小说的代表作是干宝的《搜神记》。它想象丰富奇特，人物形象鲜明生动，故事情节完整曲折，具有很高的艺术造诣和文学价值。其中借助鬼怪的题材，暴露封建统治者的凶残，如《干将莫邪》，情节一波三折，故事悲壮感人。

志人小说代表作是刘义庆的《世说新语》，其主要是掇拾汉末至东晋的士族阶层人物的故事，客观地反映了士族阶级的精神面貌和生活方式。志人小说语言简洁传神，常寥寥数语勾勒出人物的姿态表情。其中许多故事演变成家喻户晓的成语和典故，如拾人牙慧、望梅止渴等。

志怪与志人小说逐渐统一于故事情节的发展，具备了更多的小说因素，展现了中国小说的雏形。

3 干将莫邪

干 宝

【欣赏任务】

1. 了解《搜神记》的相关知识。
2. 理解不惜生命，以身殉义的侠义之举的可取性和局限性。

【经典篇目】

楚干将、莫邪为楚王作剑，三年乃成。王怒，欲杀之。剑有雌雄。其妻重身当产。夫语妻曰："吾为王作剑，三年乃成。王怒，往必杀我。汝若生子是男，大，告之曰：'出户望南山，松生石上，剑在其背。'"于是即将雌剑往见楚王。王大怒，使相之："剑有二，一雄一雌，雌来雄不来。"王怒，即杀之。

莫邪子名赤，比后壮，乃问其母曰："吾父所在？"母曰："汝父为楚王作剑，三年乃成。王怒杀之。去时嘱我：'语汝子，出户望南山，松生石上，剑在其背。'"于是子出户南望，不见有山，但睹堂前松柱下石低之上。即以斧破其背，得剑，日夜思欲报楚王。

王梦见一儿，眉间广尺，言欲报仇。王即购之千金。儿闻之，亡去，入山行歌。客有逢者，谓：“子年少，何哭之甚悲耶？”曰：“吾干将、莫邪子也，楚王杀吾父，吾欲报之！”客曰：“闻王购子头千金，将子头与剑来，为子报之。”儿曰：“幸甚！”即自刎，两手捧头及剑奉之，立僵。客曰：“不负子也。”于是尸乃仆。

客持头往见楚王，王大喜。客曰：“此乃勇士头也，当于汤镬煮之。”王如其言。煮头三日三夕，不烂，头踔出汤中，瞋目大怒。客曰：“此儿头不烂，愿王自往临视之，是必烂也。”王即临之。客以剑拟王，王头随坠汤中，客亦自拟己头，头复坠汤中。三首俱烂，不可识辨。乃分其汤肉葬之，故通名“三王墓”，今在汝南北宜春县界。

（选自《搜神记》卷十一，干宝，中华书局 1979 年版）

【走近作者】

干宝（283—351），字令升，新蔡（今河南新蔡）人，东晋文学家、史学家。著述颇丰，主要有《周易注》《五气变化论》《论妖怪》《春秋序论》《百志诗》《搜神记》等。《搜神记》是一部志怪小说，在中国小说史上有着极其深远的影响，被称作中国志怪小说的鼻祖。所谓志怪小说，正如鲁迅先生所说：“六朝人之志怪，却大抵一如今日之记新闻，在当时并非有意做小说。”它记录了一大批古代的神话传说和奇闻逸事，内容生动丰富，情节曲折离奇，艺术价值很高。

阅读门径

干将莫邪的故事最早出自出汉代刘向《列士传》和《孝子传》中，后来由历史上诸多著作摘录和引用。现如今，最流行的版本为志怪小说集《搜神记》中所记干将莫邪的故事。

干将，春秋时吴国人，是楚国最有名的铁匠，他打造的剑锋利无比。楚王知道了，就命令干将为他铸宝剑。干将与其妻莫邪奉命为楚王铸成宝剑两把，一曰干将，一曰莫邪（也作镆铘）。干将知道楚王性格乖戾，特在将雌剑献与楚王之前，将雄剑托付其妻传给其子。后干将果真被楚王所杀。其子成人后成功完成父亲遗愿，将楚王杀死，为父报仇。

小说篇幅虽短，但故事情节完整，思想内涵丰富，人物形象栩栩如生。赞颂了莫邪之子生命已去精神不死的表现和“客”的诚信、侠义的品质。

4　王子猷居山阴

刘义庆

【欣赏任务】

1. 了解刘义庆的相关知识。

2. 把握文章通过小事来反映人物性格的写法。

3. 理解魏晋名人风度。

【经典篇目】

王子猷居山阴，夜大雪，眠觉，开室命酌酒。四望皎然，因起彷徨，咏左思《招隐诗》。忽忆戴安道，时戴在剡，即便夜乘小船就之。经宿方至，造门不前而返。人问其故，王曰："吾本乘兴而行，兴尽而返，何必见戴？"王子猷尝暂寄人空宅住，便令种竹。或问："暂住何烦尔？"王啸咏良久，直指竹曰："何可一日无此君！"

（选自《世说新语》，上海古籍出版社 2012 年版）

【走近作者】

刘义庆（403 ～ 444），字季伯，原籍彭城（今江苏徐州），世居京口。南朝宋宗室，文学家。刘义庆自幼才华出众，爱好文学，除《世说新语》外，还著有志怪小说《幽明录》。《世说新语》是由他组织一批文人编写的。

阅读门径

《王子猷居山阴》出自《世说新语·任诞第二十三》。《世说新语》是记录魏晋人物言谈轶事的笔记小说。该篇通过王徽之（字子猷）访戴逵"乘兴而行，兴尽而返"的言行，表现了当时名士率性任情的风度和乐观、豁达的人生态度。出自此文的成语：乘兴而来，败兴而归。

能力提升

1.《干将莫邪》中"客"是一个有勇有谋、有信有义的人，分析其"勇谋"和"信义"的表现。

2. 干将、莫邪的儿子"赤"不惜生命为父报仇，"客"也不负诺言，以身殉义，你如何看待他们的行为?

3.《王子猷居山阴》中“乘兴而行，兴尽而返，何必见戴”体现了人物怎样的性格？

比较阅读

请参考阅读以下书目：

1.《汉魏六朝小说选》，徐震堮选注，古典文学出版社 1955 年版。

2.《搜神记》，东晋·干宝著，中华书局 1979 年版。

3.《世说新语》，南朝宋·刘义庆著，上海古籍出版社 1982 年版。

第三节　诙谲绮丽的隋唐传奇小说

文本综要

传奇小说是古代文言短篇小说的一种，产生和流行于唐代，又称唐传奇。传奇小说不仅数量多，而且内容精彩，故事动人，文辞华丽。

传奇大家白行简、元稹、蒋防创作的《李娃传》《莺莺传》《霍小玉传》完全摆脱了神怪之事，而以生动的笔墨、动人的情感来全力表现人世间的男女之情，取得了极大的成功。

白行简，白居易之弟，《李娃传》写荥阳生赴京应试，与名妓李娃相恋，资财耗尽后，被鸨母设计逐出，流浪街头，做了丧葬店唱挽歌的歌手。一次他与其父荥阳公相遇，痛遭鞭笞，几至于死；后沦为乞丐，风雪之时为李娃所救，二人同居。在李娃的护理和勉励下，荥阳生身体恢复，发愤读书，终于登第为官，李娃也被封为汧国夫人。这是一篇以大团圆方式结局的作品，小说的精华尤其表现在对李娃形象的塑造上，过人的清醒、明智、坚强和练达，构成李娃性格中最有特色的闪光点。

《莺莺传》写张生时游蒲州，居普救寺，巧遇暂寓于此的表亲崔家母女。其时蒲州发生兵变，张生设法保护了崔家。崔夫人设宴答谢，并命女儿出拜张生。张生惊其美艳，转托婢女红娘送去两首《春词》逗其心性。莺莺当晚即作《明月三五夜》一诗相答，暗约张生在西厢见面。张生赴京应考，滞留不归，莺莺虽给张生寄去长书和信物，但张生终与之决绝，并在与友朋谈及此事时斥莺莺为“必妖于人”的“尤物”，自诩为“善补过者”。写这篇小说时元稹 26 岁，很多人认为这是元稹的自传。

《霍小玉传》是继《莺莺传》之后的又一部爱情悲剧，也是中唐传奇的压卷之作。霍小玉原为霍王之女，因其母是侍婢，地位低下，小玉终被众兄弟赶出王府，沦为妓女。她与出身名门的陇西才子李益欢会，只求与李益共度八年幸福生活，而后任他“妙选高门，以谐秦晋”，自己则甘愿出家为尼。然而，曾发誓要与小玉“死生以之”的李益一回到家就背信弃约，小玉相思成疾，一黄衫豪士将李益强拉到小玉处，小玉悲愤交集：我为女子，薄命如斯；君是丈夫，负心若此！我死之后，必为厉鬼，使君妻妾，终日不安！小玉说完“乃引左手握生臂，掷杯于地，长恸号哭数声而绝”。一个多情女子的香销玉殒，这是悲剧的终点，也是悲剧的高潮。

传奇是一种传录奇闻的文体，实际上是已具规模的小说。唐传奇的出现，标志着我国文言小说发展到了成熟的阶段。

5 莺莺传

元　稹

【欣赏任务】

1. 了解传奇小说的特点。
2. 掌握在故事情节发展中塑造典型人物性格的方法。

【经典篇目】

唐贞元中，有张生者，性温茂，美风容，内秉坚孤，非礼不可入。或朋从游宴，扰杂其间，他人皆汹汹拳拳，若将不及；张生容顺而已，终不能乱。以是年二十三，未尝近女色。知者诘之，谢而言曰：“登徒子非好色者，是有凶行。余真好色者，而适不我值。何以言之？大凡物之尤者，未尝不留连于心，是知其非忘情者也。”诘者识之。

无几何，张生游于蒲，蒲之东十余里，有僧舍曰普救寺，张生寓焉。适有崔氏孀妇，将归长安，路出于蒲，亦止兹寺。崔氏妇，郑女也；张出于郑，绪其亲，乃异派之从母。是岁，浑瑊薨于蒲，有中人丁文雅，不善于军，军人因丧而扰，大掠蒲人。崔氏之家，财产甚厚，多奴仆，旅寓惶骇，不知所托。

先是张与蒲将之党有善，请吏护之，遂不及于难。十余日，廉使杜确将天子命以总戎节，令于军，军由是戢。郑厚张之德甚，因饰馔以命张，中堂宴之。复谓张曰：“姨之孤嫠未亡，提携幼稚，不幸属师徒大溃，实不保其身，弱子幼女，犹君之生，岂可比常恩哉？今俾以仁兄礼奉见，冀所以报恩也。”命其子，曰欢郎，可十余岁，容甚温美。次命女：“出拜尔兄，尔兄活尔。”久之辞疾，郑怒曰：“张兄保尔之命，不然，尔且掳矣，能复远嫌乎？”久之乃至，常服睟容，不加新饰。垂鬟接黛，双脸销红而已，颜色艳异，光辉动人。张惊为之礼，因坐郑旁。以郑之抑而见也，凝睇怨绝，若不胜其体者。问其年纪，郑曰：“今天子甲子岁之七月，终于贞元庚辰，生年十七矣。”张生稍以词导之，不对，终席而罢。

张自是惑之，愿致其情，无由得也。崔之婢曰红娘，生私为之礼者数四，乘间遂道其衷。婢果惊沮，腆然而奔，张生悔之。翼日，婢复至，张生乃羞而谢之，不复云所求矣。婢因谓张曰："郎之言，所不敢言，亦不敢泄。然而崔之姻族，君所详也，何不因其德而求娶焉？"张曰："余始自孩提，性不苟合。或时纨绮间居，曾莫流盼。不为当年，终有所蔽。昨日一席间，几不自持。数日来，行忘止，食忘饱，恐不能逾旦暮。若因媒氏而娶，纳采问名，则三数月间，索我于枯鱼之肆矣。尔其谓我何？"婢曰："崔之贞慎自保，虽所尊不可以非语犯之，下人之谋，固难入矣。然而善属文，往往沈吟章句，怨慕者久之。君试为喻情诗以乱之，不然则无由也。"张大喜，立缀春词二首以授之。是夕，红娘复至，持彩笺以授张曰："崔所命也。"题其篇曰《明月三五夜》，其词曰："待月西厢下，迎风户半开。拂墙花影动，疑是玉人来。"张亦微喻其旨，是夕，岁二月旬有四日矣。崔之东有杏花一株，攀援可逾。既望之夕，张因梯其树而逾焉，达于西厢，则户半开矣。红娘寝于床，生因惊之。红娘骇曰："郎何以至？"张因绐之曰："崔氏之笺召我也，尔为我告之。"无几，红娘复来，连曰："至矣！至矣！"张生且喜且骇，必谓获济。及崔至，则端服严容，大数张曰："兄之恩，活我之家，厚矣。是以慈母以弱子幼女见托。奈何因不令之婢，致淫逸之词，始以护人之乱为义，而终掠乱以求之，是以乱易乱，其去几何？诚欲寝其词，则保人之奸，不义；明之于母，则背人之惠，不祥；将寄与婢仆，又惧不得发其真诚。是用托短章，愿自陈启，犹惧兄之见难，是用鄙靡之词，以求其必至。非礼之动，能不愧心，特愿以礼自持，无及于乱。"言毕，翻然而逝。张自失者久之，复逾而出，于是绝望。

数夕，张生临轩独寝，忽有人觉之。惊骇而起，则红娘敛衾携枕而至。抚张曰："至矣！至矣！睡何为哉？"并枕重衾而去。张生拭目危坐久之，犹疑梦寐，然而修谨以俟。俄而红娘捧崔氏而至，至则娇羞融冶，力不能运支体，曩时端庄，不复同矣。是夕旬有八日也，斜月晶莹，幽辉半床。张生飘飘然，且疑神仙之徒，不谓从人间至矣。有顷，寺钟鸣，天将晓，红娘促去。崔氏娇啼宛转，红娘又捧之而去，终夕无一言。张生辨色而兴，自疑曰："岂其梦邪？"及明，睹妆在臂，香在衣，泪光荧荧然，犹莹于茵席而已。是后又十余日，杳不复知。张生赋《会真诗》三十韵，未毕，而红娘适至。因授之，以贻崔氏。自是复容之，朝隐而出，暮隐而入，同安于曩所谓西厢者，几一月矣。张生常诘郑氏之情，则曰："我不可奈何矣，因欲就成之。"无何，张生将之长安，先以情喻之。崔氏宛无难词，然而愁怨之容动人矣。将行之再夕，不可复见，而张生遂西下。

数月，复游于蒲，会于崔氏者又累月。崔氏甚工刀札，善属文，求索再三，终不可见。往往张生自以文挑，亦不甚睹览。大略崔之出人者，艺必穷极，而貌若不知；言则敏辩，而寡于酬对。待张之意甚厚，然未尝以词继之。时愁艳幽邃，恒若不识；喜愠之容，亦罕形见。异时独夜操琴，愁弄凄恻，张窃听之，求之，则终不复鼓矣。以是愈惑之。张生俄以文调及期，又当西去。当去之夕，不复自言其情，愁叹于崔氏之侧。崔已阴知将诀矣，恭貌怡声，徐谓张曰："始乱之，终弃之，固其宜矣，愚不敢恨。必也君乱之，君终之，君之惠也；则殁身之誓，其有终矣，又何必深感于此行？然而君既不怿，无以奉宁。君常谓我善鼓琴，向时羞颜，所不能及。今且往矣，既君此诚。"因命拂琴，鼓《霓裳羽衣序》，不数声，哀音怨乱，不复知其是曲也。左右皆唏嘘，张亦遽止之。投琴，泣下流连，趋归郑所，遂不复至。明旦而张行。

明年，文战不胜，张遂止于京，因贻书于崔，以广其意。崔氏缄报之词，粗载于此。曰："捧览来问，抚爱过深，儿女之情，悲喜交集。兼惠花胜一合，口脂五寸，致耀首膏唇之饰。虽荷殊恩，谁复为容？睹物增怀，但积悲叹耳。伏承使于京中就业，进修之道，固在便安。但恨僻陋之人，永以遐弃，命也如此，知复何言？自去秋已来，常忽忽如有所失，于喧哗之下，或勉为语笑，闲宵自处，无不泪零。乃至梦寝之间，亦多感咽。离忧之思，绸缪缱绻，暂若寻常；幽会未终，惊魂已断。虽半衾如暖，而思之甚遥。一昨拜辞，倏逾旧岁。长安行乐之地，触绪牵情，何幸不忘幽微，眷念无斁。鄙薄之志，无以奉酬。至于终始之盟，则固不忒。鄙昔中表相因，或同宴处，婢仆见诱，遂致私诚。儿女之心，不能自固。君子有援琴之挑，鄙人无投梭之拒。及荐寝席，义盛意深，愚陋之情，永谓终托。岂期既见君子，而不能定情，致有自献之羞，不复明侍巾帻。没身永恨，含叹何言？倘仁人用心，俯遂幽眇；虽死之日，犹生之年。如或达士略情，舍小从大，以先配为丑行，以要盟为可欺。则当骨化形销，丹诚不泯；因风委露，犹托清尘。存没之诚，言尽于此；临纸呜咽，情不能申。千万珍重！珍重千万！玉环一枚，是儿婴年所弄，寄充君子下体所佩。玉取其坚润不渝，环取其终始不绝。兼乱丝一絇，文竹茶碾子一枚。此数物不足见珍，意者欲君子如玉之真，弊志如环不解，泪痕在竹，愁绪萦丝，因物达情，永以为好耳。心迩身遐，拜会无期，幽愤所钟，千里神合。千万珍重！春风多厉，强饭为嘉。慎言自保，无以鄙为深念。"张生发其书于所知，由是时人多闻之。

所善杨巨源好属词，因为赋《崔娘诗》一绝云："清润潘郎玉不如，中庭蕙草雪销初。风流才子多春思，肠断萧娘一纸书。"河南元稹，亦续生《会真诗》三十韵。诗曰：

微月透帘栊，萤光度碧空。遥天初缥缈，低树渐葱胧。龙吹过庭竹，鸾歌拂井桐。
罗绡垂薄雾，环佩响轻风。绛节随金母，云心捧玉童。更深人悄悄，晨会雨蒙蒙。
珠莹光文履，花明隐绣龙。瑶钗行彩凤，罗帔掩丹虹。言自瑶华浦，将朝碧玉宫。
因游洛城北，偶向宋家东。戏调初微拒，柔情已暗通。低鬟蝉影动，回步玉尘蒙。
转面流花雪，登床抱绮丛。鸳鸯交颈舞，翡翠合欢笼。眉黛羞偏聚，唇朱暖更融。
气清兰蕊馥，肤润玉肌丰。无力佣移腕，多娇爱敛躬。汗流珠点点，发乱绿葱葱。
方喜千年会，俄闻五夜穷。留连时有恨，缱绻意难终。慢脸含愁态，芳词誓素衷。

赠环明运合，留结表心同。啼粉流宵镜，残灯远暗虫。华光犹苒苒，旭日渐曈曈。乘鹜还归洛，吹箫亦上嵩。衣香犹染麝，枕腻尚残红。幂幂临塘草，飘飘思渚蓬。素琴鸣怨鹤，清汉望归鸿。海阔诚难渡，天高不易冲。行云无处所，萧史在楼中。

张之友闻之者，莫不耸异之，然而张志亦绝矣。稹特与张厚，因徵其词。张曰："大凡天之所命尤物也，不妖其身，必妖于人。使崔氏子遇合富贵，乘宠娇，不为云，不为雨，为蛟为螭，吾不知其所变化矣。昔殷之辛，周之幽，据百万之国，其势甚厚。然而一女子败之，溃其众，屠其身，至今为天下僇笑。予之德不足以胜妖孽，是用忍情。"于时坐者皆为深叹。

后岁余，崔已委身于人，张亦有所娶。适经所居，乃因其夫言于崔，求以外兄见。夫语之，而崔终不为出。张怨念之诚，动于颜色，崔知之，潜赋一章词曰："自从消瘦减容光，万转千回懒下床。不为旁人羞不起，为郎憔悴却羞郎。"竟不之见。后数日，张生将行，又赋一章以谢绝云："弃置今何道，当时且自亲。还将旧时意，怜取眼前人。"自是绝不复知矣。时人多许张为善补过者。予常于朋会之中，往往及此意者，夫使知者不为，为之者不惑。贞元岁九月，执事李公垂，宿于予靖安里第，语及于是。公垂卓然称异，遂为《莺莺歌》以传之。崔氏小名莺莺，公垂以命篇。

（选自《唐五代〈古奇集〉》，李剑国辑校，中华书局 2015 年版）

【走近作者】

元稹（779 ～ 831），字微之，河南（今河南洛阳）人，唐朝著名诗人。元稹机智过人，年少即有才名，与白居易同科及第，并结为终生诗友，二人共同倡导新乐府运动，世称"元白"。诗作号为"元和体"。给世人留下"曾经沧海难为水，除却巫山不是云"的千古佳句。作品有传奇《莺莺传》《菊花》《离思五首》《遣悲怀三首》等，留世有《元氏长庆集》。

阅读门径

《莺莺传》写张生与崔莺莺恋爱，后来又将她遗弃的故事。起始张生旅居蒲州普救寺时发生兵乱，出力救护了同寓寺中的远房姨母郑氏一家。在郑氏的答谢宴上，张生对表妹莺莺一见倾心，婢女红娘传书，几经反复，两人终于花好月圆。后来张生赴京应试未中，滞留京师，与莺莺情书来往，互赠信物以表深情。但张生终于变心，认为莺莺是天下之"尤物"，认为自己"德不足以胜妖孽"，只好割爱。一年多后，莺莺另嫁，张生也另娶。一次张生路过莺莺家门，要求以"外兄"相见，遭莺莺拒绝。当时人们还称赞张生"始乱终弃"的行为是"善于补过"，小说显然是站在张生的立场，美化张生，为他的薄幸行为辩护。

《莺莺传》成功地地塑造了崔莺莺的经典形象。她是一位出身于没落士族之家的少女，内心充满了情与礼的矛盾。小说深刻揭示了出身和教养给莺莺带来的思想矛盾和性格特征，细致地描绘这位少女在反抗传统礼教时内心冲突的过程。莺莺的悲剧性格既单纯又丰富，她最后拒绝张生的求见，体现出性格由柔弱向刚强的转变。莺莺的悲剧性格既有独特性又有普遍性，它典型地概括了历史上无数个女性受封建礼教束缚、遭负心郎抛弃的共同命运。

能力提升

1. 体会《莺莺传》中蕴含的性别文化信息。
2. 谈谈你对崔莺莺人物形象的看法。
3. 依据读过的作品，说说隋唐传奇小说的特点。

比较阅读

请参考阅读以下书目：

1.《唐宋传奇集》，鲁迅校录，人民文学出版社 1952 年版。
2.《美术、神话与祭祀》，张光直著，郭净译，生活·读书·新知三联书店 2013 年版。
3.《神话与神话学》，杨利慧，北京师范大学出版社 2009 年版。
4.《中国古代神话》，袁珂，华夏出版社 2006 年版。

第四节　曲折生动的宋元话本小说

文本综要

宋元话本是宋元时代“说话人”演讲故事所用的底本。所谓“说话”，就是讲故事。

宋元话本小说具有以下特点：

第一，注重趣味性和虚构。“说话”是“说话人”赖以养家活口的职业，所以必须尽一切可能来吸引听众。而听众听“说话”是为了娱乐，要讲得有趣味才拉得住他们。因此，趣味性就成了“说话”的第一原则。“说话”主要是叙述故事，而事实不一定有趣味，更不可能有充分的趣味性。“讲史”所说，有许多都出于虚构，其故即在于此。所以，“说话”的追求趣味性是以虚构为基础的。

第二，思想感情与市井民众相通。由于要使听众——市井民众感兴趣，“说话人”不但不能采取说教的态度，并且不能使话本中人物的言行、感情“高雅”得让市井民众无法理解和接受，而必须使听众对话本里的人物产生深刻共鸣，感同身受地关注其命运，从而兴味盎然地倾听“说话人”的演述。因此，话本中人物（除了大奸大恶者以外）的言行、感情也正是市井民众在类似情况下所可能产生或向往的言行、感情。

第三，描写趋于细腻。现在所见元代刊印或编定的话本，有的叙事粗疏，只能勉强达意甚或词不达意；有的则能显示出大致的轮廓，偶尔也注意到细部；有的描写相当细腻，但可能已经过明代人的加工。

话本小说的巅峰之作是“三言二拍”。

6 转运汉遇巧洞庭红

凌濛初

【欣赏任务】

1. 透过作品，关注其背后的社会变迁。
2. 培养人文意识，强化文学史观。

【经典篇目】

话说国朝成化年间，苏州府长州县阊门外有一人，姓文名实，字若虚。生来心思慧巧，做着便能，学着便会。琴棋书画，吹弹歌舞，件件粗通。幼年间，曾有人相他有巨万之富。他亦自恃才能，不十分去营求生产，坐吃山空，将祖上遗下千金家事，看看消下来。以后晓得家业有限，看见别人经商图利的，时常获利几倍，便也思量做些生意，却又百做百不着。

一日，见人说北京扇子好卖，他便合了一个伙计，置办扇子起来。上等金面精巧的，先将礼物求了名人诗画，免不得是沈石出、文衡山、祝枝山拓了几笔，便值上数两银子。中等的，自有一样乔人，一只手学写了这几家字画，也就哄得人过，将假当真的买了，他自家也兀自做得来的。下等的无金无字画，将就卖几十钱，也有对合利钱，是看得见的。拣个日子装了箱儿，到了北京。岂知北京那年，自交夏来，日日淋雨不晴，并无一毫暑气，发市甚迟。交秋早凉，虽不见及时，幸喜天色却晴，有妆晃子弟要买把苏做的扇子，袖中笼着摇摆。来买时，开箱一看，只叫得苦。原来北京历却在七八月，更加日前雨湿之气，斗着扇上胶墨之性，弄做了个“合而言之”，揭不开了。用力揭开，东粘一层，西缺一片，但是有字有画值价钱者，一毫无用。剩下等没字白扇，是不坏的，能值几何？将就卖了做盘费回家，本钱一空，频年做事，大概如此。不但自己折本，但是搭他非伴，连伙计也弄坏了。故此人起他一个混名，叫作“倒运汉”。不数年，把个家事干圆洁净了，连妻子也不曾娶得。终日间靠着些东涂西抹，东挨西撞，也济不得甚事。但只是嘴头子谄得来，会说会笑，朋友家喜欢他有趣，游耍去处少他不得；也只好趁日，不是做家的。况且他是大模大样过来的，帮闲行里，又不十分入得队。有怜他的，要荐他坐馆教学，又有诚实人家嫌他是个杂板令，高不凑，低不就。打从帮闲的、处馆的两项人见了他，也就做鬼脸，把“倒运”两字笑他，不在话下。

一日，有几个走海泛货的邻近，做头的无非是张大、李二、赵甲、钱乙一班人，共四十余人，合了伙将行。他晓得了，自家思忖道：“一身落魄，生计皆无。便附了他们航海，看看海外风光，也不枉人生一世。况且他们定是不却我的，省得在家忧柴忧米的，也是快活。”正计较间，恰好张大踱将来。原来这个张大名唤张乘运，专一做海外生意，眼里认得奇珍异宝，又且秉性爽慨，肯扶持好人，所以乡里起他一个混名，叫张识货。文若虚见了，便把此意一一与他说了。张大道：“好，好。我们在海船里头不耐烦寂寞，若得兄去，在船中说说笑笑，有甚难过的日子？我们众兄弟料想多是喜欢的。只是一件，我们多有货物将去，兄并无所有，觉得空了一番往返，也可惜了。待我们大家计较，多少凑些出来助你，将就置些东西去也好。”文若虚便道：“谢厚情，只怕没人如兄肯周全小弟。”张大道：“且说说看。”一径自去了。

恰遇一个瞽目先生敲着“报君知”走将来，文若虚伸手顺袋里摸了一个钱，扯他一卦问问财气看。先生道：“此卦非凡，有百十分财气，不是小可。”文若虚自想道：“我只要搭去海外耍耍，混过日子罢了，那里是我做得着的生意？要甚么贵助？就贵助得来，能有多少？便宜恁地财爻动？这先生也是混账。”只见张大气忿忿走来，说道：“说着钱，便无缘。这些人好笑，说道你去，无不喜欢。说到助银，没一个则声。今我同两个好的弟兄，拼凑得一两银子在此，也办不成甚货，凭你买些果子，船里吃罢。日食之类，是在我们身上。”若虚称谢不尽，接了银子。张大先行，道：“快些收拾，就要开船了。”若虚道：“我没甚收拾，随后就来。”手中拿了银子，看了又笑，笑了又看，道：“置得甚货么？”信步走去，只见满街上筐篮内盛着卖的：

红如喷火，巨若悬星。皮未皺，尚有余酸；霜未降，不可多得。元殊苏并诸家树，亦非李氏千头奴。较广似曰难况，比福亦云具体。

乃是太湖中有一洞庭山，地暖土肥，与闽广无异，所以广橘福橘，播名天下。洞庭有一样橘树绝与他相似，颜色正同，香气亦同。止是初出时，味略少酸，后来熟了，却也甜美。比福橘之价十分之一，名曰“洞庭红”。若虚看见了，便思想道：“我一两银子买得百斤有余，在船可以解渴，又可分送一二，答众人助我之意。”买成，装上竹篓，雇一闲的，并行李桃了下船。众人都拍手笑道：“文先生宝货来也！”文若虚羞惭无地，只得吞声上船，再也不敢提起买橘的事。

开得船来，渐渐出了海日，只见银涛卷雪，雪浪翻银。湍转则日月似惊，浪动则星河如覆。三五日间，随风漂去，也不觉过了多少路程。忽至一个地方，舟中望去，人烟凑聚，城郭巍峨，晓得是到了甚么国都了。舟人把船撑入藏风避浪的小港内，钉了桩撅，下了铁锚，缆好了。船中人多上岸。打一看，元来是来过的所在，名曰吉零国。原来这边中国货物拿到那边，一倍就有三倍价。换了那边货物，带到中国也是如此。一往一回，却不便有八九倍利息，所以人都拼死走这条路。众人多是做过交易的，各有熟识经纪、歇家。通事人等，各自上岸找寻发货去了，只留文若虚在船中看船。路径不熟，也无走处。

正闷坐间，猛可想起道："我那一篓红橘，自从到船中，不曾开看，莫不人气蒸烂了？趁着众人不在，看看则个。"叫那水手在舱板底下翻将起来，打开了篓看时，面上多是好好的。放心不下，索性搬将出来，都摆在甲板上面。也是合该发迹，时来福凑。摆得满船红焰焰的，远远望来，就是万点火光，一天星斗。岸上走的人，都拢将来问道："是甚么好东西呵？"文若虚只不答应。看见中间有个把一点头的，拣了出来，掐破就吃。岸上看的一发多了，惊笑道："原来是吃得的！"就中有个好事的，便来问价："多少一个？"文若虚不省得他们说话，船上人却晓得，就扯个谎哄他，竖起一个指头，说："要一钱一颗。"那问的人揭开长衣，露出那兜罗锦红裹肚来，一手摸出银钱一个来，道："买一个尝尝。"文若虚接了银钱，手中等等看，约有两把重。心下想道："不知这些银子，要买多少，也不见秤秤，且先把一个与他看样。"拣个大些的，红得可爱的，递一个上去。只见那个人接上手，颠了一颠道："好东西呵！"扑的就劈开来，香气扑鼻。连旁边闻着的许多人，大家喝一声彩。那买的不知好歹，看见船上吃法，也学他去了皮，却不分囊，一块塞在口里，甘水满咽喉，连核都不吐，吞下去了。哈哈大笑道："妙哉！妙哉！"又伸手到裹肚里，摸出十个银钱来，说："我要买十个进奉去。"文若虚喜出望外，拣十个与他去了。那看的人见那人如此买去了，也有买一个的，也有买两个、三个的，都是一般银钱。买了的，都千欢万喜去了。

原来彼国以银为钱，上有文采。有等龙凤文的，最贵重，其次人物，又次禽兽，又次树木，最下通用的，是水草：却都是银铸的，分两不异。适才买橘的，都是一样水草纹的，他道是把下等钱买了好东西去了，所以欢喜。也只是要小便宜肚肠，与中国人一样。须臾之间，三停里卖了二停。有的不带钱在身边的，老大懊悔，急忙取了钱转来。文若虚已此剩不多了，拿一个班道："而今要留着自家用，不卖了。"其人情愿再增一个钱，四个钱买了二颗。口中晓晓说："晦气！来得迟了。"旁边人见他增了价，就埋怨道："我每还要买个，如何把价钱增长了他的？"买的人道："你不听得他方才说，兀自不卖了？"

正在议论间，只见首先买十个的那一个人，骑了一匹青骢马，飞也似奔到船边，下了马，分开人丛，对船上大喝道："不要零卖！不要零卖！是有的俺多要买。俺家头目要买去进克汗哩。"看的人听见这话，便远远走开，站住了看。文若虚是伶俐的人，看见来势，已瞧科在眼里，晓得是个好主顾了。连忙把篓里尽数倾出来，止剩五十余颗。数了一数，又拿起班来说道："适间讲过要留着自用，不得卖了。今肯加些价钱，再让几颗去罢。适间已卖出两个钱一颗了。"其人在马背上拖下一大囊，摸出钱来，另是一样树木纹的，说道："如此钱一个罢了。"文若虚道："不情愿，只照前样罢了。"那人笑了一笑，又把手去摸出一个龙凤纹的来道："这样的一个如何？"文若虚又道："不情愿，只要前样的。"那人又笑道："此钱一个抵百个，料也没得与你，只是与你耍。你不要俺这一个，却要那等的，是个傻子！你那东西，肯都与俺了，俺再加你一个那等的，也不打紧。"文若虚数了一数，有五十二颗，准准的要了他一百五十六个水草银钱。那人连竹篓都要了，又丢了一个钱，把篓拴在马上，笑吟吟地一鞭去了。看的人见没得卖了，一哄而散。

文若虚见人散了，到舱里把一个钱秤一秤，有八钱七分多重。秤过数个都是一般。总数一数，共有一千个差不多。把两个赏了船家，其余收拾在包里了。笑一声道："那盲子好灵卦也！"欢喜不尽，只等同船人来对他说笑则个。

说话的，你说错了！那国里银子这样不值钱，如此做买卖，那久惯漂洋的带去多是绫罗缎匹，何不多卖了些银钱回来，一发百倍了？看官有所不知：那国里见了绫罗等物，都是以货交兑。我这里人也只是要他货物，才有利钱，若是卖他银钱时，他都把龙凤、人物的来交易，作了好价钱，分两也只得如此，反不便宜。如今是买吃口东西，他只认做把低钱交易，我却只管分两，所以得利了。说话的，你又说错了！依你说来，那航海的，何不只买吃口东西，只换他低钱，岂下有利？反着重本钱，置他货物怎地？看官，又不是这话。也是此人偶然有此横财，带去着了手。若是有心第二遭再带去，三五日不遇巧，等得希烂。那文若虚运未通时卖扇子就是榜样。扇子还放得起的，尚且如此，何况果品？是这样执一论不得的。

闲话休题。且说众人领了经纪主人到船发货，文若虚把上头事说了一遍。众人都惊喜道："造化！造化！我们同来，到是你没本钱的先得了手也！"张大便拍手道："人都道他倒运，而今想是运转了！"便对文若虚道："你这些银钱此间置货，作价不多。除是转发在伙伴中，回他几百两中国货物，上去打换些土产珍奇，带转去有大利钱，也强如虚藏此银钱在身边，无个用处。"文若虚道："我是倒运的，将本求财，从无一遭不连本送的。今承诸公挚带，做此无本钱生意，偶然侥幸一番，真是天大造化了，如何还要生钱，妄想甚么？万一如前再做折了，难道再有洞庭红这样好卖不成？"众人多道："我们用得着的是银子，有的是货物。彼此通融，大家有利，有何不可？"文若虚道："一年吃蛇咬，三年怕草索。说到货物，我就没胆气了。只是守了这些银钱回去罢。"众人齐拍手道："放着几倍利钱不取，可惜！

可惜！”随同众人一齐上去，到了店家交货明白，彼此兑换。约有半月光景，文若虚眼中看过了若干好东好西，他已自志得意满，下放在心上。

众人事体完了，一齐上船，烧了神福，吃了酒，开洋。行了数日，忽然间天变起来。但见：

乌云蔽日，黑浪掀天。蛇龙戏舞起长空，鱼查惊惶潜水底。艨艟泛泛，只如栖不定的数点寒鸦；岛屿浮浮，便似及不煞的几双水。舟中是方扬的米簸，舷外是正熟的饭锅。总因风伯大无情，以致篙师多失色。

那船上人见风起了，扯起半帆，不问东西南北，随风势漂去。隐隐望见一岛，便带住篷脚，只看着岛边使来。看看渐近，恰是一个无人的空岛。但见：

树木参天，草莱遍地。荒凉径界，无非些兔迹狐踪；坦迤土壤，料不是龙潭虎窟。混茫内，未识应归何国辖；开辟来，不知曾否有人登。

船上人把船后抛了铁锚，将桩橛泥犁上岸去钉停当了，对舱里道：“且安心坐一坐，候风势则个。”那文若虚身边有了银子，恨不得插翅飞到家里，巴不得行路，却如此守风呆坐，心里焦躁。对众人道：“我且上岸去岛上望望则个。”众人道：“一个荒岛，有何好看？”文若虚道：“总是闲着，何碍？”众人都被风颠得头晕，个个是呵欠连天，不肯同去。文若虚便自一个抖擞精神，跳上岸来，只因此一去，有分交：十年败壳精灵显，一介穷神富贵来。若是说话的同年生，并时长，有个未卜先知的法儿，便双脚走不动，也拄个拐儿随他同去一番，也不在的。

却说文若虚见众人不去，偏要发个狠板藤附葛，直走到岛上绝顶。那岛也苦不甚高，不费甚大力，只是荒草蔓延，无好路径。到得上边打一看时，四望漫漫，身如一叶，不觉凄然吊下泪来。心里道：“想我如此聪明，一生命蹇。家业消亡，剩得只身，直到海外。虽然侥幸有得千来个银钱在囊中，知他命里是我的不是我的？今在绝岛中间，未到实地，性命也还是与海龙王合着的哩！”正在感怆，只见望去远远草丛中一物突高。移步往前一看，却是床大一个败龟壳。大惊道：“不信天下有如此大龟！世上人那里曾看见？说也不信的。我自到海外一番，不曾置得一件海外物事，今我带了此物去，也是一件稀罕的东西，与人看看，省得空日说着，道是苏州人会调谎。又且一件，锯将开来，一盖一板，各置四足，便是两张床，却不奇怪！”遂脱下两只裹脚接了，穿在龟壳中间，打个扣儿，拖了便走。

走至船边，船上人见他这等模样，都笑道：“文先生那里又跎跑了纤来？”文若虚道：“好教列位得知，这就是我海外的货了。”众人抬头一看，却便似一张无柱有底的硬床。吃惊道：“好大龟壳！你拖来何干？”文若虚道：“也是罕见的，带了他去。”众人笑道：“好货不置一件，要此何用？”有的道：“也有用处。有甚么天大的疑心事，灼他一卦，只没有这样大龟药。”又有的道：“医家要煎龟膏，拿去打碎了煎起来，也当得几百个小龟壳。”文若虚道：“不要管有用没用，只是稀罕，又不费本钱便带了回去。”当时叫个船上水手，一抬抬下舱来。初时山下空阔，还只如此：舱中看来，一发大了。若不是海船，也着不得这样狼逾东西。众人大家笑了一回，说道：“到家时有人问，只说文先生做了偌大的乌龟买卖来了。”文若虚道：“不要笑，我好歹有一个用处，决不是弃物。”随他众人取笑，文若虚只是得意。取些水来内外洗一洗净，抹干了，却把自己钱包行李都塞在龟壳里面，两头把绳一绊，却当了一个大皮箱子。自笑道：“兀的不眼前就有用处了？”众人都笑将起来，道：“好算计！好算计！文先生到底是个聪明人。”

当夜无词。次日风息了，开船一走。不数日，又到了一个去处，却是福建地方了。才住定了船，就有一伙惯伺候接海客的小经纪牙人，攒将拢来，你说张家好，我说李家好，拉的拉，扯的扯，嚷个不住。船上众人拣一个一向熟识的跟了去，其余的也就住了。

众人到了一个波斯胡大店中坐定。里面主人见说海客到了，连忙先发银子，唤厨户包办酒席几十桌。吩咐停当，然后踱将出来。这主人是个波斯国里人，姓个古怪姓，是玛瑙的“玛”字，叫名玛宝哈，专一与海客兑换珍宝货物，不知有多少万数本钱。众人走海过的，都是熟主熟客，只有文若虚不曾认得。抬眼看时，原来波斯胡住得在中华久了，衣服言动都与中华不大分别。只是剃眉剪须，深眼高鼻，有些古怪。出来见了众人，行宾主礼，坐定了。两杯茶罢，站起身来，请到一个大厅上。只见酒筵多完备了，且是摆得济楚。原来旧规，海船一到，主人家先折过这一番款待，然后发货讲价的。主人家手执着一副法浪菊花盘盏，拱一拱手道：“请列位货单一看，好定座席。”

看官，你道这是何意？原来波斯胡以利为重，只看货单上有奇珍异宝值得上万者，就送在先席。余者看货轻重，挨次坐去，不论年纪，不论尊卑，一向做下的规矩。船上众人，货物贵的贱的，多的少的，你知我知，各自心照，差不多领了酒杯，各自坐了。单单剩得文若虚一个，呆呆站在那里。主人道：“这位老客长不曾会面，想是新出海外的，置货不多了。”众人大家说道：“这是我们好朋友，到海外耍去的。身边有银子，却不曾肯置货。今日没奈何，只得屈他在末席坐了。”文若虚满面羞惭，坐了末位。主人坐在横头。饮酒中间，这一个说到我有猫儿眼多少，那一个说我有祖母绿多少，你夸我逞。文若虚一发默默无言，自心里也微微有些懊悔道：“我前日该听他们劝，置些货物来的是。今在有几百银子在囊中，说不得一句说话。”又自叹了口气道：“我原是一些本钱没有的，今已大幸，不可不知足。”自思自忖，无心发兴吃酒。众人却猜掌行令，吃得狼藉。主人是个积年，看出文若虚不快活的意思来，不好说破，虚劝了他几杯酒。众人都起身道：“酒勾了，天晚了，趁早上船去，明日发货罢。”别了主人去了。

主人撤了酒席，收拾睡了。明日起个清早，先走到海岸船边来拜这伙客人。主人登舟，一眼瞅去，那舱里狼狼逾逾这件东西，早先看见了。吃了一惊道：“这是那一位客人的宝货？昨日席上并不曾说起，莫不是不要卖的？”众人都笑指道：“此敝友文兄的宝货。”中有一人衬道：“又是滞货。”主人看了文若虚一看，满面挣得通红，带了怒色，埋怨众人道：“我与诸公相处多年，如何恁地作弄我？教我得罪于新客，把一个末座屈了他，是何道理！”一把扯住文若虚，对众客道：“且慢发货，客我上岸谢过罪着。”众人不知其故。有几个与文若虚相知些的，又有几个喜事的，觉得有些古怪，共十余人赶了上来，重到店中，看是如何。只见主人拉了文若虚，把交椅整一整，不管众人好歹，纳他头一位坐下了，道：“适间得罪得罪，且请坐一坐。”文若虚也心中糊涂，忖道：“不信此物是宝贝，这等造化不成？”

主人走了进去，须臾出来，又拱众人到先前吃酒去处，又早摆下几桌酒，为首一桌，比先更齐整。把盏向文若虚一揖，就对众人道：“此公正该坐头一席。你每枉自一船货，也还赶他不来。先前失敬失敬。”众人看见，又好笑，又好怪，半信不信的一带儿坐下了。酒过三杯，主人就开口道：“敢问客长，适间此宝可肯卖否？”文若虚是个乖人，趁口答应道：“只要有好价钱，为甚不卖？”那主人听得肯卖，不觉喜从天降，笑逐颜开，起身道：“果然肯卖，但凭分忖价钱，不敢吝惜。”文若虚其实不知值多少，讨少了，怕不在行；讨多了，怕吃笑。忖了一忖，面红耳热，颠倒讨不出价钱来。张大使与文若虚丢个眼色，将手放在椅子背上，竖着三个指头，再把第二个指空中一撇，道：“索性讨他这些。”文若虚摇头，竖一指道：“这些我还讨不出口在这里。”却被主人看见道：“果是多少价钱？”张大捣一个鬼道：“依文先生手势，敢像要一万哩！”主人呵呵大笑道：“这是不要卖，哄我而已。此等宝物，岂止此价钱！”众人见说，大家目睁口呆，都立起了身来，扯文若虚去商议道：“造化！造化！想是值得多哩。我们实实不知如何定价，文先生不如开个大口，凭他还罢。”文若虚终是碍口说羞，待说又止。众人道：“不要不老气！”主人又催道：“实说说何妨？”文若虚只得讨了五万两。主人还摇头道：“罪过，罪过。没有此话。”扯着张大私问他道：“老客长们海外往来，不是一番了。人都叫你张识货，岂有不知此物就里的？必是无心卖他，莫落小肆罢了。”张大道：“实不瞒你说，这个是我的好朋友，同了海外玩耍的，故此不曾置货。适间此物，乃是避风海岛，偶然得来，不是出价置办的，故此不识得价钱。若果有这五万与他，够他富贵一生，他也心满意足了。”主人道：“如此说，要你做个大大保人，当有重谢，万万不可翻悔！”遂叫店小二拿出文房四宝来，主人家将一张供单绵料纸折了一折，拿笔递与张大道：“有烦老客长做主，写个合同文书，好成交易。”张大指着同来一人道：“此位客人褚中颖，写得好。”把纸笔让与他。褚客磨得墨浓，展好纸，提起笔来写道：

立合同议单张乘运等，今有苏州客人文实，海外带来大龟壳一个，投至波斯玛宝哈店，愿出银五万两买成。议定立契之后，一家交货，一家交银，各无翻悔。有翻悔者，罚契上加一。合同为照。

一样两纸，后边写了年月日，下写张乘运为头，一连把在坐客人十来个写去。褚中颖因自己执笔，写了落末。年月前边，空行中间，将两纸凑着，写了骑缝一行，两边各半乃是“合同议约”四字。下写“客人文实，主人玛宝哈”，各押了花押。单上有名，从后头写起，写到张乘运道：“我们押字钱重些，这买卖才弄得成。”主人笑道：“不敢轻，不敢轻。”

写毕，主人进内，先将银一箱抬出来道：“我先交明白了用钱，还有说话。”众人攒将拢来。主人开箱，却是五十两一包，共总二十包，整整一千两。双手交与张乘运道：“凭老客长收明，分与众位罢。”众人初然吃酒。写合同，大家撺哄鸟乱，心下还有些不信的意思。如今见他拿出精晃晃白银来做用钱，方知是实。文若虚恰像梦里醉里，话都说不出来。呆呆地看。张大扯他一把道：“这用钱如何分散，也要文兄主张。”文若虚方说一句道：“且完了正事慢处。”只见主人笑嘻嘻地对文若虚说道：“有一事要与客长商议：价银现在里面阁儿上，都是向来兑过的，一毫不少，只消请客长一两位进去，将一包过一过目，兑一兑为谁，其余多不消兑得。却又一说，此银数不少，搬动也不是一时功夫，况且文客官是个单身，如何好将下船去？又要泛海回还，有许多不便处。”文若虚想了一想道：“见教得极是。而今却待怎样？”主人道：“依着愚见，文客官目下回去未得。小弟此间有一个缎匹铺，有本三千两在内。其前后大小厅屋楼房，共百余间，也是个大所在。价值两千两，离此半里之地。愚见就把本店货物及房屋文契，作了五千两，尽行交与文客官，就留文客官在此住下了，做此生意。其银也做几遭搬了过去，不知不觉。日后文客官要回去，这里可以托心腹伙计看守，便可轻身往来。不然小店支出不难，文客官收贮却难也。愚意如此。”说了一遍，说得文若虚与张大跌足道：“果然是客纲客纪，句句有理。”文若虚道：“我家里原无家小，况且家业已尽了，就带了许多银子回去，没处安顿。依了此说，我就在这里，立起个家缘来，有何不可？此番造化，一缘一会，都是上天作成的，只索随缘做去。便是货物房产价钱，未必有五千，总是落得的。”便对主人说：“适间所言，诚是万全之算，小弟无不从命。”

主人便领文若虚进去阁上看，又叫张、褚二人道：“一同去看看。其余列位不必了，请略坐一坐。”他四人进去。众人不进去的，个个伸头缩颈，你三我四说道：“有此异事！有此造化！早知这样，懊悔岛边泊船时节也不去走走，或者还有宝贝，也不见得。”有的道：“这是天大的福气，撞将来的，如何强得？”正欣羡间，文若虚已同张、褚二客出来了。众人都问：“进去如何了？”张大道：“里边高阁，是个土库，放银两的所在，都是桶子盛着。适间进去看了，十个大桶，每桶四千又五个小匣，每个一千，共是四万五千。已将文兄的封皮记号封好了，只等交了货，就是文兄的。”主人出来道：“房屋文书、缎匹账目，俱已在此，凑足五万之数了。且到船上取货去。”一拥都到海船。

文若虚于路对众人说：“船上人多，切勿明言！小弟自有厚报。”众人也只怕船上人知道，要分了用钱去，个个心照。文若虚到了船上，先向龟壳中把自己包裹被囊取出了。手摸一摸壳，口里暗道：“侥幸！侥幸！”主人便叫店内后生二人来抬此壳，吩咐道：“好生抬进去，不要放在外边。”船上人见抬了此壳去，便道：“这个滞货也脱手了，不知卖了多少？”文若虚只不作声，一手提了包裹，往岸上就走。这起初同上来的几个，又赶到岸上，将龟壳从头到尾细看了一遍，又向壳内张了一张，捞了一捞，面面相觑道：“好处在哪里？”

主人仍拉了这十来个一同上去。到店里，说道：“而今且同文客官看了房屋铺面来。”众人与主人一同走到一处，正是闹市中间，一所好大房子。门前正中是个铺子，旁有一弄，走进转个弯，是两扇大石板门，门内大天井，上面一所大厅，厅上有一匾，题曰“来琛堂”。堂旁有两楹侧屋，屋内三面有橱，橱内都是绫罗各色缎匹。以后内房，楼房甚多。文若虚暗道：“得此为住居，王侯之家不过如此矣。况又有缎铺营生，利息无尽，便做了这里客人罢了，还思想家里做甚？”就对主人道：“好却好，只是小弟是个孤身，毕竟还要寻几房使唤的人才住得。”主人道：“这个不难，都在小店身上。”

文若虚满心欢喜，同众人走归本店来。主人讨茶来吃了，说道：“文客官今晚不消船里，就在铺中住下了。使唤的人铺中现有，逐渐再讨便是。”众客人多道：“交易事已成，不必说了。只是我们毕竟有些疑心，此壳有何好处，值价如此？还要主人见教一个明白。”文若虚道：“正是，正是。”主人笑道：“诸公在了海上走了多遭，这些也不识得！列位岂不闻说龙有九子乎？内有一种是鼍龙，其皮可以幔鼓，声闻百里，所以谓之鼍鼓。鼍龙万岁，到底蜕下此壳成龙。此壳有二十四肋，按天上二十四气，每肋中间节内有大珠一颗。若是肋未完全时节，成不得龙，蜕不得壳。也有生捉得他来，只好将皮幔鼓，其肋中也未有东西。直待二十四肋完全，节节珠满，然后蜕了此壳变龙而去。故此是天然蜕下，气候俱到，肋节俱完的，与生擒活捉、寿数未满的不同，所以有如此之大。这个东西，我们肚中虽晓得，知他几时蜕下？又在何处地方守得他着？壳不值钱，其珠皆有夜光，乃无价宝也！今天幸遇巧，得之无心耳。”众人听罢，似信不信。只见主人走将进去了一会，笑嘻嘻地走出来，袖中取出一西洋布的包来，说道：“请诸公看看。”解开来，只见一团绵裹着寸许大一颗夜明珠，光彩夺目。讨个黑漆的盘，放在暗处，其珠滚一个不定，闪闪烁烁，约有尺余亮处。众人看了，惊得目睁口呆，伸了舌头收不进来。主人回身转来，对众客逐个致谢道：“多蒙列位作成了。只这一颗，拿到咱国中，就值方才的价钱了；其余多是尊惠。”众人个个心惊，却是说过的话又不好翻悔得。主人见众人有些变色，取了珠子，急急走到里边，又叫抬出一个缎箱来。除了文若虚，每人送与缎子二端，说道："烦劳了列位，做两件道袍穿穿，也见小肆中薄意。"袖中摸出细珠十数串，每送一串道："轻鲜，轻鲜，备归途一茶罢了。"文若虚处另是粗些的珠子四串，缎子八匹，道是："权且做几件衣服。"文若虚同众人欢喜作谢了。

主人就同众人送了文若虚到缎铺中，叫铺里伙计后生们都来相见，说道："今番是此位主人了。"主人自别了去，道："再到小店中去去就来。"只见须臾间数十个脚夫拉了好些杠来，把先前文若虚封记的十桶五匣都发来了。文若虚搬在一个深密谨慎的卧房里头去处，出来对众人道："多承列位挚带，有此一套意外富贵，感谢不尽。"走进去把自家包裹内所卖洞庭红的银钱倒将出来，每人送他十个，止有张大与先前出银助他的两三个，分外又是十个。道："聊表谢意。"

此时文若虚把这些银钱看得不在眼里了。众人却是快活，称谢不尽。文若虚又拿出几十个来，对张大说："有烦老兄将此分与船上同行的人，每位一个，聊当一茶。小弟在此间，有了头绪，慢慢到本乡来。此时不得同行，就此为别了。"张大道："还有一千两用钱，未曾分得，却是如何？须得文兄分开，方没得说。"文若虚道："这倒忘了。"就与众人商议，将一百两散与船上众人，余九百两照现在人数，另外添出两股，派了股数，各得一股。张大为头的，褚中颖执笔的，多分一股。众人千欢万喜，没有说话。内中一人道："只是便宜了这波斯人，文先生还该起个风，要他些不敷才是。"文若虚道："不要不知足，看我一个倒运汉，做着便折本的，造化到来，平空地有此一主财爻。可见人生分定，不必强求。我们若非这主人识货，也只当得废物罢了。还亏他指点晓得，如何还好昧心争论？"众人都道："文先生说得是。存心忠厚，所以该有此富贵。"大家千恩万谢，各各赍了所得东西，自到船上发货。从此，文若虚做了闽中一个富商，就在那里取了妻小，立起家业。数年之间，才到苏州走一遭，会会旧相识，依旧去了。至今子孙繁衍，家道殷富不绝。正是：

运退黄金失色，时来顽铁生辉。
莫与痴人说梦，思量海外寻龟。

（选自《初刻拍案惊奇》，凌濛初著，人民文学出版社 2013 年版）

【走近作者】

凌濛初（1580 ~ 1644），字玄房，号初成，亦名凌波，一字遐厈，别号即空观主，明代浙江乌程（今浙江湖州吴兴织里镇晟舍）人，12 岁入学，18 岁补廪膳生，55 岁以优贡授上海县丞，63 岁任徐州通判，并分署房村。明末农民军起，他与之对抗，最后呕血而死。明末文学家、小说家和雕版印书家。著有《初刻拍案惊奇》和《二刻拍案惊奇》。

阅读门径

明成化年间，苏州人文若虚在国内经商屡遭失败陷入穷困破产的境地，人称“倒运汉”。一些从事海外贸易的人就带他出海散心排忧。文若虚没有本钱购置货物从事贸易，只花了一两银子买了一篓洞庭红（一种橘子），准备路上解渴。没想到洞庭红在海外吉零国，被当成稀世珍品抢购一空，卖了一千多两银子。回国途中他又偶然拣到一个大乌龟壳，回到福建后被一个波斯商人用五万两银子买去，后知道壳其中有很多珍珠。他用这些钱在沿海重置家业，娶妻生子，从此家道殷富不绝。作品充满发财幻想，讴歌冒险和投机。

小说反映了明代商业兴旺，商人们出海冒险经商的生活现实。文若虚转运虽然掺杂有“命中注定”的糟粕成分，但这篇作品也暗含有与生活、与命运抗争的主观精神。作品传出了特定的时代气息，表明市民生活已在明代短篇小说中占了比较重要的地位，为研究明代社会提供了丰富生动的历史图景。故事不仅反映了明代中叶以后要求开放“海禁”的时代愿望，而且直接形象地揭示了商品的巨额利润产生于异地交换的流通领域这一重要的经济学原理。不仅具有文学的欣赏价值，而且也是研究中国古代经济思想史的珍贵材料。

能力提升

1. 试以《转运汉遇巧洞庭红》中的商贾形象分析明朝时期自由开放的民风。
2. 认识“三言二拍”作品的内容、思想和艺术特色。

比较阅读

请参考阅读以下书目：

1.《喻世明言》明 · 冯梦龙编。
2.《警世通言》明 · 冯梦龙编。
3.《醒世恒言》明 · 冯梦龙编。
4.《初刻拍案惊奇》明 · 凌濛初著。
5.《二刻拍案惊奇》明 · 凌濛初著。

第五节 宏富壮阔的明清小说

文本综要

明清是中国小说史上的繁荣时期。这个时代的小说从思想内涵和题材表现上来说，最大限度地包容了传统文化的精华，而且经过世俗化的图解后，传统文化以可感的形象和动人的故事而走进了千家万户。

明代的长篇小说按题材和思想内容，又可概分为五类，即讲史小说、神魔小说、世情小说、英雄传奇小说和公案小说等，代表性作品有《三国演义》《水浒传》《西游记》《金瓶梅》等。

《三国演义》以陈寿的《三国志》为蓝本，经各家说话人熔裁敷演，由罗贯中于元末明初写定。最初不分回，只二十四卷二百四十则，今通行一百二十回本是清初毛宗岗改定的。此书生动描述了东汉末年群雄割据，三国鼎立，最后司马氏统一天下的复杂历史，结构宏伟，场面壮观，人物众多。有些人物颇具特色，成为某一类型人物的代表，如曹操、诸葛亮、关羽、张飞等。但总的来说，《三国演义》重于叙述历史事件而薄于文学创作，人物有类型化的倾向，语言半文半白，显示出由历史向文学嬗变的痕迹。

《水浒传》或题施耐庵著，或题施耐庵、罗贯中合著。描述北宋宣和年间以宋江为首的一百〇八人逼上梁山，“替天行道”的雄壮故事。宋江事史载甚略，宋人话本有《青面兽》《花和尚》《武行者》等名目，可见水浒故事已在民间流传。至《大宋宣和遗事》记宋江等三十六人聚义梁山泊，已略具《水浒》雏形。水浒故事就是在这一基础上由文人加工写定成书的。《水浒传》情节曲折，故事性强，善于在叙事中刻画人物，李逵、武松、林冲、鲁智深等成为妇孺皆知的文学形象，但虚构成分多于《三国演义》。它是中国第一部用通俗口语写成的长篇小说，在文学史和汉语史上都有很高的价值。

神话小说《西游记》取材于唐代僧人玄奘去天竺取经的事迹，由吴承恩在民间传说和有关话本、杂剧的基础上改写而成。该书想象丰富，手法浪漫，语言诙谐，是白话小说中独树一帜的优秀之作。书中塑造了神通广大的孙悟空、胆小自私的猪八戒等受人喜爱的文学形象。孙悟空的形象是人民群众敢于同恶势力做斗争、不怕困难等优秀品质的艺术概括，也寄托了人民战胜邪恶势力的美好理想。

《红楼梦》是中国现实主义文学的经典之作。该书以曹家生活为原型，以贾宝玉与林黛玉、薛宝钗的爱情与婚姻悲剧为主要线索，描写了贾氏家族由盛而衰的历史，反映出进入末期的中国封建社会不可避免的崩溃结局和初步的民主主义思想倾向。《红楼梦》情节缜密，细节真实，语言优美。作者善于刻画人物，塑造出许多富有典型性格的艺术形象，如贾宝玉、林黛玉、薛宝钗、王熙凤、晴雯等，取得卓越的艺术成就。除《红楼梦》外，比较著名的清代长篇小说还有《儒林外史》《醒世姻缘传》《隋唐演义》《说岳全传》《镜花缘》等。

中国古代的叙事文学，到了明清时期步入了成熟期。就文学理念、文学体式和文学表现手段而言，明清小说以其完备和丰富将叙事文学推向了极致。

7 黛玉葬花

（滴翠亭杨妃戏彩蝶　埋香冢飞燕泣残红）

曹雪芹

【欣赏任务】

1. 掌握通过内心独白的形式展现人物性格特点的写法。

2. 学会以花喻人的写法。

3. 了解反衬手法的运用。

【经典篇目】

话说林黛玉正自悲泣，忽听院门响处，只见宝钗出来了，宝玉袭人一群人送了出来。待要上去问着宝玉，又恐当着众人问羞了宝玉不便，因而闪过一旁，让宝钗去了，宝玉等进去关了门，方转过来，犹望着门洒了几点泪。自觉无味，方转身回来，无精打采的卸了残妆。

紫鹃雪雁素日知道林黛玉的性情：无事闷坐，不是愁眉，便是长叹，且好端端的不知为了什么，常常的便自泪道不干的。先时还有人解劝，怕他思父母，想家乡，受了委屈，只得用话宽慰解劝。谁知后来一年一月的竟常常的如此，把这个样儿看惯，也都不理论了。所以也没人理，由他去闷坐，只管睡觉去了。那林黛玉倚着床栏杆，两手抱着膝，眼睛含着泪，好似木雕泥塑的一般，直坐到二更多天方才睡了。一宿无话。

至次日乃是四月二十六日，原来这日未时交芒种节。尚古风俗：凡交芒种节的这日，都要设摆各色礼物，祭奠花神，言芒种一过，便是夏日了，众花皆卸，花神退位，须要饯行。然闺中更兴这件风俗，所以大观园中之人都早起来了。那些女孩子们，或用花瓣柳枝编成轿马的，或用绫锦纱罗叠成干旄旌幢的，都用彩线系了。每一颗树上，每一枝花上，都系了这些物事。满园里绣带飘飖，花枝招展，更兼这些人打扮得桃羞杏让，燕妒莺惭，一时也道不尽。

且说宝钗、迎春、探春、惜春、李纨、凤姐等并巧姐、大姐、香菱与众丫鬟们在园内玩耍，独不见林黛玉。迎春因说道：“林妹妹怎么不见？好个懒丫头！这会子还睡觉不成？”宝钗道：“你们等着，我去闹了他来。”说着便丢下了众人，一直往潇湘馆来。正走着，只见文官等十二个女孩子也来了，上来问了好，说了一回闲话。宝钗回身指道："他们都在那里呢，你们找他们去罢。我叫林姑娘去就来。"说着便逶迤往潇湘馆来。忽然抬头见宝玉进去了，宝钗便站住低头想了想：宝玉和林黛玉是从小儿一处长大，他兄妹间多有不避嫌疑之处，嘲笑喜怒无常；况且林黛玉素习猜忌，好弄小性儿的。此刻自己也跟了进去，一则宝玉不便，二则黛玉嫌疑。罢了，倒是回来的妙。想毕抽身回来。

刚要寻别的姊妹去，忽见前面一双玉色蝴蝶，大如团扇，一上一下迎风翩跹，十分有趣。宝钗意欲扑了来玩耍，遂向袖中取出扇子来，向草地下来扑。只见那一双蝴蝶忽起忽落，来来往往，穿花度柳，将欲过河去了。倒引的宝钗蹑手蹑脚地，一直跟到池中滴翠亭上，香汗淋漓，娇喘细细。宝钗也无心扑了，刚欲回来，只听滴翠亭里边嘁嘁喳喳有人说话。原来这亭子四面俱是游廊曲桥，盖造在池中水上，四面雕镂槅子糊着纸。

宝钗在亭外听见说话，便煞住脚往里细听，只听说道："你瞧瞧这手帕子，果然是你丢的那块，你就拿着；要不是，就还芸二爷去。"又有一人说话："可不是我那块！拿来给我罢。"又听到："你拿什么谢我呢？难道白寻了来不成。"又答道："我既许了谢你，自然不哄你。"又听说道："我寻了来给你，自然谢我；但只是拣的人，你就不拿什么谢他？"又回道："你别胡说。他是个爷们家，拣了我的东西，自然该还的。我拿什么谢他呢？"又听说道："你不谢他，我怎么回他呢？况且他再三再四的和我说了，若没谢的，不许我给你呢。"半晌，又听答道："也罢，拿我这个给他，算谢他的罢。——你要告诉别人呢？须说个誓来。"又听说道："我要告诉一个人，就长一个疔，日后不得好死！"又听说道："嗳呀！咱们只顾说话，看有人来悄悄在外头听见。不如把这槅子都推开了，便是有人见咱们在这里，他们只当我们说顽话呢。若走到跟前，咱们也看得见，就别说了。"

宝钗在外面听见这话，心中吃惊，想道："怪道从古至今那些奸淫狗盗的人，心机都不错。这一开了，见我在这里，他们岂不臊了。况才说话的语音，大似宝玉房里的红儿的言语。他素昔眼空心大，是个头等刁钻古怪东西。今儿我听了他的短儿，一时人急造反，狗急跳墙，不但生事，而且我还没趣。如今便赶着躲了，料也躲不及，少不得要使个'金蝉脱壳'的法子。"犹未想完，只听"咯吱"一声，宝钗便故意放重了脚步，笑着叫道："颦儿，我看你往那里藏！"一面说，一面故意往前赶。那亭内的红玉坠儿刚一推窗，只听宝钗如此说着往前赶，两个人都唬怔了。宝钗反向他二人笑道："你们把林姑娘藏在那里了？"坠儿道："何曾见林姑娘了。"宝钗道："我才在河那边看着林姑娘在这里蹲着弄水儿的。我要悄悄地唬他一跳，还没有走到跟前，他倒看见我了，朝东一绕就不见了。别是藏在这里头了。"一面说，一面故意进去寻了一寻，抽身就走，口内说道："一定是又钻在山子洞里去了。遇见蛇，咬一口也罢了。"一面说一面走，心中又好笑：这件事算遮过去了，不知他二人是怎样。

谁知红玉听了宝钗的话，便信以为真，让宝钗去远，便拉坠儿道："了不得了！林姑娘蹲在这里，一定听了话去了！"坠儿听说，也半日不言语。红玉又道："这可怎么样呢？"坠儿道："便是听了，管谁筋疼，各人干各人的就完了。"红玉道："若是宝姑娘听见，还倒罢了。林姑娘嘴里又爱刻薄人，心里又细，他一听见了，倘或走漏了风声，怎么样呢？"二人正说着，只见文官、香菱、司棋、侍书等上亭子来了。二人只得掩住这话，且和他们玩笑。

只见凤姐儿站在山坡上招手叫，红玉连忙弃了众人，跑至凤姐前，笑问："奶奶使唤作什么？"凤姐打谅了一打谅，见他生的干净俏丽，说话知趣，因笑道："我的丫头今儿没跟进来。我这会子想起一件事来，使唤个人出去，可不知你能干不能干，说的齐全不齐全？"红玉笑道："奶奶有什么话，只管吩咐我说去。若说不齐全，误了奶奶的事，凭奶奶责罚罢了。"凤姐笑道："你是那位小姐房里的？我使出去，他回来找你，我好替你答应。"红玉道："我是宝二爷房里的。"凤姐听了笑道："嗳哟！你原来是宝玉房里的，怪道呢，也罢了。你到我们家，告诉你平姐姐：外头屋里桌子上汝窑盘子架儿底下放着一卷银子，那是一百六十两，给绣匠的工价，等张材家的来要，当面称给他瞧了，再给他拿去。再里头床头间有一个小荷包拿了来。"

红玉听说撤身去了，回来只见凤姐不在这山坡子上了。因见司棋从山洞里出来，站着系裙子，便赶上来问道："姐姐，不知道二奶奶往那里去了？"司棋道："没理论。"红玉听了，抽身又往四下里一看，只见那边探春宝钗在池边看鱼。红玉上来赔笑问道："姑娘们可知道二奶奶哪去了？"探春道："往你大奶奶院里找去。"红玉听了，才往稻香村来，顶头只见晴雯、绮霰、碧痕、紫绡、麝月、侍书、入画、莺儿等一群人来了。晴雯一见了红玉，便说道："你只是疯罢！院子里花儿也不浇，雀儿也不喂，茶炉子也不熗，就在外头逛。"红玉道："昨儿二爷说了，今儿不用浇花，过一日浇一回罢。我喂雀儿的时候，姐姐还睡觉呢。"碧痕道："茶炉子呢？"红玉道："今儿不该我熗的班儿，有茶没茶别问我。"绮霰道："你听听他的嘴！你们别说了，让他逛去罢。"红玉道："你们再问问我逛了没有。二奶奶使唤我说话取东西的。"说着将荷包举给他们看，方没言语了，大家分路走开。晴雯冷笑道："怪道呢！原来爬上高枝儿去了，把我们不放在眼里。不知说了一句话半句话，名儿姓儿知道了不曾呢，就把他兴的这样！这一遭半遭儿的算不得什么，过了后儿还得听呵！有本事从今儿出了这园子，长长远远的在高枝儿上才算得。"一面说着去了。

这里红玉听说，不便分证，只得忍着气来找凤姐儿。到了李氏房中，果见凤姐儿在这里和李氏说话儿呢。红玉上来回道："平姐姐说，奶奶刚出来了，他就把银子收了起来，才张材家的来讨，当面称了给他拿去了。"说着将荷包递了上去，又道："平姐姐叫我回奶奶：才旺儿进来讨奶奶的示下，好往那家子去。平姐姐就把那话按着奶奶的主意打发他去了。"凤姐笑道："他怎么按我的主意打发去了？"红玉道："平姐姐说：我们奶奶问这里奶奶好。原是我们二爷不在家，虽然迟了两天，只管请奶奶放心。等五奶奶好些，我们奶奶还会了五奶奶来瞧奶奶呢。五奶奶前儿打发了人来说，舅奶奶带了信来了，问奶奶好，还要和这里的姑奶奶寻两丸延年神验万全丹。若有了，奶奶打发人来，只管送在我们奶奶这里。明儿有人去，就顺路给那边舅奶奶带去的。"

话未说完，李氏道："嗳哟！这些话我就不懂了。什么'奶奶''爷爷'的一大堆。"凤姐笑道："怨不得你不懂，这是四五门子的话呢。"说着又向红玉笑道："好孩子，难为你说的齐全。别像他们扭扭捏捏的蚊子似的。嫂子不知道，如今除了我随手使的几个人之外，我就怕和人说话。他们必定把一句话拉长了作两三截儿，咬文咬字，拿着腔儿，哼哼唧唧的，急得我冒火，他们哪里知道！先时我们平儿也是这么着，我就问着他：难道必定装蚊子哼哼就是美人了？说了几遭才好些儿了。"李宫裁笑道："都像你泼皮破落户才好。"凤姐又道："这一个丫头就好。方才两遭，说话虽不多，听那口声就简断。"说着又向红玉笑道："你明儿服侍我去罢。我认你做女儿，我一调理你就出息了。"

红玉听了，扑哧一笑。凤姐道："你怎么笑？你说我年轻，比你能大几岁，就作你的妈了？你别做春梦呢！你打听打听，这些人头比你大的大的，赶着我叫妈，我还不理。今儿抬举了你呢！"红玉笑道："我不是笑这个，我笑奶奶认错了辈数了。我妈是奶奶的女儿，这会子又认我做女儿。"凤姐道："谁是你妈？"李宫裁笑道："你原来不认得他？他是林之孝之女。"凤姐听了十分诧异，说道："哦！原来是他的丫头。"又笑道："林之孝两口子都是锥子扎不出一声儿来的。我成日家说，他们倒是配就了的一对夫妻，一对天聋地哑。那里承望养出这么个伶俐丫头来！你十几岁了？"红玉道："十七岁了。"又问名字，红玉道："原叫红玉的，因为重了宝二爷，如今只叫红儿了。"

凤姐听说将眉一皱，把头一回，说道："讨人嫌的很！得了玉的益似的，你也玉，我也玉。"因说道："既这么着肯跟，我还和他妈说，'赖大家的如今事多，也不知这府里谁是谁，你替我好好的挑两个丫头我使'，他一般答应着。他饶不挑，倒把这女孩子送了别处去。难道跟我必定不好？"李氏笑道："你可是又多心了。他进来在先，你说话在后，怎么怨的他妈！"凤姐道："既这么着，明儿我和宝玉说，叫他再要人，叫这丫头跟我去。可不知本人愿意不愿意？"红玉笑道："愿意不愿意，我们也不敢说。只是跟着奶奶，我们也学些眉眼高低，出入上下，大小的事也得见识见识。"刚说着，只见王夫人的丫头来请，凤姐便辞了李宫裁去了。红玉回怡红院去，不在话下。

如今且说林黛玉因夜间失寐，次日起来迟了，闻得众姊妹都在园中作饯花会，恐人笑他痴懒，连忙梳洗了出来。刚到了院中，只见宝玉进门来了，笑道："好妹妹，你昨儿可告我了不曾？教我悬了一夜心。"林黛玉便回头叫紫鹃道："把屋子收拾了，撂下一扇纱屉；看那大燕子回来，把帘子放下来，拿狮子倚住；烧了香就把炉罩上。"一面说一面又往外走。宝玉见他这样，还认作是昨日中晌的事，哪知晚间的这段公案，还打躬作揖的。林黛玉正眼也不看，各自出了院门，一直找别的姊妹去了。宝玉心中纳闷，自己猜疑：看起这个光景来，不像是为昨日的事；但只昨日我回来得晚了，又没见他，再没有冲撞了他的去处。一面想，一面由不得随后追了来。

只见宝钗探春正在那边看仙鹤，见黛玉来了，三个一同站着说话儿。又见宝玉来了，探春便笑道："宝哥哥，身上好？我整整三天没见了。"宝玉笑道："妹妹身上好？我前儿还在大嫂子跟前问你呢。"探春道："哥哥往这里来，我和你说话。"宝玉听说，便跟了他来到一棵石榴树下。探春因说道："这几天老爷可叫你没有？"宝玉笑道："没有叫。"探春说："昨儿我恍惚听见说老爷叫你出去的。"宝玉笑道："哪想是别人听错了，并没叫的。"探春又笑道："这几个月，我又攒下有十来吊钱了。你还拿了去，明儿出门逛去的时候，或是好字画，好轻巧的玩意儿，替我带些来。"宝玉道："我这么城里城外、大廊小庙的逛，也没见个新奇精致东西，左不过是那些金玉铜磁没处撂的古董，再就是绸缎吃食衣服了。"探春道："谁要这些。怎么像你上回买的那柳枝儿编的小篮子，整竹子根抠的香盒儿，泥垛的风炉儿，这就好了。我喜欢的什么似的，谁知他们都爱上了，都当宝贝似的抢了去了。"宝玉笑道："原来要这个。这不值什么，拿五百钱出去给小子们，管拉一车来。"探春道："小厮们知道什么。你拣那朴而不俗、直而不拙者，这些东西，你多多的替我带了来。我还像上回的鞋做一双你穿，比那一双还加工夫，如何呢？"

宝玉笑道："你提起鞋来，我想起个故事：那一回我穿着，可巧遇见了老爷，老爷就不受用，问是谁作的。我哪里敢提'三妹妹'三个字，我就回说是前儿我生日，是舅母给的。老爷听了是舅母给的，才不好说什么，半日还说：'何苦来！虚耗人力，作践绫罗，作这样的东西。'我回来告诉了袭人，袭人说这还罢了，赵姨娘气的抱怨的了不得：'正经兄弟，鞋搭拉袜搭拉的没人看得见，且作这些东西！'"探春听说，登时沉下脸来，道："这话糊涂到什么田地！怎么我是该做鞋的人么？环儿难道没有分例的，没有人的？一般的衣裳是衣裳，鞋袜是鞋袜，丫头老婆一屋子，怎么抱怨这些话！给谁听呢！我不过是闲着没事儿，做一双半双，爱给那个哥哥兄弟，随我的心。谁敢管我不成！这也是白气。"宝玉听了，点头笑道："你不知道，他心里自然又有个想头了。"探春听说，益发动了气，将头一扭，说道："连你也糊涂了！他那想头自然是有的，不过是那阴微鄙贱的见识。他只管这么想，我只管认得老爷、太太两个人，别人我一概不管。就是姊妹弟兄跟前，谁和我好，我就和谁好，什么偏的庶的，我也不知道。论理我不该说他，但忒昏愦的不像了！还有笑话呢：就是上回我给你那钱，替我带那顽的东西。过了两天，他见了我，也是说没钱使，怎么难，我也不理论。谁知后来丫头们出去了，他就抱怨起来，说我攒的钱为什么给你使，倒不给环儿使呢。我听见这话，又好笑又好气，我就出来往太太跟前去了。”正说着，只见宝钗那边笑道：“说完了，来罢。显见的是哥哥妹妹了，丢下别人，且说梯己去。我们听一句儿就使不得了！”说着，探春宝玉二人方笑着来了。

宝玉因不见了林黛玉，便知他躲了别处去了，想了一想，索性迟两日，等他的气消一消再去也罢了。因低头看见许多凤仙石榴等各色落花，锦重重地落了一地，因叹道：“这是他心里生了气，也不收拾这花儿来了。待我送了去，明儿再问着他。”说着，只见宝钗约着他们往外头去。宝玉道：“我就来。”说毕，等他二人去远了，便把那花兜了起来，登山渡水，过树穿花，一直奔了那日同林黛玉葬桃花的去处来。将已到了花冢，犹未转过山坡，只听山坡那边有呜咽之声，一行数落着，哭得好不伤感。宝玉心下想道：“这不知是那房里的丫头，受了委屈，跑到这个地方来哭。”一面想，一面刹住脚步，听他哭道是：

花谢花飞花满天，红消香断有谁怜？游丝软系飘春榭，落絮轻沾扑绣帘。
闺中女儿惜春暮，愁绪满怀无释处，手把花锄出绣闺，忍踏落花来复去。
柳丝榆荚自芳菲，不管桃飘与李飞。桃李明年能再发，明年闺中知有谁？
三月香巢已垒成，梁间燕子太无情！明年花发虽可啄，却不道人去梁空巢也倾。
一年三百六十日，风刀霜剑严相逼，明媚鲜妍能几时，一朝飘泊难寻觅。
花开易见落难寻，阶前闷杀葬花人，独倚花锄泪暗洒，洒上空枝见血痕。
杜鹃无语正黄昏，荷锄归去掩重门。青灯照壁人初睡，冷雨敲窗被未温。
怪奴底事倍伤神，半为怜春半恼春：怜春忽至恼忽去，至又无言去不闻。
昨宵庭外悲歌发，知是花魂与鸟魂？花魂鸟魂总难留，鸟自无言花自羞。
愿奴胁下生双翼，随花飞到天尽头。天尽头，何处有香丘？
未若锦囊收艳骨，一抔净土掩风流。质本洁来还洁去，强于污淖陷渠沟。
尔今死去侬收葬，未卜侬身何日丧？侬今葬花人笑痴，他年葬侬知是谁？
试看春残花渐落，便是红颜老死时。一朝春尽红颜老，花落人亡两不知！

宝玉听了，不觉痴倒。要知端详，且听下回分解。

（选自《红楼梦》，曹雪芹，人民文学出版社 2008 年版）

【走近作者】

曹雪芹（约 1715 ～约 1763），名霑，字梦阮，号雪芹，又号芹溪、芹圃，中国古典名著《红楼梦》作者，籍贯沈阳（一说辽阳），生于南京，约十三岁时迁回北京。曹雪芹出身清代内务府正白旗包衣世家，他是江宁织造曹寅之孙，曹颙之子（一说曹頫之子）。

曹雪芹早年在南京江宁织造府亲历了一段锦衣纨绔、富贵风流的生活。至雍正六年（1728），曹家因亏空获罪被抄家，曹雪芹随家人迁回北京老宅。后又移居北京西郊，靠卖字画和朋友救济为生。曹雪芹素性放达，爱好广泛，对金石、诗书、绘画、园林、中医、织补、工艺、饮食等均有所研究。他以坚韧不拔的毅力，历经多年艰辛，终于创作出极具思想性、艺术性的伟大作品——《红楼梦》。

阅读门径

本回可分为两大部分：第一部分是宝钗戏蝶，第二部分写黛玉葬花。

钗、黛是《红楼梦》中相对的两个形象，代表着两种不同的性格，俞平伯评其为“双峰对峙”。宝钗是封建淑女的典范，深崇“女子无才便是德”，克己复礼。小说中宝钗在前往潇湘馆途中，见宝玉进去后，那一段心理活动的描写，充分显示了她处理问题谨慎，考虑问题精细周密的性格。尤其是在戏蝶时，无意听到了小丫头的“私情话”，巧使“金蝉脱壳”，对鞶儿有意无意地嫁祸，更是自然而深刻地显示了她精明、胸有城府的一面。但宝钗毕竟是花季少女，见了“迎风翩跹”的“一双玉色蝴蝶”，十分有趣，忍不住想“扑了来玩耍”，少女那种天真活泼的情趣，在一定条件下情不自禁地表现出来。这段扑蝶的描写使宝钗的性格显得更为丰满，生动、形象地塑造了一个性格色调十分丰富的宝钗形象。

紧接其后，作者安排了黛玉葬花一幕，这种安排对表现人物的性格来说，确实起到了相互衬托的作用。相对于宝钗的有涵养、随俗的性格特点，黛玉是天然的，是性灵的，是一己的。《葬花吟》是表现黛玉性格特征的重要作品。她热烈而执着地追求自己的幸福和爱情，但在那个社会，爱情就意味着对整个社会秩序的背叛，“一年三百六十日，风刀霜剑严相逼”，就是她对长期迫害她的冷酷无情现实的控诉。她多么希望能挣脱封建枷锁的禁锢，希望能摆脱自己不幸的命运，“愿奴肋下生双翼，随花飞到天尽头”，可是“天尽头，何处有香丘”？对未来，她充满迷惘与彷徨，但她没有屈服，“未若锦囊收艳骨，一抔净土掩风流。质本洁来还洁去，强于污淖陷渠沟”，正是她在幻想自由幸福而不可得时，那种不愿受辱被污、不甘低头屈服的孤傲不阿的性格的具体表现。《葬花吟》既是黛玉感叹身世遭遇的全部哀音的代表，也是作者借以塑造这一艺术形象，表现其性格特征的重要作品。这首诗在抒情上淋漓尽致，在艺术上也是十分成功的，脂砚斋甲戌本有批语说：“余读《葬花吟》至再，至三四，其凄楚感慨，令人身世两忘，举笔再三，不能下批。”

8 婴　宁

蒲松龄

【欣赏任务】

1. 掌握蒲松龄短篇小说的特点。

2. 学会通过人物典型行为及环境把握人物性格的方法。

【经典篇目】

王子服，莒之罗店人，早孤，绝慧，十四入泮。母最爱之，寻常不令游郊野。聘萧氏，未嫁而夭，故求凰未就也。

会上元，有舅氏子吴生邀同眺瞩，方至村外，舅家仆来招吴去。生见游女如云，乘兴独游。有女郎携婢，拈梅花一枝，容华绝代，笑容可掬。生注目不移，竟忘顾忌。女过去数武，顾婢子笑曰："个儿郎目灼灼似贼！"遗花地上，笑语自去。生拾花怅然，神魂丧失，怏怏遂返。至家，藏花枕底，垂头而睡，不语亦不食。母忧之，醮禳益剧，肌革锐减。医师诊视，投剂发表，忽忽若迷。母抚问所由，默然不答。适吴生来，嘱秘诘之。吴至榻前，生见之泪下，吴就榻慰解，渐致研诘，生具吐其实，且求谋画。吴笑曰："君意亦痴！此愿有何难遂？当代访之。徒步于野，必非世家，如其未字，事固谐矣，不然，拚以重赂，计必允遂。但得痊瘳，成事在我。"生闻之不觉解颐。吴出告母，物色女子居里。而探访既穷，并无踪迹。母大忧，无所为计。然自吴去后，颜顿开，食亦略进。数日吴复来，生问所谋。吴绐之曰："已得之矣。我以为谁何人，乃我姑之女，即君姨妹，今尚待聘。虽内戚有婚姻之嫌，实告之无不谐者。"生喜溢眉宇，问："居何里？"吴诡曰："西南山中，去此可三十余里。"生又嘱再四，吴锐身自任而去。

生由是饮食渐加，日就平复。探视枕底，花虽枯，未便雕落，凝思把玩，如见其人。怪吴不至，折柬招之，吴支托不肯赴招。生恚怒，悒悒不欢。母虑其复病，急为议姻，略与商榷，辄摇首不愿，惟日盼吴。吴迄无耗，益怨恨之。转思三十里非遥，何必仰息他人？怀梅袖中，负气自往，而家人不知也。伶仃独步，无可问程，但望南山行去。约三十余里，乱山合沓，空翠爽肌，寂无人行，止有鸟道。遥望谷底丛花乱树中，隐隐有小里落。下山入村，见舍宇无多，皆茅屋，而意甚修雅。北向一家，门前皆丝柳，墙内桃杏尤繁，间以修竹，野鸟格磔其中。意其园亭，不敢遽入。回顾对户，有巨石滑洁，因坐少憩。俄闻墙内有女子长呼："小荣！"其声娇细。方伫听间，一女郎由东而西，执杏花一朵，俯首自簪；举头见生，遂不复簪，含笑拈花而入。审视之，即上元途中所遇也。心骤喜，但念无以阶进。欲呼姨氏，顾从无还往，惧有讹误。门内无人可问，坐卧徘徊，自朝至于日昃，盈盈望断，并忘饥渴。时见女子露半面来窥，似讶其不去者。忽一老媪扶杖出，顾生曰：“何处郎君，闻自辰刻来，以至于今。意将何为？得勿饥也？”生急起揖之，答云：“将以探亲。”媪聋聩不闻。又大言之。乃问：“贵戚何姓？”生不能答。媪笑曰：“奇哉！姓名尚自不知，何亲可探？我视郎君亦书痴耳。不如从我来，啖以粗粝，家有短榻可卧。待明朝归，询知姓氏，再来探访。”生方腹馁思啖，又从此渐近丽人，大喜。从媪入，见门内白石砌路，夹道红花片片坠阶上，曲折而西，又启一关，豆棚花架满庭中。肃客入舍，粉壁光如明镜，窗外海棠枝朵，探入室中，裀藉几榻，罔不洁泽。甫坐，即有人自窗外隐约相窥。媪唤：“小荣！可速作黍。”外有婢子噭声而应。坐次，具展宗阀。媪曰：“郎君外祖，莫姓吴否？”曰：“然。”媪惊曰：“是吾甥也！尊堂，我妹子。年来以家屡贫，又无三尺之男，遂至音问梗塞。甥长成如许，尚不相识。”生曰：“此来即为姨也，匆遽遂忘姓氏。”媪曰：“老身秦姓，并无诞育，弱息亦为庶产。渠母改醮，遗我鞠养。颇亦不钝，但少教训，嬉不知愁。少顷，使来拜识。”未几婢子具饭，雏尾盈握。媪劝餐已，婢来敛具。媪曰：“唤宁姑来。”婢应去。良久，闻户外隐有笑声。媪又唤曰：“婴宁，汝姨兄在此。”户外嗤嗤笑不已。婢推之以入，犹掩其口，笑不可遏。媪逋目曰：“有客在，咤咤叱叱，是何景象？”女忍笑而立，生揖之。媪曰：“此王郎，汝姨子。一家尚不相识，可笑人也。”生问：“妹子年几何矣？”媪未能解；生又言之。女复笑，不可仰视。媪谓生曰：“我言少教诲，此可见矣。年已十六，呆痴如婴儿。”生曰：“小于甥一岁。”曰：“阿甥已十七矣，得非庚午属马者耶？”生首应之。又问：“甥妇阿谁？”答曰：“无之。”曰：“如甥才貌，何十七岁犹未聘？婴宁亦无姑家，极相匹敌。惜有内亲之嫌。”生无语，目注婴宁，不遑他瞬。婢向女小语云：“目灼灼贼腔未改！”女又大笑，顾婢曰：“视碧桃开未？”遽起，以袖掩口，细碎连步而出。至门外，笑声始纵。媪亦起，唤婢襆被，为生安置。曰：“阿甥来不易，宜留三五日，迟迟送汝归。如嫌幽闷，舍后有小园，可供消遣；有书可读。”次日至舍后，果有园半亩，细草铺毡，杨花糁径。有草舍三楹，花木四合其所。穿花小步，闻树头苏苏有声，仰视，则婴宁在上，见生来，狂笑欲堕。生曰：“勿尔，堕矣！”女且下且笑，不能自止。方将及地，失手而堕，笑乃止。生扶之，阴捘其腕。女笑又作，倚树不能行，良久乃罢。生俟其笑歇，乃出袖中花示之。女接之，曰：“枯矣！何留之？”曰：“此上元妹子所遗，故存之。”问：“存之何益？”曰：“以示相爱不忘。自上元相遇，凝思成病，自分化为异物；不图得见颜色，幸垂怜悯。”女曰：“此大细事，至戚何所靳惜？待郎行时，园中花，当唤老奴来，折一巨捆负送之。”生曰：“妹子痴耶？”女曰：“何便是痴？”生曰：“我非爱花，爱拈花之人耳。”女曰：“葭莩之情，爱何待言。”生曰：“我所为爱，非瓜葛之爱，乃夫妻之爱。”女曰：“有以异乎？”曰：“夜共枕席耳。”女俯首思良久，曰：“我不惯与生人睡。”语未已，婢潜至，生惶恐遁去。少时会母所，母问：“何往？”女答以园中共话。媪曰：“饭熟已久，有何长言，周遮乃尔。”女曰：“大哥欲我共寝。”言未已，生大窘，急目瞪之。女微笑而止。幸媪不闻，犹絮絮究诘。生急以他词掩之，因小语责女。女曰：“适此语不应说耶？”生曰：“此背人语。”女曰：“背他人，岂得背老母？且寝处亦常事，何讳之？”生恨其痴，无术可悟之。

食方竟，家人捉双卫来寻生。先是，母待生久不归，始疑。村中搜觅已遍，竟无踪兆，因往寻吴。吴忆曩言，因教于西南山村寻觅。凡历数村，始至于此。生出门，适相值，便入告媪，且请偕女同归。媪喜曰：“我有志，匪伊朝夕。但残躯不能远涉，得甥携妹子去，识认阿姨，大好！”呼婴宁，宁笑至。媪曰：“大哥欲同汝去，可装束。”又饷家人酒食，始送之出，曰：“姨家田产丰裕，能养冗人。到彼且勿归，小学诗礼，亦好事翁姑。即烦阿姨择一良匹与汝。”二人遂发。至山坳回顾，犹依稀见媪倚门北望也。

抵家，母睹姝丽，惊问为谁。生以姨妹对。母曰：“前吴郎与儿言者，诈也。我未有姊，何以得甥？”问女，女曰：“我非母出。父为秦氏，没时儿在褓中，不能记忆。”母曰：“我一姊适秦氏良确。然殂谢已久，那得复存？”因审诘面庞、志赘，一一符合。又疑曰：“是矣！然亡已多年，何得复存？”疑虑间，吴生至，女避入室。吴询得故，惘然久之，忽曰：“此女名婴宁耶？”生然之。吴极称怪事。问所自知，吴曰：“秦家姑去世后，姑丈鳏居，祟于狐，病瘠死。狐生女名婴宁，绷卧床上，家人皆见之。姑丈没，狐犹时来。后求天师符粘壁上，狐遂携女去。将勿此耶？”彼此疑参，但闻室中嗤嗤，皆婴宁笑声。母曰：“此女亦太憨。”吴生请面之。母入室，女犹浓笑不顾。母促令出，始极力忍笑，又面壁移时方出。才一展拜。翻然遽入，放声大笑。满室妇女，为之粲然。

吴请往觇其异，就便执柯。寻至村所，庐舍全无，山花零落而已。吴忆葬处仿佛不远，然坟垅湮没，莫可辨识，诧叹而返。母疑其为鬼，入告吴言，女略无骇意。又吊其无家，亦殊无悲意，孜孜憨笑而已。众莫之测，母令与少女同寝止，昧爽即来省问，操女红糟巧绝伦。但善笑，禁之亦不可止。然笑处嫣然，狂而不损其媚，人皆乐之。邻女少妇，争承迎之。母择吉为之合卺，而终恐为鬼物，窃于日中窥之，形影殊无少异。

至日，使华装行新妇礼，女笑极不能俯仰，遂罢。生以憨痴，恐泄漏房中隐事，而女殊密秘，不肯道一语。每值母忧怒，女至一笑即解。奴婢小过，恐遭鞭楚，辄求诣母共话，罪婢投见恒得免。而爱花成癖，物色遍戚党；窃典金钗，购佳种，数月，阶砌藩溷无非花者。庭后有木香一架，故邻西家，女每攀登其上，摘供簪玩。母时遇见辄诃之，女卒不改。一日西人子见之，凝注倾倒。女不避而笑。西人子谓女意属己，心益荡。女指墙底笑而下，西人子谓示约处，大悦。及昏而往，女果在焉，就而淫之，则阴如锥刺，痛彻于心，大号而踣。细视非女，则一枯木卧墙边，所接乃水淋窍也。邻父闻声，急奔研问，呻而不言；妻来，始以实告。爇火烛窥，见中有巨蝎如小蟹然，翁碎木，捉杀之。负子至家，半夜寻卒。邻人讼生，讦发婴宁妖异。邑宰素仰生才，稔知其笃行士，谓邻翁讼诬，将杖责之，生为乞免，遂释而出。母谓女曰："憨狂尔尔，早知过喜而伏忧也。邑令神明，幸不牵累。设鹘突官宰，必逮妇女质公堂，我儿何颜见戚里？"女正色，矢不复笑。母曰："人罔不笑，但须有时。"而女由是竟不复笑，虽故逗之亦终不笑，然竟日未尝有戚容。

一夕，对生零涕。异之。女哽咽曰："曩以相从日浅，言之恐致骇怪。今日察姑及郎，皆过爱无有异心，直告或无妨乎？妾本狐产。母临去，以妾托鬼母，相依十余年，始有今日。妾又无兄弟，所恃者惟君。老母岑寂山阿，无人怜而合厝之，九泉辄为悼恨。君倘不惜烦费，使地下人消此怨恫，庶养女者不忍溺弃。"生诺之，然虑坟冢迷于荒草。女言无虑。刻日夫妇舆榇而往。女于荒烟错楚中，指示墓处，果得媪尸，肤革犹存。女抚哭哀痛。舁归，寻秦氏墓合葬焉。是夜生梦媪来称谢，寤而述之。女曰："妾夜见之，嘱勿惊郎君耳。"生恨不邀留。女曰："彼鬼也。生人多，阳气胜，何能久居？"生问小荣，曰："是亦狐，最黠。狐母留以视妾，每摄饵相哺，故德之常不去心；昨问母，云已嫁之。"由是岁值寒食，夫妇登秦墓，拜扫无缺。女逾年生一子，在怀抱中，不畏生人，见人辄笑，亦大有母风云。

异史氏曰："观其孜孜憨笑，似全无心肝者。而墙下恶作剧，其黠孰甚焉！至凄恋鬼母，反笑为哭，我婴宁何常憨耶。窃闻山中有草，名'笑矣乎'，嗅之则笑不可止。房中植此一种，则合欢、忘忧，并无颜色矣。若解语花，正嫌其作态耳。"

（选自《聊斋志异》，蒲松龄，华夏出版社 2013 年版）

【走近作者】

蒲松龄（1640～1715）字留仙，一字剑臣，号柳泉居士，人称聊斋先生，自称异史氏。清代杰出文学家，小说家。山东省淄博市淄川区洪山镇蒲家庄人。出身于一个逐渐败落的地主家庭。蒲松龄一生热衷科举，却始终不得志，71 岁时才破例补为贡生，因此对科举制度的不合理深有感触。他毕生精力完成《聊斋志异》8 卷、491 篇，约 40 余万字。内容丰富多彩，故事多采自民间传说和野史轶闻，将花妖狐魅和幽冥世界的事物人格化、社会化，充分表达了作者的爱憎感情和美好理想。作品继承和发展了我国文学中志怪传奇文学的优秀传统和表现手法，情节幻异曲折，跌宕多变，文笔简练，叙次井然，被誉为我国古代文言短篇小说中成就最高的作品集。鲁迅先生在《中国小说史略》中说此书是"专集之最有名者"；郭沫若先生为蒲氏故居题联，赞蒲氏著作"写鬼写妖高人一等，刺贪刺虐入木三分"；老舍也评价过蒲氏"鬼狐有性格，笑骂成文章"。

阅读门径

书生王子服郊游遇到狐女婴宁，一见倾心、相思成疾，最终得谐鱼水。作品借助婴宁这一天真烂漫、以笑著称的少女形象的刻画，表达了对封建礼教窒息女子天性的愤懑。

表层的喜剧色彩和内在的悲剧情味，使这篇短篇小说跨在了喜剧与悲剧的边缘，成为女性命运和人类困境的一个绝妙的象征。小说写婴宁由无时不笑到“虽故逗亦不复笑”性格的转变，在很大程度上代表了作者的一种饱经世事挫磨产生的谨慎处世和超然于世俗的态度。《婴宁》表现在封建礼教和复杂的社会环境中的处世原则倾向不妨说是趋向入世的。其价值根本上在于写出了旧时一个少女生世的欢乐与苦辛，写出了作者基于儒、道等传统思想和实际生活经验对社会人生的独特理解。就作者用意和作品主旨而言，这篇小说是关于人类，特别是人类女性社会生活困境的一个象征。对于婴宁而言，爱情和婚姻只是她步入家庭和社会生活的必由之路，是她脱离言笑由心的自在状态进入人世生活的仪式。正是经过爱情、婚姻进而家庭、社会生活的历练挫磨，婴宁由一个混沌未开、率性自然的少女，一变成为心存至性、态度庄肃、无笑无戚、从容应世的少妇。这个带挫折性的变化，是人类社会理想纯真与现实庸俗冲突的普遍永久的象征。

作者着力刻画的是女主角的外貌美和爱花、爱笑以及纯真得近乎痴憨的性格特点。婴宁一登场，作者就以十分传神的笔法，勾勒出她不同凡俗的形象：她“容华绝代”，手拈梅花，姗姗行走在上元节的郊野。后在较长的篇幅里，作者转写王子服对婴宁的相思。正是婴宁的美丽和卓然不群的风姿，才使得王子服“忽忽若迷”，所以，此处极力渲染王子服的相思之情，一方面是为以后情节的发展“蓄势”，另一方面也是对婴宁的虚写，字里行间都能让读者感觉到婴宁的存在，作者此处的虚写手法运用得非常巧妙。

能力提升

1. 联系《葬花吟》，分析黛玉的处境、心理、性格。
2. 结合所学，选取《婴宁》中你认为最精彩的方面，写一篇赏析文章。

比较阅读

请参考阅读以下书目：

1.《水浒传》，明·施耐庵著。

2.《西游记》，明·吴承恩著。

3.《金瓶梅词话》，明·兰陵笑笑生著。

4.《封神演义》，明·许仲琳著。

5.《聊斋志异》，清·蒲松龄著。

6.《红楼梦》，清·曹雪芹著。

第六节　启迪省人的现当代小说

文本综要

一、现代小说

在20世纪中国文学进程中，“五四”文学革命给中国小说的现代化带来契机。此后不长的时间里，中国小说迅速完成了从古典向现代的转变。

1918年5月，鲁迅的《狂人日记》在《新青年》上发表。小说通过一个被迫害者“狂人”的形象以及“狂人”的自述的描写，揭示了封建礼教的“吃人”本质，表现了作者对以封建礼教为主体内涵的中国封建文化的反抗，也表现了作者深刻的忏悔意识。作者以彻底的“革命民主主义”的立场对中国的文化进行了深刻的反思，同时对中国的甚至是人类的前途表达了深广的忧愤。《阿Q正传》是鲁迅先生创作的一部中篇小说，它有力地批判了当时中国社会的封建、保守、庸俗、腐败等社会特点，有力地揭示了旧中国人民的生活场景和其处在水深火热之中的病态。

“问题小说”是产生于1918～1921年间的一场文学思潮，“问题小说”的宗旨是为人生。“问题小说”的最有影响的作家有冰心、王统照、庐隐、许地山等。从提出问题之广来看，问题小说涉及当时青年关怀的家庭礼教、婚恋家庭、妇女贞操、劳工、战争、知识者等诸多方面。

20年代的浪漫派小说最主要的形式是“自叙传”小说。代表作家有创造社的郁达夫、郭沫若、张资平、叶灵凤，浅草—沉钟社的陈翔鹤、林如稷，弥洒社的胡山源等人。

“自叙传”小说的作者主要集中于创造社。他们强调“本着内心的要求，从事于文艺活动”；主张作家的写作应该是再现自己的生活和心境，减弱对外部事件的描写，侧重作家“心境”的彻底暴露，以此向旧道德挑战。郭沫若把这种小说的美学追求称为“主情主义”，这在中国现代小说史上是一个全新的样式，也是对传统小说观念的一个新的发展。

30年代是中国现代小说的一个繁荣时期。代表性的作品有茅盾的《子夜》《一千八百担》等，其创作的特点是：接受了马克思主义的影响，试图摸索出一条将科学的社会理论与作家的创作实践结合的新路子，以期其创作能从本质上揭示生活的真实并正确预示社会生活发展的方向。他们一般从社会经济分析入手，用阶级对抗的眼光去观察和分析社会现实，并让实际的对抗过程与演进成为作品的重心。

地域文化对20世纪30年代小说流派的形成起了相当大的作用。这些流派的小说题材大都限于某种区域生活，作家并不以描写某个具体出众的人物形象而闻名，而是以擅长表现某一地带的整体文化或特定事件而著称。在20世纪30年代小说流派中，表现地域文化最引人注目的当属沈从文笔下的湘西山水、艾芜笔下的南疆风情、吴组缃笔下的皖南乡村和李劼人笔下的四川民风。

20世纪40年代文学包括抗日战争、解放战争两个历史时期的文学活动。抗日战争爆发后，大片国土沦陷，文学也因此形成国统区文学、解放区文学和沦陷区文学同时并存的格局，并生发出各具特点的文学景观，形成了国统区的讽刺与追忆小说，沦陷区的洋场通俗先锋混合型小说、解放区的社会主义现实主义新型小说等几大类。

随着抗战的深入，作家们的视线由光明转向了阴暗。张天翼带头掀起暴露、讽刺小说浪潮，张天翼本人有《华威先生》《谭九先生的工作》等，沙汀有短篇《在其香居茶馆里》以及长篇《淘金记》《困兽记》《还乡记》。如果说，在现代中国的讽刺小说中，鲁迅、老舍、张天翼、沙汀、钱钟书可以构成一个讽刺文学序列的话，那么他们还是有各自不同的特点：鲁迅的讽刺是思想性的（鞭挞），而老舍是下层市民化的（滑稽甚至油滑），张天翼和沙汀则更多的是政治意识形态化的（暴露与诅咒），钱钟书则是知识型的（机智）。

《围城》显示了钱钟书高超的讽刺才能和对世态人情的洞察力。在题材和主题上，钱钟书善于在广阔的生活背景下，精细入微地描绘中国知识分子的众生相，无情揭示人性的弱点和人生、社会的荒凉。《围城》通过主人公方鸿渐的命运变迁，艺术地概括了20世纪30年代末至40年代的半封建半殖民地中国社会一代欧化知识分子的特征和命运，写出了一部现代中国的“儒林外史”。

沦陷区的小说因为特殊的政治背景、激进青年读者的大量流失、商业文化的盛行等缘故，通俗小说因而强势发展。这其中的代表人物就是张爱玲。

作为一个女性作家，张爱玲真正了解女性在现代社会的生存处境。她们的环境、她们的压力、来自旧家族内的冷冷的眼光、命运的捉弄，还有更令人恐惧的——女性自身的精神重负，譬如《金锁记》中姜公馆二奶奶曹七巧脖子上的枷锁。

解放区的新型小说，前接30年代的左翼小说，后面开启了50年代以后的大陆小说。主要有“荷花淀派”的孙犁《荷花淀》，“山药蛋派”的赵树理《小二黑结婚》《李有才板话》《李家庄的变迁》等，此外还有丁玲的《太阳照在桑干河上》和周立波的《暴风骤雨》等“土改小说”。

二、当代小说

1949年7月2日至19日，第一次文代会在北平正式召开。

农村题材创作历来被认为是成就最高的领域之一。长篇小说有周立波的《山乡巨变》、赵树理的《三里湾》、孙犁的中篇小说《铁木前传》等，短篇小说有赵树理的《锻炼锻炼》、李准的《李双双小传》等。这些作品在创作背景上保持了强烈的时代共鸣，作家凭着对农村生活的丰富经验和美好感情，在文学创作的各个层面上体现出民间文化艺术的魅力。

从题材的角度看，“革命历史”题材在新政权后占有最大的分量和极为重要的位置。其中长篇主要有柳青的《铜墙铁壁》，杜鹏程的《保卫延安》，吴强的《红日》，曲波的《林海雪原》，梁斌的《红旗谱》，杨沫的《青春之歌》，罗广斌、杨益言的《红岩》等。短篇小说代表性的有茹志鹃的《百合花》，峻青的《黎明的河边》，王愿坚《党费》等。

“伤痕文学”作为新时期文学浪潮的第一波，发端于刘心武的短篇小说《班主任》，得名于卢新华的《伤痕》。《班主任》以其老师的敏锐观察控诉“四人帮”的愚民政策，揭示极“左”对青少年的戕害，否定“文革”的文化大倒退。其独特性在于刻画出年轻一代的精神状态和心灵伤痕。

“伤痕文学”兴盛之后，人们需要更具深彻的思想洞察力和更丰富的艺术表现力的作品，更需要从对历史的认识中总结出经验教训的深刻之作，一批在之前的生活中历尽坎坷的作家，如王蒙、李国文、丛维熙、张贤亮、高晓声等，写出了一批具有一定思想深度和历史深度的作品。这些作品以不同的题材，从不同的角度，反映了作家对现实和历史的独特感受和思考，并从中引出历史的经验教训。人们称之为“反思文学”。

张贤亮早期“反思”作品中有着对朴素的民间情义的歌颂。发掘普通人原始的内心美与人间温情，批判极左政治路线所造成的悲惨事实。诗人的气质，苦难的历程，坚实的理论素养直接影响了张贤亮小说风格的艺术构成，使他的小说既有现实主义的深厚，又有浪漫的色彩和哲理思辨的闪光。代表作有《灵与肉》《邢老汉和狗》《绿化树》《男人的一半是女人》等。

1976年，美国作家亚历克斯·哈利发表了长篇小说《根》，轰动了美国，也轰动了世界，因为他唤醒了人们的“寻根意识”。一般来讲，“寻根”主要是指寻“民族之根”。包括民族的文化渊源、传统思想和精神，民族的家园故土、生存环境等。中国当代文学萌生“寻根”意识，是20世纪80年代初。整个文化界弥漫着一种强烈的“寻根”情绪，试图通过对民族文化的挖掘，重新认识自己，认识民族，重新建立新型的民族文化观。这种寻根意识强烈地冲击着文学创作，使其呈现出一种新的审美特质。

“先锋小说”指在20世纪80年代中期出现的以形式探索为主要特征的小说创作潮

流。其主要作家有最初的马原、莫言、残雪、苏童、洪峰，以及稍后出现的格非、孙甘露、余华、叶兆言、扎西达娃等。“先锋小说”具有尖锐的彻底的文化批判精神，这种反叛性从社会发展的大角度看具有激进的革命性质和启蒙主义特征。它不但反叛传统文化，而且还要求自身的创新和突破，体现为一种勇往直前的创新精神。

9 伤逝

——涓生的手记

鲁 迅

【欣赏任务】

1. 了解鲁迅小说的语言特点。
2. 掌握小说深刻的主题。

【经典篇目】

如果我能够，我要写下我的悔恨和悲哀，为子君，为自己。

会馆里的被遗忘在偏僻里的破屋是这样地寂静和空虚。时光过得真快，我爱子君，仗着她逃出这寂静和空虚，已经满一年了。事情又这么不凑巧，我重来时，偏偏空着的又只有这一间屋。依然是这样的破窗，这样的窗外的半枯的槐树和老紫藤，这样的窗前的方桌，这样的败壁，这样的靠壁的板床。深夜中独自躺在床上，就如我未曾和子君同居以前一般，过去一年中的时光全被消灭，全未有过，我并没有曾经从这破屋子搬出，在吉兆胡同创立了满怀希望的小小的家庭。

不但如此。在一年之前，这寂静和空虚是并不这样的，常常含着期待；期待子君的到来。在久待的焦躁中，一听到皮鞋的高底尖触着砖路的清响，是怎样地使我骤然生动起来呵！于是就看见带着笑涡的苍白的圆脸，苍白的瘦的臂膊，布的有条纹的衫子，玄色的裙。她又带了窗外的半枯的槐树的新叶来，使我看见，还有挂在铁似的老干上的一房一房的紫白的藤花。然而现在呢，只有寂静和空虚依旧，子君却决不再来了，而且永远，永远地！……

子君不在我这破屋里时，我什么也看不见。在百无聊赖中，顺手抓过一本书来，科学也好，文学也好，横竖什么都一样；看下去，看下去，忽而自己觉得，已经翻了十多页了，但是毫不记得书上所说的事。只是耳朵却分外地灵，仿佛听到大门外一切往来的履声，从中便有子君的，而且橐橐地逐渐临近，——但是，往往又逐渐渺茫，终于消失在别的步声的杂沓中了。我憎恶那不像子君鞋声的穿布底鞋的长班的儿子，我憎恶那太像子君鞋声的常常穿着新皮鞋的邻院的搽雪花膏的小东西！莫非她翻了车么？莫非她被电车撞伤了么？……我便要取了帽子去看她，然而她的胞叔就曾经当面骂过我。

蓦然，她的鞋声近来了，一步响于一步，迎出去时，却已经走过紫藤棚下，脸上带着微笑的酒窝。她在她叔子的家里大约并未受气；我的心宁贴了，默默地相视片时之后，破屋里便渐渐充满了我的语声，谈家庭专制，谈打破旧习惯，谈男女平等，谈伊孛生，谈泰戈尔，谈雪莱……她总是微笑点头，两眼里弥漫着稚气的好奇的光泽。壁上就钉着一张铜板的雪莱半身像，是从杂志上裁下来的，是他的最美的一张像。当我指给她看时，她却只草草一看，便低了头，似乎不好意思了。这些地方，子君就大概还未脱尽旧思想的束缚，——我后来也想，倒不如换一张雪莱淹死在海里的纪念像或是伊孛生的罢；但也终于没有换，现在是连这一张也不知那里去了。

“我是我自己的，他们谁也没有干涉我的权利！”

这是我们交际了半年，又谈起她在这里的胞叔和在家的父亲时，她默想了一会之后，分明地，坚决地，沉静地说了出来的话。其时是我已经说尽了我的意见，我的身世，我的缺点，很少隐瞒；她也完全了解的了。这几句话很震动了我的灵魂，此后许多天还在耳中发响，而且说不出的狂喜，知道中国女性，并不如厌世家所说那样的无法可施，在不远的将来，便要看见辉煌的曙色的。送她出门，照例是相离十多步远；照例是那鲇鱼须的老东西的脸又紧贴在脏的窗玻璃上了，连鼻尖都挤成一个小平面；到外院，照例又是明晃晃的玻璃窗里的那小东西的脸，加厚的雪花膏。她目不斜视地骄傲地走了，没有看见；我骄傲地回来。“我是我自己的，他们谁也没有干涉我的权利！”这彻底的思想就在她的脑里，比我还透彻，坚强得多。半瓶雪花膏和鼻尖的小平面，于她能算什么东西呢？

我已经记不清那时怎样地将我的纯真热烈的爱表示给她。岂但现在，那时的事后便已模糊，夜间回想，早只剩了一些断片了；同居以后一两月，便连这些断片也化作无可追踪的梦影。我只记得那是以前的十几天，曾经很仔细地研究过表示的态度，排列过措辞的先后，以及倘或遭了拒绝以后的情形。可是临时似乎都无用，在慌张中，身不由己地竟用了在电影上见过的方法了。后来一想到，就使我很愧恧，但在记忆上却偏只有这一点永远留恋，至今还如暗室的孤灯一般，照见我含泪握着她的手，一条腿跪了下去……

不但我自己的，便是子君的言语举动，我那时就没有看得分明；仅知道她已经允许我了。但也还仿佛记得她脸色变成青白，后来又渐渐转作绯红，——没有见过，也没有再见的绯红；孩子似的眼里射出悲喜，但是夹着惊疑的光，虽然力避我的视线，张皇地似乎要破窗飞去。然而我知道她已经允许我了，没有知道她怎样说或是没有说。她却是什么都记得：我的言辞，竟至于读熟了的一般，能够滔滔背诵；我的举动，就如有一张我所看不见的影片挂在眼下，叙述得如生，很细微，自然连那使我不愿再想的浅薄的电影的一闪。夜阑人静，是相对温习的时候了，我常是被质问，被考验，并且被命复述当时的言语，然而常须由她补足，由她纠正，像一个丁等的学生。这温习后来也渐渐稀疏起来。但我只要看见她两眼注视空中，出神似的凝想着，于是神色越加柔和，笑窝也深下去，便知道她又在自修旧课了，只是我很怕她看到我那可笑的电影的一闪。但我又知道，她一定要看见，而且也非看不可的。然而她并不觉得可笑。即使我自己以为可笑，甚而至于可鄙的，她也毫不以为可笑。这事我知道得很清楚，因为她爱我，是这样的热烈，这样的纯真。

去年的暮春是最为幸福，也是最为忙碌的时光。我的心平静下去了，但又有别一部分和身体一同忙碌起来。我们这时才在路上同行，也到过几回公园，最多的是寻住所。我觉得在路上时时遇到探索，讥笑，猥亵和轻蔑的眼光，一不小心，便使我的全身有些瑟缩，只得即刻提起我的骄傲和反抗来支持。她却是大无畏的，对于这些全不关心，只是镇静地缓缓前行，坦然如入无人之境。寻住所实在不是容易事，大半是被托词拒绝，小半是我们以为不相宜。起先我们选择得很苛酷，——也非苛酷，因为看去大抵不像是我们的安身之所；后来，便只要他们能相容了。看了二十多处，这才得到可以暂且敷衍的处所，是吉兆胡同一所小屋里的两间南屋；主人是一个小官，然而倒是明白人，自住着正屋和厢房。他只有夫人和一个不到周岁的女孩子，雇一个乡下的女工，只要孩子不啼哭，是极其安闲幽静的。

我们的家具很简单，但已经用去了我的筹来的款子的大半；子君还卖掉了她唯一的金戒指和耳环。我拦阻她，还是定要卖，我也就不再坚持下去了；我知道不给她加入一点股分去，她是住不舒服的。和她的叔子，她早经闹开，至于使他气愤到不再认她做侄女；我也陆续和几个自以为忠告，其实是替我胆怯，或者竟是嫉妒的朋友绝了交。然而这倒很清静。每日办公散后，虽然已近黄昏，车夫又一定走得这样慢，但究竟还有二人相对的时候。我们先是沉默的相视，接着是放怀而亲密的交谈，后来又是沉默。大家低头沉思着，却并未想着什么事。我也渐渐清醒地读遍了她的身体，她的灵魂，不过三星期，我似乎于她已经更加了解，揭去许多先前以为了解而现在看来却是隔膜，即所谓真的隔膜了。

子君也逐日活泼起来。但她并不爱花，我在庙会时买来的两盆小草花，四天不浇，枯死在壁角了，我又没有照顾一切的闲暇。然而她爱动物，也许是从官太太那里传染的罢，不一月，我们的眷属便骤然加得很多，四只小油鸡，在小院子里和房主人的十多只在一同走。但她们却认识鸡的相貌，各知道那一只是自家的。还有一只花白的叭儿狗，从庙会买来，记得似乎原有名字，子君却给它另起了一个，叫作阿随。我就叫它阿随，但我不喜欢这名字。这是真的，爱情必须时时更新，生长，创造。我和子君说起这，她也领会地点点头。唉唉，那是怎样的宁静而幸福的夜呵！

安宁和幸福是要凝固的，永久是这样的安宁和幸福。我们在会馆里时，还偶有议论的冲突和意思的误会，自从到吉兆胡同以来，连这一点也没有了；我们只在灯下对坐的怀旧谭中，回味那时冲突以后的和解的重生一般的乐趣。子君竟胖了起来，脸色也红活了；可惜的是忙。管了家务便连谈天的工夫也没有，何况读书和散步。我们常说，我们总还得雇一个女工。这就使我也一样地不快活，傍晚回来，常见她包藏着不快活的颜色，尤其使我不乐的是她要装作勉强的笑容。幸而探听出来了，也还是和那小官太太的暗斗，导火线便是两家的小油鸡。但又何必硬不告诉我呢？人总该有一个独立的家庭。这样的处所，是不能居住的。

我的路也铸定了，每星期中的六天，是由家到局，又由局到家。在局里便坐在办公桌前抄，抄，抄些公文和信件；在家里是和她相对或帮她生白炉子，煮饭，蒸馒头。我的学会了煮饭，就在这时候。但我的食品却比在会馆里时好得多了。做菜虽不是子君的特长，然而她于此却倾注着全力；对于她的日夜的操心，使我也不能不一同操心，来算作分甘共苦。况且她又这样地终日汗流满面，短发都粘在脑额上；两只手又只是这样地粗糙起来。况且还要饲阿随，饲油鸡，……都是非她不可的工作。我曾经忠告她：我不吃，倒也罢了；却万不可这样地操劳。她只看了我一眼，不开口，神色却似乎有点凄然；我也只好不开口。然而她还是这样地操劳。我所预期的打击果然到来。双十节的前一晚，我呆坐着，她在洗碗。听到打门声，我去开门时，是局里的信差，交给我一张油印的纸条。我就有些料到了，到灯下去一看，果然，印着的就是：

奉局长谕史涓生着毋庸到局办事

秘书处启　十月九号

这在会馆里时，我就早已料到了；那雪花膏便是局长的儿子的赌友，一定要去添些谣言，设法报告的。到现在才发生效验，已经要算是很晚的了。其实这在我不能算是一个打击，因为我早就决定，可以给别人去抄写，或者教读，或者虽然费力，也还可以译点书，况且《自由之友》的总编辑便是见过几次的熟人，两月前还通过信。但我的心却跳跃着。那么一个无畏的子君也变了色，尤其使我痛心；她近来似乎也较为怯弱了。

“那算什么。哼，我们干新的。我们……”她说。

她的话没有说完；不知怎的，那声音在我听去却只是浮浮的；灯光也觉得格外黯淡。人们真是可笑的动物，一点极微末的小事情，便会受着很深的影响。我们先是默默地相视，逐渐商量起来，终于决定将现有的钱竭力节省，一面登“小广告”去寻求抄写和教读，一面写信给《自由之友》的总编辑，说明我眼下的遭遇，请他收用我的译本，给我帮一点艰辛时候的忙。

“说做，就作罢！来开一条新的路！”

我立刻转身向了书案，推开盛香油的瓶子和醋碟，子君便送过那黯淡的灯来。

我先拟广告；其次是选定可译的书，迁移以来未曾翻阅过，每本的头上都满漫着灰尘了；最后才写信。我很费踌躇，不知道怎样措辞好，当停笔凝思的时候，转眼去一瞥她的脸，在昏暗的灯光下，又很见得凄然。我真不料这样微细的小事情，竟会给坚决的，无畏的子君以这么显著的变化。她近来实在变得很怯弱了，但也并不是今夜才开始的。我的心因此更缭乱，忽然有安宁的生活的影像——会馆里的破屋的寂静，在眼前一闪，刚刚想定睛凝视，却又看见了昏暗的灯光。许久之后，信也写成了，是一封颇长的信；很觉得疲劳，仿佛近来自己也较为怯弱了。于是我们决定，广告和发信，就在明日一同实行。大家不约而同地伸直了腰肢，在无言中，似乎又都感到彼此的坚忍倔强的精神，还看见从新萌芽起来的将来的希望。

外来的打击其实倒是振作了我们的新精神。局里的生活，原如鸟贩子手里的禽鸟一般，仅有一点小米维系残生，决不会肥胖；日子一久，只落得麻痹了翅子，即使放出笼外，早已不能奋飞。现在总算脱出这牢笼了，我从此要在新的开阔的天空中翱翔，趁我还未忘却了我的翅子的扇动。

小广告是一时自然不会发生效力的；但译书也不是容易事，先前看过，以为已经懂得的，一动手，却疑难百出了，进行得很慢。然而我决计努力地做，一本半新的字典，不到半月，边上便有了一大片乌黑的指痕，这就证明着我的工作的切实。《自由之友》的总编辑曾经说过，他的刊物是决不会埋没好稿子的。可惜的是我没有一间静室，子君又没有先前那么幽静，善于体贴了，屋子里总是散乱着碗碟，弥漫着煤烟，使人不能安心做事，但是这自然还只能怨我自己无力置一间书斋。然而又加以阿随，加以油鸡们。加以油鸡们又大起来了，更容易成为两家争吵的引线。加以每日的“川流不息”的吃饭；子君的功业，仿佛就完全建立在这吃饭中。吃了筹钱，筹来吃饭，还要喂阿随，饲油鸡；她似乎将先前所知道的全都忘掉了，也不想到我的构思就常常为了这催促吃饭而打断。即使在座中给看一点怒色，她总是不改变，仍然毫无感触似的大嚼起来。使她明白了我的工作不能受规定的吃饭的束缚，就费去五星期。她明白之后，大约很不高兴罢，可是没有说。我的工作果然从此较为迅速地进行，不久就共译了五万言，只要润色一回，便可以和做好的两篇小品，一同寄给《自由之友》去。只是吃饭却依然给我苦恼。菜冷，是无妨的，然而竟不够；有时连饭也不够，虽然我因为终日坐在家里用脑，饭量已经比先前要减少得多。这是先去喂了阿随了，有时还并那近来连自己也轻易不吃的羊肉。她说，阿随实在瘦得太可怜，房东太太还因此嗤笑我们了，她受不住这样的奚落。于是吃我残饭的便只有油鸡们。这是我积久才看出来的，但同时也如赫胥黎的论定“人类在宇宙间的位置”一般，自觉了我在这里的位置：不过是叭儿狗和油鸡之间。

后来，经多次的抗争和催逼，油鸡们也逐渐成为肴馔，我们和阿随都享用了十多日的鲜肥；可是其实都很瘦，因为它们早已每日只能得到几粒高粱了。从此便清静得多。只有子君很颓唐，似乎常觉得凄苦和无聊，至于不大愿意开口。我想，人是多么容易改变呵!

但是阿随也将留不住了。我们已经不能再希望从什么地方会有来信，子君也早没有一点食物可以引它打拱或直立起来。冬季又逼近得这么快，火炉就要成为很大的问题；它的食量，在我们其实早是一个极易觉得的很重的负担。于是连它也留不住了。倘使插了草标到庙市去出卖，也许能得几文钱吧，然而我们都不能，也不愿这样做。终于是用包袱蒙着头，由我带到西郊去放掉了，还要追上来，便推在一个并不很深的土坑里。

我一回寓，觉得又清静得多多了；但子君的凄惨的神色，却使我很吃惊。那是没有见过的神色，自然是为阿随。但又何至于此呢？我还没有说起推在土坑里的事。

到夜间，在她的凄惨的神色中，加上冰冷的分子了。

“奇怪。——子君，你怎么今天这样儿了？”我忍不住问。

“什么？”她连看也不看我。

“你的脸色……”

“没有什么，——什么也没有。”

我终于从她言动上看出，她大概已经认定我是一个忍心的人。其实，我一个人，是容易生活的，虽然因为骄傲，向来不与世交来往，迁居以后，也疏远了所有旧识的人，然而只要能远走高飞，生路还宽广得很。现在忍受着这生活压迫的苦痛，大半倒是为她，便是放掉阿随，也何尝不如此。但子君的识见却似乎只是浅薄起来，竟至于连这一点也想不到了。我拣了一个机会，将这些道理暗示她；她领会似的点头。然而看她后来的情形，她是没有懂，或者是并不相信的。

天气的冷和神情的冷，逼迫我不能在家庭中安身。但是，往哪里去呢？大道上，公园里，虽然没有冰冷的神情，冷风究竟也刺得人皮肤欲裂。我终于在通俗图书馆里觅得了我的天堂。那里无须买票；阅书室里又装着两个铁火炉。纵使不过是烧着不死不活的煤的火炉，但单是看见装着它，精神上也就总觉得有些温暖。书却无可看：旧的陈腐，新的是几乎没有的。好在我到那里去也并非为看书。另外时常还有几个人，多则十余人，都是单薄衣裳，正如我，各人看各人的书，作为取暖的口实。这于我尤为合式。道路上容易遇见熟人，得到轻蔑的一瞥，但此地却决无那样的横祸，因为他们是永远围在别的铁炉旁，或者靠在自家的白炉边的。那里虽然没有书给我看，却还有安闲容得我想。待到孤身枯坐，回忆从前，这才觉得大半年来，只为了爱，——盲目的爱，——而将别的人生的要义全盘疏忽了。第一，便是生活。人必生活着，爱才有所附丽。世界上并非没有为了奋斗者而开的活路；我也还未忘却翅子的扇动，虽然比先前已经颓唐得多……

屋子和读者渐渐消失了，我看见怒涛中的渔夫，战壕中的兵士，摩托车中的贵人，洋场上的投机家，深山密林中的豪杰，讲台上的教授，昏夜的运动者和深夜的偷儿……子君，——不在近旁。她的勇气都失掉了，只为着阿随悲愤，为着做饭出神；然而奇怪的是倒也并不怎样受损……

冷了起来，火炉里的不死不活的几片硬煤，也终于烧尽了，已是闭馆的时候。又须回到吉兆胡同，领略冰冷的颜色去了。近来也间或遇到温暖的神情，但这却反而增加我的苦痛。

记得有一夜，子君的眼里忽而又发出久已不见的稚气的光来，笑着和我谈到还在会馆时候的情形，时时又很带些恐怖的神色。我知道我近来的超过她的冷漠，已经引起她的犹疑来，只得也勉力谈笑，想给她一点慰藉。然而我的笑貌一上脸，我的话一出口，却即刻变为空虚，这空虚又即刻发生反响，回向我的耳目里，给我一个难堪的恶毒的冷嘲。子君似乎也觉得的，从此便失掉了她往常的麻木似的镇静，虽然竭力掩饰，总还是时时露出犹疑的神色来，但对我却温和得多了。我要明告她，但我还没有敢，当决心要说的时候，看见她孩子一般的眼色，就使我只得暂且改作勉强的欢容。但是这又即刻来冷嘲我，并使我失却那冷漠的镇静。

她从此又开始了往事的温习和新的考验，逼我做出许多虚伪的温存的答案来，将温存示给她，虚伪的草稿便写在自己的心上。我的心渐被这些草稿填满了，常觉得难以呼吸。我在苦恼中常常想，说真实自然须有极大的勇气的；假如没有这勇气，而苟安于虚伪，那也便是不能开辟新的生路的人。不独不是这个，连这人也未尝有！

子君有怨色，在早晨，极冷的早晨，这是从未见过的，但也许是从我看来的怨色。我那时冷冷地气愤和暗笑了；她所磨炼的思想和豁达无畏的言论，到底也还是一个空虚，而对于这空虚却并未自觉。她早已什么书也不看，已不知道人的生活的第一着是求生，向着这求生的道路，是必须携手同行，或奋身孤往的了，倘使只知道捶着一个人的衣角，那便是虽战士也难于战斗，只得一同灭亡。我觉得新的希望就只在我们的分离；她应该决然舍去，——我也突然想到她的死，然而立刻自责，忏悔了。幸而是早晨，时间正多，我可以说我的真实。我们的新的道路的开辟，便在这一遭。我和她闲谈，故意地引起我们的往事，提到文艺，于是涉及外国的文人，文人的作品：《诺拉》，《海的女人》。称扬诺拉的果决……

也还是去年在会馆的破屋里讲过的那些话，但现在已经变成空虚，从我的嘴传入自己的耳中，时时疑心有一个隐形的坏孩子，在背后恶意地刻毒地学舌。她还是点头答应着倾听，后来沉默了。我也就断续地说完了我的话，连余音都消失在虚空中了。

“是的。”她又沉默了一会儿，说，“但是，……涓生，我觉得你近来很两样了。可是的？你，——你老实告诉我。”我觉得这似乎给了我当头一击，但也立即定了神，说出我的意见和主张来：新的路的开辟，新的生活的再造，为的是免得一同灭亡。

临末，我用了十分的决心，加上这几句话：

"……况且你已经可以无须顾虑，勇往直前了。你要我老实说；是的，人是不该虚伪的。我老实说罢：因为，因为我已经不爱你了！但这于你倒好得多，因为你更可以毫无挂念地做事……"

我同时预期着大的变故的到来，然而只有沉默。她脸色陡然变成灰黄，死了似的；瞬间便又苏生，眼里也发了稚气的闪闪的光泽。这眼光射向四处，正如孩子在饥渴中寻求着慈爱的母亲，但只在空中寻求，恐怖地回避着我的眼。

我不能看下去了，幸而是早晨，我冒着寒风径奔通俗图书馆。在那里看见《自由之友》，我的小品文都登出了。这使我一惊，仿佛得了一点生气。我想，生活的路还很多，——但是，现在这样也还是不行的。

我开始去访问久已不相闻问的熟人，但这也不过一两次；他们的屋子自然是暖和的，我在骨髓中却觉得寒冽。夜间，便蜷伏在比冰还冷的冷屋中。

冰的针刺着我的灵魂，使我永远苦于麻木的疼痛。生活的路还很多，我也还没有忘却翅子的扇动，我想。——我突然想到她的死，然而立刻自责，忏悔了。

在通俗图书馆里往往瞥见一闪的光明，新的生路横在前面。她勇猛地觉悟了，毅然走出这冰冷的家，而且，——毫无怨恨的神色。我便轻如行云，漂浮空际，上有蔚蓝的天，下是深山大海，广厦高楼，战场，摩托车，洋场，公馆，晴明的闹市，黑暗的夜……而且，真的，我预感得这新生面便要来到了。

我们总算度过了极难忍受的冬天，这北京的冬天；就如蜻蜓落在恶作剧的坏孩子的手里一般，被系着细线，尽情玩弄，虐待，虽然幸而没有送掉性命，结果也还是躺在地上，只争着一个迟早之间。写给《自由之友》的总编辑已经有三封信，这才得到回信，信封里只有两张书券：两角的和三角的。我却单是催，就用了九分的邮票，一天的饥饿，又都白挨给于己一无所得的空虚了。

然而觉得要来的事，却终于来到了。这是冬春之交的事，风已没有这么冷，我也更久地在外面徘徊；待到回家，大概已经昏黑。就在这样一个昏黑的晚上，我照常没精打采地回来，一看见寓所的门，也照常更加丧气，使脚步放得更缓。但终于走进自己的屋子里了，没有灯火；摸火柴点起来时，是异样的寂寞和空虚！

正在错愕中，官太太便到窗外来叫我出去。"今天子君的父亲来到这里，将她接回去了。"她很简单地说。这似乎又不是意料中的事，我便如脑后受了一击，无言地站着。

"她去了么？"过了些时，我只问出这样一句话。

"她去了。"

"她，——她可说什么？"

"没说什么。单是托我见你回来时告诉你，说她去了。"

我不信；但是屋子里是异样的寂寞和空虚。我遍看各处，寻觅子君；只见几件破旧而黯淡的家具，都显得极其清疏，在证明着它们毫无隐匿一人一物的能力。我转念寻信或她留下的字迹，也没有；只是盐和干辣椒，面粉，半株白菜，却聚集在一处了，旁边还有几十枚铜圆。这是我们两人生活材料的全副，现在她就郑重地将这留给我一个人，在不言中，教我借此去维持较久的生活。我似乎被周围所排挤，奔到院子中间，有昏黑在我的周围；正屋的纸窗上映出明亮的灯光，他们正在逗着孩子推笑。我的心也沉静下来，觉得在沉重的迫压中，渐渐隐约地现出脱走的路径：深山大泽，洋场，电灯下的盛筵；壕沟，最黑最黑的深夜，利刃的一击，毫无声响的脚步……心地有些轻松，舒展了，想到旅费，并且嘘一口气。

躺着，在合着的眼前经过的预想的前途，不到半夜已经现尽；暗中忽然仿佛看见一堆食物，这之后，便浮出一个子君的灰黄的脸来，睁了孩子气的眼睛，恳托似的看着我。我一定神，什么也没有了。但我的心却又觉得沉重。我为什么偏不忍耐几天，要这样急急地告诉她真话的呢？现在她知道，她以后所有的只是她父亲——儿女的债主——的烈日一般的严威和旁人的赛过冰霜的冷眼。此外便是虚空。负着虚空的重担，在严威和冷眼中走着所谓人生的路，这是怎么可怕的事呵！而况这路的尽头，又不过是——连墓碑也没有的坟墓。

我不应该将真实说给子君，我们相爱过，我应该永久奉献她我的说谎。如果真实可以宝贵，这在子君就不该是一个沉重的空虚。谎语当然也是一个空虚，然而临末，至多也不过这样地沉重。我以为将真实说给子君，她便可以毫无顾虑，坚决地毅然前行，一如我们将要同居时那样。但这恐怕是我错误了。她当时的勇敢和无畏是因为爱。我没有负着虚伪的重担的勇气，却将真实的重担卸给她了。她爱我之后，就要负了这重担，在严威和冷眼中走着所谓人生的路。我想到她的死……我看见我是一个卑怯者，应该被摈于强有力的人们，无论是真实者，虚伪者。然而她却自始至终，还希望我维持较久的生活……

我要离开吉兆胡同，在这里是异样的空虚和寂寞。我想，只要离开这里，子君便如还在我的身边；至少，也如还在城中，有一天，将要出乎意表地访我，像住在会馆时候似的。

然而一切请托和书信，都是一无反响；我不得已，只好访问一个久不问候的世交去了。他是我伯父的幼年的同窗，以正经出名的拔贡，寓京很久，交游也广阔的。

大概因为衣服的破旧罢，一登门便很遭门房的白眼。好容易才相见，也还相识，但是很冷落。我们的往事，他全都知道了。

“自然，你也不能在这里了，”他听了我托他在别处觅事之后，冷冷地说，“但那里去呢？很难。——你那，什么呢，你的朋友罢，子君，你可知道，她死了。”我惊得没有话。

“真的？”我终于不自觉地问。

“哈哈。自然真的。我家的王升的家，就和她家同村。”

“但是，——不知道是怎么死的？”

“谁知道呢。总之是死了就是了。”

我已经忘却了怎样辞别他，回到自己的寓所。我知道他是不说谎话的；子君总不会再来的了，像去年那样。她虽是想在严威和冷眼中负着虚空的重担来走所谓人生的路，也已经不能。她的命运，已经决定她在我所给予的真实——无爱的人间死灭了！自然，我不能在这里了；但是，“那里去呢？”四围是广大的空虚，还有死的寂静。死于无爱的人们的眼前的黑暗，我仿佛一一看见，还听得一切苦闷和绝望的挣扎的声音。

我还期待着新的东西到来，无名的，意外的。但一天一天，无非是死的寂静。我比先前已经不大出门，只坐卧在广大的空虚里，一任这死的寂静侵蚀着我的灵魂。死的寂静有时也自己战栗，自己退藏，于是在这绝续之交，便闪出无名的，意外的，新的期待。

一天是阴沉的上午，太阳还不能从云里面挣扎出来；连空气都疲乏着。耳中听到细碎的步声和咻咻的鼻息，使我睁开眼。大致一看，屋子里还是空虚；但偶然看到地面，却盘旋着一匹小小的动物，瘦弱的，半死的，满身灰土的……

我一细看，我的心就一停，接着便直跳起来。那是阿随。它回来了。

我的离开吉兆胡同，也不单是为了房主人们和他家女工的冷眼，大半就为着这阿随。但是，“那里去呢？”新的生路自然还很多，我约略知道，也间或依稀看见，觉得就在我面前，然而我还没有知道跨进那里去的第一步的方法。经过许多回的思量和比较，也还只有会馆是还能相容的地方。依然是这样的破屋，这样的板床，这样的半枯的槐树和紫藤，但那时使我希望，欢欣，爱，生活的，却全都逝去了，只有一个虚空，我用真实去换来的虚空存在。

新的生路还很多，我必须跨进去，因为我还活着。但我还不知道怎样跨出那第一步。有时，仿佛看见那生路就像一条灰白的长蛇，自己蜿蜒地向我奔来，我等着，等着，看看临近，但忽然便消失在黑暗里了。

初春的夜，还是那么长。长久的枯坐中记起上午在街头所见的葬式，前面是纸人纸马，后面是唱歌一般的哭声。我现在已经知道他们的聪明了，这是多么轻松简单的事。

然而子君的葬式却又在我的眼前，是独自负着虚空的重担，在灰白的长路上前行，而又即刻消失在周围的严威和冷眼里了。

我愿意真有所谓鬼魂，真有所谓地狱，那么，即使在孽风怒吼之中，我也将寻觅子君，当面说出我的悔恨和悲哀，祈求她的饶恕；否则，地狱的毒焰将围绕我，猛烈地烧尽我的悔恨和悲哀。我将在孽风和毒焰中拥抱子君，乞她宽容，或者使她快意……

但是，这却更虚空于新的生路；现在所有的只是初春的夜，竟还是那么长。

我活着，我总得向着新的生路跨出去，那第一步，——却不过是写下我的悔恨和悲哀，为子君，为自己。

我仍然只有唱歌一般的哭声，给子君送葬，葬在遗忘中。

我要遗忘；我为自己，并且要不再想到这用了遗忘给子君送葬。

我要向着新的生路跨进第一步去，我要将真实深深地藏在心里的创伤中，默默地前行，用遗忘和说谎做我的前导……

一九二五年十月二十一日毕

（选自《鲁迅小说全集》，人民文学出版社 2013 年版）

【走近作者】

鲁迅（1881 ～ 1936），原名周樟寿，后改名周树人，字豫山，后改豫才，“鲁迅”是他 1918 年发表《狂人日记》时所用的笔名，也是他影响最为广泛的笔名。浙江绍兴人，著名文学家、思想家，“五四”新文化运动的重要参与者，中国现代文学的奠基人。鲁迅一生在文学创作、文学批评、思想研究、文学史研究、翻译、美术理论引进、基础科学介绍和古籍校勘与研究等多个领域具有重大贡献。

阅读门径

《伤逝》是鲁迅唯一一篇以爱情为题材的小说。故事写一对青年男女涓生与子君冲破封建礼教，追求恋爱自由和个性解放，最后却以悲剧告终，触目惊心地提出了一个尖锐的问题：“人必生活着，爱才有所附丽。”这是鲁迅对五四时期知识分子个人奋斗出路的回答。涓生与子君的爱情悲剧表明，个性解放、个人奋斗，对广大知识分子来说，绝不是出路。脱离群众、脱离社会的孤军奋战，结果只能是失败，只能走回头路。要争取彻底的解放，必须去寻求一条“新生的路”。

作者充分地肯定了子君英勇无畏的反抗精神。为了争取恋爱和婚姻自由，敢于同旧势力进行较量，勇敢地背叛封建礼教和封建专制家庭，高傲地宣称：我是我自己的，他们谁也没有干涉我的权力。她和涓生同居，表现了她对封建道德和封建婚姻制度的勇敢的反抗。作者也批评了子君软弱、妥协和思想的停滞不前，当他们建立起小家庭以后又沉浸在凝固的安宁与幸福里，忘记了人生的全盘要义，把精力倾注到家务里及恭顺地侍奉丈夫，表现出旧式妇女贤妻良母式的性格，失去了奋飞的能力和勇气，变得平庸短浅，由一个勇敢无畏的新时代的女性变成庸庸碌碌的家庭奴隶。由于她性格的软弱，最后不得不回到她曾经背叛的旧家庭里去，走进了连墓碑也没有的坟墓。作者也写出了她纯朴善良的性格，她为了爱情，不计较涓生是个门第卑微的穷青年，当离开涓生的时候，没有留下字条，却默默地把仅有的生活用品留给涓生，这里有关心，有惋惜，有对爱情的最后留恋，表现出子君纯朴和善良的品性。

小说采取“手记”的方式，用诗一样的语言抒写了涓生的心境，寓批判于事实的缕述。有追忆中的内心独白与倾诉，也有回想里的细节点缀与刻画，具有浓郁的抒情色彩与精湛的白描技法。

10 围城（节选）

钱钟书

【欣赏任务】

1. 体会作品的多层意蕴。
2. 掌握作品的讽刺特征。

【经典篇目】

胡子常是两撇，汪处厚的胡子只是一画。他二十年前早留胡子，那时候做官的人上唇全毛茸茸的，非此不足以表身份，好比西洋古代哲学家下颔必有长髯，以示智慧。他在本省督军署当秘书，那位大帅留的菱角胡子，就像仁丹广告上移植过来的，好不威武。他不敢培植同样的胡子，怕大帅怪他僭妄；大帅的是乌菱圆角胡子，他只想有规模较小的红菱尖角胡子。谁知道没有枪杆的人，胡子也不像样，又稀又软，挂在口角两旁，像新式标点里的逗号，既不能翘然而起，也不够飘然而袅。

他两道浓黑的眉毛，偏根根可以跟寿星的眉毛竞赛，仿佛他最初刮脸时不小心，把眉毛和胡子一股脑儿全剃下来了，慌忙安上去，胡子跟眉毛换了位置；嘴上的是眉毛，根本不会长，额上的是胡子，所以欣欣向荣。这种胡子，不留也罢。五年前他和这位太太结婚，刚是剃胡子的好借口。然而好像一切官僚、强盗、赌棍、投机商人，他相信命。星相家都说他是“木”命“木”形，头发和胡子有如树木的枝叶，缺乏它们就表示树木枯了。四十开外的人，头发当然半秃，全靠这几根胡子表示老树着花，生机未尽。但是为了二十五岁的新夫人，也不能一毛不拔，于是剃去两缕，剩中间一撮，又因为这一撮不够浓，修削成电影明星式的一线。这件事难保不坏了脸上的风水，不如意事连一接二地来。新太太进了门就害病，汪处厚自己给人弹劾，官做不成，亏得做官的人栽筋斗，宛如猫从高处掉下来，总能四脚着地，不致太浪狈。他本来就不靠薪水，他这样解譬着。而且他是老派名士，还有前清的习气，做官的时候非常风雅，退了位可以谈谈学问；太太病也老是这样，并不加重。这也许还是那一线胡子的功效，运气没坏到底。

假使留下的这几根胡子以够挽留一部分的运气，胡子没剃的时候，汪处厚的好运气更不用说。譬如他那位原配的糟糠之妻，凑趣地死了，让他娶美丽的续弦夫人。结婚二十多年，生的一个儿子都在大学毕业，这老婆早死了。死掉老婆还是最经济的事，虽然丧葬要一笔费用，可是离婚不要赡养费么？重婚不要两处开销么？好多人有该死的太太，就不像汪处厚有及时悼亡的运气。并且悼亡至少会有人送礼，离婚和重婚连这点点礼金都没有收入的，还要出诉讼费。何况汪处厚虽然做官，骨子里只是个文人，文人最喜欢有人死，可以有题目做哀悼的文章。棺材店和殡仪馆只做新死人的生意，文人会向一年、几年、几十年，甚至几百年的陈死人身上生发。“周年逝世纪念”和“三百年祭”，一样的好题目。死掉太太——或者死掉丈夫，因为有女作家——这题目尤其好；旁人尽管有文才，太太或丈夫只是你的，这是注册专利的题目。汪处厚在新丧里做“亡妻事略”和“悼亡”诗的时候，早想到古人的好句：“眼前新妇新儿女，已是人生第二回。”只恨一时用不上，希望续弦生了孩子，再来一首“先室人忌辰泫然有作”的诗，反这两句改头换面嵌过去。这首诗至现在还没有做。第二位汪太太过了门没生孩子，只生病。在家养病反把这病养家了，不肯离开她，所以她终年娇弱得很，愈使她的半老丈夫由怜而怕。她曾在大学读过一年，因贫血症退学休养，家里一住四五年，每逢头不晕不痛、身子不哼哼唧唧的日子，跟老师学学中国画，弹弹钢琴消遣。中国画和钢琴是她嫁妆里代表文化的部分，好比其他女人的大学毕业文凭（配乌油木镜框）和学士帽照相（十六寸彩色配金漆乌油木镜框）。汪处厚不会懂西洋音乐，当然以为太太的钢琴弹得好；他应该懂得一点中国画，可是太太的画，丈夫觉得总不会坏。他老对客人说：“她这样喜欢弄音乐、画画，都是费心思的东西，她身体怎么会好！”汪太太就对客人谦虚说：“我身体不好，不能常常弄这些东西，所以画也画不好，琴也弹不好。”

自从搬到这小村里，汪太太寂寞得常跟丈夫吵。她身份娇贵，瞧不起丈夫同事们的老婆，嫌她们寒窘。她丈夫不放心单身男同事常上自己家来，嫌他们年轻。高松年知道她在家里无聊，愿意请她到学校做事。汪太太是聪明人，一口拒绝。一来她自知资格不好，至多做个小职员，有伤体面。二来她知道这是男人的世界，女权那样发达的国家像英美，还只请男人去当上帝，只说 He，不说 She。女人出来做事，无论地位怎么高，还是给男人利用，只有不出面躲在幕后，可以用太太或情妇的资格来指使和摆布男人。女生指导兼教育系讲师的范小姐是她的仰慕者，彼此颇有往来。

刘东方的妹妹是汪处厚的拜门学生，也不时到师母家来谈谈。刘东方有一次托汪太太为妹妹做媒。做媒和做母亲是女人的两个基本欲望，汪太太本来闲得发闷，受了委托，仿佛失业的人找到职业。汪处厚想做媒是没有危险的，决不至于媒人本身也做给人去。汪太太早有计划，要把范小姐做给赵辛楣，刘小姐做给方鸿渐。范小姐比刘小姐老，比刘小姐难看，不过她是讲师，对象该是地位较高的系主任。刘小姐是个助教，嫁个副教授已经够好了。至于孙小姐呢，她没拜访过汪太太；汪太太去看范小姐的时候，会过一两次，印象并不太好。

鸿渐俩从桂林回来了两天，就收到汪处厚的帖子。两人跟汪处厚平素不往来，也没见过汪太太，看了帖子，想起做媒的话。鸿渐道：“汪老头儿是大架子，只有高松年和三位院长够资格上他家去吃饭，当然还有中国文学系的人。你也许配得上，拉我进去干吗？要说是做媒，这儿没有什么女人呀，这老头子真是！”辛楣道：“去瞻仰瞻仰汪太太也无所谓。也许老汪有侄女、外甥女或者内姨之类——汪太太听说很美——要做给你。老汪对你说，没有对我说，指的是你一个人。你不好意思，假造圣旨，拉我来陪你，还说替咱们俩做媒呢！我是不要人做媒的。”嚷了一回，议决先拜访汪氏夫妇，问个明白，免得开玩笑当真。

汪家租的黑砖半西式平屋是校舍以外本地最好的建筑，跟校舍隔一条溪。冬天的溪水涸尽，溪底堆满石子，仿佛这溪新生的大大小小的一窝卵。水涸的时候，大家都不走木板桥而踏着石子过溪，这表示只要没有危险，人人愿意规外行动。汪家的客堂很显敞，砖地上铺了席，红木做的老式桌椅，大方结实，是汪处厚向镇上一个军官家里买的，万一离校别有高就，可以卖给学校。汪处厚先出来，满面春风，问两人觉得客堂里冷不冷，吩咐丫头去搬火盆。两人同声赞美他住的房子好，布置得更精致，在他们这半年来所看见的房子里，首屈一指。汪先生得意地长叹道：“这算得什么呢！我有点东西，这一次全丢了。两位没看见我南京的房子——房子总算没给日本人烧掉，里面的收藏陈设都不知下落了。幸亏我是个达观的人，否则真要伤心死呢。”这类的话，他们近来不但听熟，并且自己也说惯了。这次兵灾当然使许多有钱、有房子的人流落做穷光蛋，同时也让不知多少穷光蛋有机会追溯自己为过去的富翁。日本人烧了许多空中楼阁的房子，占领了许多乌托邦的产业，破坏了许多单相思的姻缘。譬如陆子潇就常常流露出来，战前有两三个女人抢着嫁他，“现在当然谈不到了！”李梅亭在上海闸北，忽然补筑一所洋房，如今呢？可惜得很！该死的日本人放火烧了，损失简直没法估计。方鸿渐也把沦陷的故乡里那所老宅放大了好几倍，妙在房子扩充而并不会侵略邻舍的地。赵辛楣住在租界里，不能变房子的戏法，自信一表人才，不必惆怅从前有多少女人看中他，只说假如战争不发生，交涉使公署不撤退，他的官还可以做下去——不，做上去。汪处厚在战前的排声也许不像他所讲的阔绰，可是同事们相信他的吹牛，因为他现在的起居服食的确比旁人舒服，而且大家都知道他是革职的贪官——“政府难得这样不包庇，不过他早捞饱了！”他指着壁上持的当代名人字画道：“这许多是我逃难出来以后，朋友送的。我灰了心了，不再收买古董了，内地也收买不到什么——那两幅是内人画的。”两人忙站起来细看那两条山水小直幅。方鸿渐表示不知道汪太太会画，出于意外；赵辛楣表示久闻汪太太善画，名下无虚。这两种表示相反相成，汪先生高兴得摸着胡子说："我内人的身体可惜不好，她对于画和音乐——"没说完，汪太太出来了。骨肉停匀，并不算瘦，就是脸上没有血色，也没擦胭脂，只敷了粉。嘴唇却涂泽鲜红，旗袍是浅紫色，显得那张脸残酷地白。长睫毛，眼梢斜撇向上。头发没烫，梳了髻，想来是嫌本地理发店电烫不到家的缘故。手里抱着皮热水袋，十指甲全是红的，当然绝非画画时染上的颜色，因为她画的青山绿水。

汪太太说她好久想请两位过来玩儿，自己身体不争气，耽误到现在。两人忙问她身体好了没有，又说一向没敢来拜访，赏饭免了罢。汪太太说她春夏两季比秋冬健朗些，晚饭一定要来吃的。汪先生笑道："我这顿饭不是白请的，媒人做成了要收谢仪，吃你们两位的谢媒酒也得十八加十八——三十六桌呢！"

鸿渐道："这怎么请得起！谢大媒先没有钱，别说结婚了。"

辛楣道："这个年头儿，谁有闲钱结婚？我照顾自己都照顾不来！汪先生，汪太太，吃饭和做媒，两件事全心领谢谢，好不好？"

汪先生道："世界变了！怎么年轻人一点热情都没有？一点——呃——'浪漫'都没有？婚不肯结，还要装穷！好，我们不要谢仪，替两位白当差，娴，是不是？"

汪太太道："啊呀！你们两位一吹一唱。方先生呢，我不大知道，不过你们留学的人，随身本领就是用不完的财产。赵先生的家世、前途，我们全有数目，只怕人家小姐攀不上——瞧我这媒婆劲儿足不足？"大家和着她笑了。

辛楣道："有人看得中我，我早结婚了。"

汪太太道："只怕是你的眼睛高，挑来挑去，没有一个中意的。你们新回国的单身留学生，像新出炉的烧饼，有小姐的人家抢都抢不匀呢。吓！我看见得多了，愈是有钱的年轻人愈不肯结婚。他们能够独立，不在乎太太的陪嫁、丈人的靠山，宁可交女朋友，花天酒地的胡闹，反正他们有钱。要讲没有钱结婚，娶个太太比滥交女朋友经济得多呢。你们的借口，理由不充分。"

两人听得骇然，正要回答，汪处厚假装出正颜厉色道："我有句声明。我娶你并不是为了经济省钱，我年轻的时候，是有名的规矩人，从来不胡闹，你这话人家误会了可了不得！"说时，对鸿渐和辛楣顽皮地眨眼。

汪太太轻蔑地哼一声："你年轻的时候？我——我就不相信你年轻过。"

汪处厚脸色一红。鸿渐忙说，汪氏夫妇这样美意，不敢辜负，不过愿意知道介绍的是什么人。汪太太拍手道："好了，好了！方先生愿意了。这两位小姐是谁，天机还不可泄漏。处厚，不要说出来！"

汪先生蒙太太这样密切地嘱咐，又舒适了，说："你们明天来了，自然会知道。别看得太严重，借此大家叙叙。假如两位毫无意思，同吃顿饭有什么关系，对方总不会把这个作为把柄，上公堂起诉，哈哈！我倒有句忠言奉劝。这战争看来不是一年两年的事，要好好拖下去呢。等和平了再结婚，两位自己的青春都蹉跎了。'莫遣佳期更后期’，这话很有道理。两位结了婚，公私全有好处。我们这学校大有前途，可是一时请人不容易，像两位这样的人才——娴，我不是常和你讲他们两位的？——肯来屈就，学校决不放你们走。在这儿结婚成家，就安定下来，走不了，学校借光不少。我兄弟呢——这话别说出去——下学期也许负责文学院。教育系要从文学院分出去变成师范学院，现在教育系主任孔先生当然不能当文学院长了。兄弟为个人打算，也愿意千方百计扣住你们。并且家眷也在学校做事，夫妇两个人有两个人的收入，生活负担并不增加——”

汪太太截断他话道：“寒碜死了！真是你方才所说‘一点浪漫都没有’，一五一十打什么算盘！”

汪先生道：“瞧你那样性急！‘浪漫’马上就来。结婚是人生最美满快乐的事，我和我内人都是个中人，假使结婚不快乐，我们应该苦劝两位别结婚，还肯做媒么？我和她——”

汪太太皱眉摇手道：“别说了，肉麻！”她记起去年在成都逛寺院，碰见个和尚讲轮回，丈夫偷偷对自己说：“我死了，赶快就投人身，来得及第二次娶你。”忽然心上一阵厌恨。鸿渐和辛楣尽义务地恭维说，像他们这对夫妇是千中拣一的。

在回校的路上，两人把汪太太讨论个仔细，都觉得她是个人物。但是为什么嫁个比她长二十岁的丈夫？两人武断她娘家穷，企羡汪处厚是个地方官。她的画也过得去，不过上面题的字像老汪写的。鸿渐假充内行道：“写字不能描的，不比画画可以涂改。许多女人会描几笔写意山水，可是写字要她们的命。汪太太的字怕要出丑。”鸿渐到自己卧室门口，正掏钥匙开锁。辛楣忽然吞吞吐吐说：“你注意到么——汪太太的神情里有一点点像——像苏文纨。”未说完，三脚两步上楼去了。鸿渐惊异地目送着他。

客人去后，汪先生跟太太回卧室，问：“我今天总没有说错话罢？”这是照例的问句，每次应酬之后，爱挑眼的汪太太总要矫正丈夫的。汪太太道：“没有罢，我也没心思来记——可是文学院长的事，你何必告诉他们！你老喜欢吹在前面。”

汪处厚这时候确有些后悔，可是嘴硬道：“那无所谓的，让他们知道他们的饭碗一半在我手里。你今天为什么扫我的面子——”汪处厚想起了，气直冒上来——“就是年轻不年轻那些话。”他加这句解释，因为太太的表情是诧异。汪太太正对着梳妆台的圆镜子，批判地审视自己的容貌，说：“哦，原来如此。你瞧瞧镜子里你的脸，人都吃得下似的，多可怕！我不要看见你！”汪太太并不推开丫在身后的丈夫，只从粉盒子里取出绒粉拍，在镜子里望先生铁青的脸上，扑扑两下，使他面目模糊。

刘东方这几天上了心事。父亲母亲都死了，妹妹的终身是哥哥的责任。去年在昆明，有人好意替她介绍，不过毫无结果。当然家里有了她，刘太太多个帮手，譬如两个孩子身上的绒线衣服全是她结的，大女儿还跟着她睡。可是这样一年一年蹉跎下去，哥哥嫂嫂生怕她嫁不掉，一辈子的累赘。她前年逃难到内地，该进大学四年级，四年级生不许转学，嫂嫂又要生孩子，一时雇不到用人，家里乱得很，哥哥没心思替她想办法。一耽误下来，她大学没毕业。为了这事，刘东方心里很抱歉，只好解嘲说，大学毕业的女人不知多少，有几个真能够自立谋生的。刘太太怪丈夫当初为什么教妹妹进女子大学，假如进了男女同学的学校，婚事早解决了。刘东方逼得急了，说："范小姐是男女同学的学校毕业的，为什么也没有嫁掉？"刘太太说："你又来了，她比范小姐总好得多——"肯这样说姑娘的，还不失为好嫂嫂。

刘东方叹气道："这也许命里注定的。我母亲常说，妹妹生下来的时候，脸朝下，背朝上，是要死在娘家的。妹妹小的时候，我们常跟她开玩笑。现在看来，她真要做老处女了。"刘太太忙说："做老处女怎么可以？真是年纪大了，嫁给人做填房也好，像汪太太那样不是很好么？"言下大有以人力挽回天命之意。去年刘东方替方鸿渐排难解纷，忽然想这个人做妹夫倒不坏：他是自己保全的人，应当感恩识抬举，跟自己结这一门亲事，他的地位也可以巩固了；这样好机会要错过，除非这人是个标准傻瓜。刘太太也称赞丈夫心思敏捷，只担心方鸿渐本领太糟，要大舅子替他捧牢饭碗。后来她听丈夫说这人还伶俐，他便放了心，早计划将来结婚以后，新夫妇就住在自己的房子里，反正有一间空着，可是得正式立张租契，否则门户不分，方家养了孩子要把刘家孩子的运气和聪明抢掉的。到汪太太答应做媒，夫妇俩欢喜得向刘小姐流露消息，满以为她会羞怯地高兴。谁知道她只飞红了脸，一言不发。刘太太嘴快，说："这个姓方的你见过没有？你哥哥说比昆明——"她丈夫急得在饭桌下狠命踢她的腿。刘小姐说话了，说得非常之多。先说：她不愿意嫁，谁教汪太太做媒的？再说：女人就那么贱！什么"做媒""介绍"，多好听！还不是市场卖鸡卖鸭似的，打扮了让男人去挑？不中他们的意，一顿饭之后，下文都没有，真丢人！还说：她也没有白吃了哥嫂的，她在家里做的事，抵得一个佣人，为什么要撵她出去？愈说愈气，连大学没毕业的事都牵出来了。事后，刘先生怪太太不该提起昆明做媒的事，触动她一肚子的怨气。刘太太气冲冲道："你们刘家人的死脾气！谁娶了她，也是倒霉！"明天一早，跟刘小姐同睡的大女孩子来报告父母，说姑母哭了半个晚上。那天刘小姐没吃早饭和午饭，一个人在屋后的河边走来走去。刘氏夫妇吓坏了，以为她临清流而萌短见，即使不致送命，闹得全校知道，总不大好，忙差大女孩子跟着她。幸亏她晚饭回来吃的，并且吃了两碗。这事从此不提起。汪家帖子来了，她接着不作声。哥嫂俩也不敢探她口气；私下商量，到吃饭的那天早晨，还不见动静，就去求汪太太来劝驾。那天早晨，刘小姐叫老妈子准备炭熨斗，说要熨衣服。哥嫂俩相视偷笑。

（选自《围城》，钱钟书著，人民文学出版社 1991 年版）

【走近作者】

钱钟书（1910 ～ 1998），江苏无锡人，原名仰先，字哲良，后改名钟书，字默存，号槐聚，曾用笔名中书君。中国现代作家，文学研究家。著有《谈艺录》《写在人生边上》。1947 年，长篇小说《围城》由上海晨光出版公司出版。1958 年创作的《宋诗选注》，列入中国古典文学读本丛书。1972 年 3 月，钱钟书开始写作《管锥篇》。1976 年，由钱钟书参与翻译的《毛泽东诗词》英译本出版。

阅读门径

围城故事发生于 1920 ～ 1940 年。主角方鸿渐是一个从中国南方乡绅家庭走出的青年人，迫于家庭压力与同乡周家女子定亲。但在其上大学期间，周氏患病早亡。准岳父周先生被方所写的唁电感动，资助他出国求学。方鸿渐在欧洲游学期间，不理学业。为了给家人一个交代，方于毕业前购买了虚构的“克莱登大学”的博士学位证书。回国后，在已故未婚妻父亲周先生开办的银行任职。抗战开始，方家逃难至上海的租界。在赵辛楣的引荐下，与赵辛楣、孙柔嘉、顾尔谦、李梅亭几人同赴位于内地的三闾大学任教。由于方鸿渐性格等方面的弱点，陷入了复杂的人际纠纷当中。后与孙柔嘉订婚，并离开三闾大学回到上海。在赵辛楣的帮助下，方鸿渐在一家报馆任职，与孙柔嘉结婚。婚后，方鸿渐夫妇与方家、孙柔嘉姑母家的矛盾暴露并激化。方鸿渐辞职并与孙柔嘉吵翻，逐渐失去了生活的希望。

第六、七章主要描写三闾大学里的明争暗斗。上自校长、训导长、各系主任，下至职员、学生，甚至还有家属，都卷入了一场令人头晕目眩的人事纠纷。职业上的排挤，情场上的竞争，堂而皇之地例行公事，见不得人的谣诼诽谤、阴谋诡计，一时间三闾大学成了竞相逐鹿的舞台。一些学者文士粉墨登场，他们之中有李梅亭那样满口仁义道德、满腹男盗女娼的半旧遗老，也有韩学愈那样外形木讷、内心龌龊、伪造学历、招摇撞骗的假洋博士；有高松年那样道貌岸然、老奸巨猾、口称维护教育尊严其实却是酒色之徒的伪君子，也有汪处厚那样依附官僚、谋取职位、意在结党自固、终于自蹈覆辙的阿木林；有陆子潇、顾尔谦那样一心攀龙附凤、专事吹拍、浅薄猥琐的势利小人，也有范懿、汪太太那样虽然混迹学府、却只在情场上显露头角、推波助澜的名门女士。总之，活跃在这“新儒林”里的各色人等，虽然用不着再把八股文当作敲门砖，却都扯起一面自认为是最漂亮的旗帜，将真面目掩盖起来，施出周身解数去追求新的晋身之阶，仿佛自然界的动物蒙上保护色，追求自身的发展一样。自然，他们之中也还有没耗尽两肩正气的某些较好的人物，如虽则荒唐、孟浪，到底还有一些责任感的方鸿渐、赵辛楣，娇弱深沉、很有心计的孙柔嘉，等等。这些人物，或像方鸿渐，不失为“可造之才”；或像赵辛楣，终竟有一技之长；或像孙柔嘉，是思虑周密、深藏韬略的女中强者——他们在好的社会里，完全有可能发展为出类拔萃的人才；但在那些乌烟瘴气的环境里，由于缺乏明确的人生目标，倒像19世纪俄罗斯文学中的“多余人”那样，让社会的惰力抵消掉了他们的聪明才智。

方鸿渐是个被动的、无能的、意志不坚定的、经不住诱惑的人，更是一个失败的人，他的失败是因为他面对现代社会残酷的生存竞争和严重的精神危机而缺乏与之对抗所应有的理性、信仰、热情和力量，也因为他还不算是个卑鄙的人，还有点自知之明，有时候还想保持一点儿做人的尊严。这不上不下的位置是尴尬的。很多学者把他与俄罗斯文学中的“多余人”的形象联系起来，但“多余人”的悲剧在于思想上开始觉醒而缺乏行动的勇气和历史条件，而“围城人”的悲剧在于他的庸常。“多余人”会给人以时代的前卫和英雄的感觉，而“围城人”却跟我们一样，作为普通人徒劳于找寻解脱或依附。

11　红高粱（节选）

莫　言

【欣赏任务】

1. 了解莫言的相关知识。
2. 欣赏作品的人物形象。
3. 体味作品的叙事方法。

【经典篇目】

自从奶奶被单廷秀看中后，不知有多少人向曾外祖父和曾外祖母道过喜。奶奶虽然也想过上上马金下马银的好日子，但更盼着有一个识字解文、眉清目秀、知冷知热的好女婿。奶奶在闺中刺绣嫁衣，绣出了我未来的爷爷的一幅幅精美的图画。她曾经盼望着早日成婚，但从女伴的话语中隐隐约约听到单家公子是个麻风病患者，奶奶的心凉了。奶奶向她的父母诉说心中的忧虑。曾外祖父遮遮掩掩不回答，曾外祖母把奶奶的女伴们痛骂一顿，其意大概是说狐狸吃不到葡萄就说葡萄是酸的之类。曾外祖父后来又说单家公子饱读诗书，足不出户，白白净净，一表人才。奶奶恍恍惚惚，不知真假，心想着天下无有狠心的爹娘，也许女伴真是瞎说。奶奶又开始盼望早日完婚。奶奶丰腴的青春年华辐射着强烈的焦虑和淡淡的孤寂，她渴望着躺在一个伟岸的男子怀抱里缓解焦虑消除孤寂。婚期终于熬到了，奶奶被装进了这乘四人大轿，大喇叭小唢呐在轿前轿后吹得凄凄惨惨，奶奶止不住泪流面颊。轿子起行。

忽悠悠似腾云驾雾，偷懒的吹鼓手在出村不远处就停止了吹奏，轿夫们的脚下也快起来。高粱的味道深入人心。高粱地里的奇鸟珍禽高鸣低啭。在一线一线阳光射进昏暗的轿内时，奶奶心中丈夫的形象也渐渐清晰起起来。

她的心像被针锥扎着，疼痛深刻有力。

“老天爷，保佑我吧！”奶奶心中的诗语把她的芳唇冲动。奶奶的唇上有一层纤弱的茸毛。奶奶鲜嫩茂盛，水分充足。她出口的细语被厚重的轿壁和轿帘吸收得干干净净。她一把撕下那块酸溜溜的罩头布，放在膝上。奶奶按着出嫁的传统，大热的天气，也穿着三表新的棉袄棉裤。

花轿里破破烂烂，肮脏污浊。它像具棺材，不知装过了多少个必定成为死尸的新娘。轿壁上衬里的黄缎子脏得流油，五只苍蝇有三只在奶奶头上方嗡嗡地飞翔，有两只伏在轿帘上，用棒状的黑腿擦着明亮的眼睛。

奶奶受闷不过，悄悄地伸出笋尖状的脚，把轿帘顶开一条缝，偷偷地往外看。她看到轿夫们肥大的黑色衫绸裤里依稀可辨的、优美颀长的腿，和穿着双鼻梁麻鞋的肥大的脚。轿夫的脚踏起一股股噗噗作响的尘土。奶奶猜想着轿夫粗壮的上身，忍不住把脚尖上移，身体前倾。她看到了光滑的紫槐木轿杆和轿夫宽阔的肩膀。道路两边，板块般的高粱坚固凝滞，连成一体，拥拥挤挤，彼此打量，灰绿色的高粱穗子睡眼未开，这一穗与那一穗根本无法区别。高粱永无尽头，仿佛潺潺流动的河流。道路有时十分狭窄，沾满蚜虫分泌物的高粱叶子擦得轿子两侧沙沙地响。

轿夫身上散发出汗酸味，奶奶有点痴迷地呼吸着这男人的气味，她老人家心中肯定漾起一圈圈春情波澜。轿夫抬轿从街上走，迈得都是八字步，号称“踩街”，这一方面是为讨主家欢喜，多得些赏钱；另一方面，是为了显示一种优雅的职业风度。踩街时，步履不齐的不是好汉，手扶轿杆的不是好汉，够格的轿夫都是双手叉腰，步调一致，轿子颠动的节奏要和上吹鼓手们吹出的凄美音乐，让所有的人都能体会到任何幸福后面都隐藏着等量的痛苦。轿子走到平川旷野，轿夫们便撒了野，这一是为了赶路，二是要折腾一下新娘。有的新娘，被轿子颠得大声呕吐，脏物吐满锦衣绣鞋；轿夫们在新娘的呕吐声中，获得一种发泄的快乐。这些年轻力壮的男子，为别人抬去洞房里的牺牲，心里一定不是滋味，所以他们要折腾新娘。

那天抬着我奶奶的四个轿夫中，有一个成了我的爷爷——他就是余占鳌余司令。那时候他二十啷当岁，是东北乡打棺抬轿这行当里的佼佼者——我爷爷辈的好汉们，都有高密东北乡人高粱般鲜明的性格，非我们这些孱弱的后辈能比——当时的规矩，轿夫们在路上开新娘子的玩笑，如同烧酒锅上的伙计们喝烧酒，是天经地义的事，天王老子的新娘他们也敢折腾。

高粱叶子把轿子磨得嚓嚓响，高粱深处，突然传来一阵悠扬的哭声，打破了道路上的单调。哭声与吹鼓手们吹出的曲调十分相似。奶奶想到乐曲，就想到那些凄凉的乐器一定在吹鼓手们手里提着。奶奶用脚撑着轿帘能看到一个轿夫被汗水湿湿的腰，奶奶更多的是看到自己穿着大红绣花鞋的脚，它尖尖瘦瘦，带着凄艳的表情，从外边投进来的光明罩住了它们，它们像两枚莲花瓣，它们更像两条小金鱼埋伏在澄澈的水底。两滴高粱米粒般晶莹微红的细小泪珠跳出奶奶的睫毛，流过面颊，流到嘴角。奶奶心里又悲又苦，往常描绘好的、与戏台上人物同等模样、峨冠博带、儒雅风流的丈夫形象在泪眼里先模糊后湮灭。奶奶恐怖地看到单家扁郎那张开花绽彩的麻风病人脸，奶奶透心地冰冷。奶奶想这一双乔乔金莲，这一张桃腮杏脸，千般的温存，万种的风流，难道真要由一个麻风病人去消受？如其那样，还不如一死了之。高粱地里悠长的哭声里，夹杂着疙疙瘩瘩的字眼：青天哟——蓝天哟——花花绿绿的天哟——棒槌哟亲哥哟你死了——可就塌了妹妹的天哟——我不得不告诉您，我们高密东北乡女人哭丧跟唱歌一样优美，民国元年，曲阜县孔夫子家的“哭丧户”专程前来学习过哭腔。大喜的日子碰上女人哭亡夫，奶奶感到这是不祥之兆，已经沉重的心情更加沉重。这时，有一个轿夫开口说话：“轿上的小娘子，跟哥哥们说几句话呀！远远的路程，闷得慌。”

奶奶赶紧拿起红布，蒙到头上。顶着轿帘的脚尖也悄悄收回，轿里又是一团漆黑。

“唱个曲儿给哥哥们听，哥哥抬着你哩！”

吹鼓手如梦方醒，在轿后猛地吹响了大喇叭，大喇叭说：“姆咚——姆咚——”

“猛捅——猛捅——”轿前有人模仿着喇叭声说，前前后后响起一阵粗野的笑声。

奶奶身上汗水淋漓。临上轿前，曾外祖母反复叮咛过她：在路上，千万不要跟轿夫们磨牙斗嘴，轿夫，吹鼓手，都是下九流，奸刁古怪，什么样的坏事都干得出来。

轿夫们用力把轿子抖起来，奶奶的屁股坐不安稳，双手抓住座板。

“不吱声？颠！颠不出她的话就颠出她的尿！”

轿子已经像风浪中的小船了，奶奶死劲抓住座板，缸中翻腾着早晨吃下的两个鸡蛋，苍蝇在她耳畔嗡嗡地飞。她的喉咙紧张，蛋腥味冲到口腔，她咬住嘴唇。不能吐，不能吐！奶奶命令着自己，不能吐呵，凤莲，人家说吐在轿里是最大的不吉利，吐了轿一辈子没好运……轿夫们的话更加粗野了，他们有的骂我曾外祖父是个见钱眼开的小人，有的说鲜花插到牛粪上，有的说单扁郎是个流白脓淌黄水的麻风病人，他们说站在单家院子外，就能闻到一股烂肉臭味，单家的院子里，飞舞着成群结队的绿头苍蝇……

“小娘子，你可不能让单扁郎沾身啊，沾了身你也烂啦！”

大喇叭小唢呐呜呜咽咽地吹着，那股蛋腥味更加强烈，奶奶牙齿紧咬嘴唇，咽喉里像有只拳头在打击，她忍不住了，一张嘴，一股奔突的脏物蹿出来，涂在了轿帘上，五只苍蝇像子弹一样射到呕吐物上。

"吐啦吐啦，颠呀！"轿夫们狂喊着，"颠呀，早晚颠得她开口说话。"

"大哥哥们……饶了我吧……"奶奶在呃嗝中，痛不欲生地说着，说完了，便放声大哭起来。奶奶觉得委屈，奶奶觉得前途险恶，终生难脱苦海。爹呀，娘呀，贪财的爹，狠心的娘，你们把我毁了。

奶奶放声大哭，高粱深深震动。轿夫们不再癫狂，推波助澜，兴风作浪的吹鼓手们也停嘴不吹。只剩下奶奶的呜咽，又和进了一支悲泣的小唢呐，唢呐的哭声比所有的女人哭泣都优美。奶奶在唢呐声中停住哭，像聆听天籁一般，听着这似乎从天国传来的音乐。奶奶粉面凋零，珠泪点点，从悲婉的曲调里，她听到了死的声音，嗅到了死的气息，看到了死神的高粱般深红的嘴唇和玉米般金黄的笑脸。

轿夫们沉默无言，步履沉重。轿里牺牲的哽咽和轿后唢呐的伴奏，使他们心中萍翻桨乱，雨打魂幡。走在这高粱小径上的，已不像迎亲的队伍，倒像送葬的仪仗。在奶奶脚前的那个轿夫——我后来的爷爷余占鳌，他的心里，有一种不寻常的预感，像熊熊燃烧的火焰一样，把他未来的道路照亮了。奶奶的哭声，唤起他心底早就蕴藏着的怜爱之情。

轿夫们中途小憩，花轿落地。奶奶哭得昏昏沉沉，不觉把一只小脚露到了轿外。轿夫们看着这玲珑的、美丽无比的小脚，一时都忘魂落魄。余占鳌走过去，弯腰，轻轻地，轻轻地握住奶奶那只小脚，像握着一只羽毛未丰的雏鸟，轻轻地送回轿内。奶奶在轿内，被这温柔感动，她非常想撩开轿帘，看看这个生着一只温暖的年轻大手的轿夫是个什么样的人。

——我想，千里姻缘一线穿，一生的情缘，都是天凑地合，是毫无挑剔的真理。余占鳌就是因为握了一下我奶奶的脚唤醒了他心中伟大的创造新生活的灵感，从此彻底改变了他的一生，也彻底改变了我奶奶的一生。

花轿又起行。喇叭吹出一个猿啼般的长音，便无声无息。起风了，东北风，天上云朵麇集，遮住了阳光，轿子里更加昏暗。奶奶听到风吹高粱，哗哗哗啦啦啦，一浪赶着一浪，响到远方。奶奶听到东北方向有隆隆雷声响起。轿夫们加快了步伐。轿子离单家还有多远，奶奶不知道，她如同一只被绑的羔羊，愈近死期，心里愈平静。奶奶胸口里，揣着一把锋利的剪刀，它可能是为单扁郎准备的，也可能是为自己准备的。

奶奶的花轿行走到蛤蟆坑被劫的事，在我的家族的传说中占有一个显要的位置。蛤蟆坑是大洼子里的大洼子，土壤尤其肥沃，水分尤其充足，高粱尤其茂密。奶奶的花轿行到这里，东北天空抖了一个血红的闪电，一道残缺的杏黄色阳光，从浓云中，嘶叫着射向道路。轿夫们气喘吁吁，热汗涔涔。走进蛤蟆坑，空气沉重，路边的高粱乌黑发亮，深不见底，路上的野草杂花几乎长死了路。有那么多的矢车菊，在杂草中高扬着细长的茎，开着紫、蓝、粉、白四色花。高粱深处，蛤蟆的叫声忧伤，蝈蝈的唧唧凄凉，狐狸的哀鸣惆怅。奶奶在轿里，突然感到一阵寒冷袭来，皮肤上凸起一层细小的鸡皮疙瘩。奶奶还没明白过来是怎么一回事，就听到轿前有人高叫一声："留下买路钱！"

奶奶心里咯噔一声，不知忧喜，老天，碰上吃拃饼的了！

高密东北乡土匪如毛，他们在高粱地里鱼儿般出没无常，结帮拉伙，拉驴绑票，坏事干尽，好事做绝，如果肚子饿了，就抓两个人，扣一个，放一个，让被放的人回村报信，送来多少张卷着鸡蛋大葱一把粗细的两柞多长的大饼。吃大饼时要用双手拃住往嘴里塞，故曰"拃饼"。

"留下买路钱！"那个吃拃饼的人大吼着。轿夫们停住，呆呆地看着劈腿横在路当中的劫路人。那人身材不高，脸上涂着黑墨，头戴一顶高粱篾片编成的斗笠，身披一件大蓑衣，蓑衣敞着，露出密扣黑衣和拦腰扎着的宽腰带。腰带里别着一件用红绸布包起的鼓鼓囊囊的东西。那人用一只手按着那布包。

奶奶在一转念间，感到什么事情也不可怕了，死都不怕，还怕什么：她掀起轿帘，看着那个吃拃饼的人。

那人又喊："留下买路钱！要不我就崩了你们！"他拍了拍腰里那件红布包裹着的家伙。

吹鼓手们从腰里摸出曾外祖父赏给他们的一串串铜钱，扔到那人脚前。轿夫放下轿子，也把新得的铜钱掏出，扔下。那人把钱串子用脚踢拢成堆，眼睛死死地盯着坐在轿里的我奶奶。"你们，都给我滚到轿子后边去，要不我就开枪啦！"他用手拍拍腰里别着的家伙大声喊叫。

轿夫们慢慢吞吞地走到轿后。余占鳌走在最后，他猛回转身，双目直逼吃拃饼的人。那人瞬间动容变色，手紧紧捂住腰里的红布包，尖叫着："不许回头，再回头我就毙了你！"

劫路人按着腰中家伙，脚不离地蹭到轿子前伸手捏捏奶奶的脚。奶奶粲然一笑，那人的手像烫了似的紧着缩回去。

"下轿，跟我走！"他说。

奶奶端坐不动，脸上的笑容像凝固了一样。"下轿！"

奶奶欠起身，大大方方地跨过轿杆，站在烂漫的矢车菊里。奶奶右眼看着吃拃饼的人，左眼看着轿夫和吹鼓手。

"往高粱地里走！"劫路人按着腰里用红布包着的家伙说。

奶奶舒适地站着，云中的闪电带着铜音嗡嗡抖动，奶奶脸上粲然的笑容被分裂成无数断断续续的碎片。

劫路人催逼着奶奶往高粱地里走，他的手始终按着腰里的家伙。

奶奶用亢奋的眼睛，看着余占鳌。

余占鳌对着劫路人笔直地走过去，他薄薄的嘴唇绷成一条刚毅的线，两个嘴角一个上翘，一个下垂。

“站住！”劫路人有气无力地喊着，“再走一步我就开枪！”他的手按在腰里用红布包裹着的家伙上。

（选自《红高粱》，莫言著，中国青年出版社2008年版）

【走近作者】

莫言，原名管谟业，1955年生，祖籍山东高密，是第一个获得诺贝尔文学奖的中国籍作家。他自20世纪80年代以一系列乡土作品崛起，充满着“怀乡”以及“怨乡”的复杂情感，被归类为“寻根文学”作家。2000年，莫言的《红高粱》入选《亚洲周刊》评选的“20世纪中文小说100强”。2005年《檀香刑》全票入围茅盾文学奖初选。2011年莫言荣获茅盾文学奖。2012年莫言获得诺贝尔文学奖。

阅读门径

《红高粱》就是通过“我奶奶”戴凤莲和“我爷爷”余占鳌的故事，以时空错乱的顺序，借用意识流的表现方法，叙述了昔日发生在山东某乡村的一曲生命的颂歌。

“奶奶”年轻美丽，“走起路来双臂挥舞，身腰拨动，好似风中招飐的杨柳”，洋溢着生命活力。她16岁出嫁，渴望幸福美满的婚姻，谁知贪财的父亲把她嫁给了一个麻风病人单扁郎，因为单家富甲一方。生命刚刚结出花蕾，就面临凋零。这时“爷爷”出场了，“奶奶”的美丽“唤醒了他心中伟大的创造新生活的灵感”，他劫走了结婚三日后回娘家的“奶奶”，俩人以原始炽烈的生命热情，在红高粱地里共享生命的欢乐与灿烂。日本人来了，他们的生命又和抗战联系在一起。管家刘罗汉大爷为保护“奶奶”和她家的财产被日本人剥皮杀害，“奶奶”端出纪念刘罗汉大爷的血酒，让已经成为民间武装司令的“爷爷”喝下，去打日本人。战争是悲壮而热烈的，“爷爷”带着儿子豆官，扛着土炮，在日本兵的枪林弹雨中英勇厮杀。“奶奶”最终牺牲在战场上，临终前她仰望天空，为自己这样激情地走过一生而感谢上苍。

小说中，莫言塑造了一个在伦理道德边缘的红高粱世界，一种土匪式英雄。他们做尽坏事但也报效国家，他们缱绻相爱、英勇搏杀，充满着既离经叛道又拥有无限生气的时代气息。

《红高粱》从民间的角度再现了抗日战争的年代。小说重点描写的是生活在民间的普通大众：农民、工匠、土匪、地方武装，也有共产党人。他们生活在自己的土地上，或痛快淋漓快意恩仇，或卑下猥琐苟且偷生。突然来了日本鬼子，于是他们不由自主地卷入抗战的时代洪流中，英勇着、战斗着、献身着，呈现一种原生态的悲壮和豪迈。

能力提升

1.《伤逝》中，涓生和子君的爱情走向失败的原因是什么？
2. 举例分析《围城》中灵活多样的讽刺手法。
3. 了解魔幻现实主义和寻根文学。

比较阅读

请参考阅读以下书目：
1. 鲁迅：《呐喊》《彷徨》《故事新编》。
2. 郁达夫：《沉沦》《迟桂花》《春风沉醉的晚上》。
3. 老舍：《骆驼祥子》《二马》《四世同堂》。
4. 张爱玲：《金锁记》《倾城之恋》。
5. 余华：《活着》《许三观卖血记》。
6. 王小波：《黄金时代》《白银时代》《青铜时代》。
7. 王安忆：《长恨歌》《小鲍庄》。
8. 阿城：《棋王》《树王》《孩子王》。

第七节　精彩纷呈的外国小说

文本综要

世界文学绚丽多姿，东西方许多民族都出现过杰出的文学大师和众多的名家名著。人们热爱和珍视这些作家及其作品，是因为优秀的文学作品体现了人类对客观世界的认识，显示了人类成长的精神轨迹，并给世世代代的人们以审美的愉悦。

公元前 12 世纪至公元前 8 世纪是古希腊从氏族公社制向奴隶制社会过渡的时期，史称“英雄时代”或“荷马时代”，文学成就主要是神话和史诗。

公元前 5 世纪是古希腊悲剧的繁荣时期，最有名的是埃斯库罗斯（悲剧之父）、索福克勒斯（《俄狄浦斯王》）和欧里庇得斯（《美狄亚》），被称为古希腊三大悲剧家。

中世纪欧洲占统治地位的是教会文学，其内容多取材于《圣经》。此外，中世纪文学主要还包括各民族的英雄史诗、骑士文学和市民文学。代表中世纪文学最高成就的是意大利诗人但丁的《神曲》。

文艺复兴运动的指导思想是人文主义，它的斗争锋芒针对中世纪封建主义世界观。小说方面，主要有意大利小说家薄伽丘的《十日谈》、法国小说家拉伯雷的《巨人传》、西班牙小说家塞万提斯的《堂吉诃德》，以及英国作家托马斯·莫尔的《乌托邦》。

17世纪末，从英国和法国开始的启蒙运动，以理性为思想旗帜，主张重新思考和解释国家、教会、社会和科学问题。英国启蒙文学以写实小说为主，著名作品有笛福的《鲁滨孙漂流记》、斯威夫特的《格列佛游记》和菲尔丁的《汤姆·琼斯》。

法国流行的是哲理小说。孟德斯鸠的《波斯人信札》，伏尔泰的《老实人》和《天真汉》，狄德罗的《拉摩的侄儿》，卢梭的《新爱洛伊丝》《爱弥儿》和《忏悔录》都是哲理小说的杰作。

浪漫主义文学是法国大革命时期的产物。浪漫主义作家，如德国的海涅，法国的雨果，英国的拜伦和雪莱，俄国普希金和莱蒙托夫等，大多参与现实斗争，反对暴政，同情人民的苦难，支持民主运动和民族解放斗争，具有鲜明的资产阶级民主主义倾向。

批判现实主义是19世纪30年代首先在西欧的法国、英国等地出现的文学思潮，以后波及俄国、北欧和美国等地，成为19世纪欧美文学的主流，也是近代欧美文学的高峰。批判现实主义代表作家为法国的司汤达、梅里美、福楼拜、巴尔扎克，英国的狄更斯、勃朗特姐妹、哈代，俄国的果戈理、屠格涅夫、列夫·托尔斯泰。

现代主义在20世纪进入了繁荣阶段。继初期涌现的未来主义、表现主义等流派以及卡夫卡等代表作家之后，在20年代又涌现出超现实主义、存在主义、意识流以及“迷惘的一代”等流派。卡夫卡的《变形记》是其代表作品。

意识流是在20世纪初期继象征主义、未来主义之后又一个现代主义的文学流派。意识流是一种以内心独白和心理分析以及时空跳跃、诗化的自由联想等为主要特色的艺术手法，大凡采用这类创作技巧的作家，往往以反传统的现实主义而行之，在作品中竭力打破时间观和空间观，让人物思绪天马行空，或过去或现在或未来，或身边或远处，以意识的流动跳跃勾勒出内心心理活动的轨迹。代表作品如伍尔芙的《到灯塔去》。

魔幻现实主义文学是20世纪拉丁美洲最重要的文学流派，在整个20世纪的世纪文坛上影响巨大，被称为拉丁美洲的文学爆炸。魔幻现实主义将光怪陆离的幻觉与触目惊心的现实融为一体，将神奇怪异与平日常见的现实有机结合在一起，以亦梦亦幻、人神相通、生死轮回的原始神话来表现现实生活。魔幻现实主义作家广泛运用象征主义、荒诞、意识流等西方现代主义的创作手法和技巧。哥伦比亚的马尔克斯是代表人物，其代表作是《百年孤独》。

12 赫克托耳之死

荷　马

【欣赏任务】

1. 了解《荷马史诗》的相关内容。

2. 掌握通过场景、动作和对话描写刻画人物性格、表现人物心理的手法。

【经典篇目】

阿喀琉斯越来越近，像战神一样威武雄壮，青铜武器灿烂夺目。赫克托耳看见，不由自主地颤抖起来，并转身朝城门走去。阿喀琉斯顿时扑了过来。赫克托耳沿着城墙，沿着大路没命地奔跑，并越过湍急的斯卡曼德洛斯河。阿喀琉斯跟踪追击。他们绕着城墙跑了三圈。奥林匹斯圣山上的神祇们都紧张地看着这一惊心动魄的场面。

“啊，神祇们。”宙斯说，“好好地思考一下眼下的情势吧。决定的时刻来到了。是让赫克托耳再次逃脱死亡呢，还是让他丧生？”

帕拉斯·雅典娜回答说：“父亲，你想到哪里去了？难道你想让命运女神已经判定要死的人逃脱死亡吗？不过，你想怎么办就怎么办吧，别指望神祇们会同意你的提议！”

宙斯朝他的女儿点了点头，表示她可以照自己的意思行事。她立即从奥林匹斯圣山上降到特洛伊的战场上。

这时，赫克托耳仍在奔逃，阿喀琉斯在后面紧追不放，不让他有喘息的机会，并且示意他的士兵，不得朝赫克托耳投掷飞镖和长矛。

他们围着城墙追逐了四周，现在又挨近斯卡曼德洛斯河。这时，宙斯从奥林匹斯圣山站起来，取出黄金天平，两边放进生死砝码，一个代表珀琉斯的儿子，另一个代表赫克托耳，开始称量。赫克托耳的一边朝冥王哈得斯倾斜。在一旁的阿波罗即刻离开了。

女神雅典娜走到阿喀琉斯身旁，悄悄地对他说：“你站着，休息一下；让我去鼓动赫克托耳大胆地向你挑战！”阿喀琉斯听从了女神的话，立即停止追击，靠在插在地上的长矛旁，看着雅典娜朝赫克托耳走了过去。

雅典娜变为得伊福玻斯来到赫克托耳的面前，对他说：“兄弟，让我们一起去反击阿喀琉斯！”赫克托耳看到他的兄弟非常高兴，他说：“得伊福玻斯，你真是我最亲密的兄弟。现在，当别的兄弟都躲在安全的城墙后面，你却大胆地出城鼓励我作战，使我更加尊重你了。”于是雅典娜引着英雄朝阿喀琉斯走去。她举着她的长矛，跨着大步，走在前面。

赫克托耳对阿喀琉斯叫道：“珀琉斯的儿子，我再也不躲避你了！现在我跟你拼个你死我活。但让我们当着神祇发誓：如果宙斯看顾我，让我取得胜利，那么我只剥下你的铠甲，并把你的尸体还给你方。你对我也应该同样对待！”

“我不和你订条约！”阿喀琉斯面色阴沉地说，“正如狮子不能跟人做朋友，我们之间也无友情可谈。我们之中必须死掉一个。现在使出你的本领吧，不管怎样，你逃不脱我的手掌。你欠下我的战士们的血债，现在得由你偿还了！”阿喀琉斯说着掷出他的长矛。赫克托耳急忙弯下身子，矛从他的头上飞了过去。雅典娜把矛拾了回来，交给珀琉斯的儿子。但这一切赫克托耳都无法看到。现在，他也愤怒地投出他的矛，正好击中阿喀琉斯的盾牌，但被弹落在地上。赫克托耳吃了一惊，回头找他的兄弟得伊福玻斯，想向他要他的长矛，可是他已不见了。赫克托耳这才意识到是雅典娜骗了他。他知道末日已到，但他不甘心让对方轻而易举地得手，于是拔出宝剑，挥舞着向前扑去。

阿喀琉斯迫不及待地准备厮杀，也等不及再掷矛了，他用盾牌掩护着冲了上去。他头盔上的羽饰在风中飘拂，长矛闪着寒光。他睁大眼睛，寻找机会，想瞄准赫克托耳的身上露出的地方下手。可是从头到脚他都用从帕特洛克罗斯那里掠去的盔甲保护着，只有在肩与脖子相连接的锁骨旁露出一点空隙，使得他的喉咙稍有一点暴露。阿喀琉斯看得真切，狠狠地用矛刺去，矛尖刺穿赫克托耳的喉头，但没有刺破气管，他虽然倒在地上，受了重伤，但仍能勉强说话。阿喀琉斯高兴地说，要把他的尸体喂狗。赫克托耳央求他说："阿喀琉斯，我指着你的生命请求你，别让恶狗吞食我的尸体！无论你要多少金银都可以，只要把我的尸体送回特洛伊，让特洛伊人按照殡仪将我安葬！"

阿喀琉斯摇了摇头，回答说："你用不着哀求，你是杀害我的朋友的凶手！即使普里阿摩斯愿意拿出和你相等重量的黄金作为赎金，你仍然难免要喂狗！"

"我知道，"赫克托耳临死前呻吟着说，"我知道你是一个铁石心肠的人，不会同情我。但是，当神祇为我报仇，当你被阿波罗在特洛伊的中央城门射中倒地快死时，你会想起我的话的！"说完这最后的预言，他的灵魂出窍，幽幽地飞进地府，寻找哈得斯去了。

阿喀琉斯却在一旁叫道："你只管去死吧！无论宙斯和神们如何安排我的命运，我都会接受的！"他从尸体上拔出长矛，将它放在一边，然后动手剥下原来属于自己的血淋淋的盔甲。

希腊人潮水似的涌过来，围观死者高贵的形象和雄伟的躯体。阿喀琉斯站在人群中说："朋友们，英雄们！感谢神祇赐福，让我在这里制服了这个凶恶的人，他对我们的危害远远超过了其他人。让我们一鼓作气，杀向特洛伊城。我们倒要看看，他们是把城池献给我们，还是在没有赫克托耳的情况下仍敢抵抗。但我何必多讲，浪费时间呢？我的朋友帕特洛克罗斯不是还躺在船上没有安葬吗？士兵们，让我们唱起凯旋歌，并把我杀死的这个敌人拉回去祭奠我的朋友！"

这个残酷的胜利者一面说，一边走近尸体，用刀在脚踝和脚踵之间戳了个孔，用皮带穿进去捆在战车上，然后他跳上战车，挥鞭策马，拖着尸体向战船飞驰而去。

赫克托耳的母亲赫卡柏在城头上看见了他的儿子，悲愤地撕下她的面纱，号啕大哭。国王普里阿摩斯也痛哭流涕。全城响起一片哀泣声，连城墙也震颤了。年迈的国王恨不得冲出城门，去追赶杀害儿子的凶手，众人好不容易才劝阻了他。

赫克托耳的妻子安德洛玛刻还不知道丈夫的死。她安安静静地坐在宫殿里，专心在料子上绣着花卉。突然她听到城上传来一片哭声，心里顿时充满不祥的预感。她惊叫起来："天哪，我担心我的丈夫已被阿喀琉斯杀死了。来人哪，快跟我去看看，究竟发生了什么事？"她穿过宫殿，急步跑上城楼，看到珀琉斯的儿子的战车拖着她丈夫的尸体在野地里飞跑。安德洛玛刻顿时昏厥过去，往后倒去。她的亲属们急忙扶住她。她醒过来时，仍悲痛欲绝地哭泣着，她的侍女们也在一旁哭泣。

（选自《希腊神话故事插图典藏本》，施瓦布著，中国画报出版社2012年版）

【走近作者】

荷马，古希腊盲诗人。约生活于公元前9世纪～前8世纪。相传记述了公元前12～前11世纪特洛伊战争，以及关于海上冒险故事的古希腊长篇叙事代表作——史诗《伊利亚特》和《奥德赛》，即是他根据民间流传的短歌综合编写而成。《荷马史诗》在很长一段时间里影响了西方的宗教、文化和伦理观。

阅读门径

《伊利亚特》描写了特洛伊城与希腊长达10年的战争，期间，涌现了一个个形象鲜明、个性特出的英雄，如阿喀琉斯、赫克托耳、帕特洛克罗斯等。其中，特洛伊王子赫克托耳以其勇敢、重情、缜密的英雄形象给人留下了深刻的印象。他是特洛伊第一勇士，被称为"特洛伊的城墙"，不但勇冠三军，而且为人正直，品格高尚。同时，他那不好战却甘愿为保卫部落而奋起献身的英勇气概让人感慨。

赫克托耳与阿喀琉斯的这场决斗毫无悬念，战前，阿喀琉斯的女神母亲为其亲自到火与锻造之神赫淮斯托斯那儿求了一副近乎完美的盔甲。这使迎战阿喀琉斯的赫克托耳以为天神下凡而胆怯不已，之后便出现了著名的绕城墙三圈的赛跑，而后雅典娜化作赫克托耳的兄弟引诱赫克托耳与刀枪不入的阿喀琉斯决战，甚至还将阿喀琉斯抛出的矛又拔起来还给阿喀琉斯，这使得赫克托耳连最后的胜算也化作了乌有。随后，熟知自己原先铠甲弱点的阿喀琉斯用矛尖戳破了赫克托耳的喉咙，并冷酷拒绝了赫克托耳的恳求，用战车拖着他的遗体，扬长离开特洛伊城下时，我们看到的是一个肩负着尊严、荣誉和责任，形象高大的赫克托耳。

13 简·爱（节选）

[英] 夏洛蒂·勃朗特

【欣赏任务】

1. 了解作品阐释“人的尊严”的主题。

2. 赏析文中塑造的人物形象。

【经典篇目】

谁要责怪我，他可以责怪，可我还是要说。有时候，我独自一人在庭院里散步，有时候，我走到大门口，朝门外的大路望去，或者趁阿黛尔和保姆玩耍，费尔法克斯太太在贮藏室里做果冻时，我爬上三道楼梯，推开阁楼的活门，来到铅皮屋顶上，极目眺望僻静的田野和山岗，眺望着朦胧的天际。每当这种时候，我总是渴望偶的目力能够超越那个极限，看到繁华的世界，看到我曾听说却从未见过的充满生机的城镇和地区。每当这种时候，我总是企盼自己能有比现在更多的人生阅历，能跟比这儿更多地和我同样的人交往，能结识更多不同性格的人。我珍视费尔法克斯太太身上的优点，我珍视阿黛尔身上的优点，但我相信世界上还有另外的更加鲜明突出的优点，我希望能亲眼见到我相信存在的东西。

谁责怪我呢？毫无疑问，一定会有很多人。他们会说我不知足。我没有办法。我生性就不安分，有时候这使我非常苦恼。这时，我唯一的安慰是独自一人在三楼的走廊里来回踱步，安然地待在这儿的幽静和孤寂之中，任凭自己心灵的眼睛注视着面前升起的清晰的幻象——不用说，幻象是既多又灿烂夺目的；可以听任自己的心因欢乐的活动而起伏，因骚动纷扰而激昂不已，因充满活力而舒展开怀。而最最美好的是，可以听任我的心灵的耳朵倾听一个永远不会结束的故事——这是个由我的想象不断创造和叙述出来的故事，我渴望经历但在我的实际生活中并不存在的事件、生活、激情和感受，使这个故事变得非常生动有趣。

说什么人应该满意于平静的生活，说这话是白费力气。他们必须有行动，即使找不到行动的机会，他们也会创造它。千百万人注定要处在比我更加死气沉沉的困境中，而千百万人在默默地反抗自己的命运。谁也不知道，在这大千世界的芸芸众生中，除了政治反叛以外，还酝酿着多少其他的反叛。通常认为女人是非常安静的，可是女人也有着和男人一样的感情。她们像她们的兄弟一样，也要施展自己的才能，也要有她们的用武之地。她们对过于严厉的束缚，对过于绝对的停滞，也会说什么她们应该只限于做做布丁，织织袜子，弹弹钢琴，绣绣钱包，那他们的胸襟未免太狭窄了。要是她们想要超出习俗许可的女性范围，去做更多的事情，去学更多的东西，他们因而就谴责她们，嘲笑她们，那他们也未免太没有头脑了。

（选自《简·爱》，勃朗特著，商务印馆 2015 年版）

【走近作者】

夏洛蒂·勃朗特（1816 ～ 1855），出生于英国北部约克郡的豪渥斯的一个乡村牧师家庭。夏洛蒂·勃朗特有两个姐姐、两个妹妹和一个弟弟。两个妹妹，即艾米莉·勃朗特和安妮·勃朗特，也是著名作家，因而在英国文学史上常有“勃朗特三姐妹”之称。1847 年，夏洛蒂·勃朗特出版著名的长篇小说《简·爱》，轰动文坛。夏洛蒂·勃朗特善于以抒情的笔法描写自然景物，作品具有浓厚的感情色彩。

阅读门径

《简·爱》是一部带有自传色彩的长篇小说，通过一个孤女坎坷不平的人生经历，成功地塑造了一个不安于现状、不甘受辱、敢于抗争的女性形象。简·爱是一个既自尊自爱又自强自立的时代新女性，她的人生追求有两个基本旋律：富有激情的幻想和坚持不懈的反抗精神，对人间自由幸福的渴望和对更高精神境界的追求。

小说设计的结尾——罗切斯特的庄园毁了，罗切斯特自己也成了一个残疾人，但我们看到，正是这样一个条件，使简·爱不再在尊严与爱之间矛盾，而同时获得满足——她在和罗切斯特结婚的时候是有尊严的，当然也是有爱情的。虽然这样的结局过于完美，甚至这种圆满本身标志着肤浅，但是我们依然尊重作者这种追求美好生活的理想。毕竟即使在当今社会，要将人的价值＝尊严＋爱这道公式付之实现，也常常离不开金钱的帮助。人们都疯狂到似乎为了金钱和地位而埋没爱情、尊严，很少有人会像简这样为人格、为爱情义无反顾，抛弃所有。

《简·爱》所展现给我们的正是一种化繁为简、返璞归真、追求全心付出的感觉，是一种不计得失的简化的感情。它犹如一杯冰水，净化每一个读者的心灵，是人生追求的二重奏。

首先，简·爱是一个平民女子。她相貌平凡，出身贫苦，但却有着高尚的情操，这样一个主人公形象令当时的读者耳目一新。

其次，她代表着 19 世纪正处于萌芽状态的欧美女性运动，即女性内心的强烈愿望和渴望男女平等，捍卫自己独立的人格和尊严，自由表现自己的爱憎。简·爱追求自食其力的生活和自由的爱情，她大胆地爱上贵族，却又抵制富裕生活的诱惑，不成为他的情妇。这些都表现了她对人格尊严的追求。

再次，由于简·爱忠于理想，势必与传统社会发生冲突，因此她又是一个反抗者。这不仅表现在简对爱情的追求上，更表现在她对社会不公正现象的反抗：反抗表哥欺辱、舅母虐待、学校教育制度，反抗传统婚姻习俗，大胆质疑宗教，等等。

简·爱的爱情观和婚姻观是一体的，她不接受没有婚姻的爱情，也不接受没有爱情的婚姻。简·爱亦是善良、诚恳、贤淑的女性形象，她无私地照料罗切斯特的私生女，感恩曾经帮助过她的女仆，对罗切斯特更是不离不弃、一往情深。

最后我们也要看到简性格中过度敏感、自卑的一面。在恋爱之初，她心潮澎湃，表面故作冰冷，还时时拿自己的相貌与肤浅却又貌美、富有的贵族小姐比较，用己短比人长，自添烦恼。

总之，追求和反抗、善良和真诚、敏感与自尊统一于简·爱的性格之中。

14 老人与海（节选）

［美］海明威

【欣赏任务】

1. 学会通过行为和心理描写去把握人物形象。
2. 掌握硬汉性格的内涵。

【经典篇目】

他们在海里走得很顺当，老头儿把手泡在咸咸的海水里，想让脑子清醒，头上有高高的积云，还有很多的卷云，因此老头儿知道还要刮一整夜的小风。老头儿不断地望着鱼，想弄明白是不是真有这回事。这是第一条鲨鱼朝它扑来的前一个钟头。

鲨鱼的出现不是偶然的。当一大股暗黑色的血沉在一英里深的海里然后又散开的时候，它就从下面水深的地方蹿上来。它游得那么快，什么也不放在眼里，一冲出蓝色的水面就涌现在太阳光下。然后它又钻进水里去，嗅出了臭迹，开始顺着船和鱼所走的航线游来。

有时候鲨鱼也迷失了踪迹，但很快就嗅出来，或者嗅出一点儿影子，于是紧紧顺着这条航线游。这是一条巨大的鲭鲨，生来就跟海里游速最快的鱼一般快。它周身的一切都美，只除了上下颚。它的脊背蓝蓝的，像是旗鱼的脊背。肚子是银白色，皮是光滑的，漂亮的。它生得跟旗鱼一样，不同的是它那巨大的两颚，游得快的时候两颚紧闭起来。它在水面下游，高耸的脊鳍像刀子似的一动也不动地插在水里。在它紧闭的双嘴唇里，八排牙齿全部向内倾斜着。跟寻常大多数鲨鱼不同，它的牙齿不是角锥形的，像爪子一样缩在一起的时候，形状就如同人的手指头。那些牙齿几乎跟老头儿的手指头一般长，两边都有剃刀似的锋利的刃子。这种鱼天生要吃海里一切的鱼，尽管那些鱼游得那么快，身子那么强，战斗的武器那么好，除掉它没有任何的鱼敌得过。现在，它嗅出了新的臭迹，加快游起来，它的蓝色的脊鳍划开了水面。

老头儿看见它来到，知道这是一条毫无畏惧而且为所欲为的鲨鱼。他把鱼叉准备好，用绳子系住，眼也不眨地望着鲨鱼向前游来。绳子短了，少去割掉用来绑鱼的那一段。

老头儿现在头脑清醒，正常，有坚强的决心，但是希望不大。他想：能够撑下去就太好啦。看见鲨鱼越来越近的时候，他向那条死了的大鱼望了一眼。他想：这也许是一场梦。我不能够阻止它来害我，但是也许我可以捉住它。“Dentuso”，他想。去你妈的吧。

鲨鱼飞快地逼近船后边。它去咬那条死鱼的时候，老头儿看见它的嘴大张着，看见它在猛力朝鱼尾巴上面的肉里咬进去的当儿，那双使人惊奇的眼睛和咬得格崩格崩的牙齿。鲨鱼的头伸出水面，脊背也正在露出来，老头儿用鱼叉攮到鲨鱼头上的时候，他听得出那条大鱼身上皮开肉绽的声音。他攮进的地方，是两只眼睛之间的那条线和从鼻子一直往上伸的那条线交叉的一点。事实上并没有这两条线。有的只是那又粗大又尖长的蓝色的头，两只大眼，和那咬得格嘣嘣的、伸得长长的、吞噬一切的两颚。但那儿正是脑子的所在，老头儿就朝那一个地方扎进去了。他鼓起全身的气力，用他染了血的手把一杆锋利无比的鱼叉扎了进去。他向它扎去的时候并没有抱着什么希望，但他抱有坚决的意志和狠毒无比的心肠。

鲨鱼在海里翻滚过来。老头儿看见它的眼珠已经没有生气了，但是它又翻滚了一下，滚得自己给绳子缠了两道。老头儿知道它是死定了，鲨鱼却不肯承认。接着，肚皮朝上，尾巴猛烈地扑打着水面，两颚格崩格地响着，像一只快艇一样在水面上破浪而去。海水给它的尾巴扑得白浪滔天，绳一拉紧，它的身子四分之三就脱出了水面，那绳不住地抖动，然后突然扎断了。老头儿望着鲨鱼在水面上静静地躺了一会儿，后来它就慢慢地沉了下去。

“它咬去了大约四十磅。”老头儿高声说。他想：它把我的鱼叉连绳子都带去啦，现在我的鱼又淌了血，恐怕还有别的鲨鱼会窜来呢。

他不忍朝死鱼多看一眼，因为它已经给咬得残缺不全了。鱼给咬住的时候，他真觉得跟自己身受的一样。

他想：能够撑下去就太好啦。这要是一场梦多好，但愿我没有钓到这条鱼，独自躺在床上的报纸上面。

“可是人不是生来要给人家打败的，”他说，“人尽可被毁灭，可是不会肯吃败仗的。”他想：不过这条鱼给我弄死了，我倒是过意不去。现在倒霉的时刻就要来到，我连鱼叉也经丢啦。“Dentuso”这个东西，既残忍，又能干，既强壮，又聪明。可我比它更聪明。也许不吧，他想。也许我只是比它多了个武器吧。

“别想啦，老家伙，”他又放开嗓子说，“还是把船朝这条航线上开去，有了事儿就担当。”

他想：可是我一定要想。因为我剩下的只有想想了。除了那个，我还要想想垒球。我不晓得，老狄马吉奥乐意不乐意我把鱼叉扎在它脑子上的那个办法呢？这不是一桩了不起的事儿。什么人都能办得到。但是，你是不是认为我的手给我招来的麻烦就跟鸡眼一样呢？我可没法知道。我的脚后跟从来没有出过毛病，只有一次，我在游泳的时候一脚踩在一条海鳐鱼上面，脚后跟给它刺了一下，当时我的小腿就麻木了，痛得简直忍不住。

“想点开心的事吧，老家伙，”他说，“每过一分钟就离家更近一步。丢掉了四十磅鱼肉，船走起来更轻快些。”

他很清楚，把船开到海流中间的时候会出现什么花样。可是现在一点儿办法也没有。

“得，有主意啦，”他大声说，“我可以把我的刀子绑在一只桨的把上。”

他把舵柄夹在胳肢窝里，用脚踩住帆脚绳，把刀子绑在桨把上了。

“啊，”他说，“我虽照旧是个老头儿。不过我不是赤手空拳罢了。”

这时风大了些，他的船顺利地往前驶着。他只看了看鱼的前面一部分，他又有点儿希望了。

他想：不抱着希望真蠢。此外我还觉得这样做是一桩罪过，他想：别想罪过了吧。不想罪过，事情已经够多啦，何况我也不懂得这种事。

我不懂得这种事，我也不怎么相信。把一条鱼弄死也许是一桩罪过。我猜想一定是罪过，虽然我把鱼弄死是为了养活自己也为了养活许多人。不过，那样一来什么都是罪过了。不想罪过了吧。现在想它也太迟啦，有些人是专门来考虑犯罪事儿的。让那些人去想吧。你生来是个打鱼的，正如鱼生来是条鱼。桑·彼得罗是打鱼的，跟老狄马吉奥的爸爸一样。

他总喜欢去想一切跟他有关联的事情，同时因为没有书报看，也没有收音机，他就想得很多，尤其是不住地在想到罪过。他想，你把鱼弄死不仅仅是为了养活自己，卖去换东西吃。你弄死它是为了光荣，因为你是个打鱼的。它活着的时候你爱它，它死了你还是爱它。你既然爱它，把它弄死了就不是罪过。不然别的还有什么呢？

“你想得太多啦，老头儿，”他高声说。

他想：你倒得乐意把那条鲨鱼给弄死的。可是它跟你一样靠着吃活鱼过日子。它不是一个吃腐烂东西的动物，也不像有些鲨鱼似的，只是一个活的胃口。它是美丽的，崇高的，什么也不害怕。

“我弄死它为了自卫，”老头儿又高声说，“我把它顺顺当当地给弄死啦。”

他想：况且，说到究竟，这一个总要杀死那一个。鱼一方面养活我，一方面要弄死我。孩子是要养活我的。我不能过分欺骗自己了。

他靠在船边上，从那条死鱼身上给鲨鱼咬过的地方撕下了一块肉。他嚼了一嚼，觉得肉很好，味道也香，像牲口的肉，又紧凑又有水分，可就是颜色红。肉里面筋不多，他知道可以在市场上卖大价钱。可是他没法叫肉的气味不散到水里去，他知道倒霉透顶的事儿快要发生了。

风在不住地吹，稍微转到东北方去，他知道，这就是说风不会减退了。老头儿朝前面望了一望，但是他看不见船上冒出来的烟。只有飞鱼从船头那边飞出来，向两边仓皇地飞走，还有的就是一簇簇黄色的马尾藻。他连一只鸟儿也看不见。

他已经在海里走了两个钟头，在船艄歇着，有时候嚼嚼从马林鱼身上撕下来的肉，尽量使自己好好休息一下，攒些儿力气，这时他又看见了两条鲨鱼中间的第一条。

“呀！”他嚷了一声。这一声音是没法可以表达出来的，或许这就像是一个人在觉得一根钉子穿过他的手钉进木头里的时候不自主地发出的喊声吧。

“星鲨！”他高声说。他看见第二条鱼的鳍随着第一条鱼的鳍冒上来，根据那褐色的三角形的鳍和那摆来摆去的尾巴，他认出这是两条犁头鲨。它们嗅出了臭迹以后就兴奋起来，因为饿得发呆了，它们在兴奋中一会儿迷失了踪迹，一会儿又把臭迹找出来。但是它们却始终不停地向前逼近。

老头儿系上帆脚绳，把舵柄夹紧。然后拿起上面绑着刀子的桨。他轻轻地把桨举起来，尽量轻轻，因为他的手痛得不听使唤了。然后，他又把手张开，再轻轻地把桨攥住，让手轻松一些。这一次他攥得很紧，让手忍住了疼痛不缩回来，一面注意着鲨鱼的来到。他看得见它们的阔大的、扁平的铲尖儿似的头，以及那带白尖儿的宽宽的胸鳍。这是两条气味难闻的讨厌的鲨鱼，是吃腐烂东西的，又是凶残嗜杀的。饥饿的时候，它们会去咬一把桨或者船的舵。这些鲨鱼会趁海龟在水面上睡觉的时候就把它们的腿和四肢咬掉。它们饥饿的时候会咬在水里游泳的人，即使人身上没有鱼血的气味或者鱼的黏液。

“呀，”老头儿说，“星鲨，来吧，星鲨。”

它们来了。但是它们没有像鲭鲨那样的游来。一条鲨鱼转了一个身，就钻到船底下看不见的地方，它把那条死鱼一拉又一扯，老头儿感觉到船在晃动。另一条鲨鱼用它一条缝似的黄眼睛望着老头儿，然后飞快地游到船跟前，张着半圆形的大嘴朝死鱼身上被咬过的部分咬去。在它那褐色的头顶和后颈上，在脑子和脊髓相连的地方，清清楚楚地现出了一条纹路，老头儿就用绑在桨上的刀子朝那交切点攮进去，又抽出来，再攮进它的猫似的黄眼睛里。鲨鱼放开了它咬的死鱼，从鱼身上滑下去，死去的时候还吞着它咬下的鱼肉。

由于另一条鲨鱼正在蹂躏死鱼的缘故，船身还在晃荡，老头儿松开了帆脚绳，让船向一边摆动，使鲨鱼从船底下出来。一看见鲨鱼，他就从船边弯着身子把刀子朝它身上扎去。他要扎的只是肉，可是鲨鱼的皮很结实，好不容易才把刀子戳进去。这一下不仅震痛了他的手，也震痛了他的肩膀。鲨鱼又很快地露出头来，当它的鼻子伸出水面来靠在死鱼身上的时候，老头儿对准它的扁平的脑顶中央扎去，然后把刀子拔出，又朝同一个地方扎了一下。它依旧闭紧了嘴咬住鱼，于是老头儿再从它的左眼上戳进去，但它还是缠住死鱼不放。

“怎么啦？”老头儿说着又把刀子扎进它的脊骨和脑子中间去。这一次戳进去很容易，他觉得鲨鱼的软骨断了。老头儿又把桨翻了一个身，把刀放在鲨鱼的两颚中间，想把它的嘴撬开。他把刀子绞了又绞，当鲨鱼一松滑下去的时候，他说：“去，去，星鲨。滑到一英里的深的水里去。去找你的朋友吧，也许那是你的妈妈呢。”

老头儿擦了擦他的刀片，把桨放下，然后系上了帆脚索，张开了帆，把船顺着原来的航线开去。

“它们准是把它吃掉四分之一了，而且吃的净是好肉，”他大声说，“我真盼望这是一场梦，但愿我根本没有把它钓上来。鱼啊，这件事可真教我不好受。从头错到底啦。”他不再说下去，也不愿朝鱼看一眼。它的血已经淌尽了，还在受着波浪的冲刷，看上去好像镜子底的银白色，它身上的条纹依然看得出来。

“鱼啊，我不应该把船划到这么远的地方去，”他说，“既不是为了你，也不是为了我。我很不好受，鱼啊。”

好吧，他又自言自语地说。望一望绑刀的绳子，看看断了没有。然后把你的手弄好，因为还有麻烦的事儿没有来到呢。

“有一块石头磨磨刀子该多好，”老头儿检查了一下绑在桨把上的绳子以后说，“我应该带一块石头来。”他想：好多东西都是应该带来的，但是你没有带来，老家伙。现在不是想你没有的东西的时候。想一想用他现有的东西的时候。想一想用你现有的东西可以做的事儿吧。

“你给我想出了很巧妙的主意，”他敞开了喉咙说，“可是我懒得听下去啦。”

他把舵柄夹在胳肢窝里，双手泡在水里，随着船往前飘去。

“天晓得，最后那一条鲨鱼撕去了我好多鱼肉，”他说，“可是船现在轻松些了。”他不愿去想给撕得残缺不全的鱼肚子。他知道，鲨鱼每次冲上去猛扯一下，就给扯去了好多的死鱼肉，现在死鱼已经成为一切鲨鱼追踪的途径，宽阔得像海面上一条大路一样了。

他想：这是把一个人养活一整个冬天的鱼啊。别那样想吧。歇一歇，把你的手弄好，守住剩下来的鱼肉。水里有了那么多的气味，我手上的血腥味也算不得什么，何况手上的血淌得也不多了。给割破的地方算不了什么。淌血会叫我的左手不抽筋。

他想：我现在还有什么事儿可想呢？没有。什么也别去想它，只等着以后的鲨鱼来到吧。我希望这真是一场梦，他想。但是谁晓得呢？也许结果会很好的。

下一个来到鲨鱼是一条犁头鲨。它来到的时候就活像一只奔向猪槽的猪，如果一只猪的嘴有它的那么大，大得连你的头也可以伸到它嘴里去的话。老头儿先让它去咬那条死鱼，然后才把绑在桨上的刀扎进它的脑子里去。但是鲨鱼一打滚就往后猛地一挣，那把刀子咔嚓一声折断了。

老头儿只管去掌他的舵，连看也不看那条大鲨鱼，它慢慢地沉到水里去，最初还是原来那么大，然后渐渐小下去，末了只有一丁点儿了。这种情景老头儿一向是要看得入迷的，可是现在他望也不望一眼。

“我还有鱼钩呢，”他说，“但是那没用处。我有两把桨，一个舵把，还有一根短棍。”

他想：这一回它们可把我打败了。我已经上了年纪，不能拿棍子把鲨鱼给打死。但是，只要我有桨，有短棍，有舵把，我一定要想法去揍死它们。

他又把手泡在水里。这时天色渐渐地向晚。除了海和天，什么也看不出来。天上的风刮得比先前大了些，马上他就希望能够看到陆地。

“你累乏啦，老头儿，”他说，“里里外外都累乏啦。”

直到太阳快落下去的时候，鲨鱼才又向他扑来。

老头儿看见两个褐色的鳍顺着死鱼的水里所不得不造成的那条宽阔的路线游着。它们甚至不去紧跟着鱼的气味，就肩并肩地直朝着小船扑来。

他扭紧了舵，把帆脚绳系好，从船艄下面去拿那根短棍。这是把一个断了桨锯成二英尺半长左右的一个桨把子。因为那个桨把子有个把手，他用一手攥起来才觉得方便，他说稳稳地把它攥在右手里，用手掌弯弯地握着，一面望着鲨鱼的来到。两条都是“星鲨”。

他想：我要先让第一条鲨鱼把死鱼咬紧了，然后再朝它的鼻尖儿揍，或者照着朝它的头顶上劈去。

两条鲨鱼一道儿来到跟前，他看见离得最近的一条张开大嘴插进死鱼的银白色的肚皮时，他把短棍高高地举起，使劲捶下，朝鲨鱼的宽大的头顶狠狠地劈去。短棍落下的当儿，他觉得好像碰到了一块坚韧的橡皮，同时他也感觉到打在铁硬的骨头上。鲨鱼从死鱼身上滑下去的时候，他又朝它的鼻尖上狠狠地揍了一棍。

另一条鲨鱼原是忽隐忽现的，这时又张开了大嘴扑上来。当它咬住了死鱼、闭紧了嘴的时候，老头儿看得见从它嘴角上漏出的一块块白花花的鱼肉。他用棍子对准了它打去，只是打中了它的头，鲨鱼朝他望了一望，然后把它咬住的那块肉撕去。当它衔着鱼肉逃走的时候，老头儿又揍了它一棍，但是打中的只是橡皮似的又粗又结实的地方。

“来吧，星鲨，”老头儿说，“再来吧。”

鲨鱼一冲又冲上来，一闭住嘴就给老头儿揍了一棍。他把那根棍子举到不能再高的地方，结结实实地揍了它一下。这一回他觉得他已经打中了脑盖骨，于是又朝同一个部位打去，鲨鱼慢慢吞吞地把一块鱼肉撕掉，然后从死鱼身上滑下去了。

老头儿留意望着那条鲨鱼会不会再回来，可是看不见一条鲨鱼。一会儿他看见一条在水面上打着转儿游来游去。他却没有看到另一条鳍。

他想：我没指望再把它们弄死了。当年轻力壮的时候，我会把它们弄死的。可是我已经叫它们受到重伤，两条鲨鱼没有一条会觉得好过。要是我能用一根垒球棒，两只手抱住去打它们，保险会把第一条鲨鱼打死。甚至现在也还是可以的。

他不愿再朝那条死鱼看一眼。他知道它的半个身子都给咬烂了。在他跟鲨鱼格斗的时候，太阳已经落下去。

“马上就要天黑，”他说，“一会儿我要看见哈瓦那的灯火了。如果我往东走得更远，我会看见从新海滩上射出来的灯光。”

他想：现在离港口不会太远了。我希望没有人替我担心。只有那孩子，当然，他一定会替我担心的。可是我相信他有信心。好多打鱼的老头儿也会替我担心的。还有好多别的人。我真是住在一个好地方呀。

他不能再跟那条大鱼讲话，因为它给毁坏得太惨啦。这时他脑子里突然想起了一件事。

“你这半条鱼啊，”他说，“你原来是条整鱼。我过意不去的是我走得太远，这把你和我都给毁啦。可是我们已经弄死了许多鲨鱼，你和我，还打伤好多条。老鱼，你究竟弄死过多少鱼啊？你嘴上不是白白地生了那个长吻的。”

他总喜欢想到这条死去的鱼，想到要是它能够随意地游来游去，它会怎么样去对付一条鲨鱼。他想：我应该把它的长吻砍掉，用它去跟鲨鱼斗。可是船上没有斧头，后来又丢掉了刀子。

话又说回来，当时要是我能够把它的长吻儿砍掉，绑在桨把上的话，那该是多好的武器呀。那样一来，我俩就会一同跟它斗啦。要是它们在夜里窜来，你该怎么办呢？你有什么办法呢？

“跟它们斗，”他说，“我要跟它们斗到死。”

现在已经天黑，可是天边还没有红光，也看不见灯火，有的只是风，只是扯得紧紧的帆，他觉得大概自己已经死了。他合上两只手，摸一摸手掌心。两只手没有死，只要把两只手一张一合，他还觉得活活地痛哩。他把脊背靠在船艄上，才知道自己没有死。这是他的肩膀告诉他的。

他想：我许过愿，要是我捉到了这条鱼，我一定把所有的那些祷告都说一遍。但是我现在累得说不出了。倒不如把麻袋拿过来盖在我的肩膀上。

他躺在船梢，一面掌舵，一面留意天边红光的出现。他想：我还有半条鱼。也许我有运气把前面半条鱼带回去。我应该有点儿运气的。可是没有呀，他说。你走得太远，把运气给败坏啦。

“别胡说八道啦，”他又嚷起来，“醒着，掌好舵。也许你的运气还不小呢。”

“我倒想买点儿运气，要是有地方买的说。”他说。

我拿什么去买运气呢？他自己问自己。我买运气，能够用一把丢掉的鱼叉，一把折断的刀子，一双受了伤的手去买吗？

“可以的，”他说，“你曾经想用海上的八十四天去买它。它们也几乎把它卖给了你。”

他想：别再胡思乱吧。运气是各式各样的，谁认得出呢？可是不管什么样的运气我都要点儿，要什么报酬我给什么。他想：我希望我能见到灯光。我想要的事儿太多，但灯光正是我现在想要的。他想靠得舒服些，好好地去掌舵；因为觉得疼痛，他知道他并没有死。

大约在夜里十点钟的时候，他看见了城里的灯火映在天上的红光。最初只是辨认得出，如同月亮初升以前天上的光亮。然后，当渐渐猛烈的海风掀得波涛汹涌的时候，才能从海上把灯光看得清楚。他已经驶进红光里面，他想，现在他马上就要撞到海流的边上了。

他想：现在一切都过去了。不过，也许它们还要向我扑来吧。可是，在黑夜里，没有一件武器，一个人怎么去对付它们呢？

他现在身体又痛又发僵，他的伤口和身上一切用力过度的部分都由于夜里的寒冷而痛得厉害。他想：我希望我不必再去跟它们斗啦。我多么希望我不必再跟它们斗啦。我多么希望我不必跟它们斗呀。

可是到了半夜的时候，他又跟它们斗起来，这一回他知道斗也不会赢了。它们是成群结队来的，他只看到它们的鳍在水里划出的纹路，看到它们扑到死鱼身上去时所放出的磷光。他用棍棒朝它们的头上打去，听到上下颚裂开和它们钻到船下面去咬鱼时把船晃动的声音。凡是他能够感觉到的，听见的，他就不顾一切地用棍棒劈去。他觉得有什么东西抓住了他的那根棍，随着棍就丢掉了。

他把舵从舵上拽掉，用它去打，去砍，两只手抱住它，一次又一次地劈下去，但是它们已经窜到船头跟前去咬那条死鱼，一忽儿一个接着一个地扑上来的时候，它们把水面下发亮的鱼肉一块一块地撕去了。

最后，一条鲨鱼朝死鱼的头上扑来，他知道一切都完了。于是他用舵把对准鲨鱼的头打去，鲨鱼的两颚正卡在又粗又重的死鱼头上，不能把它咬碎。他又迎面劈去，一次，两次，又一次。他听到舵把折断的声音，再用那裂开了的桨把往鲨鱼身上戳去。他觉得桨把已经戳进去，他知道把子很尖，因此他再把它往里面戳。鲨鱼放开鱼头就翻滚着沉下去。那是来到的一大群里最后的一条鲨鱼。它们再也没有什么东西可吃了。

老头儿现在简直喘不过气来，同时他觉得嘴里有一股奇怪的味道。这种味道带铜味，又甜。他担心了一会儿。不过那种味道并不多。

他往海里啐了一口唾沫，说："吃吧，星鲨。做你们的梦去，梦见你们弄死了一个人吧。"

他知道他终于给打败了，而且一点补救的办法也没有，于是他走回船梢，发现舵把的断成有缺口的一头还可以安在舵的榫头上，让他凑合着掌舵。他又把麻袋围在肩膀上，然后按照原来的路线把船驶回去。现在他在轻松地驶着船了，他的脑子里不再去想什么，也没有感觉到什么。什么事都已过去，现在只要把船尽可能好好地、灵巧地开往他自己的港口去。夜里，鲨鱼又来咬死鱼的残骸，像一个人从饭桌子上捡面包屑似的。老头儿睬也不睬它们，除了掌舵，什么事儿都不睬。他只注意屋他的船走得多么轻快，多么顺当，没有其重无比的东西在旁边拖累它了

船还是好好的，他想。完完整整，没有半点儿损伤，只除了那个舵把。那是容易配上的。

他感觉到他已经驶进海流里面，看得出海滨居住区的灯光。他知道他现在走到什么地方，到家不算一回事儿。

风总算是我们的朋友，他想。然后他又加上一句：不过也只是有时候。还有大海，那儿有我们的朋友，也有我们的敌人。床呢，他又想。床是我的朋友。正是床啊，他想床真要变成一件了不起的东西。一旦给打败，事情也就容易办了，他想。我决不知道原来有这么容易。可是，是什么把你打败的呢？他又想。

"什么也不是，"他提嗓子说，"是我走得太远啦。"

当他驶进小港的时候，海滨酒店的灯火已经熄灭，他知道人们都已上床睡去。海风越刮越大，现在更是猖狂了。然而港口是静悄悄的。于是他把船向岩石下面的一小块沙滩跟前划去。没有人来帮助他，他只好一个人尽力把船划到岸边。然后他从船里走出，把船系在岩石旁边。

他放下桅杆，卷起了帆，把它捆上，然后把桅杆在肩上，顺着堤坡往岸上走去。这时他才知道他已经疲乏到什么程度。他在半坡上歇了一会儿，回头望了一望，借着水面映出的街灯的反光，看见那条死鱼的大尾巴挺立在船艄后面。他看见鱼脊骨的赤条条的白线，黑压压一团的头，伸得很长的吻和身上一切光溜溜的部分。

他再往上爬去，一到堤顶上他就跌倒，把桅杆横在肩上躺了一会儿。他试一试想站起来，可是非常困难，于是他就扛着桅杆坐在那儿，一面望着路上。一只猫从远处跑过去，不知在那儿干什么。老头儿直望着它，过一会儿他才转过来专望着大路。

最后，他放下了桅杆站起来，再把桅杆提起，放在肩上，然后走他的路。在他走到他的茅棚以前，他不得不坐在地上歇了五次。

走进茅棚以后，他把桅杆靠在墙上。他摸黑找到了一个水瓶，喝了一口水就躺到床上去。他把毯子盖到肩上，又裹住脊背和两腿，就脸朝下躺在报纸上，手心朝

上，两只胳膊伸得挺直的。

（选自《外国作品与史料选》下，吴笛主编，浙江大学出版社 2012 年版）

【走近作者】

欧内斯特·海明威（1899 ～ 1961），美国著名作家，出生于伊利诺伊州芝加哥郊区的一个医生家庭。海明威的一生经历丰富多彩，甚至带有某种传奇性。他经历了两次世界大战的考验，第一次世界大战中参加红十字会车队，在意大利前线受伤，仅左腿就取出弹片 237 块。1937 年，他以记者身份奔赴西班牙内战前线。第二次世界大战中，他参加了解放巴黎的战斗，先于法国将军勒克莱尔的部队进入凯旋门；他还驾驶自己游艇改造的军舰侦察德军潜艇行动。此外，他还在北非丛林中围猎，在远海地带捕鱼。1961 年，海明威因为健康迅速恶化，在各种疾病的折磨下身心交瘁精神抑郁而饮弹自杀。海明威的主要作品有长篇小说《太阳照常升起》《永别了，武器》《丧钟为谁而鸣》，短篇小说集《在我们的时代里》《没有文化的男人》，以及剧本《第五纵队》，中篇小说《老人与海》等。海明威的创作风格一方面继承了马克·吐温等人的现实主义传统，另一方面受其记者生涯的影响，形成了自己独特的风格。1954 海明威被授予诺贝尔文学奖。

阅读门径

小说是根据一位古巴渔夫的真实经历创作的：桑提亚哥已经 84 天一无所获了。在前 40 天，有个很佩服他的男孩曼诺夫和他一起出海，但他父母认为老头倒了霉，让他跟别的渔夫去打鱼了。晚上，老头昏昏睡去，他又梦见了儿时见过的非洲、海滩、大山和狮子。第二天清晨，他带着曼诺夫给他的鱼食和祝福又出海了，他划向远远的大海，在天亮之前撒下鱼食。中午他钓到一条巨大的鱼，他怀着对这条大鱼的敬意与之搏斗了两天两夜，第三天，他射死了鱼。然而在归途中，鱼血招来了一群一群的鲨鱼，他用尽了船上的所有工具保护大鱼，却不能阻止，鱼只剩下了骨架。半夜他驶回了小港，早晨，渔夫们围过来，曼诺夫哭了，他给老人送来了热咖啡，要跟他一起出海。茅棚里老人睡着了，他又梦见了狮子。

小说以写实的手法记录了老人捕鱼的全过程，描写了桑提亚哥面对失败仍顽强拼搏、绝不屈服的意志，塑造了一个在重压下仍然保持优雅风度、在精神上永远不可战胜的老人形象。

《老人与海》写的是人与大自然搏斗的故事，寓意是海明威小说人与外界势力斗争失败的一贯主题，他指出人类要勇敢地面对失败，做精神上的胜利者。一个人不是生来就要被打败的，你尽可能把他消灭掉，可就是打不败他。

小说成功地刻画了主人公桑提亚哥的形象。他是海明威20世纪二三十年代创造的“硬汉”性格的继续与发展。小说体现了海明威成熟的艺术风格，表现在孤独的主人公形象塑造，人物的大量内心独白，深藏情感的形象、景物等。另外，在现实主义基础上，作者恰当地运用了意识流手法，如联想、独白、梦境等，更全面深刻地揭示了“硬汉”性格的内涵。以写实而达到了象征寓意是《老人与海》的主要艺术特色。

整篇文章，其实就是人和自然的决斗，是人战胜自我、征服自我、超越极限的争斗。老人其实是人类的化身。海是人类征服的一切。人类的不完美让人类追求，人类的追求成就着人类的完美。人性的光辉体现在这部巨著中诠释了人活着应有的品格，人活着为了什么。那就是：人应该是乐观的，不屈服地对待一切；人应该是有耐性的，一切的诸如贫穷、饥饿、战争都会过去，面对困难永不言败；人应该是多情的，情感生爱，对对手的赞美和爱能增强征服困难的乐趣和勇气；人应该是勇敢的，无畏无惧，不屈从于困境，困境就会退却。人生的道路漫长、艰难，而且充满坎坷，但只要自己勇敢顽强地以一颗自信的心去迎接挑战，将永远是一个真正的胜利者！

能力提升

1. 荷马史诗中神与人的关系与东方文化中的人神关系有什么不同？
2. 结合作品情节，理解简·爱的人生追求。
3. 分析内心独白在桑提亚哥人物形象塑造中的作用。

比较阅读

请参考阅读以下书目：

1. 雨果：《悲惨世界》《巴黎圣母院》。
2. 司汤达：《红与黑》。
3. 列夫·托尔斯泰：《战争与和平》《安娜·卡列尼娜》《复活》。

第四章　戏剧欣赏

欣赏点睛

一、戏剧与戏剧文学

戏剧与戏剧文学是紧密联系而又有区别的两个概念。两者的关系就好比建筑物与建筑蓝图的关系。戏剧是运用文学、音乐、美术、舞蹈等艺术要素，来塑造人物形象，反映社会生活的综合艺术。戏剧文学即剧本，乃一剧之本，是戏剧的文学因素。因此，要了解戏剧文学，必须首先要认识和把握有关戏剧的知识。

对于戏剧艺术的分类，古今中外有不同的理解。根据不同的角度和标准，有不同的分类。从题材范围来分类，戏剧可分为现代剧、历史剧、神话剧等。从戏剧的结构形态分类，戏剧可分为独幕剧、多幕剧等。从戏剧的演出条件分类，戏剧可分为舞台剧、街头剧、广播剧等。从表演手段来分类，戏剧可分为话剧、歌舞剧、诗剧等。话剧是以对话和动作为主要表现手段来展开剧情的戏剧。在西方，戏剧即是话剧。歌舞剧是综合音乐、诗歌、舞蹈等艺术，以歌唱、舞蹈为主要表现手段的戏剧。它主要通过唱词、舞蹈动作、音乐曲调的设计来表现剧情。因此，要求歌唱、舞蹈和音乐要达到高度的和谐统一。中国的传统戏剧，又称作戏曲，便属于歌舞剧。诗剧是用诗体对话写成的戏剧。西方 19 世纪前多用此形式，但有的诗剧并不适合剧场演出，只供阅读使用。

从戏剧冲突的性质分类，戏剧可分为悲剧、喜剧、正剧。悲剧是指描写正面人物或英雄人物在为某种进步的理想正义的事业、合理的要求进行不屈的斗争中，付出了重大的代价，遭受苦难或死亡的戏剧。鲁迅曾说过：“悲剧是将人生的有价值的东西毁灭给人看。”悲剧的魅力就在于通过主人公的意外或不幸，唤起人们的同情、怜悯，促使人们严肃地正视生活，认识历史进程的曲折性，从而激发人们更强烈的对丑恶的憎恶，以及为正义而斗争的热情。悲剧又可分为命运悲剧，如《俄狄浦斯王》；性格悲剧，如《哈姆雷特》；社会悲剧，如《玩偶之家》。喜剧是指用强烈的夸张手法或轻松的表现形式，把主人公的错误行为、恶劣品质或高尚品质随戏剧冲突的展开而展现出来，引人发笑的戏剧。根据不同的内容，喜剧又可分为讽刺戏剧，如《伪君子》；幽默喜剧，如《一坛黄金》；颂扬喜剧，如《一只马蜂》。正剧是悲剧因素与喜剧因素交织在一起的戏剧。正剧可以让悲喜两种感情因素相互转化，这与人们的现实生活更加接近，因此它是最普通、最常见的一种戏剧。

二、戏剧文学的特点

戏剧文学作为一种独立的文学样式，可供读者阅读欣赏，但它更重要的是作为戏剧演出的底本。既然戏剧文学是为戏剧演出而创作的，那么戏剧的特点便决定和制约了戏剧文学的特点，与诗歌、散文和小说相比，戏剧文学除了具有文学的共性外，又有自己的一些特点。

（一）戏剧情景高度集中

戏剧情景是戏剧的情势与境况，即戏剧冲突发生的时间和空间。戏剧作为一门舞台艺术，舞台的时间、空间对戏剧都有制约作用。对于一般的文学作品，要求有时间、空间、人物、事件等要素。戏剧文学为了能够符合戏剧演出的需要，更是要求把时间、空间、人物、事件等要素都要高度集中、压缩。一般的戏剧演出是在一个固定的舞台上，在一定的时间内完成，这就要求戏剧文学作品描写的事件时间跨度不能太大、场景不能变化过于频繁、人物不能太多、情节不能过于复杂。也就是说，戏剧文学作品中特定的人物应在高度集中的戏剧情景中发生特定的事件。例如曹禺的《雷雨》，这部作品描写的是带有封建性的资产阶级家庭的生活，周朴园作为封建家长和资本家是所有悲剧的源头。是他三十年前抛弃了侍萍，是他又逼疯了繁漪，更是他造成了繁漪与周萍、周萍与四凤、四凤与周冲之间的尴尬可悲的关系。作品牵扯到了两个家庭八个人物三十多年的恩怨情愁，但作者却巧妙地将前后三十年的旧中国家庭和社会的许多矛盾冲突集中在“一个初夏的上午”到“当夜两点钟的光景”的一天的时间之内，地点基本上是在周家的客厅中，几个人物轮流登场，展示了一幕人生大悲剧。

（二）戏剧冲突强烈紧张

戏剧冲突是戏剧人物、事件、情节的尖锐矛盾。它是戏剧表现社会生活的基本手段，是戏剧艺术的生命，也有人说没有冲突就没有戏剧。因此，创作戏剧文学作品就必须重视戏剧冲突的设置。作家要将生活中的矛盾进行选择提炼，并概括出能表现人物性格特点、推动事件发展的高度典型化的矛盾冲突。例如。莎士比亚的《威尼斯商人》，安东尼奥与夏洛克的冲突是主要的戏剧冲突。安东尼奥为帮朋友向高利贷者夏洛克借债，夏洛克提出以割安东尼奥一磅肉作为不还债的代价。后来安东尼奥因货船失事，不能按期还债，夏洛克便上诉法院，要求照约割肉。此时，两人的较量中，夏洛克无疑占上风，安东尼奥危在旦夕。但鲍西娅的出现使得情况发生戏剧性的转变，她对夏洛克先扬后抑，抓住契约上的不严密之处，要求割肉是要分毫不差、不能流血。结果，夏洛克败诉，使剧情急剧转变。戏剧情节环环相扣、悬念迭出，不仅反映了仁慈和残酷、友谊和仇恨以及欢乐和灾祸之间的强烈对照，而且也展现出不同人物的个性特点。

（三）戏剧结构严密完整

戏剧结构又称布局，即章法情节的安排。戏剧理论家顾仲彝说：“要使场面与场面之间、情节与情节之间有密切的因果关系，有严谨的逻辑关系，有循序渐进的程序关系，有如流水行云畅通无阻的连贯关系，不能跳跃突变，不能停滞不前，要承上接下，血脉贯通，合情合理，无懈可击。”一部戏剧作品只有安排了严密完整的戏剧结构，才能准确而条理地体现出它的主题思想、戏剧冲突、人物关系等。戏剧结构可以进行拆分：横向分析，可设计成几幕几场；纵向分析，可设计成一条或多条线索。

（四）戏剧语言精雕细琢

高尔基说过：“剧本（悲剧和喜剧）是最难运用的一种文学样式。其所以难，是因为剧本要求每个剧中人物用自己的语言和行动来表现自己的特征，而不是作者提示。”的确，在其他文学作品中可以随意大量地运用叙述性的语言写人叙事、状物抒情。而戏剧文学中要以人物语言为主，叙述语言越少越好。因为人物语言担负着非常重要的职能，所以对戏剧语言的要求格外严格，要精雕细琢、富有表现力。戏剧对人物语言的特殊要求具体有以下几点：首先，人物语言要有动作性，也就是通过人物语言既能够表现人物的神情举止等外部动作，又能够展示人物的心理活动等内部动作。其次，人物语言要有个性化，即人物的语言要符合人物的年龄、身份、性格特点等，做到语如其人。再次，人物语言要有潜台词，就是言外之意。

三、戏剧文学的欣赏技巧

（一）把握戏剧冲突，体会戏剧冲突的社会意义

欣赏戏剧文学作品，首先要了解戏剧所展示的戏剧冲突，冲突是怎样造成的，冲突的性质是什么，进而弄清冲突发展的过程，从而完整地把握剧本的情节。戏剧冲突，主要包括人与环境之间的冲突、人与社会的冲突以及人物内心的冲突。有些作品表现人同社会环境的冲突时，往往把环境“人化”。在荒诞派剧作中，有时又把社会环境“物化”。尤其应注意人物个体心灵自身的冲突，它是社会冲突在人物内心深处的激烈反映，是一种由内而外的更深层次的冲突，往往能给人以更加强大的震撼力。如美国米勒的话剧《推销员之死》，推销员威利所有的希望都成泡影，走投无路只能靠自杀为妻儿换取一笔保险金，通过自杀前一天的回忆，将他的苦闷、挣扎和绝望展现在世人面前，引发人们对社会生活的反思。

（二）掌握戏剧结构，了解戏剧结构的层次美

欣赏戏剧文学作品，要掌握戏剧文学的结构特点，只有这样才能更好地理解戏剧文学的特征。戏剧文学的内部结构关系尽管较复杂，但可以一层层或一个个阶段地逐步进行分析。一部剧目中分若干幕，一幕中又分若干场，一场中又分若干片断。幕与幕、场与场、片断与片断之间的情节是紧密联系的，人物的语言、动作必须前后连贯。一部戏是由开端、发展、高潮和结局四部分组成，一幕、一场甚至是一个片断也可以由这四部分组成。每一个层次上都有中心事件，这样层次与层次之间、下层与上层之间情节就会

一环扣一环，实现了戏剧情景的高度集中。以关汉卿的名剧《窦娥冤》为例：开头（楔子）为窦天章进京赶考，卖女儿窦娥至蔡婆婆家做儿媳；发展（第一、二折）为窦娥蒙冤；高潮（第三折）为窦娥被屈斩；结尾（第四折）为窦天章为窦娥雪冤。而《窦娥冤》全剧的开头（楔子）部分又包括：开头为蔡婆婆等候窦天章送女来抵债；发展为窦天章卖女；高潮为父女离别（此折唯一的一段唱腔安排在此）；尾声为窦娥撇在了蔡家。

除了横向的分幕、场外，戏剧结构要做到衔接紧凑，还应注意纵向的戏剧线索。戏剧线索可以是一条，即有一个核心事件将整个剧情串联，如《桃花扇》中，桃花扇不仅仅是一个道具，而且是联系全剧剧情发展、主题表现的纽带。戏剧线索也可以有多条，主副线、明暗线或平行线。如高明的《琵琶记》中两条线索交错发展、互相对照。一条线是蔡伯喈在京城功成名就的豪华生活，一条线是赵五娘在家中艰难维系的凄苦场景。两条线索两个不同的地点、两种不同的生活，突出了戏剧冲突，也加深了悲剧气氛。

常见的戏剧结构有以下几种类型：开放式，故事按照发生的时空顺序，循序渐进地进行演出。中国的传统戏剧大多数属于开放式的结构。锁闭式，又称回溯式，从最有戏的地方，即戏剧危机爆发之际拉开大幕，然后再通过倒叙追述事件的前因后果。如易卜生的话剧《玩偶之家》。人物展览式，又称横断面式，这类剧作往往没有自始至终贯穿到底的戏剧事件，没有一条呈线性状态的戏剧冲突，而人物形象的刻画占据着更显著的地位，它是通过人物群像的描绘来展示出社会的状况和本质，如老舍的《茶馆》等。

（三）品味戏剧语言，感受戏剧语言的艺术美

戏剧语言包括人物语言和舞台说明。舞台说明是一种叙述性的语言，用来说明人物的动作、心理、布景、环境等，对于展示人物的性格和戏剧的情节能起到一定的辅助作用。人物语言也叫台词，包括对白、独白、旁白等。剧作家通过人物语言来展开戏剧冲突，塑造人物形象，揭示戏剧主题，表达自己对生活的认识。具体在鉴赏戏剧语言时，要学着品味台词的精练美、含蓄美。

台词的精练美表现在台词表达的内容既有丰富性又有深刻性。文学作品历来遵循“意则期多，字惟求少”原则。精练的语言往往能够以一当十、以少胜多，如曹禺的历史剧《胆剑篇》中苦成老人有一句“一时强弱在于力，千古胜负在于理”，一句话就揭示了强弱胜负的真理，用简约的文字表达出耐人寻味的内容。老舍曾说过：“戏剧语言还要富于哲理。含有哲理的语言，往往是作者的思想通过人物的口说出来的。当然，不能每句都如此。但在一幕戏中有那么三五句，这幕戏就会有光彩。若不然，人物尽说些平平常常的话，听众便昏昏欲睡。”的确如此，因此在欣赏戏剧文学作品时，要特别留心那些富有哲理意味的语言，仔细揣摩其中蕴含的意义。

台词的含蓄美表现在“寄不尽之意于言表之外”，给人留下回味、思考的余地。它与台词的精练美有联系，又有区别，马威曾说过：“凡是含蓄的语言总是精练的，但精练的语言未必都是含蓄的。”戏剧语言中的潜台词是最能体现含蓄美的。只有含蓄的语言，

才能够藏言外之意、寓不尽之意，才能给导演演员的再创造提供广阔的艺术发挥天地，也才能给读者留下足够丰富的想象空间。比如《雷雨》中，鲁侍萍听周朴园“沉吟”“无锡是个好地方”的时候，鲁侍萍顺着周的话语说“哦，好地方”。优秀的潜台词可以透露人物的心理活动，既有助于展现人物性格特点，又能推动戏剧冲突的发展。此外，戏剧语言中运用的双关、反语、象征等修辞手法也应仔细思考体会。

第一节　中国古代戏剧

文本综要

中国的戏剧成熟较晚，当诗歌已具备各种样式，当散文已有多次变化，小说也已呈现出发展的趋势时，中国的戏剧才逐渐形成完整的形态，直到12世纪左右才在文坛占据一定的地位。

中国戏剧源远流长，上溯历朝历代都有各种相对独立的戏剧形式。上古至五代出现的各种含有戏剧因素的艺术形式是中国戏剧的萌芽。原始歌舞、祭祀仪式以及优人表演中已包含了歌唱、表演等戏剧因素。汉代兴起的“角觝戏”是中国戏剧的雏形。“角觝戏”是在歌舞中揉进了打斗的成分，进而由演员有意识地表演一些情节简单的故事。如《东海黄公》表演的是东海姓黄的老人与老虎搏斗的故事。南北朝时出现“踏摇娘”，戏剧中的歌、舞、科、白等主要成分都已具备。进入唐代，随着诗文、小说等文学形式的发展，在戏剧方面则以“参军戏”为代表。“参军戏”是一种演出滑稽调笑并带有讽喻意义的戏剧，一般两个角色，一名参军和一名仓鹘，即兴表演讽刺滑稽，类似于现代的相声。这些都体现了表演艺术的逐步成熟，从简单到复杂，从低级到高级，不断丰富，为中国戏剧的形成准备了良好的条件。

宋代是中国戏剧形成的重要时期。宋代很多的艺术体裁已相当接近戏剧，例如将多个词牌重复唱出故事、只歌不舞的鼓子词，集众多曲调所组成的叙事曲诸宫调等，而有声乐的傀儡戏和皮影戏在当时已相当普及。在此基础上，吸收融合历代歌舞艺术和民间说话、讲唱、影戏、杂扮等技艺的成就，对滑稽故事表演和歌舞戏兼收并蓄，产生了宋杂剧。宋杂剧是各种滑稽表演、歌舞、杂戏的通称，与后来的元杂剧在体制上有区别，它分艳段、正杂剧、杂扮三部分演出。艳段类似话本的“入话”；正杂剧共有两段，演出完整的故事；杂扮则多为调笑性质的段子。演员也由参军戏的两个角色扩充到四人或五人为一场。孟元老《东京梦华录》记载中元节演出《目连救母》杂剧的情况时说：“构肆乐人，自过七夕，便搬《目连救母》杂剧，直至十五日止，观者增倍。”由此可以推知杂剧盛行的状况。宋杂剧在剧本体制和角色行当方面，为元杂剧的形成打下了基础。

进入南宋，宋杂剧出现了南北分流的局面。在南方的温州一带出现了南戏，又叫温州杂剧，用南曲歌唱。南戏的故事完整，结构复杂，角色行当也较为完备。但南戏剧本保存下来的很少，现存最早的是南宋末年的《张协状元》。在北方，出现了金院本，体裁与宋杂剧相同。此外，宋金时期兴起的诸宫调，是当时相当流行的一种讲唱艺术形式，它的体制宏大，曲调丰富，在音乐曲调方面为元杂剧的形成做好了准备。其代表作品是董解元《西厢记诸宫调》，对王实甫《西厢记》的创作产生了直接的影响。

到了元代，元曲成为与唐诗、宋词并称的时代主流文学。元曲包括两部分，杂剧和散曲。散曲属诗词范畴，杂剧属戏剧范畴。元杂剧是在宋杂剧、金院本的基础上，吸收诸宫调及北方民间歌谣、舞蹈而形成的综合性的戏剧艺术。元杂剧是中国传统戏剧艺术发展到成熟阶段的标志。元杂剧摆脱了诗词的框框，它让文学不单只是文人雅士的玩意，而把人民的生活活生生地彰示出来。它的组织形式有一定的惯例，在结构上一般是“四折一楔子”，只有个别的是一本五折、六折。在音乐曲调方面，采用的是北曲联套的形式。

在元代近百年的时间里，杂剧创作风靡全国，作家云起，佳作辈出。著名的剧作家有被誉为“元曲四大家”的关汉卿、郑光祖、白朴、马致远等。关汉卿是元杂剧作家最优秀的代表，居“元曲四大家”之首，成为中国戏剧的奠基人。他的《窦娥冤》是中国乃至世界戏剧史上的一部杰出的悲剧，描写了一个善良无辜的童养媳窦娥的悲惨遭遇，以高利贷剥削为导线，恶霸横行、官吏贪污、狱刑黑暗为爆发剂，构成了一桩千古奇冤。马致远的《汉宫秋》，借助昭君和亲的历史题材，来暗寓民族压迫和亡国之痛。白朴的《墙头马上》则成功地塑造了一位敢于反抗封建礼教的女性形象——李千金。郑光祖的《倩女离魂》以巧妙的构思、离奇的情节，描述了张倩女、王文举充满浓厚浪漫色彩的爱情故事。元杂剧中被称为“天下夺魁”的是王实甫的《西厢记》，它代表了元代戏剧的最高成就，以“愿普天下有情的都成了眷属”的鲜明的反封建主题、塑造出的个性鲜明的艺术形象，以及诗剧般浓郁的抒情语言，给人以强烈的艺术感染，展现出强大的艺术魅力。此外，如康进之的《李逵负荆》、石君宝的《秋胡戏妻》、李好古的《张生煮海》，以及无名氏的《陈州粜米》《货郎旦》等也是元杂剧中的优秀作品。

元代后期杂剧趋向衰微，南戏这种产生于宋代的戏剧形式重新兴盛起来。与杂剧相比，南戏在形式上更加自由，更容易表现现实生活，曲调婉转柔媚。南戏的代表作品有被称作“荆、刘、拜、杀”的四大传奇，即《荆钗记》《白兔记》《拜月亭》和《杀狗记》。高明的《琵琶记》被称作“南戏之祖”，它以赵五娘和蔡伯喈不同遭遇的两条线索交叉进行，并从多角度展示了人物个性和内心世界，逐步摆脱了戏剧形象单线描绘的局限。元末南戏的繁荣为明清传奇奠定了基础。

明代商业经济发展，封建禁令松弛，使戏剧艺术创作走向新的繁荣，传奇便是这个时期戏剧的标志。传奇的前身是宋元时代的南戏，它把文字质朴、形式比较灵活的南戏，发展成为优美完整的长篇巨制。尤其是明代中叶以后传奇更是佳作迭出、竞放异彩。有

“东方的莎士比亚”之称的汤显祖是明代最杰出的传奇作家，代表作品“临川四梦”。“四梦”中的《牡丹亭》是汤显祖讴歌真情的得意之作，描写了柳梦梅和杜丽娘“由生而死，由死反生”生生死死情意不绝的感人爱情故事，构成绮丽奇幻的格局，充满浪漫主义气息。梁辰鱼的《浣纱记》、王世贞的《鸣凤记》和李开先的《宝剑记》是明代的三大传奇。此外，明代出现的临川派、吴江派、昆山派等戏剧流派之间的争鸣，也极大地促进了戏剧的进一步发展。

清代传奇创作继续发展，以李玉为代表的“苏州派”更多地采用现实主义的方法，同时注重舞台效果，取得了较高的成就。《清忠谱》是李玉的代表作品，第一次将群众斗争场面搬上了戏剧舞台。清代传奇中成就最高的是被誉为“南洪北孔”的洪昇和孔尚任，他们的代表作《长生殿》和《桃花扇》被称为清代戏剧的“双璧”。这两部作品，都是借离合之情，写兴亡之感，把爱情与政治结合起来，使爱情剧达到了新的高度。清代中叶，传奇由盛转衰，过去占统治地位的昆腔逐渐被弋阳腔、秦腔、梆子腔等地方戏所取代，出现了所谓的“花雅之争”。在这场“花雅之争”的过程中，各种声腔剧种得到交流，随着徽调和汉调的融合，以及昆、弋诸腔艺术养料的广泛吸收，形成了一个新的大型剧种——北京皮黄戏，它是京剧的前身。

1 西厢记·拷红

王实甫

【欣赏任务】

1. 了解《西厢记》的故事情节。
2. 理清《西厢记·拷红》中的情节结构。
3. 把握作品中红娘的人物形象特点。

【经典篇目】

【夫人引俫上云】这几日窃见莺莺语言恍惚，神思加倍，腰肢体态，比向日不同；莫不做下来了么？【俫云】前日晚夕，奶奶睡了，我见姐姐和红娘烧香，半晌不回来，我家去睡了。【夫人云】这桩事都在红娘身上，唤红娘来！【俫唤红科】【红云】哥哥唤我怎么？【俫云】奶奶知道你和姐姐去花园里去，如今要打你哩。【红云】呀！小姐，你带累我也！小哥哥，你先去，我便来也。【红唤旦科】姐姐，事发了也，老夫人唤我哩，却怎了？【旦云】好姐姐，遮盖咱！【红云】娘呵，你做的隐秀者，我道你做下来也。【旦念】月圆便有阴云蔽，花发须教急雨催。【红唱】

【越调】【斗鹌鹑】则着你夜去明来，倒有个天长地久；不争你握雨携云，常使我提心在口。你则合带月披星，谁着你停眠整宿？老夫人心数多，情性㑇；使不着我巧语花言，将没做有。

【紫花儿序】老夫人猜那穷酸做了新婿，小姐做了娇妻，这小贱人做了牵头。俺小姐这些时春山低翠，秋水凝眸，别样的都休，试把你裙带儿拴，纽门儿扣，比着你旧时肥瘦，出落得精神，别样的风流。

【旦云】红娘，你到那里小心回话者！【红云】我到夫人处，必问："这小贱人，【金蕉叶】我着你但去处行监坐守，谁着你迤逗的胡行乱走？"若问着此一节呵如何诉休？你便索与他个"知情"的犯由。姐姐，你受责理当，我图甚么来？

【调笑令】你绣帏里效绸缪，倒凤颠鸾百事有。我在窗儿外几曾轻咳嗽，立苍苔将绣鞋儿冰透。今日个嫩皮肤倒将粗棍抽，姐姐呵，俺这通殷勤的着甚来由？

姐姐在这里等着，我过去。说过呵，休欢喜，说不过，休烦恼。【红见夫人科】【夫人云】小贱人，为甚么不跪下！你知罪么？【红跪云】红娘不知罪。【夫人云】你故自口强哩。若实说呵，饶你；若不实说呵，我直打死你这个贱人！谁着你和小姐花园里去来？【红云】不曾去，谁见来？【夫人云】欢郎见你去来，尚故自推哩。【打科】【红云】夫人休闪了手，且息怒停嗔，听红娘说。

【鬼三台】夜坐时停了针绣，共姐姐闲穷究，说张生哥哥病久。咱两个背着夫人，向书房问候。【夫人云】问候呵，他说甚么？【红云】他说来，道："老夫人事已休，将恩变为仇，着小生半途喜变做忧。"他道："红娘你且先行，教小姐权时落后。"

【夫人云】他是个女孩儿家，着他落后怎么！【红唱】

【秃厮儿】我则道神针法灸，谁承望燕侣莺俦。他两个经今月余则是一处宿，何须你一一问缘由？

【圣药王】他每不识忧，不识愁，一双心意两下投。夫人得好休，便好休，这其间何必苦追求？常言道"女大不中留"。

【夫人云】这端事都是你个贱人。【红云】非是张生小姐红娘之罪，乃夫人之过也。【夫人云】这贱人倒指下我来，怎么是我之过？【红云】信者人之根本，"人而无信，不知其可也。大车无䡔，小车无軏，其何以行之哉？"当日军围普救，夫人所许退军者，以女妻之。张生非慕小姐颜色，岂肯区区建退军之策？兵退身安，夫人悔却前言，岂得不为失信乎？既然不肯成就其事，只合酬之以金帛，令张生舍此而去。却不当留请张生于书院，使怨女旷夫，各相早晚窥视，所以夫人有此一端。目下老夫人若不息其事，一来辱没相国家谱；二来张生日后名重天下，施恩于人，忍令反受其辱哉？使至官司，老夫人亦得治家不严之罪。官司若推其详，亦知老夫人背义而忘恩，岂得为贤哉？红娘不敢自专，乞望夫人台鉴：莫若恕其小过，成就大事，㓦之以去其污，岂不为长便乎？

【麻郎儿】秀才是文章魁首，姐姐是仕女班头；一个通彻三教九流，一个晓尽描鸾刺绣。

【幺篇】世有、便休、罢手，大恩人怎做敌头？起白马将军故友，斩飞虎叛贼草寇。

【络丝娘】不争和张解元参辰卯酉，便是与崔相国出乖弄丑。到底干连着自己骨肉，夫人索穷究。

【夫人云】这小贱人也道得是。我不合养了这个不肖之女。待经官呵，玷辱家门。罢罢！俺家无犯法之男，再婚之女，与了这厮罢。红娘唤那贱人来！【红见旦云】且喜姐姐，那棍子则是滴溜溜在我身上，吃我直说过了。我也怕不得许多，夫人如今唤你来，待成合亲事。【旦云】羞人答答的，怎么见夫人？【红云】娘根前有甚么羞？

【小桃红】当日个月明才上柳梢头，却早人约黄昏后。羞得我脑背后将牙儿衬着衫儿袖。猛凝眸，看时节则见鞋底尖儿瘦。一个恣情的不休，一个哑声儿厮耨。呸！那其间可怎生不害半星儿羞？

【旦见夫人科】【夫人云】莺莺，我怎生抬举你来，今日做这等的勾当；则是我的孽障，待怨谁的是！我待经官来，辱没了你父亲，这等不是俺相国人家的勾当。罢罢罢！谁似俺养女的不长进！红娘，书房里唤将那禽兽来！【红唤末科】【末云】小娘子唤小生做甚么？【红云】你的事发了也，如今夫人唤你来，将小姐配与你哩。小姐先招了也，你过去。【末云】小生惶恐，如何见老夫人？当初在谁在老夫人行说来？【红云】休佯小心，过去便了。

【幺篇】既然漏怎干休？是我相投首。俺家里陪酒陪茶倒搁就。你休愁，何须约定通媒媾？我弃了部署不收，你原来“苗而不秀”。呸！你是个银样镴枪头。

【末见夫人科】【夫人云】好秀才呵，岂不闻“非先王之德行不敢行”。我待送你去官司里去来，恐辱没俺家谱。我如今将莺莺与你为妻，则是俺三辈儿不招白衣女婿，你明日便上朝取应去。我与你养着媳妇，得官呵，来见我；驳落呵，休来见我。【红云】张生早则喜也。

【东原乐】相思事，一笔勾，早则展放从前眉儿皱，美爱幽欢恰动头。既能够，张生，你觑兀的般可喜娘庞儿也要人消受。

【夫人云】明日收拾行装，安排果酒，请长老一同送张生到十里长亭去。【旦念】寄语西河堤畔柳，安排青眼送行人。【同夫人下】【红唱】

【收尾】来时节画堂箫鼓鸣春昼，列着一对儿鸾交凤友。那其间才受你说媒红，方吃你谢亲酒。【并下】

（选自《中国古典文学史》下，吴守琳编著，社会科学文献出版社 2014 年版）

【走近作者】

王实甫（约 1260 ～ 1336），名德信，字实甫。大都（今北京）人，元代著名杂剧作家。所做杂剧 14 种，现仅存《崔莺莺待月西厢记》《四丞相高会丽春堂》《吕蒙正风雪破窑记》

三种，生平事迹不详。

王实甫与关汉卿齐名，其作品继承了唐诗宋词精美的语言艺术，又吸收了元代民间生动活泼的口头语言，并将它们完美地融合在一起，创造了文采璀璨的元曲词汇。

阅读门径

《西厢记》全名《崔莺莺待月西厢记》，是王实甫的代表作，在明代就有“《西厢记》天下夺魁”的说法。

《西厢记》前身是《西厢记诸宫调》，故事来源于唐元稹的小说《莺莺传》（又名《会真记》）。《莺莺传》叙述了少女崔莺莺与书生张生恋爱，后被张生遗弃的悲剧故事。《西厢记诸宫调》是金代董解元的作品，后称“董西厢”。“董西厢”中改变了《莺莺传》的悲剧结尾，把男女主人公塑造成封建婚姻的反抗者，终以张生和崔莺莺双双私奔团圆作为结尾。王实甫的《西厢记》在《西厢记诸宫调》的基础上加以改写，特别是注意人物性格的描写，塑造出了一群栩栩如生、呼之欲出的人物形象，崔莺莺、张生、红娘和老夫人都是古典戏曲中杰出的典型。

《西厢记》一共五本。第一本“张君瑞闹道场”，第二本“崔莺莺夜听琴”，第三本“张君瑞害相思”，第四本“草桥店梦莺莺”，第五本“张君瑞庆团圆”。第四本写崔莺莺、张生、红娘和老夫人的第二次正面冲突，是全剧的高潮。《拷红》是第四本的第二折，主要描写了红娘为帮助莺莺和张生获得幸福的爱情而同老夫人进行的一场尖锐斗争。这一折内容简洁，剧情的发展迅速而紧张，戏一开始就造成高度的悬念。老夫人看出了莺莺同张生私下结合的破绽之后，十分震怒，把红娘叫来拷问。红娘则从容不迫，抓住老夫人理亏的要害，条分缕析地指责老夫人背义忘恩，处置不当。老夫人无可奈何，只得承认既成事实。红娘对老夫人的辩驳与说服，速战速决，红娘的话说完了，矛盾冲突便随之解决。红娘聪明伶俐，大胆泼辣、能说善辩的性格特征，鲜明地呈现在读者的眼前。汤显祖评说王实甫的红娘：“有二十分才，二十分胆。有此军师，何战不克？”

2　琵琶记·糟糠自厌

高　明

【欣赏任务】

1. 了解南戏的基本知识。
2. 掌握《琵琶记》的故事情节。

3. 理解主人公赵五娘的性格特征。

4. 分析体会《琵琶记》的语言特点。

【经典篇目】

（旦上，唱）

【山坡羊】乱荒荒不丰稔的年岁，远迢迢不回来的夫婿。急煎煎不耐烦的二亲，软怯怯不济事的孤身体。苦，衣尽典，寸丝不挂体。几番拼死了奴身已，争奈没主公婆教谁看取？〔合〕思之，虚飘飘命怎期？难捱，实丕丕灾共危。

【前腔】滴溜溜难穷尽的珠泪，乱纷纷难宽解的愁绪。骨崖崖难扶持的病身，战兢兢难捱过的时和岁。这糠，我待不吃你呵，教奴怎忍饥？我待吃你呵，教奴怎么吃？思量起来，不如奴先死，图得不知他亲死时。〔合前〕思之，虚飘飘命怎期？难捱，实丕丕灾共危。

奴家早上安排些饭与公婆吃，非不欲买些鲑菜，争奈无钱可买。不想婆婆抵死埋怨，只道奴家背地自吃了什么东西。不知奴家吃的是米膜糠粃，又不敢教他知道，只得回避。便做他埋怨杀我，我也不分说。苦！这糠粃怎的吃得下。〔吃吐介〕（唱）

【孝顺歌】呕得我肝肠痛，珠泪垂，喉咙尚兀自牢嗄住。糠那！你遭砻被舂杵，筛你簸飏你，吃尽控持。好似奴家身狼狈，千辛万苦皆经历。苦人吃着苦味，两苦相逢，可知道欲吞不去。

（外、净潜上，探觑介）（旦唱）

【前腔】糠和米，本是相依倚，被簸飏作两处飞？一贱与一贵，好似奴家与夫婿，终无见期。丈夫，你便是米呵，米在他方没寻处。奴家恰便似糠呵，怎的把糠来救得人饥馁？好似儿夫出去，怎的教奴供给得公婆甘旨？

（外、净潜下介）（旦唱）

【前腔】思量我生无益，死又值甚的！不如忍饥死了为怨鬼。只一件，公婆年纪老，靠奴家相依倚，只得苟活片时。片时苟活虽容易，到底日久也难相聚。漫把糠来相比，这糠呵，尚兀自有人吃，奴家的骨头，知他埋在何处？

（外、净上）（净）媳妇，你在这里吃什么？〔旦〕奴家不曾吃什么。（净搜夺介）（旦）婆婆你吃不得。（外）咳，这是什么东西？（旦唱）

【前腔】这是谷中膜，米上皮，〔外〕呀！这便是糠，要他何用。〔旦唱〕将来餁饠堪疗饥。〔净〕咦，这糠只好将去喂猪狗，如何把来自吃？〔旦唱〕尝闻古贤书，狗彘食人食，也强如草根树皮。〔外、净〕恁的苦涩东西，怕不噎坏了你。〔旦唱〕啮雪吞毡，苏卿犹健，餐松食柏，倒做得神仙侣。这糠呵，纵然吃些何虑？〔净〕阿公，你休听他说谎，糠粃如何吃得？〔旦唱〕爹妈休疑，奴须是你孩儿的糟糠妻室。

〔外、净看哭介〕媳妇，我原来错埋冤了你，兀的不痛杀我也。〔闷倒，旦叫

哭介，唱〕

【雁过沙】苦，他沇沇向冥途，空教我耳边呼。公公，婆婆！我不能够尽心相奉事，反教你为我归黄土。教人道你死缘何故？公公，婆婆，怎生割舍得抛弃了奴？

〔外醒介，旦〕谢天谢地，公公醒了。公公你挣扎。（外唱）

【前腔】媳妇，你担饥事姑舅。媳妇，你担饥怎生度？〔旦〕公公且自宽心，不要烦恼。〔外唱〕媳妇，我错埋冤了你。你也不推辞，到如今始信有糟糠妇。媳妇，料应我不久归阴府。也省得为我死的，累你生的受苦。

〔旦扶外起介〕公公且在床上安息，待我看婆婆如何？〔叫不醒介〕呀，婆婆不济事了。如何是好？（唱）

【前腔】婆婆气全无，教奴怎支吾？咳，丈夫呵，我千辛万苦，为你相看顾，如今到此难回护。我只愁母死难留父，况衣衫尽解，囊箧又无。

〔外〕媳妇，婆婆还好么？〔旦〕婆婆不好了。（外唱）

【前腔】〔外〕天那，我当初不寻思，教孩儿往帝都。把媳妇闪得苦又孤，把婆婆送入黄泉路，算来是我相耽误。不如我死，免把你再辜负。

〔旦〕公公休说这话，且自将息。〔外〕媳妇，婆婆死了，衣衾棺椁，是件皆无。如何是好？〔旦〕公公宽心，待奴家区处。〔末上〕福无双降犹难信，祸不单行却是真。老夫为何道此两句？为邻家蔡伯喈妻房赵氏五娘，他嫁得伯喈，方才两月，伯喈便出去赴选。自去之后，连遭饥荒，公婆年纪皆在八十之上，家里更没个相扶持的。甘旨之奉，亏杀这五娘子。把些衣服首饰之类，尽皆典卖，办些粮米，供给公婆，却背地里把糠秕饆饠充饥。这般荒年饥岁，少什么有三五个孩儿的人家，供膳不得爹娘。这个小娘子，真个今人中少有，古人中难得。那婆婆不知道，颠倒把他埋冤；适来听得他公婆知道，却又痛心，都害了病。如今不免到他家里探望则个。呀！五娘子，你为甚的慌慌张张？〔旦〕公公，天有不测风云，人有旦夕祸福。奴家婆婆死了。〔末〕咳，你婆婆既死了，你公公如今在那里？〔旦〕在床上睡着。〔末〕待我看一看。〔外〕太公休怪，我起来不得了。〔末〕老员外快不要劳动。〔旦〕太公，我婆婆衣衾棺椁，是件皆无，如何是好？〔末〕五娘子，你不要愁烦，我自有区处。（旦唱）

【玉胞肚】千般生受，教奴家如何措手？终不然把他骸骨，没棺材送在荒丘？〔合〕相看到此，不由人不泪珠流，正是不是冤家不聚头。（末唱）

【前腔】五娘子，不必多忧，资送婆婆，在我身上有。你但小心承直公公，莫教他又成不救。〔合前〕（外唱）

【前腔】张公护救，我媳妇实难启口。孩儿去后，又遇饥荒，把衣衫典卖无留。

〔合前〕〔末〕老员外，你请进里面去歇息。待我一霎时叫家僮讨棺木来，把老安人殡敛了。选个吉日，送在南山安葬去。〔旦〕如此，多谢太公周济。

（旦）只为无钱送老娘，（末）须知此事有商量。

（合）归家不敢高声哭，惟恐猿闻也断肠。

（并下）

（选自《中国戏曲选》，王起著，人民文学出版社 1985 年版）

【走近作者】

高明（1305 ~ 1359），字则成，号菜根道人，人称永嘉先生，温州瑞安（今浙江瑞安）人。高明出身于隐士家庭，其祖父、父亲都是诗人。元顺帝至正五年（1345）中进士，历任处州录事、江浙行省丞相掾、福建行省都事等职。高明性情耿直，为官清廉，处州任满后，百姓为其立碑纪念。朱元璋建立明朝后，遣使征召编写《元史》，他“佯狂不出”，不久病卒。高明作品除《琵琶记》外，还有南戏《闵子骞单衣记》（已佚），另有诗文集《柔克斋集》20 卷（已佚），现存诗文五十余篇。

阅读门径

《琵琶记》是高明根据民间长期流传的赵五娘和蔡伯喈的故事改编而成的。他将谴责蔡伯喈背亲弃妇的《赵贞女蔡二郎》改为歌颂蔡伯喈全忠全孝的《琵琶记》，他的意图是借此宣扬封建道德，树立起孝子贤妇的榜样。作品描写了蔡伯喈为从父命，离妻赴考。高中状元后为从君命，入赘牛丞相府。其妻赵五娘则在家中含辛茹苦侍奉公婆，公婆死后，又唱词行乞上京寻夫，终夫妻团圆。

《琵琶记》全剧四十二出，本出是第二十一出，主要是写赵五娘艰难独立支撑门户，宁肯自己吃苦受罪，也要照顾好公婆，突出表现她的美好品质。本出戏可分两部分理解。先是写赵五娘为生活所迫吃糠的情景，然后写了赵五娘在邻居张太公帮助下安葬蔡婆。赵五娘的善良纯厚、诚挚朴实、任劳任怨的高尚精神品质在本出戏中展现得淋漓尽致。这出戏最显著的艺术特色是，细致委婉地刻画了人物的心理活动，准确地揭示了赵五娘的性格特点。如连续的三支［孝顺歌］将赵五娘的心理活动表现得生动逼真。三支曲子写赵五娘从糠的难咽联想到自己的命运，又从糠和米的关系想到自己和丈夫的分离，进而又由糠贱米贵想到妻贱夫贵，均以口头语写出了心间事。在语言方面，曲白本色自然而真挚感人，其中还大量使用叠字，如开头两支［山坡羊］用叠字渲染出赵五娘的艰苦的生活处境和凄苦的心境。这出戏中，其他的几个人物形象也都刻画得颇为生动，如张太公的好义乐施、蔡婆的急躁质朴、蔡公的深沉稳重。

3 牡丹亭·惊梦

汤显祖

【欣赏任务】

1. 品味戏曲语言，体会戏曲语言的抒情性和音韵美。

2. 理解人物心理描写的作用。

3. 学习借景抒情的艺术手法。

【经典篇目】

（旦上，唱）

【绕池游】梦回莺啭，乱煞年光遍，人立小庭深院。（贴）炷尽沉烟，抛残绣线，恁今春关情似去年？

【乌夜啼】（旦）晓来望断梅关，宿妆残。（贴）你侧着宜春髻子，恰凭阑。（旦）剪不断，理还乱，闷无端。（贴）已吩咐催花莺燕，借春看。（旦）春香，可曾叫人扫除花径？（贴）吩咐了。（旦）取镜台衣服来。（贴取镜台衣服上）云髻罗梳还对镜，罗衣欲换更添香。镜台衣服在此。（旦唱）

【步步娇】袅晴丝吹来闲庭院，摇漾春如线。停半晌整花钿。没揣菱花，偷人半面，迤逗的彩云偏。（行介）步香闺怎便把全身现！（贴）今日穿插的好。（旦唱）

【醉扶归】你道翠生生出落的裙衫儿茜，艳晶晶花簪八宝填，可知我常一生儿爱好是天然。恰三春好处无人见。不提防沉鱼落雁鸟惊喧，则怕的羞花闭月花愁颤。

（贴）早茶时了，请行。（行介）你看：画廊金粉半零星，池馆苍苔一片青。踏草怕泥新绣袜，惜花疼煞小金铃。（旦）不到园林，怎知春色如许！（唱）

【皂罗袍】原来姹紫嫣红开遍，似这般都付断井颓垣。良辰美景奈何天，赏心乐事谁家院。恁般景致，我老爷和奶奶再不提起。（合）朝飞暮卷，云霞翠轩；雨丝风片，烟波画船。锦屏人忒看的这韶光贱！

（贴）是花都放了，那牡丹还早。（旦唱）

【好姐姐】遍青山啼红了杜鹃，荼蘼外烟丝醉软。春香呵，牡丹虽好，他春归怎占的先！（贴）成对儿莺燕呵。（合）闲凝眄，生生燕语明如翦，呖呖莺歌溜的圆。

（旦）去罢。（贴）这园子委是观之不足也。（旦）提他怎的！（行介，唱）

【隔尾】观之不由他缱，便赏遍了十二亭台是枉然。到不如兴尽回家闲过遣。

（作到介）（贴）开我西阁门，展我东阁妆床。瓶插映山紫，炉添沉水香。小姐，你歇息片时，俺瞧老夫人去也。（下）（旦叹介）默地游春转，小试宜春面。春呵，得和你两留连，春去如何遣？咳！恁般天气，好困人也。春香那里？（左右瞧介）（又低道沉吟介）天呵，春色恼人，信有之乎！常观诗词乐府，古之女子，因春感情，遇秋成恨，诚不谬误矣。吾今年已二八，未逢折桂之夫；忽慕春情，怎得蟾宫之客？昔韩夫人得遇于郎，张生偶逢崔氏，曾有《题红记》《崔徽传》二书。此佳人才子，前以密约偷期，后皆得成秦晋。（长叹介）吾生于宦族，长在名门。年已及笄，不得早成佳配，诚为虚度青春，光阴如过隙耳。（泪介）可惜妾身颜色如花，岂料命如一叶乎！（唱）

【山坡羊】没乱里春情难遣，蓦地里怀人幽怨。则为俺生小婵娟，拣名门一例一例里神仙眷，甚良缘把青春抛的远！俺的睡情谁见？则索因循腼腆。想幽梦谁边，和春光暗流转？迁延，这衷怀那处言！淹煎，泼残生除问天。

身子困乏了，且自隐几而眠。（睡介）（梦生介）（生持柳枝上）莺逢日暖歌声滑，人遇风情笑口开。一径落花随水入，今朝阮肇一天台。小生顺路儿跟著杜小姐回来，怎生不见？（回看介）呀！小姐，小姐。（旦作惊起介相见介）（生）小生那一处不寻访小姐来，却在这里！（旦作斜视不语介）（生）恰好花园内折取垂柳半枝，姐姐，你既淹通书史，可作诗以赏此柳枝乎？（旦作惊喜，欲言又止介）（背云）这生素昧平生，何因到此？（生笑介）小姐，咱爱杀你哩！（唱）

【山桃红】则为你如花美眷，似水流年。是答儿闲寻遍，在幽闺女自怜。小姐，和你那答儿讲话去。（旦作含笑不行）（生作牵衣介）（旦低问介）那边去？（生）转过这芍药栏前，紧靠著湖山石边。（旦低问）秀才，去怎的？（生低答）和你把领扣松，衣带宽，袖梢儿揾著牙儿苫也，则待你忍耐温存一晌眠。（旦作羞）（生前抱）（旦推介）（合）是那处曾相见，相看俨然，早难道这好处相逢无一言？

（生强抱旦下）

（末扮花神束发冠，红衣插花上）催花御史惜花天，检点春工又一年。蘸客伤心红雨下，勾人悬梦彩云边。吾乃掌管南安府后花园花神是也。因杜知府小姐丽娘，与柳梦梅秀才，后日有姻缘之分。杜小姐游春感伤，致使柳秀才入梦。咱花神专掌惜玉怜香，竟来保护他，要他云雨十分欢幸也。（唱）

【鲍老催】单则是混阳蒸变，看他似虫儿般蠢动把风情搧。一般儿娇凝翠绽魂儿颤。这是景上缘，想内成，因中见。呀！淫邪展污了花台殿。咱待拈片落花儿惊醒他。（向鬼门丢花介）他梦酣春透了怎留连？拈花闪碎的红如片。

秀才，才到的半梦儿，梦毕之时，好送杜小姐仍归香阁。吾神去也。（下）

（生旦携手上）（生唱）

【山桃红】这一霎天留人便，草藉花眠。（白）小姐可好？（旦低头介）（生）则把云鬟点，红松翠偏。小姐休忘了呵，见了你紧相偎，慢厮连，恨不得肉儿般团成了片，逗的个日下胭脂雨上鲜。（旦）秀才，你可去呵？（合）是那处曾相见，相看俨然，早难道这好处相逢无一言？

（生）姐姐，你身子乏了，将息将息。（关旦依前作睡介）（轻拍旦介）姐姐，俺去了。（作回顾介）姐姐，你可十分将息，我再来瞧你那。行来春色三分雨，睡去巫山一片云。（下）（旦作惊醒，低叫介）秀才，秀才，你去了也。（又作痴睡介）（老旦上）夫婿坐黄堂，娇娃立绣窗。怪他裙衩上，花鸟绣双双。孩儿，孩儿，你为甚瞌睡在此？（旦作醒，叫秀才介）咳也。（老旦）孩儿怎的来？（旦作惊起介）奶奶到此！（老旦）我儿何不做些针指，或观玩书史，舒展情怀？因何昼寝于此？（旦）孩儿适花园中闲玩，忽值春暄恼人，故此回房。无可消遣，不觉困倦少息。有失迎接，望母亲恕儿之罪。（老旦）孩儿，这后花园中冷静，少去闲行。（旦）领母亲严命。（老旦）孩儿，学堂看书去。（旦）先生不在，且处消停。（老旦叹介）女孩儿长成，自有许多情态，且自由他。正是：宛转随儿女，辛勤做老娘。（下）（旦长叹介）（看老旦下介）哎也，天那！今日杜丽娘有些侥幸也。偶到后花园中，百花开遍，睹景伤情。没兴而回，昼眠香阁。忽见一生，年可弱冠，丰姿俊妍。于园中折得柳丝一枝，笑对奴家说：姐姐既淹通书吏，何不将柳枝题赏一篇？那时待要应他一声，心中自忖，素昧平生，不知名姓，何得轻与交言。正如此想间，只见那生向前说了几名伤心话儿，将奴搂抱去牡丹亭畔，芍药栏边，共成云雨之欢。两情和合，真个是千般爱惜，万种温存。欢毕之时，又送我睡眠，几声将息。正待自送那生出门，忽值母亲来到，唤醒将来。我一身冷汗，乃是南柯一梦。忙身参礼母亲，又被母亲絮了许多闲话。奴家口虽无言答应，心内思想梦中之事，何曾放怀。行坐不宁，自觉如有所失。娘呵，你教我学堂看书，知他看那一种书消闷也（作掩泪介）（唱）

【绵搭絮】雨香支片，才到梦儿边。无奈高堂，唤醒纱窗睡不便。泼新鲜，冷汗黏煎，闪的俺心悠步享单，意软鬟偏。不争多费心神情，坐起谁忺则待去眠。

（贴上）晚妆销粉印，春润费香篝。小姐，薰了被窝睡罢。（旦唱）

【尾声】困春心，游赏倦，也不索香薰绣被眠。天呵，有心情那梦儿还去不远。

春望逍遥出画堂，间梅遮柳不胜芳。

可知刘阮逢人处？回首东风一断肠。

（同下）

（选自《中国戏曲选》，王起著，人民文学出版社 1985 年版）

【走近作者】

汤显祖（1550 ~ 1616），字义仍，号海若，又号若士，别署清远道人，临川（今江西抚州）人。出身于书香门第，自幼刻苦攻读，早有才名。因不肯依附当朝权贵，直到万历十一年（1583）才考中进士。后任南京太常寺博士、礼部祠祭司主事、浙江遂昌知县等职。汤显祖的政治哲学思想深受“泰州学派”的影响，敢于讲“真情”，蔑视权贵。他的作品极为丰富，戏剧作品有“临川四梦”（《牡丹亭》《邯郸记》《南柯记》《紫钗记》），因其书斋名为玉茗堂，所以又称“玉茗堂四梦”。诗文集有《红泉逸草》《玉茗堂集》等。

阅读门径

《牡丹亭》全称《牡丹亭还魂记》，又称《还魂记》。它取材于话本小说《杜丽娘慕色还魂记》，是继《西厢记》之后具有里程碑意义的戏剧作品。按汤显祖自己的话讲，“一生四梦，得意处唯在牡丹”。

作品描述了杜丽娘和柳梦梅离奇的爱情故事。作为太守之女的杜丽娘，从小就受到了极为严格的封建礼教教育，但一次“游园”“惊梦”让她开始觉醒，由梦生情、由情生病、由病而死、由死复生。全剧五十五出，始终贯穿着“情”和“理”的斗争，汤显祖在本剧《题词》中写道：“如丽娘者，乃可谓之有情人耳。情不知所起，一往而深，生者可以死，死可以生。生而不可与死，死而不可复生者，皆非情之至也。”深刻反映出封建礼教对个性的摧残，热情歌颂了杜丽娘大胆追求理想爱情和个性解放的斗争精神。

本篇是全剧的第十出，主要描写了杜丽娘青春的觉醒，是全剧一个重要的转折。由于长期被禁锢在深闺之中，自家花园的春色美景直到丽娘十六岁才偶然发现。在大自然生机勃勃景象的感召之下，丽娘终于发现了自己内心的渴望。“吾生于宦族，长在名门。……可惜妾身颜色如花，岂料命如一叶乎！”她开始思考人生。与柳梦梅的梦中幽会，也为以后丽娘为情而病、死、复生的情节发展做了铺垫。在艺术特点上，景物描写与心理描写巧妙结合，使得客观的环境与人物的心境互相映衬，形成了充满诗情画意的动人景象，具有极强的艺术感染力。其次，运用比喻、拟人、对比等多种艺术手法，对人物进行细腻的刻画。用“袅晴丝”喻人的情思，用“偷人半面”写镜子，用成对的莺燕反衬丽娘的孤寂，等等。《牡丹亭》文辞典雅工丽的特点，也在“惊梦”中充分展现出来。“袅晴丝”“闲庭院”中的“袅”“闲”，寥寥数语便将人物的心理感受传达出来。

能力提升

1. 认真体会分析《琵琶记》中三支【孝顺歌】对塑造赵五娘人物形象的作用。
2. 结合一部作品，谈谈应该怎样理解戏剧文学作品中的戏剧冲突。
3. 改编《西厢记·拷红》，并分角色表演。
4. 举例分析《惊梦》中对杜丽娘心理描写的方法。
5. 谈谈你对《牡丹亭》由“梦”而写的看法。
6. 对比莎士比亚的《罗密欧与朱丽叶·月夜幽会》与汤显祖的《牡丹亭·游园》，想一想，“月夜”和“春花”在表现人间情爱方面各起了什么作用？

比较阅读

我的昆曲之旅

白先勇

很小的时候我在上海看过一次昆曲，那是抗战胜利后的第二年梅兰芳回国首次公演，在上海美琪大戏院演出。美琪是上海首轮戏院，平日专门放映西片，梅兰芳在美琪演昆曲是个例外。抗战八年，梅兰芳避走香港留上胡子，不肯演戏给日本人看，所以那次他回上海公演特别轰动，据说黑市票买到一条黄金一张。观众崇拜梅大师的艺术，恐怕也带着些爱国情绪，景仰他的气节，抗战刚胜利，大家还很容易激动。梅兰芳一向以演京戏为主，昆曲偶尔为之，那次的戏码却全是昆曲：《思凡》《刺虎》《断桥》《游园惊梦》。很多年后昆曲大师俞振飞亲口讲给我听，原来梅兰芳在抗战期间一直没有唱戏，对自己的嗓子没有太大把握，皮簧戏调门高，他怕唱不上去，俞振飞建议他先唱昆曲，因为昆曲的调门较低，于是才有俞梅珠联璧合在美琪大戏院的空前盛大演出。我随家人去看的，恰巧就是《游园惊梦》。从此我便与昆曲，尤其是《牡丹亭》结下不解之缘。小时候并不懂戏，可是《游园》中“皂罗袍”那一段婉丽妩媚、一唱三叹的曲调，却深深地印在我的记忆中，以至许多年后，一听到这段音乐的笙箫管笛悠然扬起就不禁怦然心动。

第二次在上海再看昆曲，那要等到四十年后的事了。1987年我重返上海，恰好赶上“上昆”演出《长生殿》三个多小时的版本，由蔡正仁、华文漪分饰唐明皇与杨贵妃。戏一演完，我纵身起立，拍掌喝彩，直到其他观众都已散去，我仍痴立不舍离开。“上昆”表演固然精彩，但最令我激动不已的是，我看到了昆曲——这项中国最精美，最雅致的传统戏剧艺术竟然在遭罹过“文革”这场大浩劫后还能浴火重生，在舞台上大放光芒。当时那一种感动，非比寻常，我感到经历一场母体文化的重新洗礼，民族精神文明的再次皈依。大唐盛世，天宝兴亡，一时呈现眼前。文学上的联想也一下子牵系上杜甫的《哀江头》，白居易的《长恨歌》：“人生有情泪沾臆，江水江花岂终极”“天长地久有时尽，此恨绵绵无绝期”。等到乐队吹奏起《春江花月夜》的时刻，真是到了令人“情何以堪”的地步。

从前看《红楼梦》，元妃省亲，点了四出戏：《家宴》《乞巧》《仙缘》《离魂》。后来清楚原来这些都是昆曲，而且来自当时流行的传奇本子：《一捧雪》《长生殿》《邯郸梦》，还有《牡丹亭》。曹雪芹成书于乾隆年间，正是昆曲鼎盛之时，上至王卿贵族如贾府，下至市井小民，对昆曲的热爱，由南到北，举国若狂。苏州是明清两代的昆曲中心，万历年间，单苏州一郡的职业演员已达数千之众，难怪贾府为了元妃省亲会到姑苏去买一班唱戏的女孩子回来。张岱在《陶庵梦忆》里记载了每年苏州虎丘山中秋夜曲会大比赛的盛况，与会者上千，欢声雷动，热闹非凡。当时昆曲清唱是个全民运动，大概跟我们现在台湾唱卡拉 OK 一样盛行，可见得中国人也曾是一个爱音乐爱唱歌的民族。由明万历到清乾嘉之间，昆曲独霸中国剧坛，足足兴盛了两百年，其流传之广，历时之久，非其他剧种可望其项背。而又因为数甚众上层“雅部”，成为雅俗共赏的一种精致艺术。与元杂剧不同，明清传奇的作者倒有不少是进士及第，做大官的。曹雪芹的祖父曹寅也写过传奇《续琵琶》，可见得当时士大夫阶级写剧本还是一件雅事。明清的传奇作家有七百余人，作品近两千种，存下来的也有六百多，数量相当惊人，其中名著如《牡丹亭》《长生殿》《桃花扇》等早已成为文学经典。但令人惊讶不解的是，昆曲曾经深入民间，影响我国文化如此之巨，这样精美的表演艺术，到了民国初年竟然没落得几乎失传成为绝响，职业演出只靠了数十位“昆曲传习所”传字辈艺人在苦撑，抗战以来，那些艺人流离失所，昆曲也就基本上从舞台消失。战后梅兰芳在上海那次盛大昆曲演出，不过是灵光一现。

南京在明清时代也曾是昆曲的重镇。《儒林外史》第三十回写风流名士杜慎卿在南京名胜地莫愁湖举办唱曲比赛大会，竟有一百三十多个职业戏班子参加，演出的旦角人数有六七十人，而且都是上了装表演的，唱到晚上，“点起几百盏明角灯来，高高下下，照耀如同白日。歌声缥缈，直入云霄”。城里的有钱人闻风都来捧场，雇了船在湖中看戏，看到高兴的时候，一个个齐声喝彩，直闹到天明才散。这一段不禁教人看得啧啧称奇，原来乾隆年间南京还有这种场面。夺魁的是芳林班小旦郑葵官，杜慎卿赏了他一只金杯，上刻“艳夺樱桃”四个字。这位杜十七老爷，因此名震江南。金陵是千年文化名城，明太祖朱洪武又曾建都于此，明清之际，金陵人文荟萃，亦是当然。

1987 年重游南京，我看到了另一场精彩的昆曲演出：江苏昆曲剧团张继青的拿手戏“三梦”——《惊梦》《寻梦》《痴梦》。我还没有到南京以前，已经久闻张继青的大名，行家朋友告诉我：“你到南京，一定要看她的‘三梦’。”隔了四十年，才得重返南京，这个机会，当然不肯放过。于是托了人去向张继青女士说项，总算她给面子，特别演出一场。那天晚上我跟着南京大学的戏剧前辈陈白尘与无白匋两位老先生一同前往。二老是戏曲专家，知道我热爱昆曲，颇为嘉许。陈老谈到昆曲在大陆式微，忿忿然说道：“中国大学生都应该以不看昆曲为耻！”开放后，中国大学生大概都忙着跳迪斯科去了。当晚在剧院又巧遇在南京讲学的叶嘉莹教授，叶先生是我在台大时的老师，我曾到中文系去旁听她的古诗课程，受益甚大。叶先生这些年巡回世界各地讲授中国古典文学，抱着兴灭继续的悲愿，在华人子弟中，散播中国传统文化的根苗。那天晚上，我便与这几位关爱中国文化前途的前辈师长，一同观赏了杰出昆曲表演艺术家张继青的“三梦”。

张继青的艺术果然了得，一出《痴梦》演得出神入化，把剧中人崔氏足足演活了。这是一出高难度的做工戏，是考演员真功夫的内心戏，张继青因演《痴梦》名震内外。

《痴梦》是明末清初传奇《烂河山》的一折，取材于《汉书·朱买臣传》，及民间马前泼水的故事。西汉寒儒朱买臣，年近半百，功名未就，妻崔氏不耐饥寒，逼休改嫁，后来朱买臣中举衣锦荣归，崔氏愧悔，然而覆水难收，破镜不可重圆，最后崔氏疯痴投水自尽。这是一出典型中国式的伦理悲剧：贫贱夫妻百事哀。如果希腊悲剧源于人神冲突，中国悲剧则起于油盐柴米，更近人间。朱买臣休妻这则故事改成戏剧也经过不少转折。《汉书·朱买臣传》，崔氏改嫁后仍以饭饮接济前夫，而朱买臣当官后，亦善待崔氏及其后夫，朱买臣夫妇都是极厚道极文明的，但这不是悲剧的材料。元杂剧《朱太守风雪渔樵记》最后却让朱买臣夫妇团圆，变成了喜剧。还是传奇《烂河山》掌握了这则故事的悲剧内涵，但是在《昆曲大全》老本子的《逼休》一折，崔氏取得休书后在大雪纷飞中竟把朱买臣逐出家门，这样凶狠的女人很难演得让观众同情，江苏昆剧团的演出本改得最好，把崔氏这个爱慕虚荣不耐贫贱的平凡妇人刻画得合情合理，恰如其分，让张继青的精湛演技发挥得淋漓尽致。她能把一个反派角色演得最后让人感到其情可悯，其境可悲，这不是件容易的事，这就要靠真功夫了。张继青演《烂河山》中的崔氏，得自传字辈老师傅沈传芷的真传。沈传芷家学渊源，其父是“昆曲传习所”有“大先生”尊称的沈月亭，他自己也是个有名的“戏包袱”，工正旦。张继青既得名师指导，又加上自己深刻琢磨，终于把崔氏这个人物千变万化的复杂情绪，每一转折都能准确把握投射出来。由于她完全进入角色，即使最后崔氏因梦成痴，疯疯癫癫，仍让人觉得那是真的，不是在做戏。《烂河山》变成了张继青的招牌戏，是实至名归。我们看完她的《痴梦》大家叹服，叶嘉莹先生也连声赞好。

在南京居然又在舞台上看到了《游园惊梦》！人生的境遇是如此之不可测。白天我刚去游过秦淮河、夫子庙，亦找到了当年以清唱著名的得月台戏馆，这些名胜正在翻修。得月台在秦淮河畔，是民国时代南京红极一时的清唱场所，当年那些唱平剧、唱昆曲的姑娘，有的飞上枝头，变成了大明星、官太太。电影明星王熙春便是清唱出身的。得月台，亦是秦淮水榭当年民国时代一瞬繁华的见证。我又去乌衣巷、桃叶渡，参观了“桃花扇底送南朝”李香君的故居媚香楼。重游南京，就是要去寻找童年时代的足迹。我是1946年战后国民政府还都，跟着家人从重庆飞至南京的，那时抗战刚胜利，整个南京城都荡漾着一股劫后重生的兴奋与喜悦，渔阳鼙鼓的隐患，还离得很远很远。我们从重庆那个泥黄色的山城骤然来到这六朝金粉的古都，到处的名胜古迹，真是看得人眼花缭乱。我永远不会忘记爬到明孝陵那些庞然大物的石马石象背上那种亢奋之情。在雨花台上我挖掘到一枚胭脂血红晶莹剔透的彩石，跟随了我许多年，变成了我对南京记忆的一件信物。那年父亲率领我们全家到中山陵谒陵，爬上那三百九十多级石阶，是一个庄严的仪式。多年后，我才体会得到父亲当年谒陵，告慰国父在天之灵抗日胜利的心境。四十年后，天旋地转，重返南京，再登中山陵，看到钟山下面郁郁苍苍，满目河山，无一处不蕴藏着历史的悲怆，大概是由于对南京一份特殊的感情，很早时候便写下了《游园惊梦》，算是对故都无尽的追思。台上张继青扮演的杜丽娘正唱着“皂罗袍”：

原来姹紫嫣红开遍
似这般都付与断井颓垣
良辰美景奈何天
便赏心乐事谁家院

在台下，我早已听得魂飞天外，不知道想到哪里去了。离开南京前夕，我宴请南京大学的几位教授，也邀请了张继青，为了答谢她精彩的演出。宴席我请南大代办，他们却偏偏选中了“美龄馆”。“美龄馆”在南京东郊梅岭林园路上，离中山陵不远，当年是蒋夫人宋美龄别墅，现在开放，对外营业。那是一座仿古宫殿式二层楼房，依山就势筑成，建筑典雅庄重，很有气派。屋顶是碧绿的琉璃瓦，挑角飞檐，雕梁画栋，屋外石阶上去，南面是一片大平台，平台有花砖铺地，四周为雕花栏杆。台北的圆山饭店就有点模仿“美龄馆”的建筑。宴席设在楼下客厅，这个厅堂相当大，可容纳上两百人。陈白尘、吴白匋几位老先生也都到了，大家谈笑间，我愈来愈感到周围的环境似曾相识。这个地方我来过！我的记忆之门突然打开了。应该是 1946 年的 12 月，蒋夫人宋美龄开了一个圣诞节“派对”，母亲带着四哥跟我两人赴宴，就是在这座“美龄馆”里，客厅挤满了大人与小孩，到处大红大绿，金银纷飞，全是圣诞节的喜色。蒋夫人与母亲她们都是民初短袄长裙的打扮，可是蒋夫人宋美龄穿上那一套黑缎子绣醉红海棠花的衣裙就是要比别人好看，因为她一举一动透露出来的雍容华贵，世人不及。小孩子那晚都兴高采烈，因为有层出不穷的游戏，四哥抢椅子得到冠军，我记得他最后把另外一个男孩用屁股一挤便赢得了奖品。那晚的高潮是圣诞老人分派礼物，圣诞老公公好像是黄仁霖扮的，他背着一个大袋子出来，我们每个人都分到一只小红袋的礼物。袋子里有各色糖果，有的我从来没见过。那只红布袋很可爱，后来就一直挂在房间里装东西。不能想象四十年前在“美龄馆”的大厅里曾经有过那样热闹的场景。我一边敬南大老先生们的酒，不禁感到时空彻底的错乱，这几十年的颠倒把历史的秩序全部打乱了。宴罢我们到楼上参观，蒋夫人宋美龄的卧居据说完全维持原状。那一堂厚重的绿绒沙发仍旧是从前的摆设，可是主人不在，整座“美龄馆”都让人感到一份人去楼空的静悄，散着一股“宫花寂寞红”的寥落。

这几年来，昆曲在台湾有了复兴的迹象，有赖于台湾昆曲的传承者徐炎之先生及他弟子们的努力。徐炎之在各大学里辅导的昆曲社便担任了传承的任务。那是一段艰辛的日子，我亲眼看到徐老先生为了传授昆曲在大太阳下骑着脚踏车四处奔命，那是一幅令人感动的景象。两岸开放后，在台湾有心人士樊曼侬、曾永美、洪唯助、曹馨园等人大力推动下，台湾的昆曲欣赏有了大幅度的发展，大陆六大昆班都来台湾表演过了。每次都造成轰动。有几次在台湾看昆曲，看到许多年轻观众完全陶醉在管笛悠扬载歌载舞中，我真是高兴：台湾观众终于发觉了昆曲的美，其实昆曲是最能表现中国传统美学抒情、写意、象征、诗化的一种艺术，能够把歌、舞、诗、戏糅合成那样精致优美的一种表演形式，在别的表演艺术里，我还没有看到过，包括西方的歌剧芭蕾，歌剧有歌无舞，芭蕾有舞无歌，终究有点缺憾。昆曲却能以最简单朴素的舞台，表现出最繁复的情感意象来。试看看张继青表演《寻梦》一折中的“忒忒令”，一把扇子就扇活了满台的花花草草，这是象征艺术最高的境界，也是昆曲最厉害的地方。20 世纪的中国人，心灵上总难免有一种文化的飘落感，因为我们的文化传统在这个世纪被连根拔起，伤得不轻。昆曲是中国现存最古老的一种戏剧艺术，曾经有过如此辉煌的历史，我们实在应该爱惜它，保护它，使它的艺术生命延续下去，为下个世纪中华文化全面复兴留一枚火种。

（选自《白先勇短篇小说选（台湾文学丛书）》）

白先勇简介：

白先勇 1938 年生于广西桂林市，国民党高级将领白崇禧之子。台湾大学外文系毕业，美国爱荷华大学硕士。现旅居美国。因致力于民间保护和发展中国现存最古老的戏剧艺术昆曲而自称为“昆曲义工”。大学时，和欧阳子、陈若曦等创办《现代文学》双月刊，大学毕业后又创办了晨钟出版社。代表作品有《蓦然回首》《孽子》《寂寞的十七岁》《台北人》《金大奶奶》《游园惊梦》等。

第二节 中国现当代戏剧

文本综要

近代戏剧在传统戏剧的基础上又有新的发展，京剧已成为全国性的剧种，新的戏剧形式——话剧也已经产生。清末的皮黄戏经过谭鑫培、王瑶卿等艺术家们的大胆革新，最终完善而成京剧，《群英会》《打渔杀家》《铡美案》等成为群众所喜闻乐见的优秀京剧剧目。

中国话剧从 19 世纪末的学生演剧活动发端，到 1906 年以后的春柳社、进化团先后成立，标志着中国话剧的正式确立。五四时期，欧阳予倩、田汉、洪深等人，不仅积极地将西方现代的戏剧经验引进国内，而且身体力行开展话剧活动，成为中国话剧的奠基人。田汉的《获虎之夜》《名优之死》成为 20 世纪 20 年代的代表话剧。同时，留学英国的丁西林创作了类似英国风俗喜剧风格的作品《一只马蜂》和《压迫》。从 20 世纪 30 年代开始，随着民族矛盾的加剧，中国话剧在极其困难的社会环境中，进入了大发展、大普及的阶段，显示了顽强的生命力。这一时期的曹禺，代表了中国话剧的最高成就，《雷雨》《日出》《原野》等相继问世。郭沫若的《屈原》、阳翰笙的《天国春秋》等历史剧作品则试图借助历史人物和历史故事，去鼓舞民众抗敌爱国的斗志。

新中国成立后，老舍的《龙须沟》《茶馆》，郭沫若《蔡文姬》，田汉的《关汉卿》等优秀剧目大量涌现。杨履方的《布谷鸟又叫了》则是对于公式化、概念化的戏剧进行反思，尝试创作反映现实问题的“第四种剧本”。同时出现了“社会主义教育剧”，其主题在于探讨在和平年代如何继续发扬革命优良传统，如《年青的一代》《霓虹灯下的哨兵》。在经历了“文革”的十年浩劫之后，伴随着“伤痕文学”的兴起，话剧以“社会问题剧”为主。比较有代表性的作品有《丹心谱》《权与法》《救救她》等，这些作品以敏锐的审视目光，启发人们反思社会人生。80年代后，面对改革开放的新形势、人民生活方式的新变化以及西方现代思潮的冲击，话剧进入一个全面探索的新时期。刘树纲的《一个死者对生者的访问》、马中骏和秦培春的《红房间、白房间、黑房间》、马中骏和贾鸿源的《街上流行红裙子》、刘锦云的《狗爷儿涅槃》等作品，将表现人、表现复杂的人的意识和心灵当成戏剧的主旨，构建了开放性的戏剧结构，展示了多层面的复杂人性和日益多元化的生活场景。

4 北京人（节选）

曹　禺

【欣赏任务】

1. 了解现代戏剧相关常识。
2. 掌握曹禺“诗化戏剧”的艺术特征。
3. 认识戏剧人物性格的展示与戏剧主题思想的关系。

【经典篇目】

（霆儿随着思懿由书斋小门下。）

（天更暗了。外面一两声雁叫，凄凉而寂寞地掠过这深秋渐晚的天空。）

愫　方　（轻轻叹息了一声，显出一点疲乏的样子。忽然看见桌上那只鸽笼，不觉伸手把它举起，凝望着那里面的白鸽……那个名叫“孤独”的鸽子——眼前似乎浮起一层湿润的忧愁，却又爱抚地对那鸽子微微露出一丝凄然的笑容……）

这时瑞贞提着一只装满婴儿衣服的小藤箱，把藤箱轻轻放在另外一张小桌上，又悄悄地走到愫方的身旁。

曾瑞贞　（低声）愫姨！

愫　方　（略惊，转身）你来了！（放下鸽笼）

曾瑞贞　你看见我搁在你屋里那封长信了吗？

愫　方　（点头）嗯。

曾瑞贞　你不怪我？

愫　方　（悲哀而慈爱地笑着）不……（忽然）真的要走了吗？

曾瑞贞　（依依地）嗯。

愫　方　（叹一口气，并非劝止，只是舍不得）别走吧！

曾瑞贞　（顿时激愤起来）愫姨，你还劝我忍下去？

愫　方　（仿佛在回忆着什么，脸上浮起一片光彩，缓慢而坚决地）我知道，人总该有忍不下去的时候。

曾瑞贞　（眼里闪着期待的眼色，热烈地握着她的苍白的手指）那么，你呢？

愫　方　（焕发的神采又收敛下去，凄凄望着瑞贞，哀静地）瑞贞，不谈吧，你走了，我会更寂寞的。以后我也许用不着说什么话，我会更——

曾瑞贞　（更紧紧握着她的手，慢慢推她坐下）不，不，愫姨，你不能这样，你不能一辈子这样！（迫切地恳求）愫姨，我就要走了，你为什么不跟我说几句痛快话？你为什么不说你的——暧昧的暮色里，瞥见愫方含着泪光的大眼睛，她突然抑制住自己。

愫　方　（缓缓地）你要我怎么说呢？

曾瑞贞　（不觉嗫嚅）譬如你自己，你，你……（忽然）你为什么不走呢？

愫　方　（落寞地）我上哪儿去呢？

曾瑞贞　（兴奋地）可去的地方多得很。第一你就可以跟我们走。

愫　方　（摇头）不，我不。

曾瑞贞　（坐近她的身旁，亲密地）你看完了我给你的书了吗？

愫　方　看了。

曾瑞贞　说的对不对？

愫　方　对的。

曾瑞贞　（笑起来）那你为什么不跟我们一道走呢？

愫　方　（声调低徐，却说得斩截）我不！

曾瑞贞　为什么？

愫　方　（凄然望望她）不！

曾瑞贞　（急切）可为什么呢？

愫　方　（想说，但又——这次只静静地摇摇头）

曾瑞贞　你总该说出个理由啊，你！

愫　方　（异常困难地）我觉得我，我在此地的事还没有了。（“了”字此处作“完结”讲）

曾瑞贞　我不懂。

愫　方　（微笑，立起）不要懂吧，说不明白的呀。

曾瑞贞　（追上去，索性——）那么你为什么不去找他？

愫　方　（有一丝惶惑）你说——

曾瑞贞　（爽朗）找他！找他去！

愫　方　（又镇定下来，一半像在沉思，一半像在追省，呆呆望着前面）为什么要找呢？

曾瑞贞　你不爱他吗？

愫　方　（低下头）

曾瑞贞　（一句比一句紧）那么为什么不想找他？你为什么不想？（爽朗地）愫姨，我现在不像从前那样呆了。这些话一个月前我决不肯问的。你大概也知道我晓得。（沉重）我要走了，此地再没有第三个人，这屋子就是你同我。愫姨，告诉我，你为什么不找他？为什么不？

愫　方　（叹一口气）见到了就快乐吗？

曾瑞贞　（反问）那么你在这儿就快乐？

愫　方　我，我可以替他——（忽然觉得涩涩地说不出口，就这样顿住）

曾瑞贞　（急切）你说呀，我的愫姨，你说过你要跟我好好谈一次的。

愫　方　我，我说……（脸上逐渐闪耀着美丽的光彩，苍白的面颊泛起一层红晕。话逐渐由暗涩而畅适，衷心的感动使得她的声音都有些颤抖）……他走了，他的父亲我可以替他伺候，他的孩子，我可以替他照料，他爱的字画我管，他爱的鸽子我喂。连他所不喜欢的人我都觉得该体贴，该喜欢，该爱，为着……

曾瑞贞　（插进逼问，但语气并未停止）为着？

愫　方　（颤动地）为着他所不爱的也都还是亲近过他的！（一气说完，充满了喜悦，连自己也惊讶这许久关在心里如今才形诸语言的情绪，原是这般难于置信的）

曾瑞贞　（倒吸一口气）所以你连霆的母亲，我那婆婆，你都拼出你的性命来照料，保护。

愫　方　（苦笑）你爹走了，她不也怪可怜的吗？

曾瑞贞　（笑着却几乎流下泪）真的愫姨，你就忘了她从前，现在，待你那种——

愫　方　（哀矜地）为什么要记得那些不快活的事呢，如果为着他，为着一个人，为着他——

曾瑞贞　（忍不住插嘴）哦，我的愫姨，这么一个苦心肠，你为什么不放在大一点的事情上去？你为什么处处忘不掉他？把你的心偏偏放在这么一个废人身上，这么一个无用的废——

愫　方　（如同刺着她的心一样，哀恳地）不要这么说你的爹呀。

曾瑞贞　（分辩）爷爷不也是这么说他？

愫　方　（心痛）不，不要这么说，没有人明白过他啊！

曾瑞贞　（喘一口气，哀痛地）那么你就这样预备一辈子不跟他见面啦？

愫　方　（突然慢慢低下头去）

曾瑞贞　（沉挚地）说呀，愫姨！

愫　方　（低到几乎听不见）嗯。

曾瑞贞　那当初你为什么让他走呢？

愫　方　（似乎在回忆，声调里充满了同情）我，我看他在家里苦，我替他难过呀。

曾瑞贞　（不觉反问）那么他离开了，你快乐？

愫　方　（低微）嗯。

曾瑞贞　（叹息）唉，两个人这样活下去是为什么呢？

愫　方　（哀痛的脸上掠过一丝笑的波纹）看见人家快乐，你不也快乐吗？

曾瑞贞　（深刻地关心，缓缓地）你在家里就不惦着他？

愫　方　（低下头）

曾瑞贞　他在外面就不想着你？

愫　方　（眼泪默默流在苍白的面颊上）

曾瑞贞　就一生，一生这样孤独下去——两个人这样苦下去？

愫　方　（凝神）苦，苦也许；但是并不孤独的。

曾瑞贞　（深切感动）可怜的愫姨，我懂，我懂，我懂啊！不过我怕，我怕爹也许有一天会回来。他回来了，什么又跟从前一样，大家还是守着，苦着，看着，望着，谁也喘不出一口气，谁也——

愫　方　（打了一个寒战，蓦地坚决地摇着头）不，他不会回来的。

曾瑞贞　（固执）可万一他——

愫　方　（轻轻擦去眼角上的泪痕）他不会，他死也不会回来的。（低头望着那块湿了的手帕，低声缓缓地）他已经回来见过我！

曾瑞贞　（吃了一惊）爹走后又偷偷回来过？

愫　方　嗯。

曾瑞贞　（诧异起来）哪一天？

愫　方　他走后第二天。

曾瑞贞　（未想到，嘘一口气）哦！

愫　方　（怜悯地）可怜，他身上一个钱也没有。

曾瑞贞　（猜想到）你就把你所有的钱都给他了？

愫　方　不，我身边的钱都给他了。

曾瑞贞　（略略有点轻蔑）他收下了。

愫　方　（温柔地）我要他收下了。（回忆）他说他要成一个人，死也不再回来。（感动得不能自止地说下去）他说他对不起他的父亲，他的儿子，连你他都提了又提。他要我照护你们，看守他的家，他的字画，他的鸽子，他说着说着就哭起来，他还说他最放心不下的是——（泪珠早已落下，却又忍不住笑起来）瑞贞，他还像个孩子，哪像个连儿媳妇都有的人哪！

曾瑞贞　（严肃地）那么从今以后你决心为他看守这个家？（以下的问答几乎是没有停顿，一气接下去）

愫　方　（又沉静下来）嗯。

曾瑞贞　（逼问）成天陪着快死的爷爷？

愫　方　（默默点着头）嗯。

曾瑞贞　（逼望着她）送他的终？

愫　方　（躲开瑞的眼睛）嗯。

曾瑞贞　（故意这样问）再照护他的儿子？

愫　方　（望瑞贞微微皱眉）嗯。

曾瑞贞　侍候这一家子老小？

愫　方　（固执地）嗯。

曾瑞贞　（几乎是生了气）这整天看我这位婆婆的脸子？

愫　方　（不由得轻轻地打了一个寒战）喔，——嗯。

曾瑞贞　（反激）一辈子不出门？

愫　方　（又镇定下来）嗯。

曾瑞贞　不嫁人？

愫　方　嗯。

曾瑞贞　（追问）吃苦？

愫　方　（低沉）嗯。

曾瑞贞　（逼近）受气？

愫　方　（凝视）嗯。

曾瑞贞　（狠而重）到死？

愫　方　（低头，用手摸着前额，缓缓地）到——死！

曾瑞贞　（爆发，哀痛地）可我的好愫姨，你这是为什么呀？

愫　方　（抬起头）为着——

曾瑞贞　（质问的神色）嗯，为着——

愫　方　（困难地）为着，我不知道该怎么说，——（忽然脸上显出异样美丽的笑容）为着，这才是活着呀！

曾瑞贞　（逼出一句话来）你真的相信爹就不会回来吗？

愫　方　（微笑）天会塌吗？

曾瑞贞　你真准备一生不离开曾家的门，这个牢！就为着这么一个梦，一个理想，一个人——

愫　方　（悠悠地）也许有一天我会离开——

曾瑞贞　（迫待）什么时候？

愫　方　（笑着）那一天，天真的能塌，哑巴都急得说了话！

曾瑞贞　（无限的悯切）愫姨，把自己的快乐完全放在一个人的身上是危险的，也是不应该的。（感慨）过去我是个傻子，愫姨，你现在还——

室内一切渐渐隐入在昏暗的暮色里，乌鸦在窗外屋檐上叫两声又飞走了。在瑞贞说话的当儿，由远远城墙上断续送来归营的号手吹着的号声，在凄凉的空气中寂寞地荡漾，一直到闭幕。

愫　方　不说吧，瑞贞。（忽然扬头，望着外面）你听，这远远吹的是什么？

曾瑞贞　（看出她不肯再谈下去）城墙边上吹的号。

愫　方　（谛听）凄凉得很哪！

曾瑞贞　（点头）嗯，天黑了，过去我一个人坐在屋里就怕听这个，听着就好像活着总是灰惨惨的。

愫　方　（眼里涌出了泪光）是啊，听着是凄凉啊！（猛然热烈地抓着瑞贞的手，低声）可瑞贞，我现在突然觉得真快乐呀！（抚摸自己的胸）这心好暖哪！真好像春天来了一样。（兴奋地）活着不就是这个调子吗？我们活着就是这么一大段又凄凉又甜蜜的日子啊！（感动得流下泪）叫你想想忍不住要哭，想想又忍不住要笑啊！

曾瑞贞　（拿手帕替她擦泪，连连低声喊）愫姨，你怎么真地又哭了？愫姨，你——

愫　方　（倾听远远的号声）不要管我，你让我哭哭吧！（泪光中又强自温静地笑出来）可，我是在笑啊！瑞贞，——（瑞贞不由得凄然地低下头，用手帕抵住鼻端。愫方又笑着想扶起瑞贞的头）——瑞贞，你不要为我哭啊！（温柔地）这心里头虽然是酸酸的，我的眼泪明明是因为我太高兴哪！——（瑞贞抬头望她一下，忍不住更抽噎起来。愫方抚摸瑞贞的手，又像是快乐，又像是伤心地那样低低地安慰着，申诉着）——别哭了，瑞贞，多少年我没说过这么多话了，今天我的心好像忽然打开了，又叫太阳照暖和了似的。瑞贞，你真好！不是你，我不会这么快活；不是你，我不会谈起了他，谈得这么多，又谈得这么好！（忽然更兴奋地）瑞贞，只要你觉得外边快活，你就出去吧，出去吧！我在这儿也是一样快活的。别哭了，瑞贞，你说这是牢吗？这不是呀，这不是呀，——

曾瑞贞　（抽噎着）不，不，愫姨，我真替你难过！我怕呀！你不要这么高兴，你的脸又在发烧，我怕——

愫　方　（恳求似的）瑞贞，不要管吧！我第一次这么高兴哪。（走近瑞放着小箱子的桌旁）瑞贞，这一箱小孩子的衣服你还是带出去。（哀悯地）在外面还是尽量帮助人吧！把好的送给人家，坏的留给自己。什么可怜的人我们都要帮助，我们不是单靠吃米活着的啊！（打开那箱子）这些小衣服你用不着，就送给那些没有衣服的小孩子们穿吧。（忽然由里面抖出一件雪白的小毛线斗篷）你看这件斗篷好看吧？

曾瑞贞　好，真好看。

愫　方　（得意地又取出一顶小白帽子）这个好玩吧？

曾瑞贞　嗯，真好玩！

愫　方　（欣喜地又取出一件黄绸子小衣服）这件呢？

曾瑞贞　（也高起兴来，不觉拍手）这才真美哪！

愫　方　（更快乐起来，她的脸因而更显出美丽而温和的光彩）不，这不算好的，还有一件（忍不住笑，低头朝箱子里——）

〔凄凉的号声，仍不断地传来，这时通大客厅的门缓缓推开，暮色昏暗里显出曾文清。他更苍白瘦弱，穿一件旧的夹袍，臂里挟着那轴画，神色惨沮，疲惫，低着头踽踽地踱进来。

〔愫方背向他，正高兴地低头取东西。瑞贞面朝着那扇门——

曾瑞贞　（一眼看见，像中了梦魇似的，喊不出声来）啊，这——

愫　方　（压不下的欢喜，两手举出一个非常美丽的大洋娃娃，金黄色的头发，穿着粉红色的纱衣服，她满脸是笑，期待她望着瑞贞）你看！（突然看见瑞贞的苍白紧张的脸，颤抖地）谁？

曾瑞贞　（呆望，低声）我看，天，天塌了！（突然回身，盖上自己的脸）

愫　方　（回头望见文清，文清正停顿着，仿佛看不大清楚似的向她们这边望）啊！

〔文清当时低下头，默默走进了自己的屋里。

〔他进去后，思懿就由书斋小门跑进。

曾思懿　（惊喜）是文清回来了吗？

愫　方　（喑哑）回来了！

〔思懿立刻跑进自己的屋里。

〔愫方呆呆地愣在那里。

〔远远的号声随着风在空中寂寞地振抖。

——幕徐落

（选自《曹禺选集》，曹禺著，人民文学出版社 1961 年版）

【走近作者】

曹禺(1910～1996),原名万家宝,湖北潜江人,出生在天津一个没落的封建官僚家庭。曹禺在南开中学读书时就参加了学校的业余剧团。1928 年升入南开大学，专攻西洋文学。1934 年发表的《雷雨》是其成名作，也是中国第一部多幕话剧。此后又写出了《日出》《原野》《北京人》等作品。新中国成立后，代表作品有《明朗的天》《胆剑篇》以及《王昭君》。

阅读门径

本文节选自《北京人》第三幕的第一场。《北京人》是曹禺在抗战时期创作的一部现实主义作品。作者运用象征手法，以棺木象征旧制度的灭亡，同时用虚实结合的手法写了现在、过去和未来三种“北京人”来象征埋葬旧生活、走向新生活的双重含义。曹禺自己曾说：“《雷雨》是我的第一声呻吟，或许是一声呼喊。在《日出》中，我想求得一线希望，一线光明。……写《北京人》时，我的诅咒比较明确了。那种封建主义、资产阶级更是早晚要进棺材的！他们在争抢着寿木。而这个人世，需要更新的血液和生命。”

《北京人》是公认的曹禺写得最好的剧本，它是经过很长时间的思索而完成的。它既蕴含着作家的希望和憧憬，又体现了作家对戏剧审美境界更高的追求和向往，它是曹禺创作历程的一个高峰。作品中，愫方、瑞贞、曾皓、曾文清、曾思懿等不同人物，在新旧文化的激烈碰撞中做出了不同的人生选择。阴险自私的曾思懿、无能懈怠的曾文清、善白日做梦的姑爷江泰，还有行将就木的老太爷曾皓，所有的一切都加速了这个封建世家的败落。在这样窒息的环境中，瑞贞作为年青的新一代人，决定要冲出这个家庭。节选部分就是从瑞贞劝愫方跟她一起离开曾家开始。

愫方是长期寄居在曾家的孤女，她温柔文静、善良坚韧，在曾家她“爱不敢爱，恨不敢恨，哭不敢哭，喊不敢喊”。她真诚地爱着她的表哥曾文清，并愿意为他照顾年老的姨夫，为他保存书画，为他忍受表嫂曾思懿对她的羞辱。而她所爱的曾文清只是一个“生命的空壳子”，只知吃喝玩乐、享受生活，不图上进。瑞贞是这个大家庭中与愫方关系最亲近的人，她是曾皓的孙媳妇，但与丈夫曾霆毫无感情，与婆婆曾思懿也格格不入。节选部分中，愫方与瑞贞互倾心事，瑞贞要走，她也希望愫方同她一道走，她要知道愫方不走的理由。一问一答中，愫方一点点将自己的心扉敞开，倾吐出蕴积得很久很深又有些心痛的真情。这一段场景的描述，含蓄隽永，充满了浓郁的抒情诗意。这诗意一方面来自于作品中对于整体环境气氛的营造渲染，如凄凉的深秋、寂寞的夜晚、南归的雁鸣以及名叫“孤独”的鸽子。另一方面，愫方那简短含蓄、有时欲说又止、有时仅用几个单字的回答，在平淡中蕴含着深沉的感情力量，慢语细声，却给人荡气回肠的冲击。例如，在瑞贞反问愫方对未来生活打算的片断中，愫方反复地用“嗯”来回答，同一个字，因问题不同，答案的含义也就有差异，有疑问的、坚定的、逃避的及凝重的。愫方用她那简单的回答，让我们体会到了她心灵深处的对真情的渴望。除了简洁精彩的人物语言描写之外，作品的舞台说明也起到了相当重要的作用。它将人物的动作、神态准确而具体地描述出来，帮助我们更清晰到位地体会人物的思想情感。

5 升官图（节选）

陈白尘

【欣赏任务】

1. 了解陈白尘讽刺戏剧的特点。
2. 掌握作品中夸张手法的运用。

【经典篇目】

（客厅里布置得整洁华贵，内室的门紧闭，通天井的落地长窗也反掩着。台上寂无一人，外面鸣金擂鼓。四警察上，开窗门入，分列两旁。四听差上，以黄绸铺地，由天井及于客厅。然后侍立两旁。艾、齐、萧、钟四局长上，左右肃立。马局长戎装，挺胸凸肚昂然而入。进门后急侧身立敬礼。）

（假知县及假秘书长侧身前导，引进省长——五十岁左右年纪，仪表非凡，严肃端正，上。省长身后跟随着一个侍从，不离左右。）

假知县 这就是大人的行辕。

省长 （立定，注视室内，皱眉）嗯，太华贵了！

假秘书长 这是为大人起坐、会客用的，怕有贵客来往。

省长 我们为官从政的，应该俭以养廉，一切以简朴为是。——比如这地毯，很贵吧？

假知县 是的，很贵，很贵。昨天刚用飞机运来的，道地的美国货，价钱是五十八万。

省长　（大惊）五十八万！太贵！太贵！太贵了！知县，你知道我做省长的每个月才花用多少钱？我的薪金、公费一共才三千二百块钱！那要多少年薪水才买得起一条地毯？

假秘书长　省长大人，你听错了！刚才知县回禀，说是五十八元，不是五十八万。——我们知县大人一向口齿不清。

省长　哦！你们的知县口齿不清？（向众人）是吗？

众人　是！

省长　那很便宜！五十八元，我都买得起。真正是价廉物美！知县，再请你替我买一张吧。

假知县　（慌了）哦！……

假秘书长　只要省长大人喜爱，那这条地毯就……

省长　（严厉地）不不，我是从来不接受任何礼物的！我平生讲究廉洁，最恨的就是贪污！你要送这地毯给我，那不是叫我贪赃吗？

假秘书长　不敢！不敢！小的决不是这个意思！

省长　（向侍从）来！

侍从　是！

省长　拿五十八元交给知县，让他替我买地毯！不许少给人家一个钱！

侍从　是！

省长　哦，刚才你致欢迎词——演说的时候，说了什么？——我好像听到“一个五克拉的钻石戒指，一部小汽车，一所洋房”。这是什么意思？

假知县　那，那……

假秘书长　那本来是知县准备送给大人的礼物。但又知道大人是提倡廉洁的，所以就不敢送了。

省长　对！对！送给我，决不收！可是价钱便宜吗？我很想买下来。

假秘书长　是的，很便宜！很便宜！一个钻石戒指，一部小汽车，一座洋房，一共才二百多块钱，也替大人买下来吧。

省长　好好，——来人，马上替我付钱！

侍从　是。

假知县　请大人到卧室休息吧！

（假知县一转身，分立两旁的人便又列队到卧室门前。）

（假知县、假秘书长再侧身于省长之前，准备引导。）

（听差一以钥匙开门。）

听差一　哎呀！怎么开不开？（急得满头大汗）奇怪！

听差二　我来！（打不开）

听差三　我会开。（也打不开）

听差四　是这样开的！（依然打不开）

（四警察也跑过来帮忙。）

马局长　让我来！（还是开不开）

（假知县和假秘书长急得满头大汗。）

假知县　这也是刚刚从美国配来的弹簧锁，所以……

假秘书长　但也都是很便宜的货，所以一下打不开来。

省长　（面现不悦）怎么会打不开呢？

艾局长

萧局长　（同时）是呀，怎么会打不开呢？

齐局长

（三位局长都想去一显身手。）

艾局长

萧局长　我来，……我来，……

齐局长

假知县　你们都是蠢货！（顿足）看我来！

（众人挤做一团。）

众人　（各自叫喊着）我来！……让我！……向左开！……向右开！……这样开！不对！不对！……嗯，使劲！使劲！……不行！让我！

（你推我，我挤你，正闹得不可开交。假秘书长无奈，只好摸出一大串钥匙。）

假秘书长　看我的！

（侍从向省长做了一个眉眼手势。）

省长　（点点头，马上以手护头大叫）哎呀！哎呀！哎呀！我的头要裂开啦！

（门大开，但众人都惊呆了。）

假秘书长　（奔过来）大人怎么啦？

假知县　大人！大……

众人　（围过来）怎么啦？

侍从　不得了！不得了！大人又头痛了！

假秘书长　怎么样？

侍从　大人一发脾气，头就要痛的！——大人进去休息吧！（扶起向卧室去）你们不要进来！大人已经生气了！

假知县　是！

（侍从扶省长大人入卧室。）

（众人列队门前侍卫。）

（假知县、假秘书长随至门口，门闭。）

假知县　（转身）怎么得了！怎么得了！你们怎么搞的？

假秘书长　（也向各局长生气）怎么搞的？连一把锁都打不开！

马局长　（回身骂警察）你们这些饭桶！连锁都不会开！

警察一　（向听差）你们管的什么事！

（侍从自卧室出。）

侍从　诸位老爷们！这下可麻烦了！

假秘书长　怎么样，二爷？

侍从　我们大人这个病是轻易不发的，一发就难办！

钟局长　头痛有什么要紧呢？让我看看。

马局长　对！我们钟局长是位名医！

侍从　哼！你就是神仙也治不好他的病！

假秘书长　就没法治吗？

侍从　治法是有，可你们不会相信。——这是一种偏方！

假秘书长　我相信！绝对相信！二爷，请您指教！

侍从　好，咱们坐下来谈！

假秘书长　对，坐下谈。

侍从　秘书长，咱们自己人，用不着那么多人侍候吧。

假秘书长　对！你们下去！

警察们
听差们　是！（全下）

侍从　我的诸位老爷们，我们省长大人这个病，你们可知道。怎么起的？

假秘书长　正要请教！

侍从　我们大人不能生气，一生气，这个头痛病就得发作！这回到你们贵县来呀，早就把他气坏了。

假知县　（大惊）哦！哦！……为什么呢？

侍从　为什么？县太爷，您自己还没有个数？……本地的老百姓早在省里把您告下啦！

假秘书长　他们告了些什么呢？

侍从　那可多啦！——大概总是十大罪状吧：第一，是苛征暴敛，滥收捐税；第二，是敲诈勒索，诬良为盗；第三，是包庇走私，贩运烟土；第四，是克扣津贴，以饱私囊；第五，是浮报冒领，营私舞弊；第六，是假公济私，囤积居奇；第七，是挪用公款，经商图利；第八，是贩卖壮丁，得钱买放；第九，是征粮借谷，多收少报；第十，是私通乱党，交结匪类！……总而言之，所有县太爷们会犯的罪名，您都犯了！您真是一个模范知县！

假知县 （起立）这……怎么得了？……

侍从 （目视各位局长）而这十大罪状里，每一件都跟局长老爷们有点关系！

局长们 （都起立）哦！……

侍从 各位请坐！各位请坐！——所以我们省长大人呀，这回到贵县来之前，先就一肚皮的气啦！而且动身前，又听说乱党暴动，捣毁了县衙门，这更是气上加气；好，刚才为了这把倒霉的锁，左也开不开，右也开。不开，他老人家一气，这个病就犯啦！

假秘书长 那么请教，这个偏方到底是几样什么东西呢？

侍从 很简单，就是一件东西：金条！把金条放在火上熏，熏出烟子来，我们大人只要一闻那烟子的气味，马上头就不痛了！

假秘书长 哦！（恍然）……那好办！（暗扯假知县）

侍从 可是病有轻重：有时一根金条就够，有时五根才行。

假秘书长 那怎么分别轻重呢？

侍从 是这样的：左边头痛，一根金条就够；右边痛，要两根；前脑痛，三根；后脑痛，四根；左右前后都痛呢，那就要五根！

假秘书长 唔，唔，……唔！

假知县 （问假秘书长）怎么一回事？

假秘书长 哦，我知道了，我知道了，马上就办！（拖假知县到一边去耳语）

侍从 诸位都明白了吧？

钟局长 胡说白道！世界上没有这种怪病，也没有这种治病的怪方法！胡说白道！胡说白道！

（假知县连连点头而去。）

假秘书长 诸位都明白了？各自去想办法，替省长大人治病吧。

艾局长 （摇头）好厉害的毛病！

萧局长 天哪！这个病我怎么治得了？怎么治得了呢？

马局长 嗨，只要开着门，都好办！

齐局长 得，看各人运气吧！

（马、艾、齐、萧四位局长垂头丧气而去，钟局长亦随下……）

（不等传唤，马局长就挨进身来。）

马局长 卑职求见大人！

侍从 得，进来吧。——大人，这是警察局马局长。（指前脑）

马局长 （立正，敬礼）参见省长大人！卑职是本县警察局长，今儿欢迎大人的盛典，差不多都是卑职一手经办的，在车站领导民众高呼口号的，也是卑职。在马路两旁欢呼万岁的，也是卑职。刚才大人下车，替大人拭去皮鞋上灰尘的，也是卑职。……还有……

省长　嗯，知道了。——你的警察局里现在有几名警察？还是六名？

马局长　大人明鉴：在平常时候，实在只有六名警察；但是今天，大人一定看见，起码有二百名！这是卑职体谅大人建设廉洁政治的苦心，卑职是仿行寓兵于农的办法，叫作“寓警于民”。为了节省国库支出，平时六名警察就够了；但是一旦有事，卑职在十分钟之内就可以召集十万人！

省长　唔，可是我的头还是有点痛！（敲左太阳穴）

马局长　我已经带了药来！（探怀，取出一根金条）

（省长又敲右太阳穴，等马局长再取出一根金条，省长又敲到前脑了。）

马局长　（向侍从交出三根金条，转身）谢大人栽培！卑职来生来世，结草衔环，都不忘大人恩德！（下）

……

假秘书长　是。——可是二爷，我再请教您一件事。

侍从　不用客气。

假秘书长　我想大人在这儿很寂寞，是不是需要……（附耳）

侍从　秘书长，（笑）您真想得周到！刚才大人倒是留意到她了。——可是那位小姐姓什么？她愿意吗？

假秘书长　姓刘。——她那方面当然没有问题。名义上就是省长大人的秘书。好不？

侍从　好，好。——我进去回。（下）

（假知县原在门外等候着，挨进来。）

假秘书长　（向外）快快叫人去请太太进来！说是省长大人请。

内声　是。

假知县　要她来干吗？

假秘书长　（附耳）……懂吧？

假知县　（惊喜）唔！唔！可是艾局长怎么办？他知道了，又会跟咱们捣蛋吧？

假秘书长　（笑）他？我正要报他的仇！这叫作一计害三贤！我，要气死他！听，好像是太太来了，您走开吧！

（假知县刚走去，知县太太即上。）

知县太太　省长请我？

假秘书长　唔！太太请坐！——哎呀，我又说错了！此刻我不能叫您知县太太了，应该称呼您刘小姐、刘科长才对。

知县太太　到底什么事？省长要找我？

假秘书长　恭喜您，升官啦！刚才省长大人在办公室里视察的时候，特别注意了您。

知县太太　那是因为你特别介绍了呀！

假秘书长　可是省长先就悄悄问过我："哎，秘书长，那位顶漂亮的小姐是谁？"所以我才敢介绍呀！

知县太太　（其实很得意）谁要你介绍呢！

假秘书长　你看，省长大人说：他这次来少带了一位秘书，要请你当他的私人秘书哩！

知县太太　那，那我不干！——我是知县太太呀！

假秘书长　低声一点！此刻再也不能提什么"太太，太太"了，省长大人如果知道您是知县太太，那办我们一个欺君之罪，大家都完了蛋！

知县太太　那我不能把一个知县太太丢了呀！

假秘书长　当然不必丢！——等省长大人一离开，您还是知县太太！此刻是将计就计，您既做了刘科长，现在只好当一下省长秘书了。（低声）再说，您在省长面前替我们做一个耳目，对大家都方便一点呀。知县和各局长一定都要感谢您的——我要他们每人送您二百万！

知县太太　这，……我要跟艾局长商量商量看！

假秘书长　对，这件事我跟艾局长说过了。刚才省长大人对艾局长很为不满，您从中也好美言两句呀！

（侍从上。）

侍从　刘小姐，省长请！

假秘书长　（推她进去）您请去吧！

知县太太　（半推半就）我不，我不。（下）

侍从　（拍假秘书长肩）老兄，有你的！

假秘书长　大人满意？

侍从　大人问你：能带了走吗？

假秘书长　这个……（向门缝窥视，转身，窃笑）你看！

（侍从向门缝窥探。假知县上。）

假知县　怎么样了？

侍从　（掩口而笑）好快！（拖假知县）你看！

（三人同看、同笑。）

假秘书长　这一来，你可以跟马小姐结婚啦！

假知县　（跳起来）对！我可以结婚啦！结婚啦！结婚啦！

侍从　哎！您别嚷呀！

（门开，省长大人与知县太太——刘小姐出。）

省长　（大叫）胡说！谁说结婚啦？

（众人愕然。）

省长　我们刚决定了订婚！

假秘书长　恭喜大人！

假知县　恭喜大人！

侍从　恭喜大人！

假秘书长　（早向外招手）诸位快来祝贺大人！

（马、萧、钟、齐、艾五位局长及马小姐一哄而入。）

众人　什么？什么？

假秘书长　省长大人宣布和我们刘科长刘小姐订婚啦！

众人　（大惊）哦！

艾局长　怎么？

假秘书长　同时，我再宣布我们知县大人和马秘书马小姐订婚！

（马小姐急投假知县之怀。）

马局长　（夸张地）哦！恭喜省长大人！（立正，敬礼，握手）恭喜知县大人！知县夫人！

萧局长　（见机而作）恭喜省长大人！知县大人！

齐局长　（无可无不可）恭喜大人，恭喜大人！

艾局长　（面色铁青）唔，二位大人，恭喜恭喜！

（假秘书长急忙再祝贺二位大人。假知县也祝贺了省长。省长也祝贺了假知县。）

（艾局长一言不发，拖了钟局长出去。）

（假秘书长急指示侍从注意，侍从点头。）

马小姐　刘小姐，我恭喜你了！

知县太太　马小姐，我也恭喜你了！

省长　（作训话姿态）诸位，我讲过不止一次了，我提倡廉洁政治，其作用在于提高行政效率；提高行政效率，就是任什么事要办得快，而且办得好！我之所以此刻就宣布和刘小姐订婚，不过是给诸位在办理行政上做一个榜样！要像我一样，办得又快又好！

假秘书长　大人说得好！（举手示意）

众人　（鼓掌）好！好！

马局长　卑职更要请求大人：给小的们再做一次榜样。

省长　你是什么意思？

马局长　请大人给卑职们再做个榜样，以最快的速度结婚！

假秘书长　对！马局长的意思很好，请大人宣布。

众人　好！好！

侍从　大人，您就答应在下礼拜举行结婚吧，小的马上去筹备！

省长　下礼拜？——明天就结婚！

马局长　（欢叫）哦！大人，您真伟大！您办事真像闪电一样快，您的意志像钢铁一般坚强！您真是伟大，伟大！伟大得至高无上！至高无上的伟大！（跳起来）

省长　我办事就是这么直截了当！明天结婚，后天回省，再也不打搅你们了！

假秘书长　（鼓掌）省长大人万岁！

马局长　省长大人万岁，万岁，万万岁！

（众人一齐欢呼。）

假秘书长　我再宣布：我们知县大人明天也同时结婚！

省长　好！（鼓掌）

众人　好！（鼓掌）

（选自《升官图》，陈白尘著，中国戏剧出版社 1957 年版）

【走近作者】

陈白尘（1904 ～ 1994），剧作家、小说家。江苏淮阴人。20 年代中期始参加进步政治活动和文艺创作，参加过南国社、摩登剧社等戏剧团体，抗战时期积极从事戏剧运动和革命文化工作。新中国成立后任《人民文学》副主编、中国戏剧家协会副主席等。主要艺术成就是剧本创作，有话剧和电影剧本 50 多部，并以喜剧和历史剧见长。代表作是《结婚进行曲》《升官图》《岁寒图》《大风歌》等。其他著述有《风雨之夜》等多部小说集和《五十年集》《云梦断忆》等散文集、回忆录。

阅读门径

《升官图》写于 1945 年，是陈白尘最著名的作品，也是新文学史上最优秀的一部讽刺喜剧。作品描写了两个流氓、强盗，在一个凄风苦雨之夜，因躲避追捕而闯入了一所古老的住宅，在如豆灯光下，做了一夜“升官发财”的好梦。梦中群众暴动、知县受伤、秘书长丧命，两个强盗趁机取而代之，与县衙各局局长以及前来视察的省长大人结成利益联盟，狼狈为奸，共同贪赃枉法、巧取豪夺。作者借梦幻比拟现实，淋漓尽致地揭露了当时国民党官场的腐朽，可谓一部现代“官场现形记”。

《升官图》是一部三幕话剧，本文是第二幕第二场的三个精彩片断。在这幅群丑图中，上至省长大人，下至各位局长等官员，都是权势金钱的追求者。他们的身份不同，因而在追逐私利时，采用了不同的手段。各位局长是逢迎拍马、谄媚取宠，秘书长则是见风使舵、指鹿为马。省长大人的技巧是最高明的，他口头上一再强调应“以俭养廉”，摆出了一副清官的面孔，实际上爱财如命，利用职权想尽一切办法变相地贪污。只讲几句冠冕堂皇的话，“洋毯”便廉价地掠入手中。他借侍从之口给县官们开列十大罪状并装气病以进行敲诈勒索，并且还要以找秘书为由，把知县太太（刘小姐）占为己有，同时也不忘借宣布结婚再捞上一笔。官场中一切的丑恶现象，诸如金钱、权势、色欲、裙带关系等等，都展现于这同一舞台之上。作品中几乎所有人物都是反面角色，作者以漫画式的夸张的笔触放大了他们的丑态，让坏人严肃认真地扮演着荒唐滑稽的戏。在语言特色方面，这几个片断的语言凝练生动，尖锐辛辣，正话反说，反话正说，颠颠倒倒，丰富多彩，让人物用高尚的语言表达不道德的思想，用体面严格的词汇去描写卑劣的行为，有一种独特的戏剧效果。

6　关汉卿（节选）

田　汉

【欣赏任务】

1. 了解田汉、关汉卿的生平。
2. 熟悉作品中的人物关系。
3. 掌握作品的主要矛盾冲突。
4. 明确以诗入剧的作用。

【经典篇目】

第八场

［元至元十九年（1282）三月末的大都狱中。深夜，狱吏设案问供，狱卒狰狞分列，虽在暮春，气象严冷。狱吏翻案件后，望望管牢房的禁子和禁婆。］

狱吏　这几天关汉卿还安静吗？

禁子　还好。

狱吏　谁来看过他？

禁子　他的家人关忠。

狱吏　就他吗？

禁子　还有杨显之、梁进之等人，王实甫也托人送了些吃用的东西。还有一位刘大娘跟她女儿带东西来要见他，没有让她们见。

狱吏 东西都给了关汉卿吗？

禁子 照您吩咐的，都给了他。

狱吏 以后，谁也不让见，也不许人家送东西给他。（望禁婆）朱帘秀也是一样，知道吗？

禁子
禁婆 知道了。

狱吏 有谁来看过朱帘秀？

禁婆 她的徒弟燕山秀也来过，何总管也托人送了些东西。

狱吏 还有呢？

禁婆 没有了。

狱吏 从今天起多留点儿神！

禁婆 是了。

狱吏 那个赛帘秀呢？还骂吗？

禁婆 还骂，可是也安静些了。只是眼睛里还出血，给她医吗？

狱吏 说不定上面要提她，不要死在咱们这里，找个大夫给她擦点儿药吧。有人来看她吗？

禁婆 一个唱戏的欠耍俏几乎每隔两天就来看她一次。

狱吏 唔，以后也不让看了。来，提关汉卿！

狱卒 提关汉卿！

（禁子下，不一时，闻铁链镣铐相击声。关汉卿上。

禁子 跪下！

（关汉卿昂然不跪，禁子拿棒要敲他的腿。）

狱吏 （制止）别难为他。（向关汉卿）关汉卿，你坐下吧。（向狱卒）给他一条小凳。

（狱卒给凳，关汉卿坐下。）

狱吏 怎么样？这些日子还好吗？

关汉卿 唔，日月照肝胆，霜雪添须眉，可还死不了。

狱吏 是啊，真是不愿你死啊，你的文章我不懂，可是你的医道真高明，我娘吃了你的药好多了，她是多年的风湿，真没有想到好得那么快，已经能拄着拐杖自己走道儿了。

关汉卿 走走有好处，老年人可也不能太累。

狱吏 是是，真是谢谢你；可是，关汉卿，你的案情越扯越大了。说老实的，恐怕很难救你，怎么办呢？

（狱卒中也有人交头接耳。）

关汉卿 （诧异）“越扯越大”了？

狱吏 对。大得够瞧的了。你认识一个叫王著的吗？

关汉卿 王著？

狱吏 对。当益州千户的王著，记得吗？你跟他什么交情？

关汉卿 唔，记起来了，有这么个人，在玉仙楼演《窦娥冤》的时候，他到后台来看过我们。

狱吏 他看了你们的戏，很受感动，对吗？

关汉卿 他那么说，他很兴奋，还在场子里喊过“与万民除害”。我们就见过那一次，没有什么交情。

狱吏 是啊，他后来就当真干起来了！祸闯得不小。你有一位老朋友叫叶和甫的吗？

关汉卿 唔，有那么一个人，不是什么老朋友。

狱吏 他要来跟你谈谈。

关汉卿 我跟他没有什么可谈的。

狱吏 谈谈吧，对你许有些好处。（向内）叶先生，请吧！

（叶和甫从里面走出来，对关汉卿很关切的口气。）

叶和甫 哎呀，老朋友，真想不到在这样的地方跟你见面。当初你不听我的话，我害怕总会有这么一天，所以我说，《窦娥冤》最好别写，要写必定是祸多福少，现在怎么样？不幸而言中了吧。

关汉卿 （鄙夷地）你要跟我谈什么，快说吧。

叶和甫 瞧你，还这么急性子，不是应该熬炼得火气小一点儿吗？

关汉卿 （不耐）有话快说吧！

叶和甫 （跟狱吏耳语）……

狱吏 （对狱卒们）你们都走开。

（狱卒们走开。）

叶和甫 （低声）好，汉卿，先告诉你一个极可怕的消息，你那位朋友王著跟妖僧高和尚同谋，上个月初十晚上，在上都，把阿合马老大人和郝祯大人都给刺了！

关汉卿 唔，真的？

叶和甫 千真万确的，现在大元朝上上下下都为这事件发抖。你看这是国家多么大的不幸！

关汉卿 你还想告诉我什么呢？

叶和甫 我就是想告诉你，你不听我的劝告，闯出了多么大的乱子！逆臣王著就因为看过你的戏才起意要杀阿合马老大人的。

关汉卿 （怒）怎见得呢？

叶和甫 许多人听见他在玉仙楼看《窦娥冤》的时候喊过“为万民除害”，后来他在上都伏法的时候又喊：“我王著为万民除害”，而且你的戏里居然还有“把滥官污吏都杀坏”的词儿——

关汉卿 （按捺住怒火）你觉得“滥官污吏”应不应该杀呢？

叶和甫 这——“滥官污吏”当然应该杀。

关汉卿 我们应不应该“与万民除害”呢？

叶和甫 唔，当然应该。可是王著把刺杀阿合马老大人当作“与万民除害”就不对了。

关汉卿 杀阿合马是否与万民除害，天下自有公论。若说王著看了我的戏才起意要杀阿合马，那么高和尚没有看过我的戏，何以也要杀阿合马呢？

叶和甫 这——

关汉卿 我们写戏的离不开褒贬两个字。拿前朝的人说，我们褒岳飞，贬秦桧。看戏的人万一在什么时候激于义愤杀了像秦桧那样的人，能说是写戏的人教唆的吗？

叶和甫 汉卿，你这话何尝没有一些道理，可是如今正在风头上，皇上和大臣们怎么会听你的？再说，我今晚来看你，倒也不是为了跟你争辩《窦娥冤》的后果如何，（又低声）我是奉了忽辛大人的面谕来跟你商量一件大事的。你的案情虽说是十分严重，可是只要你答应这件事，还是可以减等甚至释放你的。

关汉卿 我跟忽辛没有什么好商量的！

叶和甫 别这么火气大，老朋友，这事你也吃不了什么亏。反正王著已经死了，没有对证，只要你在大臣问你的时候，供出王著刺杀阿合马大人是想除掉捍卫大元朝的忠臣，联合各地金汉愚民图谋不轨。只要你肯这样招供，不只你的案子可以减轻，忽辛大人为了酬劳你，还预备送你中统钞一百万。这不少哇，老朋友。

关汉卿 （怒火难遏）你还有什么说的？

叶和甫 没有别的了。今晚就为的跟你谈这件大事来的。

关汉卿 你过来我跟你商量商量。

叶和甫 你答应了吗？（过去）

关汉卿 我答应了。（他重重的一记耳光，竟把叶和甫打倒在地下）

叶和甫 汉卿，我好好跟你商量，你怎么动起粗来了？

关汉卿 狗东西，你是有眼无珠，认错了人了。我关汉卿是有名的蒸不烂、煮不熟、捶不扁、炒不爆，响铛铛的铜豌豆，你想替忽辛那赃官来收买我？我们中间竟然出了你这样无耻的禽兽，我恨不能吃你的肉！

叶和甫 （狰狞无耻的面目毕露）你不答应，好，那你等着死吧。

关汉卿 死也不跟这无耻的禽兽说话了！狱官，让我回号子去。

狱吏　那么，（对叶和甫）叶先生，您回去吧！

（叶和甫溜下。狱卒再集合。）

狱吏　关汉卿，你对。你若真照他说的招供了，我们汉人又该倒霉了。姓叶的回去，必然报告忽辛，忽辛必然追你的案子。你是个好人，又承你医好我娘，只恨我官小力微，帮不到你别的忙，给你送个信儿吧；你也就是这一两天的事了。没有别的，有什么要料理的，或是有什么话要告诉人家的，只要没有什么大关碍，我都可以跟你效劳转达。想吃点什么吗？我也可以给你买些。

关汉卿　（兴奋之后，定了定有些乱的心）谢谢你。我什么也不要吃，也没有什么要料理的。看你倒是挺疼你母亲的，这里有一封信，等我的事完了，请转给我母亲吧。千万别吓着她老人家，这也是像窦娥不愿走前街一样的心愿吧！

狱吏　（接信收起）好，我一定照你的意思送到，你可以放心。

关汉卿　明天可以让关忠来一趟吗？

狱吏　对不起，办不到了。

关汉卿　那也好。

狱吏　还有什么要对人家说的话吗？

关汉卿　话很多，此时不知从哪儿说，也不知该对谁说。（忽然想起）能不能让我跟朱帘秀再见一面呢？

狱吏　这——也好吧。我可以担待一下。不过你跟她说有什么用呢？她的情形跟你一样。

关汉卿　这也叫"涸泽之鱼，相濡以沫"吧。你能担待一下，就请费心。

狱吏　（对禁婆）来！提朱帘秀。

禁婆　是。

（禁婆下去不久，领朱帘秀罪衣罪裙，铁锁锒铛地上来。）

朱帘秀　（跪）给老爷叩头。

狱吏　起来吧。关汉卿有话跟你谈。给你们半刻。（对禁子）谈完了送他们回号子，留心着点儿！（对狱卒）我们撤了吧。

（他们下。场上只有关汉卿、朱帘秀两人。）

朱帘秀　咱们总算又见面了，汉卿。

关汉卿　（沉重地）恐怕也就是这一面吧。

朱帘秀　（受感染地）是吗？

关汉卿　你还记得那位王千户吗？

朱帘秀　玉仙楼后台见过的那位王著？

关汉卿　就是他。

朱帘秀　我只跟他说过两句话，就觉得他是个挺爽快的人，可没想到他能做出这样感天动地的大事，他真不愧是我们《感天动地窦娥冤》的好看客啊。

关汉卿 你还说得这样带劲儿，他杀了阿合马你知道了？

朱帘秀 知道了。昨天来了个同号子的，是王千户住在大都的婶娘。她告诉我王千户临刑的时候还喊着说：“我王著与万民除害，我现在死了，将来一定有人把我的事写上一笔的。”他真了不起！

关汉卿 是啊，就有人把这和我们的戏词儿“与一人分忧，万民除害”附会在一起，说我们教唆王著杀害朝廷大臣，所以我们的案情就加重了。

朱帘秀 可不是“与万民除害”吗？阿合马好狠的心，把我徒弟的眼睛都给挖了。

关汉卿 没想到王著给她报了仇，也给我们报了仇。我真想写他一笔，咳，可惜没有时候了。

朱帘秀 没有时候了？

关汉卿 刚才狱官给我送信来了。一两天之内我就完了，你只怕也跟我一样。他要我们趁早把该料理的事，该嘱咐人家的话告诉他，他可以给我们转达。你有什么要他转达的吗？还有，想吃些什么他也可以代买。（见她紧张）哎呀，四姐，你你你不害怕吗？

朱帘秀 （变色，但力自镇定）不害怕。

关汉卿 四姐，真是对不起，为了我的著作，竟然把你连累到这个地步。

朱帘秀 什么话？我不说过你敢写我就敢演吗？说这话的时候，我就打算有今天的。

关汉卿 可是哪知道这一天来得这么快。

朱帘秀 迟早反正一样。我从没有像这些日子这样活得有意思，我觉得我越来越跟大伙儿在一块了。不是吗？老百姓恨阿合马，我们也恨阿合马，而且敢于跟他们斗！王著替大伙儿除害，他死了，我们也站在王著这一边，跟坏人一直斗到死。窦娥不正是这样的女人吗，她至死也不向坏人低头。我喜欢这样的女人，我也愿意像她一样的死去。瞧我还穿着窦娥的行头，跟窦娥一样的打扮，回头还要跟窦娥一样的倒下去。我一定也不会轻易倒下去的，汉卿，在倒下去以前我一定像窦娥一样的喊着，不，也许像王著一样的喊着：“与万民除害呀！”你看行吗？我现在真不知道是在过日子，还是在台上。我要像在台上一样，对着成千上万的看的人一点儿也不胆怯。说真的，你刚才告诉我我们快要死的消息，我心里还有点乱。这会儿好多了，我会像窦娥那样坚强的，你放心。

关汉卿 你也放心，四姐。我姓关，现在虽算是大都人，我原籍却是蒲州解良，我也会像我祖宗那样英雄地死去的。“玉可碎而不可改其白，竹可焚而不可毁其节”，这也正是我今天的心胸。

朱帘秀 咳，我最不能瞑目的是玉仙楼那天晚上，我托和卿设法让你连夜逃走，你怎么不走，反而第二天晚上来看戏呢？你那样爱看戏吗？

关汉卿　我怎么能走？我怎么能让你一个人承担那样重的担子？

朱帘秀　我有什么？大不了一个唱杂剧的歌妓，怎么能比得你？你是一代作者，你替我们杂剧开了一条路，歌台舞榭没有你的戏，人家就不高兴。你正应该替大伙儿多写些好东西，多替“有口难言”的百姓们说话，多替负屈衔冤的女子们申冤，可是，可是于今你也跟我一样，就这么完了，那怎么行？叫他们杀了我吧，千万把你给留下……（她哭了）

关汉卿　四姐，谢谢你的好心。我们的死不就是为了替百姓们说话吗？人家说血写的文字比墨写的要贵重，也许，我们死了，我们的话说得更响亮。可是你不像我，我已经快五十的人了，你还年轻，工夫好，那么早就成了名角儿，你死了人家要埋怨我的。不是伯颜老太太那样疼你，还说要认你做干闺女吗？干吗不写封信给她，求求她，我想一定有好处的。信可以托何总管转去，准能收到，快点写吧。要不，我给你代笔也成。

朱帘秀　那么你呢？你也求求她吧。

关汉卿　我怎么能求她？

朱帘秀　那为什么我就应该求她呢？她还不是杀人不眨眼的伯颜丞相的老太太吗？她疼我无非我这个女戏子把她给逗乐了。她也不是真懂我们的戏的，她不过让人家说她是多么慈悲，瞧戏都流眼泪。其实呢，伯颜丞相今天在这里屠城，明天在那里杀降，她半点眼泪也没有流过。我就恨这样的女人，我还去求她？死也不求她！

关汉卿　不求她那就得——

朱帘秀　就得死。跟关大爷这样的人一道死，我还有什么不足呢！我修不到跟你生活在一块儿，就让我们俩死在一块儿吧，汉卿！（她紧握着关汉卿的手）

关汉卿　四姐，我觉得我们的心没有比这个时候靠得再紧的了。入狱的时候，我就打算有今天。前天晚上，我写了一个曲子叫《双飞蝶》，想给你看看，他们害怕，不给传递，我也没有勉强。现在我亲自交给你吧。要是你能唱唱该多好。

朱帘秀　给我。（接过去）

关汉卿　写得很乱，你看得清楚吗？

朱帘秀　看得清楚。（她半朗诵，半歌唱地）

将碧血、写忠烈，
作厉鬼、除逆贼，
这血儿啊，化作黄河扬子浪千叠，
长与英雄共魂魄！
强似写佳人绣户描花叶；
学士锦袍趋殿阙；

浪子朱窗弄风月；
虽留得绮词丽语满江湖，
怎及得傲干奇枝斗霜雪？
念我汉卿啊，
读诗书，破万册，
写杂剧，过半百，
这些年风云改变山河色，
珠帘卷处人愁绝，
都只为一曲《窦娥冤》，
俺与她双沥苌弘血；
差胜那孤月自圆缺，
孤灯自明灭；
坐时节共对半窗云，
行时节相应一身铁；
各有这气比长虹壮，
哪有那泪似寒波咽！
提什么黄泉无店宿忠魂，
争说道青山有幸埋芳洁。
俺与你发不同青心同热，
生不同床死同穴；
待来年遍地杜鹃花，
看风前汉卿四姐双飞蝶。
相永好，不言别！（她十分感动）
哦，汉卿！（她拥抱关汉卿）

（禁子、禁婆上。）

禁子 半刻完了。回去吧。（分开他们）

禁婆 听你们说得怪可怜的，以后只怕没有见面的时候？容你们一别吧。

朱帘秀 不。

关汉卿 我们不告别，我们永久在一起的。

禁婆 那么回号子吧。

（禁子牵着关汉卿，禁婆牵着朱秀帘，铁锁锒铛地各归狱室。——暗转）

（选自《田汉文集》第七卷，田汉著，中国戏剧出版社 1987 年版）

【走近作者】

田汉（1898 ～ 1968），原名寿昌。湖南长沙人。剧作家、诗人，中国现代戏剧奠基人。

1921年，与郭沫若、成仿吾等组织创造社，后又参与创办《南国半月刊》、南国电影社及南国社等团体。1930年，发起成立了中国左翼作家联盟、左翼戏剧家联盟等。1932年参加中国共产党，从此参与了党对文艺的领导工作。新中国成立后，为繁荣戏剧创作、推动戏曲改革等做了大量的工作。有话剧、歌剧60部，电影剧本20余部，戏曲剧本24部，代表作有《获虎之夜》《乱钟》《名优之死》《回春之曲》《丽人行》《关汉卿》《文成公主》等。他重视传统戏曲艺术，改编成的剧目有《白蛇传》《西厢记》《谢瑶环》等。

阅读门径

《关汉卿》是田汉1958年为纪念元代戏剧家关汉卿创作活动七百周年而写的，它是田汉话剧的压卷之作，是中国当代戏剧的三大名作之一，与老舍的《茶馆》、郭沫若的《蔡文姬》在话剧史上齐名。

作品以《窦娥冤》的创作和演出为主要线索，突出地表现了关汉卿“以杂剧为武器，为斗争而创作”的战斗精神，以及歌妓朱帘秀“以演剧为武器，用生命来斗争”的崇高品格。全剧共12场，本文节选部分为第八场。在此之前，关汉卿冒风险替民喊冤创作了《窦娥冤》，并邀朱帘秀来演出，后又因不从权贵阿合马改稿之命，结果与朱帘秀一同被捕入狱。本场戏中，关、朱二人面对叶和甫的威逼利诱，顽强抵抗，视死如归。关汉卿身带铁链镣铐，“昂然不跪”，将前来诱降的叶合甫重打一耳光；朱帘秀也决心效仿“窦娥惊天动地泣鬼神”的死，两个人都已准备好用生命来捍卫替民喊冤的《窦娥冤》。本场戏分为前后两个部分，先是叶和甫诱关招降，再是关、朱互诉衷肠。其中最动人处就是吟唱的那一曲“蝶双飞”。“以诗入剧”，诗情与剧情相融合，是田汉剧作的一贯特点。一曲“蝶双飞”词出自关汉卿笔下，调唱在朱帘秀口中，将爱情引向一个净化人生、升华人格、感人至深、催人泪下的悲壮境界。“将碧血、写忠烈，作厉鬼、除逆贼”可见宁死不屈的精神异常坚定，“俺与你发不同青心同热，生不同床死同穴；待来年遍地杜鹃花，看风前汉卿四姐双飞蝶”可见彼此间的情意真挚深沉。这首词曲不仅使关汉卿的思想情感凝练升华，更使得全剧的悲壮气氛达到高潮。从结构角度看，“蝶双飞”句式长短错落有致，对仗整齐。从抒情角度看，“蝶双飞”，既是悲壮的战斗宣言，又是忠贞的爱情誓言，增添了抒情色彩。从全剧情节安排来看，“蝶双飞”又是剧情发展的高潮，推动了情节的进一步发展。

能力提升

1. 将《关汉卿》改写成一则短篇小说。

2. 分析对比《北京人》中愫方与瑞贞两个人物形象的异同。

3.《北京人》被公认为是曹禺一出颇有点儿契诃夫戏剧味道的戏。试着对照契诃夫《三姐妹》第四幕和曹禺《北京人》第三幕的相关段落，体会曹禺所追求的“寓深邃于平淡之中”的诗化戏剧的妙处。

4. 举例说明《升官图》中如何运用漫画式的夸张手法塑造人物形象。

5. 根据学过的喜剧作品，总结说明喜剧的特点。

比较阅读

曹禺谈《北京人》

创作总是有现实生活依据的；但是，它又不是简单地按照现实那个样子去写。创作也是复杂的，这其中有着许多似乎说不清楚的因素在起作用。当你写作的时候，真是“寂然凝虑，思接千载；悄焉动容，视通万里”，那些生活的印象，人物、场景、细节等等都汇入你的脑海之中，在化合，在熔铸，在变化，是在创造新的形象、新的场景、新的意境。

我写《北京人》时，记忆不仅把我带到我的青年时代，而且带回到我的孩提时代。那是非常奇怪的，不知怎么回事，那些童年的记忆就闯入我的构思之中。譬如第三幕，愫方和瑞贞谈着知心话，在瑞贞说话的时候，由远远城墙上断续传来未归营的号手吹着的号声，在凄凉的空气中寂寞地荡漾，一直到闭幕。我为什么这么写，这个印象是有生活根据的。在我六七岁的时候，父亲到宣化任镇守使，我一个人非常寂寞，就常常走到城墙上坐着，经常听到那种单调的却又是非常凄凉的号声。偌大的宣化城，我一个小孩子，知道自己没有了亲生的母亲，心情是十分悲凉的，听到那号声似乎是在呜咽，在哭泣号声引起的是伤痛，是心灵的寂寞和孤独。我写这一幕时，这种生活的印象和感受便进入形象思维之中，化入这场戏的意境和氛围之中。它当然和我童年的生活有联系，但又不是我那时生活印象和感受的简单重现。

人们总爱问我，你剧中的人物是写的某某人吧？碰到这种发问，我总是不以为然。我常说，我十分熟悉我剧中的人物，但这并不等于说我写的就是生活中熟悉的某个人。《北京人》中的曾皓这个人物，就有我父亲的影子，但曾皓毕竟不是我父亲的再现。我对我的父亲的感情也是很复杂的，我爱他，也恨他，又怜悯他。他是很疼爱我的，他盼着我出国留学。那时，家境逐渐欠佳，他就对我说：“为了你留学，我再出去奔一奔，赚点钱！”曾皓的台词也有类似的话，就是从我父亲那里借来的。还有，曾皓发现文清还偷着抽大烟，于是便跪在文清面前，求他不要再抽了，这个细节也取自我的父亲。我父亲这个人总是望子成龙，他看我的大哥不争气，便恨他。我大哥也抽鸦片烟。有一次，我父亲对我说："你哥哥又抽大烟了，我就给他跪下，求他！"像这些，我就说曾皓有我父亲的影子。但是，我的家和曾家不大一样，我的父亲也和曾皓不一样。曾家这个封建官宦的世家，曾经是炫耀几代、气象轩豁的望族，而如今却是家道衰微，内里蛀空，徒有其表了。这个家庭，我是有生活依据的。我认识这样一个家庭，它的老主人就颇有曾皓的遗老之风，原先在北平也是颇有名气的官宦人家，现在败下来了，手中还有点钱，便还摆着阔绰的架势，每天去中山公园吃茶、聊天。他家少爷、姑娘不少，外表看上去，都是知书明礼的，一到夜晚，少爷们就把家里的东西偷出去卖。曾家的住宅，小花厅的格局，诸如装饰摆设，都和我认识的这一家有点关联，但是，又不全是这一家的。《北京人》中的北平的秋天景象和生活习俗，我是根据剧情费了些思索的。像白鸽的哨响，还有奶妈送给文清的鸽子，北京胡同里的水车的"吱扭扭"的声音，剃头师傅打着"唤头"的声响，我有的用来作为渲染刻画典型环境，有的就融入人物的创造。

至于思懿、愫方、文采、瑞贞这些妇女形象，我记得曾经同你谈过，我很熟悉她们。特别是像愫方这样秉性高洁的女性，她们不仅引起我的同情，而且使我打内心里尊敬她们。中国妇女中那种为了他人而牺牲自己的高尚情操，我是愿意用最美好的言辞来赞美她们的，我觉得她们的内心世界太美了。说到这里，还可以插入一段故事。大概是1957年，中央广播电视剧团演《北京人》，周总理去看戏了散场后，他请剧团把第三场"天塌了"那场戏重演一遍。总理看完后就问导演说，台词中"把好的送给别人，坏的留给自己"这句，是不是新给愫方加的？导演说，原来的本子上就有。总理说，那就好。在那黑暗的年代里，我就是这样理解愫方这些妇女的，我没有夸张。人都说愫方傻，她怎么能爱上文清这个"废物"？她不是傻，是她心地晶莹如玉，是她忘记了自己只有"天塌了"，她才能改变她的看法。她跟着瑞贞走了，毅然决然地走了，的确是"天塌了"。她总是向往着美好的未来的，离开这个家，也说明她对美好的前途的憧憬和追求。思懿这个人是招人恨的；她的性格虽然奸险，她也有她的难处。她为人惹人嫌恶，但这个"家"是她支撑着。

生活的感受终于化为舞台形象，或者写到剧本里，是要经过许许多多的过滤、透视，经过蒸腾，或是说是发酵才能实现的。这里，既有思想的，也有感情的、心理的因素。在《北京人》中，我不止一次提到耗子。我为什么会写耗子？曾皓老是把儿孙比作耗子："活着要儿孙干什么哟，要这群像耗子似的儿孙干什么哟！"我在北方生活，也看到过耗子，印象不深。抗战期间到了四川江安，江安的耗子好大哟，耗子成了灾我。准备写历史剧《三人行》，把搜集来的资料放到抽屉里，想不到资料与一部分稿子被耗子啃啮成了碎片，那是费了不少心思得来的。有一次，耗子竟然钻到我的棉袍子里，吓了我一跳。因之，我就对耗子格外憎恶。吴祖光同志为此曾写过一篇《鼠祟》，他说的是实情。

但是，一旦我把耗子写入《北京人》里，就不是我那时对耗子的憎恶所能概括得了，可以说，是那时对耗子的认识，对耗子的厌恶的一种延伸、升华。它含蓄着更多的东西，但又不是直接说出来的。你说耗子是象征什么隐喻什么，说什么都可以，那就任凭群众去联想了，也任凭评论家去分析了。我写的时候，倒没有想得那么多。

我总觉得现实主义的东西，不可能那么现实。在这个戏里，瑞贞觉悟了，愫方也觉醒了，我清楚地懂得她们逃到什么地方去了，那就是延安。但是，我没有点明。她们由袁任敢带到了天津，检查很严，又是在日本占领的地区。这样写，不但要写到日本侵略军，当然把抗战也要连上了。这么一个写法，戏就走了"神"，古老的感觉出不来，非抽掉不可。这个戏的时代背景是抗战时期，但不能那样写，一写出那些具体的东西，这个戏的味道就不同了。这点，我和有些人的主张是不大一样的。现实主义当然要写时代，但不一定把那个时代的事都写进去。写对时代的感觉，我很佩服我的师辈茅盾先生，时代感写得很准确，政治是个什么情况，经济是个什么情况，都写进去了。这个戏是在四川江安写的，写的是北平要明写，袁任敢带瑞贞走，他是有路子的，他自己可能就是共产党人，或者是靠近党的人士，他装傻就是了。甚至连江泰也知道瑞贞是接近共产党或进步人士的。我不能这样写，我也不愿意这样写，更不能把这些都写个透底。如果这样，我就觉得这样的戏失去了神韵。说得明白些，戏就变了味，就丝毫没有个捉摸劲儿，也就没有"戏"了。说到底，我的体会是，坚持现实主义创作路子，并不是说都按现实的样子去画去抄。我还是那句话，现实主义的东西，不可能那么现实。

《北京人》里的瑞贞去的是延安，我没有指明。但在我的剧本前面，我引了唐朝诗人王勃的两句诗："海内存知己，天涯若比邻。"这是隐喻共产党的朋友们的。那时，我已经见过周恩来同志了，他不单是作为一个长我一辈的南开学长，更是作为一个革命家来关心一个年青作者的，从政治上指点着前进的方向，生活上也给予我无微不至的关怀。国立剧专也有党的支部，当然是不公开的。我知道谁是共产党员，我不说，我心中明白。我的学生方瑄德、梅朵等都是党员，他们每天都到我家里来。从他们身上我受到启示和鼓舞，他们同我讨论着我的作品，那么坦诚那么友爱。我总是怀念江安那些十分清苦但却充满令人温暖的师生情谊的生活。我家的房东，他的大儿子和大儿媳，都是共产党人，都是我家里的常客。我就生活在这些共产党人身边。可以说，写《北京人》是党影响着我。

我曾说过，我喜爱契诃夫的戏剧，受过契诃夫的影响。《日出》还不能说有契诃夫的影响，《北京人》是否有点味道呢？不敢说。但我还是我。契诃夫那种寓深邃于平淡之中的戏剧艺术，确曾使我叹服。像他的《三姐妹》，每次读了都使我感动。在苏联莫斯科艺术剧院，我看过演出，更迷恋着他的艺术。但是，只能说是受点影响。我以为学某某艺术家，学是学不像的。契诃夫的戏剧，中国是演不出来的，就是演得出，也没有很多人看，学外国人的好的东西，是不知不觉的，是经过消化的。不是照搬模仿，而是融入，结合。在这种融入结合之中，化出中国自己的风格，化出作家自己的风格，总之，是引出新的创造来。我说《北京人》受点影响，但我还是那句老话，我写作时，也没想到我是在学习那位大师。

（选自《曹禺论创作》，上海文艺出版社 1986 年版）

第三节 外国戏剧

文本综要

戏剧的起源在古希腊。大约公元前 5 世纪，古希腊戏剧达到全盛时期。

古希腊悲剧起源于酒神祭祀。在祭祀中，合唱队会表演歌舞祭祀酒神狄俄尼索斯，这种歌舞被称为“酒神颂”。“酒神颂”发展到后来，逐渐扩大到神话和英雄传说的范围，悲剧的形式逐步发展和完善，成为一种固定的叙事体。古希腊历史上诞生了三位著名的悲剧诗人，分别是埃斯库罗斯、索福克勒斯和欧里庇得斯。他们代表了古希腊悲剧艺术“兴起—繁荣—衰落”各个时期的最高成就。埃斯库罗斯，被誉为“悲剧之父”，代表作品有《被缚的普罗米修斯》。讲述了“盗火者”普罗米修斯从天界为人类带来光明与温暖，甘受宙斯惩罚的故事。索福克勒斯，被誉为“戏剧艺术的荷马”，代表作品《俄狄浦斯》，标志着希腊悲剧艺术完美结构的典范。作品以倒叙“追凶”的方式讲述了俄狄浦斯王发现自己就是“杀父恋母”的罪魁祸首，其悲剧的感染力特别使人震撼。欧里庇得斯，被称作“心理戏剧的鼻祖”，代表作《美狄亚》。写取回金羊毛的英雄依阿宋的妻子美狄亚不惜杀害自己的孩子复仇的故事。在后来的女权主义者看来，它最早提出了妇女问题。古希腊悲剧并非一定要“悲”，而是在于表现崇高壮烈的英雄主义思想，严肃是悲剧的特征。根据亚里士多德的定义，古希腊悲剧“描写的是严肃的事件，是对有一定长度的动作的模仿；目的在于引起怜悯和恐惧，并导致这些情感的净化；主人公往往出乎意料地遭到不幸，从而造成悲剧，因而悲剧的冲突成了人和命运的冲突”。

古希腊喜剧发源于农民庆祝节日丰收的歌舞活动。古希腊喜剧出现的时间比悲剧要晚，主题也被认为没有悲剧来得崇高和严肃。阿里斯托芬是古希腊喜剧大师，代表作品有《蛙》《云》等，以讽刺那时权威人物的日常行为取乐逗笑。

古罗马的戏剧成就主要体现在普劳图斯的喜剧上，他的《一坛黄金》和《孪生兄弟》分别为后来莫里哀的《悭吝人》和莎士比亚的《错误的喜剧》的创作提供了素材。

中世纪时，教会为了更有效地宣传宗教而创造了宗教戏剧，它是从教会仪式中的唱诗演变出来的。随着市民阶层的壮大，15 世纪后又出现了世俗戏剧，主要包括道德剧、愚人剧和笑剧。

英国文学是欧洲文艺复兴运动的高峰，这一时期英国文学中最耀眼的要属戏剧创作，出现了一大批才华横溢的剧作家，如莎士比亚、基德、琼生、马洛等。莎士比亚的戏剧创作博采众长，取基德的情节结构、学马洛的激情气势、有琼生的细致坚实，在历史剧、喜剧、悲剧等方面均取得卓越成就。

17 世纪的古典主义文艺思潮中法国戏剧显示出了强大的影响力。莫里哀是此时期的喜剧大师，创作出了《唐璜》《恨世者》《悭吝人》《伪君子》等优秀作品，塑造出了阿巴贡、答丢夫等许多个性鲜明的文学典型形象。

18 世纪，歌德创作出诗剧《浮士德》，这部耗时近 60 年写成的作品，代表了启蒙运动中文学的最高成就。

19 世纪，雨果成为法国浪漫主义文学领袖，他发表了《艾那尼》等剧作，标志了浪漫主义对古典主义的胜利。

19 世纪中后期，欧洲社会关系的急遽变化，使得批判现实主义占据文学主流位置。俄国的果戈理和挪威的易卜生是批判现实主义在戏剧文学方面的代表。果戈理的喜剧《钦差大臣》《死魂灵》，用夸张的手法对俄国农奴制度和官僚制度进行了无情的嘲讽。易卜生被誉为“现代戏剧之父”，他的作品以“社会问题剧”为主，将道德、法律、婚姻、家庭等一系列问题带入戏剧，展开论辩，引人思考，如《玩偶之家》《人民公敌》等。

进入 20 世纪，戏剧创作呈现出多元化发展，作家们尝试用自然主义、表现主义、象征主义以及意识流等方法进行创作，影响最大的是两位诺贝尔文学奖获得者，美国的奥尼尔和意大利的皮兰德类。此外，法国萨特的《间隔》等存在主义戏剧，爱尔兰贝克特的《等待戈多》等荒诞派戏剧，打破了传统戏剧的常规，是现代戏剧新的探索。

7 哈姆雷特（节选）

［英］莎士比亚

【欣赏任务】

1. 认识欧洲文艺复兴时期的人文主义思想，了解莎士比亚及其作品。
2. 体会莎士比亚悲剧的特点及其戏剧语言的艺术特点。
3. 诵读品味人物诗化的语言。

【经典篇目】

第三幕

第一场　城堡中一室

（国王、王后、波洛涅斯、奥菲利娅、罗森克兰兹及吉尔登斯吞上。）

国王　你们不能用迂回婉转的方法，探出他为什么这样神魂颠倒，让紊乱而危险的疯狂困扰他的安静的生活吗？

罗森克兰兹　他承认他自己有些神经迷惘，可是绝口不肯说为什么缘故。

吉尔登斯吞　他也不肯虚心接受我们的探问；当我们想要从他嘴里知道他自己的一些真相的时候，他总是用假作痴呆的神气回避不答。

王后　他对你们还客气吗？

罗森克兰兹　很有礼貌。

吉尔登斯吞　可是不大自然。

罗森克兰兹　他很吝惜自己的话，可是我们问他话的时候，他言辞却很慷慨。

王后　你们有没有劝诱他找些什么消遣？

罗森克兰兹　娘娘，我们来的时候，刚巧有一班戏子也要到这儿来，给我们赶上了；我们把这消息告诉了他，他听了好像很高兴。现在他们已经到了宫里，我想他今晚就要看演出了。

波洛涅斯　一点不错；他还叫我来请两位陛下同去看看他们演得怎么样哩。

国王　好极了；我非常高兴听见他在这方面感兴趣。请你们两位还要更进一步鼓起他的兴味，把他的心思移转到这种娱乐上面。

罗森克兰兹　是，陛下。（罗森克兰兹、吉尔登斯吞同下。）

国王　亲爱的葛特露，你也暂时离开我们；因为我们已经暗中差人去唤哈姆雷特到这儿来，让他和奥菲利娅见见面，就像他们偶然相遇一般。她的父亲跟我两人将要权充一下密探，躲在可以看见他们，却不能被他们看见的地方，注意他们会面的情形，从他的行为上判断他的疯病究竟是不是因为恋爱上的苦闷。

王后　我愿意服从您的意旨。奥菲利娅，但愿你的美貌果然是哈姆雷特疯狂的原因；更愿你美德能够帮助他恢复原状，使你们两个人都能安享尊荣。

奥菲利娅　娘娘，但愿如此。（王后下。）

波洛涅斯　奥菲利娅，你在这儿走走。陛下，我们就去躲起来吧。（向奥菲利娅）你拿这本书去读，他看见你这样用功，就不会疑心你为什么一个人在这儿了。人们往往用至诚的外表和虔敬的行动，掩饰一颗魔鬼般的心，这样的例子是太多了。

国王　（旁白）啊，这句话是太真实了！它在我的良心上抽了多么重的一鞭，涂脂抹粉的娼妇的脸，还不及掩藏在虚伪的言辞后面的我的行为更丑恶。难堪的重负啊！

波洛涅斯　我听见他来了；我们退下去吧，陛下。（国王及波洛涅斯下。）

（哈姆雷特上。）

哈姆雷特　生存还是毁灭，这是一个值得考虑的问题；默然忍受命运的暴虐的毒箭，或是挺身反抗人世的无涯的苦难，在奋斗中扫除这一切，这两种行为，哪一种更高贵？死了；睡着了；什么都完了；要是在这一种睡眠之中，我们心头的创痛，以及其他无数血肉之躯所不能避免的打击，都可以从此消失，那正是我们求之不得的结局。死了；睡着了；睡着了也许还会做梦；嗯，阻碍就在这儿：因为当我们摆脱了这一具朽腐的皮囊以后，在那死的睡眠里，究竟将要做些什么梦，那不能不使我们踌躇顾虑。人们甘心久困于患难之中，也就是为了这个缘故；谁愿意忍受人世的鞭挞和讥嘲、压迫者的凌辱、傲慢者的冷眼、被轻蔑的爱情的惨痛、法律的迁延、官吏的横暴和天才的汗水所换来的小人的鄙视，要是他只要用一柄小小的刀子，就可以清算他自己的一生？谁愿意负着这样的重担，在烦劳的生命的压迫下呻吟流汗，倘不是因为惧怕不可知的死后，惧怕那从来不曾有一个旅人回来过的神秘之国，是它迷惑了我们的意志，使我们宁愿忍受目前的折磨，不敢向我们所不知道的痛苦飞去？这样，这种理智使我们全变成了懦夫，决心的赤热的光彩，被审慎的思维盖上了一层灰色，伟大的事业在这一种考虑之下，也会逆流而退，失去了行动的意义。且慢！美丽的奥菲利娅！——女神，在你的祈祷之中，不要忘记替我忏悔我的罪孽。

奥菲利娅 我的好殿下，您这许多天来贵体安好吗？

哈姆雷特 谢谢你，很好，很好，很好。

奥菲利娅 殿下，我有几件您送给我的纪念品，我早就想把它们还给您；请您现在收回去吧。

哈姆雷特 不，我不要；我从来没有给你什么东西。

奥菲利娅 殿下，我记得很清楚您把它们送给我，那时候您还向我说了许多甜言蜜语，使这些东西格外显得贵重；现在它们的芳香已经消散，请您拿回去吧，因为送礼的人要是变了心，礼物虽贵，也会失去了价值。拿去吧，殿下。

哈姆雷特 哈哈！你贞洁吗？

奥菲利娅 殿下！

哈姆雷特 你美丽吗？

奥菲利娅 殿下是什么意思？

哈姆雷特 要是你既贞洁又美丽，那么顶好不要让你的贞洁跟你的美丽来往。

奥菲利娅 殿下，难道美丽除了贞洁以外，还有什么更好的伴侣吗？

哈姆雷特 嗯，真的；因为美丽可以使贞洁变成淫荡，贞洁却未必能使美丽受它自己的感化；这句话从前像是怪诞之谈，可是现在时间已经把它证实了。我曾经爱过你。

奥菲利娅 真的，殿下，您曾经使我相信您爱我。

哈姆雷特 你当初就不应该相信我，因为美德不能熏陶我们罪恶的本性；我没有爱过你。

奥菲利娅 那么我真是受了骗了。

哈姆雷特 进尼姑庵去吧；为什么你要生一群罪人出来呢？我自己还不算是一

个顶坏的人；可是我可以指出我的许多过失，一个人有了那些过失，他的母亲还是不要生下他来的好。我很骄傲，任性，不安分，我的罪恶是那么多，连我的思想也容纳不下，我的想象也不能给它们形象，甚至于我都没有充分的时间可以把它们实行出来。像我这样的家伙，匍匐于天地之间，有什么用处呢？我们都是些十足的坏人；一个也不要相信我们。进尼姑庵去吧。你的父亲呢？

奥菲利娅　在家里，殿下。

哈姆雷特　把他关起来，让他只好在家里发发傻劲。再会！

奥菲利娅　哎哟，天哪！救救他！

哈姆雷特　要是你一定要嫁人，我就把这一个诅咒送给你做嫁妆：尽管你像冰一样坚贞，像雪一样纯洁，你还是逃不过谗人的诽谤。进尼姑庵去吧，去；再会！或者要是你必须嫁人的话，就嫁给一个傻瓜吧；因为聪明人都明白你们会叫他们变成怎样的怪物。进尼姑庵去吧，去；越快越好。再会！

奥菲利娅　天上的神明啊，让他清醒过来吧！

哈姆雷特　我也知道你们会怎样涂脂抹粉；上帝给了你们一张脸，你们又替自己另外造了一张。你们烟行媚视，淫声浪气，替上帝造下的生物乱取名字，卖弄你们不懂事的风骚。算了吧，我再也不敢领教了；它已经使我发了狂。我说，我们以后再不要结什么婚了；已经结过婚的，除了一个人以外，都可以让他们活下去；没有结婚的不准再结婚，进尼姑庵去吧，去。（下。）

奥菲利娅　啊，一颗多么高贵的心是这样陨落了！朝臣的眼睛、学者的辩舌、军人的利剑、国家所瞩望的一朵娇花；时流的明镜、人伦的雅范、举世瞩目的中心，这样无可挽回地陨落了！我是一切妇女中间最伤心而不幸的，我曾经从他音乐一般的盟誓中吮吸芬芳的甘蜜，现在却眼看着他的高贵无上的理智，像一串美妙的银铃失去了谐和的音调，无比的青春美貌，在疯狂中凋谢！啊！我好苦，谁料过去的繁华，变作今朝的泥土！

（国王及波洛涅斯重上。）

国王　恋爱！他的精神错乱不像是为了恋爱；他说的话虽然有些颠倒，也不像是疯狂。他有些什么心事盘踞在他的灵魂里，我怕它也许会产生危险的结果。为了防止万一，我已经当机立断，决定了一个办法：他必须立刻到英国去，向他们追索延宕未纳的贡物；也许他到海外各国游历一趟以后，时时变换的环境，可以替他排解去这一桩使他神思恍惚的心事。你看怎么样？

波洛涅斯　那很好；可是我相信他的烦闷的根本原因，还是为了恋爱上的失意。啊，奥菲利娅！你不用告诉我们哈姆雷特殿下说些什么话；我们全都听见了。陛下，照您的意思办吧；可是您要是认为可以的话，不妨在戏剧终场以后，让他的母后独自一人跟他在一起，恳求他向她吐露他的心事；她必须很坦白地跟他谈谈，我就找一个所在听他们说些什么。要是她也探听不出他的秘密来，您就叫他到英国去，或者凭着您的高见，把他关禁在一个适当的地方。

国王　就这样吧；大人物的疯狂是不能听其自然的。

（选自《莎士比亚悲剧集》，朱生豪译，燕山出版社 2002 年版）

【走近作者】

威廉·莎士比亚（1564 ～ 1616），文艺复兴时期英国戏剧家，人文主义文学杰出代表。他有 37 部剧作、两部叙事诗和一卷十四行诗流传至今。莎士比亚的戏剧创作主要包括历史剧、喜剧、悲剧和传奇剧。其中以《罗密欧与朱丽叶》《威尼斯商人》《亨利四世》以及被誉为四大悲剧的《哈姆雷特》《奥赛罗》《李尔王》《麦克白》最为著名，这些作品都以情节的丰富性、语言的生动性而“超越时代”，成为不可企及的戏剧典范。莎士比亚的创作标志着近代戏剧的成熟。

阅读门径

《哈姆雷特》是莎士比亚戏剧创作的最高成就。该剧的扉页上写道：“丹麦王子哈姆雷特的悲惨历史。”它取材于 12 世纪的一段丹麦历史，经过莎士比亚的艺术处理，把中世纪的封建复仇故事，改写成一部深刻反映时代面貌、具有强烈反封建意识的悲剧。剧中王子哈姆雷特和国王克劳狄斯的冲突是悲剧的主要冲突，这一冲突深刻地反映了先进的人文主义理想和封建专制的黑暗现实的尖锐矛盾。

节选部分是《哈姆雷特》第三幕的第一场情景。父亲的突然去世、叔父的登基娶母，让哈姆雷特感到疑惑。而父亲的鬼魂显灵，更让哈姆雷特意识到了斗争的尖锐和形势的严峻，不得不装疯卖傻，暗中寻找时机，此举，引起奸王怀疑。奸王安排王子的情人奥菲利娅继续窥探，波澜再起。独白，作为一种直接表达人物情感思想的重要手段，在此片断中得到了很充分的发挥。哈姆雷特一段“生存还是毁灭”的论述，不仅可以看作是一首哲理性的好诗，而且也是理解哈姆雷特性格的一把钥匙。敌人的强大，让他在行动上优柔寡断，常常产生力不从心的感觉，因而内心感到异常的痛苦矛盾。这段独白，实际上是哈姆雷特面对自己内心的一次无情的剖析。在这场深刻的精神搏斗中，哈姆雷特从“生存”与“毁灭”的对立思考中，探究现实社会的弊病和选择行动的理由。问题自问、自解、自答，反复论证之后，“伟大的事业”终因有“赤热的”决心，而不再逆流而退。虽然最终因为孤军奋战，哈姆雷特失败了，但他面对问题时的坦诚态度、坦荡胸怀，以及他坚定的责任感和不懈的抗争追求，却成为对后来者的巨大的鼓舞和激励。

8 伪君子（节选）

莫里哀

【欣赏任务】

1. 了解作品的剧情及人物关系。
2. 品味戏剧语言，理解答丢夫形象的典型性。
3. 掌握喜剧中的“揶揄”手法。

【经典篇目】

答丢夫 我愿上帝大发慈悲保佑您的灵魂和身体全都健康，并且还保佑您的生命，正如侍奉上帝的人群中最卑微的我所祝望的一般。

欧米尔 我很感谢您这番虔诚的祝颂。可是咱们还是坐下谈吧，可以舒服一点。

答丢夫 您的病体完全复原了？

欧米尔 大好了。也不发烧了。

答丢夫 从上帝那里能求下来这种大恩典，我的祷告当然不会有这么大的力量，可是我向上天所诵的一些真诚的祈祷，却没有一次不是为的祈求您早日恢复健康。

欧米尔 您对我太操心了。

答丢夫 您的宝贵的健康，我无论怎么爱惜也是不会过分的；为恢复您的健康，我简直可以牺牲我自己的健康。

欧米尔 您把圣教的善心推广得未免太远了点儿。我对您这种美意真是感激非浅。

答丢夫 您原值得我替您效力，这不过是一点点，还差得多呢。

欧米尔 我原打算和您私下密谈一件事情，我很高兴现在正没有人窥伺我们。

答丢夫 我也很高兴，太太，能够单独和您会面；在我，这的确是甜美的事。这种机会我已向上天请求过多次，可是在这以前上帝总还没赏给我过。

欧米尔 我所希望的就是要您说一句出于肺腑，丝毫没有隐藏的话。（达米斯此时推开一点门，偷着听他们谈话。——原注。）

答丢夫 这可是上天特殊的恩典，我也只想把我整个儿心灵呈献在您的眼前，我想对您发誓，让您知道我对那些慕您美貌到这里来的客人，虽然散布了种种谣言，我对您可并没有丝毫恶意；却多半是由于一种热诚的冲动，完全是一种……

欧米尔 我也知道是如此的，并且相信您操这份心原是为我的好。

答丢夫 （握住她的手指尖）是的，太太，这是毫无疑义的，我的热诚已到了这样的地步……

欧米尔 哎哟！您握得太紧了。

答丢夫 这没有别的缘故，只是因为我热烈得太过分了，我决没有一点点握疼您手的意思。（他把手放在欧米尔膝上。）

欧米尔 您这只手要干什么？

答丢夫 我摸摸您的衣服，这料子多么绵软！

欧米尔 别动手，我是最怕痒的。（她将坐椅退后，答丢夫将椅移近。）

答丢夫 （摸摸欧米尔的帽子）天啊！这花边可真细致，现下的手工活真可说是巧夺天工，从来没见过比这做得更好的。

欧米尔 不错的。不过还是先谈谈咱们的事吧。有人说我的丈夫要悔婚，打算把他的女儿转许给您。告诉我，这是不是真事？

答丢夫 他倒是对我提过几句，不过，太太，老实说，那不是我所追求的幸福，我所衷心希望的美妙的神奇幸福却在别处。

欧米尔 这是因为世俗间的事务，您是任什么也不爱的。

答丢夫 我的胸膛里面关着的并不是一颗铁石的心。

欧米尔 在我看来，我总以为您是一心一意想着天上的事情，在这人世间，没有任何东西值得您留恋。

答丢夫 我们对永恒之美所发生的爱并没有窒息我们对世俗之美所发生的爱；上帝手创的完美作品，我们的官能是很容易被它迷惑住的。从上帝身上反应过来的美，本来就在你们女人身上发着异彩，可是上帝又把他老人家稀有的珍品都陈列在您一人身上：他把那迷人眼、动人心的美，都放在您的脸庞上面，所以我一看见您这绝色美人，就禁不住要赞美手创天地的万物之主，并且面对着一幅上帝拿自己做蓝本画出来的最美的像，我的心不觉就发生了一种炽烈的情爱。最初我很怕这种秘密的爱恋是魔鬼的一种巧计，我因此把您当作了我永生幸福的一种障碍，心里甚至于还决意要躲避着您的美丽的眼睛。不过到后来，可爱的美人呀！我才明白这种爱情原可以不算做罪恶的，我很可以使它和圣洁配合在一起的，于是我就任凭我的心沉溺在爱的里面了。我承认，胆敢把这颗心贡献给您，这是异常冒昧的行为；不过我一切的希望都全凭着您的慈悲善心，至于我个人，原是那样一个废物，尽管努力也是枉然，我根本就没指望单凭自己会发生什么效力，我的希望、我的幸福、我的安慰全部寄托在您的身上；我能享福或是受罪，全都决定于您，只凭您一句话，您愿意我享福，我就能享福，您要我受罪，我就会受罪。

欧米尔 这一番话确是多情；不过，说真的，却有点令人惊奇，我以为您应该使您的心更坚强一些，对于这样一个计划似乎还欠一点儿思索。像您这样一个虔诚的教徒，到处大家都称为……

答丢夫 哎哟！尽管是虔徒，我总是个人呀，一看见您这样天仙似的美人，这颗心可就再也把持不住，什么理智也没有了。我知道由我口里说出这样的话来，未免有点奇怪，然而，太太，我究竟并不是一位天神，倘若您以为我不应该对您表示爱情，那么您只有怪您自己那种撩人的丰姿。自从我一见您那光彩夺目人间少有的美貌，您便成为我整个心灵的主宰；您那美丽眼光包含着的无法形容的温柔击退了我内心顽强的抵抗；禁食、祷告、眼泪，任什么也抵挡不住这种温柔，我的全部心愿都移转在您的美貌多姿上面。我的眼色、我的叹息已经把这种情形向您暗示过一千次，现在为表示得更清楚一些，我再用嘴来对您明说，倘若您肯用一种稍微和善一点的心情来体贴体贴您这不肖奴才的忧伤烦恼，倘若您肯大发慈悲来安慰我一下，肯降尊俯就到我这卑微低贱的人，那么，甜美的宝贝呀！我对您的虔诚一定是举世无匹的虔诚。再说跟我要好，您的名誉是不会有任何危险的，也不必怕我这方面会有什么忘恩负义的举动。那些妇人们所热恋的显贵队里的风流男子，他们的行动是浮躁的，言语是轻狂的，我们看见他们总是喋喋不休地在那里互相夸耀他们情场里的得意勾当，他们得到手的便宜是没有一次不由他们自己叫嚷出去的，你们相信他们，可是他们那张不守秘密的嘴必定使接受他们爱情的人的名誉一败涂地。可是像我们这种人呢，内心燃着的爱情火焰是从不乱说乱道的火焰；和我们来往，守秘密是靠得住永远不会泄露的。我们必须顾全我们自己的名誉，所以被爱的那方面就可以完全高枕无忧；这样，接受了我们这颗心，就可以说是得到了不会惹出任何笑话的爱情与丝毫没有后患的，快乐。

欧米尔 您说的话我都听见了。您这番妙词妙语把对我的心灵要说的话已经相当有力地表白清楚了。可是您就一点儿不怕我会把您这一份热烈的情意告诉我的丈夫吗？您也不怕真要把您这种爱情老老实实地告诉了他，会损坏了他对您的友谊吗？

答丢夫 我知道您是最仁慈不过的人，您一定会宽恕我这样胆大妄为；我的爱情那种强烈的激动固然冒犯了您，但您会想到人是多么软弱而原谅我的，并且您只要自己看一看您的美貌，您就会想到谁也不是瞎子，一个人原是肉做的。

欧米尔 别人遇到这种事也许会换个样子对待，不过我愿意替您保守秘密，我决定不把这件事说给我丈夫听，不过有一件事我也要您替我办到，我要您老老实实，丝毫不许从中捣鬼，促成瓦赖尔和玛丽亚娜的婚事，我要您不再利用这种不公正的权力，不再拿别人的幸福来满足您自己的心意，并且……

（选自《莫里哀喜剧选》，赵少侯、王了一等译，人民文学出版社 1981 年版）

【走近作者】

莫里哀（1622 ～ 1673），原名让·巴蒂斯特·波克兰，17 世纪法国古典主义鼎盛时期的喜剧大师。莫里哀自幼喜爱戏剧，21 岁时和贝雅尔兄妹组织了“光耀剧团”在巴黎演戏。不到两年剧团解散，莫里哀又离开巴黎，参加另一剧团，在法国南部一带流浪献艺 12 年，积累了丰富的生活素材和戏剧实践经验。1658 年，因得到路易十四的赏识，莫里哀率剧团重返巴黎，此后发表了《伪君子》《唐璜》《恨世者》和《悭吝人》等优秀作品。他的作品多是讽刺喜剧，直接取材现实生活，并不断从民间戏剧中吸取营养，因而不但具有鲜明的战斗性和现实性，而且具有浓郁的民族风格。

阅读门径

《伪君子》是莫里哀1664年写的一部五幕诗体喜剧，反映了17世纪中叶教会势力与贵族反动势力勾结在一起，利用宗教来麻痹人民的虚伪本质。主人公答丢夫是个宗教骗子，他以伪装的虔诚骗取了富商奥而恭母子的信任。奥而恭给他的钱时，他总要退一部分；弄死一只跳蚤，他要后悔半天；有谁向奥而恭的后妻欧米尔抛媚眼，他会立即告诉奥而恭。奥而恭甚至要将女儿嫁给他，但答丢夫真正的目标是欧米尔。他向欧米尔的求爱被奥而恭的儿子听到，但答丢夫利用花言巧语骗过了对他的揭发。后来欧米尔用计揭穿了答丢夫的假面具。答丢夫露出真实面目，反咬一口，诬告奥而恭。最终国王英明，洞察实情，逮捕了答丢夫。

本文节选的是第三幕第三场的片断，是答丢夫与欧米尔的一段对话。在此之前答丢夫已经成功地骗取了奥而恭对他的信任与崇拜，决定将原本已经订婚的女儿嫁给他。欧米尔找他来，就是要谈有关于婚事的事。但当答丢夫看到年轻美丽的欧米尔时，马上原形毕露。如果说答丢夫是一只披着羊皮的狼的话，那么，就是在这一次与欧米尔的会面中，他一步步卸下了伪善的羊的外衣，露出了贪婪的色狼的本质来。作者让答丢夫以尊敬、关怀、倾慕、谦逊的口吻说出一连串的绮丽华美之辞，说上帝给了欧米尔的美，旨在突出这个伪君子言语和内心、外形和灵魂之间的强烈反差，增强戏剧效果。这段描写，虽然以答丢夫的表白为主，但欧米尔的语言也很别致，在与答丢夫的周旋中，她不动声色，引蛇出洞，语含讽刺，句多尖刻，给人绵里藏针、笑里藏刀之感，读来使人拍案叫绝。

9 玩偶之家（节选）

［挪威］易卜生

【欣赏任务】

1. 了解“戏剧事件”对推动人物性格的冲突和发展的意义。
2. 理解分析作品中人物的个性化台词。
3. 掌握娜拉人物形象的社会意义。

【经典篇目】

（她正朝着门厅跑出去，海尔茂推开门，手里拿着一封拆开的信，站在门口。）

海尔茂 娜拉！

娜拉 （叫起来）啊！

海尔茂 这是谁的信？你知道信里说的什么事？

娜拉 我知道。快让我走！让我出去！

海尔茂 （拉住她）你上哪儿去！（娜拉想出去投水自杀。）

娜拉 （竭力想脱身）别拉着我，托伐。

海尔茂 （惊慌倒退）真有这件事？他信里的话难道是真的？不会，不会，不会是真的。

娜拉 全是真的。我只知道爱你，别的什么都不管。

海尔茂 哼，别这么花言巧语的！

娜拉 （走近他一步）托伐！

海尔茂 你这坏东西——干得好事情！

娜拉 让我走——你别拦着我！我做的坏事不用你担当！

海尔茂 不用装腔作势给我看。（把出去的门锁上）我要你老老实实把事情招出来，不许走。你知道不知道自己干的什么事？快说！你知道吗？

娜拉 （眼睛盯着他，态度越来越冷静）嗯，现在我才完全明白了。

海尔茂 （走来走去）嘿！好像做了一场噩梦醒过来！这八年工夫——我最得意、最喜欢的女人——没想到是个伪君子，是个撒谎的人——比这还坏——是个犯罪的人。真是可恶极了！哼！哼！（娜拉不作声，只用眼睛盯着他）其实我早就该知道。我早该料到这一步。你父亲的坏德行——（娜拉正要说话）少说话！你父亲的坏德行，你全都沾上了——不信宗教，不讲道德，没有责任心。当初我给他遮盖，如今遭了这么个报应！我帮你父亲都是为了你，没想到现在你这么报答我！

娜拉 不错，这么报答你。

海尔茂 你把我一生幸福全都葬送了。我的前途也让你断送了。喔，想起来真可怕！现在我让一个坏蛋抓在手心里。他要我怎么样我就得怎么样，他要我干什么我就得干什么。他用可以随便摆布我，我不能不依他。我这场大祸都是一个下贱女人惹出来的！

娜拉 我死了你就没事了。

海尔茂 哼，少说骗人的话。你父亲从前也老有那么一大套。照你说，就是你死了，我有什么好处？一点儿好处都没有。他还是可以把事情宣布出去，人家甚至还会疑惑我是跟你串通一气的，疑惑是我出主意撺掇你干的。这些事情我都得谢谢你——结婚以来我疼了你这些年，想不到你这么报答我。现在你明白你给我惹的是什么祸吗？

娜拉 （冷静安详）我明白。

海尔茂 这件事真是想不到，我简直摸不着头脑。可是咱们好歹得商量个办法。把披肩摘下来。摘下来，听见没有！我先得想个办法稳住他，这件事无论如何不能让人家知道。咱们俩，表面上照样过日子——不要改样子，你明白不明白我的话？当然你还得在这儿住下去。可是孩子不能再交在你手里。我不敢再把他们交给你——唉，我对你说这么一句话心里真难受，因为你是我一向最心爱并且现在还——可是现在情形已经改变了。从今以后再说不上什么幸福不幸福，只有想着怎么挽救、怎么遮盖、怎么维持这个残破的局面——（门铃响起来，海尔茂吓了一跳）什么事？三更半夜的！难道事情发作了？难道他——娜拉，你快藏起来，只推托有病。（娜拉站着不动。海尔茂走过去开门。）

爱伦 （披着衣服在门厅里）太太，您有封信。

海尔茂 给我。（把信抢过来，关上门）果然是他的。你别看。我念给你听。

娜拉 快念！

海尔茂 （凑着灯光）我几乎不敢看这封信。说不定咱们俩都会完蛋。也罢，反正总得看。（慌忙拆信，看了几行之后发现信里夹着一张纸，马上快活的叫起来）娜拉！（娜拉莫名其妙地看着他。）

海尔茂 娜拉！喔，别忙！让我再看一遍！不错，不错！我没事了！娜拉，我没事了！

娜拉 我呢？

海尔茂 自然你也没事了，咱们俩都没事了。你看，他把借据还你了。他在信里说，这件事非常抱歉，要请你原谅，他又说他现在交了运——喔，管他还写些什么。娜拉，咱们没事了！现在没人能害你了。喔，娜拉，娜拉，咱们先把这害人的东西消灭了再说。让我再看看（朝着借据瞟了一眼）喔，我不想再看它，只当是做了一场梦。（把借据和柯洛克斯泰的两封信一齐都撕掉，扔在火炉里，看它们烧）好！烧掉了！他说自从二十四号起——喔，娜拉，这三天你一定很难过。

娜拉 这三天我真不好过。

海尔茂 你心里难过，想不出好办法，只能——喔，现在别再想那可怕的事情了。我们只应该高高兴兴多说几遍“现在没事了，现在没事了！”听见没有，娜拉！你好像不明白。我告诉你，现在没事了。你为什么绷着脸不说话？喔，我的可怜的娜拉，我明白了，你以为我还没饶恕你。娜拉，我赌咒，我已经饶恕你了，我知道你干那件事都是因为爱我。

娜拉 这倒是实话。

海尔茂 你正像做老婆的应该爱丈大夫那样地爱我。只是你没有经验，用错了方法。可是难道因为你自己没主意，我就不爱你吗？我决不。你只要一心一意依赖我，我会指点你，教导你。正因为你自己没办法，所以我格外爱你，要不然我还算什么男子汉大丈夫？刚才我觉得好像天要塌下来，心里一害怕，就说了几句不好听的话，你千万别放在心上。娜拉，我已经饶恕你了。我赌咒不再埋怨你。

娜拉　谢谢你宽恕我。（从右边走出去。）

海尔茂　别走！（向门洞里张望）你要干什么？

娜拉　（在里屋）我去脱掉跳舞的服装。

海尔茂　（在门洞里）好，去吧。受惊的小鸟儿，别害怕，定定神，把心静下来。你放心，一切事情都有我。我的翅膀宽，可以保护你。（在门口走来走）喔，娜拉，咱们的家多可爱，多舒服！你在这儿很安全，我可以保护你，像保护一只从鹰爪子底下救出来的小鸽子一样。我不久就能让你那颗扑扑跳的心定下来，娜拉，你放心。到了明天，事情就不一样了，一切都会恢复老样子。我不用再说我已经饶恕你了！你心里自然会明白我不是说假话。难道我舍得把你撵出去？别说撵出去，就说是责备，难道我舍得责备你？娜拉，你不懂得男子里的好心肠。要是男人饶恕了他老婆——真正饶恕了她，从心坎儿里饶恕了她——他心里会有一股没法子形容的好滋味。从此以后他老婆越发是他私有的财产。做老婆的就像重新投了胎，不但是她丈夫的老婆，并且还是她丈夫的孩子。从今以后，你就是我的孩子，我的吓坏了的可怜的小宝贝。别着急，娜拉，只要你老老实实对待我，你的事情都由我做主，都由我指点，（娜拉换了家常衣服走进来）怎么，你还不睡觉？又换衣服干什么？

娜拉　不错，我把衣服换掉了。

海尔茂　这么晚还换衣服干什么？

娜拉　今晚我不睡觉。

海尔茂　可是，娜拉——

娜拉　（看自己的表）时候还不算晚。托伐，坐下，咱们有好些话要谈一谈。（她在桌子一头坐下）

海尔茂　娜拉，这是什么意思？你的脸色铁板冰冷似的——

娜拉　坐下。一下子说不完。我有好些话跟你谈。

海尔茂　（在桌子那一头坐下）娜拉，你把我吓了一大跳。我不了解你。

娜拉　这话说得对，你不了解我，我也到今天晚上才了解你。别打岔。听我说下去。托伐，咱们必须把总账算一算。

海尔茂　这话怎么讲？

娜拉　（顿了一顿）现在咱们面对面坐着，你心里有什么感想？

海尔茂　我有什么感想？

娜拉　咱们结婚已经八年了，你觉得不觉得，这是头一次咱们夫妻正正经经谈话？

海尔茂　正正经经！这四个字怎么讲？

娜拉　这整整的八年——要是从咱们认识的时候算起，其实还不止八年，咱们从来没在正经事情上谈过一句正经话。

海尔茂　难道要我经常把你不能帮我解决的事情麻烦你？

娜拉　我不是指着你的业务说。我说的是，咱们从来没坐下来正正经经细谈过一件事。

海尔茂　我的好娜拉，正经事跟你有什么相干？

娜拉　咱们的问题就在这儿！你从来就没了解过我。我受尽了委屈，先在我父亲手里，后来又在你手里。

海尔茂　这是什么话！你父亲和我这么爱你，你还说受了我们的委屈！

娜拉　（摇头）你们何尝真爱过我，你们爱我只是拿我当消遣。

海尔茂　娜拉，这是什么话！

娜拉　托伐，这是老实话。我在家跟父亲过日子的时候，他把他的意见告诉我，我就跟着他的意见走，要是我的意见跟他不一样，我也不让他知道，因为他知道了会不高兴。他叫我"泥娃娃孩子"，把我当作一件玩意儿，就像我小时候玩儿我的泥娃娃一样。后来我到你家来住着——

海尔茂　用这种字眼形容咱们的夫妻生活简直不像话！

娜拉　（满不在乎）我是说，我从父亲手里转移到了你手里。跟你在一块儿，事情都由你安排。你爱什么我也爱什么，或者假装爱什么——我不知道是真还是假——也许有时候真，有时候假。现在我回头想一想，这些年我在这儿简直像个要饭的叫花子，要一日，吃一日。托伐，我靠着给你要把戏过日子。可是你喜欢我这么做。你和我父亲把我害苦了。我现在这么没出息都要怪你们。

海尔茂　娜拉，你真不讲理，真不知好歹！你在这儿过的日子难道不快活？

娜拉　不快活。过去我以为快活，其实不快活。

海尔茂　什么！不快活！

娜拉　说不上快活，不过说说笑笑凑个热闹罢了。你一向待我很好。可是咱们的家只是一个玩儿的地方，从来不谈正经事。在这儿我是你的"泥娃娃老婆"，正像我在家里是我父亲的"泥娃娃女儿"一样。我的孩子又是我的泥娃娃。你逗着我玩儿，我觉得有意思，正像我逗孩子们，孩子们也觉得有意思。托伐，这就是咱们的夫妻生活。

海尔茂　你这段话虽然说得太过火，倒也有点儿道理。可是以后的情形就不一样了。玩儿的时候过去了，现在是受教育的时候了。

娜拉　谁的教育？我的教育还是孩子们的教育？

海尔茂　两方面的，我的好娜拉。

娜拉　托伐，你不配教育我怎样做个好老婆。

海尔茂 你怎么说这句话？

娜拉 我配教育我的孩子吗？

海尔茂 娜拉！

娜拉 刚才你不是说不敢再把孩子交给我吗？

海尔茂 那是气头儿上的话，你老提它干什么！

娜拉 其实你的话没说错。我不配教育孩子。要想教育孩子，先得教育我自己。你没资格帮我的忙。我一定得自己干。所以现在我要离开你。

海尔茂 （跳起来）你说什么？

娜拉 要想了解我自己和我的环境，我得一个人过日子，所以我不能再跟你待下去。

海尔茂 娜拉！娜拉！

娜拉 我马上就走。克立斯替纳一定会留我过夜。

海尔茂 你疯了！我不让你走！你不许走！

娜拉 你不许我走也没用。我只带自己的东西。你的东西我一件都不要，现在不要，以后也不要。

海尔茂 你怎么疯到这步田地！

娜拉 明天我要回家去——回到从前的老家去。在那儿找点事情做也许不大难。

海尔茂 喔，像你这么没经验——

娜拉 我会努力去吸取。

海尔茂 丢了你的家，丢了你丈夫，丢了你儿女！不怕人家说什么话！

娜拉 人家说什么不在我心上。我只知道我应该这么做。

海尔茂 这话真荒唐！你就这么把你最神圣的责任扔下不管了？

娜拉 你说什么是我最神圣的责任？

海尔茂 那还用我说？你最神圣的责任是你对丈夫和儿女的责任。

娜拉 我还有别的同样神圣的责任。

海尔茂 没有的事！你说的是什么责任？

娜拉 我说的是我对自己的责任。

海尔茂 别的不用说，首先你是一个老婆，一个母亲。

娜拉 这些话现在我都不信了。现在我只信，首先我是一个人，跟你一样的一个人——至少我要学做一个人；托伐，我知道大多数人赞成你的话，并且书本里也是这么说。可是从今以后我不能一味相信大多数人说的话，也不能一味相信书本里说的话。什么事情我都要用自己脑子想一想，把事情的道理弄明白。

海尔茂 难道你不明白你在自己家庭的地位？难道在这些问题上没有颠扑不破的道理指导你？难道你不信仰宗教？

娜拉 托伐，不瞒你说，我真不知道宗教是什么。

海尔茂 你这话怎么讲?

娜拉 除了行坚信礼的时候牧师对我说的那套话，我什么都不知道。牧师告诉过我，宗教是这个，宗教是那个。等我离开这儿一个人过日子的时候我也要把宗教问题仔细想一想。我要仔细想一想牧师告诉我的话究竟对不对，对我合用不合用。

海尔茂 喔，从来没听说过这种话！并且还是从这么个年轻女人嘴里说出来的！要是宗教不能带你走正路，让我唤醒你的良心来帮助你——你大概还有点道德观念吧？要是没有，你就干脆说没有。

娜拉 托伐，这小问题不容易回答。我实在不明白。这些事情我摸不清。我只知道我的想法跟你的想法完全不一样。我也听说，国家的法律跟我心里想的不一样，可是我不信那些法律是正确的。父亲病得快死了，法律不许女儿给他省烦恼，丈夫病得快死了，法律不许老婆想法子救他的性命！我不信世界上有这种不讲理的法律。

海尔茂 你说这些话像个小孩子。你不了解咱们的社会。

娜拉 我真不了解。现在我要去学习。我一定要弄清楚，究竟是社会正确，还是我正确。

海尔茂 娜拉，你病了，你在发烧说胡话。我看你像精神错乱了。

娜拉 我的脑子从来没像今天晚上这么清醒、这么有把握。

海尔茂 你清醒得、有把握得要丢掉丈夫和儿女?

娜拉 一点儿不错。

海尔茂 这么说，只有一句话讲得通。

娜拉 什么话?

海尔茂 那就是你不爱我了。

娜拉 不错，我不爱你了。

海尔茂 娜拉！你忍心说这话！

娜拉 托伐，我说这话心里也难受，因为你一向待我很不错。可是我不能不说这句话。现在我不爱你了。

海尔茂 （勉强管住自己）这也是你清醒的有把握的话?

娜拉 一点儿不错。所以我不能再在这儿待下去。

海尔茂 你能不能说明白我究竟做了什么事使你不爱我?

娜拉 能，就因为今天晚上奇迹没出现，我才知道你不是我理想中的那等人。

海尔茂 这话我不懂，你再说清楚点。

娜拉 我耐着性子整整等了八年，我当然知道奇迹不会天天有，后来大祸临头的时候，我曾经满怀信心地跟自己说："奇迹来了！"柯洛克斯泰把信扔在信箱里以后，我绝没想到你会接受他的条件。我满心以为你一定会对他说："尽管宣布吧！"

而且你说了这句话之后，还一定会——

海尔茂 一定会怎么样？叫我自己的老婆出丑丢脸，让人家笑骂？

娜拉 我满心以为你说了那句话之后，还一定会挺身出来，把全部责任担在自己肩膀上，对大家说："事情都是我干的。"

海尔茂 娜拉——

娜拉 你以为我会让你替我担当罪名吗？不，当然不会。可是我的话怎么比得上你的话那么容易叫人家信？这正是我盼望它发生又怕它发生的奇迹。为了不让奇迹发生，我已经准备自杀。

海尔茂 娜拉，我愿意为你日夜工作，我愿意为你受穷受苦。可是男人不能为他爱的女人牺牲自己的名誉。

娜拉 千千万万的女人都为男人牺牲过名誉。

海尔茂 喔，你心里想的嘴里说的都像个傻孩子。

娜拉 也许是吧。可是你想和说的也不像我可以跟他过日子的男人。后来危险过去了——你不是怕我有危险，是怕你自己有危险——不用害怕了，你又装作没事人儿了。你又叫我跟从前一样乖乖地做你的小鸟儿，做你的泥娃娃，说什么以后要格外小心保护我，因为我那么脆弱不中用。（站起来）托伐，就在那当口我好像忽然从梦中醒过来，我简直跟一个生人同居了八年，给他生了三个孩子。喔，想起来真难受！我恨透了自己没出息！

海尔茂 （伤心）我明白了，我明白了，在咱们中间出现了一道深沟。可是，娜拉，难道咱们不能把它填平吗？

娜拉 照我现在这样子，我不能跟你做夫妻。

海尔茂 我有勇气重新再做人。

娜拉 在你的泥娃娃离开你之后——也许有。

海尔茂 要我跟你分手！不，娜拉，不行！这是不能设想的事情。

娜拉 （走进右边屋子）要是你不能设想，咱们更应该分开。（拿着外套、帽子和旅行小提包又走出来，把东西搁在桌子旁边椅子上。）

海尔茂 娜拉，娜拉，现在别走。明天再走。

娜拉 （穿外套）我不能在生人家里过夜。

海尔茂 难道咱们不能像哥哥妹妹那么过日子？

娜拉 （戴帽子）你知道那种日子长不了。（围披肩）托伐，再见。我不去看孩子了。我知道现在照管他们的人比我强得多。照我现在这样子，我对他们一点儿用处都没有。

海尔茂 可是，娜拉，将来总有一天——

娜拉 那就难说了。我不知道我以后会怎么样。

海尔茂　无论怎么样。你还是我的老婆。

娜拉　托伐，我告诉你。我听人说，要是一个女人像我这样从她丈夫家里走出去，按法律说，她就解除了丈夫对她的一切义务。不管法律是不是这样，我现在把你对我的义务全部解除。你不受我拘束，我也不受你拘束。双方都有绝对的自由。拿去，这是你的戒指。把我的也还我。

海尔茂　连戒指也要还？

娜拉　要还。

海尔茂　拿去。

娜拉　好。现在事情完了。我把钥匙都搁这儿。家里的事佣人都知道——她们比我更熟悉。明天我动身之后，克立斯替纳会来给我收拾我从家里带来的东西。我会叫她把东西寄给我。

海尔茂　完了！完了！娜拉，你永远不会再想我了吧？

娜拉　喔，我会时常想到你，想到孩子们，想到这个家。

海尔茂　我可以给你写信吗？

娜拉　不，千万别写信。

海尔茂　可是我总得给你寄点儿——

娜拉　什么都不用寄。

海尔茂　你手头不方便的时候我得帮点忙。

娜拉　不必，我不接受生人的帮助。

海尔茂　娜拉，难道我永远只是个生人？

娜拉　（拿起手提包）托伐，那就要等奇迹中的奇迹发生了。

海尔茂　什么叫奇迹中的奇迹？

娜拉　那就是说，咱们俩都得改变到——喔，托伐，我现在不信世界上有奇迹了。

海尔茂　可是我信。你说下去！咱们俩都得改变到什么样子——？

娜拉　改变到咱们在一块儿过日子真正像夫妻。再见。（她从门厅走出出去。）

海尔茂　（倒在靠门的一张椅子里，双手蒙着脸）娜拉！娜拉！（四面望望，站起身来）屋子空了。她走了。（心里闪出一个新希望）啊！奇迹中的奇迹——楼下砰的一响传来关大门的声音。

［全剧完］

（选自《易卜生戏剧四种》，潘家洵译，人民文学出版社 1958 年版）

【走近作者】

亨利克·易卜生（1828 ～ 1906），19 世纪后期挪威著名的戏剧家，被恩格斯誉为“现代戏剧之父”。易卜生出生在挪威一个木材商家庭。八岁时家庭破产，十六岁便开始自谋出路。当过药店学徒，参加过工人运动，担任过剧院编导，后因对挪威现实的不满，愤然出国，二十七年后才重返祖国。易卜生一生共写了二十多部剧作，除早期那些浪漫抒情诗剧外，主要为“社会问题剧”，如《社会支柱》《玩偶之家》《群鬼》和《人民公敌》等。

阅读门径

《玩偶之家》又译为《傀儡家庭》或《娜拉》，写于1879年，是一部反映资产阶级家庭生活的社会问题剧。它描写了娜拉与海尔茂的家庭由和睦转为决裂的故事。《玩偶之家》围绕着娜拉与海尔茂的性格冲突展开情节，戳穿了资产阶级在道德、法律、宗教、教育和家庭关系上的假象，揭露了在“幸福”“美满”等表面现象掩盖下的资本主义社会的虚伪本质，并提出了妇女解放这样一个尖锐的社会问题。

整个故事从娜拉八年前的一次冒名借债开始。为了给重病的丈夫治病，她假冒父亲的名义借债。当银行小职员柯洛克斯泰要被海尔茂解聘时，便以伪证罪要挟娜拉。终于海尔茂知道了一切，认为娜拉败坏了他的名誉，甚至要剥夺她教育儿女的权利。后来，又因柯洛克斯泰的旧情人的帮助，将借据还给了娜拉，海尔茂立即对妻子改变面貌。但此时的娜拉已经清醒地认识到，自己不过是个“玩偶”，于是毅然离开了这个“玩偶之家”。整部作品共三幕，本文节选自第三幕。在此之前，冒名借债事件一直是作品的焦点，这虽然是在特殊的情况下，出于对丈夫热爱的一个无可奈何的选择，却也让善良的娜拉感到不安。尽管最终冒名借债事件因好友的帮助而得以解决，海尔茂也“原谅”了自己，但这一矛盾冲突的解决却引发了一个更大的矛盾冲突，让娜拉看到了自己与海尔茂家庭关系的本质。在这里，作者运用了突转、发现和对比等方法，将人物置于一个又一个的戏剧冲突中加以刻画，把剧情波澜一步步推向高潮。第一次突转在海尔茂看过柯洛克斯泰的来信后，第二次突转在柯洛克斯泰退回借据后。娜拉与海尔茂相比，台词并不多，但句句掷地有声，从愤怒地说出“我做的坏事不用你担当！”到冷静地思考“这三天我真不好过”，再到无可奈何地说“谢谢你宽恕我”，再到“你不了解我，我也到今天晚上才了解你”的彻底觉悟，终于有了“你不配教育我怎样做个好老婆”的无畏反抗，以及“首先我是一个人”的大胆宣言。面对丈夫翻来覆去的变化，娜拉的几句话，准确地表现了她思想认识和心理活动变化的全过程。第三次突转就在最后，“砰”的一声关门声。萧伯纳说：“在她身后关门‘砰’的一声，比滑铁卢的大炮还要响。”在世界文学史上，易卜生曾经被称为“一个伟大的问号”。关门声是结局，更是一个新的悬念——娜拉出走后会怎样？

能力提升

1. 分析《哈姆雷特》中独白在人物语言中起到的作用。

2. 分析《伪君子》中答丢夫形象的典型性。

3. 举例分析欧米尔语言有何特点。

4. 试分析娜拉人物形象的社会意义有哪些。

5. 以戏剧形式为“娜拉走后怎样”设计一个结局，通过比较和切磋深化对《玩偶之家》的主题认识。

6. 结合自己的生活体验，创作一个喜剧小品（也可以组成小组进行创作），在课堂上进行观摩演出。

比较阅读

今天我们所经历的一切，莎士比亚都写过

谭山山

莎士比亚和我们是同代人。他笔下的世界就是我们生活的世界的集中体现，他的主人公就是真正的人的高度概括；他看得真切，写得忠实，所以他的剧作是生活的图形、人类经验的缩影。

莎士比亚可能不是有史以来最伟大的作家，但他对后世的影响之深之广，恐怕没有哪个作家能够匹敌。

学界公认对莎士比亚最贴切的评价，来自波兰戏剧教授扬·科特（Jan Kott）——“莎士比亚和我们是同代人。”中央戏剧学院教授沈林说，扬·科特不过是在重复跟莎士比亚同时代的剧作家本·琼森的说法：“莎士比亚不属于某个时代，而属于千秋万代。”扬·科特进而说：“莎士比亚如同生活之本身、世界之本体。”相隔四百年的两位文人对莎士比亚的高度赞誉，无非是在提醒我们：莎士比亚是永恒且普适的。

到了今天，莎士比亚作品已经成为我们生活的一部分。试问有几个人没有听说过“生存还是毁灭，这是个问题”呢？在他的剧作中，人们总是可以找到许多吸引自己，并且满足自己需要的东西——或感动，或抚慰，或激励，或治愈。这些剧作可以一读再读，是躁动不安之时的一剂良药。

2016 年是莎士比亚逝世 400 周年，在英国推出全球性的“永恒的莎士比亚”纪念活动之际，英国首相卡梅伦撰文向莎士比亚永存于世的影响力致敬，并引用了莎剧《裘力斯·凯撒》中的一句台词来赞扬他：“他像一位巨人，跨越了这狭隘的世界。”

“人人都可在莎士比亚的剧作里看到反映自己困境的东西。”

在《莎士比亚变动的世界》（Shakespeare's Restless World）一书的最后一章，前大

英博物馆馆长尼尔·麦克格雷格用两个事例说明了莎士比亚作品的影响力。

第一个事例发生在1942年的华沙。这一年的7月22日，纳粹党卫军宣布，华沙境内的所有犹太人除非有特例，否则都得送到集中营。日后成为文学评论家的犹太裔波兰人马赛尔·莱希–拉尼基当时任职于纳粹设置的犹太居民委员会，是得以豁免的六类人之一。为了让未婚妻特奥菲拉免于被“重新安置”（当时被送至集中营的委婉说法），他决定立刻和她结婚。

他这样回忆成婚的情景：“仪式没花多少时间，如今我想不起来在那匆忙、兴奋的当儿，我有没有吻特奥菲拉，我不晓得。但我记得很清楚我们当时的心情，害怕的心情，害怕未来几天会发生的事。我仍记得当时脑海里浮现莎士比亚的台词：‘Wardjeindieser Laun'einWeibgefreit？’”

这句台词出自莎剧《理查三世》的德文译本，意思是：“有女人是这样让人求婚的？”在那样的时刻，竟然直觉想到的是莎士比亚，着实令人吃惊。

第二个事例发生在南非臭名昭著的罗本岛监狱。20世纪70年代，几名反抗种族隔离政策的领袖被囚禁在罗本岛。他们不能进图书馆，看不到任何文字资料，其中一名领袖松尼·温卡特拉思南要求买书，答复是：只准有一本。他把这个配额用在《莎士比亚全集》上，此后，它成为他乃至狱友撑过这一段岁月的精神食粮。

为了掩人耳目，松尼·温卡特拉思南把别人寄给他的印度教排灯节卡片贴在《莎士比亚全集》的封面上。它后来被誉为“罗本岛《圣经》”。他让狱友们传阅这本书，要他们选一行或一段打动他们的文字，并在旁边签名。1977年12月16日，这本书传到纳尔逊·曼德拉手上，他在《凯撒大帝》论勇气与死亡那一段旁边签了名字：

懦夫在死前就已经死过好多次；
勇士一生只死一次。
在我所听到过的一切怪事之中，
人的贪生怕死是最奇怪的事，
因为死本是人免不了的解决，
它要来的时候谁也不能叫它不来。

“人人都可在莎士比亚的剧作里看到反映自己困境的东西。”尼尔·麦克格雷格就此评论道。在《莎士比亚变动的世界》的结尾，他如此总结：

> “莎士比亚最初是当时许多人眼中一种粗俗民间娱乐的提供者，用绚丽多彩的语言描述他和他的观众所居住的世界……但几百年后，在华沙的犹太人区或在南非的某监狱里，莎士比亚几乎完全贴切地针对当代的不确定状态发表看法。对那些生活在历史黑暗时刻者，一如对那些探索较狂放或较甜蜜的爱情国度者，莎士比亚的话语抚慰、激励、启迪他们，向他们发出疑问。更简单地说，它们让我们看到在不断变动的世界里不肯蛰伏的人性。”

主题的普适性，使莎剧得以适应不同的时代。

本·琼森在1623年问世的《威廉·莎士比亚先生的喜剧、历史剧、悲剧》（通称“第一对开本”）中说，莎士比亚首先是属于他那个时代的，是“这个时代的灵魂”；但本·琼森同时预见到，莎士比亚终将超越他所处的时代，“不属于某个时代，而属于千秋万代”。英国莎士比亚研究专家乔纳森·贝特认为，这种前后矛盾的说法，正是莎士比亚“之所以未被时间淘汰，之所以在每种文化、每个时代里，他都似乎在针对当代讲述”的关键。

“一方面他是‘这个时代的灵魂’，那个时代的所有重大冲突和创新、发现新世界一事予人的感受、观看世界的新方式，毕具于莎士比亚的剧作里。他是那个时代的灵魂，但他同时也未把自己局限在他所处时代的殊象上，那意味着他可以说是探索到人类社会与人类生命的基本疑问，因此他是在针对每个时代讲话。莎士比亚始终与我们同处一个时代。”

莎士比亚所处的时代，正是人类史上一个关键时期——也就是我们这个现代世界刚刚开启的时候。“很多我们今天关心的问题其实在那时已经出现了，莎士比亚可贵的地方在于他的作品里就是在处理这些问题，例如阶级、宗教、种族、殖民，等等。它们现在仍是大问题，所以莎剧至今依然吸引舞台实践者和观众。”这是中央戏剧学院戏文系副教授赵志勇的理解。

有些学者则从莎剧主题的普适性来解释它何以历久而弥新。英国莎士比亚研究所阿比盖尔·罗吉森–伍德尔认为，写于16、17世纪的莎剧某种程度上是时事剧，有些问题我们今天可能难以理解；但戏剧中广受欢迎的主题是相通的，诸如爱恨情仇、权力欲望、社会不公、腐败、嫉妒等，这些元素莎剧中都有所呈现，这就是它得以适应不同时期的原因。

复旦大学教授张冲曾主持“莎士比亚选读课程改革”课题。他讲课时，总是将莎剧与当代语境联系起来。比如《一报还一报》，在他看来，只要把莎士比亚写的人物换掉，“这就是一出精彩的反腐倡廉大戏啊”。

英国1994年电视剧版的《一报还一报》正是这么做的。在剧中，故事背景被放到当代，所有人物都穿上当代服装，说着几百年前写的台词，却毫不违和。2001年电影版《奥赛罗》，背景也是当代，人物设置则作了修改：摩尔人奥赛罗成了伦敦警察局长，因妒生恨的伊阿古则是前任伦敦警察局长，因故降职，成为奥赛罗的手下。如此，种族冲突、道德缺陷、人性弱点等元素还在，悲剧照样发生。

《李尔王》为什么不可以跟《等待戈多》相提并论？

令莎剧长盛不衰的，还在于它的现代性。

在《莎士比亚研究十讲》中，复旦大学教授陆谷孙推崇一向被评家忽视的《科利奥兰纳斯》。这部悲剧创作于1607年，有些评家甚至称之为“不太重要的莎士比亚”。

在陆谷孙看来，“第一位领悟到此剧对 20 世纪具有特殊意义的可能是 T.S. 艾略特”。艾略特写下题为“科利奥兰”的两首叙事诗，其中一首《政治家的难处》写道：“哦，母亲，让我呼喊什么？（众市民）我们要求成立委员会，代议制调查委员会。辞职！辞职！辞职！”在莎剧中，暴民抛给科利奥兰纳斯的是那句著名的台词“要么死，要么滚出罗马”；而在艾略特的诗歌中，市民趋于理性，他们要求成立调查委员会。陆谷孙据此认为：“剧本的现代意义于此呼之欲出！”

美国乔治敦大学的 B.R. 史密斯干脆把它视为一部预言剧。他断言，“如果说莎士比亚的作品中有哪一部是专为华盛顿官场所作，那就是《科利奥兰纳斯》了”；“对于 2000 年的华府官场同样具有适时价值的是，剧本聚焦于一个公众人物和他隐私生活的界面，这一切的背后总是一个女人”——结合实际来看，这显然是影射当时的总统克林顿。

上海戏剧学院教授孙惠柱认为，是否具备现代性，是莎士比亚剧作和与他同时代的中国戏曲家汤显祖的最大区别。“《牡丹亭》是中国古代最好的剧本，是博物馆里非常精美的艺术品，但能否想象《牡丹亭》的故事发生在现在，演员穿连衣裙、夹克衫上场呢？如果这样，观众恐怕要笑了。杜丽娘的故事只可能发生在古代，不能用现代性的视角来要求它。但是莎士比亚的戏剧大都可以让演员穿现代服装演，在英美世界甚至连台词都不用改，观众观看演出，感觉那些故事就如同发生在今天一样。”

前文提及的波兰学者扬·科特曾对《李尔王》作过独特的解读。在分析《李尔王》时，他出人意料地把它跟《等待戈多》联系起来。《李尔王》中有一场关键的戏：李尔王一个人在空旷的原野上哭天喊地，身旁只有一个忠诚的老臣，他们在等待什么呢？似乎也是在等待上帝的救赎，但是并没有什么上帝来救赎他们。扬·科特由此看到了其间共通的地方，这也正是《李尔王》所具有的普遍意义。1960 年，导演彼得·布鲁克排演《李尔王》时，就深受扬·科特这一分析的启发。这一版的《李尔王》至今仍然是莎剧演出史上的一个经典。

变的是一代代读者，不变的是莎士比亚。

1620 年代，在苏格兰邓弗里斯郡的一间书房里，威廉·约翰斯通边看“第一对开本”边做眉批。如今，留下他手迹的“第一对开本”被珍藏在日本明星大学。和纳尔逊·曼德拉一样，他也对《凯撒大帝》中“懦夫在死前就已经死过好多次”那段感兴趣。

1765 年，约翰逊博士出版他编辑的莎士比亚戏剧集时，在序言中表示：莎士比亚笔下的世界就是我们生活的世界的集中体现，莎士比亚的主人公就是真正的人的高度概括；莎士比亚看得真切，写得忠实，所以他的剧作是生活的图形、人类经验的缩影。

1811 年，在小说《曼斯菲尔德庄园》中，简·奥斯汀借书中人物之口，说明莎士比亚在当时的普及：“人们对莎士比亚也不知道怎么回事就熟悉起来了。这是英国人天生素质的一部分。”“他的思想，他的美，真是广为流传……一个人但凡有点头脑，只要随便打开他哪个剧本的哪个精彩部分，马上便会坠入他思想的洪流中。”

20 世纪 70 年代，在陕北贫瘠的黄土地上，正在插队的习近平“不断思考着‘生存还是毁灭’的问题”，并想方设法寻找莎士比亚的作品，读了《仲夏夜之梦》《威尼斯商人》《第十二夜》《罗密欧与朱丽叶》《哈姆雷特》《奥赛罗》《李尔王》《麦克白》等剧本。

2012 年，伦敦，BBC 剧集《虚妄之冠》之《亨利五世》导演西娅·莎洛克在接受《卫报》采访时表示：“莎士比亚讲述的故事如此普适，只要你是一位母亲、一位父亲、一个情人、一个孩子或是一位政治家（或君王），就可以理解他创造的世界。他讲述着所有人的心声。”

2016 年，伦敦，卡梅伦首相在《永恒的莎士比亚》一文中回忆道，儿时的自己正是在《亨利五世》中学到了不少新词汇。

在 400 多年来的莎士比亚阅读史中，读者换了一茬又一茬，故事的介质也从“第一对开本”进化到广播、影视乃至 Kindle、智能手机，但不变的是莎士比亚，以及他作品中的一切：爱，恨，妒，嗔，欲，难逃的劫数，或曰宿命。

（选自 2016 年《新周刊》）